*Bei Droemer Knaur sind bereits
folgende Bücher der Autorin erschienen:*
Ein Ort für die Ewigkeit
Die Erfinder des Todes
Echo einer Winternacht
Das Moor des Vergessens
Nacht unter Tag
Der Verrat

Tony-Hill-/Carol-Jordan-Reihe:
Das Lied der Sirenen
Schlussblende
Ein kalter Strom
Tödliche Worte
Schleichendes Gift
Vatermord
Vergeltung

Kate-Brannigan-Reihe:
Abgeblasen
Luftgärten
Skrupellos
Clean Break
Das Kuckucksei
Das Gesetz der Serie

Über die Autorin:
Val McDermid, geboren 1955, arbeitete lange als Dozentin für Englische Literatur und als Journalistin bei namhaften britischen Tageszeitungen. Heute ist sie eine der erfolgreichsten britischen Autorinnen von Thrillern und Kriminalromanen. Ihre Bücher erscheinen weltweit in mehr als vierzig Sprachen. 2010 erhielt sie für ihr Lebenswerk den Diamond Dagger der britischen Crime Writers' Association, die höchste Auszeichnung für britische Kriminalliteratur.
Mehr über die Autorin unter www.val-mcdermid.de

Val McDermid
Eiszeit

*Ein Fall für
Carol Jordan und Tony Hill*

Thriller

Aus dem Englischen von
Doris Styron

Die englische Originalausgabe erschien 2013 unter dem Titel
»Cross and Burn« bei Little, Brown, London.

Besuchen Sie uns im Internet:
www.knaur.de

Deutsche Erstausgabe November 2014
Knaur Taschenbuch
Copyright © 2013 by Val McDermid
Copyright © 2014 der deutschsprachigen Ausgabe bei
Droemersche Verlagsanstalt
Th. Knaur Nachf. GmbH & Co. KG, München.
Alle Rechte vorbehalten. Das Werk darf – auch teilweise – nur mit
Genehmigung des Verlags wiedergegeben werden.
Redaktion: Viola Eigenberz
Umschlaggestaltung: ZERO Werbeagentur, München
Umschlagabbildung: FinePic®, München
Satz: Adobe InDesign im Verlag
Druck und Bindung: CPI books GmbH, Leck
ISBN 978-3-426-51519-8

2 4 5 3 1

*Für meine Freunde am Meer –
ich danke euch, dass ihr mich aufgenommen
und heimgebracht habt.*

Das Schwerste im Leben ist, zu wissen,
über welche Brücken man gehen und welche
man besser abbrennen sollte.

David Russell

Ihr seid aber nun nicht hier, um mich zurückzuführen
Zum Bett. Keiner von euch. Schaut auf den Schnee,
Sagte ich zu einem, der gerade in der Nähe war,
mir ist kalt,
Würdest du mich festhalten. Halte mich.
Lass mich los.

»*Hammersmith Winter*«
Robin Robertson

1

Tag eins

Jeden Morgen erwachte er mit einem Gefühl prickelnder Erregung. War heute der Tag? Würde er sie endlich kennenlernen, seine perfekte Frau? Natürlich wusste er schon, wer sie war. Bereits seit zwei Wochen beobachtete er sie, ihre Angewohnheiten waren ihm inzwischen vertraut, er hatte herausgefunden, wer ihre Freundinnen waren, hatte ihre Eigenheiten beobachtet. Wie sie sich das Haar hinter die Ohren strich, wenn sie sich ans Steuer ihres Wagens setzte. Dass sie alle Lampen anschaltete, sobald sie in ihre einsame Wohnung zurückkehrte.
Dass sie offenbar nie in den Rückspiegel schaute.
Er griff nach der Fernbedienung und fuhr die Rollos an den hohen Dachfenstern hoch. Ein stetiger Nieselregen fiel aus der gleichmäßigen, dichten grauen Wolkendecke. Jedoch kein Wind, der den Regen vor sich hergetrieben hätte. Nur ein ununterbrochenes sanftes Rieseln. Ein Wetter, bei dem die Leute sich hinter ihren Schirmen versteckten, ohne auf ihre Umgebung zu achten, und die Gesichter waren auf den Überwachungskameras nicht zu erkennen.
Das erste Kästchen konnte abgehakt werden.
Außerdem war es Samstag. Also hatte sie keine Termine vereinbart, keine Besprechungen geplant. Niemand würde ihre ungeplante Abwesenheit bemerken. Niemand würde Alarm schlagen.
Zweites Häkchen.

Samstag hieß auch, die Wahrscheinlichkeit war viel größer, dass ihre Pläne sie an einen Ort führen würden, der für das Treffen mit ihr günstig war. Ein Ort, an dem er die ersten Schritte seines sorgfältig ausgearbeiteten Plans, sie zu seiner perfekten Frau zu machen, ausführen konnte. Ob ihr das passte oder nicht. Denn was sie wollte, spielte keine Rolle.
Drittes Häkchen.
Er duschte ausgiebig und genoss den sinnlichen Reiz des warmen Wassers auf seiner Haut. Wenn sie sich richtig verhielt, würde sie dieses Vergnügen mit ihm teilen dürfen und er würde dabei noch mehr Spaß haben. Gab es etwas Schöneres, als den Tag damit zu beginnen, dass man sich in der Dusche einen blasen ließ? So etwas würde die perfekte Ehefrau mit Freuden für ihren Mann tun. Bisher war er auf diesen Gedanken noch nie gekommen und setzte ihn nun zufrieden auf seine Liste. Der Ersten war das auch nie eingefallen, und das war typisch dafür, wie wenig sie seinen hohen Anforderungen entsprochen hatte.
In Gedanken fügte er ein neues Kästchen hinzu, das abzuhaken war. Schließlich war es wichtig, gut organisiert zu sein.
Er hielt viel von Organisation, guter Vorbereitung und Vorsicht. Ein unbeteiligter Beobachter hätte bei der Überlegung, wie viel Zeit bereits vergangen war, seit diese Schlampe ihn ausgebremst hatte, vielleicht geglaubt, er habe sein Ziel aufgegeben. Wie sehr sich jener Beobachter getäuscht hätte! Als Erstes hatte er sich um das Durcheinander kümmern müssen, das sie verursacht hatte. Das hatte lächerlich viel Zeit in Anspruch genommen, und er hatte sich über jede Sekunde geärgert. Dann musste er sich über seine Zielsetzung klarwerden. Er hatte daran gedacht, sich zu kaufen, was er wollte, so wie sein Vater. Aber so fügsam asiatische Frauen auch waren, man sandte das falsche Signal aus, wenn man sich mit so einer am Arm zeigte. Das schrie geradezu nach Unzulänglichkeit, Per-

version und Versagertum. Genauso war es mit Katalogbräuten aus der früheren Sowjetunion. Dieser krasse Akzent, das wasserstoffblonde Haar, die Neigung zum Kriminellen, die ihnen wie hartnäckiger Schmutz anhaftete – das war nichts für ihn. Eine von denen konnte man nicht seinen Kollegen vorführen und Respekt erwarten.
Dann hatte er die Möglichkeiten der Partnersuche im Internet erwogen. Aber das Problem dabei war, dass man die Katze im Sack kaufte. Und das wollte er nicht. Wobei das größere Problem mit dem Internet war, dass es so wenige Möglichkeiten gab, wenn es schiefging. Weil man einen Rattenschwanz von Spuren hinterlassen hatte. Im Netz wirklich anonym zu bleiben, dazu gehörte ein großer Aufwand, viel Geschicklichkeit, und man musste sich zu helfen wissen. Das Risiko, sich im Bruchteil einer Sekunde durch Unachtsamkeit oder einen Fehler zu verraten, war zu groß für ihn. Und das hieß: Wenn alles schiefging, würde er sie für ihr Versagen nicht angemessen bestrafen können. Sie würde einfach zu ihrem alten Leben zurückkehren, als sei nichts geschehen. Sie würde gewinnen. Das konnte er nicht zulassen. Es musste eine andere Möglichkeit geben. So hatte er seinen Plan ausgeheckt. Und deshalb hatte es so lange gedauert, bis es so weit war. Er hatte eine Strategie entwerfen müssen, die er dann von allen Seiten kritisch betrachten musste, danach kam die Recherche. Und erst jetzt war er startklar.
Er kleidete sich unauffällig in schwarzen Jeans aus einer Ladenkette und Polohemd, die schwarzen Arbeitsschuhe mit Stahlkappe schnürte er sorgfältig zu. Für alle Fälle. Unten machte er sich eine Tasse grünen Tee und mampfte einen Apfel. Dann ging er in die Garage und sah noch einmal nach, ob alles in Ordnung war. Die Tiefkühltruhe abgeschaltet, der Deckel offen, sie war zum Befüllen bereit. Zurechtgeschnittene Stücke Klebstreifen hingen nebeneinander an der Kante

eines Regals. Auf einem Kartentisch lagen aufgereiht Handschellen, ein Elektroschocker, Bilderdraht und eine Rolle Klebeband. Er zog seine Wachsjacke über und steckte die Sachen in die Taschen. Schließlich nahm er einen Alukoffer und ging in die Küche zurück.
Viertes und fünftes Häkchen.
Als er den Blick noch einmal durch die Garage schweifen ließ, bemerkte er, dass er beim letzten Mal, als er hier gewesen war, ein paar vertrocknete Blätter mit hereingebracht hatte. Seufzend stellte er den Koffer ab und holte Handfeger und Kehrschaufel. Frauenarbeit, dachte er ungeduldig. Aber wenn alles klappte, würde es dafür bald eine Frau geben.

2

Tag vierundzwanzig

Dr. Tony Hill rutschte nervös auf seinem Stuhl herum und versuchte, dem Anblick ihres zerstörten Gesichts zu entgehen. »Wenn Sie an Carol Jordan denken, was kommt Ihnen da in den Sinn?«
Chris Devine, die offiziell noch Detective Sergeant der Bradfield Metropolitan Police war, neigte den Kopf in seine Richtung, als wolle sie eine Hörschwäche ausgleichen. »Wenn Sie an Carol Jordan denken, was fällt *Ihnen* da ein?« Sie klang bewusst spöttisch. Er begriff, dass sie damit versuchte, ihn von seiner Taktik abzubringen.
»Ich bemühe mich, nicht an Carol zu denken.« Obwohl er sein Bestes tat, war ihm doch anzumerken, wie traurig er war. »Vielleicht sollten Sie das aber. Vielleicht sollten Sie sich mehr damit beschäftigen als ich.«
Während sie sprachen, war es im Raum dunkler geworden. Der Tag draußen ging zu Ende, aber aus dem Zimmer schien das Licht noch schneller zu weichen. Da sie ihn nicht sehen konnte, spielte es wenigstens bei dieser Gelegenheit keine Rolle, wenn sein Gesicht ihn verriet. Sein Gesichtsausdruck stand in absolutem Gegensatz zu seinem lockeren Tonfall. »Sie sind nicht meine Therapeutin.«
»Und Sie nicht mein Therapeut. Wenn Sie nicht als Freund gekommen sind, habe ich sowieso kein Interesse. Ich habe denen gesagt, dass ich meine Zeit nicht mit einer Beratung verschwenden möchte. Aber das wissen Sie ja, oder? Man hat

Sie doch über die Situation aufgeklärt. Sie sind immer noch der Mann für schwierige Fälle. Das Kaninchen, das sie aus dem Hut zaubern, wenn alle anderen Zaubertricks nichts gebracht haben.«
Es war erstaunlich, dass sie nicht verbitterter klang, fand er. An ihrer Stelle würde er toben vor Wut, würde sich auf jeden stürzen, der lange genug still saß. »Es stimmt, ich weiß, dass Sie sich geweigert haben, mit dem Therapieteam zu arbeiten. Aber deshalb bin ich nicht gekommen. Ich bin nicht hier, um Ihnen durch die Hintertür eine Beratung unterzujubeln. Ich bin hier, weil wir uns schon so lange kennen.«
»Das heißt noch nicht, dass wir Freunde sind.« Ihre Stimme war tonlos, ihren Worten fehlte jede Lebendigkeit.
»Nein. Eigentlich ist Freundschaft auch nicht mein Ding.« Es überraschte ihn, wie leicht es war, mit einem Menschen, der sein Gesicht und seine Körpersprache nicht sehen konnte, ganz offen zu sein. Er hatte von diesem Phänomen gehört, aber nie selbst die Erfahrung gemacht. Vielleicht sollte er mal versuchen, eine Brille mit dunklen Gläsern zu tragen und bei seinen schwierigen Patienten so tun, als sei er blind.
Sie stieß ein kurzes, trockenes Lachen aus. »Aber Sie geben eine gute Kopie ab, wenn es Ihnen in den Kram passt.«
»Nett, dass Sie das sagen. Vor langer Zeit hat das mal jemand ›als Mensch durchgehen‹ genannt. Gefiel mir, wie sich das anhört. Seitdem gehört das zu meinem Vokabular.«
»Das ist jetzt 'n bisschen hoch gehängt, mein Lieber. Was hat die Länge der Zeit, die wir uns kennen, damit zu tun?«
»Wir sind die Übriggebliebenen, das meine ich.« Wieder nahm er eine andere Sitzposition ein, es gefiel ihm nicht, wie die Unterhaltung sich entwickelte. Er war gekommen, weil er auf sie zugehen und ihr helfen wollte. Aber je länger er hier saß, desto mehr kam es ihm vor, als sei er derjenige, der Hilfe brauchte. »Nachdem sich die erste Aufregung gelegt hat.«

»Ich glaube, Sie sind in der Hoffnung gekommen, dass ein Gespräch mit mir Ihnen helfen könnte zu verstehen, was Sie fühlen«, erklärte sie in leicht scharfem Ton. »Weil ich es abgekriegt hab statt ihrer, nicht wahr? Das verbindet uns mehr als all die Jahre, die wir zusammengearbeitet haben.«
»Ich dachte, ich wäre hier der Psychologe.« Eine schwache Antwort, mit der er ihren Nachdruck kaum abwehren konnte.
»Das heißt nicht, dass Sie aus dem schlau werden, was in Ihrem eigenen Kopf vorgeht. Oder auch in Ihrem eigenen Herzen. Es ist kompliziert, oder, Doc? Ich meine, wenn es nur Schuldgefühle wären, dann wäre es einfach, stimmt's? Das würde ja einleuchten. Aber es ist mehr, nicht wahr? Weil zu den Schuldgefühlen eine dunkle Seite gehört. Die Wut. Das Gefühl, dass es einfach ungerecht ist, den Schlag abbekommen zu haben. Die Empörung, dass einem die Empfindung aufgedrückt wurde, verantwortlich zu sein. Das Gefühl der Ungerechtigkeit, es ist wie Sodbrennen, wie Säure, die sich einbrennt.« Sie hielt abrupt inne, schockiert von der Redewendung, die sie selbst gebraucht hatte.
»Tut mir leid.«
Ihre Hand wanderte zu ihrem Gesicht und hielt Millimeter vor der glänzenden roten Haut inne, die auf eine mit Säure bestückte, aber für eine andere Person gedachte Falle zurückging. »Was fällt Ihnen also ein, wenn Sie an Carol Jordan denken?«, beharrte sie, und ihre Stimme klang jetzt schroff.
Tony schüttelte den Kopf. »Das kann ich nicht sagen.« Nicht, weil er die Antwort nicht wusste. Sondern gerade, weil er sie kannte.

3

Selbst von hinten erkannte Paula McIntyre den Jungen. Schließlich war sie ja Kriminalbeamtin. Da musste man so etwas können. Umso mehr, wenn man der entsprechenden Person nicht in der gewohnten Umgebung begegnete. Daran scheiterten die Laien meistens. Fehlte der Kontext, dann gelang es ihnen im Allgemeinen nicht. Aber ein Kriminaler musste seine natürlichen Fähigkeiten so gut wie möglich nutzen und seine Fertigkeiten so vervollkommnen, dass er Menschen, die er einmal gesehen hatten, nie wieder vergaß. *Ah ja*, dachte sie. Wieder einer dieser Mythen, die von den Fernsehpolizisten verbreitet werden, wenn sie bei der Begegnung mit etwas Vertrautem unter unerwarteten Umständen nur mal kurz stutzen.
Aber sie erkannte den Jungen jedenfalls, obwohl sie ihn aus der Richtung, aus der sie auf ihn zukam, nur im Viertelprofil sah. Hätte sie das Revier durch den Lieferanteneingang vom Parkplatz aus betreten, dann hätte sie ihn verpasst. Aber es war ihr erster Tag in der Skenfrith Street, und sie kannte die Türcodes noch nicht. Also hatte sie einfach im Parkhaus gegenüber geparkt und war durch den Haupteingang hereingekommen, wo sie dann hinter einem Teenager stand, der vor dem Schalter von einem Fuß auf den anderen trat. An seiner Schulter- und Kopfhaltung war etwas, das an Abwehr und Anspannung denken ließ. Aber nicht an Schuldbewusstsein.
Sie hielt inne und versuchte einzuschätzen, was da los war.

»Ich verstehe schon, was Sie sagen, ich bin ja nicht blöd.« Der Junge klang unglücklich, nicht aggressiv. »Aber ich wollte, dass Sie kapieren: Hier geht es um etwas anderes.« Er zuckte leicht mit den Schultern. »Es sind ja nicht alle gleich, Mann. Da können Sie doch nicht alle nach 08/15 behandeln.« Seine Aussprache klang nach dem örtlichen Dialekt, aber trotz aller Anstrengung war seine Zugehörigkeit zur Mittelklasse herauszuhören.
Der Mann in Zivil hinter dem Schalter murmelte etwas, das sie nicht verstand. Der Junge begann auf den Fußballen zu wippen, er war aufgeregt und konnte seine Anspannung nicht loswerden. Er war nicht der Typ, der ausrasten würde, das glaubte sie zu wissen. Aber trotzdem konnte sie versuchen, ihn zu beruhigen. Wenn man herausbekommen wollte, was die Leute umtrieb, kam es erst einmal darauf an, die Wogen zu glätten.
Paula trat vor und legte eine Hand auf den Arm des Jungen. »Torin, oder?«
Mit erschrockenem, verängstigtem Gesichtsausdruck fuhr er herum. Ein dichter Schopf dunkler Haare umrahmte die blasse Haut eines jugendlichen Höhlenbewohners. Große blaue Augen mit dunklen Ringen, ein vorstehender Zinken von einer Nase, schmale Lippen, die sich zu einem nicht dazu passenden Mündchen rundeten. Darüber ein ganz schwacher Schatten, der eines Tages vielleicht mal ein Schnurrbart werden konnte. Paula verglich die Details mit ihrer Erinnerung. Es gab keinen Zweifel.
Die Spannung um seine Augen ließ ein wenig nach. »Ich kenne Sie. Sie waren bei uns zu Besuch. Mit der Ärztin.« Er runzelte die Stirn, versuchte sich zu erinnern. »Elinor. Von der Unfallstation.«
Paula nickte. »Stimmt. Wir waren zum Dinner bei euch. Deine Mum und Elinor sind Kolleginnen. Ich bin Paula.« Sie lächelte

dem kleinen grauen Mann hinter dem Schalter zu, während sie ihren Ausweis aus der Jackentasche zog und vorzeigte. »Detective Sergeant McIntyre, CID von DCI Fieldings Team.«
Der Mann nickte. »Ich hab dem Jungen hier gesagt, wir können nichts für ihn tun, bis seine Mum 24 Stunden vermisst ist.«
»Vermisst?« Paulas Frage wurde von Torin McAndrews frustrierter Entgegnung übertönt.
»Und ich sage diesem …«, er schnaufte heftig durch die Nase, »diesem Mann, dass man nicht jeden Fall gleich behandeln kann, weil jeder Mensch anders ist, und meine Mum bleibt nicht einfach die ganze Nacht weg.«
Paula kannte Bev McAndrew nicht gut, aber sie hatte viel von Elinor Blessing, ihrer Partnerin und Oberärztin in der Notstation des Bradfield Cross Hospital, über die Chefin der Krankenhausapotheke gehört. Und was sie gehört hatte, stand nicht im Gegensatz zu der hartnäckigen Gewissheit von Bevs Sohn. Aber all das würde auf den Mann hinter dem Schalter keinen Eindruck machen.
»Ich werde mich mal mit Torin unterhalten«, sagte sie entschieden. »Ist ein Vernehmungszimmer frei?« Der Mann wies mit einem Nicken auf eine Tür jenseits des leeren Wartebereichs. »Danke. Bitte, rufen Sie doch oben bei der Kripo an und lassen Sie DCI Fielding wissen, dass ich im Gebäude bin und gleich raufkomme.«
Er schien nicht gerade begeistert, nahm aber den Telefonhörer ab. Paula wies mit dem Daumen auf den Vernehmungsraum. »Setzen wir uns doch, und dann kannst du mir erzählen, was los ist«, sagte sie und ging voraus.
»Okay.« Torin schlurfte in seinen zu großen Turnschuhen mit der typischen buckligen Haltung eines Jugendlichen hinter ihr her, der sich noch nicht ganz an seinen irgendwie zu großen Körper gewöhnt hat.

Paula öffnete die Tür zu einer winzigen Kammer, die kaum genug Platz für einen Tisch und drei mit einem lebhaft blauschwarz gemusterten Stoff überzogene Stahlstühle bot. *Schon Schlimmeres gesehen*, dachte sie und führte Torin zu einem Stuhl. Sie setzte sich ihm gegenüber und holte aus ihrer Umhängetasche einen Spiralblock, in dessen Rücken ein Stift steckte.
»Also, Torin. Erzähl doch mal von Anfang an.«
Dass sie lange Zeit nicht über den Rang des Detective Constable hinausgekommen war, diesen Preis hatte Paula gern dafür gezahlt, DCI Carol Jordans Sondereinsatzteam anzugehören. Als diese Gruppe dann aufgelöst wurde, bewarb sie sich für den ersten nächsthöheren Job, der sich bei der Bradfielder Metropolitan Police ergab. Ihre Prüfung zum Sergeant lag schon so weit zurück, dass sie befürchtete, man werde verlangen, sie zu wiederholen.
So hatte sie sich ihren ersten Tag im Rang eines Detective Sergeant allerdings nicht vorgestellt. Sie hatte geglaubt, Vorbefragungen zu führen wäre jetzt die Drecksarbeit, die jemand anders erledigen würde. Aber so war es eben bei der Polizei. Kaum jemals lief etwas so, wie man es sich vorgestellt hatte.

4

Die Verdunkelungsrollos bewirkten genau das, was beabsichtigt war. Und das war gut, weil in völliger Dunkelheit keine tückischen Schatten die Phantasie reizten. Dass ihre Einbildungskraft in Gang gesetzt wurde, das konnte Carol Jordan nun wirklich nicht brauchen. Sie kam ganz gut klar ohne zusätzliche Aufregung.
Schließlich waren ihr grausame Schauplätze von Verbrechen nicht fremd. Der größte Teil ihres Erwachsenenlebens war durchsetzt gewesen von Bildern plötzlicher gewaltsamer Tötungen. Sie war mit Folteropfern, mit banaler, außer Kontrolle geratener häuslicher Gewalt und mit sexuellem Sadismus konfrontiert worden, der sich nicht im Rahmen der Phantasie von Mittelklassebürgern mittleren Alters bewegte. Welche Brutalität man sich auch vorstellen mag, Carol hatte das Endergebnis gesehen. Manchmal hatten all diese Grausamkeiten sie am Schlafen gehindert und zur Wodkaflasche getrieben, mit der sie die scharfen Umrisse zu verwischen suchte. Aber nie länger als ein paar Nächte. Ihr Verlangen nach Gerechtigkeit hatte sich immer gemeldet und aus dem Horror einen Ansporn zum Handeln gemacht. Die Bilder wurden der Motor, der ihre Ermittlungen antrieb, die Motivation, um zu erreichen, dass die Mörder sich den Folgen ihrer Verbrechen stellen mussten.
Aber dieses Mal war es anders. Dieses Mal dämpfte nichts die Intensität dessen, was sie gesehen hatte. Nicht die verrinnen-

de Zeit, nicht der Alkohol, nicht die Entfernung. Dieser Tage schien in ihrem Kopf ein Film in Endlosschleife abzulaufen. Es war kein langer Film, aber durch die ständige Wiederkehr wurde die Wirkung nicht abgemildert. Das Seltsame war, dass es nicht einfach eine Wiederholung dessen war, was sie gesehen hatte. Denn sie selbst kam in dem Film vor. Es war, als hätte jemand mit einer Handkamera direkt hinter ihr gestanden und einen verwackelten Amateurfilm vom schlimmsten Augenblick ihres Lebens gedreht; die Farben waren leicht verfälscht, und irgendwie stimmte die Perspektive nicht ganz. Es begann damit, dass sie in die Scheune trat, der Blick über ihre Schulter zeigte die vertraute Innenansicht mit der Kaminecke, die freiliegenden Steinwände und Durchstichbalken. Sofas, auf denen sie sich früher gerekelt hatte, Tische, auf denen sie Zeitungen abgelegt, an denen sie gegessen, wo sie Weingläser hingestellt hatte; handgestickte Wandteppiche, die sie bewundert hatte, und ein Pullover, den sie Dutzende Male an ihrem Bruder gesehen hatte, hing wie zufällig über der Rückenlehne eines Stuhls. Auf dem Boden neben dem Esstisch, auf dem noch die Reste vom Lunch standen, lag ein zerknülltes T-Shirt. Und am Fuß der Treppe zur Galerie standen zwei uniformierte Polizisten mit ihren Warnwesten, der eine sah erschüttert aus, der andere verlegen. Zwischen ihnen lag, wie eine Ziehharmonika zusammengeschoben, ein Stück Stoff, das vielleicht ein Rock war. Verwirrend, aber nicht erschreckend. Denn der Film konnte den Geruch von vergossenem Blut nicht vermitteln.
Aber als Carol auf die Holztreppe zuging, zoomte die Kamera zurück, und die Decke über der Galerie mit dem Schlafraum war zu sehen. Sie glich einem Bild von Jackson Pollock, auf dem nur die Farbe Rot vorkam. Blut – Spritzer, Kleckse und Striche auf dem weißen Gipsputz. In dem Moment war ihr klargeworden, dass es sehr, sehr schlimm sein würde.

Die Kamera folgte ihr auf dem Weg nach oben und verzeichnete jeden stolpernden Schritt. Das Erste, was sie sah, waren ihre Beine und Füße, mit Blut beschmiert, Tropfen und Flecken auf dem Bett und dem Boden. Sie stieg weiter hinauf und sah Michaels und Lucys blutleere Körper isoliert wie blasse Inseln in einem Meer von Rot.

Und hier hielt der Film an, auf dieses einzelne schreckliche Bild fixiert. Aber ihre Gedanken blieben nicht stehen, nur weil der Film angehalten hatte. Die Vorwürfe kreisten und drehten sich ratternd in ihrem Kopf wie ein Hamster im Rad. Wenn sie eine bessere Polizistin gewesen wäre. Wenn sie die Dinge selbst in die Hand genommen hätte, statt sich darauf zu verlassen, dass Tony Antworten fand. Wenn sie Michael vorgewarnt hätte, dass ein Mann sein Unwesen trieb, der seine eigenen perversen Gründe dafür hatte, sich an ihr zu rächen. Wenn, wenn, wenn.

Aber nichts von alledem war geschehen. Und so waren ihr Bruder und die Frau, die er liebte, in der Scheune, die sie mit eigenen Händen renoviert hatten, abgeschlachtet worden. Ein Gebäude mit meterdicken Wänden, wo sie sich mit Recht sicher fühlen durften. Und nichts in Carols Leben blieb von diesem einen schrecklichen Ereignis unberührt.

Immer schon hatte sie sich zu einem großen Teil über ihre Arbeit definiert. Das war das Beste an ihr, fand sie. Ein direktes Ventil für ihre Intelligenz, ein Wirkungsbereich, wo ihre verbissene Entschlossenheit geschätzt wurde. Ihre Fähigkeit, sich wortwörtlich an alles zu erinnern, was sie gehört hatte, fand dort ihre praktische Anwendung. Und sie hatte entdeckt, dass sie die Gabe besaß, bei ihren Mitarbeitern Loyalität zu wecken. Carol war stolz darauf gewesen, Polizistin zu sein. Und jetzt hatte sie sich von all dem abgeschnitten.

Schon vor Michaels und Lucys Ermordung hatte sie bei der Metropolitan Police von Bradfield gekündigt. Sie war kurz davor gewesen, eine neue Stelle als Detective Chief Inspector bei der West Mercia Police anzutreten. Auch dort hatte sie jedoch die Brücken hinter sich abgebrochen. Außerdem hatte sie vorgehabt, tief durchzuatmen und das geräumige alte Anwesen in Worcester mit Tony zu teilen, das ihm unerwartet als Erbe zugefallen war. Dieser Traum war ebenfalls geplatzt, denn ihr Privatleben war einem brutalen Mörder genauso zum Opfer gefallen wie ihr Berufsleben.

Ohne Wohnung und Arbeit, so war Carol in ihr Elternhaus zurückgekehrt. In ihr Zuhause, nach allgemeinem Irrglauben der Ort, wo man aufgenommen wird, wenn alle Stricke reißen. Anscheinend hatte sie aber mit ihrem Urteil wiederum danebengelegen. Ihre Eltern hatten sie nicht weggeschickt, das stimmte zwar. Und sie hatten auch Carols Entscheidungen nicht offen als Grund für den Tod ihres Bruders bezeichnet. Aber das stille Leid ihres Vaters und die Härte ihrer Mutter ließen sie unaufhörlich ihre Vorwürfe spüren. Zwei Wochen hielt sie durch, dann packte sie ihre Sachen und ging.

Nur Nelson, ihren geliebten Kater, hatte sie zurückgelassen. Im Scherz hatte Tony einmal gesagt, ihre Beziehung zu ihrem schwarzen Kater sei die einzige funktionierende in ihrem Leben. Das Problem war, dass er damit der Wahrheit zu nahe kam, als dass es lustig gewesen wäre. Doch Nelson war jetzt alt. Zu alt, um ihn in eine Transportbox zu stecken und überall mit sich herumzuschleppen. Und ihre Mutter konnte eher zu dem Kater als zu Carol nett sein. Also blieb Nelson dort, und sie ging.

In London hatte sie noch eine Eigentumswohnung, aber es war so lange her, seit sie dort gewohnt hatte, dass es ihr nicht mehr wie ein Zuhause vorkam. Außerdem war die Differenz zwischen ihren Hypothekenraten und der Miete, die ihr langjähriger Mieter zahlte, ihr einziges Einkommen, bis die Rechtsanwälte ihre Untersuchung der Überreste von Michaels Leben abgeschlossen hatten. Und das ließ ihr nur eine Wahl.

Laut Michaels Testament erbte Carol seinen Besitz, da es Lucy nicht mehr gab. Die Scheune war allein auf seinen Namen eingetragen; ihr gemeinsames Haus in Frankreich hatte Lucy gehört. Wenn also der Erbschein ausgestellt war, würde die Scheune in ihren Besitz übergehen, inklusive Blut, Gespenstern und dem Rest. Die meisten Leute hätten eine Reinigungsfirma beauftragt, hätten das, was sich nicht wegputzen ließ, überstreichen lassen und das Haus an irgendeinen Fremden verkauft, der die Geschichte der Scheune nicht kannte.

Aber Carol Jordan war nicht wie die meisten Leute. Obwohl sie gebrochen und verletzlich war, hielt sie an der Entschlossenheit fest, die sie schon frühere Katastrophen hatte überstehen lassen. So hatte sie einen Plan aufgestellt. Und dies war ihr Versuch, ihn auszuführen.

Sie würde jede Spur dessen, was hier geschehen war, entfernen und die Scheune neu gestalten, daraus eine Wohnung machen, in der sie leben konnte. Eine Art Aussöhnung strebte sie damit an. Insgeheim hielt sie dieses Endergebnis zwar nicht für wahrscheinlich. Aber auf ein anderes Ziel kam sie nicht, und es war immerhin ein Projekt, das ihr etwas zu tun geben würde. Nach harter körperlicher Arbeit während des Tages würde sie nachts Schlaf finden. Und wenn das nicht funktionierte, gab es da immer noch die Wodkaflasche.

An manchen Tagen kam sie sich vor wie die Chronistin des Baumarkts, ihre Einkaufsliste war eine Liturgie von erst kürzlich entdeckten Dingen, die wie eine Reihe von Haikus über die Seite verteilt waren. Aber sie verstand die handfeste Poesie des Heimwerkens und kam mit ihrem ungewohnten Werkzeug und den neuen Arbeitstechniken zurecht. Langsam, aber unaufhaltsam radierte sie die äußerlich sichtbare Geschichte der Scheune aus. Sie wusste nicht, ob das für ihre Seele irgendeine Erleichterung bringen würde. Es gab einmal eine Zeit, da hätte sie Tony Hill nach seiner Meinung fragen können. Aber diese Möglichkeit bestand nicht mehr. Sie würde eben einfach lernen müssen, ihre eigene Therapeutin zu sein.

Carol schaltete die Lampe am Bett an und zog ihre neue Arbeitsuniform über, zerrissene, schmutzige Jeans, Arbeitsschuhe mit Stahlkappen über dicken Socken, ein frisches T-Shirt und ein dickes kariertes Hemd. »Baustellen-Barbie« meinte einer der Männer mittleren Alters, die oft an den Infoschalter des Baumarkts kamen. Sie musste grinsen, wenn auch nur, weil nichts weniger zutreffend hätte sein können.

Während sie wartete, bis die Maschine den Kaffee gemacht hatte, durchquerte sie den großen Raum der Scheune und trat in den Morgen hinaus, wo den niedrig hängenden Wolken, die die fernen Berge verhüllten, die Aussicht auf Regen anzusehen war. Die Farbe der kräftigen Moorgräser verblasste, jetzt wo der Herbst langsam in den Winter überging. Das kleine Gehölz auf der Flanke des Berges wechselte die Farbe, die Grüntöne wurden zu Braun. Zum ersten Mal seit dem Frühjahr zeigten sich zwischen den Zweigen einige kleine Stückchen des Himmels. Bald würde nichts als ein filigranes Muster nackter Zweige zurückbleiben, und die einzige Deckung auf dem Abhang wäre verschwunden. Carol lehnte sich an die Mauer und starrte zu den Bäumen hoch. Tief atmend bemühte sie sich um Gelassenheit.

Früher einmal hätte der hochentwickelte sechste Sinn, der Schutz talentierter Polizisten, bewirkt, dass sich ihre Nackenhaare aufstellten. Es war ein Zeichen dafür, wie weit sie sich von der früheren Carol Jordan entfernt hatte, dass sie absolut nichts merkte von dem geduldigen Blick, der jede ihrer Bewegungen verfolgte.

5

Rob Morrison schaute wieder auf seine Uhr, dann nahm er sein Handy heraus, um noch einmal zu überprüfen, wie spät es war. 6:58. Die neue Chefin plante sehr wenig Zeit dafür ein, an ihrem ersten Tag die künftigen Mitarbeiter für sich zu gewinnen. Aber bevor er sich seiner Selbstgefälligkeit überlassen konnte, machte ihn das Klappern hoher Absätze auf den Fliesen darauf aufmerksam, dass jemand vom Eingang der Straßenseite statt von der Tiefgarage her hereinkam. Er drehte sich schnell um, und da war sie, mit einem Regenmantel, auf dem die Regentropfen schimmerten, und dreckbespritzten Schuhen. Marie Mather, seine neue Gegenspielerin. Die Marketingleiterin, wohingegen er Produktionsleiter war.
»Morgen, Rob.« Sie schob ihre Laptop-Tasche auf die Schulter mit der Handtasche, um eine Hand zum Händeschütteln frei zu haben. »Danke, dass Sie sich die Zeit nehmen, mich einzuführen.«
»Es ist ja wichtig, einen guten Start zu arrangieren.« Er rang sich ein halbherziges Lächeln ab, das die Griesgrämigkeit von seinem Gesicht verschwinden ließ. »Da wir wohl zusammengespannt sein werden wie Pferde im Geschirr, um den mächtigen Wagen der Tellit Communications zu ziehen.« Die kurze Verblüffung, als sein überspannter, ironischer Kommentar Wirkung zeigte, freute ihn. Es gefiel ihm, Vorurteile über den Haufen zu werfen – die übliche Annahme, dass ein Mann, der

den operativen Betrieb einer Telefongesellschaft leitete, nichts mit Kultur am Hut hatte. »Sie sind nicht mit dem Auto gekommen?«
Sie schüttelte die glänzenden Regentropfen von ihrem dichten blonden Bob und wies mit dem Kopf auf die Straße draußen. »Wir wohnen nur fünf Minuten zu Fuß von der Endstation der Straßenbahn, da bekomme ich immer einen Sitzplatz. Der Tag fängt so besser an als beim Kampf mit dem Berufsverkehr.« Als sie lächelte, zog sie die Nase kraus, als hätte sie etwas Gutes gerochen. Was das Äußere anging, stellte Rob fest, war sie eine deutliche Verbesserung gegenüber Jared Kamal, ihrem Vorgänger. »Also, wie gehen wir vor?«
»Wir besorgen Ihnen erst mal 'nen Sicherheitsausweis. Dann gehe ich mit Ihnen nach oben und zeige Ihnen alles.« Beim Sprechen führte er sie schon mit einer Hand am Ellbogen an den Schalter des Sicherheitsdienstes und nahm dabei einen würzig-blumigen Duft wahr, der trotz Straßenbahn und dem Bradfielder Regen an ihr haftete. Wenn sie ihre Arbeit genauso gut machte, wie sie darin war, das Büro aufzuhellen, dann würde sich Robs Berufsleben exponentiell verbessern.

Ein paar Minuten später traten sie aus dem Aufzug direkt auf die große Bürofläche der Verkaufsabteilung. Zu dieser Tageszeit war die Beleuchtung nur matt. »Das Personal kann von den Boxen aus die Lichtstärke regeln. Es gibt ihnen die Illusion, die Kontrolle zu haben, und uns die Möglichkeit, schnell und leicht zu überprüfen, wer tatsächlich an seinem Arbeitsplatz ist.« Rob ging auf dem Weg durch den Raum voraus.
»Da ist jemand früh dran.« Marie wies mit einem Kopfnicken auf einen Lichtkreis in der hintersten Ecke.
Rob rieb sich das Kinn. »Das ist Gareth Taylor.« Er setzte seine Standardmiene für Kummer auf. »Hat kürzlich seine Familie verloren.« Er für seinen Teil hatte Gareths Leid abge-

hakt. Es war an der Zeit, nach vorn zu schauen, das Leben zu leben. Aber Rob wusste, dass er in dieser Hinsicht in der Minderheit war, deshalb hielt er lieber den Mund, wenn am Wasserspender darüber geredet wurde, und begnügte sich damit, zustimmend zu brummen, wenn die Kollegen in einen ihrer »Der arme Gareth«-Anfälle verfielen.
Maries Gesichtsausdruck wurde mitfühlend. »Der arme Typ. Was ist passiert?«
»Autounfall. Frau und zwei Kinder sind am Unfallort gestorben.« Rob ging flott weiter, ohne einen Blick zurück zu seinem trauernden Kollegen.
Marie blieb einen Moment stehen und holte ihn dann wieder ein. »Und er ist morgens um diese Zeit schon hier?«
Rob zuckte mit den Schultern. »Er sagt, er ist lieber hier, als zu Hause die Wand anzustarren. Hab nichts dagegen. Ich meine, es ist jetzt drei oder vier Monate her.« Er drehte sich um und warf ihr ein düsteres Lächeln zu. »Aber wir sitzen in der Klemme, wenn er anfängt, seine Überstunden abzufeiern.«
Marie sagte nichts und folgte ihm in einen großzügig dimensionierten abgeteilten Bereich am Ende des Raums. Ein Schreibtisch, zwei Stühle. Einige Whiteboards und ein Papierkorb. Rob machte eine ironische kleine Verbeugung. »Ihr ganz eigenes Reich.«
»Es ist jedenfalls schön groß.« Marie stellte ihren Laptop auf den Schreibtisch, steckte ihre Tasche in eine Schublade und hängte ihren Mantel an einen Haken an der Tür. »Also, das Wichtigste zuerst: Wo ist der Kaffee, und wie funktioniert die Maschine?«
Rob lächelte. »Folgen Sie mir.« Er führte sie wieder ins Großraumbüro zurück. »Man kauft Wertmarken von Charyn am Tisch gleich vorne. Fünf für ein Pfund.« Als sie sich Gareth Taylors Arbeitsplatz näherten, beleuchtete der Lichtschein aus seiner Box eine Tür in einer daneben liegenden Nische.

Sie führte zu einem kleinen Raum, in dem zwei Kaffeemaschinen standen. Rob wies auf eine Reihe von Behältern, die kleine Kaffeepads enthielten. »Man wählt seine Sorte Gift aus, schiebt einen Pad in die Maschine und zahlt dafür mit einer Marke.« Er suchte in der Tasche seiner Chinos und zog eine rote Marke heraus. »Den ersten spendier ich Ihnen.« Er reichte ihn ihr, als erwiese er ihr damit eine große Ehre. »Jetzt lasse ich Sie erst mal in Ruhe, damit Sie sich hier einrichten können.« Er schaute auf seine Uhr. »Ein oder zwei Dinge sind noch zu erledigen, bevor die Massen eintrudeln. Für halb acht habe ich ein Meeting mit dem Führungspersonal im kleinen Konferenzraum angesetzt. Fragen Sie einfach jemanden, wo es ist, man wird es Ihnen erklären.«
Und das war's auch schon. Er ging davon und ließ Marie mit einer Auswahl an Getränken zurück. Sie drückte auf Cappuccino und war vom Ergebnis angenehm überrascht. Dann ging sie wieder ins Großraumbüro, wo inzwischen drei oder vier Arbeitsplätze erleuchtet waren. Sie beschloss, gleich damit zu beginnen, ihre Mitarbeiter kennenzulernen, und ging auf Gareth Taylor zu, wobei sie bewusst freundlich lächelte.
Als sie sich näherte, schaute er mit erschrockenem Gesichtsausdruck auf. Seine Finger huschten über die Tasten, und als sie um den Raumteiler herumkam, hatte sie den Eindruck, dass das Bild auf seinem Monitor schnell wechselte. Tellit glich offenbar allen anderen Firmen, bei denen Marie gearbeitet hatte: Die Angestellten machten in der Zeit und mit den Mitteln der Firma gern mal ihr eigenes Ding. Die menschliche Natur, es war überall das Gleiche. Eine Tendenz, die Marie nicht ärgerte, solange die Produktivität in Ordnung war und niemand versuchte, einen zu verscheißern.
»Hallo. Ich bin Marie Mather. Die neue Marketingleiterin.« Sie streckte ihm die Hand entgegen.
Gareth nahm die Aufforderung zum Händeschütteln ohne

Begeisterung entgegen. Seine Hand war kühl und trocken, der Händedruck fest, aber nicht aggressiv. »Das hab ich mir gedacht. Ich bin Gareth Taylor, einer von denen, die die Drecksarbeit am Bildschirm und Telefon machen.«
»Ich betrachte Sie lieber als Mitarbeiter mit Kundenkontakt.« Gareth zog die Augenbrauen hoch. »Das ändert nichts an der Wirklichkeit.«
»Sie sind früh hier.«
Gareth schüttelte den Kopf und seufzte. »Schauen Sie, ich weiß, dass Rob Sie mit ein paar Stichworten aufgeklärt hat. Die Arbeit ist im Moment das einzig Beständige in meinem Leben. Ich will kein Mitleid. Ich bin nicht so einer mit der Tour ›Habt doch Mitleid mit mir, meine Frau hat mich verlassen‹. Ich will nur in Frieden gelassen werden und weitermachen, alles klar?« Er klang angespannt und frustriert. Sie konnte sich vorstellen, wie schwierig es war, zusätzlich zu so einem niederschmetternden Verlust mit der gutgemeinten Einmischung anderer Leute zurechtzukommen.
Marie beugte sich vor und schaute auf seinen Bildschirm. »Angekommen und verstanden. Woran arbeiten Sie denn gerade?«
Sie hatte gehofft, dass er zumindest lächeln würde. Aber stattdessen schaute er mürrisch drein. »Sie werden es nicht verstehen, bis Sie sich hier einen Überblick verschafft haben. Ich wende eine bestimmte Strategie an, um Silver-Surfer-Kunden dazu zu bringen, dass sie auf Langzeitverträge umsteigen. Und ich glaube, wir haben das bisher nicht richtig gemacht. Vielleicht wollen Sie wiederkommen und mit mir darüber sprechen, wenn Sie auf dem neuesten Stand sind.«
Man konnte Gareths brüske Antwort so oder so verstehen. Vorläufig beschloss Marie, eine Konfrontation zu vermeiden. »Ich freu mich drauf.« Sie nippte an ihrem Cappuccino. »Es ist mir immer recht, von meinem Team zu hören.«

Heute Abend, wenn sie sich bei einem Glas Weißwein entspannte, während Marco das Abendessen kochte, würde es ihr Spaß machen, ihm von dieser Begegnung zu erzählen. Wie schon oft würden sie scherzhafte Wetten eingehen, wie es ihr mit den neuen Kollegen ergehen würde. Würde sie Gareth für sich gewinnen, oder würde er weiterhin Abstand halten? Würde Rob mit seinem offensichtlichen Bedürfnis zu flirten so weit gehen, dass sie die Personalstelle ins Spiel bringen musste? Sie und Marco spielten gern diese Spielchen, bei denen sie allerhand Spekulationen anstellten, und manchmal nutzten sie sogar ihren Phantasiearbeitsplatz, um ihre Schlafzimmerspielchen aufzupeppen.
Es war ein harmloser Spaß, fand Marie. Vollkommen harmlos.

6

Torins jugendliche Unfähigkeit, seine Sorge zu verbergen, war für Paula sofort offensichtlich. Zum Glück für sie brachte er nicht genügend Geschick und Mühe auf, um unter Druck eine coole Fassade aufrechtzuerhalten. Normalerweise hätte sie ihm etwas zu trinken angeboten, um ihn zu beruhigen, aber im Revier der Skenfrith Street war sie noch fremd und wusste nicht, wie lange es dauern würde, etwas aufzutreiben. Schon gar nicht wollte sie, dass ihre neue Chefin länger als absolut nötig warten musste.
Eigentlich hätte sie wohl eine sogenannte geeignete erwachsene Person finden müssen, die anwesend war, während sie Torin vernahm. Aber sie empfand sich selbst durchaus als geeignet. Und er würde ja nicht zu einem Verbrechen vernommen. Paula warf Torin einen erwartungsvollen Blick zu. »Wann hast du angefangen, dich zu sorgen, dass etwas passiert sein könnte?«
»Ich weiß nicht genau.« Er runzelte die Stirn.
»Wann kommt sie denn normalerweise von der Arbeit?«
Er hob eine Schulter zu einem Zucken. »Ungefähr um halb sechs, aber manchmal erledigt sie auf dem Heimweg noch Einkäufe, dann ist es eher so gegen Viertel vor sieben.«
»Es ist also zutreffend zu sagen, dass du um sieben anfingst, dir Sorgen zu machen?«
»Nicht direkt Sorgen. Ich war eher erstaunt. Es ist nicht so, dass sie kein interessantes Leben hätte. Manchmal geht sie mit

einer ihrer Kolleginnen aus zum Pizzaessen oder ins Kino oder was immer. Aber wenn sie das macht, sagt sie mir morgens immer Bescheid. Oder sie schickt mir 'ne SMS, wenn es eher spontan ist.«

Das überraschte Paula nicht. Bev McAndrew hatte auf sie den Eindruck einer vernünftigen Frau gemacht. »Hast du ihr denn gesimst?«

Torin nickte und kaute auf seiner Unterlippe herum. »Ja. Bloß, na ja, was gibt's zum Abendessen, bist du bald zu Haus, nur so was.«

Das Übliche eben für einen Jugendlichen. »Und sie hat nicht geantwortet?«

»Nein.« Er zappelte auf seinem Stuhl herum, beugte sich dann vor und legte die Unterarme mit geballten Fäusten auf den Tisch. »Ich wusste nicht, was ich tun sollte. Eigentlich war ich nicht beunruhigt, eher, also, angepisst.« Er blickte sie kurz an und senkte gleich wieder den Blick, um zu sehen, ob das leicht unanständige Wort bei einer Polizistin durchging.

Paula lächelte. »Angepisst – und Hunger hattest du auch, nehme ich an.«

Torins Schultern entspannten sich ein bisschen. »Ja. Das auch. Dann hab ich im Kühlschrank nachgesehen, und da war noch ein Rest Cottage Pie, den hab ich in der Mikrowelle warm gemacht und gegessen. Und hatte immer noch nichts von meiner Mum gehört.«

»Hast du Freunde von ihr angerufen?«

Er wich mit einem Ausdruck von Unverständnis etwas zurück. »Wie sollte ich? Ich hab doch keine Telefonnummern von ihnen. Sie sind alle in ihrem Handy, nirgends aufgeschrieben. Von den meisten weiß ich nicht mal den Namen.« Er gestikulierte mit einer Hand in der Luft herum. »Und ›Dawn vom Büro‹ oder ›Megan vom Fitnessclub‹ oder ›Laura, mit der ich in einer Klasse war‹ – das kann man ja nicht nachschla-

gen.« Er hatte durchaus recht, fand sie. Wenn früher eine Person vermisst wurde, schaute man in ihrem Adressbuch nach, im Terminkalender, der Telefonliste neben dem Telefon. Heutzutage trug jedermann sein ganzes Leben mit sich herum, und wenn er verschwand, waren damit auch die Möglichkeiten, ihn aufzuspüren, verschwunden.
»Gibt es keine Verwandten, die du anrufen könntest?«
Torin schüttelte den Kopf. »Meine Oma lebt in Bristol und meine Tante Rachel auch. Mum hat dieses Jahr noch kein Wort mit meinem Dad gesprochen, und er ist ja sowieso im Einsatz in Afghanistan. Er ist Sanitäter bei der Armee.« Da klang Stolz durch, dachte Paula.
»Und bei der Arbeit? Hast du dran gedacht, dort anzurufen?«
Er blickte finster. »Die nehmen Anrufe von draußen nur während der regulären Öffnungszeiten an. Abends hat die Apotheke nur mit Notfallrezepten vom Krankenhaus zu tun. Selbst wenn ich angerufen hätte, hätte niemand abgenommen.«
Paula versetzte sich in Gedanken zurück in ihre frühe Teenagerzeit und fragte sich, wie entnervt sie gewesen wäre, wenn ihre seriösen und achtbaren Eltern plötzlich und unverständlicherweise abgetaucht wären. Sie fand, dass Torin unter den gegebenen Umständen seine Sache ganz gut machte, indem er nicht die Kontrolle verlor angesichts von Fragen, die ihm wahrscheinlich ziemlich sinnlos vorkamen und die nur den Prozess, seine Mutter zu finden, verlangsamten. Dieses Verständnis für die Sichtweise anderer Leute hatte Paula geholfen, ihr Geschick bei Vernehmungen zu entwickeln. Jetzt musste sie sich gut stellen mit Torin und ihm das Gefühl geben, dass jemand auf seine Notlage einging, damit sie genug Informationen aus ihm herausbekam, um etwas Sinnvolles veranlassen zu können.
»Was hast du also gemacht?«

Torin blinzelte schnell und heftig. Er schämte sich oder war aufgeregt, Paula war nicht sicher. »Ich hab auf meiner Xbox Minecraft gespielt, bis ich müde genug war, dass ich schlafen konnte. Ich wusste nicht, was ich sonst hätte tun sollen.«
»Das war gut. Viele in deinem Alter hätten Panik bekommen. Und was ist heute Morgen gewesen?«
»Ich bin aufgewacht, bevor mein Wecker klingelte. Zuerst dachte ich, meine Mum hätte mich mit ihrem Herumlaufen aufgeweckt, aber das war es nicht. Ich ging in ihr Zimmer, und das Bett war noch wie frisch gemacht.« Er kaute wieder auf seiner Lippe herum, und seine dunklen Augen schauten bekümmert. »Sie war nicht nach Haus gekommen. Und so was macht sie einfach nicht. Die Mutter von einem von meinen Freunden, die bleibt manchmal die ganze Nacht weg, ohne ihm vorher was zu sagen. Und der alte Knacker am Schalter, da merkte man doch gleich, was er dachte. ›Der arme Bengel, seine Mutter ist eine Schlampe, und nur er weiß es noch nicht.‹« Jetzt war er richtig in Fahrt, und es sprudelte nur so aus ihm heraus. »Aber ich sage Ihnen, so ist meine Mum nicht. Wirklich nicht. Gar nicht. Außerdem gehört es zu unserer Hausordnung. Wir simsen uns immer, wenn wir später kommen. Zum Beispiel, wenn ich den Bus verpasse oder einer von den anderen Eltern sich beim Abholen verspätet. Oder wenn sie bei der Arbeit noch zu tun hat. Was immer.« Plötzlich ging ihm die Puste aus.
»Und dann bist du hierhergekommen.«
Er ließ die Schultern sinken. »Mir fiel nichts anderes ein. Aber Ihnen ist das alles egal, oder?«
»Wenn es so wäre, würde ich nicht mit dir hier sitzen, Torin. Normalerweise warten wir vierundzwanzig Stunden, bis wir wegen eines Vermisstenfalls eine Ermittlung einleiten, das stimmt schon.« *Außer wenn jemand involviert ist, der verletzlich ist.* »Aber nicht, wenn es jemand ist wie deine Mum,

jemand, der die Verantwortung für ein Kind oder zum Beispiel für einen alten Menschen trägt. Jetzt muss ich Angaben über dich und deine Mum aufschreiben, damit ich die Sache in Gang bringen kann.«
Ein Klopfen an der Tür unterbrach Paula. Bevor sie etwas sagen konnte, steckte der Kollege vom Rezeptionsschalter den Kopf zur Tür herein. »DCI Fielding möchte wissen, wie lange Sie noch brauchen.« Dabei bemühte er sich nicht, seine Selbstgefälligkeit zu verbergen.
Paula wies ihn mit einem mitleidigen Blick ab. »Ich bin dabei, einen Zeugen zu vernehmen. Dafür bin ich ausgebildet. Bitte sagen Sie der DCI, ich werde bei ihr sein, sobald ich hier fertig bin.«
»Ich werd's ausrichten.«
Torin warf ihm einen verächtlichen Blick zu, während er die Tür schloss. »Sitzen Sie jetzt in der Scheiße? Weil Sie mit mir reden?«
»Ich mach nur meine Arbeit, Torin. Das ist das Wichtigste. Also, ich brauche ein paar Hintergrundinformationen.«
Es dauerte nicht lange. Torin, vierzehn. Schüler der Kenton Vale School. Bev, siebenunddreißig, Leiterin der Klinikapotheke am Bradfield Cross Hospital, vor acht Jahren geschieden von Tom, der zurzeit auf dem Camp Bastion stationiert war. Torin und Bev wohnten zusammen in einer Doppelhaushälfte in Grecian Rise 17 in Kenton, Bradfield. Für Bevs Verschwinden war kein Grund bekannt. Keine Vorgeschichte einer Krankheit oder Depression. Keine finanziellen Probleme bekannt, außer denen, mit denen heutzutage jedermann lebte, der im öffentlichen Dienst beschäftigt war.
Paula notierte Handynummern von Mutter und Sohn und legte dann den Stift beiseite. »Hast du ein Bild von deiner Mutter?«
Torin suchte auf seinem Smartphone und hielt es dann so,

dass sie das Display sehen konnte. Paula erkannte Bev auf dem Bild, was bei Schnappschüssen mit Smartphones nicht immer der Fall ist. Es war ein Kopfbild, das offenbar an einem sonnigen Strand aufgenommen worden war. Dichtes blondes Haar, mittelblaue Augen, ovale Gesichtsform mit ebenmäßigen Zügen. Hübsch, aber nicht umwerfend schön, ein Gesicht, das von einem heiteren Lächeln belebt war und Lachfältchen hatte.

Als sie das Bild betrachtete, erinnerte sich Paula, dass sie Bev attraktiv gefunden hatte. Nicht, dass sie auf ihre Gastgeberin scharf gewesen wäre. Eher eine heimliche Feststellung, dass Bev ihr Typ war. Auf die gleiche Art und Weise wie auch Carol Jordan. Allerdings Elinor Blessing keineswegs gewachsen. Paula wusste, dass ihre Partnerin schön war; immer noch bekam sie Herzklopfen bei ihrem Anblick, dem wunderbaren schwarzen Haar mit Silberfäden und ihren lachenden grauen Augen. Aber als sie sich kennenlernten, hatte nicht Elinors Aussehen Paulas Aufmerksamkeit auf sich gezogen. Es war ihre Liebenswürdigkeit gewesen, die jedes Mal den Sieg über blond davontrug. Ja, es hatte schon einen Moment gegeben, als Bevs Reize sie ansprachen. Und wenn sie diese bemerkt hatte, dann war sie wahrscheinlich nicht die Einzige.

»Kannst du mir das zumailen?« Sie blätterte die Seite in ihrem Notizbuch um und schrieb ihre Handynummer und E-Mail-Adresse auf, riss die Seite heraus und reichte sie Torin. »Hat sie irgendwelche Narben, Muttermale oder Tattoos? Das macht es uns leichter, in den Krankenhäusern hier nachzufragen, falls sie einen Unfall hatte und ohne ihre Handtasche eingeliefert wurde.«

Er schaute kurz auf den Zettel, den Paula ihm gegeben hatte, dann trafen sich ihre Blicke wieder. »Sie hat ein Vogel-Tattoo auf der linken Schulter, einen Bluebird. Und eine Narbe am

rechten Knöchel, da hatte sie mal 'nen Bruch, und der musste genagelt werden.«
Paula notierte alles. »Das ist sehr gut zu wissen.«
»Was werden Sie wegen meiner Mum unternehmen?«
»Ich werde herumtelefonieren. Mit ihren Kollegen sprechen.«
»Und was ist mit mir?«
Das war eine gute Frage. Torin war minderjährig, und sie wusste, dass sie eigentlich das Jugendamt anrufen und ihm einen Sozialarbeiter zuteilen lassen müsste. Aber Paulas professionelle Besorgnis mochte sich bei Bev als unbegründet erweisen. Sie konnte ja immer noch verlegen und beschämt nach einer unvorhergesehen durchfeierten Nacht auftauchen. Dann wäre es für Mutter und Sohn ein Alptraum, den von den Sozialarbeitern in Gang gesetzten Prozess wieder rückgängig zu machen. Sie wäre als untaugliche Mutter abgestempelt, und er würde als »gefährdet« eingestuft. Es konnte sogar Auswirkungen auf Bevs berufliche Laufbahn haben. Dafür wollte Paula nicht verantwortlich sein. »Könntest du nicht einfach zur Schule gehen?«
»Wie normalerweise?«
Sie nickte. »Schick mir 'ne SMS, wenn die Schule aus ist, und dann sehen wir weiter. Vielleicht ist sie ja in der Zwischenzeit am Arbeitsplatz aufgetaucht, und das war's dann.« Sie versuchte, ihn mit einem Lächeln zu beruhigen, das ihrem Tonfall entsprach.
Er schien zu zweifeln. »Glauben Sie?«
Nein. Aber als sie aufstand, sagte sie: »Ist schon möglich«, und schob ihn durch die Tür. Sie schaute ihm bis zum Ausgang nach, er hatte die Schultern hochgezogen und hielt den Kopf gesenkt. Gern hätte sie geglaubt, dass Bev McAndrew gesund und wohlbehalten auf dem Weg nach Hause war. Aber um sich davon zu überzeugen, da hätte die Hoffnung über die Erfahrung triumphieren müssen. Und das war bei Paula nicht drin.

Sie wandte sich ab und sehnte sich einen Moment nach ihrem alten Team. Die Kollegen hätten genau verstanden, warum sie sich mit Torin und seiner erst so kurze Zeit vermissten Mutter aufhielt. Aber das war damals. Jetzt musste sie stattdessen DCI Fielding gegenübertreten. Sie hatte Gutes über Fieldings Verurteilungsquote gehört und wollte sich auf jeden Fall diesem Team anschließen. Aber bereits jetzt hatte sie ihre neue Chefin warten lassen. Das war wahrhaftig nicht der perfekte Einstieg, auf den sie gehofft hatte. Hoffentlich war es nicht zu spät, es wiedergutzumachen. Sie würde sich einfach noch ein bisschen mehr anstrengen müssen.

7

Über die hohe viktorianische Überführung ratterte die Straßenbahn, deren schnittige, moderne Wagen mit den verrußten roten Backsteinbögen kontrastierten. Tony sah darin eine starke Metapher für das ganze Stadtviertel, das das Minster Canal Basin umgab. Gegenüber dem Viadukt stand die zerfallene Apsis der mittelalterlichen Klosterkirche; ihr Maßwerk aus fleckigem Kalkstein war allein erhalten geblieben, nachdem eine Serie von Bombern der Luftwaffe den Rest des Gebäudes in Schutt und Asche gelegt hatte. Noch vor einem Dutzend Jahren hatten die Überführung und die Klosterkirche eine bunt durcheinandergewürfelte Ansammlung wahllos erstellter Gebäude mit morschen Fensterrahmen und durchhängenden Dächern eingerahmt, von denen die Hälfte leer stand und halb verfallen war. Der Stadtteil am Kanal war einer der unschönsten und unbeliebtesten Stadtbezirke der Innenstadt von Bradfield gewesen.
Dann hatte ein kluger Bursche im Stadtrat einen EU-Topf entdeckt, der dazu diente, wirtschaftlich am Boden liegende und sozial benachteiligte innerstädtische Milieus wieder zum Leben zu erwecken. Heutzutage war das Kanalbecken der Mittelpunkt einer geschäftigen Gegend. Handwerksbetriebe, kleine Verlage und Software-Entwickler arbeiteten Seite an Seite, in den oberen Stockwerken waren Wohnungen, und dazwischen boten Bars und Bistros den Anwohnern und Besuchern Gelegenheit, sich zu treffen. Und einer der Stars der

Premier League von Bradfield Victoria hatte sogar einer spanischen Tapasbar seinen Namen geliehen und beehrte sie gelegentlich mit seiner Gegenwart.

Das Becken selbst war jetzt eine Mischung aus Langzeitplätzen und Liegeplätzen für kurze Aufenthalte der Kanalboote, die für Tagesausflüge oder auch längere Fahrten dort bereitlagen, von wo sie früher Fracht durchs Land befördert hatten.

Obwohl es inzwischen ein attraktiver Stadtteil war, hatte ihn Tony als möglichen Wohnort nie in Erwägung gezogen. Mit Carol Jordan hatte er einmal in einem der Pubs am Wasser im Freien gesessen, und sie gaben vor, normale Leute zu sein, die einfach etwas trinken und eine Unterhaltung führen konnten, ohne sich mit dem Innenleben gestörter Individuen zu beschäftigen.

Ein anderes Mal hatte er sich eine Platte Tapas mit zwei amerikanischen Kollegen geteilt, die die forensische psychiatrische Klinik besucht hatten, wo er arbeitete. Mehr als einmal war er von der einen zur anderen Seite der Stadt zu Fuß am Kanal entlanggegangen und hatte dabei über einen schwierigen Fall nachgegrübelt. Das Gehen machte seinen Kopf frei, so dass sich Möglichkeiten boten, die nicht gleich auf der Hand lagen.

Er war also vertraut mit dem Kanalbecken. Aber trotzdem hatte er sich nie gefragt, wie es wäre, im Herzen der Stadt auf dem Wasser zu leben – bis zu diesem Zeitpunkt, wo es ihm als einzige Möglichkeit geblieben war. Sein früheres Haus in Bradfield war weg, an fremde Leute verkauft, als er noch geglaubt hatte, endlich eine Bleibe gefunden zu haben, die er mit Überzeugung sein Heim nennen konnte. Und jetzt war auch das nicht mehr da, war nur noch eine ausgebrannte Hülle, eine unschöne Metapher für das, was mit dem Leben passiert war, das er sich dort vorgestellt hatte. Wohin er auch schaute, nur jede Menge verdammte Metaphern.

Tony überquerte den gepflasterten Platz zwischen der Tapasbar und den Liegeplätzen für die Hausboote und schwang sich auf ein hübsches Kanalboot mit dem Namen *Steeler,* der sich auf einem gold-schwarzen aufgemalten Band über das Heck zog. Er schloss die schweren Vorhängeschlösser auf, die die Lukentür geschlossen hielten, und ging klappernd die steilen Stufen zur Kabine hinunter. Im Vorbeigehen legte er die Schalter um, die den von einer Serie von Solarpaneelen erzeugten Strom für das Boot anstellten. Selbst der düstere Himmel von Bradfield lieferte genug Strom für eine Person, deren Energiebedarf nun wirklich nicht übertrieben war.

Er fand es überraschend, wie schnell er sich daran gewöhnt hatte, auf so eingeschränktem Raum zu wohnen. Das Leben, bei dem jedes Ding seinen Platz hatte und alles an seinem Platz lag, hatte sich als unerwartet beruhigend erwiesen. Für irgendetwas Unwichtiges gab es keinen Raum.

Diese Lebensweise hatte seine materielle Existenz auf das absolute Minimum reduziert und ihn gezwungen, den Wert der Dinge zu überdenken, die sein Leben seit Jahren überladen hatten. Na gut, er war nicht gerade versessen auf die praktischen Notwendigkeiten wie das Leerpumpen des Abwassertanks und das Befüllen des Wasservorrats. Auch der Kameradschaftsgeist auf dem Wasser war nicht so ganz sein Ding, eine Verbundenheit, die die unwahrscheinlichsten Menschen zusammenzubringen schien. Und die Heizung hatte er immer noch nicht im Griff. Jetzt, wo die Nächte kälter wurden, hatte er es langsam satt, in einer eiskalten Kajüte aufzuwachen.

Er würde sich für den letzten Ausweg entscheiden müssen – sich mit der Bedienungsanleitung hinzusetzen und sie tatsächlich zu lesen. Aber trotz aller Unannehmlichkeiten hatte er sich gut in dieser stillen, in sich geschlossenen Welt eingewöhnt.

Er warf seine Tasche auf die lederbezogene Sitzbank im Chesterfield-Look, die an der Trennwand des Salons entlanglief, und setzte Wasser für eine Cafetiere Kaffee auf. Während er wartete, bis das Wasser kochte, fuhr er seinen Laptop hoch und checkte seine E-Mails. Die einzige neue Nachricht war von einem Polizisten, für den er ein paar Jahre zuvor das Profil eines Serienvergewaltigers erstellt hatte. Fast schon auf eine Einladung hoffend, dass er wieder mit ihm zusammenarbeiten möge, öffnete er sie.

> Hallo, Tony. Wie geht es Dir? Ich hörte von der Geschichte mit Jacko Vance. Schreckliche Angelegenheit, aber ohne Deinen Beitrag hätte es noch viel schlimmer werden können.
> Ich schreibe Dir, weil wir eine Konferenz organisieren, um die Erstellung von Täterprofilen in Fällen mit großer öffentlicher Anteilnahme voranzubringen. Nicht nur bei Mordfällen, sondern auch bei anderen schweren Verbrechen. Es wird immer schwerer, die da oben und die Polizeibehörden in diesen Zeiten allseitiger Sparmaßnahmen von der Kosteneffektivität zu überzeugen. Wir versuchen darzustellen, dass es eine Ausgabe am Anfang der Ermittlungen ist, die am Ende schließlich viel spart.
> Ich dachte, Carol Jordan wäre die perfekte Hauptreferentin, da sie ja im Lauf der Jahre so eng mit Dir zusammengearbeitet hat. Aber ich habe Probleme, sie zu finden. Bei der Bradfield Metropolitan Police sagt man mir, sie werde dort nicht mehr geführt. Man informierte mich, dass sie sich zu West Mercia habe versetzen lassen. Aber dort teilt man mir mit, sie gehöre nicht zur Belegschaft.
> Ich hab's mit einer E-Mail-Adresse versucht, die ich von ihr habe, aber die Mail kam zurück. Und die Handynummer, die ich von ihr hatte, funktioniert nicht mehr. Ich fragte mich, ob sie vielleicht verdeckt ermittelt, aber auf jeden Fall würdest Du ja wissen, wo ich sie kontaktieren kann.

Kannst Du mir Kontaktdaten geben? Oder, wenn das nicht praktisch ist, kannst Du sie wenigstens bitten, sich mit mir in Verbindung zu setzen?
Danke im Voraus.

> Rollo Harris,
> Detective Chief Superintendent,
> Devon & Cornwall Police

Tony starrte den Bildschirm an, wo ihm die Wörter vor den Augen verschwammen. Rollo Harris war nicht der Einzige, der nicht wusste, wo Carol Jordan war oder wie man mit ihr Kontakt aufnehmen konnte. Die meisten Leute, die sie beide kannten, hätten es kaum glauben können, aber Tony hatte seit fast drei Monaten nicht mit Carol gesprochen. Und er hätte nicht gewusst, wo sie zu finden war, selbst wenn er das Gefühl gehabt hätte, er sei imstande, das Schweigen zu brechen. Nach der Jagd auf Vance hatte sie als Letztes zu ihm gesagt: »Nicht nur das ist vorbei, Tony.« Und sie schien es ernst zu meinen. Sie hatte sich aus seinem Leben verabschiedet.
Zuerst hatte er sie noch im Auge behalten können. Obwohl sie während ihrer letzten Wochen bei der Bradfield Metropolitan Police beurlaubt gewesen war – aus »dringenden familiären Gründen« –, war sie verpflichtet, ihren Arbeitgeber wissen zu lassen, wo sie sich aufhielt. Und weil Paula McIntyre besser als die meisten wusste, wie eng die Verbindung zwischen Carol und Tony gewesen war, hatte sie ihn auf dem Laufenden gehalten. Carol hatte in Bradfield für einen Monat eine möblierte Wohnung gemietet und war dann zu ihren Eltern gezogen.
Danach war sie nicht länger Detective Chief Inspector bei der Bradfielder Polizei und verließ laut Paula innerhalb von Tagen ihr Elternhaus wieder. »Ich habe ihr Handy versucht, das ging nicht. Dann rief ich die Nummer ihrer Eltern an und

habe mit ihrem Dad gesprochen. Er war nicht gerade mitteilsam, gab aber zu, dass sie nicht mehr dort wohne. Entweder er wusste nicht, wo sie hin ist, oder er wollte es nicht sagen«, hatte Paula ihm berichtet. Bei Paulas Geschick im Befragen schätzte Tony, dass David Jordan wahrscheinlich wirklich nicht wusste, wo seine Tochter sich aufhielt.
Er konnte nicht umhin, sich zu fragen, wie es dazu gekommen war. Zu ihren Eltern zurückzuziehen wäre unter den gegebenen Umständen nicht sein professioneller Rat gewesen. Ihr Bruder war tot, umgebracht von einem Mörder, den er und Carol nicht schnell genug hatten fassen können. Und Trauer brachte meistens das Bedürfnis mit sich, einen Schuldigen zu suchen. War es Carols Schuld oder der Schmerz ihrer Eltern, der einen Keil zwischen sie getrieben hatte?
Wie auch immer es gelaufen sein mochte, es war jedenfalls nicht gut ausgegangen. Darauf hätte Tony wetten können. Da Carol die Verantwortung für Michaels und Lucys Tod ihm geben musste, weil er Vances Pläne nicht schnell genug durchschaut hatte, folgte daraus, dass sie ihm auch die Schuld an dem Zerwürfnis mit ihren Eltern geben würde. Das machte das Ganze nur noch schlimmer.
Tony rieb sich mit den Fingerknöcheln die Augen. Wo immer Carol Jordan sich versteckte, er würde es zuletzt erfahren. Früher oder später würde er seinen Mann stehen und etwas unternehmen oder es endgültig aufgeben müssen.

8

Gartonside war ein Stadtteil, in den niemand jemals freiwillig gezogen war. Schon als die schmalen Straßen mit einfachen Backsteinreihenhäusern am Ende des 19. Jahrhunderts gebaut wurden, wussten die ersten Bewohner, dass vor Ende des Jahrzehnts ein Slum daraus werden würde. Die dünnen Wände verhießen immerwährende Probleme mit Kälte und Feuchtigkeit. Die billigen Baumaterialien ließen nur wenig Privatsphäre zu. Und die Toiletten im Freien und fehlenden Bäder trugen nicht zur Hygiene und Gesundheit der Fabrikarbeiter bei, die in den Drei-Zimmer-Häuschen zusammengepfercht waren. Gartondside wurde zur freudlosen Anlaufstation der Schwachen, Hoffnungslosen und Neuankömmlinge in der Stadt. Nur die Immigranten entkamen manchmal der Sackgasse. Als eine der letzten Kraftanstrengungen des zwanzigsten Jahrhunderts hatte schließlich der Bradfielder Stadtrat angeordnet, dass Gartonside abgerissen und durch ein Wohngebiet ersetzt werden sollte, für das geräumigere Häuser, Parkplätze davor und winzige Gärtchen dahinter geplant waren. Zehn Jahre später war die erste Phase, Umsiedlung der übriggebliebenen Bewohner und Abbruch ihrer ehemaligen Häuser, noch nicht komplett.
Im Schatten des riesigen Stadions von Bradfield Victoria gab es eine Handvoll Straßen, wo noch einige Anwohner aushielten. Und jenseits davon warteten brettervernagelte Häuser auf die Abrisskolonne, die sie zu Schutt machen würde.

Paulas Navi verließ sich immer noch auf die alten Straßen von Gartonside, wodurch sie sich auf dem Weg zum Tatort noch mehr verspätete. Als sie die Rossiter Street erreichte, war schon alles durch Polizeiband und Uniformierte mit versteinerten Gesichtern in Warnjacken abgesperrt. Sie stellte ihren Wagen zu den anderen auf dem improvisierten Parkplatz am Ende der Straße und meldete sich bei den Kollegen. »Wo ist DCI Fielding?«

Der Constable mit dem Klemmbrett wies mit einem Nicken auf eine mobile Einsatzzentrale, die weiter vorn an der Straße parkte. »Im Wagen, zieht sich um für den Tatort.«

Sie war erleichtert. Offenbar war sie also nicht ganz so spät dran wie befürchtet. Als Paula sich endlich von Torin verabschiedet hatte und das Großraumbüro der Kripo betrat, war sie verblüfft, weil niemand da war. Statt des üblichen Stimmengewirrs und der Telefongespräche herrschte eine übernatürliche Stille, nur vom Klappern der Laptop-Tasten unterbrochen, die von zwei wenig fingerfertigen Kollegen bearbeitet wurden.

Der Beamte bei der Tür schaute auf und hob die widerspenstigen Augenbrauen. »Sie sind wohl die neue Chefin, oder? McIntyre, stimmt's?«

Paula war versucht, ihn mit einem kurzen *Sergeant McIntyre für Sie* zurechtzuweisen, aber sie kannte sich noch nicht aus, deshalb begnügte sie sich mit »Und wer sind Sie?«.

Er strich sich die dichten schwarzen Fransen aus der glänzenden Stirn. »Detective Constable Pat Cody.« Er machte eine weitläufige Armbewegung. »Und das ist die Kripo Skenfrith Street. Aber die meisten sind weg zu einem Einsatz. Ein Mord, unten in Gartonside.«

Die Hoffnung auf einen ruhigen Tag hatte sich damit wohl erledigt. »Ist DCI Fielding dort?«

Cody lächelte spöttisch. »Den Nagel auf den Kopf getroffen!

Und sie ist nicht besonders erfreut, dass ihre neue Partnerin nicht dabei ist.« Die raupenförmigen Augenbrauen hoben sich wieder. Er hatte offensichtlich seinen Spaß.
Paula dachte nicht daran, ihm die Gründe für ihre Verspätung zu erklären. »Können Sie mir die Adresse geben?«
»Rossiter Street, Gartonside.«
»Haben Sie eine Hausnummer?«
Er grinste blöd. »Die Hausnummern sind schon vor Jahren abgefallen. Die Häuser sind mit Brettern vernagelt und sollen abgerissen werden, wenn die Stadt das Geld für Bulldozer hat. Sie werden den Tatort daran erkennen, dass da was los ist.«
Und das stimmte. Paula wich den Pfützen und Schlaglöchern aus und stieg die Metallstufen zum mobilen Einsatzzentrum hinauf. Als sie eintrat, war gerade eine sehr kleine Frau dabei, in einen weißen Schutzanzug zu schlüpfen; sie hielt inne und musterte Paula von oben bis unten. »McIntyre?«
Das war wohl die übliche Anrede in diesem Unternehmen.
»Richtig. DCI Fielding?«
»Das bin ich. Nett, dass Sie sich uns anschließen. Ziehen Sie sich schnell um.« Fielding glich irgendwie einem Vogel. Es lag nicht einfach an ihrer Größe oder ihrem zierlichen Äußeren. Ihre Blicke huschten hierhin und dorthin, und ihre ruckartigen Bewegungen, während sie in den Anzug stieg, ließen Paula an eine die Erde nach Würmern absuchende Amsel denken.
»Ich habe einen Zeugen vernommen. Vermisstenmeldung.«
Paula wühlte in dem Haufen Overalls. Fielding hatte sich den einzigen kleinen geschnappt. Sie entschied sich für Größe M und begann mit dem unbequemen Prozess des Anziehens.
»Das ist 'n bisschen unter Ihrer Gehaltsklasse.« Fieldings schottischer Akzent war eher honigsüß und charmant statt der knallharten aggressiven Variante.
»Zufällig kenne ich den Jugendlichen, der die Meldung machte. Ich habe die Vermisste, seine Mutter, einmal kennengelernt

und dachte, es würde Zeit sparen, wenn ich mich darum kümmerte, weil man sich bei der Anmeldung streng an die Vierundzwanzig-Stunden-Regel hielt.«
Fielding hielt inne, den Reißverschluss halb über ihren kleinen Busen hochgezogen. Sie runzelte die Stirn, und ihre olivbraune Haut wurde zu einer Reliefkarte aus flachen Wülsten und Furchen. »Er ist eben geschult, sich an die Regeln zu halten. Regeln, die aufgestellt wurden, damit Kripobeamte wie wir nicht unsere Zeit auf Leute verschwenden, die aus einer spontanen Laune heraus mal eine Nacht wegbleiben.«
Paula steckte ihr zweites Bein in den Anzug und ärgerte sich, dass ihr Hosenbein sich bis zum Knie hochschob. »Ich habe immer angenommen, dass wir gleich tätig werden, wenn ein Kind oder eine wehrlose erwachsene Person durch das Verschwinden gefährdet ist.« Gerüchteweise hatte sie gehört, dass Fielding Mutter sei. Also dürfte sie dafür Verständnis haben.
Fielding brummte. »Ist wohl schon 'ne Weile her, McIntyre, seit Sie an vorderster Front waren. Die Zeit beim Sondereinsatzteam hat Sie verwöhnt.« Sie verzog das Gesicht. »In einer idealen Welt hätten Sie recht. Aber wir sind nicht in einer idealen Welt. Sparmaßnahmen und Personalabbau haben uns allen übel mitgespielt.« Sie runzelte wieder die Stirn und starrte Paula aus ihren braunen Augen an. »Wir haben einfach nicht genug Leute, um uns sofort um Vermisste zu kümmern. Wir überlassen das der Schutzpolizei. Ich brauche Sie hier. Und nicht bei der Suche nach jemandem, dem Sie hinterherrennen, weil er wahrscheinlich einfach nicht da sein wollte, wo er erwartet wird.« Sie hielt eine Hand hoch, um Paula zum Schweigen zu bringen, bevor sie überhaupt etwas sagen konnte. »Ich weiß. Die Gründe für solche Entscheidungen sind gewöhnlich verdammt scheußlich. Aber wir sind keine Sozialarbeiter.«

»Ja, Ma'am.« Verärgert, aber nicht zur Einsicht gebracht, drehte sich Paula weg und machte den Reißverschluss am Anzug vollends zu. Klar, Fielding hatte schon recht, aber das hieß nicht, dass Paula ihre Menschlichkeit am Eingang abgeben musste. Sie würde in ihrer eigenen Zeit recherchieren, wo Bev sich aufgehalten hatte. Irgendwie. Noch immer von Fielding abgewandt, deren körperliche Präsenz mehr Raum füllte, als man für möglich hielt, lenkte sie das Gespräch weg von ihrer angeblichen Verfehlung. »Womit haben wir es hier also zu tun?«
»Junkies haben sich seit einigen Monaten immer wieder in einem der Häuser aufgehalten. Am Wochenende waren sie auf einem Musikfestival in der Nähe von Sheffield. Vor zwei Stunden kamen sie zurück und fanden mitten im Wohnzimmer die Leiche einer Frau.« Ihre Stimme war gedämpft, während sie sich bückte und die blauen Schuhüberzieher überstreifte. »Ich vermute, wir sollten dankbar sein, dass sie uns angerufen haben, statt abzuhauen.«
»Haben sie die Frau erkannt?«
»Sie sagen nein.«
Paula zog die Kapuze übers Haar hoch und schlüpfte in die kühlen Nitrilhandschuhe. »Da sie es gemeldet haben, statt abzuhauen, sagen sie vermutlich die Wahrheit. Hätten sie sie gekannt, dann hätten sie das kaum getan. Randständige Menschen trauen uns meist nicht zu, dass wir uns unvoreingenommen verhalten.«
Fielding neigte den Kopf, um die Bemerkung zu bestätigen. »Gutes Argument. Okay, legen wir los.«
Sie gab sich keine Mühe, die Tür aufzuhalten, die Paula gerade noch auffangen konnte, bevor die Feder sie zuschlagen ließ. Als sie auf das Haus zugingen, schaute Fielding über die Schulter. »Ein weniger hektischer Einstieg wäre mir lieber gewesen, dann hätten wir klären können, wie es zwischen uns

laufen soll. Ich weiß, dass dies Ihre erste Stellung als Sergeant ist.«
»Ich habe beim MIT als DCI Jordans Partnerin gearbeitet, Ma'am.« Paula war schnell dabei, sich zu verteidigen. Fielding musste begreifen, dass sie niemand war, der sich herumschubsen ließ. Aber sie musste auch wissen, dass sie auf Paula zählen konnte. »Ich bin mir schon im Klaren, dass ich Sie stets zu unterstützen habe.«
Fieldings Gesichtsausdruck wechselte, Akzeptanz trat an die Stelle der kalten Einschätzung. »Ich bin stolz auf mein Team. Wir haben vielleicht nicht die Spezialisten, die Sie beim MIT hatten, aber wir bringen es auf eine gute Aufklärungsrate. Ich habe Gutes über Sie gehört. Widerlegen Sie Ihre Freunde nicht.«
Es war nicht der freundlichste Willkommensgruß, den Paula je gehört hatte. Aber es war ein Anfang. Und da sie sich sehr wünschte, dass ihre Karriere vorankam, würde sie das Beste daraus machen.
Sobald sie herausgefunden hatte, was mit Bev McAndrew geschehen war.

9

Die einst sorgfältig ausgesuchten Möbel waren jetzt verschwunden, von dem Mann in einem Transporter abgeholt, den sie über eine Zeitungsanzeige gefunden hatte. Eigentlich waren es zwei Männer und ein Transporter gewesen, und sie hatten zweimal fahren müssen, um den gesamten Besitz von Michael und Lucy aus der Scheune zu entfernen. Alle persönlichen Dinge hatte Carol in Plastikbehälter vom Baumarkt gepackt und in der Garage gestapelt. Der Rest war Vergangenheit, Inventar, das zweifellos das Haus irgendeines Käufers schmücken würde, der das Glück hatte, Gott sei Dank von der Vorgeschichte keine Ahnung zu haben.
Der einzige Teil der Scheune, den sie nicht verändert hatte, war der separate Raum, den Michael am Ende des Gebäudes angebaut hatte. Es war ein extra Arbeits- und Schlafzimmer mit eigener Toilette und Dusche, vollkommen abgetrennt vom Rest durch eine neue Wand, die so dick war wie die alten Steinmauern, die Schutz vor der bitteren Kälte boten. Michael hatte für die gute Isolierung gesorgt, weil er den Raum auch als Büro genutzt hatte. Hier hatte er Programme geschrieben und Software für Spiele und Apps entwickelt. An der einen Wand war ein langer Tisch, auf dem noch eine Reihe von Computern und Spielkonsolen stand. Soweit Carol wusste, hatte der Mörder dieses Zimmer unangetastet gelassen. Wenn sie hierherkam und die Tür schloss, konnte sie sich Michael noch so nah fühlen wie damals, als er noch lebte.

Als sie neu nach Bradfield gezogen war, hatten sie zusammen ein umgebautes Dachgeschoss in der Stadtmitte bewohnt. Draußen vor den hohen Fenstern hatte die Stadt vor sich hin gesummt und pulsiert, gefunkelt und geglitzert. Aber drinnen hatten sie sich ihren eigenen Raum geschaffen, in dem Michael arbeitete und sie beide wohnten.
Sie erinnerte sich, dass sie oft die Tür geöffnet hatte und vom Rattern von Gewehrschüssen oder den elektronischen Geräuschen eines futuristischen Soundtracks empfangen wurde. Wenn er merkte, dass sie nach Hause gekommen war, hatte Michael immer die Kopfhörer aufgesetzt, aber lieber arbeitete er so, dass die Soundeffekte von allen Seiten auf ihn einwirkten.
Jetzt hatte Carol sich angewöhnt, ihren Kaffee und eine Schale mit Frühstücksflocken und Obst aus der Dose in dem Zimmer zu sich zu nehmen, wo sie schlief, während Musik aus den großen Lautsprechern ertönte, die zu beiden Seiten des Arbeitstisches standen. Jeden Morgen hörte sie Michaels letzte Playlist, die letzte Musik, die er bei der Arbeit gehört hatte. Eine Mischung aus Michael Nyman, Ludovico Einaudi und Brad Mehldau. Nichts, was sie selbst jemals ausgewählt hätte. Aber sie fühlte sich zunehmend wohler damit.
Sie aß schnell, wollte zu ihrer schweren körperlichen Arbeit zurück, die das Grübeln unmöglich machte. Als sie in die Scheune zurückkam, war sie erstaunt, einen schwarz-weißen Border Collie etwa zwei Meter von der Tür entfernt auf dem Boden kauern zu sehen, dessen rosa Zunge zwischen den starken weißen Zähnen heraushing. Ihr Herz schlug aufgeregt, eine Flut von Vorwürfen und Schreckensbildern drängte sich ihr auf. *Wie konntest du nur so blöd sein? Die Tür offen stehen zu lassen, bist du verrückt? So kommen Menschen um. So sind Menschen umgekommen. Ein Hund, das heißt ein Mensch, ein Mensch, das heißt ein Fremder, ein Fremder, das*

heißt Gefahr. Hast du überhaupt nichts gelernt, du dummes Luder?
Einen Moment stand sie regungslos und konnte sich nicht entschließen, was sie tun sollte. Dann meldete sich die alte Carol Jordan zurück. Langsam beugte sie sich vor und stellte ihre Schale und die Tasse auf den Boden. Sie wusste, wo ihr Werkzeug war; ein gutes Gedächtnis hatte sie immer schon gehabt. Sie wich ein wenig zurück und bewegte sich seitwärts. Weder sie noch der Hund wandte den Blick. Sie streckte langsam die Hand aus, bis sie mit den Fingerspitzen leicht den Griff des Vorschlaghammers berührte. Als sie ihn packte, spitzte der Hund die Ohren.
Carol hob den Hammer mit Schwung hoch und hielt, die Hände weit auseinander, den Stiel diagonal vor dem Körper. Dann stürzte sie auf den Hund zu und brüllte unartikuliert. Erschrocken sprang der Hund auf, wich zurück und ergriff die Flucht.
Sie folgte ihm durch die Tür, immer noch wütend auf das Tier, das nichts dafür konnte und nun, wie sie sah, neben einem fremden Mann saß und mit flach angelegten Ohren hinter seinen Beinen hervorspähte. Sie kam schlitternd zum Stehen und war nicht sicher, ob sie sich albern vorkommen oder erschrocken sein sollte. Er sah nicht sehr furchterregend aus. Sie folgte ihrer alten Angewohnheit, im Stillen eine Beschreibung für eine Fahndung anzufertigen. Nicht ganz 1,83 groß, mittlerer Körperbau. Er trug eine flache Tweedmütze auf dem dunklen, an den Schläfen ergrauten Haar. Ein sauber getrimmter Vollbart. Schmale Lippen, eine fleischige Nase, dunkle Augen, umgeben von Fältchen, die vom Aufenthalt im Freien zu stammen schienen. Er trug eine Wachsjacke, die offen stand, und eine braune Wildlederweste über einem dicken cremefarbenen Baumwollhemd. Ach du lieber Gott, auch noch ein Halstuch. Karamellfarbene Cordhose, die in

grünen Gummistiefeln steckte. Er sah aus, als sollte er eine geknickte Schrotflinte über dem Arm tragen. Ein Lächeln ließ seine Mundwinkel leicht zucken. »Sie haben anscheinend meinen Hund erschreckt.« *Klingt nach elitärer Internatsschule. Gequassel von feinen Pinkeln, die nicht mal den Milchpreis kennen.*
»Ich mag es nicht, wenn jemand einfach so hereinkommt.« Carol ließ den schweren Hammer sinken.
»Ich bitte um Entschuldigung. Sie ist neugieriger, als gut für sie ist.« Diesmal war es ein offenes Lächeln.
»Der Hund hat also eine Entschuldigung. Und was ist Ihre?« Dass sie unhöflich klang, war ihr egal. Nach dem, was hier passiert war, würde jeder aus der Umgebung nachsichtig mit ihr sein, wenn sie sich auf ihrem eigenen Grund und Boden plötzlich einem Fremden gegenübersah.
»Ich fand, es ist an der Zeit, dass ich mal vorbeikomme und mich vorstelle. Ich bin George Nicholas. Ich wohne in dem Haus direkt unterhalb der Bergkuppe.« Er drehte sich um und deutete nach rechts hinter sich.
»Das verdammt große Haus also, direkt unterhalb der Bergkuppe?«
Er lachte leise. »So könnten Sie es nennen, nehme ich an.«
»Sie sind also der Typ, dem das ganze Land gehört, das ich hier sehe, außer meinem Stück?«
»Nicht alles. Aber ja, das meiste schon. Und das ist meine Hündin, Jess.« Er kraulte den Kopf des Hundes. »Sag hallo, Jess.« Der Hund kroch an ihm vorbei nach vorn, setzte sich vor Carol hin und hob eine Pfote.
Sie musste zugeben, dass das eine gute Nummer war. Absolut entwaffnend, wenn man eine Frau war, die sich entwaffnen ließ. Carol schüttelte die Pfote des Hundes und ging dann in die Hocke, um sein dichtes Fell zu streicheln. »Du bist ein braves Mädchen, oder?« Dann richtete sie sich auf und sagte:

»Ich bin Carol Jordan«, vermied aber entschieden einen Händedruck, indem sie die freie Hand in ihre Hosentasche steckte.
»Ich weiß. Ich war bei der Beerdigung«, erklärte er mit gequältem Gesichtsausdruck. »Sie würden das aber nicht wissen. Ich ... ich hatte Michael und Lucy sehr gern.«
»Sie haben Sie nie erwähnt.« Das war eine schroffe Antwort, war ihr aber egal. Gelogen war es auch. Lucy hatte davon gesprochen, dass sie in dem großen Haus zum Dinner eingeladen waren, und Michael hatte gestichelt, dass sie ihre sozialistischen Prinzipien verrate.
»Warum hätten sie das auch tun sollen«, sagte er leichthin. »Soviel ich weiß, standen Sie nicht in dauerndem Kontakt. Aber wir waren Nachbarn und haben uns von Zeit zu Zeit besucht, das nur nebenbei. Ich mochte sie beide sehr. Wie alle in der Umgebung hier war ich entsetzt über das, was passiert ist.«
Carol räusperte sich. »Ja. Es war entsetzlich.«
Nicholas schaute auf seine Füße hinunter. »Vor drei Jahren habe ich meine Frau verloren. Ein betrunkener Lkw-Fahrer rammte ihren Wagen auf der Autobahnauffahrt.« Er holte tief Luft und legte den Kopf in den Nacken, um den Himmel anzustarren. »Natürlich ist das nicht in der Größenordnung dessen, was hier geschehen ist, aber ich habe schon Verständnis dafür, wie es ist, wenn man Leute, die man gern hat, durch einen plötzlichen gewaltsamen Tod verliert.«
Carol versuchte, ihm das nachzufühlen, aber sie wusste, dass sie nichts empfand. Nicht wirklich. Sie hatte keine Lust auf Leute, die sie zu überzeugen versuchten, dass sie wüssten, was sie durchmachte. Sie hatte die Empathie satt. Sie hatte gesehen, wie Tony Hill jahrelang Mr. Empathie in Person war, und was hatte ihr das gebracht? Scheißmitgefühl. Aber trotzdem. Man war immerhin zu gutem Benehmen verpflichtet. »Es tut mir leid«, sagte sie.

»Mir auch.« Er fing wieder ihren Blick auf. Diesmal war sein Lächeln schmerzlich. »Auf alle Fälle wollte ich Sie begrüßen. Und zum Abendessen einladen. Nächste Woche vielleicht? Am Dienstag kommen ein paar Freunde aus dem Dorf vorbei, wenn Sie dazukommen möchten?«
Carol schüttelte den Kopf. »Ich glaube, lieber nicht. Zurzeit bin ich keine gute Gesellschafterin.«
Er nickte, hatte schnell begriffen. »Natürlich. Vielleicht ein andermal.« Ein verlegenes Schweigen folgte, dann warf er einen Blick auf die Tür der Scheune. »Wie kommen Sie voran mit ...« Er verstummte.
»Ich entkerne das Ganze. Kommen Sie und schauen Sie es sich an.« Als sie merkte, dass er zögerte, setzte sie ein tapferes Lächeln auf. »Schon gut, es gibt nichts mehr zu sehen.«
Er folgte ihr nach drinnen in die leere Hülle der Scheune. Indem sie es mit seinen Augen betrachtete, verstand sie erst das Ausmaß dessen, was sie getan hatte. Nur der Küchenbereich war unversehrt geblieben. Alles andere war bis auf die Grundstruktur abgetragen. Die letzte Aufgabe war der Abriss des Galeriebodens, wo Michael und Lucy auf ihrem Bett ermordet worden waren. Die Treppe hatte sie schon abgerissen. Heute stand das Herausbrechen des Stützbalkens auf dem Programm, der den Boden trug, damit sie sich an die letzte Phase der Zerstörung machen konnte. Sie zeigte auf die massive Holzkonstruktion. »Das ist mein nächster Job.«
»Sie reißen doch nicht den ganzen Balken raus, oder?« Er drehte den Kopf, um an dem Balken zum Querbalken des Dreiecksrahmens hochzuschauen, der über die ganze Breite der Scheune lief.
»Wenn ich den rausnehme, bricht der Boden ein. Dann wird es viel leichter sein, ihn herunterzubekommen.«
Nicholas starrte sie an wie eine Verrückte. »Wenn Sie den rausnehmen, wird Ihnen das ganze Dach einstürzen. Das ist

ein wichtiger tragender Balken. Der ist schon so lange da, wie die Scheune steht.«
»Sind Sie sicher?«
»Ja, ich bin sicher. Ich bin kein Ingenieur, aber ich habe mein ganzes Leben mit alten Gebäuden zu tun gehabt.« Misstrauisch folgte Carol mit dem Blick seinem Finger, der auf das Rahmenwerk des Dachbinders zeigte. »Wenn Sie mir nicht glauben, lassen Sie doch einen Baustatiker kommen, der sich das anschaut. Aber bitte reißen Sie ihn nicht raus, bevor Sie sich haben beraten lassen.« Er sah so bekümmert aus, dass sie ihr spontanes Misstrauen gegen jeden, der ihr sagte, was sie zu tun hatte, aufgab.
»Na gut«, meinte sie. »Dann arbeite ich jetzt mal drum herum.« Sie hockte sich wieder hin und kraulte das Fell des Hundes. »Hast mir wohl einen Gefallen getan, Jess.«
»Wir helfen immer gern«, sagte Nicholas. »Ich gehe jetzt. Aber ich sehe Sie doch bald mal wieder?«
Carol antwortete unverbindlich und folgte ihm zur Tür. Sie blieb stehen und schaute ihm nach, als er ihr Grundstück verließ und über das unebene Weideland zur Bergkuppe hochstieg. Da fiel ihr auf, dass sie zum Hund freundlicher gewesen war als zu seinem Besitzer. Früher einmal wäre ihr das peinlich gewesen.
Aber jetzt nicht mehr.

10

Einen schrecklichen Moment lang glaubte Paula, etwas anderes zu sehen als das, was sie vor sich hatte. Das stufig geschnittene blonde Haar, die breiten Schultern, die Beine, die sie immer an Anne Bankroft hatten denken lassen; all das waren Kennzeichen von Carol Jordan. Außer in der Vorstellung hatte sie sie nie nackt gesehen, aber ihr Phantasiebild war stark genug, um die Wirklichkeit vor ihr für den Bruchteil einer Sekunde verschwimmen zu lassen. Dann begriff sie, dass die tote, auf dem Boden ausgestreckte Frau nicht Carol Jordan war. Ihre Körperform passte nicht. Zu kräftige Hüften und Oberschenkel, der Oberkörper zu gedrungen. Aber es war ein schwindelerregender Augenblick gewesen.
Auch Fielding hatte es bemerkt, was ihren Respekt für Paula nicht gerade verstärken würde. »Ist alles in Ordnung, McIntyre? Ich hätte gedacht, dass Sie inzwischen an so etwas gewöhnt sind.«
Paula hustete in ihre Papiermaske. »Mit Verlaub, Ma'am, daran will ich mich nie gewöhnen.«
Fielding wandte sich mit einem Achselzucken ab. »Na schön.« Sie trat zwei Schritte näher an die Leiche heran und bückte sich, um sie sich genauer zu besehen. »Er wollte nicht, dass wir sie erkennen, das steht fest. Schauen Sie sich das an.« Sie deutete auf die breiige Masse aus Fleisch und Knochen, die einmal das Gesicht der Frau gewesen war. Der nackte Körper war übersät mit Prellungen und Abschürfungen.

Paula hatte viele Gewaltopfer gesehen, aber sie konnte sich an keine Leiche erinnern, die so brutal zusammengeschlagen worden war.
Dann ging ihr eine andere Möglichkeit durch den Kopf. Sie war zu langsam gewesen und hatte nicht schnell genug die Verbindung hergestellt. Aber die Beschreibung dieser so übel zugerichteten Frau würde auch auf Bev McAndrew passen. Ihr Frühstückskaffee brannte ihr in der Kehle, und sie wich einem Fotografen von der Spurensicherung aus, um besser sehen zu können. Ein zweites Mal ließ die Erleichterung ihre Knie weich werden. Das hier war nicht Bev. Torins Mutter war größer und schlanker und hatte größere Brüste. Wer immer diese Frau sein mochte, sie war nicht die vermisste Apothekerin.
Paula schaute sich in dem Raum um. Es war ein bedrückender Sterbeort. Die Wände waren feucht und hatten Schimmelflecken, und der Holzboden war mit verkrustetem Dreck bedeckt. Ein durchgesessenes Sofa stand vor einem verschrammten Couchtisch, dessen fehlendes Bein durch einen Stoß zerbröselnder Backsteine ersetzt worden war. Neben dem Sofa stapelten sich auf beiden Seiten Bierdosen, und drei Aschenbecher quollen über von Zigarettenstummeln und Kippen von Joints. Leere Blisterpackungen von rezeptfreien Schmerztabletten lagen herum zwischen zerdrückten Schachteln von Pizzas und Hamburgern. Der Gestank war eine schaurige Mischung von Dingen, die sie wünschte, nie gerochen zu haben.
Paula wandte sich um und starrte niedergeschlagen auf die ermordete Frau. Sie wünschte, sie hätte Tony Hills Fähigkeit, einen Tatort zu lesen und etwas von der Innenwelt desjenigen zu begreifen, der ihn ausgewählt hatte. Aber ihre Spezialität war die Befragung der Lebenden, nicht der Toten. Sie würde routinemäßig vorgehen am Tatort, wie es sich gehörte, aber

sie wusste, dass sie immer den Rat anderer Experten brauchen würde, wenn sie verstehen wollte, was sich daraus schließen ließ.

Und wie gerufen platzte auch schon einer dieser Spezialisten herein. »DCI Fielding. Sie haben Arbeit für mich, sagte man mir.« Paula erkannte den kanadischen Akzent und den freundlichen, gemächlichen Tonfall von Dr. Grisha Shatalov, dem Pathologen des Innenministeriums, der meistens die Tötungsdelikte in Bradfield bearbeitete. Er klopfte Paula leicht auf die Schulter, als er an ihr vorbeikam. »Paula. Nett, Sie zu sehen.«

Fielding trat, so schien es Paula, mit einem Ausdruck der Erleichterung zur Seite, allerdings konnte sie nur einen kleinen Teil ihres Gesichts sehen. »Bitte schön, Doc. Brutal, das hier.«

»Dass jemand umgebracht wurde? Das ist meiner Meinung nach immer brutal.« Grisha ging neben der Leiche in die Hocke. »Selbst wenn es glimpflich aussieht.« Er fuhr mit der Hand über ihren Körper und übte dabei langsam Druck aus, um die Temperatur und die Leichenstarre zu beurteilen.

»Ist sie hier gestorben?«, fragte Fielding brüsk. Paula fand, es klang so, als sei ihr Ruf, ungeduldig zu sein, nicht unbegründet. Offensichtlich würde es hier keinen Austausch von Nettigkeiten geben, wie sie ihn immer zwischen Carol und Grisha beobachtet hatte. Gleich zur Sache, ohne herumzublödeln, das schien Fieldings Stil zu sein. Wie viele Frauen in leitender Stellung hatte sie vor zu demonstrieren, dass sie taffer war als die Männer.

Grisha schaute über seine Schulter. »Ja, würde ich sagen. Hier sind Blutspritzer von der Kopfwunde, dann Leichenflecke, die aussehen, als wäre sie nach dem Tod nicht bewegt worden. Es ist sehr wahrscheinlich, dass sie noch lebte, als er sie hierherbrachte.« Er blickte zu dem Fotografen hoch. »Sind Sie fertig hier? Kann ich sie anders hinlegen?«

»Bitte, Kollege.« Der Fotograf entfernte sich und überließ ihnen das Feld.

Grisha drehte vorsichtig den Kopf des Opfers zur Seite. »Schauen Sie, hier. Sehen Sie das?« Er deutete auf eine Vertiefung im Schädel, wo das blonde Haar dunkel aussah und mit einer Mischung aus Blut und Gehirnmasse verklebt war. »Ein Schlag auf den Kopf mit einem langen, abgerundeten und schweren Gegenstand. Ein Baseballschläger oder eine Eisenstange. Wenn ich die Tote im Labor vor mir habe, kann ich es genauer sagen. Wenn sonst nichts mit ihr passiert wäre, hätte sie das wahrscheinlich umgebracht. Aber er wollte sichergehen und hat kräftig auf sie eingetreten.« Er wies auf die Hämatome am Oberkörper. »Große, unregelmäßig gerundete Flecken, eine klassische Prellung durch einen Tritt. Und die Farbe, Rot, das übergeht in Violett. Daran können wir erkennen, dass sie noch lebte, als er sich alle Mühe gab, sie zu Tode zu treten.« Er hockte da und überlegte. »Entweder ist er schlau, oder er hat Glück gehabt.« Erwartungsvoll hielt er inne.

»Ich hab keine Zeit für Fragespielchen«, nörgelte Fielding. »Was meinen Sie damit?«

»Er hat sie getreten. Immer wieder. Er trampelte nicht auf ihr herum. Es wäre besser für Sie, wenn er das getan hätte. Dann hätten Sie vielleicht einen Sohlenabdruck von seinen Stiefeln unterscheiden können.«

»Scheißkerl.« Fielding klang empört. »Stiefel, keine Schuhe?« Ihrem Gesicht war nichts anzusehen, aber sie verschränkte die Arme vor der Brust, als wollte sie sich gegen die rohe Gewalt verteidigen.

»Bei den massiven Verletzungen – ihr Gesicht ist ja vollkommen zerschlagen, Fielding, schauen Sie sich das an – wäre meine Vermutung Stahlkappen. Und das heißt, eher Stiefel als Schuhe.« Grisha zeigte auf ihr linkes Sprunggelenk. »Betrach-

ten Sie sich mal diese Abschürfungen. Scheint mir verdächtig nach einer Abschnürung auszusehen. Irgendeine Art Fessel. Aber keine mit einer geraden Kante. Vielleicht eher für Rohrleitungen gedacht als für Menschen. Deshalb ist da die Haut so aufgerissen. Ich werde ihre Handgelenke näher untersuchen, wenn ich sie auf dem Tisch habe.«
Bevor Fielding mehr sagen konnte, wurden sie durch eine weitere Gestalt im weißen Schutzanzug unterbrochen. »Chefin, ich dachte, Sie würden das gern erfahren. Es sieht aus, als hätten wir ihre Kleider und ihre Tasche gefunden. Hinter die Badewanne gestopft.«
»Gut gemacht, Hussain. Tüten Sie die Kleider ein und geben Sie sie direkt ins Labor. Paula, gehen Sie und schauen Sie sich den Inhalt an, wenn Sie hier fertig sind. Sie als Frau haben ein besseres Gespür dafür, worum es da geht, als diese ungehobelten Kerle.«
Paula biss sich auf die Zunge. Nur, weil sie froh war, als Erste die Sachen des Opfers in Augenschein nehmen zu dürfen. Aber wenn Fielding dachte, sie könnte sie ausbremsen, indem sie sie in die Weibchen-Schublade steckte, war sie auf dem Holzweg. »Ja, Ma'am«, sagte sie.
»Und der Todeszeitpunkt?«, war Fielding schon beim nächsten Punkt.
Grisha fasste die Frau an und rollte sie sachte auf den Bauch. »Schauen wir mal, was sie uns verrät.« Er öffnete die Plastiktasche, die er immer zu den Tatorten mitbrachte, und nahm ein Thermometer heraus. Er schob ihre Beine leicht auseinander, so dass er die Rektaltemperatur nehmen konnte. Dann hörte Paula, wie er zischend den Atem durch die Zähne einzog. »Mein Gott«, sagte er. Grisha zeigte selten Gefühlsregungen, aber aus seinem Ton ließ sich der Abscheu heraushören.
»Was ist?«, fragte Fielding.

Grisha beugte sich vor und starrte unverwandt zwischen die Beine der Frau. Vorsichtig streckte er einen Finger aus. »Ich dachte, ich hätte alles schon mal gesehen.« Er sprach so leise, dass Paula ihn kaum hören konnte.
»Was ist denn, Grisha?«, fragte sie und legte ihm eine Hand auf die Schulter.
Er schüttelte den Kopf. »Sieht aus, als hätte er ihre Schamlippen mit Superkleber zusammengeklebt.«

11

Bis zum späten Vormittag hatte Marie eine Liste von Fragen für Rob Morrison beisammen. Ihrer Erfahrung nach brachte es nichts, aus falsch verstandener Höflichkeit abzuwarten. Sie brauchte Antworten, damit sie die strategischen Projekte angehen konnte, die einzuleiten und durchzuführen ihre Aufgabe war. Sich zu sorgen, ob Rob ihre Untersuchung als unterschwellige Kritik verstand, das würde sie nicht weiterbringen. Wenn seine Empfindlichkeit dem Erfolg im Weg stand, dann sollte er sich besser eine dickere Haut zulegen, dachte sie. Und zwar schleunigst.

Also überflog sie noch einmal die handgeschriebene Liste, die sie zusammengestellt hatte – es war immer besser, sich die Fragen zu notieren; so behielt man sie besser und vergaß sie nicht während des Gesprächs –, und eilte durch das Großraumbüro zu Robs Zimmer.

Marie überblickte den Raum auf ihrem Weg und achtete darauf, wer den Kopf gesenkt hielt, gerade ein Telefongespräch führte, stirnrunzelnd auf seinen Monitor schaute und wer Löcher in die Luft starrte oder sich auf dem Stuhl zurücklehnte, um mit dem Kollegen in der nächsten Kabine zu plaudern. Sie würde in nächster Zeit nichts so Plumpes wie eine Zeit-und Bewegungsstudie in Gang setzen, aber man konnte nicht früh genug anfangen, Eindrücke vom Personal zu sammeln. Zum Beispiel Gareth. Er mochte wohl einer der produktivsten Mitarbeiter sein, aber im Moment widmete er sich nicht seiner Arbeit. Er saß halb abgewandt vom Bildschirm und unterhielt sich mit einem selbstgefällig wirkenden, makellos gepflegten Typ in rosa Hemd und khakifarbener Chinohose. Selbst von der anderen Seite des Raums aus konnte sie das Ralph-Lauren-Logo auf seinem Polohemd erkennen. Sie hätte wetten können, dass er nach Aftershave oder Männerparfüm stank. Als sie vorhin den Angestellten vorgestellt wurde, hatte sie ihn nicht bemerkt, und meinte, er wäre ihr aufgefallen, wäre er da gewesen. Seinen Typ kannte sie und mochte ihn nicht.

Sie verdrängte den Gedanken an ihn und ging durch Robs offene Tür, wo er am Computer saß und hektisch mit der Maus klickte, als stecke er mitten in einem nervigen Computerspiel. Sie fragte: »Haben Sie einen Moment Zeit?«

Er stellte sofort ein, womit er beschäftigt war, und bevor sie auch nur einen Blick auf seinen Bildschirm werfen konnte, schloss er die Seite, an der er gearbeitet hatte. »Klar. Gibt es ein Problem?«

»Ich muss einige unserer Arbeitsabläufe durchgehen«, erklärte Marie und zog einen Stuhl im rechten Winkel zu seinem Schreibtisch heran. »Ich möchte genau wissen, wie wir gegenwärtig vorgehen, damit ich ausarbeiten kann, wo wir strategisch etwas verbessern können.«

Er nickte begeistert, rieb sich am Kinn und zog dann an seinem Ohrläppchen. Er war, so wurde ihr klar, einer der Menschen, die ständig das Bedürfnis haben, ihr Gesicht zu berühren. Sie bekam das Gefühl, dass sie nichts anfassen wollte, das er befummelt hatte. Er glättete eine Augenbraue und kratzte sich an der Nase. »Auf jeden Fall sehr sinnvoll«, stimmte er zu.

Sie hatten kaum angefangen, als der Ralph-Lauren-Mann ins Büro geschlendert kam. Er ließ den Blick auf Maries Brüsten und Beinen ruhen, bevor er seine Aufmerksamkeit Rob zu-

wandte. »Bist du heute Abend dabei?«, fragte er in einem eher vorwurfsvollen statt einladenden Ton.
Rob warf ihm, wie es schien, einen warnenden Blick zu. »Nigel, darf ich dir Marie Mather vorstellen, unsere neue Marketingleiterin. Marie, das ist Nigel Dean. Einer der Eierköpfe von oben. Entwickelt Software für unsere Datenerfassungssysteme.«
Nigel neigte vor ihr den Kopf. »Wir sind Big Brother«, sagte er. »Der, der Sie im Blick hat, nicht der, den Sie in der Glotze sehen. Wir handhaben Daten vom Supermarkt an der Ecke bis zu Radarfallen und Handynetzwerken. Ich könnte Sie von Ihrer Haustür bis zum Büro verfolgen, ohne dass Sie die geringste Ahnung davon haben.«
Rob lachte nervös. »Ignorieren Sie ihn einfach, er geht uns alle gern auf die Nerven, der Nigel.«
Widerlicher Typ, dachte sie. »Das werd ich mir merken«, sagte sie zurückhaltend, ohne deutlich zu machen, welchem der beiden sie damit antwortete.
»Ich wollte nur sichergehen, dass Rob heute Abend mitkommt. Ein paar Kollegen gehen aus, um zu feiern, dass wir einen super Auftrag gelandet haben. Wir gehen zu Honeypots, wenn Sie das kennen?«
Man brauchte nicht besonders hip zu sein, um Honeypots zu kennen, Bradfields größten und knalligsten Lapdance-Club. Marie hätte lieber ihre Hand an der Wand festgenagelt, als dort einen Abend zu verbringen. Nicht zum ersten Mal war sie dankbar für das, was sie hatte, sprich: ihren Marco. »Ich geh nie während der Woche aus«, sagte sie.
Nigel hob spöttisch einen Mundwinkel. »Ihr Damen und euer Schönheitsschlaf. Vielleicht ein andermal. An einem Freitag?«
Marie lächelte zuckersüß. »Ich bring dann meinen Mann mit. Er lacht gern.«

Sie sammelte ihre Unterlagen zusammen und stand auf. »Rob, vielleicht könnten wir das zu Ende bringen, wenn Sie dann Zeit haben?«

Arschloch, dachte sie, während sie in ihr Büro zurückmarschierte. Es war offenbar egal, wo man arbeitete, sie waren überall. *Leider.*

12

Im mobilen Einsatzzentrum herrschte ein Durcheinander wie im Irrenhaus, wenn auch bei gedämpfter Lautstärke. Ein stetiger Strom von Polizisten, Ermittlern und Zivilbediensteten, die sie unterstützten, stapfte herein und wieder hinaus; dabei deckten sie die ganze Skala ab von grimmig und mürrisch bis zu derb und vergnügt. Ein Blick sagte Paula, dass dies der denkbar schlechteste Ort war, um Beweismaterial zu prüfen, das vielleicht als Eckpfeiler in einem Prozess verwendet werden sollte. Nachdem sie es mit Fielding abgeklärt hatte, verließ sie den Tatort und kehrte in die Skenfrith Street zurück, um eine stille Ecke zu finden. Und wenn sie ehrlich war, musste sie zugeben, dass sie auch Abstand zwischen sich und der toten Frau schaffen wollte.

In den Jahren mit Carol Jordans Team war Paula eine Vielfalt von schrecklichen Dingen begegnet, die Menschen einander antun können. Die Dinge, die sie gesehen hatte, hatten sie zwar bei Tag und Nacht verstört, aber sie schaffte es immer, sie in ihrem Denken und Fühlen zu isolieren, damit sie den Rest ihres Lebens nicht vergifteten. Sie wusste, wie es war, selbst in Gefahr zu sein, und hatte durch den Einsatz bei der Arbeit Kollegen verloren. Nur zufällig blieb sie bei der Jagd auf Jacko Vance von der Gewalttat verschont, die Chris Devines Zukunft zerstört hatte.

Diesen ganzen Horror hatte sie überwunden. Vielleicht hatte sie an den schlimmen Abenden ein bisschen mehr getrunken,

ihren Zigarettenkonsum an den schlechten Tagen etwas gesteigert. Trotzdem hatte sie den Schmerz wegstecken und mit der Wut umgehen können. Tief im Inneren hatte sie gelernt, damit zu leben. Aber das Opfer von heute belastete sie. Dem konnte sie nicht entkommen. Die brutale Behandlung allein wäre schon schwer zu ertragen gewesen, aber das hätte sie ohne zu große Schwierigkeit überstanden. Die andere Sache – sie konnte es kaum ertragen, die Tat zu umschreiben, nicht einmal in Gedanken – war irgendwie unendlich schlimmer. Es war, als wolle der Mörder der Frau alles versagen, was sie zu dem machte, was sie war. Zerstörtes Gesicht, kaputter Körper, nicht mal mehr für Sex zu gebrauchen. Er hatte ihr jeden Wert genommen. Das deutete auf eine Verachtung hin, die Paulas Herz erstarren ließ. Hier ging es um einen Mörder, der nicht bei einer Tat stehenbleiben würde, fürchtete sie.
Die anderen im Team würden darüber tratschen und Vermutungen anstellen. Sie wusste, wie Polizisten waren. Aber fürs Erste wollte sie daran nicht teilnehmen. Dass sie ein Profil des Opfers zusammenzustellen hatte, das sich auf den Inhalt der Tasche stützte, würde ganz gut als Vorwand dienen können.
In der noch unvertrauten Umgebung ihrer neuen Arbeitsstelle fand sie doch die Kantine und setzte sich mit einem Kaffee und einigen tröstlichen Jaffa Cakes zurecht. Und weil das Personal der Kantine immer genau Bescheid wusste, konnte sie auch Auskunft über einen kleinen Besprechungsraum im vierten Stock bekommen, der für den Rest des Tages nicht mehr gebucht war.
Mit Handschuhen und Maske versehen, den Kaffee und ihre Kekse auf einem extra Tisch, wandte sie sich endlich dem Leben der Toten zu. Es war eine Businesstasche aus schwarzem Leder, nicht mehr neu, aber nicht verschrammt, ordentliche Qualität und geräumig. Mit ihren vielen Fächern und Extratäschchen glich sie ein wenig einer kleinen Aktentasche. Sys-

tematisch nahm Paula den Inhalt heraus und legte alles auf den Tisch, unterbrach auch nicht, um etwas genauer anzuschauen, bis die Tasche vollkommen leer war. Es beeindruckte sie, dass praktisch kein unnötiges Zeug dabei war, und sie beschloss, die angesammelten Überbleibsel des Alltags aus ihrer eigenen Handtasche zu entfernen.

Zuerst nahm sie sich die offensichtlich weiblichen Dinge vor. Lippenstift, Mascara, Rouge, alle Eigenmarke einer Drogeriekette. Ein faltbarer Plastikkamm mit einem schmalen Spiegel im Griff. Also eine Frau, die darauf achtete, wie sie aussah, aber keinen Fetisch daraus machte.

Eine Packung Tempos, nur noch zwei übrig. Eine kleine Dose, in der früher einmal Bonbons waren, enthielt jetzt aber vier Tampons. Zwei Kondome in einer Plastikhülle. Eine Blisterpackung mit Antibabypillen, drei übrig. Also sehr wahrscheinlich hetero, vermutlich Single. Wenn man liiert war, ließ man solche Dinge normalerweise zu Hause, im Bad oder im Nachttisch. Man verbrachte nicht spontan die Nacht in einem anderen Bett.

Eine Packung mit starken Schmerztabletten. Paula runzelte die Stirn. Sie glaubte nicht, dass man die ohne Rezept bekam. Ein paar Monate zuvor hatte sie einen Muskelriss in der Wade und zwei Tage entsetzliche Schmerzen gehabt, und Elinor hatte ihr einige aus dem Krankenhaus mitgebracht und sie versprechen lassen, es niemandem zu sagen. Paula hatte sie damit aufgezogen. »Bekommt also einer deiner Patienten heute Abend nur Paracetamol?« Elinor hatte zugegeben, dass es Muster von einem Pharmavertreter waren.

»Alle Ärzte haben eine Schublade voller Gratismedikamente«, sagte sie. »Man würde denken, dass wir nicht so dumm sind, aber wir greifen wie irre zur Selbstmedikation.«

War das Opfer vielleicht Ärztin? Oder jemand, der ein Problem mit Schmerzen hatte? Paula stellte die Frage fürs Erste

zurück und nahm sich wieder den Inhalt der Tasche vor. Drei Kulis – einer von einem Hotel, einer von einer Kette für Bürobedarf und einer von einer Tierschutzorganisation. Ein Schlüsselbund – ein Autoschlüssel von einem Fiat, zwei BKS-Schlüssel, zwei Bartschlüssel. Haus, Auto, Büro? Haus, Auto, Haus einer anderen Person? Das ließ sich noch nicht sagen. Zwei zerknüllte Quittungen von einem Freshco-Markt in Harriestown zeigten eine Vorliebe für Pizza mit Peperoni, Chicken-Tikka-Pie und fettarmen Erdbeerjoghurt.
Das iPhone würde sich als Fundgrube erweisen. Paula schaltete es an. Der Bildschirmschoner war eine flauschige Schildpattkatze, die auf dem Rücken lag. Als sie es benutzen wollte, wurde ein Passwort verlangt. Das hieß, sie musste das Handy dem Technikerteam übergeben; einer der Spezialisten würde ihm irgendwann seine Geheimnisse entreißen. Nicht wie bei ihrem alten Einsatzteam, wo ihre eigene IT-Expertin Stacey Chen immer greifbar war. Stacey hätte jedes letzte Datenbruchstück in Rekordzeit aus dem Telefon herausbekommen und die Ermittlungen beschleunigt. Aber hier in ihrer schönen neuen Welt würde Paulas Beweismaterial in der Warteschlange ausharren müssen. Hier gab es keine Eilaufträge, denn sie würden das Budget sprengen. Frustriert schrieb sie ein Etikett für das Handy und steckte es in eine extra Tüte.
Jetzt waren nur noch ein schmales Metallkästchen und eine dicke Geldbörse übrig. Sie ließ das Kästchen aufschnappen, und ein kleiner Stoß Businesskarten kam zum Vorschein. Nadia Wilkowa war anscheinend im Bezirk Nordwest Vertreterin für Bartis Health. Eine WWW-Adresse, eine Handynummer und eine E-Mail-Adresse für Nadia gab es auch. Paula nahm ihr eigenes Handy heraus und rief die Nummer an. Das iPhone in der Plastiktüte rutschte vibrierend über den Tisch, dann meldete sich die Voicemail: »Hallo, hier ist Nadia Wilkowa.« Der schwache osteuropäische Akzent war fast voll-

kommen von der höflichen Bradfielder Aussprache überdeckt. »Es tut mir leid, im Augenblick kann ich nicht mit Ihnen sprechen, aber hinterlassen Sie doch eine Nachricht, ich werde so bald wie möglich zurückrufen.« Eine willkommene Bestätigung.

Paula machte die Geldbörse auf. Drei Kreditkarten im Namen von Nadzieja Wilkowa; Treuekarten von Freshco, Coop und einer Modekette; ein Heftchen mit Briefmarken, zwei waren noch da, ein fest zusammengefaltetes Bündel Quittungen und vierzig Pfund in bar. Keine Fotos, keine zweckdienliche Adresse. Rasch ging sie die Quittungen durch. Parkschein, Benzinrechnung, Kassenzettel von Imbissbuden, Fastfood-Lokalen und zwei Belege von Restaurants. Sie würde sie an den verantwortlichen Kollegen weitergeben, der die Aufgaben an das Team verteilte. Jemand könnte sie gründlicher durchgehen, am besten nachdem sie den Terminplaner auf ihrem Handy ausgelesen hatten.

Und das war alles. Es war ja schön, ein geordnetes Leben zu führen, aber wenn man plötzlich tot war, half es Kripobeamten wie Paula nicht. Was sie unbedingt brauchten, war eine Wohnanschrift. Sie öffnete den Internet Browser auf ihrem Handy und rief die Homepage von Bartis Health auf. Die Firma war in einer Stadt in Leicestershire ansässig, von der sie noch nie gehört hatte. Ihr Geschäftsmodell schien sich auf die Produktion preiswerter Generika zu stützen, deren Patent abgelaufen war. Viel Umsatz, aber kleine Gewinnmargen, vermutete Paula.

Sie rief die Nummer an, die als Kontakt angegeben war. Die Frau, die antwortete, war mit Recht misstrauisch in Bezug auf ihre Bitte um Information, erklärte sich aber bereit, zurückzurufen und sich mit der Nummer des Apparats verbinden zu lassen, der auf einem Tisch in der Ecke stand. Paula hatte kein großes Zutrauen zur Tauglichkeit des Systems, aber fünf Minuten später freute sie sich über den Gegenbeweis. »Warum stellen Sie Fragen zu Nadia? Ist etwas passiert? Bestimmt ist sie doch nicht in irgendwelchen Schwierigkeiten?«, fragte die Frau, sobald sie verbunden waren.

»Kennen Sie Nadia gut?« Paula achtete darauf, nichts zu verraten durch den Gebrauch der Vergangenheitsform.

»Gut würde ich nicht sagen. Ich habe sie ein paarmal getroffen. Sie ist sehr nett und aufgeschlossen. Und hier hält man sehr viel von ihr. Aber was ist denn passiert? Hatte sie zu Hause einen Unfall?«

»Zu Hause?«

»In Polen. Sie hat mir eine Mail geschickt ... Warten Sie mal, es muss drei Wochen her sein. Jedenfalls schrieb sie mir, dass bei ihrer Mutter Brustkrebs im Stadium 3 diagnostiziert worden sei, und fragte, ob sie Urlaub aus familiären Gründen haben könne, um während der OP bei ihrer Mutter sein zu können. Ihre Mutter ist nämlich jetzt allein, da ihr Vater nicht mehr lebt und ihre Schwester in Amerika ist. Es kam ungelegen, aber man will jemanden, der seine Arbeit so gut macht wie Nadia, nicht verlieren, also sagte der Chef, ja, sie könne einen Monat Urlaub bekommen.« Die Frau hielt inne, um Luft zu holen.

Verwirrt fragte Paula: »Sind Sie da sicher?«

»Ich habe die E-Mail selbst geöffnet«, antwortete die Frau. »Und ich musste ihr gerade letzte Woche wegen der Nachbestellung eines Kunden eine Frage per E-Mail schicken. Sie hat mir am gleichen Tag geantwortet und schrieb, dass ihre Mum sich nur langsam erhole, aber sie würde nächste Woche wieder da sein.«

Das ergab keinen Sinn. War Nadia ungeplant früher zurückgekommen? Oder hatte ihr Mörder die E-Mails geschickt, sich als sie ausgegeben und damit die Tatsache verschleiert, dass sie Bradfield nie verlassen hatte? War es ein raffinierter

Schwindel, ein Betrug, um Nadias Verschwinden zu kaschieren? Aber die Frau fing wieder an zu sprechen und unterbrach Paulas hektische Gedanken. »Ist also Nadia etwas passiert? Rufen Sie deshalb an?«
Paula schloss die Augen und wünschte, sie hätte jemand anderen gebeten, diesen Anruf zu erledigen. »Es tut mir sehr leid, aber ich muss Ihnen sagen, dass Nadia unter ungeklärten Umständen gestorben ist.« Es stimmte, ohne dass es irgendwie der ganzen Wahrheit nahekam.
Ein Moment war alles still. »In Polen?«
»Nein. Hier, in Bradfield.«
»Das verstehe ich nicht.«
»Wir ermitteln noch«, sagte Paula stockend.
»Das ist ja entsetzlich«, sagte die Frau mit schwacher Stimme. »Ich kann das nicht glauben. Nadia? Was ist geschehen?«
»Leider kann ich nicht in die Einzelheiten gehen. Aber wir brauchen Hilfe. Wir haben keine Adressen von ihr. Privat oder von der Arbeit. Oder ihren nächsten Verwandten. Ich hatte gehofft, dass Sie auf diese Informationen zugreifen können.«
»Lassen Sie mich Nadias Personalakte aufrufen«, sagte die Frau. »Sie hat von zu Hause aus gearbeitet, also gibt es eigentlich keine Büroadresse.« Ein Raum weniger, der auseinandergenommen werden musste, um Antworten auf die Fragen zu finden, die sich aus Nadias Tod ergaben.
Zehn Minuten später hatte Paula jeden geringsten Bruchteil von Information über Nadia, den man bei Bartis Health kannte. Viel war es nicht, aber ein Anfang. Sie hatte eine Adresse im Distrikt Harriestown. Außerdem wusste sie, dass Nadzieja Wilkowa sechsundzwanzig Jahre alt war und seit achtzehn Monaten für Bartis gearbeitet hatte. Sie hatte einen Studienabschluss in Pharmakologie von der Universität in Poznan und sprach ausgezeichnet Englisch. Die Hauptge-

schäftsstelle besuchte sie alle zwei oder drei Monate. Ihr Einzugsgebiet war Nordengland, und sie war eine der erfolgreichsten Vertreterinnen der Firma gewesen. Die nächste Verwandte, die sie angegeben hatte, war ihre Mutter mit einer Adresse in Leszno. Ein Ort, von dem Paula noch nie gehört hatte, und schon gar nicht hätte sie ihn auf einer Landkarte zeigen können. Sie wusste nicht so recht, wie man vorging, wenn die nächsten Verwandten im Ausland waren, aber sie war sicher, dass es eine entsprechende Vorschrift gab. Wenigstens musste sie die Todesnachricht dort nicht selbst überbringen. Und auch die Befragung, um festzustellen, ob Nadia kürzlich in Polen gewesen war, musste sie nicht durchführen. Paula schaute auf ihre Uhr. Jetzt musste sie Nadias Telefon den Technikern übergeben, sich zwei junge Kollegen schnappen und Nadias Wohnung auf den Kopf stellen, denn es galt herauszufinden, wie ihr Leben und die Wege des Mörders sich überschnitten hatten. Aber sie dachte an das Versprechen, das sie Torin McAndrew gegeben und dass sie nichts getan hatte, um es zu erfüllen. Ein paar Stunden blieben ihr, bevor der Junge sie per SMS kontaktieren würde. Nadia war tot und Torin äußerst lebendig.

Eigentlich gab es da keinen Interessenkonflikt. Aber Paula war von Carol Jordan eingeschärft worden, dass es ihre Pflicht sei, für die Toten zu sprechen. Andererseits hatte sie neben dem Einsatz für die Toten auch eine Verantwortung für die Lebenden. Ein Mörder lief jedoch frei herum, und es war ihre Aufgabe, ihn zu finden, bevor er noch jemanden umbrachte. Was konnte wichtiger sein als das?

13

Bev kam es vor, als triebe sie durch etwas Dichtes und Schweres nach oben. Nicht schwer wie Schlamm. Eher wie Milchshake oder Emulsionsfarbe. Ihre Glieder fühlten sich schwer an, die Welt war undurchdringlich schwarz. Langsam dämmerte ihr, dass ihre Augen geschlossen waren. Aber als sie sie öffnete, änderte sich nichts. In ihrem Kopf hämmerte es, wenn sie sich bewegte, aber sie zwang sich, ihn hin und her zu drehen; trotzdem war jedoch absolut nichts zu sehen. Durch ihr benebeltes Hirn zog die Vorstellung, dass ein schwarzes Loch so sein musste. Schwarz, schwarz und jenseits davon auch nur schwarz.
Langsam löste sich die Benommenheit so weit, dass sie begriff: Diese Dunkelheit war etwas, das es zu fürchten galt, nichts, über das man sich nur wundern sollte. Als der Nebel der Bewusstlosigkeit sich hob, versuchte Bev zu verstehen, wo sie war und was mit ihr passiert war. Ihr Kopf tat weh, und ein ekelhaft süßlicher Geschmack saß weit hinten in ihrer Kehle. Das Letzte, woran sie sich erinnerte, war, dass sie auf dem Weg nach Hause eingekauft hatte und den Kofferraum ihres Wagens öffnete, um zwei Tüten mit Lebensmitteln zu verstauen. Danach kam nichts mehr. Nur eine entsetzliche Leere.
Sie konnte nicht überblicken, wie lange sie bewusstlos gewesen war. Minuten? Nein, sicher länger als Minuten. Wo immer sie war, es war nicht der Parkplatz von Freshco. Also Stun-

den? Wie viele Stunden? Was dachte Torin? Hatte er Angst? War er wütend auf sie? Meinte er, dass sie ihn verlassen und sich abgesetzt hätte, um Spaß zu haben, ohne ihm Bescheid zu sagen? Was würde er ohne sie machen? Würde er Alarm schlagen, oder würde er sich das nicht trauen, weil er nicht wusste, wie es dann weiterginge? Die Gedanken flitzten in ihrem Kopf herum wie Hamster in ihrem Rad. Mein Gott, sie musste sich zusammennehmen.
»Okay. Denk nicht an Torin. Lass das jetzt und sieh zu, dass du vorankommst.« Diese Worte sagte sie laut vor sich hin und wünschte dann, sie hätte es nicht getan. Wo immer sie war, es herrschte eine absolut schallarme Atmosphäre, ihre Stimme klang tonlos und gedämpft.
Bev war jedoch immer noch entschlossen, sich ihre Angst vom Leib zu halten, und fand, es wäre sinnvoll, die Ausdehnung des Raums zu ergründen. Sie saß, und zwar auf einer glatten Oberfläche. Diese Erkenntnis führte zu einer nächsten: Sie hatte ihre Hose, Socken und Schuhe nicht mehr an. Sie tastete ihren Körper ab. Zwar trug sie ihren eigenen Büstenhalter, aber der Schlüpfer war jedenfalls nicht ihr eigener. Knappe Spitzenhöschen waren nicht ihr Stil. Spitze kratzte, fand sie, und sie mochte das Gefühl zu enger Baumwolle nicht auf der Haut. Lieber wollte sie nicht darüber nachdenken, was das zu bedeuten hatte.
Es war ja nur Fleisch, wenn man es recht bedachte. Sie wusste nichts von dem, was während ihrer Bewusstlosigkeit geschehen war, hatte es nicht emotional miterlebt. In einem gewissen Sinn, sagte sie sich, war es genauso wenig eine Verletzung wie das, was bei jedem chirurgischen Eingriff unter Vollnarkose vor sich ging. Die meisten Leute würden ausflippen, wenn sie mit anschauen müssten, was mit ihrem Körper auf dem Operationstisch gemacht wurde. Unwissenheit war nicht nur ein Segen, sondern machte es möglich, dass sie für

das Skalpell des Chirurgen dankbar sein konnten. Mit Unwissenheit konnte Bev fertig werden, da war sie ziemlich sicher. Sie untersuchte die Fläche, auf der sie saß. Glatt, kühl, aber nicht kalt. Als sie ihr Bein bewegte, war die Oberfläche warm von der Berührung mit ihrem Körper. Langsam hob sie die Arme hoch, konnte sie aber nicht ganz ausstrecken. Dann ließ sie sich nach unten gleiten, bis ihre Füße den äußersten Endpunkt ihres Gefängnisses berührten. Mit einem Fuß machte sie eine Kreisbewegung, und ihr wurde klar, dass es da eine Art Stufe gab. Schließlich setzte sie sich wieder. Zwischen ihrem Kopf und der unbeweglichen Decke des Objekts waren ein paar Zentimeter Abstand; sie musste sich eingestehen, dass es ein Kasten war. Einen Meter breit, anderthalb Meter lang und ein bisschen höher als ein Meter. Mit Plastik ausgekleidet. Oben ein Saum aus weicherem Plastik, der das Licht abhielt und wahrscheinlich auch luftdicht war. Mit etwas, das sich wie eine Stufe anfühlte, am einen Ende. Das einzige Objekt, das zu dieser Beschreibung passte, war eine Tiefkühltruhe.

Sie war in einem Gefrierschrank eingeschlossen!

Bev war niemand, der leicht in Panik verfiel, aber als ihr klarwurde, wo sie sich befand, ließ das ihr Herz hämmern vor Angst und Schrecken. Wenn der Mensch, der sie hierhergebracht hatte, sie töten wollte, brauchte er nur einen Schalter umzulegen, und die Unterkühlung würde es für ihn erledigen. Oder er brauchte nur zu warten, bis ihr die Luft ausging.

14

Mitten am Nachmittag, das war keine gute Zeit, um in der Apotheke des Cross Hospital in Bradfield jemandes ungeteilte Aufmerksamkeit in Anspruch zu nehmen. Besonders an einem Tag, an dem eine Mitarbeiterin fehlte. Aber andererseits gab es nach dem, was Paula von Elinor Blessing und von Bev selbst gehört hatte, während des Arbeitstages überhaupt keine Pause, in der die Apotheker und ihre Helfer sich nicht die Hacken ablaufen mussten. Die gewissenhafte Medikamentenausgabe für das Krankenhaus lief fortdauernd weiter. Manchmal glaubte Paula, der Fortschritt des menschlichen Wissens bestehe lediglich darin, dass man anspruchsvollere Mittel zur Schmerzlinderung gefunden hatte.

Bevs Vertreter, Dan Birchall, sah aus wie ein Mitglied einer unbedeutenden, verlotterten Boygroup. Die Züge eines gutaussehenden jungen Mannes waren hinter der Schlaffheit seines fleischigen Gesichts noch zu erahnen, der sauber getrimmte Bart konnte die Hängebacken am Kinn jedoch nicht verbergen. Er bewegte sich noch mit einer gewissen Eleganz, tanzte fast zwischen den Regalen und Schränken hin und her. Aber es war ein Tanz, dessen Tempo schon leicht nachließ und dessen Schritte mit jedem weiteren Jahr verzweifelter wirkten. »Sie sind Dr. Blessings Lady, oder?«, war seine Antwort, nachdem Paula sich vorgestellt hatte. Kein Spruch, der ihn ihr sympathischer machte.

»Ich überprüfe, wo die Leiterin dieser Apotheke, Ms McAn-

drew, sich aufhält.« Paula lächelte. Allein darum, weil er ihr, für was immer er wissen mochte, als Zeuge nützlich sein konnte. »Ihr Sohn hat sie vermisst gemeldet.«
Dan verdrehte die Augen. »A-haa«, sagte er und dehnte das Wort so lang wie möglich. »Na ja, jetzt wird plötzlich einiges klar. Wir sind schon den ganzen Tag konsterniert und wundern uns, was mit Bev los ist. Sie würde nämlich niemals einfach wegbleiben. Das passt überhaupt nicht zu ihr.«
Paula zog einen Hocker heran, setzte sich und forderte ihn mit einer Handbewegung auf, er solle ebenfalls Platz nehmen. Aber er blieb stehen und lehnte sich mit an den Knöcheln überkreuzten Beinen und verschränkten Armen an den Tisch. Das veranlasste sie, sich zu fragen, was er zu verbergen hatte. Wäre sie Tony Hill gewesen, hätte sie es zweifellos schon herausbekommen. Aber sie hatte ein Talent für das Befragen und war daran gewöhnt, den längeren Weg zu nehmen. »Sie haben also nichts von ihr gehört?«
Er schüttelte den Kopf. »Kein Wort. Keine SMS, keine E-Mail, keine Nachricht. Zuerst nahm ich an, dass sie vom Verkehr aufgehalten wurde. Nur schafft es Bev irgendwie immer, nicht im Verkehr stecken zu bleiben.« Er verdrehte wieder die Augen. »So ist Bev. So durchorganisiert, dass sie beim Frühstück die Verkehrsmeldungen hört. Aber als es dann halb zehn wurde, fand ich, es sei unmöglich, dass Bev sich eine Stunde verspäten würde, ohne anzurufen. Deshalb versuchte ich, sie unter ihrer Nummer zu Hause und unter ihrer Handynummer zu erreichen. Aber es meldeten sich nur der Anrufbeantworter und die Voicemail.« Er breitete die Arme aus. »Was hätte ich sonst tun können?«
»Sind Sie nicht auf den Gedanken gekommen, hinzufahren und nachzusehen, ob alles in Ordnung war?«
Er warf ihr einen gereizten Blick zu. »Wieso sollte ich das tun? Sie lebt ja nicht allein. Wenn ihr etwas zugestoßen wäre,

hätte Torin, der Wunderknabe, Hilfe rufen können. Außerdem ...« Er wies ungeduldig auf den Betrieb in der Arzneiausgabe. »Schauen Sie sich den Laden an. Es fehlte sowieso schon einer hier. Ich konnte nicht einfach den Rest der Kollegen allein lassen. Wir haben sowieso alle nur eine halbe Stunde Mittagspause gemacht.« Er schien eher irritiert als besorgt. Paula hoffte, dass, was immer Bev zugestoßen sein mochte, nichts war, was ihn in seiner Erinnerung verfolgen und immer wieder schuldbewusst an seinen Ärger denken lassen würde.
»Das kann ich verstehen. Sie haben Patienten, für die Sie Verantwortung tragen.«
Dan stürzte sich auf diese Ausrede. »Genau. Die Leute verlassen sich auf uns.«
»Wann haben Sie Bev also zuletzt gesehen?«
»Gestern. Kurz nach halb sechs. Sie war fertig mit der Arbeit im Büro.« Er deutete auf eine Arbeitsnische in der hinteren Ecke. »Ich wollte etwas trinken gehen mit Bob Symes, einem der Pflegehelfer, zu seinem Geburtstag. Ich fragte sie, ob sie Lust hätte, mitzukommen, aber sie sagte, sie hätte noch Papierkram zu erledigen, und dann müsste sie auf dem Heimweg bei Freshco vorbeischauen. Also bin ich gegangen.«
»War sonst noch jemand am Arbeiten?«
»Die Kollegin, die Spätdienst hatte, natürlich. Sie kommt um fünf und hat bis halb eins Dienst. Die in der Nachtschicht ist dann von Mitternacht bis halb neun da.« Er machte eine wegwerfende Handbewegung. »Aber an unserem höllischen Dienstplan sind Sie bestimmt nicht interessiert.«
Paula machte sich eine Notiz auf ihrem Block. »Ich brauche Angaben zu Ihrer Kollegin vom Spätdienst.«
Dan nickte. »Kein Problem. Sie heißt Vahni Bhat. Ich gebe Ihnen ihre Telefonnummer, wenn wir fertig sind. Sie wird heute Abend da sein, falls Sie sie sprechen wollen.«
»Danke.« Sie schaute sich um. Zwei junge Frauen und ein

älterer Mann waren konzentriert bei der Arbeit und schienen sie und Dan gar nicht zu bemerken. Paula hatte nicht oft an einem Arbeitsplatz zu tun, wo die Angestellten so von ihren eigenen Aufgaben in Beschlag genommen wurden, dass sie eine Ermittlung der Polizei, die mitten unter ihnen ablief, überhaupt nicht beachteten. »War Bev mit irgendjemandem bei der Arbeit hier näher befreundet?«
Dan kratzte sich am Bart, runzelte die Stirn und wandte den Blick ab. »Das würde ich nicht sagen. Verstehen Sie mich nicht falsch, wir sind hier schon gute Arbeitskollegen. Und weiß der Himmel, mit Bev arbeite ich schon eine Ewigkeit zusammen. Aber so eng sind wir dann doch nicht.« Er schaute ihr immer noch nicht in die Augen und nutzte den Vorwand, seine Kollegen im Blick zu behalten, um ihr auszuweichen. »Wenn der Arbeitstag vorbei ist, machen wir alle unser eigenes Ding. Bev war ein ausgesprochener Familienmensch. Torin stand bei ihr an erster Stelle.« Das klang ein bisschen spitz, bemerkte sie. Hatte sich Dan gewünscht, dass Bev mehr Interesse an ihm hätte? Oder hatte es früher einmal etwas gegeben, das mehr als Freundschaft war? Schwierig zu sagen. Paula dachte, diese Frage könnte sie vielleicht mit Elinor besprechen und sehen, ob es diesbezüglich Gerede gegeben hatte.
»Sie haben Torin den ›Wunderknaben‹ genannt. Was hat es damit auf sich, Dan?« Paula klang unbeschwert, fast scherzend.
Er zog einen Mundwinkel herab zu einem schiefen Lächeln. »Ich mache mich über sie lustig, weil sie ständig betont, wie toll er ist. Ich habe auch ein Kind, Becky, aber ich behaupte nicht, dass sie die Klügste, die Hübscheste und Begabteste ist. So wie sie über Torin redet, würde man denken, sonst hat noch nie jemand ein Kind gehabt. Das ist alles.« Er zuckte mit den Achseln und lächelte verschwörerisch. »Keine große Sache.«

»Er war immerhin schlau genug, sie vermisst zu melden.« Paula schaute sich im Raum um. »Soweit Sie also wissen, hatte Bev für gestern Abend keine Pläne?«
»Sie sagte zu mir, Freshco und dann nach Hause.«
»Hätte sie es Ihnen erzählt, wenn sie andere Pläne gehabt hätte?«
Wieder Achselzucken. »Manchmal sprach sie davon, wenn sie vorhatte, ins Kino zu gehen oder zum Fußballspiel mit Torin oder so etwas. Oder wenn etwas im Fernsehen kam, auf das sie sich freute. Aber es war nicht so, dass sie mir gewohnheitsmäßig erzählte, was sie vorhatte. Um ganz ehrlich zu sein, es ist immer voll hier drin. Man muss sich konzentrieren. Es ist nicht wie am Fließband, wo man während der Arbeit über alles Mögliche plaudern kann. Hier schadet es der Gesundheit der Patienten, wenn man Mist baut. Sie können sogar sterben. Deshalb haben wir's nicht so mit geselligem Tratsch.«
»Wissen Sie, ob sie mit jemandem ausging?«
»Wenn ja, dann wusste niemand von uns davon. Schauen Sie, Sie leben doch mit Dr. Blessing. Sie müssen wissen, wie das ist. Ein Krankenhaus ist eine einzige Gerüchteküche. Und das hier ist die Klatschzentrale.«
»Ich dachte, Sie hätten keine Zeit für Tratsch?« Paula milderte die Stichelei ab, indem sie sie wie einen Scherz klingen ließ und mit einem wissenden Lächeln begleitete.
»Nicht wenn wir die Medikamente richten. Aber am Tresen, wenn die Rezepte abgegeben und die Bestellungen abgeholt werden, da werden Informationen ausgetauscht. Und ich habe nicht das leiseste Getuschel gehört, dass Bev mit jemandem ausgeht. Nach ihrer Scheidung ging sie hin und wieder mit zwei Typen aus, aber beide Male fand sie, dass daraus nichts werden könne, und machte Schluss. Seit zwei Jahren ist sie allein, soweit wir hier wissen.« Plötzlich schien es ihr, als widerspreche er zu sehr.

»Und Sie? Sie gingen mit Bob dem Pflegehelfer etwas trinken? Haben Sie Bev danach gesehen?«
Er interessierte sich jetzt sehr für die Sachen, die neben ihm auf den Regalen standen. »Eigentlich bin ich dann doch nicht gegangen. War nicht in der Stimmung. Auf dem Heimweg ging ich allein etwas trinken.«
»Erinnern Sie sich, wo das war?«
»Im Bertie.«
»Sie meinen das Prince Albert?« Paula kannte das Lokal. Es war eine gut besuchte Scheune von einem Pub am Rand der Innenstadt, immer brechend voll, weil es dort billiges Bier gab. Er nickte. »Genau.«
»Nicht gerade passend, wenn man in Ruhe etwas trinken will.« Er verzog das Gesicht. »Man wird nicht angequatscht, es ist zu voll, als dass Leute zwanglose Unterhaltungen anfangen würden. Mir gefällt es dort, wenn ich in einer Menge allein sein will.«
Und niemand sich erinnert, ob du da warst oder nicht. Eine weitere Sackgasse. »Hatte Bev mit irgendjemandem Streit, soweit Sie wissen? Kollegen? Anderes Personal? Patienten? Jemand im Privatleben?«
Dan schaute ausdruckslos drein. »Sie hat nie etwas gesagt. Ich meine, von Zeit zu Zeit geraten wir schon mal mit jemandem aneinander. Die Kunden sind nicht immer vernünftig. Aber Bev kann die Situation meistens ganz gut beruhigen. Sie provoziert nicht.« Er lächelte ironisch. »Nicht wie ich. Mir fällt es nicht so leicht, ihre Unverschämtheiten zu ertragen. Manchmal gehe ich einfach weg, und dann kommt Bev ins Spiel und glättet die Wogen.«
»Also kein Freund, keine Feinde. Schien sie sich in letzter Zeit vielleicht nicht wohl zu fühlen? Verunsichert, verängstigt?«
Wieder kratzte er sich am Bart. »So ist sie nicht. Bev ist kein ängstlicher Mensch. Ich würde sagen, das Einzige, vor dem

sie Angst hätte, wäre, dass Torin etwas passiert. Und ihm ist nichts passiert, oder? Nicht nach dem, was Sie sagten.«
Nur, dass ihm die Mutter abhandengekommen ist. »Wenn ich Ihnen gestern Abend prophezeit hätte, Bev wird vermisst werden, hätte Ihnen dann irgendetwas in Ihrem Inneren gesagt: ›Ja, das leuchtet ein‹?«
Ohne zu zögern schüttelte Dan den Kopf. »Nein. Bev ist unbedingt zuverlässig, hat immer alles im Griff. Wollte sie verschwinden, dann würde sie es so machen, dass niemand ihre Flucht bemerken würde, bis alles längst vorbei wäre.«
Paula fielen keine weiteren Fragen an Dan ein, obwohl sie das Gefühl hatte, es könnten sich später noch welche ergeben. Sie stand auf und zog ihre Karte aus der Tasche. »Schicken Sie mir Vahni Bhats Nummer, bitte. Und lassen Sie es mich wissen, wenn Ihnen noch etwas einfällt. Irgendwas Ungewöhnliches oder etwas, das Bev gesagt hat. Wir nehmen die Sache ernst, Dan.«
»Okay. Richten Sie Torin aus, wir denken an ihn.«
Das wäre dann der leichtere Teil, dachte Paula und schaute auf ihre Uhr. Sie hatte zwei Constables in Nadia Wilkowas Wohnung geschickt und versprochen, dort zu ihnen zu stoßen. Wenn Nadia nicht in einer Klosterzelle ohne Besitztümer gelebt hatte, würden sie noch dort sein und in Schubladen mit Unterwäsche und Küchenschränken herumstöbern. Und das gab ihr ein kleines Zeitfenster, um weitere unkonventionelle Maßnahmen zu ergreifen.
Sie schickte eine kurze SMS an Elinor und bat sie um fünf Minuten im Café im fünften Stock, das, wie sie wusste, in der Nähe der Station war, wo ihre Lebensgefährtin sich um die frisch operierten Patienten kümmern würde. Paula hatte ihre Tasse heiße Schokolade halb getrunken, als Elinor erschien, im schlichten weißen Kittel und mit Stethoskop. Mit der Zeit war das physische Lustgefühl nicht geringer geworden, das

Paula noch immer jedes Mal verspürte, wenn sie zusammentrafen. Selbst wenn seit dem letzten Mal nur ein paar Stunden vergangen waren. Es war verrückt, es war unreif, aber das war ihr egal. Als sie Elinor damals kennenlernte, hatte es in ihrem Leben nicht viel Freude gegeben. Jetzt widerlegten die zahllosen Gründe, morgens aufzustehen, jeden Gedanken in dieser Richtung.
Elinor ging direkt auf Paulas Tisch zu und ließ den Tresen links liegen. Sie beugte sich vor und küsste sie auf die Lippen, während sie Platz nahm. »Es ist ja immer eine große Freude, dich zu sehen, aber ich habe echt nur fünf Minuten Zeit«, sagte sie.
Paula hielt beide Hände hoch, eine entschuldigende Geste. »Tut mir leid. Ich bin auch unter Zeitdruck. Aber es ist wichtig.«
»Gib mir die Zehn-Sekunden-Version.« Elinor griff nach der Tasse, nahm einen Schluck und erschauerte vor Behagen. »Zuckerstoß, wie ich das genieße!«
»Torin McAndrew hat heute Morgen seine Mutter vermisst gemeldet. Sie ist nicht bei der Arbeit, niemand hat von ihr gehört und …«
»Bev wird vermisst?«, unterbrach sie Elinor.
»Anscheinend ja.«
»Aber sie würde doch Torin nicht allein lassen. Paula, etwas Ernstes muss passiert sein. Hast du in den Krankenhäusern nachgefragt?«
»Das hab ich zuallererst gemacht. Und mich nach den Listen der in Polizeigewahrsam gehaltenen Personen erkundigt. Sie war nicht in einen Unfall verwickelt und ist auch nicht verhaftet worden. Glaub mir, ich nehme das nicht auf die leichte Schulter.«
Elinor schlug die Hand vor den Mund. Sie wusste nur zu gut, mit welcher Art von Fällen Paula sich im Allgemeinen be-

schäftigen musste. Jeder wäre entsetzt bei dem Gedanken, dass eine Freundin in einen solchen Fall hineingeraten sein könnte. »Was kann ich tun?«
»Wer ist ihr bester Freund?«
»Wahrscheinlich Dan«, antwortete Elinor, ohne zu zögern. »Er ist hetero, aber so gekünstelt, dass er genauso gut schwul sein könnte. Vor zwei Jahren gab es mal eine kurze Zeit, als aus ihrer Freundschaft fast mehr wurde. Aber beide haben sich zurückgezogen. Sie wollte seine Ehe nicht gefährden und er eigentlich auch nicht.«
»War es beidseitig, dass sie sich zurückzogen?«
Elinor hielt inne und dachte nach. »Soweit ich mich erinnern kann, ja. Ich war inzwischen ein paarmal mit ihnen zusammen und habe keine Verlegenheit zwischen ihnen wahrgenommen.« Sie warf Paula einen skeptischen Blick zu. »Du glaubst doch nicht, dass Dan irgendetwas mit Bevs Verschwinden zu tun hat?«
»Ich werde mich nicht dafür entschuldigen, dass ich alle Möglichkeiten bedenke, Elinor. Aber es gibt etwas viel Dringenderes als Dan und was für ein Typ er ist. Es ist so: Ich kann Torin nicht allein zu Hause bleiben lassen. Gestern Nacht war er ohne Bev zu Hause, ich weiß, aber er glaubte nicht wirklich, dass sie die ganze Nacht wegbleiben würde. In der Nähe hier hat er keine Angehörigen. Und ich will nicht, dass das Jugendamt ihn in Obhut nimmt.«
»Möchtest du, dass er kommt und bei uns bleibt?«
Paula konnte ein Lächeln nicht unterdrücken. »Deshalb liebe ich dich«, sagte sie. »Du hast so ein großes Herz.«
»Offensichtlich. Ich hab mich ja für dich entschieden.« Elinor klopfte mit einem Finger auf Paulas Hand. »Wie machen wir das?«
»Er schickt mir nach der Schule eine SMS. Kann ich ihn hier herüberschicken? Könntest du eine stille Ecke finden, wo er

seine Schularbeiten machen kann, bis du Feierabend hast? Ich will nicht, dass er zu einem Freund mit nach Haus geht und ihm herausrutscht, dass seine Mum verschwunden ist und er bei zwei bösen lesbischen Hexen unterkommt, die er kaum kennt.«
Elinor dachte einen Moment nach. »Klar, mir wird schon etwas einfallen. Und du? Was ist mit dir? Wann kommst du nach Haus?«
Paula seufzte und schüttelte den Kopf. »Ich weiß nicht genau. Wir hatten heute früh einen Mord und haben noch kaum damit angefangen.«
»Nur gut, dass ich so verträglich bin«, sagte Elinor.
»Ich weiß. Manchmal denke ich, ich benehme mich wie die schlimmsten meiner männlichen Kollegen. Tut mir leid.«
»Der Unterschied ist, du bist dir dessen bewusst. Und ich darf mich moralisch überlegen fühlen.« Elinor grinste. »Ist schon gut, Paula. Wir zahlen beide den Preis dafür, dass uns das wichtig ist, was wir bei der Arbeit tun. Ich würde dich weniger lieben, wenn du deinen Job weniger ernst nähmst. Wie ist die neue Chefin?«
»Das kann ich noch nicht sagen. Aber sie ist nicht Carol Jordan, das steht fest.«
»Informativ ist das nicht gerade.«
Paula nahm ihre Tasche. »Bis später. Du musst dich um Patienten kümmern, und ich muss mich absichern.« Sie stand auf, legte Elinor eine Hand auf die Schulter und küsste sie auf den Scheitel. »Ich schicke Torin rüber. Und dann seh ich dich wann immer.«

15

Ein schräger Nieselregen war den ganzen Tag schon aus einem stahlgrauen Himmel gefallen, unermüdlich und deprimierend. Er hatte es nur zwischendurch bemerkt, denn es gab bei der Arbeit kein Fenster in seinem Blickfeld. Der Regen wäre ein Ärgernis gewesen, als er auf die letzten zwei gewartet hatte. Es hatte keine unauffällige Stelle zum Unterstellen gegeben. Aber diesmal war das kein Problem. Auf der anderen Seite der Straße, gegenüber der Zentrale von Tellit Communications, war eine Reihe von Schnellrestaurants: Subway, McDonald's und eine kleine Kaffeestube, die den besten Kaffee in Bradfield anpries. Schön wär's. Er hatte mit einem Cheeseburger angefangen und eine halbe Stunde damit zugebracht. Als Nächstes zog er den Verzehr eines Schokoladenkekses und einer Coca-Cola light über vierzig Minuten hin. Wo war die Frau nur, verdammt noch mal? Hatte sie kein Zuhause, wo sie hingehen sollte?
Bei der Ironie dieses letzten Gedankens musste er ein Kichern unterdrücken. Das Zuhause, das er für sie vorgesehen hatte, war ganz anders als das, in welches sie heute Abend zurückkehren würde. Wenn sie sich richtig benahm, wenn sie ihn glücklich machte, konnte sie ein neues Leben und ein neues Heim haben. Wenn nicht, konnte sie die Schuld einer anderen zahlen und sich den früheren anschließen. Seiner ersten und der vor der jetzigen, die die einzig Wahre hätte sein sollen. Natürlich wusste er, dass er diese letzte vielleicht nicht ge-

brauchen könnte. Aber der Zufall hatte sie ihm in die Hände gespielt, und er war niemand, dem nichts einfiel, wenn sich eine Gelegenheit bot. Er war ziemlich sicher, dass die, die er jetzt hatte, den Erwartungen nicht entsprechen würde, und es war doch sinnvoll, auf diese Möglichkeit vorbereitet zu sein. Er knüllte seine Serviette zu einem Ball zusammen, stand auf und wollte gerade zur Kaffeestube weitergehen, als er sie entdeckte; sie stöckelte von den Aufzügen her den Korridor entlang. Dann durchquerte sie mit unerwartet federnden Schritten die Halle. Die meisten Leute schleppten sich nach einem langen Tag ermattet aus dem Büro, aber diese hier hatte richtig Schwung. Das war ihm überhaupt zuerst an ihr aufgefallen, bevor er bemerkte, dass sie perfekt passte. Sie glich jemandem, der auf etwas zuging, auf das zu warten sich lohnte. Dieses strahlende Bild merkte er sich ausdrücklich. Das würde sie ihm bieten müssen, wenn sie eine Überlebenschance haben wollte.

Sie blieb auf der Schwelle stehen und spannte einen Knirps auf. Er drängelte sich durch die Kunden bis zur Tür vor, den Blick auf sein Ziel gerichtet und ohne auf das Schimpfen derjenigen zu achten, die ihm im Weg waren. Sie spielten keine Rolle. Das einzig Wichtige war, sie im Blick zu behalten. Bis er es auf die Straße hinaus geschafft hatte, war sie schon halb an der Ecke. Er ging etwas schneller, holte auf, war aber vorsichtig, ihr nicht zu nah zu kommen. Seine Beanie-Mütze zog er tiefer in die Stirn, ließ das Kinn unter seinem Schal verschwinden und vergewisserte sich, dass die Brille mit dem Fensterglas noch richtig saß. Es war erstaunlich, welchen Unterschied kleine Dinge beim Aussehen machten. Die Leute bemerkten die Äußerlichkeiten, nicht das Wesentliche. Nicht dass er vorhatte, irgendetwas zu tun, das die Aufmerksamkeit auf ihn gelenkt hätte. Aber in der Innenstadt gab es überall Überwachungskameras. Da würde er kein Risiko eingehen.

Am Ende der Straße bog sie links ab auf den Bellwether Square mit seinem geschäftigen frühabendlichen Treiben. Wieder beschleunigte er, denn er wollte sie in der Menge nicht verlieren. Sie war nicht groß, und er sorgte sich, dass er sie aus den Augen verlieren könnte. Es würde seine Pläne nicht kaputtmachen, auf lange Sicht nicht. Aber es wäre eine Unannehmlichkeit, und er hasste Unannehmlichkeiten. Er musste herausfinden, wo sie wohnte, und wollte keinen weiteren Abend auf etwas so Einfaches verschwenden.

Sie wandte sich in Richtung der Straßenbahnschienen, die eine Seite des Platzes einnahmen, ging eine Rampe zu einer Haltestelle hoch und klappte ihren Schirm zu, als sie die schützende Überdachung erreicht hatte. Er blieb zurück, bis sie ihren Platz an der Haltestelle eingenommen hatte, und näherte sich ihr dann wagemutig von hinten. Sie schaute ihn nicht einmal an, als er ihr näher kam und den Kopf wegen des Regens gesenkt hielt. Es erstaunte ihn, wie die Frauen sich in der Welt bewegten, ohne die Gefahren zu begreifen, die ihnen überall drohten. Manchmal hatte er das Gefühl, seine Kraft so greifbar auszustrahlen wie die Hitze, die von einem Holzfeuer aufsteigt. Wie konnten sie ihn überhaupt nicht wahrnehmen? Hunde fletschten die Zähne, Katzen fauchten ihn an, wenn er ihnen die Hand hinhielt. Aber Frauen waren so wenig im Einklang mit ihrer Umgebung, dass sie ihr einfach keine Aufmerksamkeit entgegenbrachten.

Aber ihm würde sie sehr bald ihre Aufmerksamkeit schenken, das schwor er sich.

Jetzt war er so nah, dass er jedes blonde Haar auf ihrem Kopf unterscheiden konnte. Nah genug, dass er erkennen konnte: Ihr Haar war naturblond. Keine verräterischen dunklen Haarwurzeln, und genau so sollte es sein. Wenn er sich von der dünnsten braunen Linie enttäuscht gesehen hätte, wäre er weggegangen. Denn er war nur an den perfekt passenden in-

teressiert. Schließlich war er nicht irgendein Versager, der sich mit der Zweitbesten zufrieden gab. Er war dessen beraubt worden, was ihm rechtmäßig zugestanden hätte, aber das hieß nicht, dass ihm einfach irgendwas genügte.
Die Straßenbahn kam in Sicht, und der Regen ließ ihren blau- und weinroten Anstrich unter der Straßenbeleuchtung und den Neonleuchten der Restaurants auf dem Platz glänzen. Sie hatte ihren Platz perfekt ausgewählt, direkt gegenüber einer der sich öffnenden Türen. Er stieg hinter ihr ein. Sie ging nach links, er nach rechts und glitt auf einen Notsitz, von wo er sie sehen konnte, sie ihn aber nicht, es sei denn, sie drehte den Kopf. Er seufzte zufrieden. Bald würde er alles wissen, was er wissen musste.
Sie hatte nicht den blassesten Schimmer.

Marie Mather beglückwünschte sich dazu, dass sie in der Straßenbahn einen Sitzplatz bekommen hatte. Etwas mehr als elf Stunden hatte sie im Gebäude von Tellit Communications verbracht. Das zeigte mehr als guten Willen für einen ersten Tag, fand sie. Es würde wahrscheinlich nach sieben sein, bis sie daheim ankam. Aber anders als die meisten berufstätigen Frauen würde sie nicht nach Hause eilen, um das Abendessen auf den Tisch zu bringen. Marie hatte das Glück, mit einem Mann verheiratet zu sein, dessen italienische Mutter keine Töchter hatte; und diese Tatsache hatte sie dadurch ausgeglichen, dass sie Marco ihr gesamtes Wissen über das Kochen beigebracht hatte. Dieser Tage arbeitete er meistens von zu Hause aus, er entwarf Möbel für einen Online-Händler, deshalb fand Marie nach der Arbeit ein frisch gekochtes Abendessen vor, was ihr jedes Mal das Gefühl gab, geliebt und geschätzt zu werden.
Heute Abend würde es etwas Besonderes sein, da war sie sicher. Vielleicht hatte Marco eine Lammkeule oder ein Steak

spendiert. Oder vielleicht sogar einen Trüffel, den man über ein Risotto oder ein Nudelgericht raspeln konnte. Bei dem Gedanken lief ihr das Wasser im Mund zusammen.

Die zwanzigminütige Fahrt in der Straßenbahn verbrachte sie damit, dass sie über die Begegnungen des Tages nachdachte. Insgesamt kein schlechter Anfang für einen neuen Job. Sie wusste, dass sie die Stelle bekommen hatte, damit sie durchgriff, und sah schon jetzt Möglichkeiten für Veränderungen. Aber Marie hatte nicht vor, die Dinge zu überstürzen. Sie würde behutsam ein Gefühl für die Situation entwickeln, das Innenleben der Organisation kennenlernen und dann eine stille Revolution starten, über die man staunen würde. O ja, sie hatte Pläne für Tellit.

Die Straßenbahn hielt an der Endstation, und der elektrische Motor machte ein Geräusch wie ein leises, zufriedenes Seufzen. Es waren nur noch eine Handvoll Fahrgäste da, die sich an den Türen drängten, bis die Bahn ganz ruhig zum Stehen kam. Und dann ging sie schon mit auf dem Beton klappernden Stöckelschuhen die Rampe hinunter. Sie stellte fest, dass es endlich aufgehört hatte zu regnen, als sie auf die Straße trat. Die Luft fühlte sich sehr feucht an, aber man brauchte keinen Schirm mehr.

Marie eilte den Gehweg entlang, in Gedanken noch bei der Arbeit und ihr Selbsterhaltungstrieb völlig abgeschaltet. Dann, als sie am Zeitungskiosk an der Ecke vorbeigegangen war, meldete sich plötzlich der Wunsch, den Abend mit einer Schachtel Pralinen vor dem Fernseher zu beschließen, und sie wirbelte herum, um zurückzugehen, stieß dabei jedoch fast mit einem Mann zusammen, der kaum zwei Meter hinter ihr war, den Kopf gesenkt hielt und in der Kälte die Schultern hochgezogen hatte. Ihr Herz blieb fast stehen, so schockiert war sie. Sie hatte keine Ahnung gehabt, dass jemand so nah hinter ihr gegangen war.

Wortlos hastete er an ihr vorbei, und es überraschte sie, wie erleichtert sie war, als sie den Laden betrat. Dumme Trine, schimpfte sie sich selbst aus, als sie ein paar Minuten später das Geschäft wieder verließ, beruhigt von dem menschenleeren Gehsteig und der Schachtel Ferrero Rocher, die sie in ihrer Tasche verstaut hatte. Nur eine typische Begegnung mit einem Stadtbewohner mit schlechten Manieren, das war schließlich völlig normal.

Sie bog um die Ecke in die Straße ein, in der sie und Marco wohnten, ohne zu ahnen, dass der Mann, mit dem sie fast zusammengestoßen war, im Schatten des Hauses an der gegenüberliegenden Ecke stand, sich sehr sorgfältig Maries Adresse merkte und sich fragte, wie oft sie wohl noch durch ihre eigene Haustür gehen würde.

16

Natürlich war am Minster Canal Basin kein Parkplatz frei. Fluchend parkte Paula den Wagen auf einem Behindertenplatz und legte ein Schild mit der Aufschrift »Polizei« auf das Armaturenbrett. Es ging ihr gegen den Strich, aber es widerstrebte ihr genauso, wegen einer halboffiziellen Angelegenheit patschnass zu werden. So tröstete sie sich mit dem Gedanken, dass nicht viele Behinderte Lust hätten, sich bei monsunähnlichem Wetter auf dem Kopfsteinpflaster des Kanalbeckens abzumühen.
Als sie auf Tonys schwimmendes Zuhause zuging, überlegte sie beiläufig, ob sie vorher hätte anrufen sollen. Besonders gesellig war er ja nicht, aber es war für ihn nicht ungewöhnlich, dass er lange Spaziergänge durch die Stadt machte. Sie seien eine Mischung zwischen soziologischen Beobachtungen und Zeit zum Nachdenken, hatte er ihr erzählt. »Beobachten und lernen, das müssen Psychologen tun«, hatte er bei einem ausnahmsweise freimütigen Austausch einmal über die Art und Weise gesagt, wie er seine Arbeit anging. »Und dann muss man das, was man gelernt hat, auf das Beobachtete anwenden.«
»Du kannst das besser als die meisten Leute«, hatte Paula erklärt.
»Es ist keine Quantenphysik. Das meiste ist gesunder Menschenverstand, dazu etwas Mitgefühl und Einfühlungsvermögen. Du könntest das bestimmt auch, weißt du.«

Sie hatte gelacht. Aber er hatte absolut ernst weitergesprochen: »Du machst es ja bereits. Ich habe dich beobachtet, wenn du Zeugen und Verdächtige vernimmst. Die Theorie kennst du vielleicht nicht, aber deine Vorgehensweise hält den Vergleich mit den meisten klinischen Psychologen aus, die ich bei der Arbeit gesehen habe. Vielleicht solltest du mal darüber nachdenken, ob du dich nicht bei der Polizeiakademie anmelden und dich als Profilerin ausbilden lassen willst.«
»Kommt nicht in Frage«, hatte sie geantwortet. »Ich bekomme meinen Kick dadurch, dass ich ganz vorne dran bin, ich will nicht jemand sein wie du, der im Hintergrund bleibt.«
Er hatte mit den Achseln gezuckt. »Das ist deine Entscheidung. Aber solltest du doch mal an den Punkt kommen, dass du den Stress mit den Vorschriften und die Kleinlichkeiten von denen da oben satt hast, dann ist es eine Alternative.«
Was Tony im Laufe seiner Arbeitsjahre hatte aushalten müssen, warf jetzt ein bitteres Licht auf dieses Gespräch. Paula kannte die vernichtende Wirkung des Jobs aus eigener Erfahrung und war dankbar, dass sie in diesem Trümmerhaufen eine Routine und vorgeschriebene Abläufe hatte, an die sie sich klammern konnte. Sie wusste nicht genau, ob es richtig war hierherzukommen, aber ihre Intuition, sowohl die berufliche als auch die private, hatte sie unausweichlich an diese Tür geführt. Oder vielmehr zu dieser Luke, so müsste man es wahrscheinlich nennen. Wenigstens war es kein später Besuch. Kurz vor sieben hatte Fielding das Team nach Hause geschickt. »Wir haben kein Geld für Überstunden, und bis wir etwas vom Labor und von den Überwachungskameras bekommen, strampeln Sie sich ja doch alle nur unnötig ab.« Paula war verblüfft. Bei ihrer alten Einsatzgruppe waren Überstunden nie ein Problem gewesen. Sie machten weiter und taten, was getan werden musste, wenn sie mitten in einer Ermittlung waren. Theoretisch hätten sie es dann in ruhigeren

Zeiten langsamer angehen lassen können. Nur hatte es nie ruhigere Zeiten gegeben.

Sie stand am Kai und war einen Moment ratlos, welche Benimmregel hier zu befolgen sei. Bei früheren Gelegenheiten waren sie zusammen hergekommen, und sie war Tony einfach an Bord gefolgt. Aber es erschien ihr irgendwie aufdringlich, an Bord zu gehen und an der Luke zu klopfen. Rational betrachtet war es nicht anders, als jemandes Gartenweg entlangzugehen und an die Tür zu klopfen. Es kam ihr aber trotzdem unpassend vor.

»Nimm dich zusammen«, murmelte sie und sprang an Bord des Kanalboots, dessen Bootskörper aus Stahl war; allerdings war sie nicht darauf vorbereitet, dass sich das Deck unter ihren Füßen deutlich bewegte. Fast wäre sie gestrauchelt, fing sich gerade noch und klopfte an die Luke. Der obere Teil flog fast sofort auf, und Tonys erschrockenes Gesicht erschien darunter.

»Paula, ich dachte schon, du wärst ein Betrunkener.«

Sie lächelte bitter. »Nicht ganz. Noch nicht. Kommen viele Betrunkene bei dir vorbei?«

Er machte sich an der Luke zu schaffen, um sie hereinzulassen. »Manchmal. Aber gewöhnlich erst später. Sie finden es lustig, auf die Boote zu springen. Das kann schon beunruhigend sein.« Er öffnete die Flügel der Luke weit und bat sie mit einem Grinsen herein. »Und ich hatte dich nicht erwartet.« Sein Gesicht verdüsterte sich. »Oder?«

Paula drückte sich an ihm vorbei durch die Kombüse und in den Salon. Das Bild auf dem Monitor hatte offenbar bei einer Szene in einem Bergwerk angehalten. Eine Spielkonsole war auf dem Tisch abgelegt. »Nein. Es war eine ganz spontane Idee.« Sie zog ihren feuchten Mantel aus, hängte ihn an einen Haken an der Wand und setzte sich dann auf die Lederbank, die auf drei Seiten um den Tisch herumlief.

»Na ja, es ist immer schön, dich zu sehen.« Er setzte sich ihr gegenüber, stand aber fast sofort wieder auf, als er sich an die Gepflogenheiten erinnerte, die einem Gast gegenüber üblich waren. »Willst du etwas trinken? Ich habe Kaffee und Tee. Orangensaft. Von dem indischen Lager, das so gut zum Essen vom Lieferservice passt.« Er lächelte sarkastisch. »Und Weißwein und Wodka. Obwohl das in letzter Zeit nicht oft verlangt wurde.«
Carol Jordan bevorzugte Letzteres. »Ich hätte gern ein Lagerbier.«
Zwei Schritte, und schon war er beim Kühlschrank. Tony holte zwei Flaschen heraus, griff nach oben, nahm zwei Gläser und war innerhalb von Sekunden wieder am Tisch. Der Flaschenöffner lag in einer flachen Schublade unter der Tischplatte. Es war praktisch, das ließ sich nicht leugnen. »Und – warum bist du gekommen?«, fragte er und goss ein Bier für seinen Besuch ein.
»Ich habe einen seltsamen Tag hinter mir.« Paula hob ihr Glas. »Prost. Und ich wollte mit jemandem darüber sprechen, der versteht, wovon ich rede. Ich habe nämlich in einem neuen Team angefangen, und ...«
»Und deine neue Chefin ist nicht Carol Jordan, und du hast weder Chris noch Stacey, Sam oder Kevin, um die Dinge mit ihnen zu besprechen.«
»All das, ja. Und ich weiß, dass du nicht mehr auf der Gehaltsliste stehst, und ich weiß auch, dass du der Bradfield Metropolitan Police nichts schuldest. Aber ich habe mich wohl daran gewöhnt, dich als Resonanzboden zu nutzen ...«
»Selbst wenn die Chefin es verboten hat.« Wieder zuckte sein Mundwinkel schelmisch. Sie erinnerten sich beide nur zu gut an die Gelegenheiten, als sie sich hinter Carol Jordans Rücken kurzschlossen, weil sie glaubten, dafür legitime Gründe zu haben.

Paula blickte finster. »Okay, ich habe nicht so große Skrupel wie sie, wenn es darum geht, dich auszubeuten. Ich meine, wenn du helfen willst, sollten wir das zulassen. Und wenn nicht, dann brauchst du es nur zu sagen.«

»Ich weiß. Ich wollte dich nicht anpflaumen, Paula. Ich habe bestimmte Fähigkeiten und nutze sie lieber, als sie brachliegen zu lassen.« Dieses Mal war sein Lächeln ungekünstelt, aber traurig. »Außerdem bist du der Mensch, dessen Beziehung zu mir der Freundschaft am nächsten kommt. Wenn ich einer Freundin nicht helfen kann, wozu bin ich dann gut?«

Paula schüttelte sich wie ein Hund, der aus dem Fluss auftaucht. »Ach, verdammt noch mal. Hör dir das an, wie wir reden. Was für zwei klägliche Kreaturen.«

»Ja, nicht wahr? Wir sollten lieber unsere Arbeit erledigen, als für *Oprah* üben. Also, was war so seltsam an deinem Tag? Außer dass es der erste Tag an einem neuen Arbeitsplatz war?«

Und so erzählte sie ihm also von Torin. Von Bev McAndrews unerklärlichem Verschwinden und wie sie den Jungen vor den unberechenbaren Klauen des Jugendamts gerettet hatte. »Ich habe auch mit der Apothekerin gesprochen, die Dienst hatte und an die sie gestern Abend übergeben hat. Bev sagte zu ihr nichts von Plänen für den Abend, außer dass sie auf dem Heimweg Einkäufe erledigen wollte. Ich habe zwei ihrer Freundinnen aufgespürt. Beide haben nichts von ihr gehört.«

Sie fuhr mit dem Finger am Rand ihres Glases entlang. »Ganz ehrlich, Tony, es gefällt mir nicht.«

Er lehnte sich zurück und betrachtete nachdenklich das niedrige Dach der Kajüte. »Lass uns mal die Möglichkeiten erwägen. Kein Unfall oder ein Vorfall, bei dem die Rettungsdienste im Spiel waren.«

»Ich sagte dir schon, ich habe mich erkundigt.«

»Ich weiß, dass du das getan hast. Ich gehe nur die Möglichkeiten durch. Gedächtnisverlust? Schwer zu glauben, dass

vierundzwanzig Stunden lang niemand auf sie aufmerksam wurde, der dann verantwortlich gehandelt hätte. Und außerdem ist wirkliche Amnesie unglaublich selten. Gewöhnlich ist Gedächtnisverlust mit einer Kopfverletzung verbunden, womit sie ins Krankenhaus gekommen wäre. Und das hast du ausgeschlossen.«
»Sie ist tot, nicht wahr?«
Er hielt eine Hand hoch, die Handfläche ihr entgegen. »Du ziehst diesen voreiligen Schluss, weil du etwas davon verstehst. In deiner Welt ist Mord etwas, das jede Woche passiert. Aber für die meisten von uns ist es nicht so. Selbst wenn du das Kleine-Welt-Phänomen mit einbeziehst, kommen die meisten von uns näher an Kevin Bacon heran als an ein Mordopfer. Wir müssen uns zuerst wahrscheinlichere Szenarien vornehmen.«
»Zum Beispiel?« Paulas Kieferpartie war angespannt. Sie wusste, was jetzt gleich kam, und hatte die anderen Möglichkeiten schon ausgeschlossen.
»Ein Freund oder eine Freundin, mit dem oder der sie spontan verschwunden ist.«
»Sie ist hetero. Aber alle, mit denen ich gesprochen habe, sagen, in den letzten zwei Jahren ist sie mit niemandem ausgegangen.«
Tony beugte sich vor. »Wie wahrscheinlich kommt dir das vor? Du hast sie als intelligent, witzig, attraktiv beschrieben. Ich nehme an, sie ist um die vierzig. Ein bisschen jung, um sich für das Leben einer Nonne zu entscheiden, würde ich meinen.«
Erzähl das mal Carol Jordan. Wie viele Jahre habt ihr beiden es vermieden, die Kurve zu kriegen? Paula ließ sich jedoch nichts anmerken: »Was war das noch mal, was Frauen oft sagen? Bis du fünfunddreißig bist, sind die besten Kerle alle vergeben oder schwul.«

»Und wenn man vierzig ist, fangen die Scheidungen an, und sie sehen sich nach einer zweiten Chance um. Ich kann mir jedenfalls eine Menge Gründe vorstellen, weshalb Bev die Nachricht über einen neuen Freund nicht an die große Glocke hängen würde. Vielleicht ist es ein Kollege. Vielleicht ist es jemand, der verheiratet ist. Vielleicht ist es einer von Torins Lehrern.«

Jemand bei der Arbeit? Dan, der zu viel abstritt? »Sie würde es doch ihrer besten Freundin sagen. Frauen machen das.«
Außer wenn es ihre beste Freundin war ...
»Hast du nie eine heimliche Affäre gehabt?«
Paula lachte verlegen. »Natürlich hab ich das. Ich bin lesbisch. Mein halbes Leben hab ich mich wie Doris Day gefühlt. Aber meiner besten Freundin habe ich es immer gesagt.« Dann hielt sie inne und legte die Hand vor den Mund. »Außer, wenn es um ihre Verehrerin ging. Ups – das hatte ich vergessen.«
»Siehst du?«
»Ja, aber ich hatte kein Kind. Du vergisst Torin.«
»Nein. Ich wollte dich nur daran erinnern, dass es zu Mutmaßungen immer Ausnahmen gibt. Du hattest einmal einen guten Grund für ein Geheimnis. So mag es auch bei Bev sein. Aber selbst wenn wir ein Geheimnis mit einrechnen, hast du recht. Denn es erklärt nicht, wieso sie ohne Begründung verschwand. Sie würde Torin nicht ohne ein Wort verlassen. Obwohl manche Mütter das täten, das lässt sich nicht leugnen. Aber nach dem, was du von Bev persönlich, von ihren Kollegen und von Torin weißt – ergibt sich daraus eine glaubwürdige These?«
»Sie würde ihn nie im Stich lassen«, bestätigte Paula. »Ich würde sagen, dass er in mancher Hinsicht recht jung ist für vierzehn.«
»Aber wenn sie mit jemandem ausgeht, könnte dieser Jemand

seine eigenen Pläne haben. Und er hätte sie davon abhalten können, mit irgendjemandem Kontakt aufzunehmen.«
Paula holte tief Luft. »Du willst damit eigentlich sagen, dass – egal, ob es ein Freund ist, der sich als Schuft herausgestellt hat, oder ein fremder Stalker – Bev nicht aus freier Entscheidung auf der Vermisstenliste steht.«
Tony kniff mit Finger und Daumen in seinen Nasenrücken. Eine Geste, die sie an ihm schon oft gesehen hatte. »Ich glaube, es ergibt sich zwangsläufig, Paula, dass sie entführt worden ist. Wie weit ist die offizielle Ermittlung gediehen?«
»Ich habe Torins Anzeige heute früh eingegeben. Wenn sie in der Skenfrith Street so arbeiten, wie wir das immer gemacht haben, wurden jetzt bereits Schritte eingeleitet. Ich gebe Fielding Bescheid, was ich bis jetzt unternommen habe, sie wird mich zur Schnecke machen, weil ich allein losgelegt habe, aber zumindest werden mal die Formalitäten angeleiert. Wie zum Beispiel, dass man ihr Handy ortet.«
»Heutzutage weiß ja jeder über Handys Bescheid. Wenn es angeschaltet ist, wird es nicht in Bevs Nähe sein.«
»Hast du irgendwelche klugen Ideen?«
Er schüttelte den Kopf. »Es gilt immer, den Punkt zu suchen, an dem sie sich trafen. Wo kreuzte sich Bevs Weg mit dem des Entführers? War es ein Fremder, der sie auf der Straße mitgenommen hat? Oder hatte es mit einem Liebesverhältnis zu tun, das sich ungewollt in eine falsche Richtung entwickelte? Gestehen wir es uns doch ein, Paula, nach *Fifty Shades of Grey* sind Frauen nicht mehr so vorsichtig gegenüber Fesselspielen mit Männern, die sie nicht unbedingt gut kennen. Wenn du Stacey hättest, könntest du Bevs Computer zu Hause durchsuchen lassen. Da könnte man ganz gut anfangen. Kannst du Stacey kriegen?«
Paula schien angewidert bei dem Gedanken an das, was mit Stacey Chen geschehen war, der beängstigend effizienten

Computeranalystin, mit der sie in Carol Jordans Team zusammengearbeitet hatte. »Sie muss jetzt Computerkriminalität bearbeiten. Sie sagt, es ist, als ließe man Kinder mit einem Learjet zur Schule bringen. Alle computergestützten forensischen Aufgaben werden jetzt extern an Privatfirmen vergeben.«

»Sie sollte bei der Polizei kündigen und sich als Konkurrenz dazu etablieren.«

»Glaub ja nicht, dass sie nicht schon daran gedacht hat. Aber eine Firma zu führen würde das Programmieren zu sehr überlagern, das sie in ihrer Freizeit erledigt. Daher kommt eigentlich das Geld in Staceys Welt. Wenn sie keine Polizistin mehr wäre, hätte sie außerdem keine Erlaubnis mehr, in den Festplatten anderer Leute herumzustöbern.«

»Könntest du um eine Kopie der Festplatte bitten, bevor sie zu den Spezialisten geschickt wird? Wäre Stacey einverstanden?«

»Gute Idee. Ich werde sie fragen. Und wenn es ein Fremder war?«

»Für den Teil brauchst du mich nicht, Paula. Da geht es um nichts als altmodische Polizeiarbeit mit modernen Methoden. Die Überwachungsvideos nutzen, mit der Software für Kennzeichenerkennung nach ihrem Auto suchen, ihre Facebook-Seite und ihren Twitterfeed überprüfen, nachschauen, mit wem sie auf LinkedIn verbunden ist, ihre Einzelverbindungsnachweise vom Telefon kontrollieren. Ein Profiler bringt dir in diesem Stadium nichts. Ich brauche Tatsachen, und die hast du nicht. Ich könnte nur deine schlimmsten Befürchtungen bestätigen.«

»Ich brauche 'ne Zigarette«, sagte Paula und stand abrupt auf.

»Geh einfach hinten raus.«

»Kommst du mit mir, bitte? Ich will dir über den Rest meines Tages berichten.«

»Brauche ich meinen Mantel und die Schlüssel?«
Auf Paulas Gesicht erschien ein mutwilliges Lächeln. »Nur, wenn du auf eine kleine Verfehlung stehst.«
Tony schnappte sich seine Wachsjacke, die neben Paulas Mantel hing. »Für eine Lesbe ist dein Wissen, wie man das Herz eines Mannes gewinnt, bemerkenswert.«

17

Carol hatte das Konzept, dass der Überlebende sich schuldig fühlt, eigentlich nie begriffen. Stets war sie der Meinung gewesen, es sei gut, überlebt zu haben, es sei etwas, worauf man stolz sein konnte, dessen man sich nicht schämte. Ihre Vergangenheit war voller Anstrengungen, die schlimmen Dinge zu überwinden, die ihr widerfahren waren. Notfalls hätte sie gesagt, sie sei schon zufrieden, nicht unter der Bürde zusammengeklappt zu sein. Auch das hatte sich geändert.
Jetzt verstand sie die Schuld und Scham desjenigen, der übrig geblieben war. Der Verlust hatte ihr die alten Fundamente ihrer Überzeugungen genommen und ihre Sichtweise der Welt verändert. Sie wäre gern tot umgefallen, wenn es bedeutet hätte, dass Michael und Lucy ihr Leben zurückbekämen. Schließlich war es ihnen besser als ihr gelungen, ein gutes Leben zu führen. Sie hatten etwas an die Welt zurückgegeben, indem sie die Scheune instand setzten. Und ihre Arbeit. Na ja, die Arbeit, die Michael verrichtete. Lucys Engagement als Strafverteidigerin hatte Carol immer verwirrt. Zu oft hatte sie im Gericht gesessen und sich über die Anwälte geärgert, die knifflige juristische Detailfragen nutzten und Zeugenaussagen verdrehten, um üblen Burschen aus der Zwickmühle zu helfen, in die ihr Verbrechen sie gebracht hatte. Sie hatte sich bemüht, beim Essen nicht mit Lucy zu streiten, aber manchmal konnte sie sich nicht zurückhalten. »Wie kannst du Leute verteidigen, von denen du weißt, dass sie schuldig sind? Wie

kannst du Zufriedenheit empfinden, wenn sie freigesprochen werden, während ihren Opfern das Gefühl vorenthalten bleibt, dass der Gerechtigkeit Genüge getan wurde?«
Die Antwort lautete immer gleich. »Ich weiß ja nicht, dass sie schuldig sind. Selbst wenn die Beweislage erdrückend scheint, kann sie irreführend sein. Jeder hat das Recht auf Verteidigung. Wenn ihr gründlicher bei eurer Arbeit wärt, dann würden sie ja nicht freigesprochen, oder?«
Dieses fadenscheinige Argument machte Carol fast sprachlos vor Wut. Es war das Verlangen nach Gerechtigkeit, das sie antrieb und ihr ermöglichte, die Schrecken ihrer Arbeit in den riskantesten Situationen zu ertragen. Zu sehen, dass dieses Ziel ständig von haarspalterischen Anwälten unterlaufen wurde, die Zweifel säten, wo es keinen geben sollte, das war die schlimmste Beleidigung der zerstörten Lebensläufe und der ermordeten Menschen, die Carols Erinnerung bevölkerten. In dieser Hinsicht hatte sie es immer mit Dick dem Fleischer gehalten. »Als Erstes lasst uns alle Anwälte töten.«
Aber natürlich war sie nicht wirklich auf seiner Seite gewesen. Nicht, wenn es um die Frau ging, die ihr Bruder liebte. Die Frau, die aus ihm, einem unbeirrbaren Computerbesessenen, einen relativ zivilisierten Menschen gemacht hatte. Eine Verwandlung, die Carol selbst nie gelungen war. Und die ihr jetzt niemals mehr zu gelingen brauchte.
Es wäre schlimm genug gewesen, hätte ein zufälliger Vorfall das Leben ihres Bruders und seiner Frau so brutal beendet. Aber es war absolut nichts Zufälliges daran gewesen. Sie waren mit Vorbedacht abgeschlachtet worden, mit einem einzigen Ziel vor Augen: Carol Leid zuzufügen. Michael und Lucy waren dem Mann, der mit dem Mordplan in die Scheune gekommen war, gleichgültig gewesen. Der zerstörerische Hass in seinem Herzen war gegen Carol gerichtet, und er begriff nur allzu gut, dass er sie am besten kaputtmachen konnte,

wenn er statt ihrer die beiden tötete. Sie wurden ermordet, weil sie so eng mit Carol in Verbindung standen. Aus keinem anderen Grund.
Und das hätte nie geschehen dürfen. Sie und ihr Team, nein, Tony Hill, der forensische Psychologe und Ersteller von Täterprofilen, *er* hätte durchschauen sollen, was geschehen könnte. Ihr standen die Mittel zur Verfügung, mit denen man die beiden hätte schützen können. Aber sie bekam keine Gelegenheit, diese Mittel einzusetzen. Sie hatte einfach nicht daran gedacht, dass jemand so verkorkst sein könnte. Aber Tony hätte darauf kommen müssen. Er hatte in seinem Beruf vorwiegend mit schwer gestörten Menschen zu tun gehabt. Sie hoffte, dass er wegen dieser Morde genauso niedergedrückt war wie sie.
Zwei Todesfälle auf dem Gewissen wären genug Grund für Carols schwere Schuldgefühle gewesen. Aber es war noch schlimmer gekommen. Eine Mitarbeiterin ihres Teams, Chris Devine, wurde durch eine scheußliche Falle, die auf Carol abzielte und von Chris ausgelöst wurde, verstümmelt, sie hatte ihr Augenlicht verloren. Chris, früher Sergeant bei der Met, war nach Bradfield gezogen, weil sie an das glaubte, was Carol mit ihrem Einsatzteam zu erreichen versuchte. Eine bunt gemischte Gruppe von Spezialisten, die sich alle aus dem einen oder anderen Grund nicht so richtig in die Gesellschaft einfügen konnten, aber zusammenzuarbeiten gelernt hatten und zu einer Respekt einflößenden Truppe geworden waren. Im Mittelpunkt Chris, eine sehr ungewöhnliche Mutterfigur, die sie alle zusammenhielt. Chris, deren Karriere nun zu Ende und deren Leben irreparabel ruiniert war, einfach weil sie hatte helfen wollen.
Bei dem Gedanken an Chris empfand Carol Scham. Sie war so mit ihrem eigenen Schmerz beschäftigt gewesen, dass sie ihrer Freundschaft kaum Beachtung geschenkt hatte. Bei

Chris mit ihren Schmerzen hatten andere gesessen, mit ihr geredet, ihr vorgelesen, ihr Musik vorgespielt. Andere hatten sie bei den ersten quälenden Schritten unterstützt, mit denen sie etwas von dem wiedergewann, was sie verloren hatte. Andere waren für sie da gewesen, während Carol woanders beschäftigt war.
Zweifellos würde Tony eine schlaue Erklärung dafür haben, wieso sie es nicht schaffte, Chris gegenüberzutreten. Aber es war ja nicht kompliziert. Es waren ganz einfach Schuldgefühle. Chris' Los hatte Carol bevorgestanden. Sie war gerade noch mal davongekommen. Und wie bei Michael und Lucy hatten andere den Preis dafür gezahlt, dass sie so entschlossen gewesen war, für Gerechtigkeit zu sorgen.
Carol schlug mit dem Vorschlaghammer auf die Bodenbretter der Galerie ein; der stetige Rhythmus begleitete ihre Gedanken. Sie hatte George Nicholas' Vorschlag in Bezug auf den Balken beherzigt und eine Leiter an die Galerie gelehnt, deren Boden sie nun von oben in Angriff nahm. Genau genommen wäre ein Gerüst die bessere Lösung gewesen, aber das überstieg ihre Fertigkeiten als Heimwerkerin, und sie hatte beschlossen, die Sache selbst durchzuziehen, egal wie lange sie dafür brauchen würde. Sie hatte keine Lust mehr, einen Mann zu Hilfe zu rufen, damit er ihre Probleme löste. Sie hielt inne und holte Luft, ihre Brust hob und senkte sich vor Anstrengung, Schweiß rann ihr über den Rücken.
Der Gedanke an ihre Begegnung mit George Nicholas mischte sich immer wieder in ihre gewohnte Litanei von Schuld und Scham. Er hatte sie daran erinnert, dass es jenseits ihrer Selbstbetrachtung noch eine andere Welt gab. Eine Welt, die sie früher bewohnt hatte. Eine Welt, in der Leute um Tische herumsaßen und miteinander redeten, tranken und lachten. In jener Welt hatte sie einen Platz gehabt, und sie ahnte, dass es nicht unbedingt gesund war, sich davon abzusetzen. Ganz

bewusst hatte sie sich abgegrenzt, damit sie den Heilungsprozess beginnen konnte. Aber wie sollte sie erkennen, ob ihre Kräfte wuchsen, wenn sie wie eine Einsiedlerin lebte? Widerstrebend rief sie sich ins Gedächtnis zurück, dass sie das schon einmal versucht hatte, und es war nicht die Antwort gewesen. Erst die Beschäftigung mit der Welt hatte sie ins Leben zurückgebracht.

Vielleicht war es an der Zeit, wieder einzusteigen.

Carol war bisher nie näher an eine Reha-Klinik für Polizeibeamte herangekommen als bei Jubiläen oder Partys, wenn sie einen Zwanziger in die Sammelbüchse steckte. Sie hatte keine Ahnung, was sie erwartete. Als sie bei Chris' Sachbearbeiterin in der Polizeigewerkschaft anfragte, wo Chris sich aufhalte, hatte sie schon halb erwartet, dass sie wieder zu Hause sei.
»Sie ist in der Reha-Klinik in Ripon«, hatte die zuvorkommende Frau geantwortet. »Sie arbeitet dort mit den Physiotherapeuten an der Verbesserung ihrer Bewegungsabläufe. Nachbehandlung der Narben, all so was. Man wollte sie länger im Krankenhaus behalten, aber weil wir in der Lage waren, ihr die Betreuung durch Spezialisten anzubieten, konnte sie wieder in ein etwas normaleres Leben einsteigen.«
Carol zuckte bei diesen Worten innerlich zusammen; sie konnte sich nicht vorstellen, wie man mit so etwas fertigwerden sollte. »Hat sich ihre Sehkraft gebessert, wissen Sie etwas darüber?«
»Ich glaube nicht. Es ist die Rede davon, sie mit einem Blindenhund zu versorgen. Aber das muss noch etwas warten.«
Carol dankte ihr, legte auf und fragte sich, ob sie stark genug sei für diese Unternehmung. Aber eine Brücke zwischen sich und Chris zu bauen war der erste Schritt, ihre Menschlichkeit zurückzugewinnen. Sie hatte vorher angerufen, um wegen der Besuchszeiten anzufragen, und hatte erfahren, dass Besu-

cher spätestens um neun Uhr gehen sollten. Also hatte sie am späten Nachmittag mit der Arbeit Schluss gemacht, den Schweiß und Schmutz weggeduscht und zum ersten Mal seit Monaten eines ihrer guten Kostüme angezogen. Sie dehnte das Fertigmachen so lange wie möglich aus und nahm sich Zeit für ein großes Glas Pinot grigio. Dann noch eins. Aber schließlich half alles nichts, sie musste sich durch die hügelige grüne Landschaft zu der winzigen Stadt mit der Kathedrale aufmachen.
Die Reha-Klinik lag am Stadtrand, nicht weit entfernt von der erhabenen Ruine der Fountains Abbey. Die Klinik versteckte sich am Ende einer gewundenen Zufahrt, verdeckt durch Gebüsch, das aussah, als sei es schon von den ehemaligen Eigentümern der viktorianischen Villa gepflanzt worden, die das Herzstück der Einrichtung bildete. Zu beiden Seiten des Hauptgebäudes standen moderne zweistöckige Flügel, und kleine Häuschen lagen am Rand einer weitläufigen Rasenfläche verstreut, alles durch gut gepflegte Wege verbunden. Licht brannte in mehreren Fenstern, aber die Vorhänge im Erdgeschoss waren schon vorgezogen.
Hätte sie nicht gewusst, wohin sie hier kam, hätte Carol Schwierigkeiten gehabt, den Zweck der Gebäude vom Äußeren her zu erkennen.
Eine schwere neugotische Tür stand offen und führte in eine weitläufige Vorhalle. Die Türen, durch die man weiter ins Innere gelangte, waren jedoch modern und öffneten sich bei Carols Herannahen. Drinnen sah alles eher nach einem Hotelfoyer aus als nach einem Erholungsheim. Eine Möglichkeit, dachte sie, den Menschen zu vermitteln, dass dies hier ein Schritt nach vorn war auf dem Weg der Annäherung an ein normales Leben. Es roch sogar eher nach Hotel als nach Krankenhaus, ein vager, blumiger Duft wie von einem Potpourri aus dem Supermarkt hing in der Luft.

Zu diesem Image passend trug die junge Dame am Rezeptionstisch ein preiswertes Bürokostüm, das über der Brust etwas zu eng war. Sie grüßte lächelnd. »Guten Abend. Kann ich Ihnen helfen?«

Einen Moment war Carol verlegen. Sie hatte sich so lange mit ihrer Rangbezeichnung vorgestellt, dass sie die Kunst der einfachen Nennung ihres Namens fast vergessen hatte. »Ich bin gekommen, um Chris Devine zu besuchen«, sagte sie. »Sergeant Devine.«

»Werden Sie von Sergeant Devine erwartet?«

Carol schüttelte den Kopf. »Ich bin ihre Vorgesetzte«, sagte sie und schlüpfte mit einem unguten Gefühl in die Rolle, die sie vor Monaten aufgegeben hatte. »DCI Jordan.« Dabei nahm sie eine schmale Lederbörse aus ihrer Tasche. Sie war nicht sicher, ob man bei der Bradfielder Polizei vergessen hatte, ihr zu sagen, sie solle ihren Ausweis zurückgeben, oder ob niemand den Mumm gehabt hatte, ihn zurückzuverlangen. Jedenfalls hatte sie ihn behalten. Sentimental war sie nicht, sie konnte nur vermuten, dass sie ihn nicht abgegeben hatte, weil er sich irgendwann als nützlich erweisen könnte. Was das bedeuten mochte, darüber wollte sie nicht nachdenken. Im Augenblick war sie einfach zufrieden damit, ihn zu nutzen. Sie klappte die Börse auf und zeigte ihn vor.

Die Frau zog ihre Jacke etwas herunter, als versuche sie, stramm zu stehen. »Waren Sie schon einmal hier zu Besuch?«

»Ich komme zum ersten Mal. Können Sie mir sagen, wo Chris' Zimmer ist?«

Die Wegbeschreibung war einfach. Carol lächelte dankend und machte sich auf den Weg zu einem der modernen Flügel des Gebäudes. Ihr normales flottes Tempo verlangsamte sich, je näher sie ihrem Ziel kam. Am Ende trödelte sie nur noch vor sich hin und hielt an, um sich die abstrakten Gemälde in kräftigen Farben anzuschauen, die die Wände des Korridors

zierten. Vor Chris' Zimmertür fuhr sie sich durchs Haar und wünschte, sie hätte ein großes Glas Wodka. Ihre linke Hand ballte sich so fest zur Faust, dass sie spürte, wie sich die kurzen Fingernägel in ihre Handfläche bohrten. Und dann klopfte sie leise an die Tür.
Eine Stimme, die nicht nach Chris klang, sagte: »Herein.«
Carol öffnete die Tür und trat über die Schwelle. Kaum hatte sie in der Gestalt auf einem der Stühle Chris erkannt, als von dem anderen Stuhl eine Frau aufsprang, deren fragender, sie willkommen heißender Ausdruck sofort zu Feindseligkeit wechselte. »Es tut mir leid, ich glaube, Sie haben das falsche Zimmer erwischt«, sagte Sinead Burton mit freundlicher Stimme, wobei ihr Gesicht jedoch das Gegenteil ausdrückte. Sie hielt einen Finger an die Lippen. »Kann ich Ihnen den Weg zeigen?« Sie kam Carol entgegen und schubste sie praktisch aus der Tür. »Ich bin gleich wieder da, Schatz«, rief sie über die Schulter Chris zu, die ihnen das Gesicht zuwandte. Es war eine verzerrte rosa und rote Maske. Carol hatte versucht, sich darauf vorzubereiten, aber es erschütterte sie doch. Sinead schloss energisch die Tür hinter sich und scheuchte Carol den Flur entlang. Sobald sie so weit von der Tür entfernt waren, dass man sie nicht mehr hören konnte, fiel sie über Carol her, ihre Stimme klang gepresst vor unterdrückter Wut. »Was machen Sie denn hier, verdammt? Ich dachte, Sie wären vernünftig genug, wegzubleiben. Was zum Kuckuck wollen Sie uns vormachen?«
Carol wich zurück. Ihre früheren Begegnungen mit Chris' Partnerin hatten sie auf etwas Derartiges nicht vorbereitet. »Ich wollte nur sagen, dass es mir leidtut«, stotterte sie.
»Dass es Ihnen leidtut?« Sineads irischer Akzent wurde stärker, als ihr Zorn noch zunahm. »Meinen Sie nicht, dass es ein bissel spät dafür ist? Meine Frau stirbt fast an Ihrer Stelle, und Sie brauchen Wochen und Monate, bis Sie dazu kommen, zu

sagen, dass es Ihnen leidtut? Das nenne ich zu spät und zu wenig. Mein Gott.«
Carol spürte, wie ihr Tränen die Kehle zuschnürten. Aber sie wusste, sie durfte nicht die Fassung verlieren. Es war offensichtlich, dass Tränen bei Sinead nicht ziehen würden. »Ich weiß. Aber ich konnte nicht damit umgehen.«
Sinead unterbrach sie. »Sie konnten nicht damit umgehen? Was, zum Teufel noch mal, glauben Sie denn, wie es für sie gewesen ist? Die fürchterlichen Schmerzen. Der Verlust des Augenlichts. Ihr Gesicht hat sie eingebüßt, um Gottes willen. Sie konnten nicht damit umgehen? Sie hätten auf allen vieren am Tag danach angekrochen kommen sollen und sie um Vergebung bitten.«
»Ich hatte ja gerade meinen Bruder und meine Schwägerin verloren«, sagte Carol.
»Es ist doch kein verdammter *Wettbewerb*.« Sineads Stimme klang kalt und hart wie Stein. »Sie hätten von Anfang an hier sein sollen.«
Carol schluckte. »Das weiß ich, Sinead. Niemand könnte mehr Schuldgefühle und Scham empfinden als ich.«
»Das sollten Sie auch. Jedenfalls, Sie sind nicht willkommen hier. Sie haben das Recht verwirkt, hier zu sein. Es ist mir egal, wie schwer es für Sie war, für Chris war es hundertmal schwerer. Andere Leute sind hier gewesen bei ihr, das sollten Sie wissen. Paula und Kevin, die kommen oft. Sam kommt vorbei und sogar Stacey, die Fachidiotin. Und wissen Sie, wer sie regelmäßig besucht, zuverlässig wie ein Uhrwerk? Tony. Er kam schon gleich von Anfang an. Und glauben Sie mir, er ist einer, dem seine Schuldgefühle anzusehen sind. Aber der einzige Mensch, von dem sie hören wollte, die Frau, vor der sie mehr Respekt hatte als vor jedem anderen Vorgesetzten, den sie je hatte, die Person, für die sie sich schließlich opferte, die war sich zu schade, hier ihr Gesicht zu zeigen. Verpissen

Sie sich, Carol Jordan. Sie brauchen jetzt nicht hier reinzuschlendern, nachdem Tony die harte Arbeit für Sie geleistet hat. Verschwinden Sie auf der Stelle, oder muss ich die Security holen?«
Carol hätte sich am liebsten einfach auf den Boden fallen lassen und geschluchzt, bis ihre Kehle wund war. Aber stattdessen nickte sie nur. »Es tut mir leid.« Sie drehte sich um, ging den Weg zurück, den sie gekommen war, und bemühte sich verzweifelt, es bis zum Wagen zu schaffen, bevor sie zusammenbrach.
Sineads letzte Worte schlugen ihr wie ein Hagelschauer ins Gesicht. »Und kommen Sie ja nicht wieder.«

18

Tony blieb in dem engen Flur stehen, der schwach nach geräucherter Paprika roch. »Werden wir Schwierigkeiten bekommen?«
»Nur wenn du mich verpetzt. Ich habe die Schlüssel ganz offiziell abgeholt und Fielding gesagt, ich will mir das noch mal anschauen. Ich bin ja nicht verrückt – ich geh nicht vollkommen ohne Genehmigung vor.«
»Na schön. Du sagtest, du hättest ein paar Fotos vom Tatort«, erinnerte er Paula. »Kann ich sie sehen, bevor wir reingehen?«
»Aber hier wurde sie nicht umgebracht«, sagte Paula und öffnete ihre Tasche, um den Hefter mit den Fotos herauszuholen, die sie ausgedruckt hatte, bevor sie das Büro verließ. »Es gibt keinen Hinweis darauf, dass der Mörder jemals hier war.«
»Das ist mir klar. Aber bis wir wissen, wie und wo er sich Nadia beschafft hat, will ich mögliche Verbindungen nicht ausschließen.«
»Ich hasse dieses Wort.« Paula zog den Hefter heraus.
»Verbindungen?« Tony klang verwirrt.
»›Beschafft‹. Es ist so kalt. So klinisch.«
»Na ja, ich bin Arzt. Und hier sollte doch wissenschaftlich vorgegangen werden, nicht emotional.« Er zuckte die Achseln und machte sein »Ich bin ratlos«-Gesicht. »Aber du hast recht, es ist kalt. Hättest du lieber, dass ich von ›Schnittpunkten‹ spreche? Das klingt für mich immer nach Verkehrsproblemen.« Er nahm die Fotos, die sie ihm reichte, und ließ sie

aus der Mappe gleiten. Bei der matten Beleuchtung im Flur blätterte er sie schnell durch und bekam einen ersten Eindruck von der Leiche und ihrer Umgebung. Dann zerrte er eine eulenhaft wirkende Brille mit schwarzer Fassung aus der Innentasche seiner Jacke und setzte sie auf. »Ich werde alt«, bemerkte er. »Ohne meine Brille kann ich keine Einzelheiten mehr erkennen.« Er ließ sich Zeit, um jedes Foto aus verschiedenen Blickwinkeln genau zu studieren. »Einmal hatte ich einen Dozenten, er war noch ziemlich jung, der meinte, eine Brille zu tragen werde bewirken, dass man ihn ernster nehme. Eines Tages saß ich hinter ihm, als er sie abnahm, um sie zu putzen, und ich bemerkte, dass es nur Fensterglas war. Ob Eitelkeit oder Unsicherheit ihn motivierte, er verlor jedenfalls meinen Respekt. Und weil ich jung und ein Klugscheißer war, erzählte ich den anderen Studenten, was ich entdeckt hatte. Der Trick, mit dem er sich Autorität zulegen wollte, machte ihn also schließlich zum Narren.«

»Und hier endet für heute das Wort des Tages«, sagte Paula. »Was ist mit meinem Tatort?«

Tony seufzte. »Ich kann hier nichts beitragen. All dieses hart erarbeitete Wissen, und was bringt es mir?« Er wählte eine Aufnahme von Nadia in voller Körperlänge aus. »Was hat Grisha über die Verletzungen gesagt?«

»Er meinte, der Mörder hätte ihr gehörige Tritte verpasst. Und trug wahrscheinlich Schuhe mit Stahlkappen.«

»Wie steht's mit Abdrücken von den Sohlen? Hat er darüber etwas gesagt?«

»Er betonte, dass der Mörder Glück hatte, denn er könne keine Sohlenabdrücke erkennen.«

»Und da haben wir den Hund, der in der Nacht nicht bellte«, meinte Tony. »Er hat nicht auf sie draufgetreten, was bei einem wütenden Angriff natürlich gewesen wäre, nachdem das Opfer zu Boden gestürzt war. Er hätte dagegengetreten und auf ihr herumgestampft. Hier haben wir also einen Widerspruch. Sie so bis zur Unkenntlichkeit zusammenzuschlagen, dass ihr Gesicht nur noch eine blutige Masse ist, das sieht nach Wut aus. Als ob der Mörder außer Kontrolle gewesen wäre. Aber die Tatsache, dass er sehr sorgfältig nicht auf ihr herumgetrampelt ist, weist darauf hin, dass er mit Vorsatz gehandelt hat. Er hat das alles durchdacht. Er will keine kriminaltechnischen Spuren hinterlassen. Er will nicht erwischt werden.«

»Und warum der übertriebene Schaden am Gesicht?«

»Ich weiß noch nicht genau. Die Antwort aus dem Lehrbuch ist, um sie zu entpersönlichen. Zu verdinglichen. Sie auf weniger als einen Menschen zu reduzieren, damit das, was er tut, nicht wirklich Mord ist, weil sie nur ein Objekt ist, kein Mensch. Aber irgendwie kommt mir das hier nicht passend vor. Denn die andere Sache, das Verkleben der Schamlippen, das ist sehr persönlich. Damit drückt er Inbesitznahme aus. ›Ich bin fertig mit dir, aber niemand anders darf dich haben.‹ Das ist für mich die Aussage. Es ist keine allgemein menschenfeindliche Äußerung, sie ist spezifisch, direkt an sie gerichtet. Und das widerspricht unmittelbar der Vorstellung, ihr Gesicht kaputt zu schlagen, um sie zu entpersönlichen.« Er betrachtete stirnrunzelnd das Foto und drehte es hin und her. »Ich weiß nicht, ich werde darüber nachdenken müssen.«

»Gut. Ich mag das, was sich tut, wenn du über Dinge nachdenkst. Also, bist du durch mit den Bildern? Ich kriege hier im Flur nämlich Klaustrophobie. Könnten wir vielleicht in einen größeren Raum überwechseln?« Sie reichte ihm ein Paar Nitrilhandschuhe.

Drei Türen gingen von der Diele ab. Tony öffnete die nächstliegende, und ein kleines, fensterloses Bad mit einer Duschkabine, einer Toilette und einem winzigen Waschbecken kam in Sicht. Der in der Luft hängende Duft von Toilettenartikeln

konnte den Gestank modriger Feuchtigkeit nicht ganz überdecken. »Später«, murmelte er und zog hastig die Tür hinter sich zu.
Die nächste Tür führte zu einem Raum, der Wohnzimmer, Essbereich und Küche in sich vereinte. Die einzelnen Einrichtungsgegenstände hätten zu einem komfortablen, freundlichen Raum beitragen können, wären sie nicht auf der halben Fläche zusammengedrängt gewesen, die dazu eigentlich erforderlich gewesen wäre. So aber kam einem alles gerammelt voll und beengt vor. »Täuschend eng, das hört man doch nie von Immobilienmaklern, oder?« Tony schaute sich um und nahm die Nischen mit unordentlichem Kram wahr, der sich auf den wenigen Ablageflächen angesammelt hatte. Stöße von Illustrierten, Stapel von DVDs, halbvolle Schachteln mit Proben von Medikamenten und Werbegeschenken, Kulis, Mousepads, Untersetzer für Gläser. Er ging neben den DVDs in die Hocke und überflog die Titel. »Kein Anzeichen, dass hier der Geschmack eines anderen eine Rolle spielte. *Brautalarm, Wie werde ich ihn los – in 10 Tagen?, Eine Hochzeit zum Verlieben, Amelie, Die Hochzeit meines besten Freundes.* Das Märchen – für das einundzwanzigste Jahrhundert neu erfunden.«
»Märchen für heterosexuelle Mädchen. Nichts auf Polnisch?« Tony stand auf und ächzte, als seine Knie knackten. »Nein. Sie wollte wahrscheinlich ihr Englisch verbessern. Bei ihrem Job.« Er ging zum Esstisch hinüber, wo zwischen einem Stoß Papieren, einem Multifunktionsdrucker und einem Block in DIN-A4-Größe mit ein paar hingekritzelten Notizen eine laptopgroße Fläche frei war. »Haben die Kriminaltechniker den Laptop mitgenommen?«
Paula nickte. »Ja. Ich werde sie morgen früh um eine Kopie der Festplatte bitten. Wenn ich Stacey überreden kann, sich Bevs Festplatte anzuschauen, dann kann sie vielleicht auch gleich noch überprüfen, ob sich was auf Nadias Computer findet.«

Aber Tony hörte nicht zu. Jetzt war er im Küchenbereich angekommen und hatte an einer kurzen, in den Raum hineinragenden Trennwand ein Korkbrett entdeckt. Die Pinnwand war verdeckt gewesen, als er im Hauptteil des Raums war. Er ging geradewegs darauf zu und starrte sie an, als merke er sich die Gegenstände des Tatorts wie bei einem Kim-Spiel. »Das ist schon besser«, sagte er.
Drei Speisekarten von Imbissrestaurants, indisches Essen, chinesisches und alle Sorten Pizzas, Kebabs und Hamburger. Er drehte sich um und inspizierte die Kochnische. »Sie kochte. Man kann es riechen, man sieht es an den Töpfen, den Messern und dem anderen Zeug. Und im Fach ist Gemüse. Zwiebeln, Kartoffeln, Karotten, Knoblauch. Na gut, die Zwiebeln und Kartoffeln treiben aus, und die Karotten sind so faltig wie die Hoden eines Shar Pei …«
»Wahrscheinlich, weil sie, auf welche Art auch immer, vor drei Wochen von hier wegging«, unterbrach ihn Paula.
Er nickte. »Sie hat hart gearbeitet, bis in die Nacht hinein. Und hatte nicht immer Zeit zum Kochen.«
»Vielleicht hatte sie keine Lust.«
»Schau mal in den Schränken nach«, sagte er und erwartete angefangene Packungen mit diversen Zutaten, Kräutern und Gewürzen, Konserven, von deren Verwendung er keine Ahnung hatte.
Paula fand genau, was er vorausgesehen hatte. »Du hast gewonnen. Sie kocht.« Sie nahm eine offene Packung vom Regal und schaute hinein. »Jetzt kenne ich auch das polnische Wort für Linsen.« Während sie noch bei diesem Thema war, öffnete sie den Kühlschrank. Darin roch es nach zu lange gereiftem Käse und verdorbenem Obst, und die Plastikflasche im Türfach enthielt dickflüssige, verdorbene Milch. »Na, das ist die Antwort auf eine unserer Fragen. Ich glaube nicht, dass sie überhaupt nach Polen gefahren ist. Sie hätte niemals all diese

Lebensmittel im Kühlschrank vergammeln lassen. Bestimmt ist sie nicht am Wochenende gerade rechtzeitig nach Hause gekommen, um entführt zu werden. Zumindest hätte sie diese verdorbenen Sachen in den Müll geworfen.«
Tony wandte seine Aufmerksamkeit wieder der Pinnwand zu. Eine Postkarte aus Ibiza. Er nahm sie herunter. »Sonne scheint, Drinks billig, jede Menge Kerle!!! Du hättest mitkommen sollen. Ashley xxx«. Er steckte sie wieder fest. Geschäftskarten von einem Reparaturbetrieb für Computer, einem polnischen Feinkostladen in Harriestown, einer Änderungsschneiderei und einem Taxiunternehmen. Die Polizei würde sie alle überprüfen, das war ihm klar. Aber es war eher wahrscheinlich, dass es zu nichts führen würde. Allerdings könnte Ashley vielleicht einiges zum Hintergrund von Nadias Leben beitragen.
Außerdem hingen auch zwei Flyer von regionalen Bands da, die in Pubs auftraten, ein Busfahrplan für die Linie 183 von Harriestown zum Bellwether Square und ein Cartoon über polnische Bauarbeiter. Schließlich nahm er sich die Fotos vor. Ein Farbschnappschuss mit Eselsohren und verblassten Farben von einer Hochzeit, Braut und Bräutigam und zwei Paare, vermutlich die entsprechenden Eltern. »Ihre Mutter und ihr Vater?«
»Kein Grund, etwas anderes anzunehmen.«
Als Nächstes drei Frauen in einem Nachtclub oder einem Pub mit Spaßfaktor, die Arme umeinandergelegt und alle betrunken in die Kamera grinsend. Die Art von Foto, die in Großbritannien die Hälfte aller Frauen unter dreißig vorzeigt und damit an irgendeinen denkwürdigen Abend erinnert, an dem sie mit den Mädels gefeiert hat.
Tony wollte schon weitergehen, aber etwas beschäftigte ihn. Er nahm das Foto von der Pinnwand und studierte es genauer. »Die in der Mitte«, sagte er. »Sie kommt mir irgendwie

bekannt vor. Ich weiß nicht, wo ich sie hinstecken soll. Niemand, den ich kenne. Aber ich habe sie irgendwo schon mal getroffen.« Er blickte zu Paula hoch, deren Gesichtsausdruck nichts verriet. »Wissen wir, wer sie ist?«
»O ja, Tony. Wir wissen genau, wer das ist. Sie ist das Opfer.«
Offensichtlich war er verwirrt. »Das ist Nadia Wilkowa?«

19

Bev konnte nicht einschätzen, wie lange sie in der Kühltruhe bei Bewusstsein war. Sie hatte versucht, die Minuten zu zählen, fing bei einem Elefanten an und zählte bis sechzig, dann wieder rückwärts, verlor aber den Überblick. Sie war in Gedanken zu sehr damit beschäftigt, von einer schrecklichen Möglichkeit zur anderen zu wechseln. Und im Hintergrund hämmerte ständig die Angst um Torin. Wie würde er ohne sie zurechtkommen? Wie würde er damit fertigwerden, wenn sie nicht zu ihm zurückkam? Würde er zur Polizei gehen? Würde man sie rechtzeitig finden? Sie versuchte, die schlimmsten Vorstellungen zu verdrängen, aber sie konnte ihnen nicht entkommen. Diese Art von Zwangslage fand im Allgemeinen kein gutes Ende.
Nicht nur verlor Bev das Zeitgefühl, sie hatte auch ihre Würde aufgegeben. Mit Unbehagen war sie sich ihrer vollen Blase bewusst geworden und hatte so lange ausgehalten, wie es ging. Dann fragte sie sich, warum sie sich überhaupt bemühte. Sie war in einer Gefriertruhe eingeschlossen und trug nichts außer einem Schlüpfer, der ihr nicht gehörte. Daran war nichts Würdevolles. In einer Pfütze ihrer eigenen Pisse zu sitzen konnte nicht viel schlimmer sein. Wenn es den – wortwörtlich – anpisste, der sie hier reingesteckt hatte, dann wäre es ein Treffer für sie.
Als das Licht anging, war das ein körperlicher Schock. Ohne Vorwarnung hob sich plötzlich der Deckel der Truhe, und ein

grelles weißes Licht lähmte ihren Sehnerv. Sie hatte nur noch Zeit, die Unterarme vor dem Gesicht zu kreuzen, eine allgemeinverständliche Geste der Selbsterhaltung und beschwörenden Bittens, da schoss schon ein entsetzlicher Schmerz durch ihre Nervenbahnen und ließ ihre Muskeln schlaff wie Gelee werden.

Vollkommen desorientiert spürte Bev, dass sie hochgehoben und wieder fallen gelassen wurde, mit dem Gesicht nach unten landete sie auf dem Boden. Als ihre Sinne sich allmählich erholten, nahm sie den rauhen Zement an ihrer Haut wahr. Um ihr linkes Fußgelenk wand sich etwas wie eine kalte Manschette, und ihre Hände waren hinter dem Rücken gefesselt. Sie machte den Mund auf und wollte schreien, aber bevor sie einen Laut von sich geben konnte, wich bei einem brutalen Schlag auf die Rippen alle Luft aus ihrer Lunge. Starke Hände drehten sie auf den Rücken und versetzten ihr einen Schlag auf die Schläfe. Hinter ihren Lidern leuchteten Farben auf, und ein furchtbarer Schmerz pochte in ihrem Kopf. »Halt die Klappe, blödes Weib«, sagte eine Männerstimme. Es war umso entsetzlicher, als es ganz sachlich klang.

Und dann wurde eine Art breites Klebeband über ihren Mund geklatscht. Bev hatte keine Wahl, sie musste still sein. Sie blickte zu dem Mann hoch, der das mit ihr machte. Blauer Overall, verkratzte schwarze Arbeitsschuhe. Ziemlich groß, braunes Haar, blaue Augen, Knollennase, langer, gerader Mund, eckiges Kinn. Ihr erster Gedanke war, sich diese unauffälligen Züge zu merken. Aber in der nächsten Sekunde trat an die Stelle ihrer Entschlossenheit schon Erschrecken. Sie hatte genug Fernsehkrimis gesehen – wenn sie einen ihr Gesicht sehen ließen, taten sie dies nur, weil sie vorhatten, einen zu töten. Ein wortloser Seufzer kam aus ihrem verklebten Mund, und diesmal schlug er fest zu. »Wenn du tun würdest, was man dir sagt, dann würde ich dich nicht zu schlagen brau-

chen, oder?« Sein Tonfall war vernünftig, als erklärte er einem Kind, warum es die Hand nicht ins Feuer halten solle.
Er packte sie an den Schultern und schubste sie, bis sie saß, dann fasste er sie an den Oberarmen und zog sie hoch auf die Füße. Als sie sich mühsam aufrichtete, hörte sie ein metallisches Klirren und schaute nach unten: eine glänzende Fußfessel, die mit einem schweren Vorhängeschloss gesichert war. Eine Kette, die stabil aussah, lief vom Schloss nach hinten. Er zwang sie, vorwärtszugehen, und die Kette kam mit, hing aber schwer an ihrem Gelenk.
Irgendwie gelang es Bev, einen letzten Funken Entschlossenheit aufzubieten. Es gab da doch diese Fälle, in denen Mädchen und Frauen eingesperrt wurden und schließlich doch entkamen! Eine von denen könnte sie sein. Sie war niemand, der so leicht aufgab, sondern jemand, der überlebte. Was immer nötig war, sie konnte es aus sich herausholen. Ohne sich etwas anmerken zu lassen, betrachtete Bev prüfend den Raum, durch den er sie führte. Zementboden, Werkbank, nackte Wände mit Haken, an denen Werkzeug und Gartengeräte hingen. Eine Garage also. Er schob sie auf eine Tür an der Seitenwand zu, die einen Spalt offen stand. Grob stieß er sie durch die Tür, so dass sie stolperte und stürzte. Glänzende Steinfliesen, Holzschränke, ein Kühlschrank. Eine Küche.
Bev versuchte auf die Füße zu kommen, aber es war unmöglich, da ihre Hände hinter dem Rücken gefesselt waren. Sie hörte das Rasseln der Kette, er zog daran, dann glitt sie auf dem Boden aus. Die Haut um die Fessel herum riss ein und gab den Schmerzen einen neuen Schwerpunkt.
Als sie still stand, trat er sie so heftig an den Oberschenkel, dass sie spürte, wie die Muskeln empfindungslos wurden.
»Du gehörst jetzt mir«, sagte er. »Verstehst du? Du bist meine Frau. Wenn du tust, was dir befohlen wird, und dich beträgst, wie eine gute Ehefrau das tun sollte, dann wird alles gut. Aber

wenn du mir irgendeinen Grund zu Beschwerden gibst, werde ich dir weh tun. Ist das klar?« Seine Aussprache verriet seine Herkunft aus dem Norden und klang gebildet, sie passte nicht zu seiner Malocherkluft. Aus welcher Ecke er genau kam, konnte sie nicht sagen. Egal. Es war etwas, das sie sich für die Zukunft merken sollte. Bev wusste nicht wie, aber vielleicht konnte es von Nutzen sein.

Er hob die lose herunterhängende Kette auf und schwang sie hin und her. »Siehst du das? Das andere Ende ist an der Wand befestigt. Dort.« Er zeigte auf eine stabile Metallöse, die in den Türrahmen geschraubt war. »Denk nicht mal dran. Vier Schrauben, jede acht Zentimeter lang. Du hast so weit Bewegungsfreiheit, wie deine Kette reicht. Es sind keine Messer greifbar. Nichts, mit dem du dich verletzen könntest. Und ich hab das.« Er zog einen schmalen schwarzen Gegenstand aus seiner Hosentasche. »Es ist ein Elektroschocker. Den habe ich angewendet, als ich dich aus deinem Karzer herausgenommen habe. Weißt du noch, wie sich das angefühlt hat? Na, das war nur ein Vorgeschmack. Ein Vorgeschmack vom Taser.« Er lächelte. »Ich kann dich aus sechs Meter Entfernung ausschalten.«

Plötzlich waren ihre Hände frei. Er trat rasch zurück. Bev schaute sich um und sah, dass ein Paar plüschüberzogene rosa Handschellen von seiner Hand baumelten, eine Neuheit, die in Sexshops verkauft wurde. Er hatte die Mundwinkel hochgezogen, die Parodie eines Lächelns. »Gib dich keiner Illusion hin, Bev. Ich will dir nicht weh tun, aber wenn du mich dazu zwingst, dann tu ich es.« Er entfernte sich von ihr, und jetzt war nicht nur die Entfernung, sondern auch noch eine Frühstücksbar zwischen ihnen. Er zog einen der hohen Hocker heran und stellte ihn an die hintere Wand. Sie konnte Entfernungen nicht gut schätzen, aber selbst sie wusste, dass weniger als sechs Meter zwischen ihnen lagen.

Bev schaute sich um und versuchte herauszufinden, ob es nicht doch irgendeine Möglichkeit für sie gab. Eine Essküche in einem modernen Haus. Die hintere Wand war entfernt worden und gab den Blick auf einen Wintergarten frei. Alle Rollläden waren heruntergelassen und dicht. Sie konnte nicht einmal erkennen, ob es Tag oder Nacht war, konnte nicht nach draußen sehen und niemand von draußen herein.

Sie war am anderen Ende des Raums neben der Tür zur Garage angekettet. Herd mit Kochfeld, Geschirrspülmaschine und Kühlschrank, also alle Geräte, waren in ihrer Reichweite. Aber sie würde es nicht an der Küheninsel vorbei in die Mitte des Küchenbereichs schaffen. Alle Türen der Unterschränke hatten kindersichere Griffe. Die Schränke enthielten vielleicht Gegenstände, die sich als Waffen nutzen ließen, aber sie vermutete, dass es zu lange dauern würde, sie zu öffnen. Bis sie sie aufkriegte, würde er schon bei ihr sein, der Taser würde sie zu Boden reißen, und seine Schuhe würden sie mit Tritten traktieren.

Auf den Arbeitsflächen standen keine Geräte herum, auch kein Anzeichen von Messern oder Utensilien, die so etwas wie eine scharfe Kante aufwiesen. Auf dem dicken Schneidebrett aus Holz lagen ein Filetsteak, ein halbes Dutzend gehackte Pilze, eine in Scheiben geschnittene Zwiebel, eine Plastikflasche mit Olivenöl und drei neue Kartoffeln. Auf dem Herd standen eine schwere Bratpfanne und ein kleiner Topf. Ein Holzlöffel lehnte an der Pfanne. Sie begriff nicht recht. Sollte sie für ihn kochen? Hatte er sich all diese Mühe gemacht, nur damit sie ihn bediente? Sie hatte an ihrer Theke im Krankenhaus viele Verrückte gesehen, aber dies hier war Wahnsinn von einer Größenordnung, die sie noch nie erlebt hatte.

»Na los, mach schon.« Er saß auf dem Hocker und sah völlig normal und entspannt aus, bis auf den kleinen schwarzen

Kasten, der wie zufällig auf seinem Oberschenkel ruhte. Aber sie ließ sich nicht täuschen. Sie wusste genau, dass er aus dem geringsten Grund bereit wäre, ihr wieder weh zu tun. Sie zuckte die Achseln und breitete die Arme aus, als wolle sie damit sagen, sie sei nicht sicher, was er von ihr wollte.

»Mach das Scheißabendessen«, schrie er und platzte plötzlich fast vor Wut. »Deutlicher kann ich es doch nicht sagen, oder?« Bev schlug die Augen nieder. *Konfrontation vermeiden.* Sie nahm den Topf und ging zur Spüle hinüber. Die Kette erlaubte ihr, mit Mühe die Wasserhähne zu erreichen. Sie füllte den Topf halb mit Wasser und kehrte an den Herd zurück. Es war ein Gasherd, ähnlich wie der, den sie zu Haus hatte, aber sie tat so, als hätte sie Probleme damit, die Flamme zu zünden. Vielleicht würde er die Geduld verlieren, herüberkommen, um die Kochstelle selbst anzuzünden, und sie konnte ihm mit der Bratpfanne eins überziehen.

»Was ist los?«, fragte er in spöttisch-schleppendem Ton von der anderen Seite des Raums aus. »Bist du zu blöd, einen Gasherd anzuzünden? Muss ich dir die Anweisungen mit Gewalt einhämmern?« Der Sarkasmus wandelte sich zur finsteren Drohung, als er mit dem Elektroschocker gegen die Frühstückstheke klopfte.

Vergiss diese Idee. Bev zündete die Flamme unter dem Topf an und ließ die Kartoffeln hineinfallen. Sie gab ein wenig Öl in die Bratpfanne und stellte mittlere Hitze ein. Angst und ungläubiges Befremden wechselten sich in ihrem Kopf ab. Warum sollte irgendjemand ausgerechnet sie auswählen, wenn er eine perfekte Frau suchte? Sie war keine so besonders gute Ehefrau gewesen, solange ihre Ehe währte, und Tom hatte zumindest vorgegeben, Frauen zu mögen, die ihren eigenen Willen besaßen. Hätte ihr Entführer sich die Mühe gemacht, etwas über sie herauszufinden, dann hätte er ziemlich schnell erfahren, dass sie niemals Hausfrau des Jahres werden würde.

Na ja, wenn sie am Leben bleiben wollte, sollte sie aber beginnen, daran zu arbeiten. Sie starrte das blutige Fleisch an und versuchte, nicht daran zu denken, wie es in diesen Zustand versetzt wurde. Gott sei Dank war sie laut ihrem Ex, ihrem Sohn und ihren Freunden eine halbwegs gute Köchin.
Als die Kartoffeln zu kochen anfingen, gab sie die Zwiebeln in das heiße Öl und verteilte sie mit dem Pfannenwender. Wenigstens überdeckte der Geruch der brutzelnden Zwiebeln den Gestank von Pisse, der an ihr haftete. Aber wie sollte sie in Gottes Namen wissen, wie er sein Steak mochte? Zwischen rot und durchgebraten war ein Riesenunterschied. Sie nahm das Steak, drehte sich ihm zu und deutete mit einem Achselzucken eine Frage an.
Er lachte und klang aufrichtig erfreut. »Englisch«, sagte er. »Braves Mädchen. Die Letzte hat nicht mal gefragt. Sie hat aus meinem Steak eine Schuhsohle gemacht. Dämliche Kuh.«
Die Letzte. Bev blinzelte, um die Tränen zu unterdrücken, und wandte ihre Aufmerksamkeit dem Herd zu, bestrebt, keine Reaktion auf diese beängstigenden Worte zu zeigen. Sie erinnerte sich an ein Gedicht, das sie in der Schule gelernt hatte und aus dem die gleiche mörderische Kälte sprach. Wie war das noch mal? »That's my last Duchess painted on the wall, Looking as if she were alive.« (Das hier ist meine letzte Herzogin, gemalt, als sähet Ihr lebend sie.) Damals schon schaurig und jetzt noch gruseliger. Ohne etwas zu sehen, warf sie die Pilze in die Pfanne, vermischte sie mit den glasigen Zwiebeln und schob sie beiseite, um Platz für das Steak zu machen. Dann klatschte sie es in die Pfanne und begann lautlos zu zählen. Als sie hundertachtzig erreicht hatte, drehte sie es um und fing wieder an zu zählen. Eine Kartoffel, die sie herausholte, probierte sie, indem sie draufdrückte. Fast war sie so weit.
Bev wurde aufgeschreckt vom Geräusch eines Tellers, der auf die Granitplatte der Kücheninsel hinter ihr gestellt wurde. Sie

wirbelte herum. Er stand hinter der Insel, kaum mehr als einen Meter weg, und schob einen flachen Teller zu ihr hin. Einen verrückten Moment dachte sie daran, die Pfanne zu packen, sie hochzureißen und auf seinen Kopf zu zielen, aber die Vernunft siegte. Sie war nicht schnell genug, und er war zu weit weg. Wenn sie es nach Hause und zu Torin schaffen wollte, musste sie ihr Vorgehen gut überdenken.

Also nahm sie stattdessen den Teller und wandte sich wieder dem Herd zu, schaltete die Gasflammen unter Pfanne und Topf aus, schüttete, so gut sie konnte, wenn sie sich streckte, das Kartoffelwasser ab und servierte das Essen. Nachdem sie es auf die Insel gestellt hatte, trat sie zur Seite und senkte den Blick, denn sie war entschlossen, ihm keinen Vorwand für Kritik zu liefern. Bev strengte sich an, sich nicht selbst dafür zu hassen, dass sie sich so sehr und so schnell hatte einschüchtern lassen. Es war eine Strategie, sagte sie sich. Eine Strategie, um zu überleben.

Er nahm den Teller mit zur Frühstücksbar und fing an zu essen. Nachdem er zwei Bissen Fleisch und Pilze genommen hatte, starrte er sie an. »Du hast das Steak richtig hingekriegt.« Er aß einen weiteren Brocken Fleisch und runzelte die Stirn. Dann schnitt er in eine Kartoffel, und sein Gesicht hellte sich auf. »Du dummes Weib«, schnauzte er sie an. »Wie kann es sein, dass du nicht mal 'ne Kartoffel kochen kannst? Die verdammten Kinder in der Grundschule können das schon. Die hier sind hart wie Gewehrkugeln.« Er nahm eine Kartoffel, zielte und warf nach ihr. Bev versuchte auszuweichen, wurde aber an der Schulter getroffen; es war erstaunlich schmerzhaft, dann kullerte die Kartoffel über den Boden.

»Heb sie auf, du faules Luder«, rief er. Sie versuchte es, aber die Kartoffel lag außerhalb ihres von der Kette begrenzten Radius. »Du kommst an sie ran, wenn du dich hinlegst, du blöde Kuh«, sagte er und wandte sich wieder seinem Steak zu.

Bev tat, was er befahl. Sie musste sich auf ihre ganze Länge ausstrecken und die Kartoffel mit den Fingerspitzen angeln, um sie zu erwischen, wozu er sie mit seinem sadistischen Grinsen antrieb. Aber endlich schaffte sie es, sie heranzuholen, hob sie auf, kam auf die Füße, hielt die Kartoffel hoch und hob fragend die Augenbrauen.
»Kannste dir in'n Arsch stecken, ist mir egal«, sagte er, aß sein Steak zu Ende und schob den Teller von sich weg. »Also, was tut ein gutes Eheweib, um ihren Mann nach dem Abendessen zu erfreuen?« Als er um die Frühstücksbar herumkam, sah sie, dass sich unter dem Overall seine Erektion abzeichnete.
O Gott. Es würde noch viel schlimmer werden, bevor es vielleicht besser wurde.

20

Paula schaute Tony nach, der über das Kopfsteinpflaster ging und an Bord der *Steeler* stieg. Sie wartete, bis die Luke geschlossen war. Nicht, weil sie sich um seine Sicherheit sorgte, sondern weil sie ein paar Augenblicke brauchte, sich zu fassen, bevor sie sich auf den Heimweg machte.
Als er Nadia Wilkowa auf dem Foto an der Pinnwand erkannt hatte, vermutete Paula, dass er sich genauso geirrt hatte wie sie. Dass er sich durch die oberflächliche Ähnlichkeit mit Carol Jordan hatte täuschen lassen und glaubte, er kenne diese Frau, die in Wirklichkeit eine Fremde war. Als sie gesagt hatte: »Wir wissen genau, wer sie ist. Sie ist das Opfer«, dachte sie, dass sie damit einen Irrtum über Bord warf.
Er schien verwirrt. »Das ist Nadia Wilkowa? Dann muss ich sie irgendwo einmal getroffen haben.«
»Meinst du nicht, dass dein Gedächtnis dir einen Streich spielt?«
»Was meinst du damit, dass mein Gedächtnis mir einen Streich spielt?«
»Tony, sie sieht aus wie Carol.«
Er wich einen Schritt zurück, als hätte sie ihn vor die Brust gestoßen. »Meinst du?« Er sah noch einmal hin. »Nein, du irrst dich. Die Frisur ist gleich, das ist aber auch alles. Schau mal.« Er hielt Paula das Foto hin. »Ihr Gesicht hat eine andere Form. Die Wangenknochen, ganz andere Winkel.«
»Aber die Kieferpartie ist ähnlich, und die Augen auch.«

Tony schüttelte trotzig den Kopf. »Sie ist ... ich weiß nicht, unauffällig. Man würde sie in einer Menge nicht zweimal anschauen.«

Paula wandte sich ab. »Als ich zuerst die Leiche sah ... dachte ich einen Moment ganz kurz, sie wäre es, Tony. Das Haar, die Beine, der Umriss der Schultern. Dann wurde mir klar, dass die Körperform nicht stimmte.«

»Aber ihr Gesicht war doch ganz kaputt, Paula. Wenn du sie lebend gesehen hättest, hättest du sie nicht mit Carol verwechselt. Du überdeckst dieses Bild mit deinem ersten Eindruck. Und sie sieht Carol nicht ähnlich.« Sein Tonfall veränderte sich, wurde leicht verbittert. »Glaub mir, Paula. Ich bin schließlich der Mann, der Carol Jordan überall sieht. Und im Gesicht dieser Frau sehe ich sie nicht.«

Paula drehte sich so schnell um, dass sie noch den Schatten des Kummers über sein Gesicht gleiten sah. Sie legte ihm eine Hand auf den Arm. »Es tut mir leid.«

Er stieß ein kurzes, rauhes Lachen aus, das fast wie Husten klang. »Ich weiß nicht mal, wo sie wohnt. Jahrelang wusste ich jede Nacht, wo sie schlief, selbst wenn sie verdeckt ermittelte. Sogar nach der Zeit in Deutschland, als sie untertauchte. Und jetzt weiß ich nicht mal, in welcher Grafschaft sie sich aufhält.« Er senkte den Kopf und seufzte. »Das einzige Mal, als ich meine Arbeit wirklich gut machen musste, hab ich versagt.«

»Du konntest doch nicht wissen, was in Vances Kopf vorging. Niemand konnte das.«

Er hob den Kopf, die Augen zornig aufgerissen. »Meine Aufgabe ist es, mit Wahrscheinlichkeiten zu arbeiten, Carol. Das heißt nicht, dass man die unwahrscheinlichen Dinge außen vor lässt. Und ich habe ihnen bei dieser Ermittlung nicht den geringsten Raum gegeben. Ich schaute nicht über den Tellerrand, weil ich überzeugt war, Jacko so gut zu kennen.«

Die Stille zwischen ihnen fühlte sich an wie die Ruhe vor dem Sturm. »Du hast mich gerade Carol genannt«, sagte Paula.
Er war wie vom Donner gerührt. »Dann helfe dir Gott, Paula.« Seine Stimme klang rauh, so bewegt war er.
»Mir fehlt sie auch, Tony.«
Zögernd streckte er den Arm aus und legte ihn um ihre Schultern. Sie berührten sich selten, er und Paula. Nie umarmten sie sich zur Begrüßung oder beim Abschied. Aber dies war für sie beide ein bedeutungsvoller Moment. »Mit dir hat sie kein Hühnchen zu rupfen, Paula. In deinem Leben wird sie eines Tages wieder auftauchen.«
Sie lehnte den Kopf an seine Schulter und gab sich Mühe, nicht zu weinen. Endlich räusperte sie sich und entfernte sich ein paar Schritte von ihm. »Du meinst wirklich, du kennst sie? Nadia?«
Tony kniff sich in den Nasenrücken. »Ich glaube ja. Aber ich komm nicht drauf. Ich muss es erst mal ruhen und das Unterbewusstsein dran arbeiten lassen, wenn ich schlafe. Was wir über sie wissen, wenn wir dieses Bild anschauen, ist, dass sie gern ausging und Spaß hatte, und sie hatte Freundinnen, mit denen sie das tat.«
»Wie kannst du wissen, ob es nicht eine einmalige Gelegenheit war, bei der sie Brittney und Bubble aus der Buchhaltung am Hals hatte, weil irgendjemand während der Weihnachtsfeier ein Handy-Foto machen wollte?« Obwohl Paula scherzhaft klang, als wolle sie gezielt die Stimmung ändern, wollte sie es auch wirklich wissen.
»Keine ist befangen oder betreten in der Gegenwart der anderen.« Er drehte sich um und blätterte in den Speisekarten. Hinter ihnen hing noch ein Schnappschuss, auf normalem Kopierpapier ausgedruckt. »Und sieh mal, es gibt noch eins von den dreien. An einem anderen Abend, andere Outfits, sehr entspannt auf einer Eckbank.« Er hatte recht. Bei dem

ersten oberflächlichen Blick auf das Brett hatte sie es übersehen. »Du musst diese Frauen finden und mit ihnen reden. Aber du brauchst mich nicht, um dir das zu sagen.« Er drehte sich schnell um und ging in Richtung Flur. »Ich weiß nicht, was ich hier soll, Paula, dich auf die offensichtlichen Dinge hinweisen? Geht es hier um die ermittlerische Entsprechung zum Sex aus Mitleid? ›Der arme Tony, ich sollte ihm etwas zum Nachdenken geben.‹«
Ihre erste Reaktion war, gekränkt zu sein. »Natürlich nicht. Es hat nichts mit dir zu tun. Ich will diesen Fall lösen und habe niemanden, mit dem ich die Ideen besprechen kann, okay? Es hat mit mir zu tun, dass ich mich ohne mein altes Team verloren fühle. Es tut mir leid, wenn du findest, ich verschwende deine Zeit. Ich wollte ein zusätzliches Paar Augen, dem ich vertrauen kann, das ist alles.«
»Entschuldige.« Er seufzte wieder. »Ich bin im Moment nicht so richtig auf der Höhe. Lass uns mal das Schlafzimmer anschauen, ob dort irgendwas ist, bei dem mir etwas einfällt.«
Aber es war nichts dort gewesen. Das Zimmer war aufgeräumt, keine Haufen schmutziger Wäsche auf dem Boden, keine kurz getragenen Kleider über den einen Stuhl geworfen. Der Bettbezug mit einem leuchtend bunten Muster war der einzige Farbakzent in dem Zimmer. Er war glatt gezogen, die Kissen aufgeschüttelt. Im Kleiderschrank hing nichts, was nicht in die Kategorie Arbeit, Freizeit oder Ausgehen fiel. Keine Fetisch-Outfits, keine Fantasy-Props, keine Sexspielzeuge. Auf einem Nachttisch lag ein Taschenbuch mit einem polnischen Titel. Es sah eher nach anspruchsloser Frauenliteratur aus als nach Booker Prize. Daneben eine halb leere Trinkflasche mit Wasser und eine Brille. Drei Paar schlichte Ohrringe lagen in einer winzigen Holzschale neben einem kleinen Goldkruzifix an einer dünnen Kette. »Ein Mädchen, wie jede Mutter es sich für ihren Sohn wünscht«, murmelte Paula.

Tony schnaubte. »Meine vielleicht nicht.« Er öffnete die Schublade am Schminktisch. Eine Schachtel Kosmetiktücher. Eine Tube Lippenbalsam mit Pfirsichgeschmack. Ein paar Kondome und eine halb leere Tube Gleitcreme. »Sexuell aktiv.« Er nahm die Tube und prüfte die Kappe. »Aber in letzter Zeit offenbar nicht. Siehst du, die Creme ist hier an der Kappe angetrocknet.«
»Oder vielleicht hatte sie die Art von Sex, bei dem sie keine Creme brauchte«, sagte Paula trocken. »Das kommt vor.«
»Ja, soll's geben.« Er wandte sich der kleinen Kommode in der Ecke zu. Die oberste Schublade enthielt eine umfangreiche Auswahl preiswerter Schminkutensilien. In der zweiten Schublade waren praktische, aber hübsche Dessous. In der dritten T-Shirts. Die unterste enthielt ein paar dicke Pullover. »Ich glaube, Nadia war vielleicht an der Grenze zwischen nett und langweilig. Das ist interessant, weil das eine Kombination ist, die ihre Risikofaktoren beträchtlich reduziert. Die meisten Opfer weisen in ihrem Leben chaotische Züge auf. Gewöhnlich kommt es dadurch zur Begegnung mit ihren Mördern. Aber Nadia scheint das Gegenteil von chaotisch zu sein. Und das macht deine Aufgabe noch ein bisschen schwieriger.«
Und das waren auch schon Tonys gesamte Erkenntnisse. Sie versuchte die Enttäuschung zu verdrängen, musste aber insgeheim zugeben, dass sie sich mehr erhofft hatte. Sie hatte sich etwas gewünscht, das die Ermittlung in eine neue Richtung lenken würde, etwas, das ihrer neuen Chefin zeigen würde, dass sie jemand war, dem Beachtung zu schenken sich lohnte.
Paula setzte sich auf dem Fahrersitz zurecht und ließ den Motor an. Sie würde auf dem Heimweg in der Skenfrith Street anhalten und den Uniformierten Dampf machen. Damit sie Bevs Verschwinden ernst nahmen, es nicht nur aufs

Abstellgleis schoben und hofften, es würde dort vergessen werden.
»Hier drin ist es ja wie auf der verdammten *Marie Celeste*«, sagte sie laut, als sie jemanden zu finden versuchte, der ihr den Weg zum Büro des Diensthabenden zeigen konnte. Schließlich ging sie, in der Hoffnung auf ein Lebenszeichen, zu den Arrestzellen im Untergeschoss hinunter. Leise spielte ein Radio, dessen Gemurmel wie ein Kommentar zu einem Sportereignis klang. Der Sergeant, der Dienst hatte, ein harter Typ in den Dreißigern mit markanten Gesichtszügen, blickte von seiner Schreibarbeit auf und hob die Augenbrauen.
»Haben Sie sich verirrt?« Er stand auf, argwöhnisch, aber nicht unfreundlich. »Wir kennen uns doch nicht, oder?«
»DS Paula McIntyre. Ich bin neu in DCI Fieldings Gruppe. Ich suche den Diensthabenden, aber oben scheint niemand zu sein.«
Er lachte schnaubend. »Sind Sie nicht aus der Gegend hier?«
»Ich habe mein ganzes Erwachsenenleben in Bradfield verbracht. Warum? Was ist so besonders an der Skenfrith Street? Beschäftigen Sie sich außerhalb der Geschäftszeiten nicht mit Verbrechen?« Paula ließ ihre Frage durchaus locker klingen, aber sie wünschte, Sergeant Banter würde zum Kern der Sache kommen.
»Bradfield Victoria hat ein Heimspiel gegen Manchester United. Jeder, der noch laufen kann, ist beim Spiel, falls es Probleme mit den Fans geben sollte. Einschließlich des Chefs.«
»Erwartet man Ärger mit den Fans?«
Diesmal lachte er geradeheraus. »Nee, Mädel. Aber man erwartet ein verdammt gutes Fußballspiel. Also, kann ich Ihnen mit irgendwas behilflich sein?«
Paula schüttelte den Kopf. Was immer die Schutzpolizei wegen Bev McAndrews Verschwinden zu unternehmen gedachte, heute Abend würde es sicherlich nicht mehr geschehen.

»Ich werde morgen früh mit ihnen reden. Ich hoffe, Sie haben eine ruhige Nacht«, fügte sie auf dem Weg nach draußen hinzu.

»Sehr unwahrscheinlich. Später werden wir haufenweise Besoffene kriegen, egal wie das Spiel ausgeht.«

Sie konnte nicht anders, als unverrichteter Dinge nach Hause zu fahren und nachzusehen, wie Elinor mit Torin klarkam. Vielleicht war dem Jungen noch etwas eingefallen, das eine aussichtsreichere Ermittlungsrichtung eröffnen konnte. Etwas, das mehr Aufmerksamkeit auf sich ziehen würde als ein bescheuertes gutes Fußballspiel.

21

Es muss einen Algorithmus geben, der beschreibt, welche Verschiebung im Raum-Zeit-Kontinuum eintritt, wenn ein Jugendlicher im Zimmer ist, dachte Paula, als sie auf der Schwelle zu ihrem Wohnzimmer innehielt. Jungen in diesem Alter schienen viel mehr Raum einzunehmen, als es ihrer tatsächlichen Größe entsprach. Das Zimmer kam einem normalerweise, wenn es nur von ihr und Elinor genutzt wurde, eigentlich geräumig vor. Es schien nicht einmal eng zu sein, wenn sie Freunde zu Besuch hatten. Aber als jetzt Torin auf dem Sofa fläzte, die Beine über den Teppich ausgestreckt, das Hemd aus der Hose herausgezogen und die Krawatte auf halbmast, kam es einem vor, als sei es geschrumpft. Sie würde einen *Doctor Who*-Fan suchen und ihn fragen müssen.
Elinor saß in ihrem Lieblingssessel, die Beine untergeschlagen und ihr Strickzeug auf dem Schoß. Die beiden schauten sich *Shaun of the Dead* an. Paula war nicht sicher, ob das der richtige Stoff für einen Jungen war, dessen Mutter vermisst wurde, aber wahrscheinlich hatten Torin und Elinor ihn zusammen ausgewählt.
Als sie hereinkam, richtete sich Torin auf, aus seinem Gesicht war alles teenagerhaft Anarchische gewichen, nur nackte Angst war hier für jedermann unverhüllt zu sehen. »Ist meine Mum wieder da?«
»Es tut mir leid, ich habe noch nichts Neues.« Als sie den niedergeschlagenen Ausdruck auf seinem Gesicht sah, wünschte

Paula, sie hätte etwas anderes zu bieten. Sie setzte sich auf die Armlehne des Sofas. »Ich weiß, du würdest mich am liebsten anschreien dafür, dass ich überhaupt die Frage stelle, aber bist du absolut sicher, dass sie nichts zu dir gesagt hat über Pläne, jemanden treffen zu wollen?«

Er starrte sie an. »Ich hab es Ihnen doch schon gesagt. Nein. Und selbst wenn sie das getan und ich es überhört hätte, dann hätte sie mir trotzdem eine SMS geschickt, um mich daran zu erinnern. Das macht sie immer. Sie sagt, ich höre nie zu, deshalb sichert sie sich immer noch mal ab.« Seine Unterlippe zitterte, er wandte den Blick ab und legte die Hand vor den Mund. »Aber es stimmt auch gar nicht. Ich höre schon zu.«

»Sicher tust du das, Torin«, sagte Elinor und schaltete den DVD-Player auf Pause.

»Und was machen Ihre Leute jetzt, um sie zu finden?«, verlangte Torin zu wissen, wobei sein aggressiver Ton eigentlich nur seine Angst überdecken sollte. Seine Schultern hoben sich abwehrend unter dem dünnen Hemd.

»Die Informationen, die ich heute früh von dir bekommen habe, werden ins Computersystem eingestellt und müssen im ganzen Land verbreitet werden. Morgen wird man anfangen mit der mühsamen Arbeit, Freunde aufzuspüren und Bewegungen auf ihren Bankkonten und Kreditkarten zu verfolgen.«

»Warum wartet man so lange? Warum tut man es nicht gleich jetzt?« Es klang nach einem empörten Aufheulen.

Weil es nicht erste Priorität hat. Weil sie lieber beim Fußballspiel sind. Weil niemand sonst sich so um sie sorgt wie du.

»Weil diese Dinge alle leichter während der normalen Arbeitszeit erledigt werden können«, antwortete Paula. Elinors hochgezogene Augenbrauen gaben ihr zu verstehen, was sie von dieser lahmen Ausrede hielt. Von Schuldgefühlen bedrängt, versprach Paula: »Ich sag dir, was ich tun werde, wenn

du möchtest. Heute Abend fahre ich zu euch nach Hause und sammle alles zusammen, was sie brauchen, damit sie gleich morgen früh anfangen können. Wie findest du das?«
Er kaute auf der Haut an der Seite seines Daumens herum. »Okay.«
»Wo hat sie Sachen wie Kontoauszüge und ihren Pass? Weißt du das?«
»Da ist so ein Abstellraum zwischen ihrem Schlafzimmer und dem Bad. Eigentlich ist es nur ein Schrank, aber mein Dad hat ein Büro daraus gemacht. Hat einen Schreibtisch eingebaut und alles. All unsere offiziellen Sachen sind in der unteren Schublade.«
»Danke. Ich werde auch Kleider für dich mitbringen müssen, wenn du bei uns bleibst. Ist es dir recht, wenn ich in dein Zimmer gehe?«
Er schaute aufmüpfig drein, nickte aber. »Ja, ist schon okay.«
»Willst du hier bei uns bleiben, Torin? Es ist deine Entscheidung. Wenn du einen Freund hast, bei dem du lieber wärst, oder eine andere Bekannte deiner Mutter? Du kannst ruhig sagen, was du möchtest, weißt du.«
»Möchten Sie, dass ich hier bin?«
Paula hätte fast angefangen zu heulen vor Mitgefühl mit ihm. »Du kannst so lange bleiben, wie es nötig ist. So lange du willst.«
»Es ist okay hier.« Er wies mit einem Kopfnicken auf Elinor. »Sie macht kein Theater. Und wenn ich störe, dann werden Sie sich reinknien und Ergebnisse kriegen, damit Sie Ihre Wohnung wieder zurückbekommen, oder?«
»Da ist was dran.« Sie bemühte sich, ihre Überraschung über sein Verständnis der Lage zu verbergen. »Kann ich deine Schlüssel haben?«
»Nicht so schnell«, sagte Elinor. »Du hast doch noch nicht gegessen, oder? Wir haben Pizza für dich aufgehoben. Bevor

du also in Bevs und Torins Wohnung gehst, setzt du dich erst mal hin und isst zu Abend.«

Paula versuchte nicht einmal zu widersprechen. Und wenn sie ehrlich war, war sie froh, als sie sich wieder in die Nacht hinaus aufmachte, dass sie sich die Zeit zum Essen genommen hatte. Nicht nur, weil es ihre Batterien wieder mit Energie auflud, sondern weil es der Aufgabe, die sie vor sich hatte, ein Gesicht gab. Das war etwas, das sie von Carol Jordan gelernt hatte. Vorher hatte sie auf die Kollegen gehört, die sagten, man könne es sich nicht leisten, sich emotional auf Fälle einzulassen, man brenne dabei völlig aus. Bei der Zusammenarbeit mit Carol hatte sie dann begriffen, dass man besser für Gerechtigkeit sorgen konnte, wenn man innerlich beteiligt war. Ja, der Preis war hoch. Aber warum sollte man die Arbeit machen, wenn einem das Endergebnis nicht wichtig war?

Es war seltsam, ein Haus aufzuschließen, in dem sie zu Gast gewesen war. Wenn sie sonst Räumlichkeiten durchsuchte oder jemanden in seiner Wohnung vernahm, wie sie das früher mit Tony zusammen getan hatte, dann kam sie als Unbeteiligte. Hier würde sie die Verlegenheit überwinden müssen, das Leben eines Menschen zu durchleuchten, den sie kannte und mochte. Aber Bev zuliebe konnte sie ihre persönliche Empfindlichkeit nicht höher bewerten als die Durchsuchung der Wohnung nach etwas Brauchbarem.

Das Haus hätte natürlich schon längst von dem Kollegen durchsucht worden sein sollen, dem sie anfangs Meldung gemacht hatte. Paula hatte den Verdacht, dass Bev als geringes Risiko eingestuft worden war, die niedrigste Stufe unter den Vermisstenfällen. Eine Einstufung nach Vorschrift – »keine erkennbare Gefahr im Verzug für den Betroffenen oder die Allgemeinheit« – würde dem entsprechenden Beamten erlauben, Bevs Fall ganz unten in den Stapel zu legen, damit jemand anders in der Frühschicht sich darum kümmerte. Man

würde in diesem Stadium die Wohnung vielleicht überhaupt nicht durchsuchen. Wäre Paula zuständig gewesen, dann hätte sie sich für eine Beurteilung als mittleres Risiko entschieden, und nicht nur, weil Bev eine Bekannte war. In der Dienstvorschrift stand: »Das dargestellte Risiko wird die Person wahrscheinlich in Gefahr bringen«, und sie meinte, Bev wäre in dieser Kategorie richtig eingeordnet. Frauen wie Bev verschwanden nicht freiwillig. Paula wollte sich lieber nicht länger mit dem einzelnen Satz befassen, der in Großbuchstaben und farbig unterlegt in einem Kasten am Anfang der Leitlinien zum Vorgehen bei Vermisstenmeldungen stand: »Wenn Zweifel bestehen, denken Sie an Mord.«
Gemäß ihrer professionellen Denkweise hatte sie irgendwo im Hinterkopf schon genau daran gedacht.
Sie machte in ihrem Notizbuch einen Vermerk zur Uhrzeit und trat ein. Die erste Phase bestand aus einem Gang durch alle Räume. Ihr früherer Kollege Kevin Matthews hatte das immer »die Suche nach dem Offensichtlichen nicht vergessen« genannt. Sie erinnerten sich alle an nervenaufreibende Fälle vermisster Kinder, die dann aus irgendwelchen dunklen hinteren Ecken der Häuser oder Wohnungen auftauchten, manchmal aus eigenem Antrieb. Aber häufiger, weil jemand anders sie fand. Also ging Paula durch das ganze Haus, sah in jedem Zimmer und jedem Schrank nach, in jedem Kämmerchen und abgeteilten Kabuff, das groß genug war für eine Frau von Bevs Körpergröße. Und wie vorherzusehen, kam nichts dabei heraus.
Aber sie erwartete, dass der nächste Durchgang mehr bringen würde. Jetzt würde sie das Haus nach Dingen durchkämmen, die ihr einen Insider-Blick auf Bevs Leben erlauben würden. Notizen, Terminkalender, Telefon, Fotos, Computer. Torin hatte sein eigenes Tablet dabei. Er hatte gesagt, dass Bev es nie benutzte und er nie ihren Laptop anrührte, jetzt nicht mehr,

seit sie den Drucker mit WLAN hatten, den er von seinem eigenen Computer aus bedienen konnte. Auf dem Schreibtisch in dem kleinen Kabäuschen, dem Büro, das ihr von Torin beschrieben worden war, hatte sie schon den Laptop auf dem Schreibtisch entdeckt, wollte es sich aber mit den Kriminaltechnikern nicht verderben. Es war Zeit, einen Gefallen einzufordern.

Paula nahm ihr Telefon und schaute nach, wie spät es war, bevor sie die Nummer wählte. Halb zehn, das war nicht zu spät, um eine Frau anzurufen, die ihre Freizeit damit verbrachte, mit der digitalen Welt zu verkehren. Zu ihrer Überraschung nahm Stacey erst beim vierten Klingeln ab. »Paula, hallo, was ist los?«

Hätte Paula es nicht besser gewusst, dann hätte sie gesagt, Stacey klang aufgeregt. Aber das war nicht ihre Art. Unter Druck hatte sie die Computerspezialistin ihres früheren Sondereinsatzteams nie anders als cool gesehen. Und Paula glaubte nicht, dass ein Anruf von ihr sie überhaupt unter Druck setzte. »So allerhand. Hab heute bei meinem neuen Arbeitsplatz in der Skenfrith Street angefangen. Und du?«

»Frag lieber nicht. Ich befasse mich mit Dingen, die ein Realschüler hinkriegen könnte. Meine Talente werden hier nicht produktiv eingesetzt.«

»Das hab ich schon vermutet. Deshalb dachte ich, vielleicht wärst du daran interessiert, mir einen Gefallen zu tun?«

Stacey stieß ein sprödes, kurzes Lachen aus. »Es ging mir tatsächlich gerade durch den Kopf, dass du mich deshalb anrufst. Was brauchst du?«

»Ich hab 'ne Vermisstenmeldung. Es ist ein bisschen kompliziert. Ich kenne die betroffene Frau, also mache ich die Vorarbeiten selbst. Den Laptop werde ich den Kriminaltechnikern übergeben müssen. Und sie werden ewig brauchen und ihn nicht so auseinandernehmen wie du.« Paula verstummte.

»Und ich soll vorbeikommen und eine Kopie von der Festplatte machen und sie analysieren, ohne eine Spur zu hinterlassen, die die Tatortermittler finden könnten?« Stacey war jetzt wieder ganz zu ihrem üblichen trockenen Humor zurückgekehrt.
»Ja, das trifft es so ziemlich.« Und dann hörte Paula etwas, das sich nach einer Männerstimme im Hintergrund anhörte. »Hast du Gäste? Passt es jetzt gerade nicht?« Dann fiel der Groschen. »O Gott, es ist Sam, oder?«
»Schon okay«, sagte Stacey rasch. »Ich besorge eine externe Festplatte und treffe dich dort. Schick mir die Adresse. Bis dann.« Und sie legte auf. Bei jedem anderen hätte man das als unhöflich empfunden. Aber bei ihr nicht, so war Stacey eben. Während Paula wartete, schaute sie sich in Küche und Wohnzimmer um. Ein Kalender an der Seitenwand des Kühlschranks gab Auskunft über die Aktivitäten des Alltagslebens. Fußballtraining, Schachclub, ein schulfreier Tag wegen eines Arbeitstreffens des Kollegiums, zwei Übernachtungen Torins bei Freunden. Ein Zahnarzttermin für Bev. Ein Kinobesuch, ein Gig für Torin, Freunde zum Dinner. Sie blätterte zwei Monate zurück, da war es so ziemlich das Gleiche. Eine an der Wand befestigte Schiefertafel im Holzrahmen diente als Memoboard. »Spaghetti, Speck, Milch, Muskat«, stand auf der einen Seite, »Anzahlung für Ausflug, Karten für Leeds Festival, Reinigung« auf der anderen. In Schubladen und Schränken fand sich nichts, was sie nicht in einer Küche zu finden erwartet hätte. Auch das Wohnzimmer zeigte sich als nicht ergiebiger. Nicht einmal ein Notizblock lag neben dem Telefon. Niemand schrieb mehr Dinge auf, die auszurichten waren. Man schickte stattdessen eine SMS.
Paula war kurz davor, wieder nach oben zu gehen, als Stacey kam. Die Tochter chinesischer Eltern aus Hongkong hatte sich als digitales Wunderkind erwiesen, das mit den schwieri-

geren Grundsätzen des Programmierens so mühelos umging, als wären es Bauklötze. Schon als Studentin gründete sie ein Software-Unternehmen und ließ sich zwei Standard-Programme einfallen, mit denen sie genug Geld verdient hatte, dass sie nie wieder hätte arbeiten müssen. Dann verblüffte sie alle, indem sie zur Polizei ging. Ihre Motive dafür hatte sie nie erklärt, aber im Lauf der Jahre fand Paula genug über ihre Kollegin heraus, um den Verdacht zu hegen, dass Stacey einfach nur wahnsinnig gern in den Daten anderer Leute herumstöberte, ohne dafür verhaftet zu werden. Außerdem war sie überzeugt, dass Stacey irgendwo auf dem Spektrum des Autismus zu Hause war, so ungeschickt gab sie sich im Umgang mit Menschen. Gegen Ende der Zeit im Sondereinsatzteam hatte Paula jedoch bemerkt, dass Stacey einen anderen Kollegen, Sam Evans, insgeheim verehrte.
Sams nackter Ehrgeiz und sein Mangel an Teamgeist hatten Paula von einer Freundschaft mit ihm abgehalten. Sie vertraute ihm nicht genug, ihr den Rücken freizuhalten, wenn es gefährlich wurde, und das war in einem Team, wo man aufeinander angewiesen war, ein Problem. Trotzdem versuchte sie, Stacey ein wenig in die Richtung zu beeinflussen, dass sie ihre Gefühle eingestand. Das Leben war zu kurz, um sich nicht den Dingen zu widmen, die wirklich wichtig waren. Stacey hatte damals natürlich nichts dazu gesagt. Sie waren seit der Auflösung des MIT zweimal zum Essen ausgegangen, aber zum Thema Sam hatte Stacey beharrlich geschwiegen. Allerdings hatte sie sich eine neue Frisur zugelegt, die ihr besser stand, und kleidete sich definitiv reizvoller als in ihrer früheren Standardmontur, die aus sehr gepflegten maßgeschneiderten Kostümen bestand. Sie trug auch mehr Make-up, das ihre dunkelbraunen mandelförmigen Augen betonte und ihrer faltenlosen Haut mit einer Palette von Farbschattierungen ein überraschend gesundes Aussehen verlieh, bedachte man, wie

wenig Tageslicht sie abbekam. Seit Paula sie kannte, sah Stacey zum ersten Mal aus wie eine Frau, die glaubte, sie verdiene es, geliebt zu werden.
Als sie jetzt die Treppe hochstiegen, sagte Paula noch einmal: »Hab ich gestört? War das Sams Stimme, die ich im Hintergrund gehört habe?«
Stacey seufzte hinter ihr. »Er war bei mir zum Abendessen. Okay? Das ist alles. Genauso wie du zu mir zum Abendessen kommen würdest.«
Paula lächelte triumphierend, sie wusste ja, dass Stacey ihr Gesicht nicht sehen konnte. »Stacey, ich kenne dich seit – wie vielen Jahren? Und wie oft war ich bei dir zum Abendessen? Das wäre eine große fette Null. Wir gehen immer aus zum Essen, das weißt du doch.«
»Wir hätten auch bei mir essen können.«
Als sie oben angekommen waren, drehte sich Paula um und zog eine Grimasse. »Du bist so eine Lügnerin, Stacey. Aber ich bin doch froh, dass du dich mit ihm triffst.«
»Dinner. Ich hab's nicht mal selbst gekocht«, sagte Stacey bestimmt. »Ich hab's bringen lassen.«
»Es ist ein Anfang.«
Stacey schaute sich auf dem Treppenabsatz um, die Lippen geschürzt, Hände in die Hüften gestemmt. »Wo ist denn jetzt der Computer? Und wer ist diese Frau?«
Paula zeigte auf die Tür zu der kleinen Kammer und erklärte ihr die wesentlichen Punkte. Bis Stacey sich vor den Laptop gesetzt hatte, war sie fertig. Stacey drehte sich mit dem Stuhl und starrte Paula stirnrunzelnd an. »Ihr habt einen Jugendlichen aufgenommen? Ihr?«
»Was? Du meinst, ihr – ›die Lesben‹?«
»Nein«, erwiderte sie ungeduldig. »Du weißt doch, dass das nicht meine Art ist. Ich meine, du, die nie irgendein Interesse an Kindern oder Erziehung gezeigt hat.«

Paula rieb sich ihre müden Augen. Genau was sie brauchte. Eine Diskussion über Mutterinstinkt oder das Fehlen desselben. »Ich werde dadurch nicht zur Mutter, verdammt noch mal! Ich nehme ein Kind auf, das niemanden hat. Vorübergehend. Außerdem ist Elinor diejenige, die sich um die praktischen Pflichten kümmert. Schau mich doch an. Ich bin hier. Nicht auf einem Sofa bei Torin. Okay?«
Stacey wandte sich wieder dem Bildschirm zu und schaltete den Laptop an. »Gut. Solange du nicht die wichtigste Richtlinie zu Vermisstenfällen vergisst. Wenn Zweifel besteht …«
»… denken Sie an Mord. Ich weiß. Darum werden wir uns kümmern, wenn es so weit ist. Kannst du mal etwas zur Seite gehen, damit ich an die untere Schublade rankomme? Da sollen die ganzen Unterlagen und Dokumente sein.«
Stacey tat ihr den Gefallen, aber es war immer noch nicht genug Platz für Paula da, um sich neben ihr hinzukauern. Sie öffnete die Schublade und sah, dass sie fast bis oben mit Ordnern, Umschlägen und losen Blättern angefüllt war. »Am besten nimmst du das ganze Ding raus und setzt dich damit auf den Treppenabsatz«, murmelte Stacey, in Gedanken schon bei dem, was sie auf dem Laptop suchte. »Es erstaunt mich immer wieder, wie man es unterlassen kann, seinen Computer durch ein Passwort zu schützen. Besonders wenn man mit einem Teenager zusammenwohnt. Hörst du zu, Paula?«
»Nee.« Paula schaffte es endlich, die Schublade herauszuziehen, und verließ damit rückwärtsgehend den Raum. Sie nahm sie mit in Bevs Schlafzimmer und setzte sich auf den Rand der zerknitterten Bettdecke.
Anders als Nadia Wilkowa war Bev keine Ordnungsfanatikerin, was dazu beitrug, dass Paula sich in Bezug auf ihre eigene Unordentlichkeit ein bisschen besser fühlte. Oft genug hatte sie das Chaos gesehen, das nach einem unerwartet abgebrochenen Leben zurückblieb, sie hätte ihre Lektion also lernen

können. Aber es war noch nicht so oft vorgekommen, als dass sie ihre Gewohnheiten geändert hätte.

Zumindest war Bev sorgsam, was den Papierkram betraf. Der oberste Ordner enthielt ihre und Torins Geburtsurkunden, außerdem ihre Heiratsurkunde und das Scheidungsurteil. Im nächsten Umschlag waren Sozialversicherungsnummern, Krankenversicherungsnummern, eine Notiz zu den Blutgruppen und Torins Mutter-Kind-Pass aus der Zeit, als er noch ein Baby war. Ein Hefter mit Kontoauszügen und noch einer mit Kreditkartenabrechnungen. Bev gehörte zu den Leuten, die jeden Monat ihr Konto pflichtbewusst ausglichen.

Dann kamen die Pässe. Wo immer Bev sich aufhielt, sie war jedenfalls nicht ins Ausland gereist. Zumindest nicht auf die übliche Art und Weise. Es gab ein Testament, in dem alles an Torin vererbt und ihrem Ex das Sorgerecht eingeräumt wurde. Ein Briefwechsel von Anwälten, in dem die Bedingungen für Toms Kontakt mit seinem Sohn vereinbart worden waren. Ein Bündel Weihnachts- und Geburtstagskarten an Bev von Torin. Ein Hefter mit Torins Schulzeugnissen. Und schließlich, ganz unten, ein abgewetztes altes Adressbüchlein.

Stacey erschien unter der Tür und hielt ein kleines silberfarbenes Gerät hoch. »Die Kopie von Bevs Festplatte. Und niemand wird je erfahren, dass ich da drin war. Ich schau's mir noch heute Abend an und schicke ihre E-Mails an dich weiter. Den Rest bekommst du, sobald es geht.« Sie schaute auf eine goldene Uhr, die, so schätzte Paula, das Gehalt einiger Monate verschlungen haben musste. »Wenn ich jetzt losziehe, hab ich noch Zeit für den Nachtisch.«

»Viel Erfolg damit.« Paula legte alles außer dem Adressbuch wieder in die Schublade zurück. »Ich danke dir, Stacey. Sieht immer finsterer aus.«

»Es tut mir leid um deiner Bekannten willen. Ich melde mich

dann.« Sie wandte sich halb zum Gehen, dann blieb sie stehen. »Hast du übrigens von der Chefin gehört?«
Paula schüttelte den Kopf. »Kein Wort. Ich weiß nicht einmal, wo sie ist oder was sie treibt.«
»Ich hatte erwartet, dass sie zurückkehrt zur Bradfielder Polizei, wenn sich die Dinge erst mal beruhigt haben.«
»Ha! Du machst wohl Witze. Die Oberen wollen sie doch nicht. Sie lässt die Bürokraten dastehen wie einen Haufen unfähiger Wichser. Nein, sie waren begeistert, als sie ihre Kündigung einreichte, damit sie nach West Mercia gehen konnte. Aber dort kam sie nie an. Sie ist abgetreten, bevor sie überhaupt anfing.«
»Ich weiß. Deshalb dachte ich, sie würde zurückkommen. Weil hier alles vertraut ist. Und wegen Tony, natürlich. Er ist doch noch am Bradfield Moor, oder?«
»O ja. Dort war man überglücklich, als er sagte, er gehe nun doch nicht. Er wohnt auf einem Kanalboot unten am Minster Basin. Aber er hat auch nichts von ihr gehört.«
Stacey steckte die Festplatte in ihre Tasche. »Vielleicht solltest du nach *ihr* als Vermisste fahnden.«

22

Tag fünfundzwanzig

Fielding hatte auf jeden Fall Ausstrahlung, fand Paula. Sie schien sich in fast jeder Hinsicht von Carol Jordan abzuheben, aber eins hatten beide gemeinsam: die Fähigkeit, sich die Aufmerksamkeit eines ganzen Raums voller aggressiver Polizisten zu sichern. Wenn Fielding eine Besprechung leitete, flüsterte niemand mit seinem Nachbarn oder schrieb seiner Freundin eine SMS. Sie mochte ja zierlich und hübsch sein, aber wenn sie zu reden anfing, vergaß man diese flüchtigen Phantasien und konzentrierte sich auf das, was sie vorbrachte. Es verstärkte Paulas Wunsch, sich in diesem Team auf die richtige Art und Weise hervorzutun.
Es war eine Art Auftritt. DCI Fielding führte ihre Anweisungen auf PowerPoint vor. Sie hatte einen sanften schottischen Akzent, der den Worten die Härte nahm und ihre Zuhörer wünschen ließ, es möge immer so weitergehen. »Die Leiche von Nadzieja Wilkowa, genannt Nadia, wurde gestern Vormittag in einem besetzten Haus in der Rossiter Street, Gartonside, gefunden.« Eine Außenansicht des Hauses. »Sie wurde zu Tode geprügelt.« Eine Aufnahme der Leiche am Fundort. Fielding hatte offensichtlich nicht vor, die Zartbesaiteten oder die Verkaterten zu schonen. »Ein Schlag auf den Kopf mit einem Rohr oder einem Baseballschläger, dann wurde sie verprügelt und getreten. Aufgrund der Blutspritzer glauben wir, dass sie hier getötet wurde. Zu guter Letzt hat unser Täter ihre Schamlippen mit Sekundenkleber zusammengeklebt.«

Ein drastisches Foto machte Paula wütend und ließ ihr leicht übel werden. »Wie wir sehen, war ihr Genitalbereich rasiert. Wenn wir einen Freund finden, mit dem sie ausging, möchte ich wissen, ob das bei ihr Routine war oder ob es etwas ist, was der Mörder gern mag.«
Das nächste Bild zeigte das Bad. Fielding wies mit dem Laserpointer auf die verschiedenen Gegenstände, während sie die wichtigsten Informationen durchging. »Die Kleider des Opfers und ihre Tasche waren hier hineingestopft. Eigentlich nicht richtig versteckt, nur aus dem Weg geräumt. Es ist möglich, dass er sie zwang, sich in der Badewanne zu waschen. Oder dass er selbst sie gewaschen hat. Das Wasser zu dem Objekt ist abgestellt, aber die Besetzer haben ein Auffangsystem für Regenwasser gebastelt, das eine gewisse Wassermenge liefert. In der Badewanne war eine kleine Wasserpfütze.«
Zurück zur Außenansicht des Hauses. »Gartonside ist Niemandsland. Es gibt also auf der Anfahrt zur Rossiter Street oder der Umgebung keine Überwachungskameras. Ich glaube, der Mörder wusste das. Er scheint ein zu vorsichtiger Täter zu sein, als dass er einfach Glück gehabt haben könnte. Eine der vielen interessanten Fragen ist, woher er wusste, dass die Besetzer übers Wochenende nicht da sein würden. Black, Hussain, ich möchte, dass ihr mit ihnen redet. Findet heraus, wer genau wusste, dass sie weg sein würden. Und wer überhaupt weiß, dass sie dort leben.« Sie warf den beiden Mitarbeitern ein Lächeln zu, die Art von Lächeln, die einem das Gefühl gibt, gemocht zu werden, dachte Paula.
»Nadia war Vertreterin für eine Pharmafirma. Nicht für einen dieser großen Konzerne, die sich immer neue Wundermittel ausdenken, von denen man Verstopfung bekommt oder das Risiko für Brustkrebs steigt. Eine kleine britische Firma, die Nachahmerpräparate gebräuchlicher Medikamente herstellt. So etwas, das Ihre Hausärztin Ihnen verordnet, wenn sie dem

National Health Service ein paar Shilling sparen will. Sie arbeitete seit achtzehn Monaten dort. Keine Beschwerden, sie war fleißig. Ein intelligentes Mädchen. Verdiente gut.« Ein Foto von Nadia zu Lebzeiten, ihr buschiges blondes Haar war verwuschelt, und ihr Lächeln ließ auch ihre Augen leuchten. »Obwohl sie aus Polen war, sprach sie außergewöhnlich gut Englisch, sagen ihre Arbeitgeber. Aber trotzdem.« Sie schaute sich im Raum um. »Stachniewski, Sie haben den richtigen Namen dafür. Reden Sie mit den polnischen Mitbürgern, strecken Sie die Fühler aus, bekommen Sie heraus, ob sie in den Pubs, Clubs und Lebensmittelläden bekannt war.« Ein hoch aufgeschossener rothaariger Kollege nickte trübsinnig. »Oh, und Stach? Rufen Sie die polnische Polizei an und versuchen Sie zu erfahren, ob Mrs. Wilkowa Krebs hat. Denn vor drei Wochen wurde eine E-Mail von Nadias Adresse an ihre Arbeitgeber geschickt, in der stand, dass bei ihrer Mutter Krebs diagnostiziert worden sei. Sie bat um einen Monat Urlaub aus familiären Gründen. Die Firma wollte sie nicht verlieren, weil man fand, sie sei fleißig, und so stimmte man zu. Letzte Woche schickte man ihr eine E-Mail mit einer Frage zu einem Kundenkonto. Man bekam eine Antwort auf die Anfrage, in der auch darauf hingewiesen wurde, dass sie nächste Woche zurück sein werde, wie ursprünglich geplant. Nun, wir wissen im Moment nicht, ob sie überhaupt je nach Polen fuhr, obgleich DS McIntyre meint, sie hätte doch nicht so viele verderbliche Lebensmittel in ihrem Kühlschrank gelassen, wenn sie das getan hätte. Black, fragen Sie bei der Einwanderungsbehörde und der Grenzschutzagentur nach, ob es Eintragungen zu ihrer Aus- und Wiedereinreise gibt. Und sprechen Sie mit den Fluggesellschaften, die von Manchester und Leeds/Bradford aus nach Polen fliegen, überprüfen Sie, ob sie auf einer der Passagierlisten steht. Wahrscheinlich ist es Zeitverschwendung, aber wir müssen alle Möglichkeiten bedenken. Wir wollen nicht, dass irgendein Verteidiger uns später ein Bein stellt wegen Dingen, die wir ausgelassen haben.« Alle nickten weise, wie ein Raum voller Figuren für die Hutablage im Auto.

»Wirklich interessant ist, dass ihr Mörder es schaffte, genug Informationen aus ihr herauszupressen, dass er E-Mails schicken und glaubhaft klingen lassen konnte. Soweit wir wissen, hat sie keinen Versuch gemacht, diese Nachrichten in einen Hilferuf zu verwandeln.« Fielding hielt inne, einen Moment überlagerte ein Ausdruck des Mitgefühls ihr professionelles Auftreten. »Ihr Handy hat ein Passwort, was ärgerlich ist, aber die Techniker sagen mir, dass sie heute Nachweise für ihre Einzelverbindungen bekommen und wir dann hoffentlich sehr bald auf SMS und Nachrichten auf ihrem Handy zugreifen können. Mit dem Computer hatten wir mehr Glück. Anscheinend war das Passwort ihr Geburtstag, kinderleicht zu knacken für die Kriminaltechniker. Inspector Gardner koordiniert die Maßnahmen, er wird also einigen von euch die mühsame, aber wichtige Arbeit zuteilen, die E-Mails, Tweets und Facebook-Kontakte durchzugehen. Ich weiß, es ist langweilig ...« Sie unterbrach sich und ließ ihnen ihr schönstes mitfühlendes Lächeln zukommen. »Aber es kann auch von entscheidender Wichtigkeit sein. Nadia hat irgendwo den Weg ihres Mörders gekreuzt, und wir müssen herausfinden, wo genau und wann. Die Antwort könnte in einer dieser E-Mails stecken. Ich zähle auf euch, dass euch im Windschatten der Langeweile nichts Wesentliches entgeht.«

Verdammt noch mal, sie redet wie eine Dichterin. Windschatten der Langeweile, Donnerwetter! Paula ließ sich aber nichts anmerken. Sie wollte keine Aufmerksamkeit auf sich ziehen, um nicht die E-Mails aufgehalst zu bekommen. »Eine andere Gruppe wird all ihre Termine der letzten Zeit zurückverfolgen. Alles, was ihr aus ihnen herausquetschen könnt. Und ich

möchte Alibis, bitte. Ich weiß, diese Aufgabe ist ein Alptraum wegen der zahlreichen Kontakte, aber wir müssen jeden Stein umdrehen und die weißbäuchigen Schaben und Krabbeltiere darunter freilegen.
Und letztendlich: Der Techniker, der den Computer untersucht, hat auch zwei Frauen identifiziert, die ihre engsten Freundinnen zu sein schienen. DS McIntyre, Sie und ich, wir werden sie uns vornehmen. Ich halte später – heute Nachmittag – eine Pressekonferenz ab. Bis dahin geben wir ihre Identität nicht bekannt.« Sie schaltete den Beamer ab. »Das wär's fürs Erste. Ich zähle auf euch alle. Und Nadia tut das auch. Packen wir's an, ihr und ihrer Familie zuliebe.« Fielding schloss mit einem umwerfenden Lächeln. Sie wusste ihren Charme einzusetzen, das hatte ihre Vorstellung eindeutig bewiesen, fand Paula. Aber da sie ihn am Tatort Grisha gegenüber nicht eingesetzt hatte, ließ sie ihn offenbar nur spielen, wo er ihr einen klaren Vorteil brachte. Es hatte für sie Priorität, sich die Zuneigung ihres Teams zu sichern. Den Pathologen zu motivieren, dass er sich besonders anstrenge, hatte keine.
Paula suchte sich durch die Menge der geschäftigen Kripobeamten, die die Einsatzbesprechung diskutierten, einen Weg an Fieldings Seite. »Morgen, McIntyre«, sagte Fielding zerstreut und blätterte dabei in einem Stoß Papiere. »Geben Sie mir zehn Minuten, um mich um die da zu kümmern, dann fahren wir los.«
»Ich muss vorher mit dem diensthabenden Kommissar der Schutzpolizei reden, Ma'am.« Paula gab sich so konziliant wie möglich. »Die Vermisstenmeldung, auf die ich gestern gestoßen bin. Ich muss die Kollegen informieren, mich vergewissern, dass sie die Sache ernst nehmen.«
Fieldings perfekt gezupfte Augenbrauen hoben sich. »Gibt es einen Grund, weshalb sie es nicht ernst nehmen sollten?«

Paula wusste, dass sie sich hüten musste. Sie war die Neue hier und hatte keine Ahnung, wo die politischen Linien in diesem Revier verliefen. »Nein, es gibt keinen Grund. Aber ich kenne die Vermisste, Ma'am. Ihr Sohn hat mir den Schlüssel zu ihrem Haus gegeben. Ich möchte ihn persönlich weitergeben. Nur damit man weiß, ich habe ein Interesse daran. Und damit ich ihnen etwas über den Hintergrund sagen kann.«

»Haben Sie Ihre Nase in Dinge gesteckt, die Sie nichts angehen, McIntyre? Sie sind nicht mehr bei Ihrem alten Sondereinsatzteam. In diesem Revier respektieren wir gegenseitig unsere Grenzen. Haben Sie mit einem Mord nicht genug um die Ohren, dass Sie die Arbeit der Schutzpolizei machen müssen?« Fielding gab sich keine Mühe, ihre Stimme zu senken. Die Kollegen, die in ihrer Nähe standen, taten so, als bemerkten sie nichts, aber Paula wusste, dass alles durchaus bei ihnen ankam. Sie spürte, wie sie rote, heiße Ohren bekam.

»Wie gesagt. Ich kenne die Vermisste. Ihr Sohn ist vorübergehend bei uns untergebracht.«

Fielding erstarrte mitten im Umblättern. »Sprechen wir hier von einem Minderjährigen?«

»Er ist vierzehn.«

Fielding starrte sie an, als sei sie verrückt. »Was haben Sie sich dabei gedacht? Sie hätten das Jugendamt anrufen sollen. Oder einen Verwandten. Soweit ich weiß, stehen Sie nicht auf der Liste geeigneter Personen.«

Rechtschaffene Empörung drohte ihren gesunden Menschenverstand wegzufegen. »Seine nächsten Verwandten sind in Bristol. Sein Vater ist in der Armee, in Afghanistan. Ich war der Ansicht, dass er in meinem Gästezimmer weniger gefährdet wäre als in einer Notfallunterkunft.« Sie hielt inne. »Ma'am.« Sie konnte Fielding nicht verstehen. Wo war ihr Mitgefühl? Diese Frau war Mutter. Wenn irgendjemand Paulas Begrün-

dung begreifen konnte, dann wäre es doch jemand, der selbst ein Kind hatte.
Fielding stieß einen entnervten Seufzer aus. »Gut, gehen Sie und informieren Sie den Kommissar. Und machen Sie schnell. Wir haben hier einen Mord, und das hat Vorrang vor allem anderen.« Mit einer ungeduldigen Handbewegung entließ sie Paula. Diese war schon halb an der Tür, als Fielding ihr nachrief: »Und wenn Sie vorhaben, mit der Kinderbetreuung weiterzumachen, dann holen Sie um Gottes willen die Zustimmung der Verwandten ein. Ich will Sie und Ihre Freundin nicht wegen Freiheitsberaubung verhaften müssen.«
Jemand lachte laut, ein anderer kicherte. Willkommen in der Skenfrith Street, dachte Paula bitter. Wo die moderne Polizeiarbeit zu Hause ist.

Dean Hume, der Kommissar, hatte die übel zugerichteten Ohren, den dicken Hals und die asymmetrische Nase eines Rugbyspielers, der sich im Gedränge nie gedrückt hatte. Seine Kopfhaut hatte einen Anflug von Fünf-Uhr-Stoppeln, die eine männlich wirkende Kopfrasur verriet, und seine Augen lagen in müden grauen Hautfalten. Er saß in einem winzigen Glashäuse in einer Ecke des großen Hauptbüros. Sein Monitor war so groß wie ein Nachtschränkchen und war umgeben von Stapeln von Ordnern. Sein weißes Hemd hing schon schlaff an ihm herunter von all dem Arbeitsdruck. Als Paula erklärte, warum sie gekommen war und was sie in Bevs Haus vorgefunden hatte, sah er genauso begeistert aus wie Fielding.
»Sie waren früher in der MIT-Gruppe, stimmt's?«
Paula hatte das inzwischen satt. »Richtig, Sir. DCI Jordans Team.«
»Sie haben dort sozusagen Ihre eigenen Regeln aufgestellt.« Zu ihrer Überraschung lächelte Hume. »Aber mit guten Ergebnissen.«

»Ja, Sir. Wir fanden, wir boten ein verdammt gutes Preis-Leistungs-Verhältnis.«

Er brummte. »Nur schade, dass die da oben es nicht so sahen. Die Sache ist, Sarge, wir halten uns hier ein bisschen mehr an die Vorschriften. DCI Fielding hat den Laden fest im Griff. Und sie liefert auch gute Ergebnisse. Wenn Sie also von der Piste abweichen, dann müssen Sie diskret vorgehen.« Es war eine Warnung, aber in sehr freundlichen Worten.

Zum ersten Mal, seit sie in der Skenfrith Street angekommen war, fühlte sich Paula als Teil eines Teams. Nur schade, dass es das falsche Team war. »Danke, Sir. Ich werde das im Gedächtnis behalten. Was Bev Andrews betrifft, habe ich einen vollständigen Bericht meines Vorgehens und der gesammelten Informationen geschrieben. Es dürfte Ihren Leuten eine Grundlage verschaffen. An wen sollte ich ihn mailen?«

Er gab ihr die Kontaktdaten seines Sergeants. »Nach dem, was Sie mir sagen, sieht es nicht allzu gut aus«, meinte er. »Ich werde mit dem Medienbeauftragten reden, mal sehen, ob wir heute Abend etwas in die *Sentinel Times* kriegen können. Und wir werden noch mal mit dem Jungen sprechen müssen.«

»Ich glaube nicht, dass er noch irgendetwas anderes zu sagen hat.«

Hume nickte. »Sicher haben Sie recht. Ich habe gehört, dass Sie eine Senkrechtstarterin sind, wenn es um Befragungen geht. Aber wir müssen alle Möglichkeiten ausloten. Sie können gern als zuständige Erwachsene dabei sein.«

Paulas Lächeln war grimmig. »Ich glaube nicht, dass DCI Fielding mir diesbezüglich Spielraum lassen wird. Meine Partnerin wäre da wahrscheinlich am besten.« Sie kritzelte Elinors Kontaktdaten auf einen Zettel und reichte ihn Hume. »Sie ist Ärztin am Bradfield Cross.«

»Danke. Sobald sich etwas tut, lasse ich es Sie wissen.«

Paula stand auf und wollte gehen. Aber Hume war noch nicht ganz fertig. »Und – Sergeant – überlassen Sie das jetzt uns. Keine Ihrer unorthodoxen MIT-Tricks, bitte, ja? Hier steht niemand hinter Ihnen. Was DCI Fielding anbelangt, sind Sie auf sich allein gestellt.«

23

Als Bev zum ersten Mal in der Gefriertruhe zu Bewusstsein kam, war das verwirrend gewesen; das zweite Mal war es unerträglich qualvoll. Jedes Mal, wenn sie Atem holte, taten ihr die Rippen weh, ein stechender Schmerz, als würden ihr Dolche in die Brust gestoßen. Nach und nach wurde ihre Wahrnehmung klarer, und sie begriff, dass der Schmerz nicht mehr so vernichtend war, wenn sie flach atmete und sich so wenig wie möglich bewegte. Aber das ließ ihren Nerven die Möglichkeit, sie die anderen Qualen spüren zu lassen. Im Kreuz fühlte sie einen dumpfen Schmerz. Nieren, dachte sie. In ihrem Kopf pochte es, und als sie den Kiefer bewegte, schoss ein Blitz vom Kinn bis zur Schädeldecke. Ein Feuer brannte zwischen ihren Beinen, das bis in die Leistenbeuge hinaufreichte. Der kleine Finger an ihrer linken Hand war heiß und geschwollen. Wahrscheinlich gebrochen. Aber das war ihre geringste Sorge.
Sie war fest entschlossen gewesen zu tun, was immer nötig war, um zu überleben und es nach Hause zurück zu Torin zu schaffen. Aber bald ahnte sie, dass ihr Entführer genauso entschlossen war, etwas an ihr auszusetzen zu finden, wie sie willens war, all seinen Launen zu gehorchen. Sie war in die Hände eines Mannes gefallen, der einzig aus dem Zufügen von Schmerzen Befriedigung ziehen konnte. Es reichte ihm nicht, sie zu vergewaltigen. Er musste sich die Ausrede ausdenken, ihr Verhalten sei unzulänglich, damit er ihr weh tun konnte.

Er hatte sie demütigenden sexuellen Handlungen ausgesetzt und hielt dabei die ganze Zeit den makabren Vorwand aufrecht, sie sei als Ehefrau eine Versagerin. Gott helfe einer wirklichen Ehefrau, die diesem Scheusal zum Opfer fiel, dachte Bev und schauderte unwillkürlich, während vor Schmerz ein Stöhnen von ihren zerschrammten Lippen kam.
Das Klebeband hatte er von ihrem Mund gerissen, während er sie in der Küche fickte. Er wolle hören, wie sie seine sexuelle Tüchtigkeit bewundere, erklärte er. Aber wenn sie irgendein anderes Geräusch mache, werde es ihr leidtun. Die Behandlung mit dem Taser wäre dann ihre geringste Sorge.
Dann löste er ihre Kette und schleppte sie nach oben. Dort befestigte er die Kette in einer anderen Öse aus Eisen, in einem Raum, in dem nur ein Bett mit einer Gummiunterlage stand. Er schlug ihr brutal ins Gesicht, zwang sie auf das Bett und band ihre Hand- und Fußgelenke fest, so dass sie mit ausgestreckten Gliedern auf der Matratze lag. Kurz hatte er sie allein gelassen und kam dann mit einer Dose Rasierschaum, einer Schere und einem Plastikrasierer zurück. »Wenn du dich rührst, schneide ich dich in Stücke«, sagte er so ungerührt, als hätte er um Zucker für seinen Tee gebeten. Dann spürte sie seine Hände, er schnippelte an ihrem Schamhaar herum und schnitt es vorsichtig bis auf die Haut herunter ab. Bei seiner Berührung bekam sie Gänsehaut, biss sich aber auf die Lippen und zwang sich, nicht zu zucken. Als Nächstes kam der Rasierschaum, dann das Kratzen des Rasierers auf ihren empfindlichsten Hautpartien. Bev hatte sich nie rasiert. Da sie blond war, hatte sie nicht einmal eine Wachsenthaarung für den Bikini gebraucht, wenn sie Urlaub im Süden machten. Die Luft fühlte sich auf ihrer nackten Haut seltsam an. Aber wenigstens passte er auf und verletzte sie nicht. Sie fragte sich, warum, wo doch sein einziges Ziel gewesen war, sie zu bestrafen.

Die Atempause dauerte nicht lange. Dieses Mal brachte er sie dazu zu betteln. Sie hasste sich, aber sie tat wie geheißen, allerdings nicht überzeugend genug, um eine weitere Tracht Prügel zu vermeiden. Als er endlich den Punkt erreicht hatte, dass er keine Erektion mehr zustande brachte, war auch das ihre Schuld. Bev wollte sich nicht an das erinnern, was danach gekommen war. An manche Dinge darf man besser gar nicht denken. Sie glaubte, dass sie schließlich das Bewusstsein verloren hatte.
Jetzt war sie wieder in ihrer Kiste. Ihrem Zwinger, so hatte er gesagt. Als wäre sie ein Tier. Bev hatte im Leben schon viel Wut gesehen. Aber eine so lange aufrechterhaltene und starke Aggression gegenüber einem fremden Menschen war ihr noch nie begegnet. Nicht einmal gegenüber Vergewaltigungsopfern. Nach ihrer Erfahrung in den Krankenhäusern, in denen sie gearbeitet hatte, waren es immer die Partner gewesen, die ihre Frauen so übel systematisch misshandelt hatten. Dies hier war eine noch krankere Abweichung von häuslicher Gewalt.
Und sie hatte sich darin verfangen.
Tränen quollen aus ihren verschwollenen Augen. Sie hatte versucht, an dem Vorsatz festzuhalten, ihren Sohn wiederzusehen. Aber Bev machte sich nichts vor. Sie wusste, noch eine solche Nacht konnte sie nicht überstehen. Sie hatte sein Gesicht gesehen. Sie konnte seine Wohnung beschreiben.
Sie würde es nicht lebend nach draußen schaffen.

24

Tony hatte der Raum immer gefallen, in dem seine Sessions mit Dr. Jacob Gold stattfanden. Nichts darin erinnerte ihn an irgendeinen anderen Ort, an dem er eine bedeutende Zeitspanne verbracht hatte. Der Raum besaß emotionale Neutralität. Die Wände waren zitronengelb gestrichen, unterbrochen von vier Bildern mit Strandmotiven, Seelandschaften, Ebbe und Flut in Flussmündungen. Zwei Sessel standen schräg zu beiden Seiten eines Gaskamins und waren getrennt durch einen kleinen, gestreiften Läufer in gedämpften Farben. Den langen, flachen Erker füllte eine Chaiselongue mit einem weiteren Sessel neben dem Kopfende aus. In der Mitte des Zimmers stand ein niedriger Tisch mit einer Sammlung exotischer, polierter Muscheln.

Ein ruhiger Raum, der perfekt geeignet war für die Supervisionsgespräche, die die meisten Psychologen als ein Kernstück ihres professionellen Lebens betrachteten. In der Beziehung zwischen Therapeut und Supervisor ging es darum, ihnen bei der Entwicklung ihrer Fertigkeiten zu helfen, damit sie bessere Praktiker wurden, ein Aspekt, den Tony ernst nahm. Nur hatte er das Problem, dass er keinen besonders großen Respekt für die meisten Supervisoren hegte, die er kannte. Er war sich dessen wohl bewusst, dass er ein unkonventioneller Kopf war. Es war keine Arroganz, zuzugeben, dass er auch klüger war als die meisten Leute, die seinen Beruf ausübten. Dann hatte er Dr. Gold bei einem Symposium über beschädigte Lebensläufe sprechen hören. Das war der Mann für ihn, dachte er. Anschließend sprach er ihn an, aber Dr. Gold hatte ihn abgewiesen. »Ich mache keine Supervisionen«, hatte er in einem Ton gesagt, der jede Diskussion ausschloss. So etwas hatte aber Tony noch nie aufgehalten. »Ich weiß, warum«, sagte er. »Im Vergleich zu Ihren Patienten sind praktizierende Psychologen langweilig. Na ja, das bin ich nicht. Ich bin einer, der als Mensch durchgeht.«

Dr. Gold runzelte die Stirn und wandte seine Aufmerksamkeit jetzt erst richtig dem kleinen Typen mit dem unansehnlichen Haarschnitt und den schlecht zusammenpassenden Sachen zu. Das war damals gewesen, bevor Carol für einige diskrete Änderungen sorgte, die Tony kaum bemerkte. »Wer sind Sie denn?«

»Erinnern Sie sich an den Serienmörder letztes Jahr in Bradfield? Junge männliche Opfer?«

Etwas in Dr. Golds Gesichtsausdruck veränderte sich. »Sie sind der Profiler.« Tony nickte. Mehr brauchte nicht gesagt zu werden. Entweder würde Jacob Gold anbeißen oder nicht. Sie standen da und musterten einander, ohne auf die lärmende Geschäftigkeit der Konferenz um sie herum zu achten. »Kommen Sie zu einem Gespräch nächste Woche zu mir. Mein Büro ist in Leeds. Sie können über die Universität Kontakt mit mir aufnehmen.«

Und so hatte es angefangen. Nach der ersten Sitzung wusste Tony, dass er jemanden gefunden hatte, der ihm helfen konnte, mit sich selbst auszukommen im Leben und bei seiner Arbeit, seinen Erfolgen und seinen Fehlern. Zum Glück für Tony hatte auch Jacob Gold jemanden gefunden, für den es sich lohnte, gegen seine eigenen Regeln zu verstoßen.

Tony hatte die Rolle des Supervisors immer so ähnlich wie die des Priesters bei der Beichte aufgefasst. So, wie er es verstand, war die Theorie hinter der katholischen Beichte, dass man

beichtete, wenn man Sünden zu bekennen hatte; dass der Priester einem half, seine Fehler einzusehen; dass man sich der Buße unterzog, um sich an den Weg und die Wahrheit und das Licht erinnern zu lassen; dass man danach angeblich nicht mehr sündigen würde und dass der Grund, weshalb man in den Beichtstuhl getreten war, nur einen selbst und den Priester etwas anging. Und vermutlich Gott. Obwohl Er sich nie viel in das praktische Vorgehen der Kirche einzumischen schien.
Tony vereinbarte ein- oder zweimal im Jahr einen Termin mit Dr. Gold, wenn ihm etwas bei seiner klinischen Arbeit Sorgen machte, wenn er glaubte, dass er mit einer Seite seines Berufslebens nicht gut klarkam, oder, seltener, wenn sein Privatleben ihm Rätsel aufgab, die er nicht wirklich lösen konnte. Eine 50-Minuten-Stunde mit Jacobs sanfter Ausforschung ergab gewöhnlich eine Lösung dessen, was er bei dem Gespräch dargelegt hatte. Zumindest bekam Tony dadurch ein gewisses Maß an Klarheit. Die Entsprechung zur katholischen Buße war ein Prozess, bei dem die Wurzeln des Problems in der Behandlung freigelegt wurden. Und natürlich ging er immer mit der festen Absicht davon, die Veränderungen vorzunehmen, die seine Schwierigkeiten beheben würden.
Und oft schaffte er es nicht.
Aber auch das gehörte zu dem Prozess.
Tony wusste, dass er nach dem Debakel mit Jacko Vance schon früher mit Jacob hätte sprechen sollen. Er war sich dessen bewusst, dass er es vermieden hatte. Jacob, der um seine Supervision kein großes Aufhebens machte, hatte die Medienberichte ohne Frage mitbekommen und hatte eine Nachricht geschickt, in der er ihm Hilfe anbot. Das entsprach bei der Natur ihrer Beziehung etwa der Aufforderung: »He, beweg gefälligst deinen Arsch hierher, aber dalli.«
Aber jetzt war er hier, und das war das Wichtigste. Tony hatte

dem Sessel vor der Chaiselongue den Vorzug gegeben. Jacob saß ihm gegenüber, die Beine übereinandergeschlagen, ein elegantes Notizbuch lag offen auf seinem Schoß, der Montblanc-Füller ruhte in der Mitte zwischen den dicken cremefarbenen Seiten. »Wie geht es Ihnen?« Mit dieser Frage begannen ihre Sitzungen stets. Da Jacob nicht auf einer einsamen Insel ohne Zugang zu elektronischen Medien lebte, musste er aufgrund der Berichterstattung über die jüngsten Ereignisse eine ziemlich genaue Vorstellung von Tonys Verfassung haben.

»Also, schaun wir mal.« Tony legte vor der Brust die Fingerspitzen aneinander. »Die Bradfielder Polizei hat beschlossen, dass man meine Dienste nicht mehr braucht, mein neues Zuhause ist völlig abgebrannt, Menschen sind gestorben, weil ich bei meiner Arbeit nicht gut genug war, und Carol hat sich aus meinem Leben verabschiedet, weil sie jemanden braucht, dem sie die Schuld an der Ermordung ihres Bruders geben kann; in ihrem Denken bin ich das. Nach dem gleichen Denkmuster hätte eine andere Kollegin Grund, mich für die Tatsache verantwortlich zu machen, dass sie durch Säureverätzung für den Rest ihres Lebens erblindet und entstellt ist, aber sie hat mir vergeben, und ich bin nicht sicher, aber das fühlt sich fast noch schlimmer an. Ich wohne auf einem Boot, meine Bücher sind eingelagert, aber positiv ist, dass eine meiner früheren Kolleginnen bei der Kripo gestern Abend vorbeikam und sich meine Ideen anhören wollte. Abgesehen von der Ermordung Ihres Gatten, Mrs. Lincoln, wie fanden Sie sonst den Theaterabend?« Er klang ganz gelöst, wusste aber, dass er Jacob damit nicht täuschen würde. Ach, verdammt, es würde nicht mal einen Holzklotz täuschen.

»Und was würden Sie sagen – welche Tatsache in diesem Katalog der Katastrophen ist die, die Ihrer Seelenruhe am meisten schadet?«

Der Trick mit diesen Gesprächen, hatte Tony bemerkt, war, dass man versuchte zu antworten, ohne nachzudenken. Sein Unbehagen ging im Allgemeinen auf zu viel Denken zurück. Einer der Gründe für Supervisionen war, dass man auf diese Weise etwas anderes ausprobieren konnte. Deshalb hatte er sofort geantwortet: »Carol. Ich habe sie im Stich gelassen. Und sie gehört nicht mehr zu meinem Leben. Ich weiß nicht einmal, wo sie wohnt. Was sie macht, um durch die Tage zu kommen. Und sie fehlt mir. Jeden einzelnen Tag fehlt sie mir.«
»Wieso meinen Sie, dass Sie sie im Stich ließen?«
»Ich soll ja in der Lage sein, herauszukriegen, was in den Köpfen von Menschen mit abnormer Psyche vorgeht. Aber in Bezug auf diesen Fall habe ich zu geradlinig gedacht. Es ist, als hätte ich vergessen, dass ich es mit jemandem zu tun hatte, dessen wichtigster Charakterzug es war, alle in seinem Umfeld hinters Licht zu führen. Ich erkundete die Möglichkeiten nicht ausreichend, war nur halb bei der Sache und bin den Dingen nicht auf den Grund gegangen. Und dabei sind Menschen ums Leben gekommen, darunter auch Carols Bruder und seine Partnerin.« Tony hielt den Kopf gesenkt, das Gefühl, versagt zu haben, war genauso intensiv wie damals. »Hätte ich gründlich gearbeitet, wären sie gewarnt gewesen. Und vielleicht wären sie heute noch am Leben.«
»Sie wissen doch, dass das magisches Denken ist, oder? Sie behaupten, Kontrolle über Umstände zu haben, die Sie nicht beeinflussen können.«
»Nicht, Jacob. Versuchen Sie nicht, mich dazu zu bringen, dass ich mich aus der Verantwortung nehme. Ich weiß, dass meine Arbeit nicht einwandfrei war. Ich suche keine Ausreden. Ich suche einen Weg, auf dem ich nach den Folgen weiterkommen kann.«
Jacob nahm seinen Füller und machte eine kurze Notiz. Nur ein paar Worte. »Um weiterzukommen, müssen Sie die Wahr-

heit über die Situation akzeptieren. Und nicht weiter Mythen bilden. Meinen Sie nicht?«

»Es geht nicht darum, Mythen zu bilden. Sondern Versagen zuzugeben.«

Jacobs nachdenklicher Gesichtsausdruck veränderte sich nicht. »Er war ein schlauer Mann, Ihr Gegenspieler?«

»Ja. Ein Musterbeispiel narzisstischer Persönlichkeitsstörung. Ein Erzmanipulator.«

»Also ein Mann, der durchaus in der Lage war, Ihre Taktik vorauszusehen – welche auch immer Sie gewählt hätten, um gegen ihn vorzugehen?«

Tony umklammerte die Lehnen seines Stuhls. »Vielleicht. Sie meinen, er hätte eine Möglichkeit gefunden, die Abwehrmaßnahmen zu umgehen, was immer ich mir ausgedacht hätte?«

»Er war im Vorteil. Er arbeitete im Schatten. In den Zwischenräumen. Es ist unmöglich, sich gegen einen solchen Menschen zu schützen, wenn er gescheit genug und entschlossen genug ist. Er war entschlossen, sich zu rächen. So kommt es mir jedenfalls vor. Ihnen auch?«

Es war eine Aufforderung, die Perspektive zu wechseln. Tony hätte sie gern ergriffen, aber gerade dieser Wunsch machte ihn misstrauisch. »Ich meine, ich hätte ihn aufhalten sollen.«

»Sie glauben nicht, dass Sie vielleicht die Verantwortung für die Taten eines anderen übernehmen?«

»Ich weiß, dass ich Michael und Lucy nicht umgebracht habe. Ich weiß, dass ich keine direkte Verantwortung habe für das, was geschehen ist. Aber ich kann mich der indirekten Verantwortung nicht entziehen. Und auch Carol glaubt das.«

»Wenn Carol Sie nicht verantwortlich machen würde, meinen Sie, Sie hätten dann genauso starke Schuldgefühle? Es ist nicht das erste Mal, dass Opfer im Lauf einer Ermittlung gestorben sind, an der Sie mitarbeiteten. Ich habe hier in diesem Raum gesessen und mir Ihren Kummer in Bezug darauf angehört.

Aber was Verantwortung betrifft, habe ich von Ihnen nur den Wunsch gehört, dass Sie etwas besser oder anders gemacht hätten. Nicht diese quälende Schuld.«
Und darauf hatte Tony nicht sofort eine Antwort. Schließlich sagte er: »Adler hätte einen Riesenspaß damit gehabt, stimmt's?«
»Als was hätte er es charakterisiert, was meinen Sie? Wie würden Sie es charakterisieren, wenn ein Patient Ihnen diese Verschiebung seines Glaubenssystems vorstellte?«
»Ich würde es für Überheblichkeit halten. Ich hatte einmal eine Freundin. Sie kannte mich als Jugendlichen. Sie war gut zu mir, aber sie meinte, ich müsse mich abhärten. Sie sagte oft: ›Du bist wie ein Mann mit einer großen Nase, der meint, alle reden über ihn. Aber das tun sie nicht, und je eher du dir ein dickeres Fell zulegst, desto zufriedener wirst du sein.‹«
»Hatte sie recht, was meinen Sie?«
Tony stieß ein leises gequältes Lachen aus. »Diese Lektion habe ich nie gelernt, glaube ich. Ich habe das immer als Grund für meine starke Empathie betrachtet.«
Jacob nickte, aber es war eine so geringfügige Bewegung, dass Tony sich fragte, ob er sie sich eingebildet hatte. »Und Sie haben die Frage immer noch nicht beantwortet. Wenn Carol Sie nicht verantwortlich machen würde, meinen Sie, Sie hätten dann genauso große Schuldgefühle?«
»Wahrscheinlich nicht.« Es war schwer, ehrlich zu sein, aber es brachte nichts, hier zu sein, wenn er es nicht versuchte.
»Und wenn diese Quelle Ihres schlechten Gewissens reduziert oder ausgeräumt würde, meinen Sie, dass die anderen Dinge, die Ihnen Schwierigkeiten bereiten, Sie weniger belasten würden?«
»Das ist eine dieser Fragen, auf die es nur eine Antwort gibt«, sagte Tony, und ein leiser Ärger klang durch.
»Und gerade deshalb kann es sehr gut sein, dass Sie sich die

Frage stellen müssen.« Jacob seufzte. Er schlug sein Notizbuch zu und legte es neben sich auf den Boden, der Füller schloss exakt mit der Kante ab. »Tony, ich bin seit vielen Jahren Ihr Supervisor. Ich bilde mir ein, dass ich mir eine gute Vorstellung davon gebildet habe, wie Sie funktionieren. Ich weiß, Sie haben ein Übereinkommen mit Aspekten Ihrer Persönlichkeit geschlossen, die viele problematisch finden würden. Ich weiß auch, dass Sie mit Ihrer Arbeit und Ihrem Privatleben weiterkommen wollen. Seit langer Zeit ist Carol Jordan der Mittelpunkt Ihres emotionalen Lebens. Manchmal schien sie der einzige Bestandteil Ihres emotionalen Lebens zu sein. Würde ich die Lage damit angemessen beurteilen?«
Tonys Schultern verkrampften sich unwillkürlich. Er hatte ein unangenehmes Gefühl im Magen. Noch nie hatte Jacob so zu ihm gesprochen. Wahrscheinlich hatte er im Lauf einer Sitzung noch nie zuvor so viel gesagt. »Ich habe schon auch andere Freunde«, erwiderte er und hörte seine eigene Abwehrhaltung heraus. Und wer waren diese anderen Freunde, wenn es hart auf hart kam? Paula? Alvin Ambrose? Polizisten, die Kollegen gewesen waren und dann für ihn mehr Bedeutung angenommen hatten. Aber nicht die Art Freunde, die die meisten Leute hatten. Niemand, mit dem er zum Fußballspiel ging. Niemand, mit dem er in einem Pub-Quiz-Team war. Niemand, mit dem er von der Studentenzeit her noch Kontakt hatte. Niemand, mit dem er in den Bergen wandern ging. Nicht einmal jemand, mit dem er regelmäßig Online-Spiele spielte.
»Die einzige Person, die Sie in diesem Raum seit Jahren erwähnt haben, ist Carol.«
»Sie glauben, es bringt mich nicht weiter, nicht wahr? Sie meinen, es hält mich zurück? Hält mich am gleichen Fleck fest?«
Jacob atmete tief durch die Nase ein und schob seine Goldrandbrille auf die Nasenwurzel hoch, ein seltener Moment

nervöser Unruhe. »Was ich meine, ist nicht wichtig. Aber wir wissen beide: Die Tatsache, dass Sie diese Fragen auf diese Weise stellen, ist von Bedeutung.«
Tonys Gesichtsausdruck war düster, sein Blick leer. »Wenn ich jemals jemanden geliebt habe, dann ist es Carol.« Dies auch nur zu sagen verursachte ihm Schmerz, wie etwas, das sich in seine Eingeweide bohrte.
»Was würde geschehen, wenn Sie sich von diesem Gefühl trennten?«
Er schüttelte den Kopf. »Man kann sich nicht einfach von Gefühlen trennen.«
»Sie können der Zeit erlauben, dass sie Sie von ihnen befreit. Kummer und Trauer sind Teil des Prozesses, aber es läuft ein Prozess ab. Wenn Sie den Dachboden ausräumen, ist es erstaunlich, wie viel Platz Sie gewinnen.« Jacob seufzte wieder. »Es ist nicht meine Aufgabe als Supervisor oder als Therapeut, Ihnen vorzuschreiben, was Sie tun sollten. Aber das eine kann ich sagen: Mit so viel Schmerz zu leben ist weder gesund noch nötig. Sie müssen sich Ihr Leben anschauen und entscheiden, was Ihnen wirklich nützt. Und was Sie loslassen sollten.«
»Sie haben mir heute geholfen, eines zu verstehen. Wäre es der Bruder irgendeines anderen Menschen gewesen, hätte ich ein schlechtes Gewissen. Aber ich würde nicht die ganze Last auf mich nehmen. Ich muss darüber nachdenken, was das für mich bedeutet.«
»Sie brauchen das nicht allein zu tragen. Sie können es jederzeit hierher mitbringen. Und wie Sie mich ja erinnert haben, haben Sie Freunde. Sie werden Trost finden.« Abrupt stand er auf. »Würden Sie bitte einen Moment warten?«
Jacob verließ den Raum ohne einen Blick zurück. Verblüfft starrte Tony die geschlossene Tür an. Jacob war noch nie bei einer Sitzung einfach hinausgegangen, egal wie herausfor-

dernd das Gespräch wurde. Was war hier los? Hatte sein Supervisor draußen etwas gehört, was ihm entgangen war? Er machte sich Gedanken darüber, was wohl geschehen war, da er das leichter fand, als zu seinen eigenen Problemen zurückzukehren.

Und dann kam Jacob mit einem dünnen gebundenen Buch mit olivgrün-cremefarbenem Umschlag zurück. Er reichte es Tony. *Rings on a Tree* von Norman MacCaig. »Ich weiß nicht, wie Sie zu Gedichten stehen. Aber ich finde sie hilfreich und eine Möglichkeit, mich selbst und meine eigene Entwicklung zu hinterfragen. In dieser Sammlung gibt es ein Gedicht ›Truth for Comfort‹. Ich glaube, damit könnten Sie ganz gut mal anfangen.«

»Ich soll mich mit *Lyrik* heilen?« Tony konnte nicht verhindern, dass ihm seine Skepsis anzumerken war. Dass Jacob, dieser gründliche Psychologe, Gedichte empfahl, das war so, als würde Elinor Blessing Heilen mit Steinen als Krebstherapie vorschlagen.

Jacob lächelte und setzte sich auf seinem Stuhl zurecht. »Es gibt keine Heilung für das, was uns plagt, Tony. Aber ich glaube, wir können mehr bewirken als Schmerztherapie, meinen Sie nicht? Und wie geht's bei der Arbeit?«

Das war eines der Dinge, die Tony an der Arbeit mit Jacob mochte. Er hielt sich nicht lange damit auf, wenn der Patient seinen nächsten Schritt verstanden hatte. »Ich habe wieder einen Teilzeitvertrag mit Bradfield Moor«, antwortete er. »Sie scheinen froh zu sein, mich wiederzuhaben. Und mir gefällt die Arbeit.« Er erläuterte das Wichtigste seiner Arbeit in der Klinik und erklärte seine Denkansätze für zwei interessante Fälle.

»Und die Arbeit als Profiler?«

»Die Bradfielder Polizei will mich nicht mehr haben. Man sagt, es gehe ums Sparen, aber ich glaube, es könnte etwas mit der Tatsache zu tun haben, dass ich mich nicht so gut mit ihrem neuen Polizeipräsidenten verstanden habe. James Blake und ich, das passt wie die Faust aufs Auge.« Bevor Jacob etwas sagen konnte, hielt Tony einen Finger hoch. »Woran ich nicht mir die Schuld gebe. Es ist einfach so. Ich habe hier und da kleinere Aufträge von anderen Dienststellen, aber es gibt ja wirklich Sparmaßnahmen, die sich auf externe Experten wie mich auswirken. Man betrachtet uns als einen Luxus, den man sich nicht leisten kann. Und da sie ihre eigenen sogenannten Experten schulen ...« Er blähte die Backen auf und stieß die Luft aus. »Die Arbeit fehlt mir. Ich mag sie und mache meine Sache gut.«

»Das stimmt.« Jacob nahm seine Brille ab und putzte sie. Es war seltsam, ihn so fahrig zu sehen. »Und ich habe auch darüber nachgedacht. Ein Mann, der seine Berufung gefunden hat, sollte in der Lage sein, ihr nachzugehen, meinen Sie nicht?« Tony grinste. »Manche würden vielleicht sagen, es ist bei jemandem mit meinen speziellen Fähigkeiten besser, keinen Bedarf zu haben.«

»Ich glaube, es gibt niemanden mit Ihrem Fachwissen und Ihrer Erfahrung auf dem Gebiet. Es ist Zeit, dass Sie das weitergeben, Tony.«

Abwehrend hielt dieser die Hände hoch. »O nein, keine Lehre mehr. Den Zirkus mache ich nicht mehr mit.«

»Ich spreche nicht vom Wissenschaftsbetrieb. Ich rede davon, ein Buch zu schreiben. Dem Leser Ihre Grundsätze und Ihre Praxis darzulegen. Ihm zu zeigen, wie Sie Profile erstellen, wie Sie Fälle lösen. Wie Sie mit der Polizei zusammenarbeiten, wie Sie Ihre Argumente vorbringen. Etwas Vergleichbares gibt es noch nicht, Tony. Sie könnten eine zukünftige Profiler-Generation nach Ihrem Vorbild ins Leben rufen. Wenn die Polizei ihre eigenen Profiler ausbildet, meinen Sie nicht, dann sollte man dort durch die beste Methode angeleitet werden?«

Tony schüttelte fast lachend den Kopf. »Ich bin kein Schriftsteller. Das gehört nicht zu meinen Fähigkeiten.«
»Aber Sie sind mit Kommunikation vertraut. Und Verleger haben Lektoren, die dafür sorgen, dass Ihr Stil gut klingt. Fällen Sie jetzt keine Entscheidung. Gehen Sie und überdenken Sie es. Es könnte Ihnen vielleicht eine doppelte Befriedigung bringen. Die alten Fälle durchzuarbeiten könnte Ihnen helfen, Ihren anderen Prozess zu befördern. Läuterung, kein Schwelgen in Schuldgefühlen.« Jacob schaute auf seine Uhr. »Unsere Zeit ist um.« Er stand auf und zeigte auf das Buch mit den Gedichten. »Denken Sie über das nach, was wir besprochen haben. Erinnern Sie sich, was man über Brücken sagt. Es ist schwierig, zu wissen, auf welchen man den Fluss überqueren und welche man hinter sich abbrechen sollte. Scheuen Sie sich nicht vor Veränderungen, Tony.«
Tony setzte ein schiefes Lächeln auf und erhob sich schnell. »Arzt, heile dich selbst?« Aber schon während er das sagte, wurde ihm bewusst, dass er versuchte, etwas zu verharmlosen, was die schwierigste Entscheidung seines Erwachsenenlebens sein könnte. War es tatsächlich an der Zeit, Carol Jordan endgültig aus seinem Herzen zu reißen?

25

Nach einer schnellen Durchsicht von Nadia Wilkowas Facebook-Seite waren die zwei Freundinnen auf ihrer Pinnwand als Ashley Marr und Anya Burba identifiziert worden. Anya war Lehrassistentin in einer Grundschule in Todmorden, zwanzig Autominuten von Bradfield entfernt. Ashley wohnte näher, sie war Arzthelferin in einem Ärztezentrum in Harriestown, zehn Minuten zu Fuß von Nadias Wohnung. Fielding beschloss, dass Ashley ihr erstes Zielobjekt sein sollte.

Die Sprechstundenhilfe am Tresen war nicht gerade begeistert, als Fielding und Paula ankündigten, dass sie Ashley befragen wollten, aber Fielding machte deutlich, dass sie sich nicht mit ihr herumstreiten würde. Mit ziemlichem Geschnaufe führte die Sprechstundenhilfe sie in einen winzigen Raum mit vier Stühlen und einem Tisch. »Sieht eher wie eine Pokerschule aus als wie etwas Medizinisches«, murmelte Paula, als die Frau sie verließ, um Ashley zu holen.

»Hoffen wir, dass Ms Marr kein Pokerface macht«, sagte Fielding. »Na schön, McIntyre, wir wollen mal sehen, wie gut Sie sind. Sie führen beim Gespräch.«

Paula freute sich über das Vertrauen, das Fielding ihr entgegenbrachte. Aber sie hatte keine Gelegenheit, ihr dies zu sagen. Ashley Marr steckte den Kopf zur Tür herein und schien eher verwirrt als besorgt. »Sie sind von der Polizei? Sind Sie sicher, dass Sie mich nicht verwechseln?«

Die Frau auf dem Foto konnte man nicht verwechseln. Ashley sah aus, als sei sie Mitte zwanzig, und hatte ein rundes, fröhliches Gesicht mit einem Schopf kastanienbrauner Haare. Ihre großen grünen Augen lagen weit auseinander und gaben ihr zusammen mit dem hübschen Näschen und einem kleinen Mund das Aussehen eines zufriedenen Kätzchens. Ihre schwarze Jeans und der rosa Pullover saßen beide recht eng, als hätte sie ein paar Pfund zugelegt, seit sie sie gekauft hatte. Paula warf ihr ein entgegenkommendes Lächeln zu. Es war am besten, die Sache entspannt und zwanglos anzugehen, bis die junge Frau sich beruhigt hatte, und ihr dann die schlimme Nachricht zu übermitteln. »Kommen Sie herein, Ashley. Ich bin Paula McIntyre, und das ist Alex Fielding. Wir sind von der Kripo hier in Bradfield. Setzen Sie sich doch, bitte.« Paula wies auf den Stuhl, der am weitesten von der Tür entfernt stand, und nahm im rechten Winkel zu ihr Platz.
Ashley setzte sich auf die Stuhlkante. »Ich versteh das nicht. Ich habe doch nichts getan. Worum geht es hier? Brauche ich einen Anwalt? Im Fernsehen verlangen sie immer einen Anwalt.«
Paula verfluchte insgeheim die allgegenwärtigen Ungenauigkeiten der TV-Krimis. »Sie brauchen wirklich keinen Anwalt. Es geht nicht darum, dass Sie etwas getan hätten. Wir müssen mit Ihnen über eine Ihrer Freundinnen sprechen.« Sie nahm eine Kopie von einem der Fotos aus Nadias Küche aus ihrer Tasche und deutete auf Nadia. »Erkennen Sie diese Person?«
Ashley sah verängstigt aus. »Das ist Nad. Meine Freundin Nad. Nadia. Was ist mit ihr passiert? Warum sind Sie hier?«
»Leider habe ich eine sehr traurige Nachricht, Ashley.« Paula streckte die Hand über die Tischecke und legte sie auf Ashleys Hand. »Nadia ist tot.«
Die Farbe wich aus Ashleys Wangen, so dass ihre hellen Sommersprossen so deutlich hervortraten wie ein Ausschlag. Sie

legte beiderseits die Hände ans Gesicht, fassungslos. »Das glaube ich nicht. Doch nicht Nad. Es muss ein Irrtum sein. Ihre Mutter hat Krebs, nicht sie.«
»Es ist kein Irrtum, Ashley. Es tut mir sehr leid. Ich weiß, das ist jetzt schrecklich für Sie, aber Sie müssen uns wirklich helfen.«
»Können wir Ihnen eine Tasse Tee oder Wasser holen?« Fielding beugte sich vor, und in diesem Moment erkannte Paula, dass sie eine Mutter wäre, auf die man sich verlassen könnte.
Ashley schüttelte den Kopf. »Was ist passiert? Wie kann sie tot sein? Sie ist in Polen, sie hat mir gerade vor Kurzem gesimst, das Wetter wäre beschissen, wo sie ist, und dass sie sich darauf freute, heimzukommen.« Sie schlug die Hand vor den Mund. »Am Montag hat sie keine SMS geschickt, ist sie da gestorben?«
Paula spürte, dass Fielding sie kurz anblickte. Die Besetzer waren am Dienstagvormittag zurückgekommen und hatten Nadias Leiche in ihrem Wohnzimmer vorgefunden. Offenbar hatte der Mörder nach Nadias Ermordung keine Notwendigkeit gesehen, vorzugeben, dass sie noch am Leben sei. Er wollte nur vermeiden, dass jemand Alarm schlug, solange sie noch bei ihm war.
»Wir glauben, dass jemand Nadia entführt hat«, sagte Paula. »Er hielt sie gefangen. Und dann hat er sie getötet.«
»In Polen?«
»Wir glauben, dass sie Bradfield nie verlassen hat«, antwortete Paula.
»Aber sie hat mir doch SMS geschickt. Sie sagte, sie müsste kurzfristig nach Hause fahren, weil ihre Mutter Krebs hätte, und sie meinte, dass sie sterben würde. Ich sagte ihr, sie sollte mir skypen, wenn sie dort ankäme, aber sie erklärte, das könnte sie nicht, weil ihre Mum keinen Internetanschluss hätte.

Deshalb haben wir gesimst.« Sie zog ihr Handy heraus. »Schaun Sie, ich zeig es Ihnen.«
»Das hilft uns sehr, Ashley. Und wir werden eine Kopie von diesen SMS brauchen, die ihr euch geschickt habt. Ist Ihnen irgendetwas komisch an dem vorgekommen, was sie in ihren SMS schrieb? Oder die Art und Weise, wie sie sich ausdrückte?«
Ashley runzelte die Stirn. »Alles war ganz normal. Deshalb ist das ja alles so unsinnig. Sind Sie sicher, dass Sie die richtige Person haben?«
Sie tat Paula so leid. »Ich weiß, dass das ganz schrecklich für Sie zu hören ist, aber wir sind sicher. Und wir brauchen alle Hilfe, die wir kriegen können. Je eher wir sie bekommen, desto größer ist die Chance, dass wir den fassen, der Ihrer Freundin das angetan hat. Wir würden Ihnen also gern ein paar Fragen stellen. Geht das in Ordnung?« Es war herzlos, so etwas zu verlangen, solange die Frau noch unter Schock stand. Aber nötig.
Ashleys Augen füllten sich mit Tränen, und sie fing an zu zittern. Paula legte einen Arm um ihre Schultern und ließ sie schluchzen. Paulas und Fieldings Blicke trafen sich. Jede Andeutung von Mitgefühl war verschwunden. Ihre Chefin machte eine kreisende Handbewegung, sie solle die Sache beschleunigen. *Ach, scheiß drauf.* Paula ließ Ashley weinen und zog eine Packung Papiertaschentücher aus ihrer Tasche, damit sie sich die Augen wischen und die Nase schneuzen konnte, wenn die erste Erregung sich gelegt hatte. »Es t-t-tut mir l-leid«, hickste Ashley, und mit der verwischten Wimperntusche sahen ihre Augen wie die eines Waschbären aus.
»Es braucht Ihnen nicht leidzutun. Sie war ja Ihre Freundin. Wir verstehen, dass Sie das mitnimmt.« Paula lehnte sich zurück, ließ aber eine Hand auf Ashleys Arm liegen. »Sagen Sie mir doch, wann Sie Nadia zum letzten Mal gesehen haben.«

Ashley würgte und schluckte, dann konnte sie endlich sprechen. »Es war an einem Samstag.« Sie zählte rückwärts, wobei sie lautlos die Lippen bewegte. »Vor drei Wochen. Wir fuhren nach Manchester runter zum Shoppen im Trafford Centre. Es gibt dort einen Haufen coole Läden. Wir trafen uns mit Anya, das ist unsere andere Freundin, Anya Burba. Sie ist aus Polen, wie Nad. Jedenfalls trafen wir uns mittags im Burger King und aßen einen Burger, dann sind wir in die Läden gegangen.« Sie hielt inne, von der Erinnerung ergriffen, und ihre Unterlippe zitterte.

»Haben Sie etwas gekauft?« Paula klang gesprächig, eher interessiert an den Einkäufen als an den unheilvollen Ereignissen.

»Ich hab mir ein Paar lila Jeggings geholt und ein Top mit Pailletten, das dazu passt. Nad hat sich zwei Blusen für die Arbeit besorgt. Eine gelbe und eine blaue. Sie hatten so einen dünnen weißen Streifen. Wirklich hübsch, mit denen sah sie geil aus. Anya hat sich Zeug im Body Shop gekauft. Fürs Bad. Sie würde in der Badewanne leben, wenn sie könnte. Dann gingen wir zum Food-Court und haben Pommes gegessen, mit Cola. Danach nahm mich Anya im Wagen mit und setzte mich zu Hause ab. »Weil Nad so einen Film sehen wollte, der mich und Anya nicht interessierte.«

Es gab immer einen Moment bei einer solchen Befragung, in dem der Zeuge etwas sagte, dessen Aussagekraft ihm nicht klar war. Man durfte dann nicht zeigen, dass es wichtig war. Paula musste sich anstrengen, Ashleys Hand nicht fest zu umklammern, als könne sie so die Auskunft aus ihr herausquetschen. »Welcher Film war das?«

Ashley zuckte mit den Schultern. »Ich weiß eigentlich nicht. Etwas Französisches. Nad spricht genauso gut Französisch wie Englisch. Es war ja mit Untertiteln, aber ich sehe lieber fern, oder ich geh ins Pub. Wenn ich den ganzen Abend lesen wollte, würde ich mir auch lieber eine Illustrierte kaufen.«

»Nadia hatte also vor, allein ins Kino zu gehen?«
»Ja. Das machte sie manchmal. Sie steht auf Filme, viel mehr als ich und Anya.«
Es passte schon. Paula erinnerte sich, ein paar französische Filme in dem Stoß DVDs in Nadias Wohnung gesehen zu haben. »Und ging sie gern allein?«
»Ja, warum nicht?«
»Sind Sie sicher, dass sie nicht geplant hatte, dort jemanden zu treffen?«
Ashley schüttelte den Kopf. »Es war ja alles ganz spontan. Wir haben mal geschaut, was läuft, um zu sehen, ob es etwas gab, das uns allen gefiel. Und als Nad den französischen Film sah, freute sie sich.« Ihr Gesicht verzog sich vor Schmerz. »Das war vielleicht das Letzte, was sie tat, bevor er sie geschnappt hat, oder?« Wieder rannen ihr Tränen über die Wangen.
»Wir wissen es nicht, Ashley. Ich sage Ihnen, wie Sie uns noch mehr helfen können. Bitte erinnern Sie sich genau an den Samstag. Haben Sie bemerkt, dass Ihnen jemand folgte? Gab es jemanden, den Sie mehrmals gesehen haben?«
Ashley runzelte die Stirn und versuchte konzentriert, sich zu erinnern. »Mir kommt jetzt spontan nichts in den Sinn. Wir waren einfach unterwegs, um Spaß zu haben und shoppen zu gehen und achteten auf sonst niemanden.«
»Und ihr habt kein Geplänkel mit irgendjemandem gehabt? Niemand hat euch angebaggert?«
Sie schüttelte den Kopf. »Gar nichts. Wie gesagt, wir haben uns für sonst niemand interessiert.«
»Sie haben da keine Typen gesehen, die Ihnen gefielen?«
Ashley warf ihr einen gewitzten Blick zu. »Wir haben nichts unternommen. Umgesehen haben wir uns schon. Als wir da saßen, beim Essen, da haben wir sie begutachtet. Aber nicht im Ernst. Nur so ›der sieht tierisch stark aus‹ oder ›der hat 'n

knackigen Hintern‹. Wir haben aber mit keinem gesprochen und sie nicht mit uns. Es war, na ja, alles ganz normal.«

»Wie steht's mit Männern, mit denen sie ausging? Tat sich da was bei Nadia?«

Ashley schaute auf den Tisch hinunter. »Nicht mehr.«

Paula stellte Blickkontakt mit Fielding her. Beide waren sie wie Jagdhunde, die eine Beute gerochen haben. »Ging sie früher mit jemandem aus?«

»Ja, aber das ist schon seit Monaten aus und vorbei.« Sie hob den Blick und kapierte, dass das Paula interessierte. »Es ist nicht so, wie Sie denken. Sie ging mit einem polnischen Typen aus, Pawel. Schon bald, nachdem sie hier herüberkam, fing sie an, mit ihm zu gehen. Als alles zu Ende und abgeschlossen war, sagte sie, sie meinte, dass sie sich in ihn verliebt hätte, weil sie Heimweh hatte und er ihr das Gefühl gab, bei ihm sicher zu sein. Als ich sie kennenlernte, war er ihr Freund. Er war ein netter Kerl, arbeitete in einem Hotel am Empfang. Jedenfalls gingen sie mal abends in Leeds aus und trafen eine andere Polin, die total ausgerastet ist. Sie nannte Nad ein Flittchen. Na ja, sie sprach polnisch, aber darauf lief es hinaus. Sie sagte, Pawel hätte eine Frau und zwei Kinder in Gdansk und Nad wäre eine dreckige Hure. Alles in voller Lautstärke mitten im Lokal. Tja, Pawel versuchte, es so hinzustellen, dass sie ihn mit einem anderen verwechselte, aber die Frau wollte nichts davon wissen. Sie holte ihr Handy raus, machte ein Foto von den beiden und drohte, wenn er seinen schäbigen Hintern nicht heimwärts nach Gdansk bewegte, würde sie es an seine Frau schicken, damit sie wüsste, was für einen Scheißkerl sie geheiratet hätte. Und das war's dann auch, so ziemlich.«

»Sie hat Schluss gemacht?«

Ashley zuckte mit den Achseln. »So was, wo man nicht genau weiß, wer zuerst die Arschkarte hatte. Sie hat Schluss ge-

macht, oder er hat Schluss gemacht auf dem Weg zum Flughafen. Er ging zurück nach Polen, und sie sagte, sie würde erst mal eine Pause einlegen, was Männer betrifft.«
»Und hat sie das getan? Eine Pause eingelegt?«
Ashley schaute sich etwas unsicher um. »So ziemlich. Sie hatte nach einer Weihnachtsparty einen One-Night-Stand mit einem von den Ärzten am Bradfield Moor, aber beide waren völlig von der Rolle. Am nächsten Morgen nahmen sie es einander nicht übel, hatten aber auch kein Interesse, damit weiterzumachen.«
»An Nadias Schlüsselring sind Schlüssel, die nicht zu ihrer Wohnung passen. Wissen Sie, wem sie gehören, Ashley?«
Sie nickte mit düsterem Gesicht. »Es sind die Schlüssel zu Anyas Wohnung. Sie ist vollkommen verpeilt und sperrt sich immer selbst aus. Deshalb hat sie für Nad ihre Schlüssel nachmachen lassen, denn Nad ist immer total organisiert. Und so würde Anya nächstes Mal nicht in der Klemme sitzen, wenn sie ihre Schlüssel auf dem Küchentresen liegen lässt.«
Das leuchtete ein. Paula schob das Foto mit den drei Frauen zu ihr hinüber. »Sieht aus, als machten Sie alle drei gern Party. Hat euch jemals jemand belästigt? Ein ungesundes Interesse an Nad gehabt?«
Ashley kaute auf der Haut am Rand ihres kleinen Fingers herum. »Wir machen schon mal gern einen drauf«, sagte sie schließlich. »Wir trinken auch einiges, aber wir sind nicht wie diese verrückten Schlampen, die bis zum Ende des Abends so total zu sind, dass sie ihren eigenen Namen nicht mehr wissen. Wir sind keine dummen kleinen Mädchen. Wir amüsieren uns, aber wir gehen keine unvernünftigen Risiken ein. Deshalb kann ich nicht glauben, dass es Nadia nicht mehr gibt.«
»Wie steht's mit Drogen? Hat Nad jemals Drogen genommen?«

Ashley seufzte und rollte mit den Augen. »Alle über dreißig meinen, unsere Generation ist ständig benebelt. Hören Sie, ich habe als Teenager Ecstasy genommen. Ein paarmal, als ich in Clubs unterwegs war. Ich habe ein halbes Dutzend Mal Koks probiert, als ich zwanzig war. Aber den Quatsch lass ich jetzt sein. Ich habe eine gute Stelle, eine eigene Wohnung, ein Auto. Ich lass das nicht alles den Bach runtergehen. Und Nad war auch so. Sie ist hierhergekommen, um genug Geld zu verdienen, dass sie nach Polen zurück und ein gutes Leben haben kann. Sie hätte das nicht alles aufs Spiel gesetzt wegen einer bescheuerten Nacht. Auf keinen Fall.« Kurz verzog sie das Gesicht zu einem ironischen Lächeln. »Wir sind doch die braven Mädchen.« Dann konnte sie die tapfere Fassade nicht mehr aufrechterhalten, und die Tränen begannen wieder zu fließen. »Solche Sachen sollten doch Frauen wie uns nicht passieren.«

Nur war es dieses Mal eben doch passiert.

26

Fielding telefonierte bereits wieder, als die Tür des Ärztezentrums hinter ihnen zufiel. Sie sprach im Gehen und kam für eine so kleine Frau überraschend schnell voran. Paula musste fast laufen, um mitzuhalten.
»Schicken Sie gleich einen Wagen her«, sagte Fielding, während sie auf das Auto zuging. »Ja, Harriestown, Road Health Centre. Holen Sie Ashley Marr ab und fahren Sie mit ihr zum Trafford Centre. Sie kann Ihnen zeigen, wo Nadia ihren Wagen parkte, als sie an dem Samstag hier ankam ... Ja, richtig, vor drei Wochen. Nadia sagte, sie würde sich an dem gleichen Abend einen französischen Film im Multiplex-Kino ansehen. Ich brauche ein weiteres Team dort unten, das herausfindet, wann der Film aus war, und sie sollen die Überwachungskameras auf dem Weg vom Multiplex zu der Stelle, wo das Auto stand, überprüfen ... Ich verstehe ... Die Kontakte aus dem Terminkalender sollen sie erst mal lassen, das hier ist im Moment die heißeste Spur.«
Fielding legte auf und setzte sich auf den Beifahrersitz. »Was verschweigt uns Ashley?«
Paula ordnete sich vorsichtig in den stetig fließenden Verkehr ein. »Sie meinen, dass Sie etwas für sich behält?«
Fielding steckte sich einen Nikotinkaugummi in den Mund. »Es gibt immer mehr. Es ist ihnen nicht immer bewusst, aber es gibt immer noch etwas.« Mit einem Knöchel rieb sie sich ein Auge und unterdrückte ein Gähnen, wobei sich die Haut

straff über ihre zarten Knochen spannte. Paula stellte fest, dass sie selbst nicht die Einzige war, die die Nacht zuvor noch lange auf gewesen war. »Noch was«, fügte Fielding hinzu. »Warum gibt er sich so große Mühe, die Tatsache zu verbergen, dass er sie entführt hat? All diese SMS und E-Mails?«
»Das habe ich mich auch gefragt. Das Einzige, was mir dazu einfiel, war, dass die meisten privaten Überwachungskameras ihre Aufnahmen löschen, sei es auf Band oder digitale Aufnahmen. Sie behalten sie nur für eine bestimmte Zeit. Vielleicht sorgte er sich wegen der Kameras im Trafford Centre und schätzte, nach einem Monat Abstand zwischen Entführung und Alarm würde kein Verdacht mehr auf ihn fallen.«
Fieldings Züge hellten sich einen Moment auf, ihre braunen Augen waren wach und glänzend. Dann verfinsterte sich ihre Miene. »Aber warum sie dann nach drei Wochen töten, wenn man zusätzliche Zeit gewonnen hat?«
»Ich weiß es nicht«, gab Paula zu. »Vielleicht hatte er sie eigentlich noch gar nicht umbringen wollen. Vielleicht hat sie etwas getan, das ihn die Beherrschung verlieren ließ. Und als sie tot war, wollte er sie einfach los sein.«
Fielding ließ ein leise schnaubendes, zynisches Lachen hören. »Ja, das stimmt allerdings. Man will ja schließlich nicht, dass eine Leiche herumliegt, sieht so unordentlich aus.«
»Eine Leiche ist einfach lästig«, sagte Paula. »Es ist immer leichter, sich eher mit ihr zu befassen als später. Bevor sie anfängt zu verwesen und alles in den Kofferraum läuft.«
»Igitt. Aber Sie haben recht, McIntyre.«
»Danke. Also, nach Todmorden? Anya Burba?«
»Klar.«
Es war einen Moment still, dann sagte Fielding: »Ich empfand Respekt für Carol Jordan. Und ich kann mir vorstellen, dass Sie viel gelernt haben, als Sie für sie arbeiteten.«
Eine Feststellung, keine Frage. Paulas Vorstellung war, dass

sie *mit* Carol Jordan *zusammen*gearbeitet hatte, nicht *für* sie. Nicht, dass es je einen Zweifel daran gab, wer das Sagen hatte. Es war eher so, dass Carol immer die verschiedenen Fertigkeiten ihrer Mitarbeiter anerkannt, zugleich aber dafür gesorgt hatte, dass alle verstanden: Nur wenn das MIT als Team spielte, war es besser als die Summe seiner Teile. Es war zugegebenermaßen ein Team von Nonkonformisten, aber eine Gruppe von Menschen, die es als persönlichen Vorteil betrachteten, zu einer erfolgreichen Einheit zu gehören. Bei Fielding spürte Paula diesen kollegialen Geist nicht. Sie war ganz eindeutig die Chefin, und anscheinend lief alles über sie. Paula wusste, welcher Stil ihr persönlich lieber war. Aber ihre Vorliebe spielte keine Rolle. Sie musste mit dem arbeiten, was sie hatte. Ganz zu schweigen davon, dass auch Fielding mit ihren Methoden zu Ergebnissen zu kommen schien. »Nach der Zeit im Sondereinsatzteam waren wir alle bessere Polizisten als bei unserem Eintritt«, resümierte sie und tat ihr Bestes, damit es nicht wie eine Herausforderung klang.

»Das freut mich zu hören. Sie sind meine Begleiterin, weil ich Sie gewählt habe, nicht aus Notwendigkeit. Aber in dieser Gruppe gehen wir nicht allein los, McIntyre. Wir halten uns bei der Arbeit an die vorschriftsmäßigen Abläufe. Verstehen wir uns?«

Paula hielt den Blick auf den Verkehr gerichtet, und ihr Gesicht war ausdruckslos. »Ja, Ma'am.«

»Haben Sie Jordan auch so angeredet? ›Ma'am‹?« Es war eine etwas tückische Frage.

Paula gefiel der Verlauf des Gesprächs nicht, sie wollte aber nicht anfangen zu lügen wegen einer anscheinend so trivialen Sache. »Nein. Ich nannte sie ›Chefin‹. Von ›Ma'am‹ war sie nicht so begeistert.«

»Das bin ich auch nicht. Ma'am – so spricht man die Queen an. Es ist in Ordnung bei offiziellen Anlässen, okay für die

Kerle in Uniform, damit sie daran erinnert werden, wer das Sagen hat. Aber ich komme mir ein bisschen blöd vor, wenn meine eigenen Leute mich so anreden. Meine Jungs nennen mich ›Boss‹, aber ›Chefin‹ wäre auch in Ordnung.«
Es ging also um Machtspielchen. *Nennen Sie mich ›Chefin‹, sonst werde ich annehmen, dass Sie mich niedriger einstufen als Carol Jordan.* So eine Unterhaltung hatte Paula noch nie mit einem Vorgesetzten geführt. Vielleicht weil Männer einfach davon ausgingen, gemäß ihrem Dienstgrad behandelt zu werden, aber Frauen für dieses Recht kämpfen mussten? Wie auch immer. Sie würde versuchen, Fielding mit überhaupt nichts anzusprechen. Wenn sie keine Wahl hatte, würde sie sich an ›Boss‹ halten. Wenn das gut genug war für die Jungs, dann war es auch gut genug für sie. Die Antwort blieb ihr erspart, weil Fieldings Handy klingelte.
»SMS vom Pathologen«, sagte sie und rief sie auf.
»Was hat Grisha zu sagen?«
»Er hat die Obduktion beendet. Ich muss ihn anrufen.« Sie steckte ihr Telefon in die Halterung im Wagen, damit sie die Freisprechfunktion benutzen konnte, und wählte seine Nummer.
»Shalatov hier«, tönte es blechern aus den Lautsprechern.
»DCI Fielding. Ich habe Ihre Nachricht bekommen. Was haben Sie mir zu sagen?«
»Ich bin fertig mit der Obduktion von Nadzieja Wilkowa. Todesursache waren innere Blutungen von mehreren Verletzungen durch stumpfe Traumen.«
»Nicht die Kopfverletzung?«
»Der Schlag auf den Kopf erfolgte wahrscheinlich zuerst, das lässt sich aus dem Blut am Fundort schließen, aber es ist zweifelhaft, ob das allein ausgereicht hätte, sie zu töten. Ich würde sagen, sie wurde mit einem sich verjüngenden zylindrischen Objekt geschlagen, mit so etwas wie einem Baseballschläger.

Und sie wurde mehrmals getreten. So brutal, dass die Haut abgeschürft war und blutete. Das ist noch nicht alles. An verschiedenen Stellen ihres Körpers fand ich eine beträchtliche Anzahl alter Prellungen, die wohl von regelmäßigen Tätlichkeiten während einem Zeitraum von zwei Wochen stammten.«
»Keine längere Zeitspanne?«
»Prellungen verblassen in der Regel vollkommen nach zwei Wochen. Also wird alles, was früher war, verschwunden sein.«
Dazu gab es nicht viel zu sagen, dachte Paula. Aber Fielding fiel etwas ein. »Auf der Skala von Misshandlungen durch Schläge, die Sie gesehen haben, wo würden Sie das einreihen? Unter den fünf schlimmsten? Den zehn schlimmsten?«
Ein Moment Stille, dann sagte Grisha mit matter Stimme: »Ich habe nur einmal einen Fall gesehen, bei dem jemand durch Schläge schlimmer zugerichtet war als hier. Und das war das Opfer einer Strafaktion durch eine Rockerbande.«
»Danke. Wie steht es mit sexueller Gewalt? Ich meine natürlich vor dem Sekundenkleber.«
»Ich habe den Sekundenkleber mit einem Lösemittel entfernt, damit ich den Genitalbereich untersuchen konnte. Ich würde sagen, sie hatte in letzter Zeit Geschlechtsverkehr unter Gewalteinwirkung, sowohl vaginal als auch anal. Es fanden sich innere Risswunden, die auf ziemlich brutale Vergewaltigungen hindeuten. Auch was den Genitalbereich betrifft, finden sich alte Prellungen und einige innere Risse, die teilweise verheilt sind.« Er stieß einen tiefen Seufzer aus. In all den Jahren, seit Paula ihn kannte, hatte sie nie erlebt, dass Grisha teilnahmslos war. Es schmerzte ihn immer noch, mit den schrecklichen Dingen konfrontiert zu werden, die Menschen einander antaten. »Kein Sperma. Entweder er benutzte Kondome oder einen fremden Gegenstand.«
»Einen fremden Gegenstand?« Fieldings Frage war emotionslos.

»Einen Dildo. Vielleicht sogar den Baseballschläger, mit dem er ihr auf den Kopf schlug. Das lässt sich unmöglich sagen.«
»Dann könnte es theoretisch eine Frau sein?«
Grisha ließ ein hohles Lachen hören. »Theoretisch könnte es eine Frau sein, ja. Sie hätte ziemlich stark sein müssen, um dieses Opfer zu tragen oder zu transportieren. Aber, ja, es könnte eine Frau sein.« Schweigen, während sie das alle bedachten. »Noch etwas«, sagte Grisha. »Es war zuerst schwer zu erkennen wegen der Prellungen und der Hautverletzungen. Aber ich fand an drei Stellen nahe nebeneinanderliegende Einstichpaare. Eines auf der rechten Schulter, eines auf ihrem linken Oberschenkel und eines in der Magengegend, über dem Nabel. Das auf der Schulter war fast völlig zugeheilt. Es ist nur noch rosarotes Narbengewebe zu sehen.«
»Wunden von Messerstichen?«
»Nein. Viel kleiner und nicht so tief. Die Haut ist an vier dieser Stellen eingerissen. Sicher bin ich nicht, aber ich glaube, es könnte durch Nadelelektroden eines Tasers verursacht worden sein.«
»Sie meinen, dass er sie getasert hat?« Fielding klang fasziniert.
»Ich weiß es nicht genau. Auf dem Gebiet habe ich nicht viel Erfahrung. Ich muss recherchieren. Aber ja, ich würde im jetzigen Stadium zu dieser Ansicht neigen.«
»Das würde erklären, wie er sich ihrer bemächtigt hat, ohne dass jemand von einem Übergriff in der Öffentlichkeit berichtet hat ...« Fielding verstummte, während sie überdachte, was sie gerade gehört hatte.
Paula ergriff ihre Chance. »Hi, Grisha. Hier ist Paula.«
»Hi, Sergeant Paula. Wie gefällt Ihnen Ihre Beförderung?«
»Ich kann mich nicht erinnern, wann ich zuletzt so viel Spaß hatte, ohne zu lachen. Grisha, was haben wir als Todeszeitpunkt?« Fielding warf ihr einen verärgerten Blick zu, als hätte sie sie bei einer unpassenden Bemerkung erwischt.

»Ich würde sagen, zwischen neun Uhr abends und vier Uhr morgens. Genauer kann ich es nicht bestimmen, tut mir leid. Mageninhalt hilft auch nicht, weil es keinen gibt. Der Dünndarm ist ebenfalls leer, sieht also aus, als wäre es zum Todeszeitpunkt mindestens zwölf Stunden her gewesen, seit sie zum letzten Mal etwas zu sich nahm.«
»Keine Frage also, dass er sie gefangen hielt, bevor er sie umbrachte?«
»Scheint so. Und dass er sie regelmäßig schlug, solange er sie in seiner Gewalt hatte.«
»Das passt zu unseren Vorstellungen«, blaffte Fielding. »Danke, Doktor Shalatov. Ich danke Ihnen für Ihre Hilfe. Wann bekommen wir Ihren vollständigen Bericht?«
»Meine Sekretärin mailt ihn Ihnen zu, sobald sie das Transkript fertig hat. Viel Erfolg bei Ihren Ermittlungen. Eine schlimme Geschichte, Inspector.« Und er legte auf.
»Nichts, das wir nicht vorausgesagt haben könnten«, meinte Fielding in einem Ton, der andeutete, dass Grisha sie enttäuscht hatte.
»Außer den eventuellen Taserspuren.«
»Na ja, er musste sie irgendwie in seine Gewalt bringen, und das ist eine der einfacheren Methoden.« Fielding lenkte nicht ein.
»Aber bei drei verschiedenen Gelegenheiten. Und nur einmal an einer Stelle, wo der Taser einen von hinten erwischen würde. Das ist interessant. Und was Grisha sagte – das stützt unsere Theorie, dass sie überhaupt nicht nach Polen gefahren ist.«
Fielding brummte und begann, SMS-Nachrichten in ihr Handy einzugeben. Hier gab es kein ausgiebiges Diskutieren über Ideen und Möglichkeiten, an das Paula sich in der Zeit beim MIT gewöhnt hatte. All ihre Kollegen hatten sich mit Vergnügen allerhand Spekulationen gewidmet, ihre Theorien aus-

probiert und sie anhand der Beweismittel ausgetestet. Aber Fielding behielt für sich, was immer in ihrem Kopf vor sich ging.

Anya Burba versteckte sich hinter der geschlossenen Bürotür des Schuldirektors. Ihre scharfen Züge waren vom Weinen verschwollen, ihr Make-up streifig und unansehnlich. »Ashley hat mir eine SMS geschickt«, sagte sie, sobald der Direktor sie mit ihnen allein gelassen hatte. »Ich konnte nicht glauben, was sie sagte. Wie kann Nadia tot sein? Wie ist das möglich? Sie müssen sich geirrt haben.«
»Es tut mir leid, Anya. Wir haben uns nicht geirrt. Es tut mir so leid, dass Sie Ihre Freundin verloren haben.« Fieldings Mitgefühl wurde von ihrem flotten Tempo überlagert. »Wir brauchen Ihre Hilfe, damit wir die Person finden können, die das verbrochen hat.«
Sie saßen an einem runden Tisch in einer Ecke des Büros. Er war bedeckt mit Kinderzeichnungen. Anya schob sie ungeduldig mit dem Arm zur Seite. »Blöder Bilder-Wettbewerb«, sagte sie mit zittriger Stimme. »Wie ist sie gestorben?«
»Wir können leider nicht in die Einzelheiten gehen«, antwortete Fielding.
»Ging es schnell? Sagen Sie mir, dass sie nicht leiden musste.«
Paula streckte den Arm aus und berührte ihre Schulter. »Wir wissen vieles nicht, Anya. Aber Nadia war eine Freundin von Ihnen, und Sie sollten uns mitteilen, was Sie über sie wissen, damit wir verhindern können, dass das auch noch jemand anderem passiert.«
Anya zitterte, schlang ihre dünnen Arme um den Oberkörper, und ihre kleinen Brüste schoben sich nach oben. »Bitte, lieber Gott, nicht das.«
Und so ging Paula wieder den letzten Samstag durch. Anya bestätigte, was Ashley ihnen gesagt hatte, und hatte dem nichts

hinzuzufügen. Aber als die Rede auf Nadias Ex-Freund kam, wandte sich Anya auf ihrem Stuhl leicht von Paula ab und wurde plötzlich zurückhaltend.

Was immer sie in Verlegenheit brachte, Paula war entschlossen, der Sache auf den Grund zu gehen. »Es gibt da etwas, oder, Anya? Etwas, das Sie uns nicht sagen wollen?« Sie sprach mit sanfter Stimme. »Nichts, was Sie sagen, kann Nadia jetzt noch schaden, Anya. Aber ich meine, sie würde wollen, dass Sie uns alles sagen, das helfen könnte, ihren Mörder zur Rechenschaft zu ziehen.«

Anya schüttelte den Kopf. »Es ist nichts. Es hat nichts mit ihrem Tod zu tun. Es ist nur ... nichts.«

»Anya, ich bin dazu ausgebildet, Verbindungen zu entdecken, die sonst niemand erkennen kann. Aber wenn Sie mir nichts geben, womit ich arbeiten kann, kann ich nichts tun. Bitte, sagen Sie mir, was Sie wissen.«

Anya schneuzte sich geräuschvoll. »Pawel – er hat keine Frau und Kinder.«

Hätte Anya vorgehabt, sie völlig aus der Bahn zu werfen, dann hatte sie es geschafft. Selbst Paula, die Spitzenkraft für Verhöre, kam ins Stocken. »Was? Was meinen Sie damit, keine Frau und Kinder?«

Anya sah verlegen aus. »Der Krach, damals in dem Nachtclub. Mit der Frau? Ich war an der Bar und holte uns gerade etwas zu trinken. Als ich auf dem Weg zurück zu unserem Tisch war, passierte es, die Frau schrie und beschuldigte Pawel und machte das Foto von den beiden. Ich glaube, wäre ich bei ihnen gewesen, dann wäre das nicht passiert. Also, es wäre nicht damals passiert.«

Es ergab keinerlei Sinn. »Das verstehe ich nicht«, sagte Paula. »Ich kenne diese Frau. Sie heißt Maria, ihren Zunamen weiß ich nicht. Sie ist nicht mal aus Gdansk. Sie arbeitete in einer Bar in Lvov, wo ich früher wohnte. Ich wurde nicht schlau aus dem, was da lief. Damals sagte ich nichts, weil ich die Wahrheit herausbekommen wollte. Also ging ich am nächsten Abend in den Coffeeshop, wo sie jetzt arbeitet. Es ist draußen bei der Uni, wir gehen da normalerweise nicht hin. Und ich sagte zu ihr: ›Ich weiß, dass das Lügen sind, die du über Pawel erzählst. Sag mir, was das sollte, oder ich bringe Anya her und zwinge dich, es ihr zu sagen.‹ Sie spielte endlos lange an den billigen Silberringen an ihren Fingern herum.«

»Und was hat sie Ihnen erzählt?«

Anya sah gequält und gehetzt aus. »Ich möchte raus, ich brauche eine Zigarette.« Sie sprang auf und ging auf die Tür zu. Die beiden Beamtinnen folgten ihr, als sie den Flur entlang und aus der vorderen Tür rannte. Sie kamen um die Ecke des Gebäudes und sahen sie hinter einen Stahlcontainer schlüpfen. Bis sie sie eingeholt hatten, steckte sie sich schon mit heftig zitternden Fingern die Zigarette zwischen die Lippen. Paula nahm ihr Feuerzeug aus der Tasche, hielt die Flamme an Anyas Zigarette und nutzte die Gelegenheit, trotz Fieldings finsteren Blicken auch sich selbst eine anzuzünden.

»Was war es, Anya?«

»Sie kennt Pawel. Sie war Kellnerin in dem Hotel, wo er arbeitet. Er hat ihr Geld dafür gezahlt, dass sie im Club eine Szene machte, damit er sich von Nadia trennen konnte.«

Jetzt war Paula total verdutzt. Fifty ways to leave your lover – und trotzdem ließen sich die Leute noch was Neues einfallen. »Das kapier ich nicht. Warum konnte er ihr nicht einfach sagen, dass es zu Ende war?«

»Er hat einen neuen Job in Cornwall. Wurde befördert. Er dachte, wenn er ihr das sagte, würde sie mitkommen wollen. Und er wollte nicht an sie gebunden sein. Also meinte er, das Beste wäre es, wenn er sie dazu brächte, ihn zu hassen.« Sie stieß eine Rauchwolke aus und lächelte ironisch. »Hat perfekt funktioniert. Und die arme Nadia hatte keine Ahnung.«

»Sie haben es ihr nicht gesagt?«
Anya schaute sie ungläubig an. »Warum sollte ich ihr das sagen? Ich habe Nadia gern. Sie wusste ja schon, dass er ein Arsch war. Sie brauchte nicht genau zu wissen, wie gemein er wirklich war. Da hätte sie sich nur schlecht gefühlt, als wäre sie ein Stück Scheiße, das er nicht schnell genug loswerden konnte. Nein, ich habe es ihr nicht gesagt. Ich habe es niemandem gesagt. Nicht einmal Ashley.« Ihr Kinn hob sich, trotzig und abwehrend. »Verstehen Sie jetzt? Es hat nichts damit zu tun, dass jemand sie umgebracht hat. Pawel ist in Cornwall, er ist dort eine große Nummer, stellvertretender Leiter. Er musste sie nicht umbringen, um sie loszuwerden, er brauchte nur jemand zu bezahlen, der für ihn seine Lügen vortrug.«
Sie hatte nicht ganz Unrecht, dachte Paula. »Und Sie sind sicher, dass Nadia keinen Verdacht schöpfte?«
Anya schüttelte den Kopf. »Nadia vertraut den Menschen. Sie denkt immer das Beste von den Leuten. Ich glaube, deshalb ist sie gut bei ihrer Arbeit. Sie behandelt die Leute, als erwarte sie Gutes von ihnen, und das macht uns besser, glaube ich.«
Anyas psychologische Theorien hatten einiges für sich, dachte Paula. Carol Jordan machte es genauso. Wenn man Außerordentliches von seinen Leuten erwartet, werden sie sich krummlegen und einem geben, was man sich erhofft. Paula glaubte schon fast, dass sie Nadia Wilkowa gemocht hätte.
»Ashley sagte uns, dass Nadia einen Satz Schlüssel von Ihnen bei sich trug. Stimmt das?«
Sie nickte. »Immer. Sie hingen an ihrem eigenen Schlüsselring, damit sie sie immer dabeihatte.« Sie stieß mit ihrem spitz zulaufenden Schuh auf den Boden. »Ich bin ein hoffnungsloser Fall. Vergesse immer meine Schlüssel und sperre mich aus wie ein Idiot.« Ihr Gesicht verzerrte sich wieder. »Wem kann ich jetzt trauen, auf mich aufzupassen?«

Sie sprachen mit Anya so lange, wie sie für zwei weitere Zigaretten brauchte, aber inzwischen fröstelte sie, und selbst Paula war der Meinung, sie könnten darüber hinaus nichts mehr aus ihr herauskriegen. Sie verabschiedeten sich auf dem Parkplatz, und Paula vergewisserte sich noch einmal, dass sie die korrekten Angaben über die Frau hatten, die Pawel bezahlt hatte, damit sie für ihn log.
»Wir werden diese Maria unter die Lupe nehmen müssen«, sagte Fielding. »Wir haben nur Anyas Version des Vorfalls.«
»Aber trotzdem ist es schwer, sich eine so merkwürdige Verdrehung der Umstände vorzustellen, die Pawel oder Maria ein Motiv geben würde. Oder die eine solche Wut ausgelöst hätte wie die, welche diesen Mörder antrieb. Wenn irgendjemand ein mögliches Motiv hat in dieser Situation, dann ist es Nadia.«
»Aber wie wir ja wissen, McIntyre, ist das Motiv der unwichtigste Teil des Puzzles. Sind Mittel und Gelegenheit gegeben und es gibt absolut kein anständiges Alibi, dann ist mir das Motiv schnurzegal.«
»Geschworene mögen Motive«, sagte Paula. »Die Leute wollen wissen, warum.«
»Wie meine Mutter immer zu mir sagte, wollen heißt nicht, dass man es kriegt. Fakten, McIntyre. Fakten.«
»Ich nehme also an, dass Sie keine Verfechterin psychologischer Profile sind?«
Fielding legte die Stirn in Falten. »Es gibt doch keine Mittel mehr für etwas, das sich nicht konkret fassen lässt. Was ich glaube, spielt keine Rolle. Stichhaltige Beweise, darauf müssen wir uns konzentrieren. Wir werden also jemanden mit dieser Maria sprechen lassen und werden dafür sorgen, dass die Kollegen in Devon und Cornwall den Scheißkerl Pawel besuchen, um zu sehen, was er in letzter Zeit getrieben hat. Weil wir nämlich, ehrlich gesagt, sonst nichts haben. Setzen

Sie mich in der Skenfrith Street ab, dann fahren Sie im Labor vorbei, um herauszufinden, was die Spurensicherung für uns hat. Ein menschliches Gesicht zu sehen wirkt manchmal wie ein Tritt in den Hintern.« Sie seufzte. »Erinnern Sie sich an die guten alten Tage, als wir noch alles entscheiden konnten? Wenn wir eine schnelle Bearbeitung wollten, brauchten wir ihnen nur zu sagen, sie sollten sich ranhalten. Heutzutage sind sie selbst Chefs und behaupten, den gleichen Rang in der Hackordnung einzunehmen wie die Ermittler, und wenn man will, dass sie sich schneller bewegen als die Kontinentalplatten, dann kostet es so viel wie ein Kleinwagen. Mistkerle!«
Dem konnte man nur schwer widersprechen. Die Privatisierung des Forensic Science Service hatte führende Ermittler zu Buchhaltern gemacht, die sich mit einem Taschenrechner hinsetzten, um festzustellen, welche Untersuchungen sie mit ihrem Budget bestreiten konnten. Geschworene, die *CSI* mit der Muttermilch aufgesogen hatten, wussten alles über Forensik, und wenn die Staatsanwaltschaft nicht alle pikanten Untersuchungsergebnisse herunterspulte, nahmen sie an, es sei deshalb so, weil die Tests nicht die Beweisführung stützten. Nicht, dass die Tests nie durchgeführt wurden, weil nicht genug Geld in der Kasse war, und die Tests, die *tatsächlich gemacht* worden waren, genügen mussten, um die, die zu Gericht saßen, zufriedenzustellen. Wenn man all das in die Waagschale warf, ließ sich schwerlich dafür plädieren, dass Tony Hill ein Luxus war, den sie sich leisten sollten.
»Ich werd mal sehen, was ich tun kann«, sagte Paula.
»Gut. Ich setze nämlich nach so langer Zeit nicht allzu große Hoffnung in das Material aus den Überwachungskameras. Der Typ ist schlau. Aber wir müssen noch schlauer sein, McIntyre. Wir müssen noch schlauer sein.«

27

Es war ein abscheulicher Tag gewesen. Paradoxerweise fand Carol das leichter zu ertragen als die andere Sorte. Denn sie fand, sie hatte es verdient. Aber bis jetzt war dieser Tag besonders unerbittlich gewesen. Nach dem misslungenen Besuch bei Chris am Abend zuvor war sie nach Hause gefahren und hatte sich auf die Wodkaflasche gestürzt. In den frühen Morgenstunden war sie mit rasendem Durst und hämmernden Kopfschmerzen aufgewacht. Der Liter Wasser, den sie gluckernd in sich hineingeschüttet hatte, kam gleich wieder hoch, zusammen mit dem Paracetamol, das sie genommen hatte. Sie versuchte es noch einmal, diesmal trank sie das Wasser in kleinen Schlucken und schaffte es, die Schmerztabletten bei sich zu behalten.
Sie hatte sich noch einmal hingelegt, warf sich aber nur schwitzend und fluchend hin und her. Schließlich akzeptierte sie, dass sie nicht mehr schlafen konnte, zog ihre Arbeitskluft an, dazu noch eine gefütterte Jacke, und ging nach draußen, weil sie hoffte, in der Kälte würde sie sich besser fühlen. Ein blasser Fleck am Himmel im Osten hellte die Dunkelheit genug auf, dass sie ihren Weg finden konnte, und sie machte sich über das Feld hinter der Scheune auf zu den Umrissen der Bäume auf der Bergkuppe.
Das Gehen war mühsam, Grasbüschel und der unebene Boden drohten sie immer wieder stolpern zu lassen. Aber Carol kämpfte sich weiter und quälte sich schwer atmend den gan-

zen Weg bis zur Spitze des Berges hinauf. Statt mit einem Sonnenaufgang belohnt zu werden, brachte aber das Morgengrauen nur einen kalten Regen, und der graue Himmel hellte sich etwas auf. Bis sie wieder unten war, klebte ihr Haar am Kopf, und ihre Wangen waren taub vor Kälte und Nässe.

Sie machte sich Kaffee, aber der tat ihrem Magen nicht gut, und sie bekam Herzrasen. Auch die Arbeit half ihr nicht. Die anstehenden Aufgaben des Tages waren langweilig und monoton und boten ihr nichts, was sie von ihrer verheerenden Begegnung mit Sinead hätte ablenken können. Ein Meißel rutschte aus und fuhr ihr in den Handballen, der wie verrückt blutete, bis sie ihn mit Mull umwickelte und einen Verband anlegte. Danach tat es nur noch abscheulich weh. Irgendwie schleppte sie sich durch den Vormittag, ohne auf die Wodkaflasche zurückzugreifen, dachte aber die ganze Zeit daran.

Endlich hatte sie den ersten Abschnitt des Galeriebodens und seine Stützen abgetragen. Sie hatte eine beachtliche Menge Holz aufgehäuft, das sie nach draußen bringen und auf den Haufen werfen wollte, den sie für das nächste offene Feuer aufschichtete. Mit dem ersten Armvoll auf halbem Weg zur Tür ließ sie auf ein unerwartetes lautes Klopfen hin alles mit lautem Geklapper zu Boden fallen.

Leise fluchend zog Carol die Tür auf. Mit einem betretenen Lächeln stand George Nicholas auf der Schwelle. »Ich habe offenbar das Talent, immer im falschen Moment zu kommen«, meinte er und schaute an ihr vorbei auf das auf dem Boden herumliegende Holz.

»Es gibt keine richtigen Momente«, murmelte Carol. Seine Anwesenheit nervte sie. Sie wurde sich dadurch ihrer Wodkafahne, ihrer ungewaschenen Haare und ihres schalen, nach Alkohol miefenden Schweißgeruchs bewusst. Ihr verlotterter Zustand beschämte sie. Aber nicht genug, dass sie etwas dagegen unternehmen wollte, dachte sie trotzig.

»Darf ich reinkommen?« Er schickte einen bekümmerten Blick nach oben zu dem dichten Nieselregen, der immer noch fiel. Sie öffnete die Tür weiter, trat beiseite und machte eine einladende Bewegung mit dem Arm. »Und der Hund?« Er zeigte auf den schwarz-weißen Collie, der ihm folgte.
»Hallo, Jess«, sagte Carol. »Ich freu mich immer, dich zu sehen.«
Nicholas trat ein. Er schnippte mit den Fingern, der Hund folgte ihm und legte sich dann hin, den Kopf zwischen den Pfoten und den Blick auf Carol gerichtet. »Eigentlich ist das nicht Jess.«
»Da sehen Sie schon, wie gut ich mich mit Hunden auskenne.« Carol schloss wegen des Regens die Tür.
»Den Fehler macht man leicht. Das hier ist Flash. Jess ist ihre Mutter.« George nahm seine Tweedmütze ab und schüttelte die Regentropfen ab. »Ob man wohl etwas Heißes zu trinken kriegen könnte?«
Carol spürte, dass ihr ein Lächeln förmlich abgezwungen wurde. »Sie sind mutig, Mr. Nicholas. Nicht viele Leute, die mich kennen, wären so kühn.«
»Nicht mutig. Mir ist kalt. Und bitte, sagen Sie doch George.« Selbstsicher, aber nicht arrogant.
»Tee oder Kaffee? Der Kaffee ist gut, der Tee mittelprächtig.«
»In dem Fall nehme ich Kaffee.«
Carol ging auf den Wohnbereich zu, um Wasser aufzusetzen. Sie hatte gerade den Kessel aufgesetzt, als sie das Gepolter und Krachen von Holz, das auf Holz fiel, hörte. Sie steckte den Kopf durch die Tür und sah, dass Nicholas das verstreute, heruntergefallene Holz zu einem ordentlichen Stoß aufstapelte.
»Sie brauchen sich Ihren Kaffee nicht zu verdienen«, sagte sie.
Er warf ihr einen belustigten Blick zu. »Ich bin gekommen, weil ich Sie um einen Gefallen bitten möchte. Ich brauche alle Vorschusslorbeeren, die ich kriegen kann.«

Ihr wurde schwer ums Herz. Sie wollte niemandem einen Gefallen tun. Sie wollte nicht, dass er ihr eine Gegenleistung schuldete. Außerdem konnte sie sich keinen Gefallen vorstellen, den sie George Nicholas gern getan hätte.
Bis der Kaffee fertig und in Tassen ausgeschenkt war, hatte er das meiste Holz bei der Tür aufgeschichtet. »Danke«, sagte sie ungnädig.
»Gern geschehen.« Er blickte sich um, als erwartete er, dass ein Stuhl aufgetaucht war, während er anderes zu tun hatte. Da dies nicht zutraf, setzte er sich auf den Boden, wobei er so zuvorkommend war, den Mangel an Sauberkeit nicht zu beachten. Carol stand an die Wand gelehnt. Der Hund blieb, wo er war, und ließ den Blick vom einen zum anderen schweifen.
»Was für ein Gefallen ist das denn?« Sie strich sich das verschwitzte Haar mit einem schmutzigen, blutbefleckten Handrücken aus dem Gesicht.
Nicholas wies auf den Hund. »Ich habe zwei von Jess' Jungen vom letzten Wurf behalten. Wir haben unsere Schafherde vergrößert und brauchen mehr Hütehunde. Jess ist ein großartiger Schäferhund, aber sie kann nicht überall sein. Der Gedanke war, dass wir die Welpen anlernen würden, damit sie die Lücke füllen könnten.« Carol nahm einen vorsichtigen Schluck. Diesmal schmeckte er gut. Endlich wurde sie den Kater los. »Leuchtet ein. Aber ich verstehe nicht, was ich damit zu tun habe. Vielleicht haben Sie es nicht bemerkt, aber ich habe da draußen keine Schafherde.«
»Das ist es ja gerade.« Nicholas war die Sache offensichtlich peinlich. »Es macht mich verlegen, es zuzugeben, aber Flash hat Angst vor Schafen.«
Carol lachte prustend. »Das erfinden Sie aber jetzt.«
»Nein, ehrlich. Sobald sie mähen, rennt sie weg. Wenn es nicht so jämmerlich wäre, dann wäre es ja lustig. Ich hatte

schon gehört, dass es so etwas gibt, aber ich konnte es auch nie glauben.«

»Ein Hütehund, der Angst vor Schafen hat? Das ist ja saukomisch.«

Nicholas schaute auf den Hund hinunter, schüttelte den Kopf und lächelte bekümmert. »Aber sobald man mit Lachen fertig ist, bedeutet es schlechte Nachrichten für den Hund. Die Möglichkeiten für einen Hütehund, der keine Schafe hüten kann, sind ziemlich begrenzt. Sie als Haustier zusammen mit einer Mutter und einem Bruder im Arbeitseinsatz zu halten ist keine gute Idee, das meint jedenfalls mein Schäfer.« Sein Gesicht wurde ernst, er schlug die Augen nieder. »Und so gibt es nur die Möglichkeit, ein Zuhause für sie zu finden oder sie einschläfern zu lassen.«

»Und da dachten Sie an mich?« Carol versuchte erst gar nicht, ihre ungläubige Skepsis zu verbergen. »Ich habe noch nie einen Hund gehabt. Ich bin mehr für Katzen. Der einzige Grund, dass ich meine Katze nicht hier habe, ist, dass sie zu alt ist, um sich an das Leben hier zu gewöhnen.«

»Es ist nie zu spät, um zum Hundefreund zu werden«, sagte Nicholas. »Komm her, Flash.« Das Tier stand auf, setzte sich neben ihn und legte den Kopf auf seinen Oberschenkel. Er vergrub die Finger in Flashs Fell und kraulte sie am Hals. »Sie ist ein wunderbarer Hund. Zehn Monate alt, vollkommen stubenrein. Sie reagiert auf ›komm, bei Fuß, sitz, Platz und bleib‹. Und wie Sie gesehen haben, schnippen Sie mit dem Finger, und sie kommt zu Ihnen und legt sich hin. Sie ist ein perfekter Hund für einen Anfänger. Wenn sie ein reinrassiger Collie wäre, würde mir nicht im Traum einfallen, sie Ihnen anzubieten. Die sind viel zu schreckhaft, anspruchsvoll und neurotisch.« Er setzte ein reumütiges Lächeln auf. »Wir dachten, wir hätten sie von einem anderen Collie decken lassen, aber Jess muss irgendwann ausgebüxt sein, als wir es nicht

bemerkten. So haben wir jetzt eine Kreuzung aus Collie und schwarzem Labrador. Und das ist eine viel gefügigere Alternative. Intelligent, aber weich wie Butter.«
»Ich will keinen Hund.«
Er grinste und sah um Jahre jünger aus. »Sie wissen nur nicht, dass Sie einen wollen«, sagte er. »Sie sind so gute Begleiter. Und besser als eine Alarmanlage. Niemand bricht in ein Haus ein, in dem er einen Hund bellen hört.« Die unausgesprochene Geschichte dessen, was hier geschehen war, stützte seine Behauptung. Er war aber so vernünftig, es nicht direkt anzusprechen.
»Wird sie nicht viel Bewegung brauchen?«
»Das muss ich zugeben«, antwortete er und kratzte den Hund am Kopf. »Aber wir Menschen auch. Das Problem ist, wir Menschen kümmern uns nicht darum. Aber die Sache ist die, Carol. Collies rennen sehr gern. Und Sie haben hier meilenweit Moorland direkt vor der Tür. Sie können diesen Hund in absoluter Sicherheit rennen lassen, denn Sie wissen genau, dass er eines nicht tun wird: den Schafen zusetzen.« Er lächelte zu ihr hoch. »Warum versuchen Sie's nicht mal mit ihr? Geben Sie ihr eine Woche. Sehen Sie zu, wie Sie beide sich aneinander gewöhnen. Unverbindlich. Wenn es nicht funktioniert, werde ich sie ohne ein Wort des Vorwurfs zurücknehmen.«
»Um sie dann einschläfern zu lassen?«
Nicholas streichelte die Flanke des Tiers. »Dazu wird es hoffentlich nicht kommen. Schauen Sie, Carol, ich will Ihnen absolut nicht einen Hund, den Sie nicht wollen, mit Hilfe von Schuldgefühlen aufdrängen. Das wäre Flash gegenüber noch unfairer, als sie möglichst schmerzlos einzuschläfern.«
»Ich kenne mich nicht aus mit Hunden. Was sie fressen, was sie brauchen.« Sie hörte selbst die weinerliche Schwäche ihrer Antwort heraus und verachtete sich dafür. »Ich bin einfach nicht die Person, die Sie suchen.«

»Sie brauchen nicht viel. Ich habe ihren Korb im Land Rover mitgebracht, dazu eine Packung Hundefutter und eine Leine. Sie kann da drin schlafen bei Ihnen ...« Er wies auf die geschlossene Tür. »Oder hier draußen. Obwohl sie lieber Gesellschaft hat. Menschliche, wenn keine Hundekameraden da sind. Füttern Sie sie zweimal am Tag, eine dreiviertel Schüssel voll. Sie können Essensreste dazugeben, wenn Sie möchten, aber füttern Sie sie nicht aus der Hand, sonst bringen Sie ihr das Betteln bei. Sie braucht mindestens einen guten Spaziergang pro Tag, besser zwei. Wie schwer ist es, ihr das zu bieten?«
»Ich werde ja nicht bis in alle Ewigkeit hier restaurieren.« Es war ein Rückzugsgefecht, das war ihr klar.
»Aber Sie werden es noch eine ganze Weile machen. Schaun Sie, das können Sie ja entscheiden, wenn es so weit ist. Aber ich glaube, ein Hund in Ihrem Leben könnte im Moment nur positiv sein.«
»Woher weiß ich, dass sie tun wird, was ich ihr sage?«
»Probieren Sie es aus. Rufen Sie sie. Tun Sie es ruhig, Carol. Was haben Sie zu verlieren?«

28

Marie Mather war zufrieden damit, wie es in ihrem neuen Job lief. Sie hatte das Team in Gruppen von einem halben Dutzend eingeteilt und arbeitete sich in kurzen, aber intensiven Sitzungen mit Informationsgesprächen durch Gruppe für Gruppe. Sie ermutigte die Leute, die für sie arbeiteten, offen zu sein. Das hieß, der erste Schritt sollte ihnen Sicherheit im Umgang mit ihr geben. Sie mussten überzeugt sein, dass es eine gemeinsame Plattform gab, auf der sie sich alle bewegten, und sie mussten in der Konkurrenz einen gemeinsamen Feind sehen. Wenn sie erst einmal diesen Punkt erreicht hatten, konnten sie zu allen möglichen Arbeitsverfahren und Vereinbarungen bewegt werden. Wenn man es schaffte, dass alle in die gleiche Richtung schauten – so konnte man Fortschritte machen.

Rob war in den ersten zwei Gruppensitzungen dabei gewesen. Er behauptete, er wolle sehen, wie sie arbeitete, damit er darauf achten konnte, dass seine Taktik zu ihren Gesamtstrategien passte. Marie hatte den Verdacht, dass es mehr damit zu tun hatte, dass er ihre Beine anstarren wollte, da er nie den Blick abwandte und sich keine einzige Notiz machte. Aber das war egal. Ob sie ihn nun durch ihre schlanken Fesseln oder die kompetente Art und Weise, wie sie sich mit ihren Mitarbeitern fetzte, für sich gewann, er würde sehr bald eindeutig auf ihrer Seite stehen.

Bisher schien die Belegschaft bestrebt, sie zu beeindrucken.

Das war das Erfreuliche an einer Wirtschaft in der Krise. Jeder, der Arbeit hatte, bemühte sich verzweifelt darum, dass dies so blieb. Selbst Leute, deren natürliche Neigung es war, in jeder Situation widerborstig zu sein, waren im Allgemeinen so vernünftig, ein Lächeln aufzusetzen, wenn sie ihre neue Chefin beeindrucken wollten. Alle wollten dafür sorgen, dass der neue Besen, wenn er denn sauber kehrte, sie nicht auf die Kehrschaufel beförderte.
Natürlich gab es immer Ausnahmen. Gareth zum Beispiel hatte in seiner Gruppensitzung keinen Beitrag geleistet. Er saß mit verschränkten Armen da, den Kopf zur Seite geneigt, einen Ausdruck überlegener Langeweile auf dem Gesicht. Sie hatte ihn dazu zu bewegen versucht, der Gruppe das darzustellen, was er einen Tag zuvor im Gespräch angedeutet hatte; aber er brummte nur und sagte: »Besser, wenn ich das erst mal Ihnen erkläre. Bringt nichts, die Gemüter hier zu erregen wegen etwas, das dann doch nichts wird, oder?«
Marie hatte sich Gareths Leistungsniveau angeschaut und erkannt, dass er einer der produktivsten Mitarbeiter war. Es war klar, dass er sich dessen auch bewusst war. Aber sie war nicht bereit, ihn das ausnutzen zu lassen und seinen vierteljährlichen Bonus als selbstverständlich hinzunehmen. Wenn sie nicht die Schrauben ein wenig anzog, um ihm zu zeigen, wer die Chefin war, konnte er leicht ein Dorn im Fleisch werden und Unruhe stiften in Bezug auf die Art und Weise, wie sie vorging. Also hatte sie zuckersüß gelächelt und gesagt: »Ich meine immer, je mehr, desto besser, wenn es darum geht, neue Ideen durchzudiskutieren. Wir werden von jetzt an alle vierzehn Tage kurze Gruppengespräche führen. Gareth, ich möchte, dass Sie für das nächste Meeting einen schriftlichen Vorschlag ausarbeiten, in dem Sie Ihre Ideen und die Argumentation dahinter zusammenfassen. Ich bin sicher, dass wir bessere Strategien finden können, unsere Ziele zu erreichen,

und niemand versteht das besser als Sie. Ich rechne darauf, dass alle konstruktive Vorschläge machen werden. Gareth, ich bin sehr erfreut, dass Sie dabei vorangehen.«

Er schaute sie finster an, offensichtlich bestürzt, dass er überlistet worden war. Aber er sagte nichts weiter. Und in der Kaffeeküche Widerspruch zu schüren, dazu hatte er keine Gelegenheit, weil er wie Rob und ein halbes Dutzend anderer seine angesammelten Überstunden für einen freien Nachmittag nutzte. Bradfield Victoria sollte gegen Newcastle United im FA Cup spielen, und die treuen Fans machten früher Feierabend, um zum Spiel in den Nordosten hochzufahren.

Als die Mittagszeit kam, folgte Marie den Fußballfans nach draußen. Sie wollte sich eine halbe Stunde außerhalb des Büros aufhalten, Gesichter sehen, die nicht in ihre Zuständigkeit fielen, ihr Denken mit schönen Bildern stimulieren statt mit Bürozellen. Die Gemäldegalerie der Stadt war nur drei stramme Gehminuten vom Büro entfernt, und sie mochte die Sammlung schottischer Koloristen im zweiten Stock besonders. Zwanzig Minuten die Bilder von J. D. Fergusson und Willliam McTaggart anschauen, und sie würde sich erfrischt und erholt fühlen und bereit sein, der nächsten Mitarbeitergruppe gegenüberzutreten, die Energie und Inspiration brauchte.

Marie saß auf einer lederbezogenen Bank vor einem großen Gemälde, auf dem die impressionistischen Figuren von zwei kleinen Mädchen in weißen Hängerchen zwischen Seegras und rosa Farbtönen knieten; hinter ihnen waren die zerwühlten Blau- und Weißtöne des Meeres zu sehen und über ihnen ein Himmel voller bauschiger Kumuluswolken. Sie holte eine Karotte und die Mixed Pickles aus ihrer Tasche, die sie am Morgen vorbereitet hatte, und mampfte vor sich hin. Sie hielt den Blick auf das Gemälde gerichtet und nahm den komplizierten Aufbau der Pinselstriche in sich auf, die in ihrer

Gesamtheit in der Psyche des Betrachters Sicherheit erzeugten. Diese Bilder liebte sie, seit sie sie zum ersten Mal in einer kleinen schottischen Stadt gesehen hatte, wohin sie von ihrem früheren Arbeitgeber vorübergehend versetzt worden war. In der Mittagspause hatte sie sich in die Kunstgalerie gerettet und war erstaunt von der Wirkung, die die Bilder auf sie hatten. Sie hatte kaum glauben können, dass es eine ganze Sammlung davon genau in der Stadt gab, in der sie lebte. »Wir sind Banausen«, hatte sie zu Marco gesagt und darauf bestanden, dass er mit ihr zusammen die Galerie besuchte. »Stell dir vor, man weiß nicht mal, dass es das hier direkt vor unserer Haustür gibt!«

Sie wusste, dass Marco ihre Leidenschaft für Gemälde nicht teilte. Aber er begleitete sie gern, um ihre Begeisterung mitzuerleben. Und irgendwie gab es ihr ein Gefühl der Sicherheit, zu wissen, dass er auf einer der Bänke saß und Angry Birds auf seinem Handy spielte, während sie zwischen den Bildern hin und her ging.

Aber an jenem Tag war es nicht Marco, der sie beobachtete. Marie aß ihr Mittagsbrot und hatte keine Ahnung von der Tatsache, dass sie aufmerksam betrachtet wurde. Auf einer ähnlichen Bank im nächsten Raum erfreute sich ein Mann anscheinend an zwei Seestücken von L. S. Lowry, die einen überraschenden Kontrast zu den üblichen Motiven des Künstlers aus dem Arbeiterleben darstellten. Aber der Gegenstand seiner Aufmerksamkeit war etwas ganz anderes. Er war auf Marie konzentriert, fixiert auf jede ihrer Bewegungen. Sie aß mit Geschick und Eleganz, dachte er. Man würde ja nicht wollen, dass jeder Beliebige sein Lunch mitten unter wertvollen Werken aß. Aber Marie konnte man vertrauen, dass sie nichts verspritzen oder heruntertropfen ließ oder auch nur eine Spur von Krümeln hinterlassen würde. Er mochte das an ihr. Eine Frau, die darauf achtete, wie sie in der

Öffentlichkeit Essen zu sich nahm, wäre wahrscheinlich auch in anderer Hinsicht gewissenhaft. Nicht eines dieser Flittchen, die einen Mann nicht richtig umsorgen konnten.
Die Welt schien voll zu sein von Weibern, denen jedes Talent abging, eine Frau zu sein. Es musste ein Mann wie er her, dem klar war, dass etwas unternommen werden musste. Das Problem war nur sein vorschneller Optimismus. Dreimal schon hatte er sich geirrt. Er hatte solch große Hoffnung in die letzte gesetzt, aber es war bereits offensichtlich, dass sie seinen Kriterien nicht gerecht werden konnte. Er war bereit gewesen, sich mit den Konsequenzen seiner Fehler auseinanderzusetzen, aber tief im Innern wollte er eigentlich nur eine Frau, die seine Träume von Weiblichkeit erfüllte. Es war ja nicht so, als verlangte er zu viel. Das Versagen lag bei ihnen. Jedes Mal. Und es war sein Recht, die Dinge richtigzustellen. Er tat der Welt einen Gefallen, wenn er die ausmerzte, die nie für ihren Zweck geeignet sein würden.
Er schaute zu Marie hinüber und lächelte. Diesmal hatte er eine gute Wahl getroffen. Sie war klug, gut gekleidet und wusste sich in der Öffentlichkeit zu benehmen. Wenn sie die gleichen Fähigkeiten im Privatleben vorzuweisen hatte, würde er sehr zufrieden sein.
Sonst würde er weitersuchen. Es war ja schließlich keine Mühsal.

29

Paula war ziemlich sicher, dass das Gebäude, in dem sich jetzt das private forensische Labor befand, bei ihrem letzten Besuch im Gewerbegebiet von Kenton Vale noch eine Firma beherbergte, die CDs für das Indie-Musikbusiness herstellte. Aber die Welt drehte sich schließlich weiter. Die Leute luden sich Musik direkt auf ihre Geräte herunter, und die Untersuchungen der Kripo wurden ausgelagert.
Als hier noch CDs hergestellt wurden, wäre es wahrscheinlich leichter gewesen, reinzukommen. Damit sie Zutritt erhielt, musste Paula ihren Ausweis einer Kamera vorzeigen, eine Weile warten, bis er mit wer weiß welcher Datenbank verglichen worden war, und dann den rechten Zeigefinger gegen eine kleine Glasscheibe drücken. Bis sie die Halle durchquert hatte und zum Empfang kam, wartete bereits ein laminierter Ausweis mit ihrem Foto, ihrem Fingerabdruck und einem QR-Code auf sie.
»Nett, Sie wieder mal zu sehen«, sagte die Frau hinter dem Tisch freundlich lächelnd. »Wie ich sehe, sind Sie befördert worden. Ich gratuliere.«
Da die Firma auf einem anderen Gelände ansässig gewesen war und ihr Besuch Monate zurücklag, löste der Willkommensgruß bei Paula tiefes Unbehagen aus. Er überschritt die Grenze dessen, was sie als normales Verhalten betrachtete, und landete irgendwo auf der Schnittfläche von *1984* und *Blade Runner*. Dann kam Paula in den Sinn, dass schon ihre

Wahl der Beispiele zeigte, wie wenig sie auf der Höhe der Zeit war. Die Zeiten, in denen sie als jung oder cool durchging, waren vorbei. Nicht, dass sie das beklagen würde.
Sie rang sich ein beklommenes Lächeln ab und sagte: »Ich möchte Dr. Myers sprechen.«
»Er erwartet Sie.« Die Empfangsdame wies auf eine Tür hinter ihr, neben der eine hüfthohe Säule stand. »Halten Sie Ihren Besucherausweis gegen die Glasplatte, dann öffnet sich die Tür. Dort rechts ist eine Kabine, in der Sie sich umziehen können. Vergessen Sie die Schuhüberzieher nicht. Dr. Myers' Labor ist das zweite auf der linken Seite. Aber machen Sie sich nichts draus, wenn Sie es vergessen.« Sie zeigte auf den Ausweis. »Es ist die einzige Tür, die sich mit Ihrem Ausweis öffnen lässt.«
Paula traf Dave Myers in einem weißen Anzug und mit Handschuhen an; er füllte winzige Reagenzgläschen mit einer großen Spritze, wobei sich seine großen braunen Hände mit überraschendem Geschick bewegten. Er blickte auf und nickte, als sie hereinkam. »Einen Moment, Paula, lass mich die hier in Gang bringen.« Als er fertig war, schob er das Tablett mit den Proben in einen hohen Kühlschrank. Während Paula wartete, schaute sie sich im Labor um. Ihr wurde klar, dass sie weder eine Ahnung hatte, wozu die meisten Geräte heutzutage dienten, noch, welche Reagenzien und Stabilisatoren was bewirkten. Immerhin war sie erleichtert, in der Mitte des Labortischs ein Mikroskop zu entdecken. Es kam einem neben den anderen analytischen Hilfsmitteln wie eine Steinzeit-Technologie vor.
Zwischen den Apparaturen und Vorrichtungen des Labors lagen in Plastikbeutel verpackte und beschriftete Beweisstücke in Kunststoffboxen, um jede Möglichkeit der Verunreinigung und Vermischung auszuschließen. Paula erkannte Nadia Wilkowas Kleider vom Fundort. Sie war froh zu sehen, dass

sie es auf Dr. Myers' Liste von Prioritäten so weit nach oben geschafft hatten.
Er schloss den Kühlschrank und wies auf einen Laborhocker. Paula nahm Platz, und er setzte sich neben sie auf die Kante eines Stuhls und zog seine Schutzmaske herunter. »Neue Barttracht«, sagte sie und wies nickend auf einen geometrisch genauen Soul Patch unter seiner Unterlippe.
Er zog ein Gesicht. »Männliche Gesichtsbehaarung wird kulturell gesehen oft mit Virilität und Stärke in Verbindung gebracht.«
»Aber in deinem Fall wollen wir eine Ausnahme machen.«
»Du wirst mit dem Alter nicht charmanter, Paula«, sagte er und tat so, als griffe er sich vor Schmerz ans Herz.
Sie kannten sich seit Jahren. Als Paula zur Kripo kam, arbeitete Dave in einem Polizeilabor und analysierte alle möglichen Spuren, die Menschen an Tatorten hinterließen. Die DNA-Analyse steckte noch in den Kinderschuhen; Dave und seine Kollegen standen an der Schwelle zu einer Reihe von biologischen Durchbrüchen, die große Veränderungen bringen sollten für das, was sie aufgrund der Unvorsichtigkeit der Kriminellen zusammentragen konnten. Daran anschließend entstanden Fernsehkrimis, deren Beziehung zur Realität bestenfalls dürftig war, wie immer, wenn es um etwas ging, das mit polizeilichen Untersuchungen zu tun hatte. Unrealistische Erwartungen entwickelten sich sowohl bei den Staatsanwälten als auch bei den Opfern der Verbrechen. Aber es wurde auch die Art von Beweisen beigebracht, gegen die Einwendungen unmöglich waren. Damit hoffte man, Verbrecher von den Straßen zu bekommen und sie hinter Gitter zu bringen. Doch vor allem würde es die Bevölkerung in der Überzeugung bestärken, dass der Gerechtigkeit besser Genüge getan werden konnte.
Aber das alles hatte einen Preis. Und als die zur Verfügung

stehenden Budgets auf ein Minimum gedrosselt wurden, fällten die Erbsenzähler skrupellose Entscheidungen darüber, welche Kategorien von Verbrechen den Einsatz forensischer Methoden rechtfertigten. Innerhalb dieser Kategorien gab es sehr klare Richtlinien, die festlegten, wie viel ein leitender Ermittlungsbeamter ausgeben konnte. Wenn diese Grenzen überschritten wurden, musste das Geld irgendwo anders herkommen.

Paula war beim MIT an Fällen beteiligt gewesen, bei deren Bearbeitung diese Grenzen völlig vernachlässigt wurden, weil man es wichtiger fand, Leben zu retten und Mörder dingfest zu machen. Inzwischen war es nun ein wichtiger Teil jeder ernsthaften Ermittlung, abzuwägen, mit wie wenig Ausgaben für Gerichtsmedizin und Kriminaltechnik man durchkommen konnte. Es war alles andere als zufriedenstellend, fand Paula. Aber die Beamten, die das Budget festlegten, kümmerten sich herzlich wenig darum, was die Truppe an vorderster Front für richtig hielt.

Für Kripobeamte wie Paula, die ihre Prioritäten von Carol Jordan gelernt hatte, war es deshalb genauso wichtig geworden, die Beziehungen zu einzelnen forensischen Wissenschaftlern und Kriminaltechnikern zu pflegen, wie einen Pool verdeckt arbeitender Informanten aufzubauen, was die abkürzungsverliebte Hierarchie CHIS nannte – Covert Human Intelligence Sources – und früher »Maulwürfe« hieß. Ein Kriminaltechniker, der dein Freund war, konnte überzeugt werden, sich für dich reinzuhängen, es mit der Bürokratie nicht so genau zu nehmen, wenn er Spuren vom Tatort bearbeitete, sogar Vorschläge für erfolgversprechende Vorgehensweisen bei der Ermittlung und dem Sammeln von Beweisen zu machen. Wenn man ihn wirklich mochte, war das ein zusätzlicher Bonus.

Und Paula mochte Dave Myers. Sie hatten schon früh ent-

deckt, dass sie den gleichen Geschmack hatten, was Musik und Comedy betraf. Dave, ganz Wissenschaftler, stellte Monatstabellen für die demnächst stattfindenden Veranstaltungen zusammen und mailte sie an Paula. Sie hatten damals jeden Monat ein halbes Dutzend Abende in schäbigen Pubs und popeligen Musikhallen zugebracht, probierten aus, zu was immer sie gerade Lust hatten, und wenn ihre Lieblingsgruppen zu den ganz Großen gehörten, besuchten sie gelegentlich auch mal die größeren Säle. Diese Gewohnheit hatten sie jahrelang beibehalten, bis Dave schließlich Becky heiratete und Vater wurde. Dann hatte Paula sich mit Elinor zusammengetan. Jetzt trafen sich die vier alle zwei Monate in einem Comedy Club oder an einem etwas gehobeneren Spielort für Musik als in der Zeit damals. Dave erstellte keine Tabellen mehr, aber das Geschick, etwas für einen netten Abend zum Ausgehen zu finden, war ihm geblieben.
»King Creosote«, sagte er jetzt, schlug seine langen Beine übereinander und stützte sich mit einem Ellbogen auf dem oberen Knie ab.
»Auf jeden Fall. Schick mir 'ne E-Mail mit dem Datum.«
»Es ist in der Methodist Central Hall. Du wirst also deinen Drink mitbringen und reinschmuggeln müssen.«
»Kein Problem. Also, Nadia Wilkowa. Wie weit sind wir damit?«
»Der Tatort ist voller verschiedener Abdrücke, deshalb haben wir erst gar keinen DNA-Test gemacht. Zu diesem Zeitpunkt wäre das rausgeschmissenes Geld, es sei denn, dass bestimmte Abdrücke auf eine Person hinweisen, die interessieren könnte. Solltet ihr später nicht weiterkommen, werden wir natürlich bei eurer Chefin diese Entscheidung noch einmal ansprechen. Nach der bisherigen Erfahrung gibt DCI Fielding nicht gern Geld aus, wenn sie nicht verdammt sicher ist, dass es die Lösung des Falls voranbringt.« Er verzog bedauernd das Ge-

sicht. »Sie ist sehr an der Aufklärung interessiert, aber sie hält auch gern die da oben bei Laune.«
»Das ist ja heutzutage nichts Schlechtes.« Paula deutete auf die Beutel mit den Beweisstücken. »Wie steht's mit den Klamotten? Hattest du Gelegenheit, sie dir mal gründlich vorzunehmen? Wir haben es hier im Grunde mit einem sexuellen Übergriff zu tun.« Sie zuckte mit den Achseln. »Könnte es da etwas geben?«
»Harley hat sie durchgesehen, und ich habe davor mal schnell drübergeschaut, aber ich habe keine große Hoffnung. Du weißt ja selbst, wie es ist, wenn der Mörder sein Opfer entführt hat. Er ist gewöhnlich vorsichtig und zieht meistens so bald wie möglich alles aus. Es ist nicht wie ein Übergriff auf der Straße, wo man überall DNA findet.«
»Aber trotzdem ... Darf ich?« Sie wies mit einer Kopfbewegung auf die Beutel.
»Wenn du Handschuhe und Maske anhast«, sagte Dave. Während Paula die Maske überstreifte, brachte er die in Beutel verpackte Kleidung, dann wandte er sich seinem Tisch zu und begann, einige Balkendiagramme auf seinem Bildschirm zu überprüfen.
Paula ging – einen kläglichen Gegenstand nach dem anderen – die Kleidungsstücke durch. Daves Bewertung schien korrekt zu sein. Es gab keine offensichtlichen Hinweise auf Belästigung oder unerwartete Flecken. Das letzte Stück war eine taillierte dunkelblaue Jacke, die vorn eine Reihe kleiner Knöpfe hatte. Sie war offenbar nicht neu, aber Paula erkannte die Anzeichen einer Frau, die mit ihren Sachen sorgfältig umging. Vorn waren keine sichtbaren Flecken an der Jacke, und die Knöpfe saßen alle fest. Die Innenseite des Kragens war abgetragen, aber sauber, das Futter nicht eingerissen, wenn es auch an den Nähten etwas durchhing. Schließlich überprüfte sie die Manschetten auf Flecken.

Was sie fand, alarmierte sie. »Hast du das bemerkt, Dave?«
Er blickte auf, seine Augen verengten sich, und er runzelte die Stirn. »Hab ich was bemerkt?«
»An der linken Manschette fehlt ein Knopf. Siehst du, es sind sechs am rechten Ärmel, aber nur fünf am linken.«
»Ich hab sie nicht gezählt«, sagte er und starrte auf die beiden Ärmel, die sie nebeneinander auf den Tisch gelegt hatte. »Harley hat die Vorabsichtung gemacht, und ich hab nur mal kurz draufgeschaut.« Aus einer Schublade des Tisches nahm er ein Vergrößerungsglas und studierte den Stoff. Dann drehte er die linke Seite des Ärmels nach außen und betrachtete ihn genau. »Da sind noch ein paar Fäden, die nach innen durchgezogen sind. Das deutet auf einen nicht lange zurückliegenden Vorfall hin, wenn sie diese Jacke oft getragen hat.«
»Sie hatte nicht viele Kleider. Selbst wenn sie sie in regelmäßigen Abständen wechselte, hat sie die Jacke hier ein- oder zweimal die Woche getragen. Vielleicht ist dieser Knopf also bei ihrer Entführung abgerissen worden? Entweder, weil sie sich wehrte, oder einfach während er sie in seinen Wagen schaffte? Was meinst du?«
»Möglich ist es.« Während er antwortete, nahm Dave eine Schachtel mit Wattetupfern. »Und wenn es eine Auseinandersetzung gab ...«
Paula brachte den Gedanken zu Ende. »Dann ist vielleicht ein Blutrest da.«
»Genau.« Er blickte zu dem Regal über seinem Arbeitsplatz hoch und nahm drei Flaschen herunter.
»Was machst du?«
»Einen Kastle-Meyer-Test. Um zu sehen, ob wir verborgene Blutflecke haben. Er ist sehr genau, und man braucht nur eine Spur, damit er funktioniert.« Er öffnete eine Flasche und tauchte den Tupfer in die Flüssigkeit. »Zuerst Ethanol. Purer Alkohol, Paula. Aber nicht für die Methodist Central Hall.

Wir nehmen ihn, um die Zellwände abzubauen und den Fleck herauszulösen. Das erhöht die Sensitivität des Tests.« Er fuhr mit dem Tupfer über die Fäden an der Innenseite des Ärmels und nahm dann einen zweiten Tupfer, mit dem er den Stoff an der Außenseite bestrich.

Die zweite Flasche hatte ein Gummihütchen und eine in den Deckel eingeschraubte Pipette. Dave gab einen Tropfen des Inhalts auf jeden Tupfer. »Phenolphtalein Reagens«, sagte er. »Und schließlich einen einzelnen Tropfen von der Substanz, mit der die Ladys ihren Schnurrbart bleichen. Wasserstoffperoxyd.«

»Sei nicht so gemein, du ... ach du Scheiße, es ist rosa geworden. Das heißt Blut, oder?«

Dave nickte reuig lächelnd. »So ist es. Und wie erbärmlich steh ich jetzt da, dass eine Polizistin in mein Labor kommen muss und das findet, was mein hochbezahltes Team übersehen hat?« Dave bemühte sich zu klingen, als nehme er die Sache leicht, aber Paula merkte, dass er echt verärgert war.

»Wie du sagtest, Dave, du hast ja nur eine vorläufige, kurze Überprüfung gemacht. Später hätte es jemand gefunden. Ich hab die Sache nur ein bisschen beschleunigt.«

»Und DCI Fielding wird darüber sehr erfreut sein. Wir nehmen uns das sofort vor, Paula. Du bekommst morgen früh eine komplette Beurteilung der Probe und das Ergebnis einer Suche in der Datenbank.«

»Danke, Dave. Oh, und ich wollte sagen: Grisha meinte, der Mörder hat vielleicht einen Taser verwendet. Könntet ihr nach Blutflecken an ihrer Kleidung an der rechten Schulter, dem linken Oberschenkel und dem Bauch im Nabelbereich suchen?«

Er rollte mit den Augen. »Jetzt sagt sie mir das. Ich werde jemanden dransetzen, mal sehen, was wir finden können. Geh, verschwinde, bevor du noch das Budget sprengst.«

Paula grinste. »Das wird es wert sein, wenn wir das Schwein erwischen.«
»Heb dir das für Fielding auf«, sagte Dave. »Aber bei solchen Gelegenheiten, da wette ich, dass dir Carol Jordan fehlt.«
Paulas gute Stimmung verschwand, durch seine Worte wie weggeblasen. »Jeden Tag. Jeden verdammten einzelnen Tag.«

Die Stunden waren in einem Nebel von Schmerz und Unbehagen vergangen. Manchmal war Bev in eine Art Schlaf hinübergedriftet, aber sie zuckte immer wieder zusammen, wenn der Schmerzschwerpunkt sich verlagerte und neuerlich ein quälender Stich ihr Nervensystem traf. Einmal war der Schmerz in ihrem Kopf so intensiv, dass er sich zur Übelkeit steigerte, und sie hatte Galle erbrochen und hustend im Bogen über ihre Beine ausgespuckt. Sie, die normalerweise so penibel war, hatte ein Stadium erreicht, in dem Ekel keine Rolle mehr spielte, und sie versuchte nicht einmal, sich von der Pfütze des Erbrochenen wegzubewegen.
Als das Licht wiederkam, war das nur eine weitere Quelle der Qual, es stach ihr in die Augen und ließ diese tränen. Der Taser war fast eine Befreiung, weil er eine alles andere auslöschende Empfindung hervorrief. Es war ihr wirklich völlig egal, als er sie an den Haaren packte und aus ihrem weißen Sarg herauszerrte.
Der Schock, als das eiskalte Wasser aus dem Gartenschlauch auf sie klatschte, holte sie ins Bewusstsein zurück, wie nichts anderes es vermocht hatte. Plötzlich war Bev wieder sie selbst, ihr Kampfgeist und ihre Entschlossenheit wurden von den scharfen, kalten Nadeln des Wassers von Neuem geweckt. Sie kam mühsam auf Hände und Knie und kniff, allerdings vergeblich, die Augen zusammen, um durch den Wasserguss hindurch die Gestalt dahinter sehen zu können. Sie schrie vor Wut und versuchte, auf die Füße zu kommen.

Er trat sie so fest an den Kopf, dass sie spürte, wie ihr Kiefer sich vom Schädel löste, ein fürchterliches Krachen ließ sie zurückprallen und als wimmernden Haufen zu Boden sinken. Bevor sie begriff, was geschah, hatte er sie in Plastikfolie eingewickelt, fest mit Packband verklebt und in den Kofferraum ihres eigenen Wagens geworfen.

Kaum noch in der Lage zu atmen, in Panik und verrückt vor Schmerzen trat Bev McAndrew ihre letzte Reise an. Diesmal bemerkte sie es nicht einmal, als das Licht wieder hereinfiel. Und mehr Barmherzigkeit widerfuhr ihr auch nicht.

30

Nach der Sitzung mit Jacob Gold war Tony zutiefst verunsichert. Am Nachmittag hatte er sich mit zwei Patienten im Bradfield Moor Secure Hospital beschäftigt, konnte sich aber kaum an das Besprochene erinnern. Wenn seine eigene Befindlichkeit die Behandlungsqualität für seine Patienten beeinträchtigte, war es eindeutig an der Zeit, die unangenehme Schlussfolgerung, auf die er unwiderstehlich zugesteuert hatte, ernst zu nehmen.

Nach der Arbeit war er nach Hause zu seinem Kanalboot gefahren, zum ersten Mal entschlossen, es nicht als einen dürftigen Notbehelf zu sehen, sondern als ein Symbol für Veränderung und Chance. Dass er sich daran gewöhnt hatte, an einem Ort und in einem Stil zu wohnen, die er nie zuvor in Betracht gezogen hatte, war positiv, sagte er sich. Und beschwor damit ein Bild von sich selbst herauf, auf dem er sich mit erhobenem Zeigefinger gegenüberstand. Und wenn er es recht überlegte, musste er sich eingestehen, dass er die kompakte Lebensweise an Bord sehr mochte.

Der einzige Nachteil war, dass er keinen Platz für seine Bücher hatte. Aber sicher musste es dafür doch eine Lösung geben? Unkonventionelles Denken, das brauchte er. Vielleicht konnte er in der Nähe eine Lagereinheit mieten und sie irgendwie als Bücherzimmer nutzen? Dass er dort hingehen musste, würde ihm nichts ausmachen. Er stieß ein hohles Lachen aus. »Vielleicht hab ich die Lösung für das, wofür ich das

Buch brauche, auch schon gefunden, wenn ich dort ankomme«, sagte er laut.

»Jetzt brauche ich aber keine Bücher«, fuhr er fort und öffnete den Kühlschrank und den Vorratsschrank daneben. »Sondern Essen. Was bringt mir Pastasoße ohne Pasta? Oder Milch ohne Müsli? Oder Butter ohne Brot?« Es war also Zeit für einen Noteinkauf. Er schnappte sich eine der unverwüstlichen Mehrwegtaschen, die Carol – *autsch! – nein, lass sie außen vor, du kannst nicht wegen einer verdammten Stofftasche sentimental werden* – ihn zu erwerben genötigt hatte, als sie mitten in einem Fall spätabends noch Lebensmittel einkauften. Zwei Straßen weiter war der Minimarkt einer Supermarktkette, er würde in einer halben Stunde zurück sein.

Aber zurück wozu? Ungeklärte Gedanken jagten in seinem Gehirn herum wie Kugeln im Flipper einer Spielhalle, leere Stühle erinnerten ihn an sein leeres Leben, jeder Gedanke an Patienten daran, dass die sich weniger labil fühlten, als er es im Moment tat. Er musste die Stunden, bevor er schlafen ging, mit etwas Konstruktiverem ausfüllen als Gegrübel.

So zog Tony seinen Mantel an und ging mit dem Entschluss in den Abend hinein, durch das Gehen über Carol Jordan hinwegzukommen. Er musste seinen Kopf mit etwas anderem beschäftigen, mit etwas, das ihn mehr herausforderte. Er ließ seine Gedanken zurückwandern und wartete, ob sie einen Köder fanden, den sie sich schnappen konnten.

Und da war er auch schon, als er an der Tapasbar um die Ecke bog. Paulas vermisste Frau. Er angelte sein Handy aus der Tasche und rief Paula an. Sobald sie sich meldete, stürzte er sich sofort auf das Problem. »Paula, ist diese vermisste Frau noch verschwunden?«

»Und auch dir einen guten Abend, Tony. Ja, soweit ich weiß, schon. Ich hatte heute nicht direkt damit zu tun, aber ich würde informiert werden, wenn es etwas Neues gäbe.«

»Das Letzte, was man weiß, ist also, dass sie auf dem Heimweg kurz bei Freshco einkaufen wollte? Sie machte Feierabend wie gewöhnlich, und danach hat sie niemand mehr gesehen?«

»Ich habe nichts Gegenteiliges gehört. Aber noch etwas anderes könnte dich interessieren. Du weißt ja, der Mord, an dem ich arbeite? Nadia Wilkowa? Wir glauben, dass er bei ihr einen Taser verwendet hat.«

»Das grenzt es schon etwas ein, oder? Ich meine, es ist nicht, als wenn jemand in einer vollen Bar etwas in einen Drink gibt und abwartet, bis es wirkt. Es ist aus der Nähe und persönlich. Und er muss sie an einer relativ versteckten Stelle geschnappt haben. Vor einem Publikum kann man niemanden tasern. Es sei denn, man ist Polizist. Und außerdem muss man seinen Fluchtweg organisiert haben, mit einem Taser ist das nämlich nicht, als würde man jemanden bewusstlos schlagen. Das Opfer gewinnt ziemlich schnell wieder Kontrolle über seinen Körper, stimmt's? Man muss also einen Plan haben, eine spontane Aktion kann es nicht sein.«

»Bist du jetzt fertig?« Paulas Tonfall war sanft und belustigt.

»Hab nur laut gedacht, tut mir leid.«

»Nein, es ist faszinierend zuzuhören, wie dein Denken funktioniert. Wenn ich noch etwas über Bev höre, gebe ich dir Bescheid. Aber ich dachte, es würde dich nicht besonders interessieren?«

Als er am Kanalbecken aus dem Schutz der Gebäude hinaustrat, schlug er den Kragen hoch, denn der kalte Wind kam ihm entgegen. »Ich will meine Gedanken spazieren führen.«

»Okay. Führst du sie an der Leine?«

»Sehr witzig. Du weißt nicht vielleicht, in welche Freshco-Filiale sie ging?«

»Nicht genau, aber auf dem Weg von der Klinik zu ihrem Haus würde sie logischerweise an dem großen Freshco auf der Kenton Vale Road vorbeikommen. Weißt du, welchen ich meine?«

»Auf der rechten Seite, wenn man von der Stadt her kommt? Vor dem Kreisverkehr?«

»Ja, das ist er. Warum?«

»Ich muss Lebensmittel einkaufen.« Und da er nichts weiter zu sagen hatte, legte er auf. Als er sein Handy wieder in die Tasche steckte, fragte er sich, ob seine Neigung, das Telefon nur für absolut nötige Dinge zu nutzen, ihm von seiner Jugendzeit her anhing, als Gespräche im Festnetz noch relativ teuer waren. Seine Großmutter, die bei seiner Erziehung die meiste praktische Arbeit geleistet hatte, betrachtete das Telefon als ein Mittel, um Dummköpfen das Geld aus der Tasche zu ziehen, und erlaubte Telefonieren nur im Notfall. Er erinnerte sich, dass sie in ewiger Furcht lebte, ihren günstigen Tarif für Wenigtelefonierer zu verlieren. Und dann, als Mobiltelefone aufkamen, war es unerschwinglich teuer, damit zu telefonieren, was den Grundsatz der Sparsamkeit bei seiner Großmutter noch verstärkt hatte. Es konnte aber nicht nur eine Frage der Generation sein. Er kannte viele Zeitgenossen, die am Telefon endlos quasselten und ganz locker völlig außer Acht ließen, was es kosten könnte. Nein, es musste eine seiner eigenen, persönlichen Macken sein. Ein Gedanke, der durch die Reaktion vieler Freunde und Kollegen auf seine Zurückhaltung am Telefon bestätigt wurde. Carol hatte immer … Nein! Er würde nicht zulassen, dass sich seine Erinnerungen an Carol in seiner Psyche breitmachten.

Kenton Vale Road war etwa zwei Meilen entfernt. Es gab keine direkte Strecke; er würde sich am Rand der Stadtmitte entlang einen Zickzackweg suchen müssen, aber die Karte, die er im Kopf hatte, reichte für den Zweck aus. Er konnte den Weg mehr oder weniger auf Autopilot finden, während er gründlich nachdachte.

Was genau würde es bedeuten, Carol Jordan endgültig aus seinem Leben auszuschließen?
Schau es dir Schritt für Schritt an. Was praktische Dinge anging, war sie im Vergleich dazu, wie die Dinge zwischen ihnen früher waren, schon aus seinem Leben verschwunden. Die letzten paar Jahre hatten sie im selben Haus gelebt. Seine Wohnung nahm die zwei oberen Stockwerke ein, ihre Souterrainwohnung war nur eine Treppe und eine abgeschlossene Tür von ihm entfernt gewesen. Sie saßen sich nicht dauernd auf der Pelle, aber er war sich im Allgemeinen immer ihrer An- oder Abwesenheit bewusst. Er war wie der Herr im Psalm: Er gab auf sie acht, wenn sie aus dem Hause ging und wenn sie wieder heimkehrte.
Dann hatte er das Haus in Worcester geerbt. Zum ersten Mal im Leben hatte er einen Ort, der sich wie ein Zuhause anfühlte. In dem Augenblick, als er das große alte Haus am Park betrat, begriff er endlich, was die Leute meinten, wenn sie sagten, da gehörten sie hin. Edmund Arthur Blythes Haus hätte um Tony herum gebaut worden sein können, so perfekt passte es zu ihm. Und es war eine Heimkehr, die auch Carol Raum zu bieten schien. Zusammen unter demselben Dach zu leben, das wäre ein Schritt zur Probe gewesen, der vielleicht noch weitergeführt hätte.
Alles war immer auf Probe gewesen zwischen ihnen. Zwei vorsichtige Menschen, deren Lebensführung ihnen emotionale Wunden und psychischen Schaden zugefügt hatte. Beide waren nicht die Art Mensch, den man zu lieben wählen würde. Aber sie hatten nach und nach begriffen, dass das, was sie verband, eine Art Liebe war. Nicht die konventionelle Art Liebe, die schnell zu schweißtreibender Akrobatik zwischen verknäuelten Bettlaken führte. Dazu würde es nie kommen, nicht bei Tonys Unfähigkeit, die entscheidende Leistung zu bringen.

Sie waren stattdessen eine andere Art von Beziehung eingegangen, die ihr Berufs- und ihr Privatleben umfasste. Sie vertrauten einander auf eine Art und Weise, wie beide sonst niemandem vertrauten. Obwohl sie nie zusammengelebt hatten, gab es eine Verbindung im Alltag ihres Lebens, die ihm ihre Abwesenheit fast unerträglich machte.

Aber sie war nun einmal abwesend. Statt sich ihm zuzuwenden, hatte sie ihn mit der ganzen angestauten Verbitterung in ihrem Herzen angegriffen. Sie hatte keinen Hehl daraus gemacht, dass sie ihm die Schuld gab, und die Nacht, in der sie ihn verlassen hatte, war die schlimmste gewesen, die er je erlebt hatte. Er hatte versucht, sich einzureden, dass sie zurückkommen würde, aber das gelang ihm nicht, und damit hatte er auch richtig gelegen. Ohne einen Blick zurück hatte sie sich von allen abgesetzt. Es war, als wäre sie gestorben – auf eine beschämende Art, die die Leute davon abhielt, zusammenzukommen und dessen zu gedenken, was sie ihnen bedeutet hatte. Die Trauer jedoch war echt.

Und doch hatte er jenen ersten Schritt über den unverarbeiteten Kummer hinaus geschafft. Er lebte an einem Ort, der in keinem Zusammenhang mit ihr stand. Sie war nur einmal auf dem Boot gewesen, als es in einer anderen Stadt lag, und der Besuch hatte keine Spur glücklicher Erinnerungen hinterlassen. Er war nicht überall, wo er hinschaute, von Bildern von ihr umgeben; dies war sein Reich, und das machte es ein bisschen leichter, ohne sie auszukommen.

Der zweite Schritt war, zu akzeptieren, dass es aus war. Wie man das auch nennen wollte, was zwischen ihnen gewesen war, es war vorbei. Wäre sie nach einer kurzen Pause zurückgekommen und bereit gewesen, einen Schlussstrich unter das zu ziehen, was geschehen war, dann hätte sich vielleicht ein Weg zurück zu ihrer unbefangenen Gemeinschaft und Zuneigung gefunden. Es wäre zwar schwierig gewesen, aber

zumindest hätte es den Lebenden den Vorzug vor den Toten gegeben. Etwas, das er seinen Patienten immer empfahl. Jetzt musste er in die Praxis umsetzen, was er predigte.
Tony trottete weiter und achtete nicht auf seine Umgebung, außer dass er an den Kreuzungen aufblickte, damit er sich orientieren konnte. Wenn er ging, wirkte das wie das Lösen einer Bremse für seine Gedanken und Emotionen. Er konnte sich zusammennehmen und streng mit sich sein, sich sagen, er müsse aufhören, sich nach dem zu sehnen, was er verloren hatte, und er müsse akzeptieren, dass es vorüber war. Wehmütiges Sehnen – das brachte nichts. Es würde nicht so kommen.
Er war noch nicht so weit, das wusste er. Aber dass er die Richtung einschlagen wollte, das hieß, die halbe Schlacht war gewonnen. Dann konnte er den letzten Schritt tun und – weitermachen, wie die Sorte von Therapeuten sagen würde, die er verachtete. Er musste akzeptieren, dass dieses Kapitel seines Lebens zu Ende war, und musste ihm eine neue Form geben. Musste glauben, dass es irgendwo Menschen gab, die die Lücken in seinem Leben und in seinem Herzen füllen konnten. Ha – genau das war's!
Er würde weitere Sitzungen mit Jacob brauchen, bis er sich einreden konnte, dass das Leben nach Carol Jordan auf magische Weise irgendwie besser sein würde, als es gewesen war, bevor sich nach und nach ihre Beziehung entwickelte. Allerdings war sie die einzige Frau, für die er jemals seine Abwehrhaltung aufgegeben hatte. Sie kannte seine dunklen Seiten. Sie hatte sogar seine Mutter überlebt. Wie wahrscheinlich war es, dass er noch einmal eine Frau wie sie finden würde?
»Hör auf damit.« Seine Stimme war so laut wie das Kommando auf einem Exerzierplatz. Er schreckte damit zwei Teenager auf, die sich in einem Wartehäuschen an der Bushaltestelle um ihren eigenen Kram kümmerten, aber er bemerkte sie nicht

einmal. Glücklicherweise erreichte er rechtzeitig die Hauptstraße, so dass sein Gedankengang unterbrochen wurde. Der Supermarkt war nur zweihundert Meter weg, und er begann, seine Einkaufsliste durchzugehen. »Pasta, Müsli, ordentliches Brot. Vielleicht Schinken oder Salami. Tomaten, die wären auch gut.«
Statt des Zugangs für Fußgänger nahm er den Weg über den Parkplatz, auf dem Bev gekommen wäre. Am frühen Abend war der Supermarkt voll, auf dem Parkplatz herrschte ein ständiges Hin und Her der Autos. Ganz in der Nähe des Eingangs kämpften die Fahrer um einen Platz, der garantierte, dass sie nur einen kurzen Weg hatten. »Wenn man in Eile wäre«, überlegte Tony im Gehen, »wäre es schneller, auf einem Platz weiter weg zu parken und lieber ein bisschen weiter zu gehen. Vielleicht hast du das getan, Bev. Du wolltest dich nicht dem Stress aussetzen, nur schnell rein und raus und dann nach Hause zu deinem Jungen.« Er blieb stehen und schaute sich um. Der Parkplatz war ziemlich gut beleuchtet, aber er fragte sich, wie gut Freshcos System der Videoüberwachung war. An den Rändern schien es nur Kameras in großen Abständen zu geben.
Tony ging weiter und betrat den Supermarkt, wobei er sich über Bev McAndrew und Nadia Wilkowa Gedanken machte. Zwei anscheinend unbescholtene Frauen waren plötzlich aus ihrem Umfeld verschwunden, eine war schon tot. Keine offensichtliche Quelle eines Konflikts in ihrem Leben. Er hoffte, dass er nicht als Einziger in Erwägung zog, zwei und zwei zusammenzuzählen.
Bis er zur Kasse kam, war sein Wagen bis oben hin gefüllt. Kaffee, ein paar Pizzas, Äpfel, Trauben, Eier, Speck und Dosen mit Bohnen hatten auf geheimnisvolle Weise seine Liste ergänzt. Bestürzt wurde ihm klar, dass er das alles niemals in seine Tragetasche kriegen würde. Und was noch schlimmer

war: Er würde es quer durch die Stadt schleppen müssen. Er hatte nicht genug Zeit, sich noch anders zu besinnen, außer wenn er von den Wartenden hinter ihm in der Schlange gelyncht werden wollte. So legte er das Geld für eine weitere Tasche hin, die ein Leben lang halten würde, ging auf den Parkplatz zurück und überlegte, was er tun könnte.

Zu Fuß nach Hause gehen, das wollte er nicht. Er hatte seine Denkaufgaben erledigt, es fing an zu regnen, und sein Knie tat weh und erinnerte ihn daran, dass er einen Termin mit seiner Fachärztin vereinbaren sollte, um über eine Operation zu sprechen. Der pure Gedanke an das, was Frau Dr. Chakrabarti vorhatte, brachte ihn ins Schwitzen. Er war schon fast bereit, ein Taxi zu rufen, als ein Doppeldeckerbus über den Parkplatz rumpelte und in einer Parkbucht nur ein paar Meter entfernt von ihm anhielt.

Der Anzeigetafel zufolge wäre sein Ziel der Busbahnhof in der Preston Street. Nur fünf Minuten zu Fuß von seiner Anlegestelle. Da brauchte er nicht lange zu überlegen. Er wartete, bis eine Handvoll Leute mit ihren Einkäufen vor ihm eingestiegen waren. Dass er nicht das passende Kleingeld für eine Fahrkarte hatte, wusste er. Wenn er in den Bus einstieg, würde das beim Fahrer Seufzen und Stöhnen auslösen, aber nicht von der positiven Sorte.

Wie er erwartet hatte, murrte und brummte der Fahrer die ganze Zeit, während er das Ticket ausstellte und die Zwanzigpfundnote wechselte. Tony hob den Blick zum Himmel und suchte die Kraft zur Geduld.

Was er fand, war recht unerwartet. Über dem Fahrersitz war der vertraute Monitor der Videoüberwachung angebracht. Tony hatte ihn sich noch nie genau angeschaut. Hätte er jemals darüber nachgedacht, dann hätte er vermutet, dass die Kamera nur das Innere des Busses zeigte. Aber in Wirklichkeit war es ganz anders. Der Bildschirm war in neun Bilder unterteilt, auf denen das obere und untere Deck, der Einstieg, die Türen zum Aussteigen und der hintere Teil des Busses zu sehen waren – um das Zurücksetzen zu erleichtern, vermutete er. Was er nicht erwartet hatte, war, dass so vieles außerhalb des Busses überwacht wurde. Ein Weitwinkelobjektiv erfasste die ganze Breite des Gehwegs und reichte so weit zurück wie die Glasscheiben des Supermarkts; ein weiteres zeigte die Fahrbahn auf der anderen Seite des Busses. Tony vermutete, dass man, wenn das Bild auf einem Monitor vergrößert war, Nummernschilder lesen, vielleicht sogar Fahrer identifizieren konnte.

»Wie oft fahren diese Busse?«, fragte er den Fahrer, der eine Pfundmünze nach der anderen in seine ausgestreckte Hand fallen ließ.

Der Fahrer stieß einen müden Seufzer aus. »Alle zwanzig Minuten von sieben Uhr morgens bis zehn Uhr abends.«

»Ist das der einzige Bus, der zum Supermarkt fährt?«

»Seh ich aus wie Google? Setzen Sie sich, damit ich losfahren kann.«

»Kann ich hier stehen bleiben und auf den Monitor schauen?«

Der Fahrer zeigte auf ein Schild an der Plexiglasscheibe, die ihn vor seinen Fahrgästen schützte. »Können Sie nicht lesen? Während der Fahrt keine Fahrgäste weiter vorn als hier. Das heißt, setzen Sie sich und lassen Sie mich in Frieden. Sie können sich entweder daran halten oder aussteigen.«

Tony saß auf der äußersten Kante einer Doppel-Sitzbank, die schon von einer umfangreichen älteren Frau mit zwei offenbar mit Kartoffeln und Plätzchen prall gefüllten Taschen besetzt war. »Elender Schwachkopf«, sagte sie. Als sie sein erschrockenes Gesicht sah, kicherte sie. »Der da, nicht Sie. Es gibt noch zwei andere Busse, die vor dem Freshco anhalten. Der 37er fährt durch Kenton bis Kenton Vale und dann zurück nach Colliery End. Alle halbe Stunde, glaube ich. Und es

gibt einen kleinen Anrufbus, der die Siedlung anfährt. Dazu gibt es keinen richtigen Fahrplan.«
»Danke, das ist sehr zuvorkommend.«
Sie blickte ihn neugierig an. »Aber es ist eine komische Frage. Warum interessieren Sie sich so für die Busse?«
»Das ist eine lange Geschichte«, sagte er. »Und eigentlich kann ich es nicht erklären. Aber es hat damit zu tun, dass man die Dinge verschieden wahrnimmt. Und dass man nicht immer über die Dinge nachdenkt, die man zu kennen glaubt.« Er lächelte. »Vieles von dem, was ich sage, ergibt keinen Sinn. Aber machen Sie sich keine Sorgen, ich bin nicht gefährlich.«
Sie schaute ihn abschätzend an. »Sind Sie sicher?«
Er schüttelte bedauernd den Kopf. »Wahrscheinlich nicht.«

31

Als Paula in die Soko-Zentrale in der Skenfrith Street zurückkam, herrschte eine aufgeregte Atmosphäre. »Was ist los?«, fragte sie einen der Constables auf ihrem Weg zu Fieldings Büro.

»Im Trafford Centre heben sie ihre Überwachungsvideos einen Monat auf. Pat Cody hat das Opfer darauf entdeckt. Und es sieht aus, als hätten sie auch den Mörder auf Film.«

»Das sind ja tolle Nachrichten. Mailt er es uns rüber?«

Er schüttelte den Kopf. »Er hat es auf einem USB-Stick und ist gerade auf dem Weg hierher.« Er bot Paula zaghaft an, sie abzuklatschen, und sie erwiderte den Glückwunsch. Selbst wenn der High-five-Gruß ein kindischer amerikanischer Unsinn war, bestand der Schlüssel zur Eingewöhnung in ein neues Polizeirevier im Brückenbauen. Freundschaft mit den Untergebenen schließen, ein Bollwerk bauen, bis man herausbekommen hatte, wie man die Chefin zufriedenstellte.

DC Black hatte noch etwas hinzuzufügen. »Devon und Cornwall haben auch ihren Arsch in Bewegung gesetzt. Sie haben Pawel, den Scheißkerl, verhört, und die schlechte Nachricht ist, dass er für Samstag und Freitag des betreffenden Wochenendes bis Dienstagvormittag unschlagbare Alibis hat. Er war entweder bei der Arbeit oder hat eines der Zimmermädchen gevögelt. Zwischen den Schichten hatte er auf keinen Fall Zeit, es hier herauf zu schaffen und Nadias Leiche abzulegen.« Diese Nachricht war kein Schlag für Paula. Sie

war nie überzeugt gewesen, dass Pawel für eine solche Tat in Frage gekommen wäre.
Sie fand Fielding an ihrem Schreibtisch, auf ihren Bildschirm konzentriert. Die Chefin blickte kaum auf, als Paula nach einem Pro-forma-Anklopfen an der offenen Tür den Raum betrat. »Irgendwas Neues vom Labor?«, fragte Fielding, während ihre Finger mit der Geschwindigkeit einer geübten Zehn-Finger-Schreibkraft über die Tastatur ratterten. Ihr Haar hatte einiges von seinem perfekten Glanz eingebüßt. Fast ähnelte sie lediglich einem menschlichen Wesen, das mit dem Zeitdruck und den Anforderungen der Arbeit kämpfte.
»Wären Sie mit einem Blutfleck an der Jacke zufrieden?«
Fielding hörte auf zu tippen und schenkte Paula ihre volle Aufmerksamkeit. »Erzählen Sie.«
»Ich habe bemerkt, dass an einer Manschette sechs Knöpfe waren, aber an der anderen nur fünf.« Es war nicht Paulas Art, ihre eigene Rolle bei den Ermittlungen herauszustreichen, aber sie fand, dass sie wohl noch einen langen Weg vor sich hatte, um Fielding begreiflich zu machen, wie gut sie war.
»Haben Sie wieder mit Sherlock Holmes gesprochen?« Fieldings Tonfall war ernst, aber zum ersten Mal gönnte sie Paula ein sarkastisches Lächeln.
Paula zuckte mit den Achseln. »Ich bin halt so. Jedenfalls hat Dave Myers die Sache genauer angeschaut und meint, dass der Knopf erst kürzlich abgerissen wurde.«
»Es könnte also bei der Entführung passiert sein.«
»Genau. Man konnte nichts sehen, aber der Test auf Blut war positiv. Möglicherweise haben wir etwas von der DNA des Mörders.«
»Das ist ein guter Anfang. Drücken wir die Daumen, dass wir die DNA kriegen.«
»Und drücken wir noch mal die Daumen dafür, dass sie in der Datenbank ist.«

»Wann wird Dr. Myers einen Befund für uns haben?«
»Morgen früh. Ich habe auch Grishas Theorie mit dem Taser erwähnt, Dave wird also auch überprüfen, ob sich etwas von Nadias Blut an den entsprechenden Stellen findet.«
»Gut. Das hilft uns, eine Darstellung für die Geschworenen aufzubauen. Er verfolgt sie, er geht auf sie zu, benutzt den Taser, und peng! Schon ist es geschehen. Geschworene lehnen Entführungen ohne eine gute Kampfszene ab. Aber der Taser erledigt das für uns.« Fieldings Laptop piepste, und sie schaute auf den Bildschirm. »Ist das alles?«, fragte sie zerstreut.
»Von der Videoüberwachung am Trafford Centre haben Sie gehört?«
Fielding nickte ungeduldig. »Ja. Geben Sie mir Bescheid, sobald Cody im Haus ist. Gut gemacht, McIntyre. Holen Sie sich einen Kaffee, bevor wir uns die Videoaufnahmen anschauen, es könnte heute Abend spät werden.«
Der Kaffee war ihr egal. Jetzt, wo Paula eine Minute für sich selbst Zeit hatte, wollte sie sich darum kümmern, wer sich mit Bev McAndrew beschäftigte.
Sie benötigte einige Anrufe, um festzustellen, wem der Fall übertragen worden war, und den Kollegen dann ausfindig zu machen. Sie fand Police Constable John Okeke in der Kantine, wo er gerade ein doppeltes Frühstück – das es den ganzen Tag über gab – verspeiste. Er war ein großer Bursche, der aussah, als brauche er den Kraftstoff. Wäre sie seine Vorgesetzte gewesen, dann hätte sie ihn eher zur Kontrolle von Menschenmassen eingesetzt als zur Ermittlung in einem Vermisstenfall, schon allein wegen seiner Respekt gebietenden Körpergröße.
Sie holte zwei Kaffees und setzte sich ihm gegenüber. Er schien überrascht, dann sah sie, dass die Rädchen sich zu drehen begannen und schließlich griffen. Er kaute und schluckte, dann sagte er: »Sind Sie DS McIntyre?«

»Ja. Und Sie haben den Vermisstenfall Bev McAndrew übernommen, ist das korrekt?«
Er nickte. »Sie haben mir ja nicht mehr viel zu tun übrig gelassen. Danke für den Bericht. Und dass Sie die Durchsuchung gemacht haben. Das hat mir viel Zeit gespart.«
»Wie weit sind wir also jetzt?« Sie hatte halb erwartet, dass er ihr höflich, aber bestimmt zu verstehen geben würde, es sei nicht ihr Fall und sie solle sich doch bittschön raushalten. Aber er war überraschenderweise bereit, sie mit einzubeziehen.
»Was Ergebnisse betrifft, nicht viel weiter. Ich bin zu dem Freshco gefahren, den Sie erwähnten, wo sie gewöhnlich einkaufte, und habe die Videoaufnahmen der neunzig Minuten nach ihrem Feierabend angeschaut. Auf den Kameras im Laden ist sie zu sehen. Sie nimmt Milch, Brot und Würste mit. Aber als sie aus dem Laden kommt, verlieren wir sie. Sie geht auf den Parkplatz und verlässt den Bereich, der von ihren Kameras erfasst wird.
»Ist nicht der ganze Parkplatz abgedeckt?«
»Nein. Der Bereich vor dem Geschäft wird gut erfasst, aber sobald man sich entfernt, ist es ziemlich dürftig. Sie schließen die Bushaltestellen mit ein, aber wenn man außerhalb dieses erfassten Bereichs ist, stecken wir in der Klemme. Tut mir leid.«
Paula seufzte. »Mist. Aber gut mitgedacht!«
Er nickte dankend, nahm einen Bissen von seinem Toast, kaute und sprach weiter. »Ich habe noch einmal mit ihren Kollegen gesprochen. Sie ist heute nicht zur Arbeit gekommen, keine SMS oder sonstige Nachrichten, untypisch für eine sehr verantwortungsbewusste Chefin, keine Sorgen oder Scherereien, soweit man wusste.«
Paula unterbrach ihn. »Was hielten Sie von diesem Dan?«
Okekes Blick wurde wachsam. »Ich fand, dass er ehrlich rüber-

kam. Besorgt, ein bisschen durcheinander, aber nichts, was bei mir die Alarmglocken schrillen ließ. Hatten Sie einen anderen Eindruck?«
Paula verzog das Gesicht. »Nein, eigentlich nicht. Ich fand nur, dass er ein bisschen ausweichend war.«
Okeke schluckte eine halbe Tomate runter. »Man muss mit einrechnen, wie die Leute sich Polizisten gegenüber verhalten. Und gegenüber dem anderen Geschlecht. Ich dachte, es könnte mehr geben zwischen ihm und Bev McAndrew, als er zugab, aber er schien mir eher bekümmert als schuldbewusst.«
Er spießte einen Pilz auf. »Ich weiß, was Sie denken. ›Bei der Fahndung wegen der Soham-Morde haben die Leute das über Ian Huntley auch gesagt.‹ Und vielleicht waren sich die Leute auf der Straße und die Zeitungsfritzen darüber einig, aber ich wette, die Polizisten hinter geschlossenen Türen waren anderer Meinung. Wir riechen doch die Bösewichter, oder?«
»Nicht immer«, antwortete Paula und dachte an den Mörder, der ihrem Leben fast ein Ende gemacht hätte. »Aber diesmal haben Sie, glaube ich, recht.«
Er nickte zufrieden. »Ich habe auch eine vorschriftsmäßige Befragung Ihres Neffen ...«
»Meines Neffen?«, schrie Paula auf.
Okeke war überrascht. »Ich dachte, da Sie und seine Tante eingetragene Lebenspartnerinnen sind, dass Sie Torin auch als Ihren Neffen betrachten. Hab ich das falsch verstanden?«
Ihr erster Gedanke, war, dass Torin ein frecher kleiner Lümmel war, der log, um dem Jugendamt nicht in die Hände zu fallen. Dann begriff sie, dass er allein war und Angst hatte und sich an sie und Elinor klammerte, weil er sonst wirklich niemanden hatte.
Hastig ruderte sie zurück. »Nein, nein, Sie haben recht. Ich sehe mich nie als Tante, das ist alles. Eher als ältere Schwester.«
Ihr Lächeln fühlte sich unaufrichtig an. Okeke versuchte, ernst

zu schauen, aber ein Mundwinkel zuckte mehrmals, dabei kam ein halbes Lächeln heraus.

»Jedenfalls, ich habe mit Torin gesprochen, aber er hatte Ihrem Bericht nichts Wesentliches hinzuzufügen. Ehrlich gesagt, ich mach mir Sorgen.« Aber das hielt ihn nicht davon ab, sich eine weitere Gabelladung Essen in den Mund zu schaufeln.

»Das tun wir alle.« Paula nippte an ihrem Kaffee. »Was sagt Ihr Chef?«

»Wenn sie morgen nicht aufgetaucht ist, meint er, sollten wir einen Aufruf über die Medien rausgeben. Natürlich nicht mit Torin. Nur eine Bekanntmachung mit einem Foto und der Bitte, Beobachtungen zu melden.«

Paula nickte. Das hatte sie auch vorschlagen wollen. »Was ist Ihr Bauchgefühl?«

Er wich ihrem Blick aus und konzentrierte sich lieber darauf, ein Würstchen zu zerschneiden. »Nicht gut. Eine Frau ihres Alters, keine Vorgeschichte von Depression oder missbräuchlichen Beziehungen, gute Stellung, schönes Zuhause, keine wesentlichen Schulden, die wir hätten feststellen können. Und ein Kind.« Er nahm einen Schluck Kaffee. »Solche Frauen gehen im Allgemeinen nicht einfach weg. Und auf keinen Fall hauen sie ohne ihren Pass oder ihren Führerschein ab.«

»Ich habe den Führerschein nicht gefunden«, sagte Paula.

»Er war in ihrem Schreibtisch am Arbeitsplatz.«

»Sie meinen, dass etwas Schlimmes passiert ist.«

Jetzt schaute er ihr direkt ins Gesicht. »Sie nicht?«

Paula starrte in ihren Kaffee. »Doch.«

»Es tut mir leid. Aber es bringt nichts, so zu tun, als ob nichts wäre.«

Paula schob ihren Stuhl zurück und stand auf. Sie war keine kleine Frau, aber stehend war sie kaum größer als Okeke im Sitzen. »Halten Sie mich auf dem Laufenden, ja?«

Er tupfte sich mit einer Serviette behutsam die Lippen ab und nickte. »Sie mich auch. Wenn Torin noch irgendwas einfällt ...«

Paula stand draußen vor der hinteren Tür im Windschatten des Gebäudes in der Gruppe der anderen Raucher. Sie hatte oben nachgesehen, aber Cody war noch nicht zurückgekommen. Schon nach ihrer ersten kurzen Begegnung mit Cody hätte sie wetten können, dass er einen Umweg nahm – vorbei an einem der Imbissläden in der Markthalle der Ladenpassage. Hier draußen auf dem Parkplatz würde sie ihn sehen, wenn er endlich auftauchte. Sie zündete sich eine Zigarette an und rief Elinor auf ihrem Handy an, erwartete jedoch eigentlich, dass es auf Voicemail schalten würde. Aber sie hatte Glück. »Hier ist deine Frau«, sagte sie. »Torins Tante.«
»Ah«, sagte Elinor. »Es war seine Idee. Er will unbedingt vermeiden, dass er in Obhut genommen wird. Selbst wenn es nur für eine Nacht oder zwei wäre. Und dein reizender Kollege schien bereit, mich als die Halbschwester seines abwesenden Vaters zu akzeptieren. Er sagte mir, seine Familie sei auch kompliziert.«
»Und du nennst ihn reizend. Hört sich an, als hätte PC Okeke dir aus der Hand gefressen.«
»Polizisten und ihre Schwachstellen. Da bin ich Expertin. Ich nehme an, es gibt keine Neuigkeiten, da du diesen Anruf nicht mit einem Ausbruch der Begeisterung begonnen hast?«
Paula bemühte sich, nicht so deprimiert zu klingen, wie sie sich fühlte. »In meinem Beruf sind keine Nachrichten gute Nachrichten.«
»Das ist hart. Hör zu, ich bin total einverstanden, dass Torin bei uns bleibt, aber ich glaube, wir haben den Punkt erreicht, an dem wir mit seinem Dad sprechen müssen, um die Sache auf eine offizielle Grundlage zu stellen. Ganz zu schweigen

von seiner Großmutter und seiner echten Tante. Torin sagt, es gibt eine Einrichtung, die sich ArmyNET nennt, über die er mit seinem Dad in Echtzeit kommunizieren kann, das werden wir also nutzen. Ist es dir recht, wenn ich das erledige?«
Wieder erinnerte sich Paula, warum sie Elinor liebte. Was hatte Tony einmal zu ihr gesagt? »Es ist nichts Tüchtiges daran, clever zu sein. Bei einer Mordkommission sind alle gescheit. Wirklich tüchtig ist es, menschlich zu sein.« Und für niemanden galt das mehr als für Elinor. »Ich wäre dir sehr verpflichtet. Wie immer.«
»Ich werde es machen, wenn ich nach Hause komme. Torin geht zu einem Freund zum Abendessen und Hausaufgabenmachen. Er schickt mir eine SMS, damit ich ihn abholen kann. Wie anders ihr Leben heute ist, als unseres war ...« In ihrer Stimme klang ein leises Lachen mit.
»Ich seh dich nachher. Kann spät werden. Hab dich lieb.«
»Ich dich auch. Pass auf dich auf.« Paula legte auf, und passgenau war ihre Zigarette zu Ende geraucht. Sie überlegte, ob sie noch eine rauchen könnte.
Den ganzen Tag war sie recht brav gewesen, weil sie Fielding nicht reizen wollte. Und sie hatte ja schon die Vorwarnung bekommen, dass es spät werden könnte. »Scheiß drauf«, sagte sie, angelte sich eine weitere Zigarette und knipste das Feuerzeug an.
Kaum hatte sie den ersten Zug genommen, als ihr Handy klingelte. Der *X-Files*-Klingelton, den sie ausschließlich für Tony reserviert hatte. »Tony«, sagte sie. »Wie läuft's?«
»Ist Bev McAndrew aufgetaucht?«
Kein Smalltalk, wie immer. »Nein. Keine Spur von ihr, seit sie von der Arbeit wegging.«
»Ich war heute Abend einkaufen. Dachte mir, ich geh mal zum Freshco rüber in der Kenton Vale Road. Du weißt ja, wie es ist.«

Sie wusste, wie es war. Er betrachtete sich gern den Schauplatz, um sich in den Kopf von Opfer und Täter hineinzudenken, um eine Meile in ihren Schuhen zurückzulegen, eine körperliche Betätigung, verbunden mit einer Übung in Einfühlungsvermögen. »Und was hast du rausgekriegt?«
»Ich habe etwas sehr Interessantes über Busse erfahren«, sagte er.
»Das klingt nicht sehr wahrscheinlich«, antwortete Paula.
»An den Rändern des Freshco-Parkplatzes ist die Videoüberwachung ziemlich schlecht. Aber genau dahin fahren die Busse.«
»Du meinst, dass jemand im Bus Bev gesehen haben könnte?«
»Das könnte natürlich sein, aber das Wichtige sind die Busse selbst. Sie sind mit Kameras ausgestattet. Und die nehmen sowohl auf, was innerhalb des Busses los ist, als auch das ganze Drumherum. Keine Nahaufnahme, sondern alles in ziemlicher Entfernung vom Bus ist zu sehen. Ich dachte, vielleicht hast du ja Glück und findest Aufnahmen mit Bev drauf, wenn sie nicht ganz in der Nähe des Ladens geparkt hatte.« Er hielt inne.
»Das ist ja großartig. Ich wusste, dass es in den Bussen Kameras gibt, aber ich hatte keine Ahnung, dass sie auch den Außenbereich filmen.«
»Ich auch nicht. Das kommt davon, dass man nie Bus fährt.«
»Meinst du, dass wir aktiv nach Bev suchen sollten?«
»Es ist nicht meine Entscheidung. Aber du sagtest ja, dass ihr schon einen Mord an einer Frau habt, in deren Leben es offenbar nichts Problematisches gab. Jetzt wird eine zweite vermisst. Habt ihr die Schnittfläche zwischen Nadia und dem Mörder schon gefunden?«
»Nichts Bestimmtes. Wir glauben, er könnte sie im Trafford Centre geschnappt und sie auf den Parkplatz gebracht haben. Aber ich habe das Videomaterial noch nicht gesehen.«

»Und ihr habt eine weitere Frau, die verschwunden ist und auf einem Parkplatz entführt worden sein könnte. Außerdem ähneln sie sich ziemlich, Paula.«
»Meinst du? Es besteht ein Altersunterschied von ungefähr zwölf Jahren, und ihr Körperbau ist nicht so ähnlich.«
»Du willst es nicht sehen, weil du um deine Bekannte Angst hast, Paula. Aber beide sind blond, mittelgroß, mittlerer Körperbau. Sie kleiden sich wie qualifizierte berufstätige Frauen, nicht wie Tussis. Sie sind im eigenen Wagen zum Einkaufen gefahren. Eine ist tot, die andere vermisst. Ich weiß, dass dein geschätzter Polizeipräsident mir einmal vorgeworfen hat, ich sähe überall Serienmörder, aber manchmal habe ich recht, Paula. Manchmal habe ich recht.«
»Meistens, leider. Ich werde es dem Kollegen mitteilen, der sich mit Bevs Verschwinden befasst. Und ich werde mit Fielding sprechen, okay?«
»Ich glaube, das solltest du tun. Ich werde dich unterstützen, wenn das hilft.«
Paula verschluckte sich am Rauch ihrer Zigarette. »Bist du wahnsinnig? Hast du vergessen, wie stinksauer Carol wurde, wenn ich dir hinter ihrem Rücken Infos über vertrauliche Fälle gab? Multipliziere das mit zehn, und du hast DCI Fielding.« Sie seufzte. »Ich vermisse Carol.«
»Ich versuche, sie nicht zu vermissen.«
Und weg war er, das Handy war nur noch ein totes Stück Plastik in ihrer Hand. Auf der anderen Seite des Parkplatzes sah sie Pat Cody und einen anderen Typen aus einem Wagen steigen und eilig dem Gebäude zustreben. »Jetzt geht's zur Sache«, murmelte sie, warf ihre Zigarette in eine Pfütze und steuerte den Eingang an.
»Was haben wir soweit, Cody?«, fragte sie neben ihm hergehend.
Er fasste sich seitlich an die Nase. »Das wüssten Sie wohl gern.«

Der Ärger trieb ihr die Röte ins Gesicht. Wenn sie das hinnahm, würde es das Verhalten Codys und seiner Kollegen ihr gegenüber bestimmen. »Constable, Sie sollten nicht vergessen, wer hier der Sergeant ist«, blaffte sie. »Ich bin Ihre Vorgesetzte, und wenn ich Ihnen eine Frage zu einem laufenden Fall stelle, erwarte ich eine Antwort.«
Cody wurde rot. Das verbesserte seine Lage nicht. »War nicht respektlos gemeint, Sarge.« Seine dicken Augenbrauen senkten sich beim Stirnrunzeln.
»Er macht immer blöde Witze«, steuerte sein Kamerad bei, um die Stimmung zu entschärfen.
»Und wer sind Sie?«
»DC Carpenter, Sarge.«
»Ich mag Witze«, sagte Paula im Plauderton. Sie gingen alle nah beieinander die Treppe hoch. »Nur müssen sie witzig sein. Merken Sie sich das, Cody, dann werden wir keinen Ärger kriegen. Also, sagen Sie mir, wie weit wir sind. Sparen Sie sich den kompletten Bericht für die Chefin. Geben Sie mir nur ein paar Stichworte.«
Er brummte, sagte ihr aber, was sie hören wollte. »Nadia kommt aus dem Kino und geht zum Parkplatz hinaus. Ihr Wagen steht weit weg, weil sie schon früh geparkt hatte, als es voll war. Ein Typ geht hinter ihr her über den Parkplatz. Er hat einen Metallkasten dabei, wie einen Kamerakoffer. Sie öffnet ihren Kofferraum, um ihre Einkäufe in den Wagen zu legen. Er kommt von hinten auf sie zu. Man kann nicht genau sehen, was sich tut, aber er lädt sie in den Kofferraum, legt den Kasten rein und beugt sich eine Minute oder so über sie. Dann steigt er in ihren Wagen und fährt los.«
»Wir haben die Chefin gebeten, eine Anforderung an das nationale ANPR-Datenzentrum zu schicken, um das Auto aufzuspüren«, warf Carpenter ein, der aufgeregter klang, als irgendjemand beim Gedanken an Datengewinnung sein sollte.

»Alle Straßen um das Trafford Centre werden gut erfasst. Wir müssten in der Lage sein, ihn problemlos zu finden.«

Sie gingen zusammen in die Soko-Zentrale und wurden von einigen Freudenschreien begrüßt. Fielding kam aus ihrem Büro und schüttelte Hände. »Wir sind bereit, Cody. Stecken Sie den USB-Stick rein und lassen Sie uns sehen, was wir haben.«

Alle setzten sich, um das Bild auf dem interaktiven Whiteboard anzuschauen, und jemand schaltete die meisten Lampen aus. »Jetzt geht's los!«, sagte Cody. Es war so, wie er gesagt hatte. Nadia kam aus dem Kino und ging zum Parkdeck eine Ebene tiefer. Bevor sie ins Freie trat, stellte sie ihre Taschen ab, um wegen der Kälte ihre Jacke zuzumachen. Um die Reihe kleiner Knöpfe zu schließen, brauchte sie ein paar Augenblicke. Paula erkannte die Jacke aus dem Labor. Schade, dass es bei dieser Auflösung keine Chance gab, die Knöpfe auf der Manschette zu zählen. Nadia ging weiter außer Reichweite der Kamera. Als Nächstes kam ein Paar heraus, der Mann hatte seinen Arm um die Schultern der Frau gelegt. Sie lachten und redeten, ohne auf ihre Umgebung zu achten, und bemerkten nicht, dass eine dritte Gestalt genau hinter ihnen ging, die den Kopf gesenkt hielt und nur schwer zu sehen war. Er blieb halb verdeckt hinter ihnen, bis sie nicht mehr von der Kamera erfasst wurden.

»Die nächste Kamera nimmt Nadia aus der Diagonale auf. Hier kommt sie. Unten rechts«, erklärte Cody. Den Kopf gegen den Wind gesenkt, ging Nadia schräg über die fast leere Parkfläche. *Wie oft hab ich das schon gemacht, ohne darüber nachzudenken?* Paula lief es kalt über den Rücken, als die Gestalt, die Nadia folgte, ins Bild kam.

Fielding zog jetzt die Aufmerksamkeit auf sich. »Seht euch diesen Typen an. Betrachtet alles an ihm genau. Schaut den Kasten an, den er trägt. Prägt ihn euch ein.«

Das klang prima, nur gab es nicht viel, was man sich einprägen konnte. Es war dunkel, die Beleuchtung war dazu gedacht, dass die Leute ihre Autos fanden, nicht dazu, aus einem Mitarbeiter des technischen Supports für Video- und Alarmtechnik einen Martin Scorsese zu machen. Man konnte über den Stalker eigentlich nur mit Sicherheit sagen, dass er von mittlerer Größe und mittlerer Statur war, dass er eine Brille mit dicken Gläsern und eine Jacke trug, deren nach vorn gezogene Kapuze sein Gesicht fast vollkommen verdeckte. Er hielt den Kopf gesenkt; offensichtlich war er sich des Risikos bewusst, im Bild festgehalten zu werden. Der rechteckige Kasten in seiner Hand schien ziemlich schwer zu sein, allerdings gab diese Tatsache keinen Hinweis auf seinen Inhalt. Nadia verschwand aus dem oberen linken Teil des Bildschirms, gefolgt von dem Mann. Sogar das Geschlecht war nur eine Vermutung, dachte Paula.

Die dritte Kamera war diejenige, die die Tat aufgenommen hatte. Nadias Wagen stand nah am Rand ihres Sichtfelds, so dass wieder nicht viele Einzelheiten zu erkennen waren. Sie nahm die Schlüssel aus ihrer Handtasche und schloss im Gehen das Auto auf. Als sie den Kofferraum öffnete, beschleunigte der Mann plötzlich seine Schritte. »Er nimmt etwas aus seiner Tasche«, sagte Cody, und seine Stimme wurde vor Erregung lauter.

»Wir glauben, dass es ein Taser ist«, sagte Fielding und beobachtete, wie Nadia ihre Einkäufe in den Kofferraum stellte.

»Wo ist das Konfetti?«, fragte Hussain.

»Nicht alle Taserkartuschen enthalten Konfetti«, sagte Paula. »Gewöhnlich werden sie nur im Polizeivollzug eingesetzt, damit der Verwender identifiziert werden kann.«

»Und sie sackt irgendwie nach vorn, als er von hinten auf sie zukommt«, fuhr Cody fort.

Es war im Nu vorbei. Der Entführer hob Nadias Beine hoch

und schob sie in den Kofferraum. Er richtete sich auf und nahm etwas aus seiner anderen Tasche, dann beugte er sich in den Kofferraum. »Was macht er denn?«, fragte einer der anderen.
»Schwer zu sagen«, antwortete Cody. »Wir haben es uns ein paarmal angeschaut und konnten es nicht erkennen.«
»Packband«, sagte Paula. »Er fesselt sie.«
Cody schaute rasch zu ihr hin. Sie konnte nicht sagen, ob er beeindruckt oder sauer war.
»Könnte sein«, sagte Fielding. »Wir schauen es uns noch mal an, wenn wir den Rest gesehen haben.«
Es war nicht viel mehr zu sehen. Er brachte zu Ende, was immer er tat, schloss den Kofferraum, ging zur vorderen Tür und fuhr kurz danach aus dem Bild. Alles, ohne der Kamera auch nur einen flüchtigen Blick auf sein Gesicht zu bieten. Es war, als wüsste er genau, von wo aus er überwacht wurde, so geschickt wich er der Linse aus, dachte Paula.
»Lassen Sie's noch mal durchlaufen«, sagte Fielding. Diesmal drosselte Cody das Tempo, nachdem der Mann Nadia in den Kofferraum geschoben hatte. Es war immer noch nicht klar, was sich da tat. Der Körper des Mannes verdeckte das, was er aus seiner Tasche nahm. Aber Fielding gab zu, dass Paula wahrscheinlich recht hatte. Mit einem Filzstift schrieb sie alles an die Tafel, was sie über den Mann wussten. »Noch irgendetwas?«
In der hinteren Ecke des Raums hob sich eine Hand. Eine Frau, die aussah, als würde sie sich am liebsten verkriechen.
»Boss? Ich glaube, er hinkt.«
»Hinkt? Wie kommen Sie darauf, Butterworth?« Fielding war schon dabei, sich von der Tafel zu entfernen.
»Man kann es im Bild, das aus der Diagonale aufgenommen ist, nicht sehen wegen des Winkels. Und dann rennt er. Aber zur Fahrerseite herum geht er, und da sieht es aus, als ob er hinkt.«

Fielding runzelte die Stirn. »Noch mal, Cody. Nur den letzten Teil. Und langsam.«

Cody tat, was sie verlangte. Und während sie das Geschehen beobachteten, wurde klar, dass DC Butterworth etwas entdeckt hatte, was allen anderen entgangen war. Der Mann hinkte. Ob es nur vorübergehend oder permanent war, konnten sie nicht wissen. Aber an dem Samstagabend auf dem Parkplatz des Trafford Centre war mit dem linken Bein des Mannes, der Nadia entführt hatte, etwas nicht in Ordnung.

32

Tag sechsundzwanzig

Die Sonne tauchte als dünne, strahlende Linie über dem Moor auf. Zum ersten Mal seit mehr als einer Woche war der Morgenhimmel klar, das Dunkelblau wurde blass wie Eierschale, als die Dämmerung anbrach. Das Licht kroch an der Flanke des Hügels herunter und erweckte die Farben zum Leben. White Edge Beck funkelte, als das Licht auf das strudelnde Wasser fiel, und die Steine glänzten. Schöner konnten Spaziergänge mit den Hunden nicht sein, dachte Paul Eadis, als er die gewundene einspurige Straße zum Parkplatz im Naturschutzgebiet hinauffuhr. Seine beiden Lurcher, im hinteren Teil seines Kombis eingesperrt, waren unruhig, als spürten auch sie den Wetterwechsel.

Er fuhr in die letzte Kurve. Wie gewöhnlich zu dieser Zeit am Morgen war der White-Edge-Parkplatz leer. Die einzige Unterbrechung der Horizontlinie bestand aus dem steinernen Abfallbehälter und dem Lochstein, in dem die Autofahrer ein Pfund hinterlegen sollten, wenn sie dort parkten. Paul hatte hier noch nie fürs Parken gezahlt. Das war etwas für Touristen, und er betrachtete sich als Einheimischen. Seit fünf Jahren schon leitete er George Nicholas' Molkereibetrieb. Er hatte mehr für die hiesige Wirtschaft geleistet, als die meisten Leute in der Gegend in ihrem ganzen Leben hatten tun können.

Er bog von der Straße ab und parkte irgendwo. Paul bildete sich gern ein, er sei ein Feind der Gewohnheit. In Wahrheit

machte er die Abwechslung in kleinen Dingen zum Fetisch, damit er sich einreden konnte, er sei in den wichtigen Dingen genauso flexibel. Das war eine der Eigenschaften, die ihn zu einem so erfolgreichen Betreuer der Schafherde machte.
Leise summend stieg er aus und ließ die Lurcher aus dem Wagen. Sie rannten mit ihrer üblichen Begeisterung los. Aber während Paul damit beschäftigt war, die Heckklappe zu schließen und den Wagen zu verriegeln, bemerkte er nicht, dass sie, als sie aufgeregt auf das Moor zustürzten, plötzlich angehalten hatten. Als er sich umdrehte und erwartete, die Hunde undeutlich irgendwo in der Ferne rennen zu sehen, war er erstaunt, dass sie hinter den Abfalleimern beigedreht hatten und etwas auf dem Boden beschnüffelten. »Verdammt, ein totes Schaf«, murmelte er, zog die Leinen aus seiner Tasche und ging auf die Hunde zu.
Aber es war kein Schaf.

Von einem ungewohnten Geräusch erschreckt und aufgeweckt, war Carol aus dem Bett gesprungen und schon halb an der Tür, bevor sie erkannte, was sie eigentlich hörte. Ein Kratzen am Holz, gefolgt von einem leisen Winseln. Dann ein beharrlicheres Kratzen. Der verflixte Hund, das war's. Sie stieß den Atem aus, den sie angehalten hatte, und spürte, wie ihre Muskeln sich entspannten, während das Adrenalin sich verflüchtigte. »Okay, Flash, ich komm schon«, rief sie ihr durch die Tür zu und zog hastig Jeans, T-Shirt und Vliesjacke an. Sie öffnete die Tür zum Hauptraum der Scheune, und ein schwarz-weißes Fellbündel stürzte ihr entgegen, rannte in Achterkurven um ihre Beine und bellte begeistert, dass es wieder mit dem neuen Menschen zusammen sein konnte. Carol taumelte bei dieser Attacke und lachte, obwohl sie schlechte Laune hatte, weil sie vor der Zeit geweckt worden war. Sie kraulte das Fell des Hundes und sagte dann mit ihrem gebieterischsten Tonfall »Platz«. Flash gehorchte, schaute aber über ihre Schulter zur Tür, die in die Welt da draußen führte, und ein weiteres leises Winseln entfuhr ihr. »Du musst wohl raus«, sagte Carol. Sie ging barfuß durch den Raum, achtete auf Holzsplitter und Steinstückchen, und dann öffnete sie die Tür zu dem herrlichen wolkenlosen Morgen. Die kühle Luft war belebend und einladend. Flash rannte auf den Hof hinaus und zu dem ungemähten Gras am Rand des halbrunden, gepflasterten Vorplatzes. Carol sah zu, während Flash pinkelte, und war in Sorge, dass der Hund weglaufen könnte zu seinem alten Zuhause auf der anderen Seite des Hügels. Aber als Flash fertig war, trottete sie einfach in die Scheune zurück und schmiegte sich an Carol, als diese wieder den Raum betrat.

»Guter Hund«, sagte Carol. Sie ging in ihr Schlafzimmer, um Socken und Stiefel anzuziehen, damit sie spazieren gehen konnten. »Hör dir das an«, brummte sie. »Jetzt red ich schon so mit dir, als würdest du mir antworten.« Der Hund schlug mit dem wedelnden Schwanz auf den Boden. »Es hat mindestens einen Monat gedauert, bevor ich so mit meiner Katze geredet habe, musst du wissen. Ich entwickle mich zu einer komischen alten Einsiedlerin.«

Sie nahm ihre Wachsjacke und die Leine, die Nicholas dagelassen hatte, und machte sich auf in Richtung Hügel. Der Hund blieb bei Fuß, bis sie an dem Zaunübersteig auf die Magerwiese gelangt waren, dann streifte er umher, schnupperte Luft und Erde, gab aber immer darauf acht, wo sein Mensch war. Carol war erstaunt, wie schnell der Hund eine Bindung zu ihr eingegangen zu sein schien. Flash hatte Nicholas scheinbar gleichgültig weggehen sehen. Kein Winseln, kein Suchen, als frage sie sich, wohin er gegangen sein könnte, nichts, das auch nur im Entferntesten nach Gram aussah. Stattdessen folgte sie Carol überallhin und legte sich mit dem

Kopf zwischen den Pfoten nahe der Stelle nieder, wo sie arbeitete. Am Nachmittag waren sie auf dem Weg spazieren gegangen, Flash lief fügsam an der Leine, ausgenommen die paar Male, als sie ins offene Gelände strebte und an der Leine zog.

Am Abend saß Flash höflich neben Carol, während sie kochte und aß, dann hatte sie zu ihren Füßen gelegen, als sie Wein trank und sich auf ihrem iPad die Nachrichten anschaute. Aber als es Zeit war, zu Bett zu gehen, scheuchte Carol sie in den Hauptraum der Scheune und zeigte auf den Korb und die Decken neben der Tür, hinter der ihr neues Frauchen schlafen würde. Sie zog die Grenze, wenn es darum ging, ihr Bett – oder auch ihr Schlafzimmer – mit einem Hund zu teilen. Nelson war relativ zurückhaltend gewesen, wenn er in ihr Bett durfte. Sie hatte den Verdacht, dass Flash nicht wusste, was Zurückhaltung war.

Dass Flash nicht protestierte, hatte sie ein bisschen überrascht. Laut Nicholas war Flash daran gewöhnt gewesen, mit ihrer Mutter und den Geschwistern im Wirtschaftsraum zu schlafen. Carol hatte sich gesorgt, dass der Hund sich einsam fühlen könnte. Aber er schien ganz zufrieden mit seinem Schicksal und zeigte keine Anzeichen, dass er seinem neuen Leben entfliehen wollte.

»Hat nicht lang gedauert, bis ich auf dich reingefallen bin, hm?«, sagte sie und kraxelte hinter dem fröhlichen Hund den Berg hoch, wobei sie sich deutlich munterer als am Tag zuvor fühlte. Vielleicht war es ja das Wetter. Aber möglicherweise war die Lebensfreude des Hundes einfach unwiderstehlich.

»Was genau hat Michael diesem George Nicholas über mich erzählt, das ihn zu der Meinung veranlasste, ich brauche einen Hund? Nämlich, verdammt, er mag recht haben.«

Sie brachten schnell die Strecke zu den Bäumen oben auf dem Hügel hinter sich. Der Hund schien genauso voller frischer

Energie wie bei ihrem Aufbruch, und Carol erinnerte sich an Nicholas' Hinweis, dass er Bewegung brauche. »Na, dann komm, wir gehen durch die Bäume und auf dem Kamm entlang«, sagte sie und machte sich auf den Weg schräg durch den gemischten Bewuchs aus Birken und Erlen, der gegen den meist auf der Schulter das Hügels vorherrschenden Wind anzukämpfen hatte.

In zehn Minuten war Carol auf der anderen Seite des Wäldchens und hatte einen atemberaubenden Ausblick auf die Moore und das Tal darunter. Aber an diesem Morgen war ein Element zu der Aussicht dazugekommen, an die sie sich gewöhnt hatte. Ein vertrautes Element, aber eines, das sie sonst aus einer ganz anderen Perspektive wahrgenommen hatte.

Drüben im Osten, vielleicht eine Viertelmeile weg, angestrahlt von der aufgehenden Sonne, stand am Straßenrand im Anschluss an den White-Edge-Parkplatz eine Reihe von Fahrzeugen, obwohl der Parkplatz selbst leer war. Sie konnte ein halbes Dutzend Polizeiwagen und Land Rover erkennen, die Nummern, die auf ihren Dächern prangten, zeigten, dass sie von der Polizei von West Yorkshire waren. Auf einem war das Punktsymbol einer Hundestaffel zu sehen, aber die anderen waren normale Einheiten der Schutzpolizei. Außerdem vier Zivilfahrzeuge und ein Krankenwagen. Sie sah etwas, das nach Absperrband für Tatorte aussah, am Rand des Geländes flattern, und mehrere Gestalten gingen und standen um etwas herum, das sie nicht erkennen konnte. Etwas Hüfthohes, möglicherweise aus Stein.

Es war ein Tatort. Und noch dazu der eines schweren Verbrechens. Die einzigen Taten, die so früh am Tag ein solches Polizeiaufgebot erforderten, waren Mord, versuchter Mord oder schwerer sexueller Übergriff mit beträchtlicher Gewaltanwendung. Die Art von Verbrechen, die ihre alltägliche Arbeit gewesen war, ihr Speis und Trank und jahrelang das Sahnehäubchen auf dem Kuchen. Die Art von Verbrechen, auf der sie ihre Karriere aufgebaut hatte. Die Art von Verbrechen, die ihrem grundlegenden Verlangen nach Gerechtigkeit sowohl entsprach als auch es ausbremste.

Es war ein komisches Gefühl, bei den ersten Schritten der Ermittlungen Zuschauerin aus der Ferne zu sein. So lange Zeit war sie die Person gewesen, die am Tatort die Kontrolle ausübte. Die Entscheidungen traf. Das Personal einsetzte. Alle antrieb, ihr Bestes zu geben für die Toten und die Lebenden. Und jetzt war sie nur irgendein Gaffer.

»Flash, komm«, sagte sie und schnippte mit den Fingern, denn der Hund lief etwa hundert Meter entfernt auf der Flanke des Hügels hin und her. Dicht am Boden kam Flash schnell zu ihr gerannt und ließ sich neben ihr ins Gras plumpsen, die Zunge hing ihr aus dem Maul. Carol kauerte sich nieder und fuhr mit der Hand durch das dichte Fell am Hals des Hundes. Sie wollte noch nicht gehen, ihre Vergangenheit hielt sie hier fest. Aber sie wollte auch nicht jemandem auffallen, der von unten die Gegend beobachtete.

Während sie zusah, kam ein weiterer Wagen die Straße heraufgebraust. Und statt der 13 von West Yorkshire war auf dem Dach dieses Wagens eine 51, was Bradfield Metropolitan Police bedeutete. Wieso waren die Polizisten der Metropolitan Police zu einem Tatort der Kollegen von West Yorkshire gekommen? Sie wusste aus eigener Erfahrung, dass sich die Ermittler der beiden Polizeien nicht grün waren. Es musste also einen sehr guten Grund dafür geben, dass die Polizisten der Metropolitan Police so früh im Verlauf der Ermittlungen hier waren.

Der Wagen der BMP hielt beim Eingang und parkte in zweiter Reihe, um zwei Personen aussteigen zu lassen. Selbst aus der Entfernung konnte sie sehen, dass es Frauen waren. Carol konnte sich nicht auf ihre Augen verlassen, sie zu identifizie-

ren. Aber der gesunde Menschenverstand sagte ihr, dass die kleine, dunkle Gestalt, die auf dem vorderen Sitz gesessen hatte, nur DCI Alex Fielding sein konnte. Vom Rang her ihr gleichgestellt, aber in vieler Hinsicht ihr Gegenteil. Fielding war autoritär und förmlich, wo Carol lockerer war und zur Teamarbeit neigte. Fielding ging es immer um harte Fakten, die Geschichte dahinter war ihr nicht so wichtig. Carol arbeitete so gerne mit Tony zusammen, weil er ihr half, die Gründe zu verstehen. Fielding war verheiratet und hatte einen Sohn, ein Hintergrund emotionaler Bindungen, den Carol nicht hatte etablieren können. Und jetzt, so schien es, hatte Fielding eine neue Begleitung. Ihr früherer Sergeant war ein hoch aufgeschossener, hagerer Nordire gewesen, der immer davon sprach, dass er wieder nach Hause zurückkehren wolle. Wo immer er geblieben war, die Person, die in seine Fußstapfen getreten war, kam Carol vertraut vor. Sie hätte nicht darauf schwören können, aber sie hätte wirklich gewettet, dass Fieldings neue Partnerin Paula McIntyre war.
Diese Erkenntnis rief gemischte Gefühle bei Carol hervor. Empörung, dass Paulas Fähigkeiten nun für eine so phantasielose Chefin eingesetzt werden sollten. Bedauern, dass nicht sie dort unten stand; zugleich akzeptierte sie jedoch, dass dieses Leben hinter ihr lag. Und sie schickte einen Segenswunsch für Paula, die weiterhin tun konnte, was ihr selbst nicht vergönnt war.
Carol stand auf und trat zwischen die Bäume zurück. Dies hier war kein Ort für sie. Von dem allen, was da unten ablief, hatte sie sich abgewandt, und langsam gelang ihr das besser. Harte körperliche Arbeit, all die Bücher und Filme, die sie im Lauf der Jahre verpasst hatte, ein Hund, der ihr Gesellschaft leistete. Irgendwo zwischen alldem würde es ihr schließlich gelingen, sich zu vergeben.
Lass andere für die Toten sprechen.

Als sie sich zum Gehen wandte, ließ ein Schock wie ein Krampf in der Brust ihren Atem stocken, und ihr Herz zog sich zusammen. Ein paar Meter entfernt stand ein Mann und beobachtete sie. Wie hatte er so nah herankommen können, ohne dass sie etwas merkte? Und warum hatte der Hund nicht reagiert? Carol war schon fast dabei, loszurennen, als ihr Gehirn sich einschaltete und sie begriff, wen sie vor sich hatte. Der Grund für Flashs passives Verhalten lag darin, dass der Mann, der im Schutz der Bäume stand, George Nicholas war. Neben ihm saß Jess, die Flash jetzt fröhlich über den Kopf leckte.

Er hielt mit einer beschwichtigenden Geste die Hände hoch. »Tut mir leid, ich wollte Sie nicht erschrecken. Sie waren so auf die da unten konzentriert ...« Er wies mit einem Nicken auf die Autos und Polizisten im Tal.

»Was machen Sie hier oben?« Carol war es egal, wie unhöflich das klang. Sie war genervt, aber nicht so sehr, dass sie ihre Instinkte einfach so ablegen konnte, die sie über Jahre der Polizeiarbeit im Bereich schwerer Kriminalität eingeübt hatte.

»Dass Gleiche wie Sie. Ich führe meinen Hund aus. Nichts Schlimmeres als das, garantiert.«

Er sah ziemlich unverfänglich aus mit seiner Wachsjacke und der Tweedmütze, frisch rasiert, das Gesicht von der kalten Herbstluft gerötet. Aber sie kannte die Bösartigkeit und Hinterlist nur allzu gut, die hinter einem harmlosen Äußeren stecken konnten.

»Ich dachte, sie wäre ein Hütehund? Hat sie da nicht alle Bewegung, die sie braucht?«

Nicholas lächelte. »Was sie braucht und was sie will, sind zwei verschiedene Dinge. Jess mag nichts so sehr wie rennen. Ihren Launen entgegenzukommen hält mich fit. Täte ich das nicht, würde ich herumsitzen und zunehmen. Gewöhnlich treffen wir hier oben niemanden. Heute früh ist es ein biss-

chen wie auf dem Bellwether Square. Was machen die da unten? Wissen Sie das?«
Carol schüttelte den Kopf. »Etwas Ernstes. Ein Mord oder ein schwerer sexueller Übergriff, aus dem zu schließen, wie viele Leute da sind, von zwei verschiedenen Polizeien.«
»Zwei Polizeien? Wie können Sie das erkennen?«
Sie zeigte auf die Fahrzeuge unten. »Verschiedene Regionalcodes. West Yorkshire und Bradfield Met.«
»Ihre früheren Kollegen. Das muss ein komisches Gefühl sein.«
Carol ging scheinbar ungerührt an ihm vorbei, denn sie wollte sich nicht verraten. »Es ist genau so ein Fall, zu dem ich gerufen worden wäre, wenn ich noch bei der Polizei wäre«, sagte sie. »Zuschauerin zu sein, das ist ... unerwartet.«
»Heutzutage ist es nirgends sicher«, sagte Nicholas. »Meine Frau, Ihr Bruder und Lucy. Und jetzt das hier. Die Welt ist kleiner geworden, Carol. Und das heißt, dass die Widerwärtigkeit auch einen Ort wie den hier ansteckt, Orte, die früher immun waren gegen die schlimmsten Auswüchse menschlichen Verhaltens.«
»Da täuschen Sie sich. Es geht nicht um eine übertragbare Krankheit, die sich von der Stadt her ausbreitet. Es war schon immer hier. Es lauerte versteckt hinter der Schönheit. Wo immer man ist, fügt jemand einem anderen Menschen Schreckliches zu. Es gibt nur bestimmte Milieus, wo leichter damit durchzukommen ist. Sie können sich eine heile Welt vortäuschen, so viel Sie wollen, aber unter Ihrem ländlichen Idyll brodelt das Böse und sickert in alle Richtungen.«
Nicholas warf den Kopf zurück und lachte. »Mein Gott, Carol bei Ihnen klingt das ja wie *Wicker Man – Ritual des Bösen*. Wollen Sie mit runterkommen und mit mir frühstücken? Dann kann ich Ihnen auch gleich zeigen, dass das große Haus kein finsteres, brütendes Etwas auf der anderen Seite

des Hügels ist. Kommen Sie. Es gibt frische Eier und ...« Er zog eine Papiertüte aus einer seiner großen Seitentaschen und ließ sie vor ihr hin und her baumeln. »Frische Wiesenchampignons. Ich habe sie auf dem Weg nach oben gesammelt. Ein Sauerteigbrot von Bentley's im Dorf.« Er wirkte eifrig und ehrlich. Und sollte an seiner Anwesenheit auf der Spitze des Hügels etwas Unheimliches sein, entweder weil sie selbst oder weil die Polizei da war, dann würde sie die Gelegenheit haben, es aus der Nähe auszukundschaften.
»Na gut«, sagte sie und ließ es klingen, als sei es so verlockend wie eine Darmspiegelung. Nicholas strahlte wie ein Geburtstagskind. »Komm, Flash.« Dem Hund musste er es nicht zweimal sagen. Sie wünschte fast, sie könnte in ihrem eigenen Herzen eine so unkomplizierte Reaktion finden. Aber diese Zeiten waren längst vorbei. Mit einem letzten Blick über die Schulter machte sie sich auf den Weg den Hügel hinab.
Lass andere für die Toten sprechen.

33

Der Anruf weckte Paula aus dem köstlichsten Tiefschlaf. Sie waren vor Mitternacht zu Bett gegangen, Elinor hatte jedoch noch einmal auf ihre Unterhaltung mit Bevs Schwester Rachel zurückkommen wollen. »Aber nachdem ich mit Torins Dad gechattet hatte und er uns seine Einwilligung gab, bin ich trotzdem noch nicht sicher, ob ich recht damit hatte, sie zu ermuntern, hier heraufzukommen«, sagte sie zum gefühlten neunten Mal zu Paula.
»Torin hängt in der Luft«, sagte Paula. Nur zum dritten Mal, glaubte sie. »Er braucht den Halt, den er von der Familie bekommen wird. Er kennt uns kaum, Schatz.«
»Laut Torin kennt er seine Tante auch kaum. Sei ehrlich, Paula. Glaubst du, dass Bev noch am Leben ist und wieder nach Hause kommen wird?«
Paula setzte sich auf und schlug auf das Kopfkissen, bis es die richtige Form hatte. »Ich weiß es wirklich nicht. Ich glaube, jemand hat sie entführt, aber ich habe keine Möglichkeit, herauszufinden, ob sie gefangen gehalten wird, oder … Wir tappen im Dunkeln. Ich kann einfach nicht anders, als zu denken, wenn Auntie Rachel hier ankommt wie die Kavallerie, wird die Situation für Torin noch dramatischer werden. An seiner Stelle würde ich dann anfangen, die Hoffnung zu verlieren.«
»Vielleicht ist das das Beste für ihn.« Elinor kuschelte sich an Paulas Seite. »Sich dem zu stellen, was sehr wahrscheinlich

die reale Situation ist. Und seine Tante hierzuhaben könnte ihm dabei helfen.«

Paula gähnte und tätschelte Elinors Hand. »Es kann nicht schaden, wenn die beiden sich besser kennenlernen, das steht fest. Wenn Bev nicht zurückkommt, wird er letztendlich bei ihr leben. Oder bei seiner Oma. Zumindest bis sein Dad zu Hause stationiert wird.«

Elinor brummte etwas Unverbindliches und küsste Paulas Schulter. »Wir werden sehen, was der neue Tag bringt.«

Das war das Letzte, woran Paula sich erinnerte, bis ihr Telefon zu klingeln begann. Während sie abnahm, schaute sie auf die Uhr. Siebenundzwanzig nach sechs. »DS McIntyre«, stöhnte sie.

»Hier DCI Fielding. West Yorkshire hat eine Leiche. Auf ihrem Ausweis steht Beverley McAndrew, Ihre Vermisste. Ich lasse einen Polizeiwagen kommen und hole Sie in zwanzig Minuten ab. Machen Sie sich bereit.«

»Okay«, sagte Paula. Aber sie sprach ins Leere. Noch im Halbschlaf setzte sie sich auf und fuhr sich mit der Hand durch ihr dunkelblondes Haar. Sie hätte gern geglaubt, dass der Anruf ein böser Traum war, wusste aber, dass das nicht stimmte. Bev war tot.

Elinor drehte sich um und murmelte schläfrig: »Hat dein Telefon gerade geklingelt?«

»Es war Fielding. Sie holt mich in zwanzig Minuten ab.« Dies war nicht die rechte Zeit, es Elinor zu sagen. Es war nicht fair, von ihr zu erwarten, dass sie mit Torin zusammen frühstückte und diese schreckliche Nachricht für sich behielt. Und es war nicht richtig, Torin etwas zu sagen, bevor die Identität seiner Mutter bestätigt war.

»Was ist passiert?« Jetzt war Elinor alarmiert. Sie wusste nur zu gut Bescheid über die Besonderheiten im Beruf ihrer Lebensgefährtin.

»Ich glaube, es geht um einen Durchbruch im Fall Nadia Wilkowa.« Was irgendwie stimmte.
Paula stand auf, dann beugte sie sich hinunter und küsste Elinor. »Bis später.«
Sie schaffte es gerade so aus der Haustür, aber immerhin gelang es ihr, kurz auf Fielding warten zu müssen. Zu ihrer Überraschung reichte ihr ihre Chefin einen Pappbecher mit Kaffee, als sie einstieg. »Die Leiche ist oben im Moor. Ich schätze, dass es da oben keine Bewirtung gibt«, sagte sie dabei trocken.
»Was liegt an?« Es war leichter zuzuhören, als vor ihrem ersten Kaffee schon zu reden. Und Fielding schien auf jeden Fall ein Morgenmensch zu sein.
Sie beugte sich durch die Lücke zwischen den Vordersitzen, damit sie besser mit Paula auf dem Rücksitz sprechen konnte. »Wenn ich für jeden Gassigeher, der eine Leiche findet, eine Fünfpfundnote hätte, würde ich mich bestimmt auf einer Jacht in der Karibik sonnen. Verwalter von 'ner Farm in der Gegend dort war mit seinen Lurchern draußen, und sie kamen nicht weiter als bis zum Parkplatz. Die Leiche war hinter einem Müllbehälter aus Stein versteckt. Die Kollegen von West Yorkshire haben nicht genau gesagt, ob es der Originaltatort oder ein Ablageort ist. Sie passt genau zu Nadia Wilkowa. Übel zugerichtet bis zur Unkenntlichkeit, schlimm verprügelt, Schamlippen zusammengeklebt.« Sie hielt inne, um einen Schluck aus einer Wasserflasche zu nehmen. »Aber deshalb haben sie uns nicht gerufen.«
»Warum dann?«
»Ihre Kleider und die Tasche waren auch dort abgelegt, genau wie bei Nadia. In diesem Fall waren sie in den Müllbehälter gestopft. Als sie die Angaben auf ihrem Ausweis in den Computer eingaben, erschien die Vermisstenmeldung. Sie riefen John Okeke an, der als Kontaktperson angegeben war. Sobald

er die Details hörte, sagte er dem leitenden Ermittlungsbeamten, er solle mich anrufen. Hier sind wir also.«

»Aber Nadia wurde drei Wochen gefangen gehalten, bevor er sie tötete. Bev ist noch nicht mal drei Tage weg. Das ist ein verdammt großer Unterschied.«

»Die Schlüsselelemente der Vorgehensweise sind die gleichen, McIntyre. Es gibt mehr Übereinstimmungen als Unterschiede.«

»Ihr Sohn ist erst vierzehn«, sagte Paula.

»Es wird schwer sein für ihn«, gab Fielding zu, dann fuhr sie auf der Stelle fort zu sprechen. Ihr Gesicht verriet nicht, ob sie den Gedanken an den Jungen nicht ertragen konnte oder ob sie es einfach nicht besonders wichtig fand. »Wie war sie, Beverley McAndrew?«

»Bev«, korrigierte Paula automatisch. »Ich kannte sie nicht so gut, meine Partnerin, Elinor, kannte sie besser. Sie arbeiten beide am Bradfield Cross.«

»Ja, Bev war die leitende Apothekerin. Okeke hat mir die Datei geschickt, ich habe die Einzelheiten überflogen. Was ich wissen will, ist das Menschliche. Was für ein Mensch war sie?«

»Sie war klug. Eigensinnig, aber nicht aggressiv. Gute Gesellschafterin. Sie und Elinor waren sehr witzig, wenn sie anfingen, über ihre Kollegen zu sprechen. Sie wären erstaunt, wie viel Großspurigkeit es im Krankenhaus gibt.«

»Das bezweifle ich. Ich bin seit zwanzig Jahren Polizistin. Wir haben selbst jede Menge großspurige Arschlöcher. Gehörte sie also zu Ihrer Fraktion?«

»Sie meinen, ob sie Lesbe war?«

Fielding presste die Lippen aufeinander und warf Paula einen verärgerten Blick zu. »Außer wenn es noch eine andere Fraktion gibt, von der Sie mir nichts erzählt haben.«

»Soweit ich weiß, war sie hetero. Ihre Ehe mit Torins Vater ging nicht in die Brüche, weil sie mit einer Frau durchging.«

»Warum ging sie in die Brüche?«
»Sie sagte, der Irak hätte ihn verändert. Er begann viel zu trinken, und sie hatte immer Angst, wenn er zu Hause war. Er wurde ihr und Torin gegenüber nie gewalttätig, aber er schrie viel herum und war ständig wütend. Sie hatte das Gefühl, dass ihr Leben immer auf der Kippe stand. Ironischerweise kamen sie besser zurecht, nachdem sie geschieden waren. Er hatte eine gute Beziehung zu Torin. Bev meinte, dass die Verantwortung als Familienvater zu viel Stress für ihn war, angesichts dessen, womit er an der Front klarkommen musste.«
Fielding nickte. »So ist das eben mit Soldaten. Die Armee ist wie ihre Eltern, und zu *der* Familie zu gehören ist leichter als zu der echten, lebendigen mit all ihren Ansprüchen und Problemen. Haben wir also überprüft, ob der Ehemann ist, wo wir ihn vermuten?«
»Ich habe es nicht überprüft, aber ich nehme an, dass PC Okeke das in Erfahrung gebracht hat.«
»Fragen Sie ihn danach. Und wie waren Bevs soziale Kontakte nach der Scheidung? War sie eine Partymaus? Hatte sie Männerbekanntschaften?«
»Seit der Scheidung ging sie mit zwei Typen aus, aber laut ihren Kollegen in letzter Zeit nicht mehr. Nach dem, was ich beobachtet habe, würde ich sagen, dass sie ihren Beruf und ihre Rolle als Mutter ernst nahm, und das ließ ihr nicht viel Raum für anderes.«
»Aber Sie haben zugegeben, dass Sie sie nicht so gut kannten. Was ist mit Partnersuche im Internet? Meinen Sie, dass sie sich vielleicht damit befasste?«
Paula zuckte die Achseln. »Ich hätte nicht vermutet, dass sie der Typ dafür ist. Aber wie soll ich das wissen? Welcher Typ ist das? Wahrscheinlich werden die Kriminaltechniker es uns sagen können, wenn sie ihren Computer in Angriff nehmen.«
»Tja, weiß Gott, wann das sein wird.« Fielding sah bedrückt

aus. »Wissen Sie noch, als man uns sagte, Computer würden alles schnell und leicht machen? Wieso dauert es dann eine Ewigkeit, bis den Computerfreaks es gelingt, ihnen die Geheimnisse zu entlocken?«
»Das Problem hatten wir im MIT nie«, sagte Paula. »Wir hatten Stacey Chen.«
»Ja, na ja, da hattet ihr Glück. Wir anderen leben in der realen Welt. Wer bekommt denn dann das Kind? Wo der Dad in Afghanistan ist und die Mutter tot? Wo ist er jetzt? Bei Verwandten? Oder dem Jugendamt. Sie haben das geregelt, nicht wahr?«
Scheiße, Scheiße, Scheiße. Die Wahrheit oder Lügen? »Er ist bei Freunden«, sagte Paula, sich für die Halbwahrheit entscheidend, und fuhr schnell fort. »Er hat eine Großmutter mütterlicherseits und eine Tante in Bristol. Ich glaube, die Tante kommt heute von Bristol herauf.«
»Gutes Timing. Wir müssen uns auch Nadia Wilkowas Leben noch mal anschauen, ob es Schnittmengen mit Bev McAndrew gibt. Das könnte es uns leichter machen, herauszufinden, wie er sie in seine Gewalt brachte. Pharmavertreterin, Apothekerin – kein so ausgefallener Gedanke.« Fielding wandte sich ab und blickte hinaus auf die Moorlandschaft. »Herrgott, ist das verdammt trostlos. Warum zum Teufel sollte man hier draußen am Arsch der Welt leben wollen? Was *machen* denn die Leute den ganzen Tag? Es gibt ja nichts, so weit das Auge sehen kann. Sogar die verflixten Schafe haben aufgegeben.«
Paula hatte nie viel Vertrauen in ihren Orientierungssinn gesetzt, aber sie begann sich zu fragen, welches Ziel sie ansteuerten. Sie nahm ihr Handy heraus und öffnete die Karten-App. Ein blinkendes Symbol zeigte ihre Bewegung auf der Straße an. Im Suchfeld tippte sie eine Adresse ein, die sie von den Ermittlungen zu Jacko Vance her in Erinnerung hatte. Es

dauerte einen Moment, bis die App geladen war, dann bekam sie die Information, dass die Scheune, wo Jacko Vance Michael Jordan ermordet hatte, nur sieben Straßenmeilen entfernt war. Wenn man auf die Karte sah, war es Luftlinie noch viel kürzer.

Sie hatte keine Ahnung, ob Carol Jordan das Haus ihres Bruders seit dessen Tod besucht hatte, aber wenn sie schon hier draußen war, würde es sich vielleicht lohnen, mal kurz dort vorbeizufahren, um zu sehen, ob es Einheimische gab, die helfen konnten, Carols Aufenthaltsort festzustellen. Denn sie wollte wirklich nicht den Kontakt verlieren mit der Chefin, die sie schließlich als Freundin betrachtet hatte.

Nur Augenblicke später verlangsamte sich die Fahrt, und sie hielten neben anderen Polizeifahrzeugen an. Sie traten in den Morgen hinaus und kniffen in dem hellen Sonnenlicht die Augen zusammen. Bei dem Constable, der den Zutritt zum Tatort kontrollierte und festhielt, wer ihn betrat, wiesen sie sich aus. »Wo ist der Ermittlungsleiter?«, fragte Fielding.

Der Constable deutete mit dem Finger und sagte: »DCI Franklin da drüben bei der Leiche.«

»Welcher ist es?«

Paula wurde schwer ums Herz, als sie dem Finger des Constable nachschaute. »Der Große, der aussieht wie ein Neandertaler und Bestatter«, sagte sie leise, kaum laut genug, dass Fielding es hören konnte. Ihre Chefin warf ihr mit hochgezogenen Augenbrauen einen kurzen Blick zu. »Ich kenne DCI Franklin«, sagte Paula lauter, so dass der Constable es hören konnte.

Sie gingen die kurze, eingegrenzte Route entlang, die zu der um den Steinkasten herumstehenden Gruppe von Männern führte. Vorsichtig traten sie auf die Metallplatten, die man ausgelegt hatte, um den Boden und eventuelle Spuren zu schützen, die er letztlich preisgeben könnte. »Gute Beschrei-

bung«, sagte Fielding und wies mit einem Nicken auf den robusten Mann mit den ausgeprägten Augenbrauenwülsten und dem markanten Zinken von einer Nase. »Ich nehme an, dahinter gibt es eine Geschichte?«
Paula nickte. »Gegenseitige Antipathie wäre eine angemessene Bezeichnung. Wir fanden, dass er ein herablassender, stumpfsinniger Bastard war. Er betrachtete uns wahrscheinlich als eine Gruppe von Klugscheißern.«
»Hat auf beiden Seiten eine gewisse Berechtigung, vermute ich.« Fielding ging weiter und rief: »DCI Franklin? Ich bin DCI Fielding aus Bradfield.«
Er drehte sich schnell um, und seine finstere Miene hellte sich auf, als er Fieldings schlanke Figur und ihre gepflegte Erscheinung bemerkte. Dann sah er Paula, und sein Gesicht verdüsterte sich wieder. »DC McIntyre«, sagte er und ignorierte Fielding. »Man hat Sie also getrennt, Sie und DCI Jordan?« Er brachte jedes Wort im breitesten Yorkshire-Dialekt hervor. Die anderen Kollegen um ihn herum hielten inne, um die witzige Szene mitzukriegen.
»Das ist Sergeant McIntyre«, sagte Fielding zu Paulas Überraschung. »Und Sie brauchen sich Ihr hübsches Köpfchen wegen der Bedrohung durch DCI Jordan nicht mehr zu zerbrechen. Jetzt haben Sie es mit mir zu tun.«
Franklin schmunzelte. »Tatsächlich?« Er trat zurück und machte eine weit ausholende Verbeugung. »Na ja, tun Sie sich nur keinen Zwang an.«
Als er zur Seite trat, waren sie mit dem konfrontiert, was noch von Bev McAndrew übrig war. Es war, als wäre Nadia Wilkowa von Gartonside in das Hochmoor von West Yorkshire transportiert worden. Erst als Paula die ersten Eindrücke verarbeitet hatte, entdeckte sie die Unterschiede. Bevs Körperform, die eines Apfels, war anders; Nadia dagegen war eine Birne. Und Bevs Schultern waren breiter, die Muskeln traten

klarer hervor. Aber was die Möglichkeit betraf, sie anhand ihrer Gesichtszüge zu identifizieren – vollkommen aussichtslos. Das Gesicht des Opfers war auch hier eine Masse blutigen Gewebes, das Weiß der Knochen war an Wangen und Kiefer zu sehen. Obwohl sie fest entschlossen war, vor Franklin keine Schwäche zu zeigen, musste Paula sich auf die Lippe beißen.

»Sie ist das Spiegelbild der Frau, die wir am Montag gefunden haben«, sagte Fielding, und ihre Stimme verriet keinerlei Emotion. »Das heißt, sie gehört uns.«

»Ganz zu schweigen davon, dass es mehr nach einem Ablageort als einem Tatort aussieht«, fügte Paula hinzu. Wenn sich hier ein Revierkampf entwickelte, war es besser, alle Karten so bald wie möglich auf den Tisch zu legen.

Aber Franklins Antwort war nicht das, was sie erwartete. Er steckte die Hände tief in die Taschen seines Trenchcoats. »Und laut ihrem Personalausweis ist sie aus Ihrer Gegend. Bitte schön, meine Damen. Möchten Sie, dass wir den Fundort bearbeiten, oder trauen Sie uns nicht?«

»Es geht nicht darum, ob wir Ihnen trauen. Es ist eine Frage der Zuständigkeit.« Fielding schaute sich auf dem Parkplatz um. »Ich wäre dankbar, wenn Sie mir ein paar Uniformierte überlassen könnten, die den Fundort sichern, bis mein Team hier ist.«

»Wo sind ihre Sachen?«, fragte Paula. »Die Sachen, anhand deren Sie sie identifiziert haben?«

»Eingetütet«, antwortete Franklin. »Wir sind doch keine verdammten Idioten. Wir wissen schon, wie man mit Beweismaterial umgeht.« Er schaute über seine Schulter. »Grimshaw?« Ein stämmiger Kripobeamter in einem weißen Anzug, der sich an die Umrisse seines Körpers anschmiegte, kam näher. »Sir?«

»Die Kleider und die Tasche des Opfers. Sie müssen Sie an diese netten Ladys aus Bradfield abgeben.« Grisham grinste und trollte sich zu der Reihe von Fahrzeugen. »Kann ich sonst noch mit etwas helfen?«

»Kameras«, sagte Fielding. »Wo ist der nächste Überwachungspunkt?«

Franklin überflog mit einer 360-Grad-Drehung die Umgebung. »Auf dieser Straße gibt es nichts. Nach Norden sind es vier Meilen bis zur Kreuzung mit einer größeren Straße. Südwestlich, wo Sie herkamen, sind es fünf Meilen. Auf beiden Strecken gibt es zwei Blitzgeräte, aber ich bezweifle, dass es bis zu den Außenbezirken von Todmorden, Nebden oder Colne etwas mit Nummernschilderkennung gibt. Tut mir leid.« Er drehte sich um und ging davon, mit einem Kopfrucken gab er seinem Team zu verstehen, dass es ihm folgen sollte.

Paula sah ihnen nach, als sie den Parkplatz überquerten und sich um den nächststehenden Wagen herum wieder versammelten. »Schön zu sehen, dass DCI Franklin sich treu geblieben ist.«

»Was immer ihr getan habt, ihn zu verärgern, es hat jedenfalls funktioniert.« Fielding klang nicht gerade begeistert.

»Aber ein Hund, der bellt, beißt nicht. Er wird uns nicht blockieren.«

»Das sollte er auch schön bleiben lassen.« Fielding nahm ihr Handy heraus und tätigte einen Anruf. »Ich brauche ein komplettes kriminaltechnisches Team für einen Mordfall hier oben ... PC Okeke weiß, wo es ist ... Es gibt keine Türen, ich brauche also kein Team für eine Tür-zu-Tür-Befragung, nur ein paar Männer, die den Fundort sichern können. Was Sie machen sollen, ist: diesen Ort auf einer Landkarte darstellen und dann herausfinden, welche die nächsten Straßen mit automatischer Nummernschilderkennung sind. Holen Sie sich die Informationen und stellen Sie fest, welche Fahrzeuge zwischen den Kameras verschwinden, wo es eine Abzweigung von dieser Straße gibt ... So bald als möglich.«

Grimshaw kam mit zwei verschlossenen blauen Plastiktüten und einem Blatt Papier zurück, das in Gefahr war, von dem bitterkalten Wind erfasst zu werden. »Sie werden für das hier unterschreiben müssen«, sagte er und klang, als gehe er schon gegen eine ablehnende Antwort an.
Paula suchte in ihrer Tasche einen Kuli und kritzelte ihre Unterschrift auf das feuchte Papier. »Danke«, sagte sie höflich und streckte die Hand nach den Tüten aus. Grimshaw ließ sie ihr vor die Füße fallen und ging zu seinem Chef zurück. Sie glaubte nicht, dass sie jemals so kleinlich gegenüber jemandem gewesen war, den ihr Chef geringschätzte. Sicher konnte sie jedoch nicht sein.
Sie nahm den Beutel, in dem Bevs Handtasche und deren Inhalt steckten. Vom blauen Plastik getönt, lächelte Bev sie von ihrem Krankenhausausweis an. Plötzlich saß ihr ein Kloß in der Kehle, und sie musste blinzeln, um die Tränen zurückzuhalten. Wie sollte sie Elinor sagen, dass ihre Freundin tot war? Und noch schlimmer, wie würde sie sich dem Augenblick stellen, wenn sie Torin sagen musste, dass seine Mutter nie wieder nach Hause kommen würde? Wenn die Hoffnung starb, das war immer der schwerste Teil einer Ermittlung. Dass sie das Opfer kannte und einen so persönlichen Verlust erlebte, verstärkte Paulas Gefühl, versagt zu haben. Aber es war auch ein starker Ansporn zu handeln.
Paula untersuchte den Inhalt des Beutels, so gut sie konnte, durch das Plastik. Ein Parkplatz oben im Moor war nicht der rechte Ort, um ihn aus der schützenden Hülle zu nehmen. Es gab nichts, das sie nicht erwartet hätte. Aber das Handy ließ sie einen Moment stutzen. Sie zeigte es Fielding, die dabei war, sich die Leiche intensiv zu betrachten.
»Was ist damit?«
»Nadias Handy war auch bei ihren Sachen dabei«, sagte Paula. »Das heißt doch, dass ihr Mörder wusste, ihm drohte durch

das Telefon keine Gefahr. Er wusste, dass wir seinen Namen oder seine Telefonnummer nicht auf ihren Handys finden würden. Weist das nicht auf einen Fremden oder einen Stalker hin statt auf jemanden, den sie kannten?«

»Entweder das, oder er hatte einen falschen Namen und nutzte ein Prepaid-Handy, so dass es keinen Unterschied machte.«

Sie hat recht, dachte Paula. »Aber damit ginge er trotzdem ein Risiko ein. Wenn wir auf den Handys beider Opfer Nachrichten von nicht zurückverfolgbaren Nummern fänden, dann wüssten wir, dass wir wohl nach jemandem suchen sollten, der in ihrem Leben vorkommt. Um sicherzugehen, hätte er die Handys doch bestimmt mitgenommen?«

Fielding zuckte mit den Schultern. »Unter dem Strich haben Sie wahrscheinlich recht. Leider bringt es uns aber nicht weiter.«

Ein bisschen Ermutigung wäre eine große Hilfe, dachte Paula. Das brachte sie fast dazu, ihre andere Idee zu verschweigen. Aber sie konnte doch nicht zulassen, dass Kleinlichkeit die Jagd nach Bevs Mörder beeinträchtigte. »Noch etwas ist mir aufgefallen«, sagte sie.

Fielding hob den Blick. »Was denn?«

»Dass er nicht von Kameras erfasst wurde. Hier und um den Tatort in Gartonside herum. Wenn man bedenkt, wie gut unser Straßennetz durch das automatische Nummernerkennungssystem oder Blitzer abgedeckt ist, dann ist es doch ein ziemlicher Zufall, dass er beide Opfer an Orten ablegte, die er ohne Gefahr, von einer Kamera eingefangen zu werden, anfahren konnte.«

»Meinen Sie nicht, das ist ein bisschen zu weit hergeholt?«

»Ich glaube, es lohnt sich, es im Hinterkopf zu behalten. Wir sollten die Verkehrspolizei fragen, wie jemand herausbekommen könnte, wo die blinden Stellen sind.«

Fielding nickte. »Keine schlechte Idee. Aber es kommt einem

ein bisschen vor, als klammerte man sich an einen Strohhalm. Lassen Sie uns abwarten, was uns die Gerichtsmedizin zu beiden Opfern mitteilt, und wenn wir weiter sind, können Sie mit der Verkehrspolizei reden. Ich sage Ihnen, was mir im Moment mehr Sorge bereitet ...«

»Was wäre das?«

»Franklin hat den Fall sehr schnell und bereitwillig an uns abgegeben. Ich frage mich, ob er etwas weiß, das uns nicht bekannt ist.«

34

Bis das Team der Kriminaltechniker und die Bereitschaftspolizisten ankamen, die dafür sorgen würden, dass niemand unbefugt über den Parkplatz trampelte, war Paula durchgefroren und übellaunig. Am Fundort der Leiche gab es für sie nichts Sinnvolles zu tun, doch sie und Fielding mussten bleiben und sich darum kümmern, dass keine Lücken in der Erhaltung des Ablageorts entstanden, die ein Anwalt der Verteidigung später verwerten konnte.

Fielding hatte sich mit ihrem Handy in den Wagen zurückgezogen, aber Paula hatte beschlossen, bei der Leiche zu bleiben. Sie wusste, dass es vergebens war, fühlte aber das Bedürfnis nach irgendeiner Geste. Wache zu halten war das Mindeste, was sie tun konnte.

Der erste der zur Unterstützung angeforderten Wagen war gerade in der Ferne zu sehen, als ihr Handy klingelte. »DS McIntyre.«

»Hallo, Sarge. Hier ist PC Okeke.«

»Hi, John, was kann ich für Sie tun?«

»Na ja, ich weiß, dass aus der Vermisstenmeldung eine Ermittlung in einem Mordfall geworden ist und dass Ihr Team die Sache von jetzt an in der Hand hat. Nur zwei Dinge. Der Vater ist auf jeden Fall bei seiner Einheit in Afghanistan. Und nach unserem Gespräch gestern Abend habe ich das Busunternehmen dazu gekriegt, sein Videomaterial freizugeben. Ich hatte noch nicht alles durchgesehen, als ich heute Morgen mit

DCI Fielding sprach, aber ich dachte, das könnte ich noch zu Ende bringen.«
»Gute Idee. Eine Arbeit weniger für unsere Abteilung. Ich danke Ihnen. Haben Sie was gefunden?«
»Sozusagen, ja. Ich hab's ein paarmal laufen lassen, um sicher zu sein, dass ich mir nicht das einbildete, was ich sehen wollte, wissen Sie, was ich meine?«
»Ich weiß genau, was Sie meinen.« Sie wollte ihn nicht drängen, aber sie wünschte, er würde zur Sache kommen. »Was haben Sie also gesehen?«
»Ich glaube, Ms McAndrew muss den Wagen in der vorletzten Reihe am Rand des Parkplatzes abgestellt haben. Für mich sieht es so aus, dass ihr Wagen gerade außerhalb Kamerareichweite ist. Als der Bus vorbeifuhr, sah ich sie zwischen den Autoreihen durchgehen, dann biegt sie seitlich ab und verschwindet aus dem Bild. Ich würde sagen, sie geht ziemlich schnell. Sie hat den Kopf gesenkt, weil es regnet. Als Nächstes, ein paar Sekunden später, nimmt eine andere Gestalt den gleichen Weg. Ich vermute, es ist ein Mann, aber man kann es nicht genau sagen. Er trägt eine wasserdichte Jacke und hat die Kapuze hochgezogen. Sein Gesicht kann man überhaupt nicht sehen, nur kurz einen Lichtreflex von seiner Brille. Er trug einen Koffer. Sah aus, als wäre er aus Aluminium, wie so etwas, das Fotografen haben. Ungefähr von der Größe eines Pilotenkoffers. Und es sah aus, als wäre er ziemlich schwer. Jedenfalls geht er den gleichen Weg wie Ms McAndrew, nur beschleunigt er, als er ihr näher kommt. Er läuft fast. Man müsste schon sagen, dass er sie verfolgt. Und dann verschwindet er aus dem Bild, genau an der Stelle, wo sie das auch tat. Es ist nicht viel Material. Nur etwa fünfzehn Sekunden.«
»Aber Sie haben Ihre Sache gut gemacht, dass Sie das gefunden haben, John. Also, wie würden Sie diesen Typen beschreiben? War er groß, klein? Körperbau?«

»Mittelgroß, würde ich sagen. Nicht größer als eins achtzig. Und schlank bis mittelkräftig. Es war schwer, das zu erkennen. Ich bin nicht sicher, wie dick seine Jacke war. Und, wie gesagt, sein Gesicht war von der Kapuze verdeckt. Die einzige Besonderheit, die er haben könnte, meine ich, ist, dass er leicht hinkt. Man kann nicht sicher sein. Die Bildqualität ist nicht gut, und auch das Wetter hilft nicht.«
Es war eine winzige Bestätigung, aber Paulas Herz machte einen Sprung bei Okekes Worten. »Das ist sehr interessant, John. Können Sie sagen, mit welchem Bein er hinkte?«
Er überlegte einen Moment. Sie konnte ihn atmen hören. »Ich würde gern noch mal nachschauen, um sicherzugehen. Aber ich glaube, sein linkes Bein war schwächer.«
Volltreffer. Nicht dass es direkt ein Durchbruch in dem Fall war. Aber es würde helfen, wenn sie einen Aufruf herausgaben, damit sich Zeugen meldeten. Außer wenn der Mörder so schlau war, dass er ein Hinken vortäuschte, um sie irrezuführen. Sie wussten schon, dass er, was Spuren betraf, vorsichtig war. Wenn er den Verdacht hatte, eventuell von einer Kamera gefilmt zu werden, hatte er vielleicht beschlossen, absichtlich ein falsches Bild abzugeben. »Ich brauche einen offiziellen Bericht von Ihnen, John. Schicken Sie ihn an die Soko, aber auch eine Kopie direkt an mich und an DCI Fielding. Ich will nicht, dass er in der allgemeinen Geschäftigkeit untergeht.«
»Mach ich. Sie haben ihn innerhalb von einer Stunde.«
Schlaues Bürschchen, dachte sie und überlegte dann, welche Informationen sie dem Team der Kriminaltechniker geben müsste, um sie einzuweisen. Sobald sie hier waren, konnten sie die Leiche bewegen. So wie Bev jetzt lag, war es unmöglich, die Narbe an ihrem Knöchel oder das Tattoo an ihrer Schulter zu sehen. Aufgrund dieser Erkennungszeichen würden sie die Leiche formell identifizieren können, ohne auf das DNA-Ergebnis warten zu müssen. Und dann würde es an der

Zeit sein, die Nachricht Torin zu überbringen. Paula sah ihre Chance, sich davor drücken zu können, bei nahe null.
Sie ging zur Straße hinüber und zündete sich eine Zigarette an, während sie wartete, bis die Spezialisten sich umgezogen hatten. Fielding stieg aus, und Paula ergriff die Gelegenheit, sie über das zu informieren, was Okeke entdeckt hatte. »Es gibt keinen Zweifel«, sagte Fielding. »Wir haben einen einzelnen Täter und zwei Opfer, soweit wir wissen. Es könnte gut sein, dass er eine Vorgeschichte von Gewaltdelikten hat, und das heißt, sobald wir forensische Spuren haben, sollte er in einer der Datenbanken auftauchen.«
»Hoffen wir's.«
»Wenn sie umgedreht ist und wir das Tattoo und die Narbe bestätigt haben, möchte ich, dass Sie mit dem Sohn sprechen. Sie kennen ihn, es ist besser, es kommt von Ihnen als von einer fremden Person. Sie wissen ja wahrscheinlich, wo er zur Schule geht?«
Paula nickte. »Kenton Vale. Wollen Sie nicht warten, bis die Schule aus ist? Oder bis seine Tante hier ist?«
Fielding schaute sie an, als sei sie verrückt. »Paula, wir sind im einundzwanzigsten Jahrhundert. So etwas wie eine hermetisch geheimgehaltene Ermittlung gibt es nicht mehr. Ich will nicht, dass der Junge über Twitter oder Facebook herausfindet, dass seine Mutter tot ist. Organisieren Sie eine geeignete Person, die mitgehen kann. Was ist mit dem Freund, bei dem er untergebracht ist? Vermutlich sind da ein Erwachsener oder Eltern im Spiel?«
Jetzt saß sie in der Tinte. »Eigentlich sind die Freunde, bei denen er ist, ich und Elinor. Meine Partnerin.«
Fielding überraschte sie abermals. »Warum haben Sie das nicht gleich gesagt? Es ist ja keine große Sache, wenn nur die Familie damit einverstanden ist.« Sie klang eher entnervt als zornig. »Ehrlich gesagt, ist es mir lieber, er ist sicher bei Ihnen

untergebracht, als dass er bei einem Freund übernachtet, über den wir nichts wissen. Können Sie Ihre Freundin kommen lassen, damit sie bei ihm bleibt?«

»Es kommt auf ihren Dienstplan an. Sie ist Assistenzärztin am Bradfield Cross, und wenn sie Sprechstunde oder Visite hat, kann sie nicht einfach weggehen.«

»Wann kommt seine Tante?«

»Erst heute Nachmittag.«

»Ich will nicht, dass Sie bis dann blockiert sind. Sehen Sie zu, was Sie erreichen können.« Sie warf einen Blick auf die Kollegen von der Spurensicherung in ihren weißen Anzügen, die Kisten mit ihrer Ausrüstung über den öden Parkplatz schleppten. »Sieht aus, als tue sich was.«

Sie machte sich auf und ging hinter ihnen her, aber Paulas Handy klingelte, und sie blieb zurück, um abzunehmen. Auf dem Display sah sie, dass es Dave Myers war. »Hi, Dave. Ich hoffe, du rufst mich mit guten Nachrichten an«, sagte sie.

»Wir haben noch eine Leiche, und es sieht nach dem gleichen Mörder aus. Jede Hilfe wäre uns also jetzt sehr willkommen.«

»Ja, das kann ich mir vorstellen«, antwortete er, klang aber ungewöhnlich pessimistisch. »Kannst du im Labor vorbeikommen? Ich will dir etwas zeigen.«

»Das hört sich faszinierend an. Möchtest du mir einen Hinweis geben?«

»Nicht übers Handy.«

Dass Dave in besorgter, zugeknöpfter Stimmung war, daran war Paula nicht gewöhnt. »Wird es lang dauern? Ich bin bald wieder in Bradfield, aber ich habe nicht viel Zeit.«

»Es wird nicht lang dauern. Was länger dauern könnte, ist, sich klarzuwerden, was zu tun ist.«

Fünfundvierzig Minuten später stieg Paula im Labor der Gerichtsmedizin mal wieder in einen weißen Papieranzug. Als sie die Bestätigung hatten, dass es Bevs Leiche war, die auf dem Parkplatz im Moor abgelegt wurde, hatte Fielding Paula in die Stadt zurückgeschickt. Unterwegs gelang es ihr, Elinor zu erreichen, und sie vereinbarten, dass sie nach dem Termin bei Dave im Krankenhaus vorbeikommen würde. Der Polizeiwagen hatte sie zu Hause abgesetzt, damit sie ihren Toyota nehmen konnte. Jetzt konnte sie ihre Zeit wieder selbst einteilen.

Als sie das Labor betrat, saß Dave vor seinem Laptop und hackte mit zwei Fingern auf der Tastatur herum. Sie legte die zwei Plastikbeutel auf den Tisch neben ihn. »Ein Geschenk von der West Yorkshire Police. Sollte es Probleme mit Verunreinigung geben, dann betrachte es als ihre Schuld.«

Dave stand auf, hob die Beutel nacheinander hoch und schaute hinein. »Sie haben die ganze Nacht im Freien gelegen?«

»Wir wissen nicht, wann sie abgelegt wurden. Die Kleider und die Handtasche waren in einen Abfallbehälter gestopft, sie waren also ziemlich gut vor Wettereinflüssen geschützt.«

»Aber wer weiß, was von dem Inhalt des Behälters da dran haftet«, seufzte er und stupste mit einem Finger an den Beutel mit den Kleidern.

»Das Opfer ist Beverley McAndrew. Sie war mit Elinor befreundet.«

»Es tut mir leid, das zu hören. Richte ihr aus, ich werde alles tun, was ich kann.«

»Das tust du doch immer, Dave. Also, was ist das Geheimnisvolle, das du am Telefon nicht besprechen kannst?«, fragte Paula, auf einer Hockerkante sitzend.

»Die Blutprobe, die ich von Nadzieja Wilkowas Jacke sichergestellt habe. Ich habe ohne Schwierigkeit DNA daraus exzerpieren können und habe sie durch die Nationale DNA-Datenbank laufen lassen. Kein Treffer. Diese Probe gehört zu jemandem, der nicht in der nationalen Datenbank ist. Aber ich habe es nicht dabei bewenden lassen. Ich beschloss, nach einer verwandtschaftlichen Verbindung der DNA zu suchen. Weißt du, worum es da geht?«

»Man kann damit erkennen, ob jemand nahe verwandt ist mit der Person, deren Probe man testet, oder?«

»Genau. Seit wir damit arbeiten, hat es ein paar spektakuläre Erfolge gegeben. Altfälle wurden gelöst. In Amerika hat man damit sogar Serienmörder geschnappt. Manche Leute meckern wegen Menschenrechten und Datenschutz, aber meine persönliche Meinung ist, dass es mein Menschenrecht ist, in einer Welt zu leben, wo mordende Bestien nicht unbehelligt in meiner Umgebung herumlaufen dürfen.«

»Und hier endet die Predigt.«

Dave gab es mit einem reumütigen Lächeln zu. »Ja, aber hier beginnt die Lektion. Ich startete also den Test für verwandtschaftliche Übereinstimmungen der DNA. Im Wesentlichen analysiert der Computer die Allele und erstellt eine Liste der Menschen, die einen Grad von Gemeinsamkeit haben. Nummer eins auf der Liste hat also die meisten gemeinsamen Allele mit der Probe, und so weiter, bis zur Nummer eintausenddreihundertneunundvierzig, in diesem Fall. Die Erfahrung zeigt nun, dass eine verwandtschaftliche Übereinstimmung, wenn man sie bekommt, unter den dreißig ersten zu finden ist. Wir haben da eine Formel, die die genetische Übereinstimmung, das Alter der Betroffenen und ihren geographischen Wohnort einbezieht und uns die Wahrscheinlichkeit einer bestimmten Beziehung nennt. Aber schon bevor ich die Formel heranziehen musste, hatte ich jemanden unter den ersten drei entdeckt, der weniger als zwölf Meilen von dem Ort wohnt, wo deine Probe genommen wurde. Als ich näher hinschaute, was meinst du? Da hatte ich etwas, das ich für einen definitiven Treffer halte.« Aber er sah weder so aus, als sei er erfreut darüber, noch klang er so. »Das Familienmitglied ist eine Frau. Nach meiner Meinung, die sich auf die DNA-Analyse stützt, ist diese Frau eine nahe Verwandte des Mannes – und es ist übrigens ein Mann –, dessen Blut an Nadzieja Wilkowas Jacke haftete.« Er beugte sich über den Schreibtisch und klickte auf einen Reiter auf seinem Bildschirm. Und zwei DNA-Profile, wie man sie kennt, mit ihren zackigen Spitzen in unregelmäßigen Abständen tauchten übereinandergelegt auf dem Bildschirm auf. »Schau dir das selbst an. Wo die Allele übereinstimmen, das ist der Schlüsselfaktor. Wie nah ist also diese genetische Verwandtschaft? Nun, wir alle haben etwa fünf Allele mit jeder beliebigen Person gemeinsam. Aber die direkte Verwandtschaft von Mutter zu Kind bedeutet, es würde in dem bei der Straftat entstandenen Blutfleck mindestens zehn Allele geben, die über die Mutter gekommen sein müssen.« Dave tippte mit seinem Kuli auf jede der Allele-Spitzen. »Elf, siehst du?«

»Ich glaub dir, Dave. Und auch ein Gericht wird das tun. Du scheinst wirklich beunruhigt von der Sache. Ich weiß nicht, warum. Es ist ja keine neue, bahnbrechende Wissenschaft.«

»Die Integrität der Wissenschaft ist es nicht, die mir Sorge bereitet. Na ja, sie ist es schon, aber nicht aus dem Grund, an den du denkst.«

Paula schüttelte den Kopf. »Ich bin eine einfache Polizistin, Dave. Ich kann keine kryptischen Kreuzworträtsel lösen. Sag es mir ganz einfach. Was ist das Problem?«

Etwas schien ihn zu quälen. »Die Identität der Person in der Datenbank. Es ist eine Frau, die Vanessa Hill heißt.«

Paula glotzte ihn mit offenem Mund an. Sie konnte nicht glauben, was sie gehört hatte. »Sagtest du ›Vanessa Hill‹?«

Dave nickte mit unglücklichem Gesichtsausdruck. »Ja.«

»Wieso ist ihre DNA in der Datenbank?« Paula klammerte sich noch an den letzten Strohhalm, wusste aber schon, dass es nichts brachte.

»Sie wurde wegen des Messerstichs verhaftet und angeklagt, erinnerst du dich? Obwohl die Anklage ziemlich plötzlich fallen gelassen wurde, bleibt die DNA aktenkundig.«
Paula schüttelte ungläubig den Kopf. »Könnte es von jemand anderem übertragen worden sein? Oder sogar absichtlich aufgebracht?«
»Das ist sehr zweifelhaft. Wie es in die Fäden und den Stoff um den Knopf herum eingesickert ist – es wäre sehr schwierig, das nachzumachen, es sei denn, man hätte eine flüssige Probe. Und wenn man versucht hätte, ihn zu belasten, hätte man dann den Blutfleck nicht an einer besser sichtbaren Stelle angebracht? Wir hätten ihn übersehen können, selbst bei einem zweiten gründlichen Durchgang. Hättest du nicht die Knöpfe gezählt, hätte er leicht unbemerkt bleiben können.«
»Da muss ein Fehler vorliegen. Du musst den Test noch mal machen.«
»Das werde ich natürlich tun. Aber ich bin zuversichtlich, dass die Antwort die gleiche sein wird. Und ich werde auch einen mitochondrialen DNA-Test machen. Das ist die DNA, die direkt von der Mutter zum Kind kommt. Wenn die übereinstimmt, dann gibt es keinen Zweifel.«
»Was wäre, wenn sie noch ein Kind hatte? Einen Bruder oder eine Schwester, von dem oder der er nichts weiß?«
»Du lehnst dich weit aus dem Fenster, Paula. Diese Hypothese wird in sich zusammenbrechen, sobald wir seine DNA testen, es sei denn, es ist sein geheimer eineiiger Zwilling. Und das klingt schon beinah wie *Der Mann in der eisernen Maske*.«
Paula starrte auf den Monitor und wünschte, das Bild würde sich in etwas anderes verwandeln. »Können wir das für uns behalten?« Sie sah den entsetzten Blick auf Daves Gesicht. »Nicht ganz, natürlich. Aber zumindest, bis du noch mal nachgeprüft hast, ob es auch keinen Fehler mit dem Test gege-

ben hat. Oder bei der Datenbank. Und bis du die mitochondriale DNA überprüft hast. Und ...«, sie zeigte auf die Beutel mit den Beweisstücken, die sie abgegeben hatte, »bis du das Beweismaterial von diesem letzten Mord schnellstens untersucht und herausgefunden hast, ob uns das einen realistischeren Tatverdächtigen liefert.«
Er seufzte. »Die Sache gefällt mir nicht, Paula. Das hier ist ein wichtiges Beweismittel in einer Mordermittlung.«
»Ein Beweismittel, das, wie wir beide wissen, keinen Sinn ergibt.«
Er strich mit Zeigefinger und Daumen über sein Kinnbärtchen. »Die Wissenschaft lügt nicht, Paula. Das Blut an dieser Jacke – darum kommst du nicht herum –, das Blut ist von Tony Hill.«

35

Marie kam gerade zurück von der Toilette, als sie die lauten Stimmen hörte. Hätte sie Hilfe gebraucht, um herauszufinden, woher sie kamen, dann hätte sie nur den Blicken aller zu folgen brauchen, die in Hörweite von Rob Morrisons Büro an der Arbeit waren. Selbst mit ihren Headsets auf den Ohren konnten sie deutlich den Ärger heraushören.
Als sie näher kam, erkannte sie die arrogante Stimme des Ralph-Lauren-Manns. »Und ich sag euch, wir werden uns total blamieren, wenn wir das jetzt Gareth und seinen Kollegen im Marketing vorlegen. Es wird weitere sechs Wochen dauern, bis wir so weit sind, es für normale Kunden einzuführen.«
»Aber ihr habt mir vor zwei Monaten etwas anderes versprochen«, wandte Gareth ein. »Ihr habt gesagt, es gehe nur darum, das Front-End zu optimieren. Die Benutzeroberfläche idiotensicherer zu machen, habt ihr gesagt.«
»Und das wird auch gemacht. Es dauert ein bisschen länger als erwartet, das ist alles. Wie oft muss ich das noch in Wörter mit nur einer Silbe fassen?«
»›Erwartet‹ hat drei Silben«, brummelte Rob.
»Was soll überhaupt die Scheißhetze?«, fragte Nigel, während sie die Tür weiter aufstieß. Er stand mit dem Rücken zur Tür, aber trotzdem hätte er die Bestürzung auf Robs und die Belustigung auf Gareths Gesicht bemerken müssen. »Ist es wegen der neuen Chefin? Machst du dir in die Hose wegen einer Frau? Meinst du, sie wird überhaupt kapieren, was wir uns

hier überlegt haben? Mach mal halblang! Sie ist doch nur 'ne verdammte Tussi.«
»Eine verdammte Tussi, die Ihre Vorgesetzte ist«, sagte Marie ganz freundlich. »Und die auf jeden Fall vorhat, der Sache auf den Grund zu gehen, wieso Ihre Abteilung ihre Versprechen nicht pünktlich einlösen kann.«
Mit wütendem Gesichtsausdruck fuhr er herum. »Was soll das, schleichen Sie sich an uns heran?« Seine rechte Hand ballte sich zur Faust.
Marie schloss die Tür hinter sich. »Ich schleiche mich nie an. Das ist nicht nötig. Nächstes Mal, wenn Sie Ihre Spielsachen aus dem Kinderwagen schmeißen wollen, dann machen Sie es doch hinter geschlossenen Türen, bitte schön. Da draußen ist ein Raum voller Mitarbeiter, die total neugierig sind. Kaffeeküchenklatsch in Umlauf zu bringen hilft uns nicht, unsere Ziele zu erreichen. Wir wollen doch alle das Gleiche. Erfolg treibt die Welt an. Wir werden das viel schneller schaffen, wenn wir uns gegenseitig helfen.« Ihr Lächeln war so warm wie nur möglich. Selbst Nigel schien sich zu beruhigen, er durchquerte den Raum und lehnte sich an den Aktenschrank, die Hände in den Hosentaschen.
»Jungs sind eben Jungs«, sagte Gareth.
Nigel grinste spöttisch. »Da sprichst du nur für dich selbst.«
»Ich möchte der Sache auf den Grund gehen, aber nicht, wenn Sie noch so angespannt sind. Schreiben Sie mir doch beide ein Memo, in dem Sie erklären, was der Grund der Aufregung war. In einfachen, einsilbigen Wörtern, natürlich.« Sie machte die Tür wieder auf und ging schnell zu ihrem Büro, wobei sie ganz zufrieden mit sich war. Es war sehr wichtig, herauszufinden, wo die Spannungslinien in einer Bürogemeinschaft verliefen. Und dann konnte man sie voll ausnutzen.
Marie lächelte. Sie musste zugeben, dass sie es genoss, ihre Macht auszuüben.

36

Carol stand oben auf einer Leiter und versuchte, einen Brocken Mörtel aus dem Mauerwerk zu brechen, als der Hund zu bellen begann. Sie schaute hinunter und sah Flash vor der Tür kauern, die Vorderpfoten nach außen gestellt, die Schenkel angespannt und bereit, loszuspringen, während ihr Kopf beim rasenden Gebell auf und nieder ruckte. »Sei still, Flash«, rief Carol, erst jetzt bemerkte sie, dass sie keinen Befehl kannte, um den Hund zur Ruhe zu bringen.
Sie stieg, so schnell es die Vorsicht erlaubte, hinunter und eilte zur Tür, schnippte dabei mit den Fingern, und der Hund hörte auf zu bellen und kam an ihre Seite. Wer da auch vor der Tür stehen mochte, sie hätte wetten können, dass es nicht George Nicholas war. Aber außer dem Briefträger war er die einzige Person, die seit ihrem Einzug gekommen war. Behutsam öffnete sie die Tür einen Spalt, hielt aber einen Fuß fest dagegen.
Hätte sie die drohend aufragende Gestalt auf ihrer Schwelle nicht erkannt, hätte wahrscheinlich schon allein ihre Größe Carol dazu gebracht, den Hund auf sie zu hetzen. Welcher Befehl das auch sein mochte. Aber es dauerte nur Sekunden, bis sie die Verbindung hergestellt hatte. Schließlich war dies der Ort, an dem sie DCI Franklin zuletzt gesehen hatte.
Seine Mundwinkel hoben sich zu einem nicht gerade herzlichen Lächeln. »DCI Jordan«, sagte er und senkte kurz nickend den Kopf.

»Jetzt nicht mehr«, korrigierte sie.
»Nein. Ich weiß, ich wollte ...« Er verstummte, und diesmal hatte sein Lächeln einen Anflug von sarkastischem Humor. »Ich hatte es als Ehrentitel gemeint«, sagte er. »Wie wenn Offiziere aus der Armee ausscheiden und in ihren Barbour-Jacken und Tweedmützen herumlaufen und einander ›Captain‹ nennen. Polizisten wie wir, eigentlich sehen wir uns doch nie als Zivilisten, oder?«
»Ich sehe mich nicht als Polizistin, DCI Franklin. Also – was führt Sie zu mir? Und woher wussten Sie, dass ich hier wohne?«
Franklin schlug demonstrativ seinen Kragen hoch wegen des Windes. »Möchten Sie mich nicht reinbitten? Wir sind in Yorkshire, hier halten wir viel von Gastlichkeit. ›Kommen Sie doch rein, setzen Sie sich, wie wär's mit 'ner Tasse Tee?‹.«
»Ich erinnere mich nicht an diesen Aspekt meiner Beziehung zur Polizei von Yorkshire.« Woran sie sich erinnerte, das war Blut und Tod und dass niemals jemand auf etwas hörte, was sie oder Tony sagten. Woran sie sich erinnerte, das waren Sturheit und Reizbarkeit und Männer, die mit Worten wie mit Knüppeln umgingen. Woran sie sich nicht erinnerte, war gemütliches Teetrinken mit original Parkin-Kuchen aus Yorkshire. Der Hund spürte ihre Stimmung und knurrte leise neben ihr.
Franklins Schultern hoben und senkten sich wieder mit einem langen Seufzer. »Schau'n Sie, Carol – geht es in Ordnung, wenn ich Sie Carol nenne?« Sie nickte. Besser als ein Titel, den sie nicht innehatte und nicht wollte. »Wir haben's falsch angefangen, und ich schätze, wir sind beide Dickköpfe, die nicht gern einen Rückzieher machen. Wollen wir einen Waffenstillstand schließen? Wir sind ja praktisch Nachbarn.« Er breitete mit einer großzügigen Geste die Hände aus.
»Kommen Sie rein«, sagte sie eher mürrisch als einladend.

»Man kann hier nirgends sitzen.« Der Hund folgte ihr, als sie zur Mitte des Raumes ging.
Indem er sich auf die Kante eines Sägebocks hockte, bewies er das Gegenteil. Er schaute sich um, und sie begriff, dass er überlegte, wo er sich in Beziehung zu dem damaligen Geschehen befand. Darüber konnte sie sich nicht beschweren. Wenn irgendjemand das Recht hatte, neugierig zu sein in Bezug auf das, was sie mit dem Gebäude machte, dann war es der Polizist, der sich dem Blutbad oben auf der Galerie hatte stellen müssen, wo das Blut ihres Bruders und seiner Partnerin die Wände und Decke in ein groteskes abstraktes Gemälde verwandelt hatte. Aber er sagte nichts über den damaligen oder jetzigen Zustand der Scheune. »Eine Tasse Tee käme wohl nicht in Frage?«
»Nur, wenn Sie mir sagen, woher Sie wissen, dass ich hier wohne.«
Er ließ ein trockenes wieherndes Lachen hören, das seinen dicken Augenbrauen und dem grimmigen Mund alles Bedrohliche nahm. »Das ist mein Gebiet hier, Carol. Und was hier passiert ist, ist im Umkreis von Meilen bekannt. Ich wusste es bereits an dem Tag, als Sie ankamen. In der Gegend gibt es keine Menschenseele, die nicht weiß, dass Sie im Büro Ihres Bruders wohnen und die Räume entkernen. Was man unbedingt erfahren will, ist, was Sie damit machen, wenn Sie alles rausgerissen haben.«
Carol verschränkte die Arme und schaute mit ihrem intensivsten hundert Meter in die Ferne starrenden Blick an ihm vorbei. »Was ich hier vorhabe, geht nur mich etwas an.«
»Na gut. Aber ich habe Ihre Frage beantwortet. Bekomme ich jetzt eine Tasse Tee?«
»Mein Kaffee ist besser.« Das war ein Entgegenkommen, wenn auch nur ein widerwilliges.
»Kann sein. Aber ich mag Kaffee nicht.« Er schob die Hände

in seine Jackentaschen. »Ach, Carol, das wird Sie doch nicht umbringen.«
Sie machte auf dem Absatz kehrt und stapfte in den privaten Teil ihrer Wohnung, Flash neben sich. Sie mochte es nicht, wenn jemand in der Scheune war, und schon gar nicht ein Mann wie John Franklin. Hinter seinem Gepolter und Gelaber war eine beharrliche, terrierhafte Zähigkeit am Werk. Was immer der Grund seines Kommens war, ein Akt nachbarschaftlicher Freundlichkeit war es nicht. Carol machte schnell einen Becher Tee und bereitete für sich selbst frischen Kaffee zu.
Als sie zurückkam, strich er an den Wänden entlang, betrachtete das freiliegende Mauerwerk und die Originalbalken, als wisse er, was er da vor sich hatte. Er hatte abgenommen, seit sie ihn zuletzt gesehen hatte. Der Anzug hing lose an seinem großen Körper, das Hemd bauschte sich über dem Gürtel. Die Falten um seine Augen waren tiefer und die Wangen eingefallen. »Danke«, sagte er und nahm den Tee. »Sie haben ja so ziemlich alles entfernt, was Ihr Bruder und seine Frau hier eingerichtet hatten.«
»Außer dort am anderen Ende. Wo Michael arbeitete. Es ist eine Art Gäste-Apartment. Oder eine Einliegerwohnung, oder was immer. Es ist separat.«
»Und Vance war nie dort.«
Carols Lippen wurden schmal, und sie schwieg.
Franklin sah aus, als wolle er etwas sagen, dann hielt er inne. Er änderte die Richtung und ging zum Sägebock hinüber. »Sie werden etwas daraus machen, nehme ich an.«
Carol lehnte sich an die Wand, eine Hand auf dem Kopf des Hundes. »Warum sind Sie hergekommen? Ist es wegen der Leiche auf der anderen Seite des Hügels?«
Sie erhaschte ein flüchtiges Aufblitzen von Überraschung in seinen Augen. »Immer noch die Polizistin. Wie haben Sie das

rausgekriegt? Sie sprechen doch hier mit niemandem außer George Nicholas, und der hat kein Buschtelefon.«

Sie spielte mit dem Gedanken, es zu verschweigen. Schließlich schuldete sie ihm nichts. »Ich war oben auf dem Hügel mit dem Hund unterwegs. Ich weiß, wie ein Tatort aussieht, selbst aus der Ferne.«

Er seufzte zufrieden, wenn auch nicht über den Tee. »Mr. Nicholas hat den richtigen Tag gewählt, um Ihnen den Hund zu geben.«

»Kommt darauf an, wie man es betrachtet. Ich habe kein Interesse mehr an Leichen oder Tatorten.«

»Woher wissen Sie, dass es eine Leiche gab?«

»Zu viel Aktivität für alles weniger Wichtige. Eine Leiche oder schwere sexuelle Gewalt, habe ich vermutet. Aber es gibt bessere Stellen da oben, wenn man auf ein bisschen Sex auf dem Rastplatz aus ist; also hab ich angenommen, eine Leiche.«

Franklin trommelte mit den Fingern der linken Hand auf den Sägebock. »Eine Sache ist komisch«, sagte er. »Na ja, zwei Sachen sind komisch. Erstens mal ist sie aus Bradfield. Eine vermisste Person, aber laut DCI Fielding passt sie genau zu einer anderen Leiche, die sie bereits diese Woche hatten. Sieht nach dem gleichen Mörder aus, deshalb habe ich den Fall liebenswürdigerweise an sie abgegeben.«

»Sehr großzügig von Ihnen. Ich kann mich nicht entsinnen, dass Sie mit dem ermordeten Teenager damals so freigiebig gewesen wären. Ich musste mit aller Kraft um den Fall kämpfen. Oder vielleicht ziehen Sie ja Brünette vor. Die Kerle waren anscheinend immer anfällig für Alex Fieldings Reize, wie ich mich erinnere.«

Er zuckte mit den Schultern. »Hab nicht bemerkt, dass sie welche hat. Ich hatte zu viel damit zu tun, Detective *Sergeant* McIntyre zu ärgern.«

Sergeant. Das hatte sie nicht gewusst. Es war aber kaum überraschend. Carol hätte Paula sofort befördert, wenn sie die Mittel für eine weitere Person im Rang eines Sergeant gehabt hätte. »Aber trotzdem«, sagte sie. »Sie haben den Fall ohne Streit übergeben.«
»Dieser Fall gehört ganz und gar nach Bradfield. Der Tatort, den wir haben, ist ein Ablageort, wie er im Buch steht. Kein Blut, das der Rede wert wäre, keine Waffe, absolut nichts außer ihren Kleidern und ihrer Tasche mit ihrem Ausweis. Gut, dass der dabei war, es war nämlich nicht viel von ihrem Gesicht übrig. Ich kann mich nicht erinnern, jemals eine Leiche gesehen zu haben, die so übel zugerichtet war.«
»Warum erzählen Sie mir das? Es hat nichts mit mir zu tun.«
Er stellte den Becher auf den Boden und steckte wieder die Hände in die Taschen. »Sehen Sie, das ist die andere Sache. Für meine Begriffe hat es alles mit Ihnen zu tun. Weil sie aussieht wie Sie.«
Einen Moment war es zu bizarr, um sie zu erschrecken. »Eine Frau ohne Gesicht sieht wie ich aus? Haben Sie eine Ahnung, wie verrückt sich das anhört?«
»Nicht so verrückt, wie Sie denken. Sie hat die gleiche Frisur wie Sie.« Er schaute noch mal hin und korrigierte sich. »Na ja, die gleiche Frisur, die Sie hatten, als Ihnen noch ein richtiger Friseur die Haare schnitt. Und sie hat die gleiche Größe und Figur wie Sie. Ich sage Ihnen, Carol, als ich sie zuerst sah, dachte ich ein paar Sekunden lang, Sie wären es. Die Ähnlichkeit und die Tatsache, dass ich wusste, Sie wohnen hier, gleich überm Berg – na, es war ein verständlicher Irrtum, sagen wir mal so.«
»Wollen Sie mir Angst einjagen, DCI Franklin?«
Er schüttelte heftig den Kopf. »Natürlich nicht. Ich versuch Sie nur zu warnen, dass ein Mörder umgeht; und er mag Frauen, die Ihnen sehr ähnlich sehen. Sie wohnen in einem

Gebäude, das sowieso schon wegen der Morde berühmt-berüchtigt ist. Ein eiskalter Killer da draußen sucht sich Opfer, die zu seinem Typ passen. Eines, das an einem Ort mit diesen Assoziationen wohnt, könnte unwiderstehlich sein.«
Zu ihrer Überraschung schaute er weg und starrte dorthin, wo die Galerie mit dem Schlafzimmer gewesen war. »Dass hier schon einmal ein Tatort gewesen ist, das reicht, vielen Dank auch.«
Carol wusste nicht, was sie dazu sagen sollte. Sie drehte sich um und ging zu einem der Spitzbogenfenster in den dicken Steinmauern hinüber. Sie konnte bis zum Moor hochsehen, bis zu den Bäumen am Horizont, wo sie mit dem Hund spazieren gegangen war. »Ich werde mich in Acht nehmen.«
»Das wäre gut«, sagte Franklin. »Vielleicht hat es ja nichts mit Ihnen zu tun, dass diese Leiche hier vor Ihrer Haustür aufgetaucht ist. Aber wenn es ein übler Drecksskerl ist, der seine Visitenkarte hinterlassen hat, müssen Sie aufpassen.« Er stand auf und ließ seinen Becher auf dem Sägebock stehen. »Ich bin froh, dass Sie den Hund haben.«
»Sie scheint ein guter Wachhund zu sein.«
Franklin ging zur Tür. »Ja. Sie wird es nicht zulassen, dass sich jemand an Sie ranschleicht.«
Außer George Nicholas. Carol unterdrückte den Gedanken als lächerlich und indiskutabel. »Danke, dass Sie mich auf dem Laufenden gehalten haben.«
Er stieß wieder ein rauhes, bellendes Lachen aus. »Ich bin ja selbst nicht mal auf dem Laufenden. DCI Fielding hat das vollkommen klargestellt. Aber wenn ich etwas höre, das Sie erfahren sollten, gebe ich Ihnen Bescheid.« Er öffnete die Tür und starrte auf den Graupelregen, der plötzlich losgebrochen war, wie so oft oben auf dem Moor. »Vielleicht könnten Sie mal Sergeant McIntyre anrufen. Die weiß genau, was läuft.«

Carol schaute ihm hinterher, als er wegging. Sie glaubte nicht, dass ein Mörder draußen umging, der ihr Todesangst einjagen wollte, indem er Frauen umbrachte, die ihr ein bisschen ähnelten. Und solange sie das nicht glaubte, gab es keinen Grund, ihr altes Leben per Telefon zu kontaktieren. Überhaupt keinen Grund.

37

»Ich wünschte, wir hätten warten können, bis Tante Rachel hier ist«, sagte Elinor und legte den Sicherheitsgurt an.
»Ich auch. Aber Fielding hat schon recht. Es ist nicht mehr wie in der guten alten Zeit, als Informationen sicher waren, bis die nächste Ausgabe der Zeitung herauskam. Heutzutage braucht es nur jemandem unabsichtlich herauszurutschen, oder ein Idiot aus West Yorkshire ist scharf darauf, ein paar Pfund zu verdienen und lässt etwas zu den Zeitungen durchsickern, und plötzlich ist es überall auf Twitter. Kannst du dir vorstellen, wie es wäre, auf Twitter herauszufinden, dass deine Mutter einem Mord zum Opfer gefallen ist?« Paula fuhr langsam aus der Zufahrt für Krankenwagen in den fließenden Verkehr hinaus.
Elinor schauderte. »Ich verstehe.« Als kameradschaftliche Geste legte sie eine Hand auf Paulas Oberschenkel. »Es muss ein schrecklicher Schock für dich gewesen sein, Bev plötzlich so vor dir zu haben.«
Paula seufzte. »Ehrlich gesagt, Elinor, war es fast eine Erleichterung. Nicht, sie so zu sehen, natürlich, aber dass die Ungewissheit vorüber war. Ich war ziemlich sicher, dass sie schon seit vierundzwanzig Stunden tot war. Sie wäre nicht einfach so aus ihrem Leben weggelaufen. Sie liebte ihren Sohn. Egal, wie schlimm die Situation für sie gewesen wäre – und wir fanden keine Hinweise darauf, dass etwas nicht in Ordnung war in ihrem Leben –, sie hätte Torin niemals ohne

ein Wort verlassen. Sie musste entführt worden sein. Und Entführungen durch einen Fremden kommen nie zu einem guten Ende.«
»Ich konnte nur hoffen, dass sie irgendwo gefangen gehalten wurde. Dass ihr es irgendwie schaffen würdet, sie lebend zu finden. Man liest ja von Fällen, wo Leute jahrelang gefangen gehalten und dann gerettet wurden. Und laut der Morgenzeitung war Nadia drei Wochen seine Gefangene.« Elinor biss sich auf die Lippe. »Ich wollte es einfach glauben.«
Paula wünschte, sie hätte Elinors Optimismus. Obgleich sie seit Jahren Patienten behandelte, die nicht wieder gesund wurden, ging sie doch jeden Fall an, als ob er gut ausgehen könnte. »Aber diese Fälle haben alle mit sehr jungen Frauen oder jungen Mädchen zu tun. Sie sind in einem Alter, wo sie gefügig und beeindruckbar sind. Sie lassen sich drangsalieren und manipulieren, haben noch nicht gelernt, sich einem Erwachsenen gegenüber zu wehren. Bei Frauen unseres Alters funktioniert so etwas nicht. Wir haben unseren eigenen verdammten Kopf.«
»Ja, das stimmt wahrscheinlich. Wie ist es, mit einem neuen Soko-Team zu arbeiten?«
Paula bog in eine größere Straße ein, die zur Kenton Vale School führte. Sie war total verstopft, Pkws und Transporter versuchten alle verbissen, von der einen Seite der Innenstadt zur anderen zu kommen. Bei solchen Gelegenheiten wünschte sie, sie hätte ein Blaulicht, das sie auf ihren kleinen ungezeichneten Wagen klemmen konnte, um diesen dreisten Kleintransporterfahrern das Fürchten zu lehren und sich einen Pfad durch den Verkehr zu bahnen. »Es kommt mir noch nicht wie ein Team vor. Fielding behält mich ziemlich in ihrer Nähe. Ich hatte noch keine Gelegenheit, mit dem Rest der Gruppe eine Beziehung aufzubauen. Außerdem ist es belastend, dass ich vom MIT komme. Das ist ein rotes Tuch für

manche der Leute. Wie ich's mache, ist es falsch. Wenn man etwas Schlaues hinkriegt, heißt es: ›Ooh, sieh einer an, wofür halten Sie sich denn?‹, und wenn man sich ungeschickt anstellt, dann kommt: ›Nicht so clever, wie Sie dachten, was?‹ Ich versuche nur, den Kopf einzuziehen und meine Arbeit zu machen. Und in diesem Fall ist das nicht leicht.«
»Warum nicht?«
»Zum Teil, weil alle wissen, dass ich Bev kannte, also nehmen sie an, dass ich den Fall persönlich nehme. Und zum Teil, weil ...« Sie hob kurz die Hände vom Steuerrad, eine Geste der Frustration. »Ich kann es dir wirklich nicht sagen. Es ist einfach etwas am Beweismaterial, das ... problematisch ist.«
»Kannst du mir denn sagen, was daran problematisch ist?«
Paula stieß den Atem aus. »Es hängt von der Interpretation ab. Und ich will Klarheit haben, bevor ich es Fielding vorlege. Mit Carol wäre es viel einfacher gewesen. Ich hätte darauf zählen können, dass sie und der Rest des Teams nicht die falschen Schlüsse ziehen würden. Ob ich mich bei Fielding darauf verlassen kann, weiß ich nicht. Und es ist keine Sache, die ich für mich behalten könnte. Außerdem ist die einzige Erklärung dafür unmöglich. Ich muss also einen Ausweg finden.«
»Wirst du auch.« Elinors Zuversicht übertrug sich nicht auf ihre Partnerin, und sie merkte es. »Wenn du an der nächsten Ecke links abbiegst, kannst du dem Verkehr ausweichen, um das Gewerbegebiet herumfahren und von der anderen Seite zur Schule kommen.«
Paula warf ihr einen kurzen Blick zu. »Woher weißt du das? Bist du nebenher schwarz Taxi gefahren?«
»Als ich neu nach Bradfield gezogen war, hatte ich ein schreckliches kleines möbliertes Zimmer unten beim Kanal. Das war die schnellste Möglichkeit, im Berufsverkehr dorthin durchzukommen.«
»Das wusste ich nicht.«

»Das ist eben das Geheimnisvolle an mir. Irgendwie muss ich es ja spannend machen für dich.«

Sie fuhren ein paar Minuten schweigend weiter. Paula graute vor dem, was ihr bevorstand. Die schlimmstmögliche Nachricht zu überbringen, das hatte sie schon so häufig getan, sie wollte sich gar nicht daran erinnern, wie oft, und trotzdem wurde es nie einfacher. Als hätte sie ihre Gedanken gelesen, sagte Elinor: »Egal, wie oft ich Menschen eine schlimme Nachricht bringe, ich habe immer noch das Gefühl, der Aufgabe nicht gewachsen zu sein.«

»Ich musste es noch nie jemandem sagen, den ich persönlich kenne.« Paula bog am Schultor von der Straße ab.

»Manchmal lerne ich einen Patienten ganz gut kennen. Zumindest hat man dann ein Gefühl, wie man es angehen könnte. Zum Beispiel bei Torin. Genau wie du erwartet er schon das Schlimmste. Man kann nicht sanft darauf hinführen. Direkt, aber schonungsvoll ist das Beste für ihn, würde ich sagen.«

Nicht zum ersten Mal dachte Paula, dass ihre Partnerin nicht nur Blessing hieß, sondern auch von Natur aus »a blessing« – ein Segen – war. Sie hatte direkt auf den Punkt gebracht, was Paula Kummer machte, und hatte es gelöst. Könnte doch nur auch das unangenehme Problem mit Tonys DNA so leicht geregelt werden.

Die Nachricht rief beim Schulleiter kaum eine Reaktion hervor, er war ein Mann, der offensichtlich glaubte, dass emotionale Krisen nach praktischen Antworten verlangten. Paula fand ihn gleich sympathisch. Er ließ sie in einem gemütlichen Raum mit Sesseln und einem niedrigen Tisch Platz nehmen. »Unser großes Beratungszimmer«, erklärte er. »Ich schicke jemanden zu Torins Klassenlehrerin, damit sie ihn herbringt. Wie wär's mit Tee, Kaffee?«

»Nur Wasser. Und Tempotaschentücher, wenn möglich«, sagte Elinor und erwiderte damit seine Effizienz genauso praktisch und fix. Seine Sekretärin brachte rasch das, worum sie gebeten hatten, und ließ sie wartend zurück. Es kam ihnen wie eine lange Zeit vor, aber es waren nur Minuten, bis die Tür sich öffnete und eine Frau in den Vierzigern mit großem Busen Torin in den Raum führte.

Ein Blick auf die beiden, und sein Gesicht verzog sich. All seine Anstrengungen, Bevs Abwesenheit tapfer durchzustehen, fielen in sich zusammen, und jetzt war er verloren. »Sie ist tot, nicht wahr?« Es kam als Schmerzensschrei heraus. Seine Knie gaben nach, und er kauerte auf dem Boden, an die Seite eines Stuhls gelehnt; die Arme über dem Kopf, wurde er von heftigen Schluchzern geschüttelt.

Elinor war als Erste an seiner Seite, kniete sich auf den Boden neben ihn, zog ihn zu sich heran und schlang die Arme um ihn. Sie sagte nichts. Hielt ihn nur und ließ die Woge des Kummers an ihm reißen und ihn mitzerren.

Langsam ließ das Schluchzen nach, Elinor und Paula halfen ihm beide gemeinsam auf einen Stuhl, während die Lehrerin hilflos zusah. »Wir sollen sie ja nicht berühren«, sagte sie murmelnd zu Paula, der es gelang, sich zu beherrschen. Elinor saß auf der Sessellehne, eine Hand auf Torins Schulter.

Er schaute mit verschwollenen Augen zu Paula hoch, die Wangen tränennass, seine Lippen zitterten. »Was ist passiert?«

Sie drückte sich vorsichtig aus. »Jemand hat sie gegen ihren Willen mitgenommen, Torin. Und dann hat er sie getötet. Es tut mir so leid.«

»Hat er sie verletzt? War es schnell vorbei? Hat sie gelitten?« Das wollten sie immer als Erstes wissen. Bei Mord konnte man nicht lügen, weil die Einzelheiten irgendwann vor Gericht herauskommen würden, und die Betroffenen würden es einem nicht danken, wenn man unangebrachte Versuche machte, sie zu schonen. »Ich werde dich nicht anlügen, Torin. Er hat ihr weh getan. Aber ich glaube nicht, dass sie lange Schmerzen litt.«

Sein Gesicht zuckte, er kämpfte dagegen an, wieder in Weinen auszubrechen. »Danke«, stammelte er, »dafür, dass du ehrlich bist. Hat er – hat er sie belästigt?«

Das war das andere, was sie immer wissen wollten. Und irgendwie musste man es ihnen schonend beibringen, ohne sie richtig anzulügen. »Wir wissen es noch nicht«, sagte Paula. Torin begann zu zittern wie ein Hund, der im Winterregen im Freien bleiben muss. »Ich w-w-w-weiß nicht, was ich machen soll«, stöhnte er mit klappernden Zähnen. »Was ist mit dem Begräbnis? Wer macht das alles?«

»Komm nach Hause mit uns«, sagte Elinor. »Deine Tante Rachel wird heute Nachmittag hier sein.«

»Vielleicht könnte deine Klassenlehrerin deine Tasche und deine Jacke holen?«, sagte Paula nachdrücklich. Die Lehrerin schien zu zweifeln, verließ aber doch den Raum. Paula folgte ihr nach draußen auf den Flur. »Er ist bei uns untergebracht«, sagte sie. »Elinor ist Ärztin. Sie ist eine Kollegin seiner Mutter am Bradfield-Cross-Krankenhaus. Wir werden uns um ihn kümmern.«

»Sie sollten das Jugendamt kontaktieren. Er ist erst vierzehn.«

»Glauben Sie wirklich, er ist besser dran in der notfallmäßigen Inobhutnahme?« Paula schüttelte fassungslos den Kopf. »Hören Sie, ich sehe in meinem Beruf zu viele verletzliche Kinder, die von dem sogenannten Jugendschutz verkorkst wurden. Warten wir doch ab, was sich tut, wenn seine Tante hier ist. Niemand wird Ihnen Vorwürfe machen, dass Sie ihn der Verantwortung einer Polizistin und einer Ärztin überlassen haben, meine Güte!«

»Sie brauchen nicht gleich ungeduldig zu werden«, sagte die

Frau verärgert. »Wir haben hier eine Fürsorge- und Obhutspflicht.«
»Das ist mir klar. Aber regen wir uns doch nicht so auf. Torin hat gerade seine Mutter verloren. Er kennt uns und vertraut uns. Heute Nachmittag wird eine Verwandte bei ihm sein. Es ist die beste Vorgehensweise. Wenn Sie mir da im Weg stehen wollen, gibt es eine einfache Lösung. Ich kann ihn zum Polizeirevier mitnehmen, um ihn zu befragen, und Sie können nichts tun, um mich daran zu hindern. Das ist nicht die Alternative, die ich mir wünsche, aber ich werde es tun, wenn ich muss.« Paula war schockiert, diese Worte aus ihrem eigenen Mund zu hören. Sie hatte nicht geahnt, dass sie wegen eines Jugendlichen, den sie kaum kannte, eine so unerbittliche Strategie fahren würde. *Verdammt noch mal*. Was war denn mit ihr los?
Die Frau presste die Lippen aufeinander und stemmte die Hände in die Hüften, als bereite sie sich auf einen Streit vor.
»Gut«, sagte sie. »Ich hol dann seine Sachen.«

38

Alles hing von der Planung ab. Im Planen war er schon immer gut gewesen. Ablaufdiagramme, Fehlerbaumanalysen, Ursache-und-Wirkungs-Schaubilder – die hatte er alle schon genutzt, bevor er auch nur die richtigen Bezeichnungen dafür kannte. Als erste Lektion hatte sein Vater ihm beigebracht, dass Handlungen Folgen haben. B folgt auf A so sicher wie die Nacht auf den Tag.
An seine Mutter hatte er nicht viele Erinnerungen. Sie war eine ängstliche Frau gewesen, zögerlich und schwach huschte sie immer herum, um den Anforderungen ihres Mannes gerecht zu werden. Aber sie war ein schlechtes Beispiel für eine Ehefrau und Mutter gewesen, die seinen Vater dazu zwang, sich ständig zu beklagen. Wenn Worte nicht fruchteten, hatte er auf Ohrfeigen, dann auf Schläge und Tritte zurückgreifen müssen. So funktionierte die Welt eben. Wenn man versagte, musste man die Strafe auf sich nehmen.
An einem Aprilnachmittag, er war erst sieben Jahre alt, fand er dann das Haus verschlossen und leer, als er von der Schule heimkam. Er hämmerte an die Tür, aber es kam keine Antwort. Sogar im zarten Alter von sieben wusste er schon, dass es besser war, kein großes Theater zu machen. Er war an der Seite des Hauses in den Garten dahinter geschlüpft und hatte sich zum Warten auf die Türstufe gesetzt. Als sein Vater endlich kurz nach sechs nach Haus kam, war er durchgefroren bis auf die Knochen, aber er beklagte sich nicht.

Sein Vater erklärte, er habe seine Mutter hinausgeworfen. Wie ein Stück Dreck, hatte der Junge damals gedacht. Wenn die Menschen nicht die angemessenen Anforderungen erfüllten, mussten sie die Konsequenzen tragen. Seine Mutter hatte sie beide enttäuscht, deshalb gab es keinen Platz mehr für sie in ihrer Familie.
Er vermisste das Essen, das seine Mutter gekocht hatte, und ihre warme Hand morgens auf dem Schulweg. Aber nicht lange. Sein Vater erklärte, wie wichtig es sei, hart im Nehmen und selbständig zu sein, und er beherzigte die Lektion. Es gab keine Alternative.
Bald nach seinem elften Geburtstag wurde er in den Sommerferien zwei Wochen auf eine Freizeit im Lake District geschickt. Ein Trio ehemaliger Armee-Fitnesstrainer leitete sie wie ein Ausbildungslager. Die meisten Jungen waren in den ersten paar Tagen in einem Zustand, der einem Schützengrabenschock glich. Noch nie waren sie so oft angeschrien worden, nie war so viel Verantwortung für sich und andere von ihnen erwartet worden, nie hatten sie solche Bewährungsproben ihrer Ausdauer über sich ergehen lassen müssen. Für ihn war es Normalität. Er fragte sich, warum alle so ein Aufhebens machten.
Als er nach Hause zurückkehrte, entdeckte er, dass er eine neue Mutter hatte. Während seiner Abwesenheit war sein Vater nach Thailand gereist und mit einer Frau zurückgekehrt; der Junge entdeckte später, dass sie eine Katalogbraut war. Diesmal hatte sein Vater eine Frau gewählt, die seiner Vorstellung von Perfektion viel näher kam. Sirikit war unterwürfig, freundlich, arbeitsam und darauf aus, immer alles recht zu machen. Nie gab sie Widerworte, war der reinste Putzteufel und beklagte sich nie, selbst wenn sein Vater sie wegen kleiner Verstöße gegen seine Regeln kritisierte. Und sie kochte toll.
Mit vierzehn bemerkte er etwas anderes an Sirikit. Praktisch

jede Bewegung, die sie machte, hatte das Potenzial, ihn zu erregen. Jede Mahlzeit wurde zur Folter, sein Penis drückte sich gegen die engen Unterhosen, die er jetzt trug, weil er versuchte, so seinen aufsässigen Körper unter Kontrolle zu halten. Glücklicherweise achtete sein Vater kaum auf ihn, außer wenn er die Hausordnung verletzt hatte, was er dieser Tage fast nie tat.

Als er eines Nachts im Bett lag und mit seinem Wichsritual beschäftigt war – Traumbilder von Sirikit vor Augen, die ihm, mit ausgebreiteten Gliedmaßen auf dem Küchentisch liegend, kokett über die Schulter zulächelte –, dämmerte ihm, dass es nicht bei den Phantasiebildern zu bleiben brauchte.

Am nächsten Nachmittag kam er von der Schule nach Hause und fand sie in der Küche, wo sie das Abendessen machte. Er näherte sich ihr von hinten, griff nach vorn und umfasste ihre kleinen festen Brüste. Er drückte sich an sie und war so steif wie nur je. Sie kreischte, wand sich und versuchte freizukommen. Aber er war stark und hielt sie fest. »Ich sag es deinem Vater«, schrie sie ihn an. »Und der bringt dich um.«

»Nein, das tust du nicht«, murmelte er an ihrem Nacken. »Wenn du das machst, werde ich ihm nämlich sagen, dass du es erfunden hast, um zu verbergen, dass du mich verführen wolltest, weil du einen alten Mann satt hast und junges Fleisch willst.«

Sie zischte ihm entgegen: »Er wird dir nicht glauben. Ich bin seine Frau.«

»Und ich bin sein Fleisch und Blut. Dich hat er gekauft. Unterm Strich bist du eine Hure, und ich bin sein Sohn. Und er wäre sehr froh, wenn er einen Vorwand hätte, um dich windelweich zu schlagen.«

Da hatte sie den Widerstand aufgegeben. Sie kannte ihren Mann zu gut. Und so wurde Sirikit sein Eigen. Bis er zu Hause auszog, um zu studieren. Sein Vater machte ihm klar, dass er von jetzt ab auf eigenen Füßen stehen müsse. Er hatte das Haus verkauft und Sirikit mit nach Thailand genommen, wo sie nicht mehr von selbständigen westlichen Frauen verdorben werden konnte. Er schickte seinem Sohn nie auch nur eine Geburtstagskarte. Offenbar fand er, dass er seine Aufgabe als Vater erfüllt hatte.

Eigentlich hätte er aus den Entscheidungen seines Vaters lernen und sich eine jüngere Sirikit suchen sollen. Aber er war über seinen Vater und dessen beschissenen Job bei der Stadt hinausgewachsen. Sein Studium hatte er abgeschlossen, war ein Mann mit Möglichkeiten, die sein Vater nie gekannt hatte. Er war besser als sein Vater. Er würde eine perfekte Frau finden, ohne sich eine kaufen zu müssen. Er würde eine finden, die keine Hure war.

Eine Zeitlang dachte er, genau das sei ihm gelungen. Sie war zu einem Vorstellungsgespräch in das Büro gekommen, in dem er früher arbeitete. Aus ihrer Bewerbung ging hervor, dass sie als Marktanalytikerin gut qualifiziert war. Aber sie war so schüchtern, dass sie kaum die Fragen beantworten konnte, die er und sein Chef ihr stellten. Sie war zurückhaltend und unterwürfig und konnte es kaum glauben, dass er sie nach ihrem gescheiterten Vorstellungsgespräch zur Tür begleitete und um ein Rendezvous bat. Schon bei diesem ersten Rendezvous war ihre Beflissenheit zu gefallen offensichtlich. Er setzte jeden Trick ein, der ihm zur Verfügung stand, um sie zu schwächen, und innerhalb von Wochen war sie eingeschüchtert und von ihm beherrscht. Ihre Eltern wohnten sechzig Meilen entfernt in York, und die erste Maßnahme nach seinem Erfolg war, dass er sie von einer anhänglichen Tochter zu einer machte, die nie zu Hause anrief. Obwohl die Eltern ein gewisses Unbehagen empfanden, heirateten sie sechs Monate nach dem ersten Date. Am Ende des Jahres hatte er sie von all ihren früheren Beziehungen abgeschnitten.

Mit der einzigen ihrer Cousinen, die in Bradfield wohnte, hielt er bewusst den Kontakt, weil er nicht auf dem falschen Fuß erwischt werden wollte. Wissen war Macht.
Was ihn betraf, so hatte er genau das erreicht, was er sich vorgenommen hatte. Die digitale Technik bot viel mehr Gelegenheiten für Macht und Kontrolle. Sie musste nicht einkaufen gehen, alles konnte im Internet bestellt und geliefert werden – von Lebensmitteln bis zu Sexspielzeugen. Sie brauchte nicht einmal ein Bankkonto. Er stimmte bei allen Ausgaben für Online-Einkäufe zu – oder eben nicht; bezahlt wurde mit Kreditkarten, auf die sie keinen Zugriff hatte. Er gab ihr kleine Beträge, um für Dinge wie Busfahrkarten zu zahlen, wenn sie mit einem der Kinder zum Arzt gehen musste, aber er ließ sie jeden Penny abrechnen. Und wann immer sie hinter der Perfektion zurückblieb, die er verlangte, sorgte er dafür, dass sie das Ausmaß ihres Versagens begriff. Und er unterwies sie auf solche Art und Weise, dass sie es nie vergessen würde. Das motivierte sie, ihre Fehler nicht zu wiederholen. Und es war wirkungsvoll.
Bis es nicht mehr funktionierte. Er wusste nicht, wie oder warum, aber sie hatte angefangen, ihm die Stirn zu bieten. Zuerst in kleinen, fast unmerklichen Dingen. Aber dann hatte sie ihm unumwunden widersprochen, als er sich zu den Nachrichten im Fernsehen oder zu etwas in der *Daily Mail* äußerte. Er hatte ihr den Verrat ihrer Liebe vorgeworfen, aber obwohl er sie bestrafte, war sie dabei geblieben. Er hatte den Punkt erreicht, wo er wusste, dass er ihrem Benehmen ein für alle Mal ein Ende machen müsse. Und da hatte sie ihm die schlimmste Beleidigung zugefügt. Sie hatte ihm das vorenthalten, worauf er ein Recht hatte. Und jetzt musste er sie ersetzen. Und wenn diese Ersatzfrauen seinen Anforderungen nicht entsprachen, dann müsste er sicherstellen, dass sie dem nicht entkamen, was die Erste hätte bekommen sollen.

39

Bis Paula in der Skenfrith Street ankam, war Fielding schon dabei, das Team über Bevs Ermordung zu unterrichten. Paula erwartete einen Anschiss, weil sie so lange weg gewesen war, aber als sie schließlich im Büro ihrer Chefin zusammentrafen, fragte Fielding nur, ob Torin sich noch an etwas Brauchbares erinnert hätte.
»Ich glaube nicht, dass es Brauchbares zu erinnern gibt«, sagte Paula. »Wir haben keinen Grund anzunehmen, dass der Mörder Bev vor der Entführung kannte.«
»Sie denken, es war Zufall? Er wählt Frauen aus, die sich ähnlich sehen, die beide in der Pharmabranche arbeiten, beide auf Parkplätzen? Sie meinen nicht, dass er dies alles vielleicht schon eine Weile plante? Sie vielleicht verfolgt hat?« Fieldings Stimme hatte eine sarkastische Schärfe, die Paula ärgerte. Sie fragte sich, ob es Absicht war, um sie zu größerer Anstrengung anzuspornen.
»Selbst wenn es so wäre – wir können bei diesem Killer davon ausgehen, dass er sehr vorsichtig ist. Ich glaube, er würde sich nicht so verhalten, dass er die Aufmerksamkeit eines typischen, mit sich selbst beschäftigten Teenagers erregen würde.«
»Stellen Sie keine Vermutungen an, McIntyre. Damit machen wir uns beide zum Narren, Sie und ich.«
Paula konnte kaum glauben, dass Fielding tatsächlich so ein trübseliges Klischee von sich gegeben hatte. »Ich spreche noch mal mit ihm. Vielleicht hat er jemanden herumhängen sehen.«

Fielding nickte zustimmend. »Fremde Autos, die in der Nähe des Hauses parkten. Wir haben einen Draht zu dem Jungen durch Sie. Da sollten wir ruhig das Beste draus machen.« Sie ordnete verschiedene Papiere auf ihrem Schreibtisch, dann hob sie den Blick. »Und im Labor? Was hat Dr. Myers gesagt?«
»Er wollte weitere Tests durchführen. Ich habe die Beweisstücke vom Tatort von heute früh abgeliefert, und er lässt ein Team vorrangig daran arbeiten.« Na ja, es stimmte fast. Sie wurde ganz gut darin, im Umgang mit ihrer neuen Chefin einen Weg zwischen Wahrheit und Lüge zu finden.
Fielding griff nach dem Telefonhörer. »Ich rufe ihn an, um ihn zu erinnern, dass die DNA unsere erste Priorität ist. Denn wir wollen bei alldem nicht Nadia Wilkowa aus den Augen verlieren. Sie müssten ihren Terminkalender einsehen, um herauszufinden, ob sie Verbindungen zum Bradfield Cross hatte. Ich weiß, dass die meisten ihrer Kontakte Hausärzte waren, aber alles, was sie mit Bev McAndrews Arbeitsplatz verbindet, gibt uns ein Bindeglied. Und schauen Sie sich auch ihre Facebook-Seite an, ob sie Freunde aufgelistet hat, die dort arbeiten.«
Paula war schon auf dem Weg zur Tür, als Fielding weitersprach. »Torin. Was ist das für ein Name? Er ist doch nicht Polnisch, oder?«
»Schottisch, glaube ich. Bevs Vater war aus Schottland.«
»Aha. Okay. Hab nur gedacht, ich würde nachprüfen, ob es nicht eine polnische Verbindung gibt, die wir übersehen. Der Wald vor lauter Bäumen ... all so was.«
Paula ging zu ihrem Schreibtisch und fing an, die Informationen zu Nadia durchzugehen. Sie hatte kaum begonnen, als ihr Handy piepste. Die SMS war von Dave und lautete nur: »Von AF. einbestellt. Sorry ...«
Hat keinen Zweck, sich runterziehen zu lassen, dachte Paula.

Das Ergebnis der DNA-Analyse würde irgendwann sowieso herauskommen müssen. Sie hatte nur gehofft, vorher eine Erklärung finden zu können. Als ob jemals etwas so einfach wäre.

Zwanzig Minuten später kam Dave Myers. Er winkte flüchtig in Paulas Richtung, ging aber direkt zu Fieldings Büro. Paula tat so, als gehe sie die Unterlagen zu Nadia durch, behielt aber die beiden bei ihrem Gespräch diskret im Blick. Zuerst verriet das Gesicht ihrer Chefin nichts. Dann setzte sie sich langsam auf ihrem Stuhl zurück, Schock und Ungewissheit erschienen kurz nacheinander auf ihrem Gesicht. Und dann stieg ihr eine schwache Röte in die Wangen. Die Lippen waren leicht geöffnet, und ihre Zungenspitze fuhr vom einen Mundwinkel zum anderen. *Scheiße, sie genießt das tatsächlich.*
Jetzt beugte sich Fielding über ihren Schreibtisch und ließ sich offenbar von Dave alle Einzelheiten Punkt für Punkt erklären. Endlich stand sie auf, öffnete die Tür und klopfte Dave im Vorbeigehen leicht auf die Schulter. »McIntyre«, rief sie. »Kommen Sie in mein Büro.«
Benommen tat Paula, was sie verlangte. Fielding wies auf den Stuhl neben Dave. »Dr. Myers hat uns außergewöhnliche Beweise gebracht. Können Sie bitte Sergeant McIntyre sagen, was Sie mir mitgeteilt haben?«
Sie musste dasitzen und sich alles noch einmal anhören. Aber ihr Erstaunen musste sie nicht vortäuschen – es zum zweiten Mal zu hören machte es nicht glaubwürdiger. »Und es besteht kein Zweifel daran?«, fragte sie, als er geendet hatte.
»Nein. Wir haben es nochmals geprüft. Ich weiß, es ist schwer zu glauben, aber ich würde um meinen Ruf wetten, dass die Ergebnisse richtig sind. Die DNA von dem Blutfleck an Nadia Wilkowas Jacke stammt von Vanessa Hills Kind.«

»Von Dr. Tony Hill.« Fielding stand auf. »Danke, dass Sie hergekommen sind, Dr. Myers. Und jetzt, da wir einen dringend Tatverdächtigen haben, wissen Sie ja, worauf wir bei dem Beweismaterial von Bev McAndrew aus sind, nicht wahr?«
Dave war entrüstet. »Sie werden bekommen, was da ist. Nicht mehr und nicht weniger.«
»Mehr will ich auch nicht. Aber wo es Zweifel gibt, erwarte ich, dass Ihr Team sich für die richtige Richtung entscheidet, Dr. Myers. In Zeiten finanzieller Kürzungen müssen wir schließlich sicher sein, von unserem rechtsmedizinischen Dienst den besten Gegenwert zu bekommen.«
Dave sah aus, als hätte er Mordphantasien, während er seine Unterlagen zusammensammelte. »Ich werde Ihnen einen kompletten Bericht zumailen.« Als er sich zur Tür wandte, warf er Paula einen gequälten Blick zu.
Paula wartete, bis sie das Klicken der Klinke hörte, als sich die Tür hinter ihm schloss. »Es muss ein Fehler vorliegen«, sagte sie. »Niemand, der Tony kennt, könnte sich für einen Moment vorstellen, dass er jemanden ermorden könnte. Und bestimmt nicht auf solche Art und Weise.«
»Sind Sie da so sicher? Hört man nicht, die besten Profiler seien die Kehrseite der Medaille, also der Menschen, hinter denen sie her sind?«
»Nur von Leuten, die gern mit faulen Sprüchen aufwarten.« Zornig, wie sie jetzt war, kümmerte es Paula wenig, ob sie ihre Chefin verärgerte. Sie zu einer vernünftigen Beurteilung Tonys zu bringen war wichtiger. »Tony Hill hat sein Berufsleben der Verhinderung solcher Verbrechen gewidmet. Bei ihm geht es um Wiedergutmachung und Resozialisierung, nicht um die Ermordung von Frauen.«
»McIntyre, setzen Sie sich.« Fieldings Stimme klang bestimmt, aber nicht feindselig. Paula hatte nicht einmal bemerkt, dass

sie aufgestanden war. »Lassen Sie Ihre persönlichen Gefühle beiseite und schauen Sie sich die Beweislage an. Sein Blut ist an Nadia Wilkowas Jacke. Er hinkt auf dem linken Bein. Er weiß, wie man eine Leiche ohne forensisch auffindbare Spuren hinterlässt. Und seine Opfer, Sergeant! Sie sehen beide DCI Jordan ähnlich. Die, wenn ich mich nicht täusche, alle hat sitzen lassen – sowohl Tony Hill als auch uns andere.«

Was Fielding sagte, ergab nur einen Sinn, wenn man die Welt in einem Zerrspiegel betrachtete. Aber Paula begriff, wie verlockend dieses Bild für Vorgesetzte sein musste, die auf eine baldige Verhaftung hofften, von der die Medien begeistert sein würden. Der Wolf im Schafspelz, der Jagdaufseher, der zum Wilderer wurde, der helfende Arzt, vernichtet durch die Liebe zu einer Frau, die ihn verlassen hatte. »Und was, wenn ihn jemand irgendwie hereinlegt? Was dann? Ich glaube es nicht.«

Fielding stützte die Ellbogen auf den Schreibtisch und legte das Kinn auf ihre Fäuste. Sie schien dazu anzusetzen, eine rein philosophische Frage zu stellen. »Ich hatte mehr von Ihnen erwartet, als dass Sie nach Strohhalmen greifen. Aber Sie haben das Recht zu dieser Sichtweise, McIntyre, wenn es auch manchem paranoid vorkommen mag. Die Frage ist, können Sie das beiseitelassen und Ihre Arbeit machen?«

Paula spürte, wie ihr vor Verärgerung heiße Röte in die Wangen schoss. »Es ist meine Aufgabe, die Schuldigen zur Rechenschaft zu ziehen. Ich habe niemals erlaubt, dass persönliche Gefühle diesem Ziel im Weg standen.«

»Sehen Sie, Sergeant, genau da müssen Sie Farbe bekennen. Können Sie zugeben, dass Dr. Hill schuldig sein könnte? Können Sie sich verpflichten, diese Ermittlungen durchzuführen, ohne dass Ihnen Ihre Freundschaft in die Quere kommt? Können Sie diesen Mann verhaften und verhören? Wenn Sie diese Fragen nicht mit ja beantworten können und

auch dahinterstehen, dann haben Sie nichts verloren bei der Arbeit an diesem Fall. Es gibt jede Menge anderer Delikte, für die eine talentierte Polizeibeamtin gebraucht wird. Jede Menge andere Ermittler, die einen klugen Sergeant brauchen könnten. Aber ich kann niemanden brauchen, der sich als Secret Squirrel insgeheim für die andere Seite einsetzt.«
Trotz ihrer unterdrückten Wut verwendete Paula einen Moment darauf, sich zu fragen, wo diese Frau ihre Ausdrucksweise hernahm. *Secret Squirrel*? Worum ging's denn da? »Ich werde tun, was notwendig ist«, sagte sie mit vor Ärger gepresster Stimme. »Ich werde das weiterverfolgen, was die Spuren und Hinweise mir an die Hand geben. Ich habe keine Angst vor der Wahrheit.«
Fielding schaute sie lange mit strengem Blick an und überlegte, den Kopf zur Seite geneigt. »Ich denke, ich kann Ihnen glauben, McIntyre.« Sie schaute auf ihre Uhr. »Ich will das ohne großes Aufhebens erledigen. Kein Medienrummel. Sie haben ja wahrscheinlich Dr. Hills Telefonnummer?« Paula nickte. »Was würde ihn veranlassen, herzukommen?«
»Eine Bitte um Hilfe.«
»Perfekt. Das kann auf keinen Fall so ausgelegt werden, als hätten wir ihm eine Falle gestellt. Schicken Sie ihm eine SMS. Sagen Sie ihm, dass Sie seine Hilfe brauchen, und bitten Sie ihn, herzukommen.«
Paula starrte eine ganze Weile das Display ihres Handys an, dann gab sie ein: »BRAUCHE DEINE HILFE. KANNST DU SPÄTER IN SKENFRITH STREET VORBEIKOMMEN? P« Sie zeigte Fielding das Display, die nickte. Paula schickte die SMS ab. *So hat sich Judas gefühlt.* Sie stand auf. »Ich mach mich an die Arbeit an Nadias Terminkalender. Sobald er sich meldet, lasse ich es Sie wissen.«
Sie saß am Computer, der Bildschirm schien verschwommen und sinnentleert. In ihrem Magen rumorte es, und ihre Hände

waren kalt und feucht. Sie kam sich treulos vor und war angewidert, aber der von ihr gewählte Verrat hatte wenigstens den Vorteil, dass sie dabei an vorderster Front blieb. Von dieser Position aus war sie am besten in der Lage, ihrem Freund zu helfen. Vielleicht sogar, ihn zu retten. Sie hoffte nur, dass er das genauso sah.

40

Rachel McAndrew hatte wenig Ähnlichkeit mit ihrer Schwester. Der dunkle Business-Anzug über einem gletscherblauen Rollkragenpullover, den sie für die Reise trug, war förmlich, anders als Bevs eher legere Kleidung. Bev war blond und lächelte viel, Rachel dagegen brünett und zurückhaltend. Aber Elinor wollte kein vorschnelles Urteil fällen, die Frau hatte schließlich gerade ihre Schwester verloren; sie ahnte jedoch, dass Rachel eine kompliziertere und eher verschlossene Persönlichkeit war. Torin hatte darauf bestanden, seine Tante am Bahnhof abzuholen und ihr selbst die Nachricht beizubringen. Elinor hatte sich nicht besonders bemüht, ihn davon abzubringen. Sie fand, dass er das Recht hatte, selbst einige Entscheidungen zu treffen. Sie würde ja da sein, um ihn und seine Tante zu unterstützen, wenn es nötig war.

Rachel hatte Tränen vergossen, als sie es erfuhr, aber sie fasste sich schnell. »Ich habe es befürchtet«, sagte sie, und ihr Akzent aus dem Norden war nach Jahren in Bristol noch herauszuhören. »Letzte Nacht habe ich wach gelegen, habe versucht, mich dagegen zu sträuben, aber ich konnte mir nichts vormachen. Sie wäre niemals vor ihrer Verantwortung davongelaufen, unsere Bev doch nicht.« Mit einem Arm hatte sie Torin besitzergreifend untergehakt. »Na, dann komm, Torin, fahren wir doch zu dir nach Haus und sehen zu, was erledigt werden muss.«

Torin blieb stehen, und sein Kinn hatte eine trotzige Festigkeit angenommen. »Ich will nicht nach Hause«, sagte er. »Noch nicht. Ich möchte lieber bei Elinor bleiben.«
»Torin, Frau Dr. Blessing hat genug getan. Ich bin jetzt hier, ich kann dich ihr abnehmen.« Rachel versuchte, ihn mitzuziehen, aber er weigerte sich und rührte sich nicht vom Fleck.
»Du kannst gerne mit mir nach Hause kommen«, sagte Elinor.
»Ja, das will ich«, sagte Torin und machte einen Schritt auf Elinor zu.
Die Stimmung während der Fahrt war unangenehm. Torin kauerte schweigend auf dem Rücksitz, während Rachel abwechselnd Tränen in ihr Tempotaschentuch vergoss und sich ihm zuwandte, um ihm zu sagen, wie schrecklich er sich fühlen müsse. Elinor hatte sich selten unbehaglicher gefühlt.
Sie ließ die zwei im Wohnzimmer allein, während sie Tee machte und eine frische Packung Kekse öffnete. Es war die letzte im Schrank. Der Kummer hatte Torins jugendlichen Appetit nicht gedämpft. Entweder das, oder er war dem Kummeressen so verfallen wie ein Terrier der Kaninchenjagd.
Sie brachte ein Tablett herein und fand die beiden auf entgegengesetzten Seiten des Raums sitzend vor.
Rachel stürzte sich gleich voll auf die Situation. »Wann kann ich sie sehen?«
»Ich glaube, das ist keine gute Idee«, antwortete Elinor und war sich dessen bewusst, dass man Torin nicht ausführlich informiert hatte.
»Jemand muss sie doch sicher identifizieren?«
»Über die Einzelheiten müssen Sie mit Paula, meiner Partnerin, sprechen.«
»Sie ist eine von den Leuten, die zuständig sind«, erklärte Torin. »Paula ist entschlossen herauszufinden, wer meine Mum umgebracht hat.«

»Sie wird später nach Hause kommen«, fügte Elinor hinzu.
»Wird sie uns sagen können, wie bald wir die Formalitäten für die Bestattung vorbereiten können? Wir müssen das alles erledigen.« Rachel nahm ein Schächtelchen mit Süßstoff aus ihrer Handtasche und ließ eine Tablette in ihren Tee fallen. Dann setzte sie sich auf ihrem Stuhl zurecht, die Beine an Knien und Knöcheln eng aneinandergepresst.
»Wenn jemand so umkommt, kann die Beerdigung nicht gleich stattfinden«, sagte Elinor; es war ein Versuch, die Situation auf sensible Weise zu erklären.
»Warum nicht?«
»Es ist wegen der Beweise«, sagte sie. »Wenn jemand verhaftet wird, hat er das Recht, die Leiche durch seinen Verteidiger untersuchen zu lassen.«
»Aber das ist ja furchtbar. Das könnte ja Monate dauern. Wie kann man das den Menschen antun?« Rachels Stimme wurde vor lauter Entrüstung immer lauter. Übersprungshandlung, dachte Elinor.
»Ich glaube, manche Familien halten Trauerfeiern ab, um des Verstorbenen zu gedenken, den sie lieben.«
»Das ist nicht das Wichtige«, sagte Torin zornig. »Sie ist tot, darauf kommt es an. Nicht, was sie mit ihrer Leiche machen. Es ist jetzt nur totes Fleisch.«
Rachel schlug die Hände vor den Mund und zeigte dabei perfekt manikürte pflaumenfarbene Fingernägel. »Sag das nicht, Torin. Das ist deine Mum, über die wir hier sprechen.«
»Es ist nicht meine Mum. Meine Mum ist nicht mehr da. Was sie in der Leichenhalle haben, ist nichts als eine Hülle mit Fleisch und Knochen. Das hat nichts zu sagen. Hier ist sie jetzt.« Er schlug sich mit einer Hand aufs Herz und verzog das Gesicht, entschlossen, nicht zu weinen.
»Natürlich ist sie noch in unseren Herzen.« Elinor schob die Kekse Torin zu. »Und wegen Ihrer Mutter«, sagte sie zu Ra-

chel. »Werden Sie sie anrufen und es ihr mitteilen? Oder gibt es eine Nachbarin ...?«
»Ich rufe sie später an. Ich habe ihr gesagt, ich würde heute Abend mit ihr sprechen, wenn ich wüsste, was Sache ist. Wenn also keine Beerdigung stattfinden kann, gibt es eigentlich keinen Grund für uns, in Bradfield zu bleiben, oder?« Es war, als könne sie es nicht erwarten, fortzukommen.
»Na ja, Sie werden den Sterbefall melden müssen. Und sich um den Nachlass kümmern«, sagte Elinor.
»Je eher wir nämlich Torin nach Bristol runterbringen, damit er sich dort einlebt, desto besser«, fuhr sie fort, als hätte Elinor nichts gesagt.
Ihre Worte ließen Torin schlagartig aktiv werden. Er richtete sich aus seiner zusammengesunkenen Haltung auf und rutschte auf seinem Sessel zur Seite. »Bristol? Ich gehe nicht nach Bristol.«
»Natürlich tust du das, sei doch nicht albern. Wir sind deine Familie, wir sind alles, was du jetzt noch hast, dein Dad ist ja auch fort, wo immer er sein mag. Du wirst nach Bristol kommen und bei mir wohnen. Oder bei deiner Oma, wenn du da lieber hinwillst. Wir haben beide Platz genug.« Sie klang ganz sachlich, als sei es ein klarer Fall.
»Warum sollte ich nach Bristol gehen wollen? All meine Freunde sind hier. Ich gehe hier zur Schule. Ich singe in einer Band hier. Sag es ihr, Elinor. Ich gehöre hierher, nach Bradfield. Es ist schlimm genug, meine Mum zu verlieren, ohne dass ich auch noch alles andere verlieren muss.« Jetzt war er wieder den Tränen nahe. Er rieb sich heftig mit der Faust über die Nase. »Ich bleibe hier.«
»Du kannst nicht hierbleiben. Du bist erst fünfzehn ...«
»Eigentlich ist er vierzehn«, warf Elinor ein.
Rachel schaute kurz ärgerlich, aber sie kehrte schnell zur Anteilnahme zurück. »Torin, du kannst nicht allein leben. Das

musst du doch einsehen. Ein klarer Schnitt ist für alle das Beste. Du kannst einen neuen Anfang machen.«
Jetzt rannen ihm Tränen übers Gesicht. »Ich will keinen neuen Anfang. Ich will da sein, wo ich hingehöre, wo die Orte, an die ich gehe, mich an sie und unser Leben erinnern. Ich will überhaupt keinen Schnitt. Mein Dad hat gesagt, ich sollte in Bradfield bleiben. Wenn du mich zwingst, nach Bristol zu gehen, hau ich ab, ich schwör's.« Er knallte seinen Becher so fest auf den Tisch, dass der Tee überschwappte.
»Ich verstehe, warum du dich aufregst, ich empfinde genauso. Mir ist auch zum Heulen zumute. Sie war meine Schwester, und es bricht mir das Herz.« Rachel wischte sich mit einer graziösen Bewegung eine Träne mit einem Papiertaschentuch ab. »Ich will, dass du bei uns wohnst, weil du ein Teil von ihr bist.«
»Dir ist das doch egal. Du kennst mich ja gar nicht. Ihr seht uns kaum einmal vom einen Jahr bis zum nächsten. Ihr habt uns letztes Jahr genau ein Wochenende besucht, du und meine Gran. Wenn Mum mich nicht in den Ferien nach Scheiß-Bristol runtergeschleppt hätte, wär's das gewesen. Tu nicht so, als wären wir so eng, sind wir nämlich nicht. Du weißt gar nichts über mich.«
»Wir werden es lernen«, sagte Rachel leise. »Wir hätten mehr Zeit miteinander verbringen sollen, da hast du recht. Aber man denkt immer, es wird später noch Zeit dafür sein. Man denkt doch nie, dass es zu spät sein wird, einfach so. Das denkt man nie. Ich kann es Bev gegenüber nicht wiedergutmachen, aber dir gegenüber schon.«
»Aber ich will das nicht«, sagte Torin traurig. »Ich muss hierbleiben. Ich hab sonst nichts mehr.«
»Aber du bist zu jung, um allein zu leben, Torin.«
Elinor sah es schon kommen, bevor er sich an sie wandte.
»Du würdest mich doch hierbleiben lassen, oder, Elinor? Ich

könnte unser Haus vermieten und dir hier Miete zahlen. Es würde euch nichts kosten.«

»Du weißt ja, dass du hier willkommen bist, Torin. Aber deine Tante hat nicht unrecht. Deine Familie kann dir Unterstützung bieten, die wir dir nicht bieten können. Wenn du über deine Mum sprechen willst, über ihre Vergangenheit, darüber, wie sie in deinem Alter war, dann haben wir keine Antworten auf diese Fragen.« So großzügig zu sein war überraschend schwierig. Zu ihrem Erstaunen schmerzte Elinor der Gedanke, dass Torin sie verlassen würde. Sie wollte, dass er bei ihnen blieb. Es war unerklärlich. Sie hatte doch nie Kinder haben wollen. Aber dieser Junge hatte sie auf eine Art und Weise berührt, wie sie es nicht für möglich gehalten hätte.

»Wir können telefonieren. Ich kann in den Ferien hinfahren. Aber bitte, Elinor, lass mich bleiben. Ich will hier sein.« Er vergrub das Gesicht in den Händen und weinte. Elinor wartete darauf, dass Rachel etwas tat, aber sie rührte sich nicht. Also stand Elinor auf, setzte sich auf die Lehne seines Sessels und schlang die Arme um ihn. Sie würde den Teufel tun und den Jungen einer Frau übergeben, die nicht genug intuitives Gefühl hatte, um ihn in seinem Kummer zu trösten. Als er sich schließlich wieder unter Kontrolle hatte, stand er auf und sagte: »Ich geh rauf in mein Zimmer.«

»Ich bin sicher, dass Bev das nicht gewollt hätte«, sagte Rachel, als er die Tür hinter sich schloss.

»Ich denke, Torin und sein Vater werden entscheiden, was auf lange Sicht geschehen wird«, sagte Elinor. »So oder so ist das jetzt nicht der richtige Zeitpunkt oder der richtige Ort. Sie beide sind in einer sehr emotionalen Verfassung. Ich schlage vor, dass Torin für den Moment hierbleibt. Wir haben mit Tom gesprochen, und er war dafür, dass Torin erst einmal hier bei uns wohnt. Sie wären auch willkommen. Im Arbeitszimmer ist ein Schlafsofa.«

»Ich glaube nicht«, lehnte Rachel ab. »Ich habe Schlüssel zu Bevs Wohnung. Ich hätte lieber das Gefühl, dass sie um mich herum ist, als in einem fremden Haus bei fremden Menschen zu sein.«

»Natürlich. Die Polizei hat die Wohnung schon durchsucht, meine Partnerin, Paula, hat das gemacht, sobald wir feststellten, dass Bev vermisst wurde. Es war schwer für sie, so intensiv an dem Fall beteiligt zu sein. Aber wenn Sie möchten, kann ich sie anrufen und nachfragen, ob die Polizei damit fertig ist.«

Rachel schüttelte den Kopf. »Ich lasse es darauf ankommen. Wenn es ein Problem gibt, gehe ich in ein Hotel. Ich will einfach die Dinge in Ordnung bringen. Ich war ja ziemlich sicher, dass ich hierherkam, um meine Schwester zu beerdigen. Und ich wollte nur eine schöne Beerdigung organisieren und Torin nach Hause mitnehmen. Aber wie es aussieht, werde ich beides nicht tun können.«

»Es tut mir leid«, sagte Elinor. Und es stimmte, denn, wie Paula oft betonte, Elinor war die Nette von den beiden. Aber zugleich empfand sie eine tiefe Zufriedenheit, dass Torin bei ihnen bleiben wollte.

41

Als Paula ihn im Warteraum auf der Wache der Skenfrith Street traf, sagte sie als Erstes zu ihm: »Es tut mir leid.«

Tony war verwundert. »Leid – weshalb denn? Ist ja nicht so, als hätte ich sonst noch etwas Wichtiges zu tun gehabt.«

Ganz untypisch für sie machte Paula keinen Witz darüber, dass er wie ein Einsiedler lebte. Stattdessen führte sie ihn rasch in den Hauptteil des Reviers und durch einen Flur mit vielen Türen. Auf den Schildern stand »Vernehmungsraum«, gefolgt von einer Zahl. »Ich habe dich getäuscht. Ich musste es tun. Nur so konnte ich beteiligt bleiben.«

»Ich kapiere gar nichts.«

Paula blieb vor einer geschlossenen Tür stehen, Nummer vier. »Du wirst es verstehen.« Sie öffnete die Tür und machte eine Geste, dass er eintreten solle.

Der enge Raum war in einem stumpfen Grauton gestrichen und hatte eine niedrige Decke, die mit Akustikplatten verkleidet war. Es gab keinen Einwegspiegel, nur nackte Wände, und in einer Ecke war eine Videokamera angebracht. DCI Fielding saß schon auf einem der grauen Plastikstühle, die an beiden Seiten des grauen Tisches mit dem Aufnahmegerät aufgestellt waren. Sie hob nicht einmal den Kopf von der Akte vor ihr, als sie hereinkamen, sondern wies lediglich mit einer Hand auf die Stühle, die ihr gegenüberstanden.

Tony war schon in vielen Vernehmungsräumen der Polizei

gewesen, aber immer auf der Seite des Tisches, wo der Befrager sitzt. Er wusste nicht genau, was hier lief, setzte sich Fielding gegenüber und war noch verwirrter, als Paula neben ihr Platz nahm. Paula holte einen Notizblock und einen Stift heraus und legte sie vor sich hin. Er konnte eine Liste auf dem Block erkennen, wahrscheinlich mit Fragen, konnte aber ihre auf dem Kopf stehende Schrift nicht lesen.
»Was ist los, Paula?«
Fielding hob den Blick. »Lassen wir doch das Band laufen, McIntyre.«
Paula warf ihm einen bedauernden Blick zu, drückte aber auf die Knöpfe des Aufnahmegeräts. Nach dem langen Piepsen sagte sie: »Vernehmungsbeginn achtzehn Uhr zwölf. Anwesend sind DCI Alex Fielding, Detective Sergeant Paula McIntyre und Dr. Tony Hill. Wir möchten Sie nach der Aufklärung über Ihre Rechte zur Ermordung von Nadzieja Wilkowa, genannt Nadia, und Beverley McAndrew, genannt Bev, vernehmen.«
»Willst du mich etwa verhaften?« Auf der Aufzeichnung würde sein Erstaunen unmissverständlich zu hören sein.
»Nicht zu diesem Zeitpunkt. Wir möchten Ihnen einfach ein paar Fragen stellen. Sie haben das Recht auf die Anwesenheit eines Anwalts. Möchten Sie einen Anwalt?«
Der Rollentausch war so alarmierend, dass Tony ihn zuerst nicht richtig verarbeiten konnte. »Wofür brauche ich einen Anwalt? Ich habe nichts getan. Außer ein paar unbezahlten Parkknöllchen. Mach weiter, Paula. Kannst alles fragen, was du willst.«
»Sie brauchen nicht auszusagen. Aber es kann Ihrer Verteidigung schaden, wenn Sie etwas verschweigen, nach dem Sie gefragt wurden, falls Sie sich später vor Gericht darauf berufen. Alles, was Sie sagen, kann in der Beweisführung gegen Sie verwendet werden. Haben Sie das verstanden?«

»Welche Verteidigung? Ich dachte, ich werde nicht verhaftet?«

DCI Fielding schaltete sich ein. »So lautet eben die Formulierung, Dr. Hill. Wie Sie ja wissen. Es ist hier nicht die Zeit oder der Ort für witzige Bemerkungen. Zwei Frauen sind gestorben.« Fieldings Blick versprach keinerlei Freundlichkeit. Er hatte gehört, dass sie wenig Duldsamkeit für seine geheimnisvollen Künste hätte, aber es war ihm nicht klar gewesen, wie weit ihre Abneigung gegenüber seiner Arbeit reichte. Und natürlich war sie ehrgeizig, und für eine weibliche Kraft bei der Polizei konnte das eine schwer zu bewältigende Situation sein. Diese Fälle schnell zu lösen und sie einem sehr bekannten Täter anzuhängen würde ihr in den Augen derer, für die solche Dinge wichtig waren, nur Nutzen bringen. Wurde er etwa gerade zum Sündenbock gemacht? Das war ein Gedanke, der einen aus der Fassung bringen konnte. Er hatte nur die Wahl, so zu tun, als hätte er keine Ahnung, was hier lief.

»Natürlich. Entschuldigen Sie. Bitte, ich beantworte Ihre Fragen gern. Hat es mit dem Bus zu tun? Aber es war ja nur Zufall, dass ich darauf stieß. Ich hatte mehr eingekauft, als ich vorhatte, und musste den Bus nehmen.«

Jetzt war es Fielding, die verdutzt aussah.

»Tony«, sagte Paula. »Alles zu seiner Zeit. Das Erste, worum ich dich bitten muss, ist, dich in Gedanken an den drittletzten Samstag zu versetzen. Kannst du uns sagen, wo du an jenem Samstagnachmittag und Abend warst?«

»Am Samstag vor drei Wochen?« Theoretisch sollte das leicht sein. Ein Tag, an dem er keine Termine hatte. Ein Tag, an dem er tun konnte, was er wollte. Aber da nichts einen Samstag von dem anderen unterschied, wie konnte er sagen, was er tatsächlich gemacht hatte?

»Bradfield Victoria spielte gegen Chelsea im Stamford Bridge, wenn das hilft.« Da sie seine Anhänglichkeit für die Vics

kannte, hatte Paula vor der Vernehmung auf dem Spielplan nachgesehen.
Seine Miene hellte sich auf, und er lächelte. »Natürlich, Ashley Cole musste einen Elfmeter hinnehmen und sah aus, als würde er gleich in Tränen ausbrechen. Ich dachte daran, es live im Pub anzuschauen, aber ich hatte keine Lust, um einen Platz zu kämpfen, und auch nicht auf all diese endlose Kameradschaft dort. Deshalb schaute ich mir das Spiel zu Hause an. Ich trank zwei Bier dazu. Dann ging ich zu Fuß zur Pommesbude in der Mistle Row und holte mir Fish 'n Chips zum Abendessen.«
»Wird man sich dort an dich erinnern?«
»Drei Wochen später? Das glaube ich kaum. Es war viel los nach dem Spiel, ich habe mit niemandem gesprochen.« Er zuckte bekümmert leicht die Schultern. »Ich wusste ja nicht, dass ich ein Alibi brauchen würde.«
»Und danach?«
»Ging ich zurück zum Boot.« Er lächelte Fielding an. »Ich wohne auf einem Kanalboot im Minster Basin. Den Abend verbrachte ich allein. Endlich komme ich dazu, mir die skandinavischen *Films noirs* anzuschauen, also hab ich wahrscheinlich zwei Folgen von *Die Brücke* oder *Kommissarin Lund – Das Verbrechen* gesehen, dann spielte ich aller Wahrscheinlichkeit noch Arkham City oder Skyrim auf meiner X-Box.«
»Sie spielen gern gewalttätige Computerspiele?«, warf Fielding ein.
»Ich mag Computerspiele«, sagte Tony. »Niemand wird verletzt. Es ist ja nur Fiktion, DCI Fielding. Was immer die *Daily Mail* darüber denken mag, das Urteil über einen direkten Bezug zwischen Spielen und IRL-Gewalt steht noch aus.«
»Fürs Protokoll, was ist IRL?«, fragte Paula.
Tony verdrehte die Augen. »In real life.«

»Hast du telefoniert?«
»Ich denke schon. Aber ich gebe gern die Erlaubnis, bei meinem Mobilfunkanbieter meine Gespräche zu überprüfen.«
»Hat dich jemand angerufen?«
Die Finger hinter dem Kopf verschränkt und sich zurücklehnend, wies er demonstrativ darauf hin, dass er nachdenke. Schließlich sagte er: »Ich glaube, das ist der Samstag, an dem der medizinische Leiter des Bradfield Moor Secure Hospitals mich anrief, aber ich nahm nicht ab. Ich war mitten in einem Spiel und wollte an einem Samstagabend nicht durch Arbeit gestört werden.«
»Es hätte ja ein Notfall im Zusammenhang mit einem deiner Patienten sein können.«
Tony neigte den Kopf. »Nicht sehr wahrscheinlich, aber, ja, das hätte sein können. Allerdings bin ich nicht der einzige klinische Psychologe, der dort arbeitet. Ich lerne gerade, nicht unabkömmlich zu sein.«
»Du bist sicher, dass du das an dem Samstag damals gemacht hast? Du warst nicht einkaufen?«
»Ich gehe nicht einkaufen, nicht im Sinne einer Freizeitbeschäftigung. Das meiste, was ich brauche, kaufe ich online und die Lebensmittel im Supermarkt. Und ich gehe nie samstags. Sondern an Wochentagen, wenn nicht so viel los ist. Manchmal mitten in der Nacht, wenn ich nicht schlafen kann. Gestern Abend war ich einkaufen. Wie du weißt, Paula, weil ich dich danach angerufen habe, um dir zu sagen, dass du dir das Material aus den Überwachungskameras der Buslinie anschauen solltest. Für den Fall, dass Bev McAndrew darauf zu sehen wäre.« Er lächelte ihr zu, um sie daran zu erinnern, dass er auf ihrer Seite war.
»Wie gesagt, wir werden noch darauf zurückkommen. Du bist an jenem Samstag nicht ins Kino gegangen, oder?«
Er schüttelte den Kopf. »Nein. Das hab ich bestimmt nicht

gemacht. Ich kann mich an das letzte Mal, als ich im Kino war, überhaupt nicht erinnern. Entweder schaue ich mir die Filme als Streams aus dem Internet an oder auf DVD. Ich hasse diesen Kinogeruch. Popcorn und Hotdogs.« Auf seinem Gesicht malte sich der Ekel ab.
Und so schleppte sich die Vernehmung weiter. Am Montagabend, als Bev entführt wurde, war er zu Hause und schrieb auf seinem Laptop an einem Bericht für den Bewährungsausschuss. »Du kannst einen Computer-Geek bitten, das Zeitstempelprotokoll aus meinem Computer zu kontrollieren.«
»Zeitstempelprotokolle können gefälscht werden«, äußerte Fielding abschätzig.
Er erklärte, dass er am Abend vorher, als Bev getötet und abgelegt wurde, den ganzen Weg zum Freshco-Supermarkt zu Fuß gegangen und im Bus zurückgekommen war.
»Warum sind Sie so weit zu diesem Freshco-Markt gegangen? Es gibt doch jede Menge Läden, wo Sie mehr in der Nähe hätten einkaufen können«, fragte Fielding.
Tony runzelte die Stirn, sein Blick glitt zwischen den beiden Frauen hin und her. »Weil es am wahrscheinlichsten war, dass Bev dort nach der Arbeit einkaufen ging. Es war eine vernünftige Hypothese, dass ihr Entführer sie dort in seine Gewalt brachte.«
»Und woher wussten Sie das alles?«
»Weil Paula es mir gesagt hatte.« Das »Was denn sonst?« wurde nicht ausgesprochen, aber Paula hörte es laut und deutlich. Fielding warf Paula einen zornigen und verwirrten Blick zu. Tony wurde bewusst, dass er Paula vielleicht noch mehr als sich selbst in die Bredouille gebracht hatte. Ging es im Grunde darum? Benutzte Fielding ihn, um Paula zu ruinieren?
»DS McIntyre?« Ihr Gesichtsausdruck war so streng, dass seine Theorie zutreffend sein konnte.
Paula gab jedoch nicht nach. Sie sprach klar und zuversicht-

lich. »Als Bev vermisst wurde, habe ich mit Dr. Hill gesprochen. Ich wollte sehen, ob er Vorschläge hätte, die mir helfen könnten, sie zu finden. Ich sprach als Freundin der Familie. Nicht als Polizistin. Es war damals ja noch kaum ein Fall für die Polizei.«
Fieldings grimmige Miene ließ erahnen, dass Paula noch mehr über dieses Thema hören würde. »Sie beschlossen also, Ihre eigene Untersuchung ins Rollen zu bringen, Dr. Hill?«
»Eigentlich nicht. Ich brauchte einen Spaziergang und musste Einkäufe machen. Aber ich hatte Bev noch im Hinterkopf, das war alles.« Mit gequältem Gesichtsausdruck beugte er sich vor. »Bin ich etwa ein Tatverdächtiger?«
»Zu diesem Zeitpunkt versuchen wir nur, einige Sachverhalte zu klären«, sagte Fielding.
Tony fragte sich wieder, was diese Sachverhalte waren. Es gab doch bestimmt einfachere Strategien, um Paula aus dem Fall auszubooten, wenn es das war, was Fielding wollte? Vielleicht sollte er etwas mehr selbst agieren. Bei seinen Fertigkeiten dürfte er in der Lage sein, diese Vernehmung zu steuern. Er bemühte sich um sein versöhnlichstes Lächeln. »Wenn ich ein Tatverdächtiger bin, warum sollte ich dann Paula anrufen und vorschlagen, dass sie sich die Videoaufnahmen der Busgesellschaft anschaut? Warum sollte ich Ihre Ermittlung erleichtern?«
Fielding lehnte sich zurück. »Wenn Sie sich dachten, dass es sowieso rauskommen würde – und das wäre so gewesen, sobald wir eine vollständige Mordermittlung eingeleitet hätten –, dann würden Sie den Verdacht zerstreuen, indem Sie uns in die richtige Richtung wiesen.« Sie erlaubte sich ein ganz kurzes Lächeln. »Plus, sagt ihr Profiler uns nicht immer, dass Mörder sich gerne in die Ermittlung einbringen? Mir scheint, dass dies eine Interpretation dessen wäre, was Sie mit DS McIntyre gemacht haben.«

Tony stieß ein Stöhnen voller Selbstironie aus. »Ich werde von meiner eigenen Petarde weggeblasen, was?« Er hielt inne und runzelte die Stirn. »Was ist überhaupt eine Petarde? Das hab ich mich schon oft gefragt.«

»Es ist eine Bombe«, sagte Fielding. »Hören Sie auf mit dem Versuch, diese Befragung zu torpedieren, Dr. Hill.«

»Aufgeflogen«, sagte er und warf Paula einen reuigen Blick zu.

Fielding reichte Paula zwei Blätter Papier, die sie auf den Tisch vor Tony hinlegte. Sie tippte auf das eine Blatt. »Das ist Nadia Wilkowa.« Und das zweite. »Das ist Bev McAndrew. Kennst du diese Frauen?«

Er musste zugeben, Paula war gut. Sie hatte die Frage so gestellt, dass er aufrichtig antworten konnte, ohne sie noch weiter hineinzureiten. Es wäre niemandem damit gedient, wenn er verriet, dass sie ihn zu Nadias Wohnung gebracht hatte. Es würde einfach nur alles noch verworrener machen. Er hatte Handschuhe getragen, es würde dort also keine Fingerabdrücke geben, und er hatte nichts getan, wobei er genug DNA hinterlassen haben könnte, dass es ins Gewicht fiel. Paula und er müssten wirklich frei von jedem Verdacht sein. Einstweilen, zumindest.

»Ich bin nicht sicher«, sagte er und zog Nadias Bild näher zu sich heran. »Irgendwie kommt sie mir bekannt vor. Eigentlich beide. Aber ich kann sie nicht zuordnen. Tut mir leid.« Er hob den Blick mit der Miene eines kleinen verlorenen Jungen. »Bev arbeitete am Bradfield Cross, nicht wahr? Dorthin werde ich von Zeit zu Zeit wegen einer psychologischen Beratung gerufen. Und gelegentlich habe ich dort Besprechungen. Vielleicht bin ich ihr dabei begegnet. Aber ich weiß es nicht genau.«

Fielding nahm zwei weitere Blätter aus ihrer Mappe und schaute darauf. »Sie sind ein Einzelkind, ist das korrekt?«

»Wieso ist das relevant?«
»Antworten Sie bitte einfach.«
»Ja, ich bin ein Einzelkind, soweit ich weiß.«
»Soweit Sie wissen?«
Er zuckte mit den Achseln. »Niemand kann dessen jemals sicher sein. Aber ich wuchs als Einzelkind auf und habe keinen Grund, es anzuzweifeln. Warum interessiert Sie das?«
Fielding legte die zwei Blätter vor Tony hin. Der Teil, wo die Namen standen, war mit Post-it-Zettelchen abgeklebt. »Wissen Sie, was das ist?«
Er blickte auf die Grafiken mit ihren zackigen Spitzen hinunter. »Das sieht wie DNA-Profile aus.«
»Dieses hier ist von der Nationalen DNA-Datenbank. Und das hier von einem Blutfleck an Nadia Wilkowas Jacke. Selbst als Laie kann man die Ähnlichkeiten erkennen«, argumentierte Fielding. »Stimmen Sie mir zu?«
»Ich habe keine Fachkenntnisse auf diesem Gebiet«, sagte Tony vorsichtig. Es dämmerte ihm nun, dass es hier um etwas Ernsteres gehen musste als darum, dass Paula übel mitgespielt werden sollte.
»Der Grund für die Ähnlichkeiten ist, dass es eine genetische Verwandtschaft zwischen diesen beiden Menschen gibt. Was wir eine Verwandtschaftsbeziehung nennen. A ist die Mutter von B. Möchten Sie raten, wer A ist?«
Er hielt Fieldings direktem triumphierendem Blick stand. »Nein.«
»Es ist Vanessa Hill. Ihre Mutter. Und das sind vermutlich Sie. Können Sie erklären, wie Ihr Blut auf die Manschette von Nadzieja Wilkowas Jacke kam?«
Es war, als hätte ihm jemand heftig gegen die Brust gestoßen. Einen Augenblick konnte er nicht atmen. Dann durchströmte ihn der Adrenalinstoß der Angst und schaltete seine Sinne auf höchste Alarmstufe. Sein Gehirn arbeitete verzweifelt, die

Synapsen feuerten wie verrückt und durchstöberten den ganzen Bestand seiner Erinnerungen, um diese Frau zu finden. Er wusste, dass er unschuldig war, also wusste er, dass die Antwort irgendwo da drin sein musste.
Er hatte keine Ahnung, wie viel Zeit verstrichen war, als Paula leise sagte: »Tony? Kannst du die Frage beantworten, bitte? Kannst du erklären, wie dein Blut an ...«
Sein Gesichtsausdruck war niedergeschlagen. »Ich habe keine Ahnung«, sagte er mit trockener, angespannter Stimme.
Fielding schüttelte den Kopf. »Ich hätte gedacht, dass Sie sich besser schlagen würden.« Sie wandte sich wieder ihrer Mappe zu.
Bevor Paula eine weitere Frage stellen konnte, klingelte ihr Handy. Sie warf einen Blick auf das Display und zeigte es dann Fielding, die nickte und aufstand. »Vernehmung unterbrochen.« Sie ließ Paula vor sich hergehen und verließ den Raum.
Tony blickte ihnen nach und fühlte zum ersten Mal, seit er in der Skenfrith Street angekommen war, echte Angst.

»Scheiße«, sagte Fielding, als sie die Tür hinter sich geschlossen hatte. »Er hat nichts. Keinen Gegenbeweis, keine Ausrede, nichts. Jetzt lassen Sie uns mal sehen, was Ihr Freund Dr. Myers für uns hat.«
Die SMS von Dave Myers lautete einfach: »Lade mich zu 'ner Tasse Kaffee ein.« Sieben Minuten später hielt Paula beim Kaffeestand an, der unter der Nordtribüne des Bradfielder Victoria Premier League Stadions versteckt war. Dave mochte diesen Treffpunkt. Er erinnerte ihn an amerikanische Polizeiserien, die ihr langweiliges Leben mit einem falschen Glanz verbrämen. Als er ihren Wagen sah, löste er sich von der Theke, zwei Tassen Kaffee auf einem Papptablett tragend. Er sah besorgniserregend bedrückt aus. Sein Gesichtsausdruck wur-

de noch deprimierter, als er Fielding aus der Beifahrerseite aussteigen sah.

Gequält lächelnd reichte er den beiden Frauen je einen Kaffee. Paula lehnte sich auf die offene Tür an der Fahrerseite, schlug einen Teil des Deckels zurück und genoss das Aroma des würzigen, stark gerösteten Kaffees, den der italienische Besitzer des Stands bevorzugte. Sie hatte das Gefühl, dass es bei diesem Treffen nicht viel anderes zu genießen geben würde.

»Nett von Ihnen, dass Sie meinem Sergeant einen Kaffee anbieten, Dr. Myers.«

»Wir kennen uns schon lange«, sagte Paula.

»Was haben Sie uns denn zu sagen?«

»Der Beutel, den Sie uns heute früh brachten, da war ein Handy drin, ja?«

»Ja, wahrscheinlich Bevs«, sagte Paula.

»Es ist ihres. Wir haben es überprüft.« Er zog an seinem Kinnbärtchen. »Hinten auf dem Handy ist ein Teil von einem Fingerabdruck.« Er nahm ein gefaltetes Stück Papier aus seiner Jackentasche und reichte es Fielding. Die vergrößerte Fotokopie eines Abdrucks, der auf der einen Seite verschmiert und leicht verzerrt war, weil der Daumen, von dem er stammte, sich etwas verschoben hatte. »Weil ich weiß, dass es Ihnen in diesem Fall eilt, habe ich die Sache als vordringlich einer meiner besten Spezialistinnen für Fingerabdrücke gegeben. Sie hat den Abdruck durch die AFIS-Datenbank laufen lassen. Kein Treffer, was Straftäter betrifft. Aber in Bradfield haben wir unsere eigene Datenbank von Abdrücken zum Zweck der Eliminierung. Aktive Polizeibeamte, Tatortermittler, Pathologen. Alle, die sich regelmäßig an Tatorten aufhalten oder mit Beweisstücken Kontakt haben.«

Fielding sah sichtlich besser gelaunt aus. »Ich hoffe, das geht in die Richtung, die ich vermute.«

Paulas Reaktion war deutlich anders. Sie schnappte sich ihre Notpackung Zigaretten aus dem Türfach des Wagens und zündete sich eine an.

Dave verzog das Gesicht, als der Rauch an seinem Gesicht vorbeizog. Er wandte sich halb von Paula ab und zu Fielding hin. »Ihre vorläufige Meinung ist, dass der Fingerabdruck auf Bevs Handy von Dr. Hill sein könnte.«

»Könnte?« Fielding war offensichtlich enttäuscht. »Besser können Sie es nicht eingrenzen?«

»Es war ein Eilauftrag. Natürlich wird sie es noch einmal anschauen.«

Paula wurde es eng um die Brust vor Angst. Heutzutage gab es bei Fingerabdrücken immer Spielraum für Zweifel. Kein Staatsanwalt würde seine Zustimmung zu einer Anklage geben, die sich allein auf Fingerabdrücke stützte. Aber als Bestätigung war sie noch bombensicher, was Geschworene anging. Und hätten die Geschworenen wirklich unrecht? Für Paula war es unvorstellbar, aber Beweise aufgrund von DNA *und* einem Fingerabdruck – gab es dafür eine andere Erklärung als Schuld?

Während Paula und Fielding nicht da waren, hatte Tony eine halbe Stunde damit zugebracht, sich das Hirn zu zermartern, um eine Erklärung zu finden, wie sein Blut auf Nadia Wilkowas Jackenmanschette gekommen war; aber es war ihm nicht gelungen. Dabei half es nicht gerade, dass er verunsichert war. Schließlich war Stress ein Feind des Erinnerungsvermögens. In der Ruhe kamen Erinnerungen in Bewegung. Nicht, wenn man bis zum Äußersten angespannt war.

Als sie endlich zurückkamen, sprang er praktisch auf. »Das ist verrückt«, sagte er. »Paula, wir kennen uns seit Jahren. Du weißt, dass ich niemanden umgebracht habe.«

»Setzen Sie sich, Dr. Hill«, sagte Fielding. »Es geht nicht dar-

um, wie gut jemand Sie kennt. Es geht darum, den Spuren dorthin zu folgen, wo sie uns hinführen. Und im Moment führen sie uns nur in eine Richtung.« Sie knallte ihre Mappe auf den Tisch und zog ein Blatt Papier heraus. »Lassen Sie uns mal sehen, was Sie davon halten, ja? Wissen Sie, was das ist?«
»Es ist ein Fingerabdruck, etwas verwischt, aber ein Fingerabdruck.«
»Tatsächlich ist es ein Daumenabdruck. Der rechte Daumen, genau gesagt. Und auch das ist einer.« Sie hielt ihm den Ausdruck einer offiziellen Karte mit Fingerabdruck hin. »Identisch, würden Sie doch bestätigen müssen, meine ich.«
Die Situation begann, sehr ungemütlich zu werden. »Ich habe nicht das Fachwissen dafür«, sagte Tony und presste die Lippen zusammen.
»Sie brauchen kein Fachwissen, nur Augen. Der Abdruck auf der offiziellen Karteikarte wurde uns vor über drei Jahren freiwillig von Ihnen gegeben. Der andere wurde heute von der Rückseite von Bev McAndrews Handy abgenommen.«
Ein langes Schweigen folgte. Tony hörte sein Blut in den Ohren pochen. Die Rädchen drehten sich, griffen aber nicht. »Wann ist sie verschwunden?«, fragte er und versuchte damit Zeit zu gewinnen.
»Sie ging am Montag zur gewöhnlichen Zeit von der Arbeit weg. Kurz nach halb sechs«, sagte Paula.
Er fuhr sich mit der Hand durchs Haar. »Am Montagnachmittag war ich, glaube ich, bei einer Besprechung im Bradfield Cross ... Ich muss in meinem Terminkalender nachsehen.«
»Die Nummer zerstreuter Professor beeindruckt mich nicht«, sagte Fielding. »Montag. Dieser Woche. Wo waren Sie?«
Jetzt war es an der Zeit, hart wie Stahl zu bleiben. »Ich sagte ja schon. Ich muss in meinem Terminkalender nachschauen.« Er schob seinen Stuhl zurück. »Sind wir dann hier so weit?«
»Nicht ganz.« Wenn sie lächelte, konnte Fielding fast sanft

wirken. Aber das hätte niemand ahnen können, der ihr steinernes Gesicht in diesem Moment gesehen hätte. »Dr. Hill, wann hatten Sie zuletzt Kontakt mit der ehemaligen DCI Carol Jordan?«
Jetzt hatte er wirklich genug. Mit dieser Idiotin würde er nicht mehr sprechen. Er stand auf. »Die Vernehmung ist beendet. Ich habe es satt, Ihre kurzsichtigen Fragen zu beantworten. Jahre habe ich mit dem Versuch zugebracht, Polizeibeamten Verständnis beizubringen. Und das ist das Resultat.« Er schüttelte angewidert den Kopf. »Suchen Sie sich jemand anderen, über den Sie herfallen können, DCI Fielding. Ich spiele nicht mehr mit.« Er ging auf die Tür zu, aber Fielding war vor ihm dort.
»Anthony Valentine Hill, ich verhafte Sie wegen Mordverdachts. Sie brauchen nicht auszusagen. Aber es kann Ihrer Verteidigung schaden, wenn Sie etwas verschweigen, nach dem Sie gefragt wurden, falls Sie sich später vor Gericht darauf berufen. Alles, was Sie sagen, kann in der Beweisführung gegen Sie verwendet werden.«
Er wich einen Schritt zurück und wandte sich zu Paula um; sein Gesicht war starr wie eine Maske, er war schockiert. »Ist das ihr Ernst?«
»Es ist ihr Ernst, Tony.«
Er entfernte sich von Fielding und ließ sich schwer auf einen der Stühle fallen. »Dann: kein Kommentar.« Tony verschränkte die Arme vor der Brust und starrte geradeaus. Innerlich war er aufgewühlt. Aber nach außen würde er sich nichts anmerken lassen.
So lange nicht, bis er sich ausgedacht hatte, wie er einen Weg aus diesem Loch heraus finden konnte.

42

Paula sah zu, wie der diensthabende Sergeant Tony zu seiner Zelle brachte. Sie hatte die Formalitäten selbst erledigt und dafür gesorgt, dass ihm klar war, was ihm zustand. Und dass dem Sergeant bewusst war, sie kümmerte sich um ihren Gefangenen. »Du solltest einen Anwalt anrufen«, riet sie.
»Sie können den Anruf von hier aus erledigen«, fügte der Sergeant hinzu und zeigte auf ein Münztelefon.
»Ich schlaf mal drüber«, sagte Tony. Sein Gesicht war abgespannt und müde, und er schien geschrumpft zu sein, seit er auf dem Revier angekommen war.
»Es tut mir leid«, sagte Paula.
Er nickte. »Ich weiß. Ist schon okay. Alles in Ordnung.«
Sie wollte unbedingt mehr sagen, konnte es aber nicht wagen. Das hier war Fieldings Knast, nicht ihrer, und sie wusste noch nicht, wem sie vertrauen konnte.
Erschöpft und unsicher, was sie tun sollte, ging sie nach oben, legte aber eine Zigarettenpause ein, bevor sie Fielding und der Soko gegenübertrat. Cody stand neben der Tür an die Wand gelehnt und blies einen Rauchschwall nach oben. »Gute Arbeit«, sagte er.
»Meinen Sie?«
»Es ist immer gut, jemanden frühzeitig festzunehmen. Damit kriegen wir die da oben von der Pelle und sind die Medien los.«

»Auch wenn es der Falsche ist?«
»Ach, das hab ich vergessen. Er ist ja ein Freund von Ihnen, oder? Er war ja schon immer ein komischer Kauz, sagen die Jungs.«
»Es ist 'n langer Weg vom komischen Kauz zum Sexualmord. Und ich glaube nicht, dass er dazu fähig ist.«
»Man hört, dass er nach der Sache mit Jacko Vance durchgedreht ist. Deshalb hat sich Jordan ja von ihm abgesetzt. Sie wusste, dass es ihn erwischt hatte.«
Ganz plötzlich warf Paula sämtliche zögerlichen Zweifel ab. Sie trat aggressiv nah an Cody heran und stieß ihn mit dem Finger vor die Brust. »Wo haben Sie diesen Mist her, Cody? Oder faseln Sie einfach daher, um mich auf die Palme zu bringen? Herrgott noch mal«, explodierte sie. »Sie klingen wie einer dieser Schmierblattreporter, die eine Vorverurteilung aufgrund von Schlagzeilen betreiben. Carol Jordan hat ihren Bruder verloren. Deshalb hat sie sich von uns allen abgesetzt. Man nennt so was Trauer, Sie Depp. Es hat einen Scheiß mit der Sache hier zu tun.«
»Mal langsam, Sarge«, sagte Cody in sarkastischem Tonfall. »Die Leute werden ja denken, *Sie* sind durchgeknallt.«
»Wenn ich höre, dass Sie oder sonst jemand weiter diesen Mist verzapft, gehe ich deswegen sofort zu Fielding. Da können Sie sich drauf verlassen.«
Cody lachte leise glucksend in sich hinein. »Wieso meinen Sie, dass es nicht von Fielding ausgeht, Sarge?« Paula fuhr herum und drückte ihre Zigarette nur Millimeter von seinem Ohr an der Wand aus. Er jaulte auf, als die heiße Asche die empfindliche Haut am Ohrläppchen traf. »Sie verrücktes Miststück«, schrie er.
»Sie verrücktes Miststück, *Sergeant*. Ich würde Ihnen raten, keinen Teil dieses Satzes zu vergessen, Cody.« Sie drehte sich auf dem Absatz um und stampfte nach drinnen, froh, dass an

die Stelle von Angst und Bedrückung, die sich im Lauf des ganzen Abends gesteigert hatten, nun Wut getreten war.
Sie fand Fielding in ihrem Büro, wo sie Akten in ihre Laptop-Tasche packte. »Sie hätten mir sagen sollen, dass Sie mit ihm über Bev McAndrews Verschwinden gesprochen hatten.«
»Ich weiß, es tut mir leid.«
Paula wartete auf die Abfuhr. Aber zu ihrer Überraschung ließ es Fielding dabei bewenden.
»Ich kann mir vorstellen, wie es passiert ist«, sagte sie und klang fast so erschöpft, wie Paula sich fühlte. »Sie sind daran gewöhnt, dass er als Insider behandelt wird, es war einfach eine natürliche Reaktion.«
»Was soll ich jetzt tun?«
»Gehen Sie nach Hause. Essen Sie etwas. Schlafen Sie. Morgen früh legen wir wieder los. Hoffentlich werden uns die Spezialisten für Abdrücke eine definitivere Bestätigung geben statt ›könnte sein‹. Und wir werden eine gründliche Durchsuchung seiner Wohnung und seines Büros durchführen. Wissen Sie, ob er einen Lagerraum oder eine Garage oder so was hat außer seinem Boot?«
»Keine Ahnung.«
»Wir werden es morgen überprüfen. Ich lasse die Handlanger die Videoaufnahmen aus den Überwachungskameras durchgehen, mal sehen, ob sie ihn irgendwo an einem relevanten Ort erwischen.«
Paula ließ ihre Schultern kreisen, um die Verspannungen zu lösen, die sich aufgebaut hatten. »Meinen Sie wirklich, er hat es getan?«
»Ich folge den Spuren, McIntyre. Und sie führen mich da hin. Sie lassen zu, dass Ihre Emotionen Ihr Urteilsvermögen trüben.«
»Tu ich das? Ich glaube nicht, dass es meine Emotionen sind. Es ist mein Wissen und meine Erfahrung. Ich habe jahrelang

mit Tony Hill zusammengearbeitet. Er rettet Leben, er zerstört es nicht.«
»Und ich glaube, Sie könnten total falsch liegen. Aber es ist gut, dass Sie Ihren Standpunkt verteidigen. Es gibt mir etwas, dem ich entgegenarbeiten kann. Das heißt, dass wir unseren Fall richtig austesten und vor Gericht nicht von der Verteidigung überrascht werden können. Aber im Moment sind wir noch ganz am Anfang. Also los, nach Hause, und kommen Sie morgen früh erholt und startklar wieder.«
»Was ist mit den Medien? Haben wir ihnen mitgeteilt, dass wir jemanden verhaftet haben?«
Fielding schüttelte den Kopf. »Ich habe dem Team aufgetragen, nichts verlauten zu lassen. Wahrscheinlich bedeutet das, es wird bis zum Schlafengehen überall im Internet sein. Aber offiziell sage ich nichts.« Sie schnallte ihre Tasche zu und scheuchte Paula aus dem Büro. »Bis morgen früh. Mit etwas Glück werden wir sein liebes kleines Gesicht auf den Aufnahmen des Trafford Centre sehen.«
Und weg war sie und ließ Paula total angespannt zurück, ohne dass ein Ausweg in Sicht gewesen wäre.

Niemals zuvor hatte ihr Zuhause einer solchen Szene geglichen. Es war, als stünde sie plötzlich mitten in einem heftigen Fernsehdrama. Torin saß mit seinem Laptop am Esstisch, eine Fremde, die, wie Paula vermutete, wohl Rachel McAndrew war, saß auf einem Sessel mit einem iPad und einem Glas Wein, und Elinor bügelte ein weißes Hemd. Sie bügelte ein Hemd? Paula war nicht klar gewesen, dass Elinor wusste, wo das Bügeleisen seinen Platz hatte. Aber der Tod, besonders ein plötzlicher, gewalttätiger Tod, bewirkte immer, dass die Menschen nicht wussten, wie sie ihre Zeit ausfüllen sollten. Der erleichterte Gesichtsausdruck Elinors sagte ihr jedoch alles, was sie im Moment wissen musste.

»Hi, Torin«, grüßte Paula. »Hallo, Liebes«, zu Elinor. Und: »Sie müssen Rachel sein. Ich bin Paula. Es tut mir sehr leid wegen Bev. Mein Beileid. Wir mochten sie sehr.«
Rachel stellte ihr Glas Wein ab, stand auf und streckte ihr eine schmale, mit zwei Diamantringen geschmückte Hand entgegen. »Es ist ein solcher Schock«, sagte sie mit zitternder Stimme. »Und Elinor meint, wir können sie nicht einmal beerdigen.«
Paula warf einen kurzen Blick auf Torin, dessen Kopf sich noch tiefer zu seinem Display hin senkte und dessen Haare seine Augen verbargen. »Ich habe veranlasst, dass morgen früh ein Opferschutzbeamter vorbeikommt, der erklären wird, was im Moment geschieht und wie die Formalitäten erledigt werden können. Er wird um halb zehn hier sein.«
»Rachel hat vor, heute Nacht in Bevs Wohnung zu übernachten, wenn die Polizei nichts dagegen hat«, sagte Elinor. »Aber Torin würde lieber hierbleiben.«
Paula lächelte. »Kein Problem, mein Junge. Ich glaube nicht, dass ich an deiner Stelle da jetzt schon wieder hingehen wollte. Es hat keine Eile.« Torins Kopf bewegte sich zustimmend auf und ab. »Ich habe Neuigkeiten, die ich euch mitteilen wollte.«
Die Atmosphäre im Raum wurde gespannt. Torin schaute mit flehendem Blick auf. Rachel erstarrte, ihre Hand hielt auf halbem Weg zum Weinglas inne. Und Elinor signalisierte mit einem kaum wahrnehmbaren Nicken Ermutigung.
»Heute Abend haben wir in Verbindung mit Bevs Tod eine Verhaftung vorgenommen. Und in Verbindung mit Nadia Wilkowa, einer anderen Frau, deren Leiche ebenfalls diese Woche gefunden wurde.« Paula hob die Hände, die Handflächen nach vorn, womit sie zur Gelassenheit mahnte. »Ich möchte nicht, dass ihr darauf zu heftig reagiert. Wir sind noch nicht sehr weit mit den Ermittlungen, und ich will ehrlich

sein. Ich habe große Zweifel daran, dass die inhaftierte Person schuldig ist. So etwas gibt es manchmal bei Ermittlungen zu schweren Verbrechen. Wir nehmen einen Verdächtigen schon früh fest und haben nur sehr wenig Beweismaterial. Das heißt nicht, dass die Untersuchung abgeschlossen ist. In diesem Fall hat sie gerade erst begonnen. Aber diese Verhaftung wird morgen überall in den Medien sein, und darauf sollte man vorbereitet sein. Es wäre am besten, nicht mit den Medien zu sprechen, aber natürlich ist das eure eigene Entscheidung.«
»Wer ist es?«, verlangte Torin zu wissen. »Wer hat meiner Mum das angetan?«
»Der Mann, den wir verhaftet haben, heißt Dr. Tony Hill. Er ist Psychologe, arbeitet am Moor Secure Hospital von Bradfield und hat seit Jahren auch mit uns bei der Bradfielder Polizei zusammengearbeitet, hat Profile von Gewaltverbrechern erstellt.«
»Dieser Mann hat mit Ihnen *zusammengearbeitet*? Und Sie hatten keine Ahnung, dass er ein Mörder war?« Rachels Entrüstung war offensichtlich. Es würde noch schlimmer werden, vermutete Paula. Der Kummer musste irgendwo ein Ventil finden.
»Wir wissen nicht, ob er ein Mörder ist. Ich persönlich glaube es nicht. Es widerspricht allem, was ich über den Mann weiß.« Aber sie musste ehrlich sein. Das schuldete sie Bevs Familie. »Allerdings gibt es Beweise, die gegen ihn sprechen. Wir müssen diese Beweise untersuchen und feststellen, ob wir wirklich genug belastbares Beweismaterial gegen ihn zusammenbekommen.« Sie blickte zu Elinor hin wegen Rückendeckung, aber ihre Partnerin war sprachlos, ihr Gesichtsausdruck erschrocken.
»Ich verstehe das nicht«, sagte Torin. »Hat dieser Typ meine Mum von der Arbeit her gekannt? Warum hat er gerade sie ausgewählt?«

»Wir wissen es nicht, Torin. Im Augenblick haben wir viel mehr Fragen als Antworten. Ich kann nur sagen, dass wir unsere Arbeit machen. All dies hilft dir nicht, mit dem Tod deiner Mutter fertigzuwerden, ich weiß. Aber ich tue mein Bestes für sie.«

»Tolle Rede, Detective«, sagte Rachel. »Ich glaube, es ist Zeit für mich, in Bevs Wohnung zu gehen.« Zu Elinor: »Haben Sie eine Taxinummer?«

»Ich könnte Sie rüberfahren«, sagte Elinor. »Es macht keine Umstände.«

»Danke, aber Sie haben schon mehr als genug für uns getan«, sagte Rachel, ein Spruch, den man so oder so hätte verstehen können. Und Elinor war das klar.

Also rief Elinor ihre gewohnte Taxizentrale an, und Paula rettete sich in die Küche. Sie starrte gerade trübsinnig in den Kühlschrank, als Elinor zu ihr stieß. »Taxi ist unterwegs, Gott sei Dank. Sie macht es einem nicht leicht, diese Rachel. Ich habe vorhin für uns alle belegte Brote gemacht. Leider habe ich den ganzen Schinken, Käse und Salat aufgebraucht.«

Vom Essen zu reden war eine Übersprungshandlung, die aber beiden nichts zu verdrängen half. Paula schloss den Kühlschrank. »Ich hab eigentlich keinen Hunger. Das war heute einer der schlimmsten Tage meines Berufslebens. Nicht ganz so schlimm wie die Tortur in Temple Fields, aber verdammt nah dran.«

»Ich fass es nicht. Ist Fielding verrückt geworden? Tony? Wenn ich alle Menschen, die ich kenne, der Wahrscheinlichkeit nach auflisten sollte, ob sie einen Mord begehen könnten, würde ich ihn ganz weit unten platzieren.«

»Ich genauso. Aber sie kennt ihn nicht so gut wie wir. Für Fielding ist er nur eine weitere Chance in einem Meer von Möglichkeiten. Aber mit seinem Kopf wird sie sich einen Namen machen. Kannst du dir die Schlagzeilen vorstellen?« Sie

schauderte. »Es ist so ironisch. Einer der Gründe, weshalb sie ihn für schuldig hält, ist, dass die Opfer ein bisschen wie Carol Jordan aussehen. Nach ihrer Amateur-Psychologie tötet er ersatzweise, weil er sie nicht haben kann. Aber die Wahrheit ist, die einzige Person, *für* die Tony töten würde, ist Carol.« Paula seufzte und öffnete wieder den Kühlschrank. Diesmal nahm sie einen Becher Joghurt heraus, starrte ihn eine ganze Weile an, stellte ihn zurück und schloss die Tür wieder.
Elinor legte von hinten die Arme um sie und küsste die weiche Haut hinter ihrem Ohr. »Was wirst du unternehmen?«
»Ich weiß es nicht. Ich glaube, Fielding prüft mich. Ob ich gut genug bin, als ihre Begleitperson zu arbeiten. Wenn ich einen Fehler mache, wird sie mich degradieren, vielleicht wird es mich meinen Job kosten. Also muss ich sehr vorsichtig sein, damit niemand bemerkt, dass ich Tony helfe. Aber ich kann auch nicht nur zuschauen und zulassen, dass das mit ihm geschieht. Ich weiß genau, wie die Eigendynamik nach einer Verhaftung wächst.«
»Der Moloch der Gerechtigkeit.«
»Genau. Die Leute konzentrieren sich auf alles, was die Verhaftung rechtfertigt, und lehnen alle Anhaltspunkte ab, die in eine andere Richtung weisen.« Sie presste die Stirn an die kühle Tür des Kühlschranks. »Ich habe unsere alte Einsatzgruppe niemals mehr vermisst als jetzt.«
»Carol wüsste, was zu tun ist.«
»Carol hätte Tony überhaupt niemals verhaftet. Sie hätte die Beweise gegen ihn als eine Art Hinweis auf den wahren Mörder gesehen. Oder so.«
»Du brauchst sie jetzt. Sie wäre wild wie eine Löwin, die ihr Junges verteidigt.«
Paula stieß ein kurzes, trauriges Lachen aus. »In uralten Zeiten vielleicht. Jetzt bin ich mir da nicht so sicher. Was immer

das Bindemittel war, das die beiden zusammenhielt, es scheint nicht mehr zu halten. Und außerdem ist sie keine Polizistin mehr.«

»Aber das ist doch bestimmt umso besser. Paula, ich kenne dich. Du musst etwas tun, oder du wirst die ganze Nacht wach bleiben, zu viel rauchen, zu viel Kaffee trinken und herumzappeln. Und Jahre deines Lebens werden dabei draufgehen, was mich sehr unglücklich macht, ich brauche dich nämlich noch sehr lange. Geh und suche Carol. Lass sie die schwere Aufgabe anpacken.«

Paula bebte vor lautlosem Lachen. »Du bist ja verrückt. Du sagst ›Geh und such sie‹, als wäre das so einfach. Sie ist spurlos von der Bildfläche verschwunden. Selbst Stacey weiß nicht, wo sie ist.«

»Stacey kennt sich nur mit Technik aus. Du kennst Leute.«

Elinors Worte stießen etwas in Paulas Kopf an. Es hatte noch nicht ganz Form angenommen, war aber der Anfang von etwas, das sie nicht mehr losließ. Es wurde durch das Läuten an der Tür unterbrochen. »Das wird das Taxi sein«, sagte Elinor. »Ich begleite Rachel hinaus. Bleib da, ich bin gleich zurück.«

Ganz in Gedanken öffnete Paula den Kühlschrank zum dritten Mal und nahm einen Plastikbehälter mit einem Rest Chili heraus. Sie packte die Ecke des Deckels, nahm ihn ab und stellte den Behälter in die Mikrowelle. Bis Elinor zurückkam, war sie schon dabei, das Chili zu essen, und starrte dabei stirnrunzelnd in die Ferne.

»Sie ist weg«, sagte Elinor. »Das war kein einfacher Nachmittag. Sie will Torin mit nach Bristol nehmen.«

»Das ist doch sicherlich gut?«

»Nur will Torin nicht mitgehen. Seine Argumente sind sehr vernünftig: Seine Freunde sind hier, seine Schule, seine Band ...«

»Er ist in einer Band?«

»Offenbar singt er. Sieh an! Außerdem will er irgendwo sein, wo es Erinnerungen an seine Mum gibt. Nicht herausgerissen und in eine fremde Stadt verpflanzt, um bei Leuten zu wohnen, die er kaum kennt.«

»Wie du sagst, vernünftig.« Paula hörte Elinor jetzt konzentriert zu, denn sie merkte, dass es um mehr ging als um das, was in Worten gesagt wurde. »Und?«

»Es ist eigentlich ein ›aber‹, kein ›und‹. Er hat keine Verwandten hier. Er ist erst vierzehn.« Sie holte tief Atem. »Aber er will bei uns bleiben, Paula. Zumindest, bis sein Dad wieder in Großbritannien stationiert wird.«

Paulas Augen weiteten sich. »Hier? Er will bei uns wohnen?« Elinor strich sich eine Haarsträhne aus dem Gesicht. »Ich weiß nicht, wie ich nein sagen könnte.«

Paulas Lächeln war ein bisschen gequält, aber verständnisvoll. »Selbst wenn du das wolltest. Verdammt noch mal, Elinor, das gehörte nicht zu meiner Lebensplanung. Ein Teenager, das Kind anderer Leute.«

»Bis jetzt ist er anständig, Paula. Was als Nächstes mit ihm geschieht, wird entscheiden, ob er weiterhin ein unproblematisches Kind bleibt. Das weißt du doch. Du siehst jeden Tag bei deiner Arbeit, was aus gestörten jungen Männern wird. Und ich auch. Die Notaufnahme ist voll solcher Fälle. Ich glaube, wir sollten ja sagen.«

»Was sagt Tante Rachel dazu?«

»Sie ist nicht zufrieden damit. Aber andererseits habe ich das Gefühl, dass Tante Rachel mit nicht vielem in ihrem Leben zufrieden ist. Letzten Endes muss sein Vater die Entscheidung treffen. Er könnte meinen, es sei das Schlimmste, was seinem Sohn zustoßen könnte, in der liebevollen Obhut zweier böser alter Lesben zu verbleiben. Aber bis das geschieht, meine ich, wir sollten Torin behalten. Er will es, und ich glaube, du könntest ganz besonders das sein, was er braucht.«

Paula stopfte weiter das Chili in sich hinein, plötzlich hatte sie einen Riesenhunger. »Ich habe in der Sache ja wohl nicht viel zu sagen.« Das war aber, wie beide wussten, nur ein Einspruch der Form halber. Eher ein sanfter Einwand als ein aufrichtiger Widerstand.
»Als würdest du dir jetzt plötzlich abgewöhnen, das Richtige zu tun. Jetzt iss das Chili auf und fang an, Carol Jordan zu suchen.«
Paula lächelte. »Ich hatte da schon eine Idee.«

43

Die Gerichte, die Marco Mather von seiner Mutter gelernt hatte, gehörten zu den gesündesten der Welt. Im Grunde war die süditalienische Küche eine Kost armer Bauern, die sich unbekannte oder luxuriöse Zutaten nicht leisten konnten. Die Grundlage waren eine Handvoll leicht zu ziehender Gemüse und Kräuter, Oliven und das Öl daraus, Käse aus der Milch robuster Ziegen und Schafe und kleine Mengen Wild und Geflügel. Aber wie so viele andere Aspekte des modernen Lebens war diese Grundlage durch Geld verdorben worden.

Die genügsamen, aber köstlichen Speisen waren wie Hüftspeck aufgebläht worden und hatten jede Menge reichhaltiger Zutaten in sich aufgenommen. Vom Erzeuger abgefülltes Olivenöl, in das man verfeinerte Brotsorten tauchte; Sahne und Butter wurden in großzügigen Mengen zu Soßen und Ragouts dazugegeben, die mehr Fleisch enthielten, als ihre ursprünglichen Erfinder in einem ganzen Monat gegessen hätten. Käse mit Doppelrahmstufe von Kühen, die echtes Gras fraßen, und eine endlose Serie leckerer Produkte aus Schweinefleisch. Italienisches Essen war in seiner schlimmsten Variante eine Einladung zu Fettleibigkeit und verkalkten Arterien geworden.

Dieser Einladung war Marco gefolgt. Die Gerichte, die er für ihre Abendessen kochte, waren reich an Kalorien und Cholesterin. Marie genoss diese Kost, aber sie kämpfte gegen die

Folgen an, indem sie das Frühstück wegließ und sich am Mittag strikt an sogenannte gesunde Alternativen hielt. Marco, der den ganzen Tag von zu Hause aus an seinem Schreibtisch arbeitete, hatte nichts als seine Willenskraft, um ihn den Tag über vom Essen abzuhalten; aber mindestens einmal zwischen Frühstück und Schlafenszeit verließ sie ihn. Lange hatte sein natürlicher Stoffwechsel sein Gewicht mehr oder weniger unter Kontrolle gehalten. Aber als das mittlere Alter langsam heranrückte, sammelten sich die Pfunde an. Seine Hosen saßen enger, und seine Schenkel begannen sich beim Gehen aneinanderzureiben.

Und so hatte er beschlossen abzunehmen. Er hatte online mehrere Artikel gelesen und im Fernsehen eine Dokumentation über ein neues Fitnesstraining mit kurzen, intensiven Folgen von Aerobic-Übungen gesehen. Die Ergebnisse grenzten fast schon an Wunder. Mit weniger als zwei Stunden pro Woche würde sein Herz gesünder sein, er würde abnehmen und länger leben. In der Vergangenheit hatte er Sport immer abgelehnt, weil er so etwas langweilig fand. Aber er konnte doch sicher pro Tag ein paar Minuten schaffen, ohne verrückt zu werden. Es würde sich lohnen, wenn es ihm erlaubte, weiterhin zu kochen und die Dinge zu essen, die ihm schmeckten.

Marco hatte Marie von seinem Plan erzählt, und sie war entzückt. Sie liebe ihren Mann und wolle nicht, dass er mit sich unzufrieden war, sagte sie. Aber es wäre auch ihr selbst nicht unrecht, wenn er ein paar Pfund abnähme. Also hatte er einen hochmodernen Fahrrad-Ergometer bestellt und am Morgen in der Garage aufgestellt. Jetzt würde er loslegen, bis seine Muskeln brannten. Er hatte keinen Sport gemacht, seit er zwölf Jahre zuvor Squash aufgegeben hatte, aber er war zuversichtlich, dass er es schaffen würde.

Bis auf seine Boxershorts legte er alles ab, zog ein Paar Turnschuhe an und stieg auf. Er wusste, wie wichtig es war, in die Vollen zu gehen. Bis zur äußersten Grenze musste er sich antreiben und so schnell radeln, wie seine Beine es hergaben. Er stellte den Timer, fing an, seine Beine auf und ab zu bewegen wie Kolben, und trat in die Pedale, so schnell er konnte. Schon nach kurzer Zeit hämmerte sein Herz, der Schweiß stand ihm auf der Stirn, sein Atem kam stoßweise, und das Luftholen wurde schmerzhaft. Aber er machte weiter. Lieber Gott, fünf Minuten konnte er doch bestimmt durchhalten?

Marco trieb sich an, legte sich mächtig ins Zeug, überzeugt, dass er durch die Schmerzgrenze stoßen und einen Zen-ähnlichen Bewusstseinszustand erreichen würde. Aber sein Schmerz wurde immer intensiver, bis ein Krampf reiner Todesqual seinen Brustkorb erfasste und den Oberkörper durchströmte. Seine Arme schienen zu brennen, ein eisernes Band drückte seine Brust zusammen.

Von einem schweren Herzinfarkt erfasst, kippte er vom Rad. Selbst wenn Marie da gewesen wäre, um die Sanitäter zu rufen, hätte sie ihn wohl nicht retten können.

Und so kam es, dass ein Mörder Marie Mather dort, wo sie wohnte, von der Straße weg entführte; und es war niemand da, der bemerkte, dass sie nicht nach Hause gekommen war. Niemand, der sie als vermisst gemeldet hätte. Niemand, der ihren Namen auf die Liste der Opfer gesetzt hätte.

Niemand, der den Mann in Haft entlastete.

44

Paula war froh über die Dunkelheit, als sie durch Yorkshires Moorlandschaften fuhr. Die endlose Öde erfüllte ihr Herz immer mit Schwermut. Andere Menschen sahen in dieser Landschaft Glanz und Größe, das wusste sie. Aber da sie jahrelang Berührung mit den schlimmsten Auswüchsen menschlichen Verhaltens gehabt hatte, sah sie die Gegend als einen Ort, wo sich unbemerkt schreckliche Dinge ereignen konnten. Ein möglicher Ablageort für eine Leiche. Die Einöde der Ungewissheit.
Franklin hatte gezögert zu bestätigen, was sie geahnt hatte.
»Warum sollte ich wissen, wo sich Ihre frühere Chefin versteckt?«, hatte er am Telefon gefragt und klang eher amüsiert als grob. »Ist ja nicht so, als wären wir dicke Freunde gewesen.«
»Ich hätte Sie als jemanden eingeschätzt, der Bescheid weiß über jede Maus, die auf Ihrem Gebiet einen Furz lässt«, sagte Paula. »Wenn Sie also nicht wissen, wo sie ist, müsste ich den Schluss ziehen, dass sie sich nicht in West Yorkshire aufhält. Und dann müsste ich meine Aufmerksamkeit woandershin lenken.«
Wie erwartet erreichte sie mit dem Zweifel an seiner Tüchtigkeit das Gewünschte. »Ich hab ja nicht gesagt, dass ich es nicht weiß«, antwortete er.
»Gibt es einen Grund, weshalb Sie es mir nicht sagen wollen?«

»Geht es hier um eine polizeiliche Nachforschung, Sergeant? Oder eine private?«
»Macht das einen Unterschied, Sir?«
»Der Menschenrechtskonvention zufolge haben wir alle ein Recht auf unsere Privatsphäre und unser Familienleben. Wenn Jordan sich nicht mehr mit euch vertragen will, ist das ihre Sache. Und es wäre nicht an mir, ihr dieses Recht zu nehmen.«
»Und wenn es eine offizielle Anfrage wäre?«
»Dann würde ich erwarten, dass sie mich auf offiziellem Weg erreicht.«
»Ich bin Detective Sergeant, Sir. Wie offiziell muss es denn sein?« Eine lange Pause. Dann hörte sie, wie er seine Bartstoppeln kratzte.
»Ach, scheiß drauf«, meinte er. »Warum spielen wir uns diese dummen Spielchen vor? Sie wohnt in der Scheune. Der Scheune ihres Bruders. Sie nimmt dort alles auseinander. Es ist nichts mehr da, woran man noch sehen könnte, was passiert ist.«
»Danke. Ich schulde Ihnen 'n Bier, Sir.«
»Ja, aber das lass ich lieber. Ich mag euch Bradfielder Deppen nicht. Das gilt für Jordan genauso wie für euch andere. Es macht mir also schon 'n bisschen Spaß, sie zu verpfeifen. Fahren Sie vorsichtig, Sergeant, wir sind hier nicht besonders scharf auf aggressive Fahrer.«
Er legte auf, bevor sie noch etwas sagen konnte. Und jetzt war es nach neun, und zwischen ihr und der Verzweiflung gab es nur das Navi. Alle Straßen sahen gleich aus, von dem wuchernden Gras des Moors oder Trockenmauern gesäumt, die Schlagseite hatten, als seien sie betrunken, aber doch nie umfielen. Gelegentlich schimmerten Lichter in der Dunkelheit, und hin und wieder kam sie an einer kleinen Häusergruppe vorbei, die sich Dorf nannte. Endlich ragte zu ihrer Rechten

ein hohes Gebäude auf, und ihr rechthaberisches Navi sagte: »Sie haben Ihr Ziel erreicht.« Paula hielt auf dem Vorplatz und stellte den Motor ab. Ihr war schlecht.

Trotzdem zwang sie sich auszusteigen und ging über die Steinplatten auf die Scheune zu. Bewegungsmelder erhellten den Bereich und blendeten sie, so dass sie blinzelte. Ein anhaltendes Gebell, das von den dicken Steinmauern der Scheune kaum gedämpft wurde, durchbrach die nächtliche Stille. Ein Hund? Carol Jordan, die typische Katzenfrau, hatte einen Hund? Hatte Franklin ihr die Wahrheit gesagt? Einen Moment überlegte Paula, ob sie abhauen solle. Aber sie war diese ganze Strecke hierhergefahren. Da sollte sie doch wenigstens anklopfen.

Als sie die Hand auf die Höhe des eisernen Türklopfers hob, ging die Tür weit genug auf, um sie ein vertrautes Gesicht erkennen zu lassen. Carol Jordan schien nicht erfreut, sie zu sehen, und der Hund, dessen Schnauze sich gegen ihr Knie drückte, schien auch nicht freundlicher. Ein leises Knurren tief in der Kehle hielt bestimmt die meisten vernünftigen Leute fern.

Paula versuchte es mit einem Lächeln. »Wie wär's mit 'ner Tasse Kaffee? Meilenweit gibt's hier keinen Costa.«

»Ist das dein bester Türöffner? Gib ja nicht wegen einer Karriere als Vertreterin deinen Job auf.« Die Tür öffnete sich nicht. »Nenne mir einen guten Grund, warum ich dir die Tür aufmachen sollte.«

Paula fiel ein, dass Carol nicht mehr ihre Chefin war. »Weil es eine verdammt lange Fahrt war und es verdammt kalt ist hier. Das ist die klugscheißerische Antwort. Wenn du die ehrliche Antwort willst: Du solltest die Scheißtür aus Freundschaft aufmachen.«

Carols Augenbrauen hoben sich. »Du meinst, wir sind befreundet?«

»Meinst du, das sind wir nicht? Wir sind doch jahrelang einander beigesprungen. Ich dachte immer, wir mochten uns. Hatten Respekt voreinander. Ich habe niemals eine Zukunft in Betracht gezogen, zu der du nicht dazugehörtest.« Paula wurde rot und fragte sich, ob sie zu weit gegangen war. Carols Reserviertheit in privaten Dingen war genauso typisch für sie wie ihre Hingabe an das Ziel, Verbrecher von den Straßen zu holen.

Carol senkte den Blick. »Ich bin nicht sicher, ob Freundschaft eine meiner Stärken ist.«

»Du wirst es nie herausfinden, wenn du weiter vor allen wegläufst, die dich mögen. Also, lässt du mich rein, bevor ich mir den Arsch abfriere?«

Fast ein Lächeln. Carol öffnete die Tür und trat zur Seite. Sie schnippte mit den Fingern, und der Hund legte sich ihr zu Füßen. »Komm rein.«

Der Raum, den Paula betrat, war eine Baustelle, ein unfertiges Projekt. Zwei Halogenstrahler in ihren Drahtkäfigen lagen auf dem Boden, vermischten Licht und Schatten im Halbdunkel und machten es schwierig, Genaueres zu erkennen. Sie registrierte die Sägeböcke, eine Werkbank, unverputztes Mauerwerk und Bündel von Kabeln und Draht, die schräg aus der Wand hingen. »Komisch«, sagte sie. »Für eine leidenschaftliche Heimwerkerin hab ich dich nie gehalten. Oder bist du gerade auf der Suche nach dem inneren männlich-aggressiven Teil deines Wesens?«

»Es ist eine gute Therapie. Ich löse die Vergangenheit auf und baue eine Zukunft.«

Sie klang wie eine Version von Tony zum herabgesetzten Preis. »Kann man hier irgendwo sitzen?«

Carol bedeutete Paula mit einer Kopfbewegung, sie solle ihr folgen. Sie gingen durch eine Tür und in eine andere Welt. Zunächst mal war es warm hier. Der Raum ähnelte einer kleinen Loftwohnung. Bett, Arbeitsbereich, Kochnische. Keine Wohnzimmerecke. Nur zwei Bürostühle vor drei Bildschirmen und einem Flachbildfernseher.

Das Licht war auch heller hier. Paula konnte Carol deutlich sehen und so, wie sie sie noch nie wahrgenommen hatte. Ihr Haar war dichter, und sie hatte einen weniger gepflegten Haarschnitt als früher. Zwischen den blonden Haaren glänzte Silber, wenn das Licht darauf fiel. Entweder hatte sie es aufgegeben, ihr Haar zu färben, oder die Jahre hatten sie endlich eingeholt. Sie trug kein Make-up, und ihre Hände waren verschrammt und schorfig von den kleinen Schnitten und Kratzern der körperlichen Arbeit. Selbst unter dem dicken Pullover und den Jeans, die sie trug, war sichtbar, dass ihr Oberkörper kompakter und ihre Oberschenkel kräftiger waren. Trotz allem sah Carol gesünder aus, als sie es seit Jahren getan hatte. Und Paula konnte die Erinnerung daran nicht unterdrücken, dass sie ihre frühere Chefin einmal heimlich verehrt hatte. Bis Elinor kam und die Wirklichkeit dafür gesorgt hatte, dass diese Phantasterei im Abseits landete.

»Was hat es mit dem Hund auf sich?« Paula hielt Flash eine Hand hin; sie schnupperte verächtlich daran, wandte sich dann ab und folgte ihrem Frauchen, die den Kessel füllte und aufsetzte. Carol stellte einen Kaffeebereiter mit Kaffeepulver bereit. »Und wo ist Nelson?«

»Ich habe ihn bei meinen Eltern gelassen. Er ist zu alt für all das hier. Der Hund ist ein Sonderling. Wir sind beide auf dem Prüfstand, glaube ich.« Sie wandte sich Paula zu, lehnte sich an die Arbeitsfläche und streifte die Ärmel hoch; dabei waren ihre muskulösen Unterarme zu sehen, die sie vor der Brust verschränkte. »Bist du also auch gekommen, um mich zu warnen?«

»Dich zu warnen?«

Carol schüttelte enttäuscht den Kopf. »Versuch mir nichts

vorzumachen, Paula. John Franklin hat mir gesagt, dass du Fieldings Partnerin bist. Außerdem hab ich dich selbst heute früh am Tatort gesehen. Fangen wir also noch mal von vorne an. Bist du auch gekommen, um mich zu warnen?«
»Carol, ich weiß wirklich nicht, was du meinst. Ist Franklin hier gewesen? Heute?« Das ergab für Paula keinen Sinn.
»Er kam heute früh vorbei, nachdem Fielding ihn fertiggemacht und ihm den Fall weggenommen hatte.«
»War wohl sauer, was?«
»Komischerweise nicht.« Das Wasser kochte, und sie goss es auf das Kaffeepulver. Der Geruch war verlockend. Das war noch eine Sache, die Carol und Tony gemeinsam hatten. Man bekam bei ihnen immer einen Kaffee, der weit besser als Durchschnitt war. »Er sagte, er sei gekommen, um mich zu warnen.«
»Was? Dass du deine Nase nicht reinstecken solltest?«
»Er hat mich vor etwas gewarnt, mir nicht von etwas abgeraten«, sagte Carol ungeduldig. »Er sagte mir, dass ein Mörder umgeht, der anscheinend Frauen mag, die mir ähnlich sehen.« Paula war bestürzt. »Na ja, Frauen, die aussehen, wie du früher ausgesehen hast. Offen gestanden, jetzt siehst du nicht mehr wie ein mögliches Opfer aus. Nicht dass das je auf dich zugetroffen hätte«, fügte sie hastig hinzu, als sie die Anzeichen nahender Gefahr in Carols Gesichtsausdruck erkannte. »Franklin ist also völlig überraschend hier aufgetaucht?«
»Aus heiterem Himmel war er plötzlich da.« Carol lächelte. »Ich war baff. Ich hatte immer gedacht, wenn ich möglicherweise einmal ermordet würde, dann würde Franklin draußen stehen und Eintrittskarten verkaufen.«
»Aber nur, wenn das in hinreichender Entfernung von seinem Revier passieren würde.«
»Stimmt. Wenn du also nicht hier bist, um mich zu ermahnen, dass ich meine Türen abschließen und mich nachts von ein-

samen Friedhöfen fernhalten sollte, warum bist du dann gekommen? Ich bin nicht so naiv, zu glauben, dass ich dir gefehlt habe.«

»Aber du fehlst mir wirklich. Und nicht nur, weil DCI Fielding ganz eindeutig total anders ist als du.« Paula nahm die angebotene Tasse Kaffee und blies leicht darauf, damit er abkühlte. »Du hast deutlich gemacht, dass du fertig warst mit Bradfield und mit uns allen. Und wir haben das alle respektiert. Ich respektierte das. Obwohl ich doch mit dir befreundet sein wollte. Mit dir ausgehen und mich zusammen mit dir besaufen wollte. Mir deinen Schmerz anhören wollte. Dich mit nach Hause nehmen wollte, damit Elinor dir Chicken Pie und Kartoffelpüree kochen würde.« Zu ihrem Verdruss spürte Paula, wie sich ihre Kehle zuschnürte von all den Tränen, die sie nicht mit Carol vergossen hatte.

»Das kann ich verstehen. Aber was ich getan habe, war das Einzige, was mir einfiel und ich tun konnte. Als ich das vorige Mal dachte, ich hätte alles verloren, bin ich weggerannt. Und es hat funktioniert. Ich schaffte es, mich so weit zu heilen, dass ich wieder in die Welt zurückkommen konnte. Und das versuche ich auch dieses Mal.« Sie öffnete einen Schrank, nahm eine Flasche Brandy heraus und goss einen Schuss in ihren Kaffee.

»Das vorige Mal hast du zu viel getrunken«, merkte Paula an und spürte, dass sie sich auf dünnem Eis bewegte.

Carols Lippen kräuselten sich. »Tony hat schon immer zu viel an dich weitergegeben.«

Paula schüttelte den Kopf. »Tony hat nie auch nur ein unangebrachtes Wort über dich gesagt. Ich weiß, dass du zu viel getrunken hast, weil es immer noch so war, als du die MIT-Gruppe zusammengestellt hast. Du meinst, wir hätten keine Ahnung gehabt von den Wodka-Flachmännern in deiner Handtasche und den Flaschen in der Schreibtischschublade?«

Carol starrte sie an, als sei sie geohrfeigt worden. »Und ihr habt niemals was gesagt? Ihr wusstet, dass ich bei der Arbeit trinke, und habt niemals was gesagt?«

»Natürlich nicht. Selbst Sam der Petzer war nicht so unvernünftig. Außerdem, warum hätten wir das tun sollen? Schließlich bist du ja nicht im Suff umgefallen. So wie du das Team geführt hast, hat es nie gestört.«

»Mein Gott, mir war nie klar, dass ihr es alle gewusst habt. Und da nenne ich mich eine Kripobeamtin!« Verlegen wandte sie sich ab. »Warum bist du also hier? In Wirklichkeit? Wenn du nämlich mit dem Ölzweig der Freundschaft gekommen wärst, dann hätte Elinor dir eine Schachtel Selbstgebackenes mitgegeben.«

Die Zeit für Geplänkel und Brückenbauen war vorbei. Jetzt war es Zeit, zum Kern der Sache zu kommen. »Ich bin hier, weil DCI Fielding Tony wegen der Ermordung zweier Frauen verhaftet hat.«

Carol starrte sie mit offenem Mund an, die Tasse hatte sie halb zum Mund geführt, und das Staunen auf ihrem Gesicht wurde immer stärker, während sie die Worte aufnahm. Sie reckte den Kopf vor, als höre sie angestrengt zu. »Sag das noch mal«, bat sie voller offensichtlicher Skepsis.

»Wir haben ihn heute Abend als Verdachtsperson vernommen, und dann hat sie entschieden, ihn festzunehmen. Es ist verrückt. Ich weiß, dass es verrückt ist, du weißt, dass es verrückt ist. Aber es gibt Beweise. Und Fielding kann nicht an ihnen vorbei auf den Menschen schauen. Tony braucht deine Hilfe.«

Carol stellte ihren Kaffee ab und hielt die Hände hoch. »Langsam! Mach mal 'n Schritt zurück. Ich bin keine Polizistin mehr, Paula.«

»Meinst du, das ist mir nicht klar? Genau deshalb braucht er dich und nicht mich. Für mich steht's auf Messers Schneide.

Ich sollte dir das alles gar nicht erzählen. Wenn Fielding das rauskriegt, ist es vorbei mit mir. Ich werde eine glanzvolle Karriere als Verkehrspolizistin antreten können.«
Carol zog die Stirn kraus. »Weswegen bist du dann hier?«
»Ich hab's dir doch gesagt. Tony braucht deine Hilfe. Er ist ein hoffnungsloser Fall. Carol, du weißt doch besser als sonst irgendjemand, wie er ist. Er glaubt, nur weil er unschuldig ist, wird ihm nichts Schlimmes passieren. Und wir wissen beide, wie naiv das ist.«
»Genau so seh ich das auch«, sagte Carol, und ihre Stimme war der Inbegriff kühler Vernunft. »Aber warum meinst du, dass ich ihm zur Seite springen würde?«
Jetzt war es an Paula, schockiert zu sein. »Weil ...« Sie konnte sich nicht überwinden, das L...-Wort zu sagen. »Weil er mit dir befreundet ist?«
Carols Gesicht war hart geworden, und ihr Tonfall passte dazu. »Sieh dich doch um, Paula. Ich weiß, du hast nicht gesehen, was hier geschehen ist, aber stell dir den Schauplatz vor. Und jetzt stell dir zwei Menschen vor, die du liebst, im Zentrum dieses Schauplatzes. Das habe ich erlebt, weil Tony sie im Stich gelassen hat. Er hat mich verraten. Er hat seine Arbeit nicht gemacht, und wir haben dafür bezahlt. Ich und meine Eltern und mein Bruder und die Frau, die er liebte.«
Paula schüttelte bestürzt den Kopf. »Du kannst doch Tony nicht die Schuld daran geben. Er ist Psychologe, kein Hellseher. Wie kannst du erwarten, dass er die Einzelheiten dessen kannte, was Vance geplant hatte? Was Vance tat, ging über den Rahmen von Rachenehmen hinaus. Niemand von uns, nicht einer stellte sich auch nur einen Augenblick vor, dass die Leute, die wir liebten, in Gefahr waren. Carol, ich weiß, dass es dich schmerzt. Und ich weiß, wie Kummer die Psyche aus der Bahn wirft. Glaub mir, ich weiß es. Aber es war Vance, der dir das angetan hat. Nicht Tony.«

Carol hatte den Mund trotzig zusammengepresst. »Es ist seine Aufgabe, sich die Dinge vorzustellen, die uns anderen nicht einfallen. Und alle anderen zahlten den Preis, er nicht. Michael und Lucy, Chris, der Stallknecht, meine Eltern, ich. Selbst Vanessa hat mehr gelitten als er.«
»Und du glaubst, dass ihn das nicht jeden Tag quält? Du meinst, er wird nicht von Schuldgefühlen zerrissen? Ich habe gesehen, wie er unter dem Gefühl des Versagens leidet. Glaub mir, Carol, du kannst nicht mehr Schuld auf ihn laden als die, die er selbst schon auf sich genommen hat. Wie lange soll das noch so weitergehen? Seine Scham und deine Vorwürfe? Willst du zulassen, dass es den Rest eures Lebens bestimmt? Aus meiner Sicht ist es nämlich, ehrlich gesagt, eine riesige Verschwendung der Lebenszeit zweier Menschen.« Es war Paula herausgerutscht, bevor sie wusste, dass sie es sagen würde. Carol herauszufordern, das war ihr in der Vergangenheit nicht gelungen; die Verpflichtungen des Rangunterschieds waren immer der endgültige Hemmschuh gewesen.
»Das geht dich nichts an, Paula.« Carol verließ den Raum und ging in die Scheune. Der Hund schaute Paula böse an und folgte dann Carol in die Kälte hinaus.
Paula ließ den Kopf hängen und seufzte. »Das hab ich vermasselt«, sagte sie leise vor sich hin. Sie wartete einen Moment darauf, dass Carol wieder hereinkäme, aber da hatte sie Pech. Also ging sie auf dem Weg wieder hinaus, auf dem sie den Raum betreten hatte. Carol stand an einem Fenster und starrte in die Dunkelheit. Paula konnte ihr Gesicht im Glas sehen. Ihr Gesichtsausdruck sah so hart aus wie die spiegelnde Glasfläche.
»Es ist so ungerecht«, sagte Paula. »Fielding hat alles auf ihrer Seite. Mich eingeschlossen. Und er hat nichts und niemanden. Er hat nicht einmal einen Anwalt.«
»Ich hab's nicht so mit Mitleid, hast du das vergessen?«

Paula trat frustriert gegen einen der Sägeböcke und schrie dann Carol zum ersten Mal in ihrem Leben an. »Es geht nicht um Mitleid, verdammt noch mal. Es geht um Gerechtigkeit. Die Frau, die ich kannte, der war Gerechtigkeit wichtig.« Das Zuschlagen der Tür hinter ihr, als sie ging, war der einzige befriedigende Augenblick des ganzen Treffens.

45

Tony saß am Rand der schmalen Platte, die in U-Haft-Zellen des Reviers Skenfrith Street als Bett diente, die Ellbogen auf die Knie aufgestützt und die Hände ineinandergelegt. In solchen Haftzellen war er schon öfter gewesen, aber nur als Teil seiner beruflichen Tätigkeit. Gespräche mit den Beschädigten, den Geistesgestörten und den Dämonisierten hatten ihn an solche Orte geführt, aber immer bei offener Tür. Oft hatte er versucht, sich in die Situation des Gefangenen hineinzuversetzen und sich vorzustellen, wie es sein musste, wenn diese Tür zugeschlagen wurde und man allein war. Aber er war immer von einem Ansatzpunkt der Empathie ausgegangen – wie es für *sie* sein würde. Und nicht, wie er selbst sich fühlen würde.

Hauptsächlich fühlte er sich unbehaglich. Allein zu sein in einem kleinen Raum störte ihn nicht. Für einen Mann, der gelernt hatte, auf einem Kanalboot zu wohnen, war das keine große Sache. Auch die Geräusche in der Nähe waren ihm nicht lästig. Die Arbeit in einer geschlossenen psychiatrischen Klinik hatte ihn immun gemacht gegen unerwartetes und unbegreifliches Geschrei und Lärmen. Hunger oder Durst hatte er noch nicht, das war also kein Problem. Aber man konnte der Unbequemlichkeit nicht entkommen. Das Bett war hart. Ein hauchdünnes Stück Schaumgummi sollte als Kissen dienen, nahm er an. Es war klumpig und seltsam verformt. Es zu nutzen war, als lege er seinen Kopf auf eine Packung Lakritz-

Mischung. Das körperliche Unbehagen machte das Denken viel schwieriger. Und gerade denken musste er.

Als der Polizeibeamte die Tür hinter Tony geschlossen hatte, erwartete er fast, dass er sie gleich wieder aufreißen und »Überraschung!« rufen würde. So schwer fiel es ihm, das zu glauben, was geschehen war. Während der ganzen bizarren Vernehmung mit Paula und Alex Fielding hatte er sich irgendwie geweigert, die Sache ernst zu nehmen. Er konnte den Gedanken nicht abschütteln, dass es entweder ein Streich oder ein schrecklicher Irrtum war, den er im Nu aufklären konnte. Dann dämmerte ihm, dass Fielding es ernst meinte. So ernst, wie nur jemand es meinen konnte, der ihn nicht kannte. So ernst wie nur jemand von der Kripo es meinen konnte, der vom Ehrgeiz angetrieben wurde.

Paula wusste Bescheid. Paula begriff, dass es unmöglich war, ihn sich als Mörder vorzustellen, was immer die Sachbeweise beinhalten mochten. Aber Paula traf nicht die Entscheidungen im Vernehmungsraum. Paula stand ebenfalls auf dem Prüfstand, ihre Loyalität gegenüber ihrer neuen Chefin wurde getestet. Würde sie blind folgen, wohin die Beweismittel zu führen schienen? Oder würde ihre Treue zu dem alten Umfeld Fieldings Entschlossenheit unterminieren, eine schnelle und spektakuläre Lösung des Falls zu erreichen? Auf dem Weg hinunter zu den Zellen hatte sie angedeutet, dass sie auf seiner Seite stehe. Aber sie musste vorsichtig sein. Ihnen beiden zuliebe war es unerlässlich, dass sie nicht von der Untersuchung abgezogen wurde. Denn hinter den Kulissen konnte sie nicht sehr viel bewirken.

Fielding machte ihm Angst. Diese Eile, zu einem Urteil zu kommen, diese eiserne Sicherheit, dass die Beweismittel über allem standen, dieser Widerwille, den Zauberwürfel zu verdrehen und sich die Dinge aus einem anderen Blickwinkel zu betrachten, dies alles beunruhigte ihn, denn es ließ keinen

Raum für eine Diskussion. Es würde nicht ausreichen, eine Erklärung für die Sachbeweise zu geben, die gegen ihn sprachen. Er würde eine Möglichkeit finden müssen, ihren mörderischen Jagdinstinkt auf den wirklichen Täter zu richten.
Tony rutschte unbeholfen von einer Pobacke auf die andere. Hätte er Carol nicht so schlimm enttäuscht, dann hätte er sich niemals in dieser Lage befunden. Sie hätte einfach nicht erlaubt, dass so etwas geschah. Egal, wie schlecht die Karten waren, die er gezogen hatte, sie hätte seine Partei ergriffen, weil sie die Grenzen dessen kannte, wozu er fähig war.
Er erlaubte sich ein bitteres Lächeln. Niemand kannte seine Grenzen besser als Carol. Er hatte immer gedacht, sie könnte jemand Besseren finden als ihn, dass es da draußen andere Männer geben musste, die ihr mehr von dem geben konnten, was sie brauchte, als er ihr gegeben hatte. Aber entweder suchte sie nicht, oder sie lernte nicht die richtigen Männer kennen. Bis zum Tod ihres Bruders war sie zufrieden damit gewesen, sich mit ihrer unvollkommenen und unschlüssigen Beziehung abzufinden. Und dann war etwas geschehen, das sie so entschieden voneinander trennte, dass nichts die Kluft überbrücken konnte. Keine gemeinsame Vergangenheit, kein gegenseitiges Verständnis. Nicht einmal Liebe.
Ungehalten über sich selbst, sprang Tony auf. Wenn sitzen oder liegen eine Qual war, dann würde er auf und ab gehen. Sechs Schritte in eine Richtung, Wendung von neunzig Grad, dann acht Schritte in die andere Richtung. Sechs, acht. Sechs, acht. Hör auf, über Carol nachzugrübeln, sie ist fort. Sie würde nicht da sein, um ihn aus dieser Scheißsituation zu retten. Es war vorbei. Er war allein. Vielleicht mit einem bisschen Hilfe von seiner Freundin. Sechs, acht.
Also. Er musste den Blutfleck erklären. Andere könnten den Nachweis für seine Geschichte erbringen, wenn er nur erst einmal tief in sich hineingeschaut und Zugang zur Wahrheit

gefunden hatte. Den Daumenabdruck auch. Er erinnerte ihn an nichts. »Ich weiß, ich lebe oft nur in meinem Kopf, aber man würde doch denken, dass ich mich daran erinnern könnte, das Telefon einer anderen Person in die Hand genommen zu haben«, rief er verzweifelt aus.
Tony hörte auf mit dem Herumtigern und lehnte die Stirn an die kühle Zementwand. Er schloss die Augen und ließ die Schultern sinken. Konzentriert entspannte er seine Muskeln von der Kopfhaut über den Nacken bis in die Arme. »Denk an Blut. Dein Blut. Denk an bluten. Genug bluten, dass bei einer anderen Person ein Fleck entstehen kann«, sagte er laut.
Da war das Knie. Damals, als ein durchgeknallter Patient mit einer Feueraxt randalierte und auf Tony losging, der versuchte, mit ihm zu reden und ihn zu beruhigen. Aber das war Jahre her, lange bevor Nadia Wilkowa nach Bradfield gekommen war. Zweimal hatte er sich in der Bordküche geschnitten, da er noch nicht an die gelegentlichen plötzlichen Bewegungen des Boots gewöhnt war. Aber es war nie jemand anders dabei gewesen, und außerdem war nicht viel Blut geflossen. Es musste etwas sein, das bei der Arbeit passiert war. Im Bradfield Moor. Er beschwor das Krankenhaus herauf, als biete er jemandem eine Führung an. Der Empfangsbereich. Die abgeschlossenen Türen, die anonymen Korridore. Sein Büro, die Therapieräume.
Und dann fiel es ihm ein. Plötzlich war alles da, in kristallklaren Einzelheiten wie in Technicolor. Er warf die Arme in die Luft. »Hallelujah!« Die Erklärung des Fingerabdrucks konnte warten. Die DNA war der Totschlagbeweis, und jetzt wusste er, wie sie dorthingekommen war.
Tony grinste. Paula würde sich freuen. Jetzt musste ihm nur noch etwas einfallen, das sie zu dem Mörder führte. Der tatsächlich Frauen umbrachte, die Ähnlichkeit mit Carol Jordan hatten.

46

Während Tony sein Gedächtnis durchforschte, lief ein anderes Gespräch wie folgt: »Bronwen Scott hier.«
»Hier spricht Carol Jordan.«
Eine Pause. »DCI Carol Jordan?« Vorsichtig, sehr vorsichtig.
»Ex-DCI Carol Jordan. Ich bin nicht mehr bei der Polizei. Aber Sie, nehme ich an, sind immer noch die beste Strafverteidigerin von Bradfield?«
»Das ist ja ein großes Kompliment, Ms Jordan. Und ich dachte immer, Sie hassen mich.«
»Ich muss Sie nicht mögen, um Ihre beruflichen Qualitäten schätzen zu können.«
»Wem oder was verdanke ich also diesen Anruf? Ich nehme an, Sie melden sich nicht so spätabends noch bei mir, nur um mein Selbstbewusstsein zu stärken. Sagen Sie bloß, dass jemand die Kühnheit besaß, Sie zu verhaften?«
»Ich habe einen Auftrag für Sie. Ein Klient, den Sie vertreten sollen. Und in Verbindung damit möchte ich Ihnen einen Vorschlag machen.«
»Klingt faszinierend.« Ein langer Atemzug. »Aber es ist spät. Hat es nicht bis morgen Zeit?«
»Ich glaube nicht, nein. Könnten Sie mich in einer halben Stunde im Parkhaus gegenüber vom Revier Skenfrith Street treffen?«
»Klingt ja sehr undercover. Warum sollte ich das tun, Ms Jordan? Was bringt es mir?«

»Einen Fall, der viel Aufmerksamkeit bekommen wird. Und die Chance, die Polizei von Bradfield fertigzumachen. Ich kann mir vorstellen, dass der Tag für Sie nicht vergeudet ist, wenn Sie eine leitende Ermittlungsbeamtin in die Pfanne hauen dürfen.«
Ein kehliges gurrendes Lachen. »Sie wissen schon den richtigen Ton anzuschlagen, Ms Jordan.«
»Ich hatte eine hervorragende Lehrerin. Steht unsere Verabredung?«
»Hoffentlich ist es interessant. Es müsste schon sehr interessant sein.«
Carol lächelte. »Ich glaube nicht, dass Sie enttäuscht sein werden.« Sie legte auf und schaltete in den dritten Gang zurück, um eine Reihe von Kurven zu nehmen, die vor dem Gefälle nach Bradfield hinein über die höchste Stelle des Moors führten. Es war nicht leicht gewesen, während des Telefonats mit der härtesten Strafverteidigerin, gegen die sie je angetreten war, die Fassung zu bewahren. Hätte man gesagt, ihre Gefühle in Bezug auf das Vorgehen, für das sie sich entschieden hatte, seien gemischt gewesen, das wäre so, als sagte man, die Regierung hätte ein paar Schulden angehäuft. In ihrem Magen rumorte es, und ihre Hände am Steuer waren schweißfeucht. Irgendwie wünschte sie, sie hätte es geschafft, Paula einfach überhaupt nicht zu beachten.
Aber so war es nicht gewesen. Als Paula hinausstürmte, hatte Carol nur kurz gezögert und war dann hinterhergerannt. Sie holte sie auf halbem Weg zu ihrem Auto ein. Es war nicht schwierig, Paula zu überreden, wieder mit nach drinnen zu kommen, wo sie Carol einen Überblick gab; solche kurzen Besprechungen waren ihnen während ihrer Zusammenarbeit schon in Fleisch und Blut übergegangen. Je mehr Carol hörte, desto mehr geriet sie in Wut über die Absurdität dessen, was Tony zugestoßen war. »Man kann nicht alle Beweise auf die

gleiche Weise betrachten«, hatte sie widersprochen. »Die Umstände müssen mit einbezogen werden. Man schaut jemanden wie Tony an, und der Ausgangspunkt ist: Dieser Mann hat nicht zwei Frauen ermordet. Wie kommt es dann, dass die Beweise auf ihn hinzuweisen scheinen? Man sagt nicht einfach: ›Hier haben wir Beweise, also müssen Sie es sein.‹ So erreicht man keine Gerechtigkeit.«
Und natürlich musste sie sich darauf stürzen. Es war aber nicht ganz so einfach. Sie konnte den Gedanken nicht von sich weisen, dass sie von Paula manipuliert worden war. Sie hatte den Verdacht, dass die Polizistin Motive hegte, die auf mehr abzielten, als die allzu hastige Entscheidung Fieldings auseinanderzunehmen. Aber wenn Paula meinte, sie hätte Carol auf den Weg der Versöhnung mit Tony gebracht, dann musste sie sich auf eine Enttäuschung gefasst machen. Hier ging es schlicht und einfach um Gerechtigkeit. Nur in einer Hinsicht hatte es etwas mit ihr und Tony zu tun, nämlich in dem Sinn, dass sie ihn wegen ihrer gemeinsamen Vergangenheit gut genug kannte, um zu begreifen, dass er kein Mörder war. Was das Persönliche betraf, hatte sie nichts gegen den Gedanken, dass er im Knast für etwas versauerte, das er nicht getan hatte. Denn nach dem Gesetz gab es keine Möglichkeit, ihn für das, was er getan hatte, zu bestrafen. Aber dann bliebe ein Mörder auf freiem Fuß, und das war nicht akzeptabel. Eine Polizistin mochte sie nicht mehr sein, aber Carol verstand, was Gerechtigkeit bedeutete.
Das war mehr, als sie über Bronwen Scott sagen konnte. Sich mit Scott zu verbünden war fast genauso schwer, wie für Tony einzutreten. Jahrelang war Scott ein Stachel in ihrem Fleisch gewesen, weil diese jede Lücke im Gesetz nutzte, um den Schuldigen zu helfen. Theoretisch hielt Carol an dem Gedanken fest, dass jeder einen Verteidiger verdiente, egal was er verbrochen hatte. Aber die Ausprägung in der Praxis trieb sie

zur Verzweiflung. Sie hasste Scott wegen des Spruchs, den die Anwältin ständig mit einer Miene beleidigter Unschuld im Munde führte: »Tut eure Arbeit, ihr Kripobeamten. Dann gäbe es keine Formfehler und technischen Details, die ich ausschlachten kann.« Sie verachtete Scotts Geschick, mit dem sie ungeniert Klienten vertrat, die offenkundig schuldig waren. Und vor allem hasste sie das Gefühl, das sie selbst empfand, wenn Kriminelle freikamen, weil Scott sich ungeachtet der vorliegenden Beweise Gefühle und Emotionen zunutze gemacht hatte.

Aber da sie nun nicht mehr die Macht ihrer beruflichen Stellung auf ihrer Seite hatte, würde sie Scotts Fähigkeiten nutzen müssen, wenn sie wollte, dass der Gerechtigkeit Genüge getan wurde. Für Carol stand zweifelsfrei fest – und das war das Entscheidende –, dass jemand für die beiden toten Frauen sprechen musste. Fielding tat das nicht, und deswegen konnte auch Paula es nicht tun. Jemand musste in die Bresche springen. Tony rauszuhauen war nur der erste Schritt der Reise zur Wahrheit.

All diese hochfliegenden Ideale waren eine perfekte Ablenkung. Je mehr Carol sich in die Flagge der Gerechtigkeit hüllte, desto weniger musste sie sich mit ihren Gefühlen für Tony beschäftigen. Den Gedanken, dass sie einen Weg suchte, um den Abstand zwischen ihnen zu überbrücken, hätte sie voller Verachtung von sich gewiesen – wenn sie sich erlaubt hätte, ihn überhaupt als eine Möglichkeit zu betrachten. Es ging nicht um Vergebung. Sie wollte ihn einfach nicht in ihrem Leben haben.

Die Fahrt nach Bradfield war eine merkwürdige Erfahrung. Es lag Monate zurück, dass sie durch die Straßen der Stadt gefahren war, und obwohl sie sich immer noch leicht auf den Strecken zurechtfinden konnte, die ihr zur zweiten Natur geworden waren, hatte sie das Gefühl, sich wie ein Tourist nach

einem Stadtplan zu richten, den sie auswendig gelernt hatte. Dies war jahrelang ihr Zuhause gewesen, aber sie hatte ihre Verbindungen gekappt, und schon gab es Veränderungen in der Verkehrsregelung. Nichts Wichtiges, nur hier und da eine Fahrspuränderung an einer Ampel, die abgeänderte Vorfahrt an Kreuzungen. Genug, um aus ihr eine Fremde zu machen.
Sie kam fünf Minuten vor der vereinbarten Zeit in dem Parkhaus in der Skenfrith Street an. Der kalte, unmenschliche Bau aus den sechziger Jahren lag nüchtern unter der Neonbeleuchtung. Es war nach dreiundzwanzig Uhr, und im ebenerdigen Geschoss standen nur noch wenige Wagen. Carol parkte ihren Land Rover Defender in der Mitte einer Reihe leerer Stellplätze und stieg aus. Ihre Schritte hallten auf dem fleckigen Beton wider wie in dem klischeehaften Soundtrack eines Films.
Sie spürte ein leichtes Nervenzittern und lehnte sich gegen die Motorhaube des Land Rover. Sie war eine Frau, spätabends in der Stadtmitte allein auf einem verlassenen Parkdeck. Als sie noch Polizistin war, hatte die einfache Tatsache ihres beruflichen Status sie geschützt. Obwohl es keinen Sinn ergab, kam sie sich jetzt deutlich verletzlicher vor. Selbst ihre Kleidung war ein Element dieses Risikos. Sie hatte sich an die Ausstrahlung von Kraft und Tüchtigkeit gewöhnt, die von ihrer neuen Arbeitskleidung ausging. Dass sie ihre früher übliche Arbeitsuniform, Kostüm, Bluse und Schuhe mit niedrigen Absätzen, trug, machte sie viel eher zu einem Zielobjekt vorbeikommender Straftäter. Sie hoffte, Bronwen Scott würde sich nicht verspäten.
Genau zur verabredeten Zeit quietschten die Reifen eines Audi TT, der die Einfahrt zum Parkhaus etwas zu schnell nahm. Er stieß rückwärts auf den Parkplatz gegenüber von Carol; jetzt standen sie sich gegenüber wie ein Paar Revolverhelden, die sich zum Showdown treffen. Zuerst kamen Bron-

wen Scotts Beine zum Vorschein, die im Licht schimmerten, und die Lackstöckelschuhe gaben die Richtung vor. Carols Blick wurde höher gelenkt auf einen Bleistiftrock mit einer maßgeschneiderten Jacke über einem Oberteil. Darüber ein lose fallender Kamelhaarmantel. Ihr Haar war in vielfältigen Blondschattierungen gefärbt, schulterlang und glänzend. Ihr untadelig geschminktes Gesicht zeigte keine Spuren der gleichen Anzahl von Jahren, die sich in Carols Gesicht eingegraben hatten. Obwohl viele von Bronwen Scotts Aufträgen aus staatlich finanzierter Prozesskostenhilfe bestanden, konnte sie sich die schicken Klamotten und den teuren Wagen leisten, weil sie Leute vertrat, die ihren Reichtum nicht auf ehrliche Art und Weise erworben hatten, und jeder Polizist der Stadt wusste das. Das Streben nach Gerechtigkeit trieb Carol in die Arme merkwürdiger Bettgenossen.

Scott blieb ein paar Schritte vor Carol stehen. »Wer hätte das gedacht?«

»Es könnte sich möglicherweise zu unseren Gunsten auswirken«, sagte Carol.

»Was soll all diese Geheimnistuerei bezwecken?« Scott strich sich mit einer geübten Bewegung das Haar aus dem Gesicht. Carol fragte sich, wie es sein musste, seinem Aussehen so viel Aufmerksamkeit zu widmen. Sie war ja nicht dumm; sie hatte gesehen, wie Männer sie anschauten, und war sich dessen bewusst, dass sie attraktiv war. Aber sie hatte sich darüber nie definiert; und als dann ihr Äußeres den jugendlichen Glanz zu verlieren begann, war sie damit ziemlich gut fertiggeworden. Aber Frauen wie Bronwen Scott schienen das Altern als eine Herausforderung zu sehen, einen Krieg, den man jeden Tag führte, und dabei machte man sich jede mögliche Waffe zunutze, sei sie chirurgischer oder pharmazeutischer Art. Carol hatte in Schlachten, die man nicht gewinnen konnte, nie einen Sinn gesehen.

»In der Skenfrith Street sitzt ein Gefangener in Haft, der einen guten Anwalt braucht.«
»Was wird ihm vorgeworfen?«
»Zwei Morde.«
»Wer hat ihn verhaftet?«
»DCI Alex Fielding.«
»Und welches Interesse haben Sie daran?«
Carol neigte den Kopf nach hinten und betrachtete die Neonröhren. »Es ist leicht misszuverstehen.« Sie seufzte und stellte sich Bronwens neugierigem Blick. »Mein Interesse ist, dass der Gerechtigkeit Genüge getan wird. Der Inhaftierte hat die Tat nicht begangen. Also ist ein Mörder da draußen auf der Straße, der wieder töten wird, während Fielding ihre Spielchen mit einem Unschuldigen treibt.«
»Ich verstehe immer noch nicht, warum Sie das stört. Ich verbringe mein halbes Leben damit, den Murks dummer Polizisten aufzuklären, die sich in der ersten Idee verfangen, die ihnen in den Kopf kommt. Was ist so Besonderes an diesem Fall? Außer der Tatsache, dass der Angeklagte offenbar nicht selbst den Telefonhörer in die Hand nehmen kann?« Scott begann gereizt zu klingen. Sie musste zum Kern der Sache kommen.
»Tony Hill.«
Scott runzelte die Stirn. »Was ist mit ihm? Seit Jacko Vance hat er sich sehr bedeckt gehalten.«
»Er ist verhaftet. Dort drüben sitzt er in einer Zelle. Er meint, er braucht keinen Anwalt, weil er nichts Schlimmes getan hat.«
Scott lachte höhnisch. »Jede Minute kommt ein Dummer auf die Welt. Man sollte doch denken, dass er es besser weiß. Haben Sie ihm in all diesen Jahren nichts beigebracht?«
»Ich glaube, er braucht Sie. Es gibt nämlich sehr brauchbare Beweise, die gegen ihn vorliegen.«

»Kann er sich meine Dienste leisten?«
»Erbschaft. Versicherung. Er kann Sie sich leisten.«
»Fahren Sie fort.« Scott hatte angebissen. Jetzt musste Carol sie nur noch an Land ziehen.
»An der Jackenmanschette des ersten Opfers sind Blutspuren von ihm. Angeblich sein Daumenabdruck auf dem Mobiltelefon des zweiten Opfers. Und der wichtigste Beweis ist, dass beide Opfer mir ein bisschen ähneln.«
Scotts Zungenspitze schob sich zwischen ihre Lippen, dann biss sie sich auf die Unterlippe. Es wirkte fast sexuell erregt.
»Interessant«, sagte sie. »Und woher kommen diese Infos?«
»Erinnern Sie sich an Paula McIntyre?«
Scotts Gesichtsausdruck wurde sarkastisch. »Sie ist ein Hammer bei Vernehmungen. Ja, ich erinnere mich sehr gut an Paula.«
»Sie arbeitet jetzt als Partnerin mit Fielding zusammen. Mit Tony hatte sie immer schon eine Art Bündnis. Sie mag das gar nicht, was da läuft, aber sie muss sich ducken, sonst wird Fielding ihr den Kopf abreißen.«
»Das ist plausibel.« Scott fröstelte und wickelte ihren Mantel fester um sich. »Was soll ich also dabei tun?«
»Ich möchte, dass Sie über die Straße gehen und verlangen, Ihren Klienten zu sehen, und dass Sie tun, was getan werden muss, bevor Fielding ihn morgen früh in die Klauen bekommt. Sie haben eine Vernehmung durchgeführt und haben laut Paula vor, ihn noch weiter zu befragen und seine Wohnung und sein Büro zu durchsuchen.«
»Wird er tun, was ihm geraten wird?«
Carol zuckte die Schultern. »Das ist fraglich. Ich kann mir vorstellen, dass es darauf ankommen wird, was Sie ihm sagen.«
Scott schüttelte resigniert den Kopf. »Sie wissen ja nie, was das Beste für sie ist. Nicht einmal die Klugen. Eigentlich soll-

te ich Ihnen dafür danken, dass Sie mir das beschert haben. Also, danke schön, Carol.« Sie legte eine Hand auf Carols Arm, die knallroten Nägel lenkten davon ab, dass ihre Hände Anzeichen des Alters zeigten.

Carol blickte auf die unaufrichtige Geste der Vertrautheit hinunter, und Scott nahm die Hand weg, wenn auch nicht hastig. »Ich bin noch nicht fertig«, sagte Carol.

Scott neigte den Kopf zur Seite. »Natürlich nicht. Ich nehme an, Sie möchten informiert werden?«

»Mehr als das. Ich möchte zusammen mit Ihnen reingehen.«

Scott lachte, das Geräusch kam als unheimliches Echo zu ihnen zurück. »Sie wissen doch, dass das nicht geht, Carol«, sagte sie vergnügt, als hätte sie den ganzen Tag noch nichts Lustigeres gehört.

»Warum nicht? Ich bin keine Polizistin mehr. Und Sie sind so eine Superstar-Anwältin, Sie haben immer Praktikanten dabei, die Ihre Akten tragen und Ihre Bleistifte spitzen. Was könnte natürlicher sein als eine Ex-Polizistin, die eine Karriere in der Juristerei erwägt?«

Scott grinste immer noch. »Da wird der Bock zum Gärtner gemacht, und zwar ganz gehörig. Was bringt es mir? Wie hilft es meinem Klienten?«

»Ich habe das Insiderwissen. Bei vertraulichen Informationen wird Paula Ihnen nie trauen. Aber mir gegenüber würde sie es vielleicht ausplaudern. Sie ist so daran gewöhnt, dass es ganz selbstverständlich ist. Und Sie haben alle Vorteile einer irre guten Ermittlerin auf Ihrer Seite, ohne extra Kosten.«

Scott schüttelte den Kopf, sie war immer noch nicht überzeugt. »Es ist zu unwahrscheinlich.«

»Das hat Sie doch sonst nie abgehalten. Na, kommen Sie, Sie wissen doch, dass Sie das reizen würde. Wenn auch nur, um zu sehen, was für ein Gesicht Fielding dabei macht. Stellen Sie sich doch vor, Bronwen, Sie könnten von dem Fall monate-

lang schön essen gehen. Besonders wenn sie sich gezwungen sähe, Tony ohne Anklage freizulassen.«
»Es ist verlockend, das geb ich zu. Aber wir würden es nie am Tisch des Sergeant vorbeischaffen.«
»Ich dachte, Sie lieben Herausforderungen?« Carols Lächeln provozierte Scott.
»Ach, was soll's.« Wieder warf sie das Haar zurück. »Warum nicht? Ich habe seit Wochen keinen Streit mehr mit einem Justizwachtmeister gehabt. Bin schon ganz aus der Übung. Ich hole nur meinen Aktenkoffer, dann gehen wir und machen ihnen die Hölle heiß.«
Sie überquerten Seite an Seite die Straße wie eine moderne Ausgabe von Cagney & Lacey. Als sie kurz davor waren, das Revier zu betreten, blieb Carol stehen und sagte: »Es gibt da noch etwas, das Sie wissen sollten.«
Scott sah fast erleichtert aus, als wäre das die Hürde, die sie erwartet hatte. »Was?«
»Tony und ich, wir haben eigentlich seit dem Fall Jacko Vance nicht miteinander gesprochen. Ich habe damals ziemlich heftige Dinge zu ihm gesagt. Es ist möglich, dass er vielleicht nicht allzu erfreut ist, mich zu sehen.«
Scott lächelte wie eine zufriedene Katze. »Das wird ja immer besser!«

47

Er stand an der Garagentür und starrte auf die Kühltruhe. Für die hier hatte er viel Hoffnung. Sie war das richtige Rohmaterial für sein Projekt, schätzte er. Er war zu hastig vorgegangen, und das hatte ihn Fehler machen lassen. Er war zu ungeduldig gewesen, den richtigen Ersatz zu finden; er hatte vergessen, was alles nötig war, um eine Frau ganz von Anfang an einzuarbeiten. Wie bei Pferden und Hunden war es immer leichter, mit einer zu arbeiten, der die Grundlagen schon beigebracht worden waren.
Da hatte er sich bei der vorletzten getäuscht. Diese polnische Schlampe hatte ja nicht mal mit einem Freund zusammengelebt. Sie hatte keine Ahnung, was alles dazugehört, wenn man eine perfekte Ehefrau sein will. Wie sollte sie auch? Erst mal konnte sie ja nicht richtig Englisch. Er hasste ihren blöden Akzent. Wäre ihm klar gewesen, dass sie Ausländerin war, hätte er sie nicht ausgewählt. Ihr Aussehen hatte ihn verwirrt, ihn zu dem Gedanken verführt, sie sei die Richtige. Das war an Sirikit immer enttäuschend gewesen. Sie sprach gut Englisch, aber trotzdem hatte sie einen schwachen Akzent, was ihm auf die Nerven ging. Aber schlimmer noch: Sie war dunkelhaarig. Er hatte immer eine Blondine haben wollen. Schon immer, seit er Lauren Hutton in *Ein Mann für gewisse Stunden* gesehen hatte, als er gerade mal ein Teenager war, war es das, was er wollte. Das hatte er geheiratet, und der Ersatz musste auch eine Blonde sein.

Es war naiv zu glauben, dass eine Frau, die noch nicht wusste, wie man für einen Mann sorgt, sich leicht eingewöhnen lassen würde. Die polnische Schlampe hatte sich auf ganzer Linie gegen ihn aufgelehnt. Er hatte ihr klargemacht, dass Widerstand zwecklos war, genau wie in *Star Trek*. Mit allen Tricks hatte er es probiert, bis er endlich zugeben musste, dass er ihr grundlegendes Wesen nicht verändern konnte. Sie würde nicht nachgeben und würde nicht aufgeben. Am Ende war die abschließende Tracht Prügel die einzige Befriedigung für ihn gewesen. Er hatte ihr alles genommen, was sie zu dem machte, was sie war, und dabei hatte er klargemacht, was sie wirklich war – ein Stück gesichtsloses, unbrauchbares Fleisch. Nicht mal zu gebrauchen für Sex. Er hatte sie gewaschen, alle seine Spuren entfernt und dafür gesorgt, dass niemand anders sie noch gebrauchen konnte, und dann hatte er sie mit Tritten erledigt.

Zumindest hatte es seine Vermutung bestätigt, dass sich echte Befriedigung daraus ziehen ließ, diejenigen umzulegen, die ihn enttäuscht hatten. Er hatte es schon bei der ersten vorgehabt, war aber ausgebremst worden. In der Phantasie hatte er sich damit beschäftigt, aber die Realität hatte die Phantasie übertroffen.

Dieser berauschende, entrückte Augenblick absoluter Macht, wenn das Leben schließlich langsam entwich, war das beste Gefühl, das er je erlebt hatte.

Aber trotzdem. Er war Optimist. Er wollte glauben, dass eine perfekte Frau genauso viel Lust bieten konnte wie das perfekte Töten. Und deshalb hatte er es wieder versucht. Aber die Nächste war nicht besser gewesen. Er hätte es wissen sollen. Er hatte gehofft, dass der Grund für ihre Scheidung bei ihrem Ehemann lag, der kein richtiger Mann gewesen war und ihr keine Gelegenheit gegeben hatte, zu beweisen, wozu sie fähig war.

Er brauchte nicht lange, um zu erkennen, dass sie wahrscheinlich geschieden war, weil sie als Ehefrau nichts taugte. Als er das von ihr zubereitete Steak probierte, hatte er noch Hoffnung gehabt. Aber die Kartoffeln waren unverzeihlich. Wenn sie dieses Alter erreicht hatte, ohne in der Lage zu sein, Kartoffeln richtig zu kochen, dann gab es keine Hoffnung für sie. Der Sex danach war nur noch eine Formalität gewesen. Selbst wenn sie die aufregendste Nummer auf dem Planeten geboten hätte, war es zu spät für eine Wiedergutmachung gewesen. Perfektion würde für sie immer unerreichbar bleiben. Da taugte sie nur noch zum Töten.
Trotz allem hatte er noch Hoffnung. Sirikit hatte ihm bewiesen, dass es möglich war, eine Frau zu finden, die das sein konnte, was er verlangte. Dieses letzte Exemplar war verheiratet, das war immerhin ein Anfang. Solange sie sich dank eines schwachen und nachgiebigen Ehemanns keine Unarten angewöhnt hatte. Er tadelte andere Männer dafür, dass sie Frauen zu viel durchgehen ließen. Es war genauso wie das, was man über Hunde sagte. Es gab keinen schlechten Hund, nur einen schlechten Herrn. Na, und er war ein guter Herr. Und diese Neue würde es bringen, würde den Wettbewerb gewinnen, er spürte es tief im Herzen.
Zunächst einmal musste sie die erste Lektion lernen. Er war der Herr und Meister. Diesmal würde er sie länger in der Kühltruhe eingesperrt lassen. Dann würde sie entsprechend dankbar sein, wenn er sie irgendwann herausließ. Dankbarkeit war in seiner Erfahrung eine große Hilfe. Bei der Arbeit war es genauso. Man gab ein wenig, und weil die Leute so wenig erwarteten, bekam man eine Menge zurück. Das war eines der Geheimnisse seines Erfolgs. Jetzt musste er das nur noch der Frau in der Tiefkühltruhe beibringen.

48

Der Anmeldebereich der U-Haft-Zellen war ohne jeden Komfort. Seltsamerweise roch es dort nach alten Wurstbrötchen und vergammeltem Obst. Hinter dem verschrammten, unaufgeräumten Schaltertisch saß ein Mann mittleren Alters mit einer Halbglatze kastanienbrauner Stoppelhaare und einem weißen Hemd, das sich über seiner breiten Brust spannte. Der für die Untersuchungsgefangenen verantwortliche Sergeant hatte ein zerknittertes Boxergesicht voller Falten und mit Hängebacken. Carol erwartete fast, dass er anfangen würde zu geifern, als er Bronwen Scott von oben bis unten musterte. »Sie sind heute ein bisschen spät dran, Ms Scott«, knurrte er. »Kann es nicht bis morgen warten?«
»Die Uhr läuft, wie Sie ja gut wissen, Sergeant Fowler. Mein Klient sieht sich sehr schweren Beschuldigungen ausgesetzt, und wir müssen anfangen, ihn zu rehabilitieren.«
»Komisch, er hat nie erwähnt, dass er eine Anwältin hat. Und er hat gar nicht telefoniert, nachdem er hier eingeliefert wurde. Entwickeln Sie jetzt auch noch telepathische Fähigkeiten?«
Scott stützte sich auf den Tisch und setzte ein drohendes Lächeln auf. »Ich glaube nicht, dass meine Mittel der Kommunikation mit meinen Klienten Sie etwas angehen. Also, ich will jetzt meinen Klienten sehen. Und in einem Vernehmungsraum, nicht in einer widerlichen kleinen Zelle, die nach Pisse und Erbrochenem stinkt.« Es war eine eindrucksvolle Vor-

stellung, dachte Carol und erinnerte sich an all die Gelegenheiten, bei denen Bronwen Scotts Glanznummern sie fast in den Wahnsinn getrieben hatten. Auf der gleichen Seite mit ihr zu stehen brachte viel mehr Spaß.
Sergeant Fowler machte viel Aufhebens davon, auf seine Uhr zu schauen und die Uhrzeit mit der der Wanduhr hinter ihm zu vergleichen. »Lassen Sie mich sehen. DCI Fielding wird um neun vernehmen wollen, und Ihrem Klienten stehen acht Stunden Ruhe zu, und es ist schon halb zwölf. Ich schätze also, da haben Sie eine Stunde mit Ihrem Klienten, maximal.«
»Ich werde mir so lange Zeit mit meinem Klienten nehmen, wie ich brauche. Wenn das heißt, dass DCI Fielding ihre Pläne für morgen früh ändern muss, dann ist es eben so, Sergeant Fowler. Also, bringen Sie Dr. Hill her?«
»Einen Moment«, sagte er gewichtig, legte seine Stirn in Falten und kratzte sich in der Achselhöhle. Dann deutete er auf Carol, die an der Tür stehen geblieben war. »Ist sie bei Ihnen dabei?«
Scott warf einen beiläufigen Blick über die Schulter. »Meine Praktikantin? Natürlich.«
»Halten Sie mich für blöd? Ihre Praktikantin?« Er beugte sich vor, und sein Mund bewegte sich, als kaue er einen Batzen Kautabak. »Sie sind doch DCI Jordan, wie gehabt, oder?«
»Mit der Betonung auf ›gehabt‹, Sergeant Fowler. Aber ich glaube nicht, dass sich unsere Pfade jemals wirklich gekreuzt haben, als ich noch arbeitete.« Carol trat vor und zeigte ihr gewinnendstes Lächeln.
»Wie soll ich Sie denn dann nennen?«
»Ms Jordan tut's vollauf, Sergeant. So heiße ich. Einen Dienstrang habe ich nicht mehr.«
Er kratzte stirnrunzelnd den Kranz aus Stoppeln, der um seinen Kopf herumlief. »Na ja, Ms Jordan, ich kann Sie nicht bei

einem Gespräch eines Gefangenen mit seiner Anwältin dabei sein lassen. Sie sind nur eine Zivilperson, Sie haben keinen Grund, dabei zu sein.«
»Ich begleite Ms Scott, weil ich eine Karriere im Rechtswesen anstrebe, Sergeant Fowler. Es ist schade, all diese praktische Erfahrung zu verschwenden, die ich habe. Meine Rolle hier ist lediglich die einer Beobachterin.«
»Aber Sie kennen ihn. Sie haben früher mit ihm zusammengearbeitet.« Er warf die Hände in die Luft, eine Geste, die seine Hemdknöpfe in Gefahr brachte. Offensichtlich suchte er verzweifelt nach einem Grund, weshalb Carol nicht bei dem Gespräch dabei sein sollte. »Es ist nicht … angebracht.«
»Ach, führen Sie sich doch nicht so auf, Sergeant! Man könnte ja gerade denken, dass Sie noch nicht trocken sind hinter den Ohren«, sagte Scott. »Ich habe ständig mit Leuten zu tun, die ich schon von vorher kenne. Eine Woche Entlastungszeuge und in der nächsten Angeklagter. Und was meinen Sie denn, wer korrupte Bullen verteidigt? Strafverteidiger wie ich. Steigen Sie also von Ihrem hohen Ross und erkennen Sie an, dass Ms Jordan einen aufregenden neuen Karriereweg gewählt hat.«
»Ich kann der Verteidigung ja keine vertraulichen Informationen zuspielen, oder?« Carol fragte sich, ob sie es vielleicht übertrieben hätte, aber Sergeant Fowler sah bei dem Gedanken erleichtert aus.
»Können Sie also Dr. Hill für uns holen? Je eher wir anfangen, desto schneller werden wir fertig sein und desto zufriedener wird DCI Fielding morgen früh sein«, sagte Scott in einem Ton, dem sich nur schwer widersprechen ließ.
Fowler hievte sich hoch und kam hinter dem Schalter hervor. »Sie können den Vernehmungsraum am Ende des Korridors mit den Zellen nutzen. Folgen Sie mir, meine Damen.«
Er ging an den Stahltüren vorbei. Scott wandte sich zu Carol

um und zwinkerte. »Bühne frei!«, raunte sie halblaut. »Jetzt gehen wir ran, Carol.«
Ein Zurück gab es nicht mehr.
Wortwörtlich monatelang hatte sie versucht, über Tony Hill wegzukommen. Und jetzt würde sie gleich herausfinden, ob sie es geschafft hatte.

49

Tony hatte sein Jackett ausgezogen und nutzte es zusammengefaltet als Kissen, um aus dem Bett eine bequemere Sitzgelegenheit zu machen. Obwohl es eine Menge zu wünschen übrig ließ, konnte er zumindest im Schneidersitz mit dem Rücken zur Wand, die Augen geschlossen und die Hände locker im Schoß liegend, in einer relativ entspannten Haltung sitzen. Er wusste nicht, ob er so auch schlafen könnte, war aber absolut sicher, dass es ihm im Liegen auf dieser Pritsche unmöglich wäre. Nachdem er begriffen hatte, wie seine DNA auf Wilkowas Jacke gekommen war, gab ihm das genug Auftrieb, dass er sich immerhin endlich ein bisschen beruhigen konnte.
Das Fenster an seiner Zellentür öffnete sich mit einem scharfen metallischen Scheppern und ließ ihn jäh aufschrecken. Bevor er sich so weit gefasst hatte, dass er begriff, was los war, fiel es scheppernd schon wieder zu. Dann ging die Tür auf, und der Sergeant, der ihn in die Zelle gebracht hatte, stand im Eingang, die Hände in die Hüften gestemmt, damit er größer aussah, und die Augenbrauen zusammengezogen, um die Bedrohung nachdrücklicher zu machen. So stand es im Lehrbuch. »Frisch und munter, Hill. Ihre Anwältin ist hier, zu einer Besprechung.«
Er verstand die Worte, aber sie ergaben keinen Sinn. »Ich habe eine Anwältin?«
»Fangen Sie bloß nicht so an. Ich hab eh schon genug von ihr.

Wenn Sie keine Anwältin hätten, wäre sie nicht im Vernehmungsraum und würde nicht verlangen, dass ich Sie hinbringen soll, oder?«
Paula. Sie musste sich bedeckt gehalten und dann doch beschlossen haben, ihm eine Anwältin zu organisieren. Es würde nicht schaden, in einem angenehmeren Raum zu sitzen und ihnen zu sagen, dass er wirklich keinen Verteidiger brauchte, nachdem er jetzt herausbekommen hatte, wie sich das Hauptbeweisstück erklären ließ. Immerhin würde damit einige Zeit vergehen. Also streckte er die Beine und stand auf. Er nahm sein Jackett und versuchte gleichzeitig in beide Ärmel zu schlüpfen, wie Martin Sheen das immer in *The West Wing – Im Zentrum der Macht* tat. Wie gewöhnlich verhedderte er sich. Er musste noch üben, das war alles. Der Sergeant sah es und musste sich das Lachen verkneifen. »Ein Mann braucht schließlich ein Hobby«, sagte Tony und trat dankbar aus der Zelle auf den Flur hinaus. Er wollte schon auf den Schalter zugehen, wo er vorher seine Taschen geleert -hatte, aber der Sergeant stellte sich ihm in den Weg und führte ihn auf eine offen stehende Tür am Ende des Korridors zu. Tony fühlte sich überraschend munter und stieß die Tür auf. Zuerst weigerte sich sein Gehirn, das, was er sah, zu akzeptieren. Bronwen Scott, das konnte er noch schlucken. So jemanden hatte er erwartet. Aber der Kopf mit dem blonden Haar, der von der Tür abgewandt war ... Es konnte nicht sein. Er halluzinierte. Oder es war wahnhaft. Dann drehte sie den Kopf, und etwas in seinem Inneren schwankte und kreiselte. Der Boden unter seinen Füßen schien sich zu neigen, und er taumelte.
»Carol?« In seinem Tonfall mischten sich Erstaunen und Zweifel. Von wegen, er hatte sie aus seinem Herzen gerissen! Anscheinend hatte sein Herz das nicht mitbekommen.
»Sie haben eine Stunde Zeit«, brummte Sergeant Fowler, während er die Tür fest hinter sich schloss.

Bronwen Scott stand auf und begrüßte ihn mit einem breiten Lächeln. »Dr. Hill. Ich hatte nicht erwartet, Ihnen unter solchen Umständen zu begegnen, aber wir werden die Sache alsbald geklärt kriegen.«
Er ignorierte sie und ging wie ein Schlafwandler zum anderen Ende des Tisches. »Carol?« Er griff nach der Lehne des Stuhls, um sich abzustützen, und sank auf ihn hinab. Er wollte die Hand ausstrecken und sie berühren, um sich zu vergewissern, dass er sich nicht in einem psychotischen Schub verloren hatte. Carol strich sich das Haar aus der Stirn, ihr Blick war versteinert, ihr Gesichtsausdruck abweisend. »Ich bin nicht deinetwegen hier. Ich bin hier, weil Paula weiß, wie dumm du sein kannst. Du brauchst Bronwen, damit sie dich aus diesem Schlamassel herausholt. Andernfalls werden noch mehr Frauen sterben. Wenn du fünf Minuten an etwas anderes als an dich selbst gedacht hättest, dann hättest du das begriffen. Mach dir also nicht vor, dass du heute Abend die große Attraktion bist. Ich bin hier wegen Paula, wegen der Gerechtigkeit und wegen der Frauen, deren Namen wir nicht einmal kennen.«
Sei's drum, es war ihm egal, warum sie hier war. Das einzig Wichtige war, dass sie wieder mit ihm zusammen im gleichen Raum saß. Das Gebäude, das er gebaut hatte, um sich vor seinen Gefühlen für sie zu schützen, war bereits am Einstürzen. Wie hatte er einen Augenblick lang die Möglichkeit in Betracht ziehen können, sie aus seinem Leben herauszuschneiden? Es war, als hätte er einen Körperteil wiederentdeckt, ohne den er hatte auskommen müssen. Eine Gliedmaße, die er für endgültig amputiert gehalten hatte. Er konnte das Lächeln nicht unterdrücken, selbst nicht angesichts ihres unnachgiebigen Blicks.
Er war sich dessen bewusst, dass Bronwen Scott sprach, aber er konnte keine Aufmerksamkeit für sie erübrigen. Jede Ein-

zelheit nahm er in sich auf und verglich sie mit der inneren Kontrollliste, von deren Existenz er gar nichts gewusst hatte. Sie hatte eine andere Frisur, deren Konturen weniger klar waren, das dichte Haar war etwas ausgedünnt. Die Fältchen um ihre Augen waren etwas deutlicher, diese neuen Spuren in ihrem Gesicht stammten eher vom Kummer als vom Lachen. Ihre Schultern schienen breiter, ihre Jacke spannte etwas, wo es früher viel Spielraum für ein Achselzucken gegeben hatte. Sie war immer verschlossen gewesen, aber jetzt war es, als hätte sie ihm eine Tür vor der Nase zugeschlagen.
»Dr. Hill?« Scott hatte die Stimme gehoben und drang endlich zu ihm durch. »Wir haben nicht viel Zeit. Ich brauche Ihre Version der Ereignisse, damit wir uns daranmachen können, Sie hier herauszuholen.«
»Und damit wir herausfinden, wer die beiden Frauen getötet hat«, sagte Carol.
»Das ist nicht meine Aufgabe«, warf Scott rasch ein. »Und es ist tatsächlich auch nicht mehr Ihre Aufgabe, Carol.«
Tony fand seine Stimme wieder. »Vielleicht nicht, aber ich würde eher mein Geld auf Carol – auch ohne Hilfsmittel – verwetten als auf Alex Fielding und ihre Soko.«
Carol verdrehte die Augen. Es war eine vertraute Geste, aber jetzt ohne die duldsame Zuneigung, an die er sich gewöhnt hatte. »Solche Komplimente interessieren mich überhaupt nicht. Wie gesagt, ich bin wegen Paula hier.«
Ihre Geringschätzung war schwer zu ertragen. Etwas in seinem Inneren zuckte vor Schmerz zusammen. Aber es war immer noch besser, als wäre sie gar nicht im Raum. »Was wollen Sie wissen?«
»Wissen Sie, warum DCI Fielding Sie verhaftet hat?« Damit übernahm Scott wieder die Führung.
Er nickte. »Weil sie zu den Ermittlern gehört, die nur die Beweismittel sehen. Erinnern Sie sich an Alan Coren, den Ko-

miker? Er sagte einmal zu seinem Sohn: ›Schreib nicht das Erstbeste, das dir in den Sinn kommt, die beschränkten Kinder werden diese Idee auch schon gehabt haben. Schreib die zweite Idee auch nicht, darauf werden die Schlauen wahrscheinlich gekommen sein. Schreib die dritte Idee – die wird nur dir allein gehören.‹ Na ja, Alex Fielding hat die dritte Idee nie zugelassen.«

»Sehr amüsant, Dr. Hill.« Jetzt war Scott dran mit dem Augenverdrehen.

»Tony, bitte.« Er wusste, dass er sich aufspielte, aber er würde vielleicht nie wieder die Gelegenheit bekommen, Carol daran zu erinnern, was er sein konnte.

»Ich habe Verständnis dafür, dass Sie die Welt durch das Prisma der Psyche sehen, aber könnten wir uns auf die von den Beweismitteln gestützten Gründe konzentrieren, wieso Fielding Sie verhaftet hat? Tony?«

Wenn Tony im Beobachtungsraum saß und Bronwen Scott bei ihrer Arbeit zusah, hatte er sich oft gefragt, ob sie sich ihren Klienten gegenüber anders gab, als wenn sie als Gegnerin auftrat. Härter zupackend, als er erwartet hatte, war die erste Antwort. Sie fiel nicht auf seine eingeübten Kniffe herein und war nicht zu nachsichtig mit ihm. Es war Zeit, ihr Vorgehen im gleichen Stil zu erwidern. »Man hat diese Woche zwei Leichen von Frauen gefunden, die ermordet wurden. Fürs Protokoll, ich habe weder die eine noch die andere getötet. Sie waren brutal geschlagen worden, so sehr, dass ihre Gesichter nicht mehr zu erkennen waren. Ihr Schambereich war rasiert, ihre Schamlippen zusammengeklebt. Es gibt keine offensichtliche Verbindung zwischen den beiden, obwohl es einen Zusammenhang über ihre Berufe geben könnte. Nadzieja Wilkowa war alleinstehend, stammte aus Polen und arbeitete als Vertreterin für ein Pharmaunternehmen. Bev McAndrew war geschieden, Mutter eines Sohnes im Teenager-Alter

und arbeitete als leitende Apothekerin am Bradfield Cross Hospital.« Er hielt inne. »Sie machen sich keine Notizen.«
»Ich werde das alles bei der Offenlegung von Fielding bekommen. Zu diesem Zeitpunkt ist es interessant, etwas über den Hintergrund zu erfahren, aber ich will vor allem wissen, inwiefern Sie damit zu tun haben. Und natürlich interessiert Ihre Version der Ereignisse.«
Carol hob einen Finger, um darauf hinzuweisen, dass sie sprechen wollte. Scott nickte rasch. »Wie viel von diesen Dingen wusstest du, bevor Fielding dich vernahm?«
Sie hatte nichts an Schwung und Tempo eingebüßt, dachte er und war beeindruckt von der Frage. »Ich wusste einiges über Nadia Wilkowa. Und ich wusste, dass Bev verschwunden war. Sie ist eine Bekannte von Paula, die mich wegen ihres Verschwindens um Rat bat. Ich konnte nicht viel helfen. Aber im Lauf der Unterhaltung sprachen wir über Nadia.« Er lächelte gequält, als er Carol anschaute. »Sie hat mich sogar zu Nadias Wohnung mitgenommen.«
»O Gott«, sagte Scott. »Ihre Abdrücke und DNA sind also überall in der Wohnung des Opfers?«
»Ich hatte Handschuhe an«, sagte Tony. »Ich bin keine komplette Null. Es dürften keine DNA-Spuren sichtbar sein. Aber DNA ist eines der Probleme. An Nadias Jacke ist ein Blutfleck, der sich im Labortest als passend zu meiner DNA erwies.« Carol nickte müde, aber Scott schaute nur resigniert drein. »Als sie mich vernahmen, hatte ich keine Ahnung, wie das passiert war. Aber ich habe Zeit zum Nachdenken gehabt und kann es jetzt erklären.«
»Freut mich, das zu hören. Also, wie kam es zustande?« Scott beugte sich vor und fixierte ihn aufmerksam.
»Wie, glaube ich, bekannt ist, arbeite ich die meiste Zeit am Bradfield Moor Secure Hospital. Ich habe mit einer Vielzahl von Patienten zu tun, die zu uns kommen, weil sie entweder

für sich selbst oder für die Gesellschaft eine Gefahr sind. Ihr Leben gleicht oft einem Autounfall, und sie bleiben dann gescheitert in den Trümmern ihrer Existenz liegen. Wenn sie zum ersten Mal kommen, sind sie häufig verängstigt, wütend und gewalttätig. Etwa vor einem Jahr wurde ich gerufen, weil ich einen jungen Mann beurteilen sollte, der mit einer Machete im Lehrerzimmer seiner Schule Amok gelaufen war. Glücklicherweise wurde er von einem sehr mutigen Lehrer gestellt, bevor jemand schwer verletzt wurde.«

Tony faltete die Hände vor sich und ließ unablässig die Daumen umeinander kreisen. »Er war sediert worden, bevor er bei uns eingeliefert wurde, aber mir war nicht klar, dass er immer aufgeregter wurde, bevor ich hineinging, um mit ihm zu sprechen. An der Oberfläche schien er ruhig, aber sobald ich ihn bat, über das zu reden, was geschehen war, gelang es ihm, einen Arm aus den Fesseln zu befreien, und er versetzte mir einen Schlag ins Gesicht. Meine Nase blutete heftig, und ich verließ den Raum, um mich behandeln zu lassen und mich umzuziehen.«

Carol nickte kaum wahrnehmbar. »Ich erinnere mich, dass du mir davon erzählt hast.«

Er schaute sie direkt an. »Du weißt ja, wie ungeschickt ich bin, Carol. Ich stolperte auf den Korridor hinaus, durch zwei Schwingtüren, schaute nicht wirklich, wohin ich ging, und hielt Papiertücher an mein Gesicht gepresst. Und da stieß ich mit einer Frau zusammen, die aus der anderen Richtung kam. Sie hob den Arm, um sich zu schützen.« Er schloss die Augen und ließ die Szene noch einmal vor sich ablaufen. »Ich bin ziemlich sicher, dass es ihr linker Arm war. Ich entschuldigte mich. Sie sagte, es sei nichts passiert, und ging weiter.« Er öffnete die Augen. »Sie war Vertreterin einer Pharmafirma, nicht wahr? So stand es in der Zeitung. Sie hatte also einen Grund, dort zu sein.«

Es klang dünn. Konstruiert. Selbst in seinen eigenen Ohren. Aber so war es oft mit der Wahrheit.

»Sie stießen vor einem Jahr mit einer Frau zusammen, als Ihre Nase blutete? Und sie hat Ihre DNA immer noch an ihrem Ärmel?« Scott klang fast amüsiert, als sei dies der hanebüchenste Versuch, sich zu entlasten, den sie je gehört hatte.

»Ich erzähle Ihnen nur, was passiert ist.«

»Sie meinen, sie hat ein Jahr lang ihre Arbeitskleidung nicht reinigen lassen? Ohne zu wissen, dass sie Ihr Blut an ihrer Jacke hatte?«

»Ich weiß nur, was geschehen ist. Jetzt, wo meine Erinnerung angestoßen wurde, ist es ganz klar.«

Carols ermittlerische Instinkte meldeten sich. »Wurde der Vorfall im Verbandbuch von Bradfield Moor eingetragen?«

»Wahrscheinlich schon«, sagte Tony. »Ich brauchte nämlich einen Eisbeutel von den Schwestern.«

»Wir müssen dieses Datum überprüfen und mit Nadia Wilkowas Terminplaner vergleichen«, sagte Carol und gab eine Notiz in ihr Smartphone ein. »Ich werde deswegen bei Paula nachhaken.« Er sah ihr wahnsinnig gern dabei zu, wenn sie das tat, was sie schon immer am besten gekonnt hatte.

»Schade, dass man nicht sagen kann, wie alt die DNA-Probe ist. Das hätte das Problem auf der Stelle gelöst«, fügte Scott hinzu.

»Noch bedauerlicher, dass das Blut auf einem Material landete, das gereinigt wird, statt dass man es in die Waschmaschine steckt. Wenn es ein Dutzend Mal heiß gewaschen worden wäre, wäre es so abgebaut, dass es offensichtlich nicht von dieser Woche sein könnte«, betonte Carol, die sich beim Einsatz von DNA-Wissen nicht übertrumpfen lassen wollte.

»Nächstes Mal geh ich auf die Bluse los. Ihr denkt also, wir können den DNA-Beweis gegen mich entkräften, falls wir den Vorfall mit dem Nasenbluten beweisen können?«

»Es lässt auf jeden Fall berechtigte Zweifel aufkommen«, sagte Scott. »War's das dann? Sonst hatte sie nichts?«
Tony schüttelte betrübt den Kopf. »Dann wäre da noch der Daumenabdruck.«
Carol schloss einen Moment die Augen, als hätte sie Schmerzen. »Welcher Daumenabdruck, Tony? Ich dachte, du sagtest, du hättest in ihrer Wohnung Handschuhe getragen?«
»Nein, nicht an Nadias Sachen. Mein Daumenabdruck ist an Bevs Telefon.« Er versuchte es mit dem Lächeln, das einem kläglichen Hundeblick ähnelte. Dieses Mal blickten ihn beide Frauen grimmig an. »Ich war total verwirrt, als sie mich dazu fragten. Hatte keine Ahnung. Ich habe keine Erinnerung daran, Bev jemals als lebende Person gesehen zu haben, und schon gar nicht, ihr Telefon berührt zu haben.«
»War es ein deutlicher Abdruck?«, fragte Scott.
Er schüttelte den Kopf. »Er war auf der einen Seite ein bisschen verschmiert und wegen der Form des Telefons etwas verschoben. Aber als Fielding ihn mir zeigte, sah ich die Punkte, die ähnlich waren.«
»Können Sie sich erinnern, wie viele Punkte zum Vergleich markiert waren?«
»Ich glaube, es waren sechs.«
Scott lächelte. »Wegen einer solchen Fingerabdruck-Analyse mache ich mir keine Sorgen. Ich kann ein halbes Dutzend Experten beibringen, die sie entkräften werden. Heutzutage kann man jeden Gutachter der Anklage zu Fall bringen, es sei denn, man hat kristallklare Abdrücke auf einer flachen Oberfläche. Das Vergleichen von Fingerabdrücken ist so subjektiv, dass es nicht einmal mehr als Wissenschaft betrachtet wird. Dieser Tage muss man im Gericht nur ›Shirley McKie‹ sagen – dann kann man zuschauen, wie die Anklage zu einem Nichts zusammenschrumpft.«
»Ich verstehe nicht«, sagte Tony. »Wer ist Shirley McKie?«

»Eine schottische Polizistin. Ihre Fingerabdrücke waren fälschlicherweise am Tatort eines Mordes identifiziert worden, wo sie, wie sie schwor, noch nie gewesen war. Die schottischen forensischen Experten ließen nicht locker, und sie wurde wegen Meineids angeklagt«, erklärte Carol. »Und dann fiel das alles in sich zusammen. Es zeigte sich: Während es stimmt, dass alle Fingerabdrücke einzigartig sind, ist die Erkennung mit vielen menschlichen Irrtümern behaftet.«

»Wir können ihren Fingerabdrucksbeweis also einfach beiseiteschieben«, sagte Scott. »Er ist Geschichte.«

»Das ist gut«, sagte Tony. »Ich war nämlich zufällig an dem Montagnachmittag im Bradfield Cross. Als Bev verschwand.«

Carol seufzte. »Warum überrascht mich das nicht? Willst du uns davon erzählen? Oder sollen wir ›Zwanzig Fragen‹ spielen?« Sie schüttelte den Kopf. »Es ist doch immer dasselbe mit dir.«

»Tatsächlich wärst du vielleicht in dieser Hinsicht doch überrascht, Carol. Aber jetzt ist nicht die Zeit noch der Ort für dieses Gespräch.«

»Es ist nie die rechte Zeit oder der rechte Ort für dieses Gespräch. Also – Montag?«

Wieder abgeschmettert. Tony holte tief Luft und fasste sich. »Ich war am späten Montagnachmittag bei einer Besprechung im Bradfield Cross Hospital. Ich bin oft nicht der Meinung des Oberarztes dort, Will Newton. Der Mann ist ein Schwachkopf. Ich glaube, er hat seine Qualifikation im Lotto gewonnen. Am Ende des Meetings war ich wütend. Ich stürmte aus dem Besprechungszimmer und wollte nur raus, bevor ich etwas sagte, das alles nur noch schlimmer machen würde.«

»Sind Sie irgendwie in der Nähe der Apotheke gewesen?« Wie üblich kam Scott direkt zur Sache.

»Ich glaube nicht. Ich war sauer und wollte etwas von meiner Energie loswerden, deshalb ging ich zu Fuß nach Hause. Und

ich achtete nicht auf meine Umgebung. Es ist unwahrscheinlich, dass ich an der Apotheke vorbeikam, aber ich kann nicht ausschließen, dass ich Bev begegnet bin.«
Scott lehnte sich auf ihrem Stuhl zurück und betrachtete ihn. »Und das ist doch hoffentlich alles?«
»Na ja, die anderen Dinge sind Indizien.« Er breitete die Hände aus. »Nichts, was ich getan habe. So etwas könnte jedem passieren.«
»Aber sie passieren tatsächlich nur dir«, betonte Carol. »Du sagtest ›Dinge‹ – im Plural. Worum geht es da?«
»Ich wollte helfen«, sagte er. »Nachdem Paula mir von Bev erzählt hatte, aber bevor ich wusste, dass sie tot war, dachte ich, ich könnte mir den Supermarkt anschauen, wo sie vermutlich einkaufen ging. Ich brauchte sowieso das eine oder andere und hatte Lust auf einen Spaziergang, also ging ich zu Freshco an der Kenton Vale Road rüber.«
»In den Unterlagen zur Verhaftung steht, dass Sie auf einem Boot im Minster Basin wohnen. Sie sind also vom Hafen bis zur Kenton Vale Road zu Fuß gegangen, um ein paar Sachen im Supermarkt zu besorgen? Das muss … wie weit wird das sein? Zwei Meilen?« Bronwens trockene, humorvolle Redeweise trug nicht dazu bei, ihre Skepsis zu verbergen.
»Er geht gern zu Fuß. Es hilft ihm beim Denken.«
»Sie hat recht. Das tue ich. Und genau so ist es. Und ich kam zum Ergebnis, dass er ein vorsichtiger Mörder ist. Die Videoüberwachung auf dem Parkplatz von Freshco ist nämlich nicht besonders. Es gibt eine Menge Lücken, die nicht erfasst werden. Laut Paula ist Nadia in Gartonside abgelegt worden; die Häuser dort sollen abgerissen werden, und es gibt keine Kameras. Und soweit ich weiß, wurde Bev oben auf dem Moor mitten in der Pampa gefunden. Also auch da wieder keine Kameras.«
»Und? Es muss doch ein ›und‹ geben, oder? Im Allgemeinen

ist das bei dir doch so«, sagte Carol, und in ihrer Stimme klang immer noch Bitterkeit mit. Sie wurde nicht lockerer, dachte er. Er hatte gehofft, dass sie, ohne es zu merken, in den alten Rhythmus hinübergleiten würden, aber dafür war sie zu wachsam. Die Zeit hatte anscheinend kaum dabei geholfen, ihren Schmerz zu heilen.
»Ja, das gibt es. Ich kaufte mehr, als ich vorgehabt hatte, *und* nahm den Bus nach Haus. Und dabei bemerkte ich, dass die Busse Videokameras haben, die die Umgebung um den Bus herum genau so aufnehmen wie den Innenraum. Die Bradfielder Busse haben vierzehn Kameras in jedem Doppeldecker-Bus, wussten Sie das? Ich schlug Paula also vor, dass sie sich das Material anschauen sollten. Was sie auch taten.«
»Hat es etwas gebracht?«, fragte Scott.
»O ja. Auf einer Kamera ist Bev teilweise im Bild. Und sie erwischten ein paar Sekunden mit dem Typen, der ihr folgte. Es nützte nicht viel für eine Identifikation. Mittelgroß, mittlerer Körperbau, obwohl es auch ein schlanker Typ sein könnte, der dicke Kleidung trägt. Er hatte eine Kapuze auf und hielt den Kopf gesenkt. Man kann erkennen, dass er eine Brille trägt, aber das ist schon alles. Es gibt nur ein hervorstechendes Merkmal.« Tony schaute auf den Tisch hinunter. Er hasste diesen Teil der Information. Es war, so schien ihm, der Teil, der ihn schuldig aussehen ließ. »Er hinkt erkennbar. Mit dem linken Bein.«
»O Scheiße«, sagte Carol voller Mitgefühl.
»Sie hinken?«
Manchmal war er versucht, eine krasse, witzige Bemerkung zu machen. Aber hier war das wahrscheinlich kaum angebracht. »Vor zwei Jahren hatte ich einen größeren chirurgischen Eingriff am Knie. Ein Patient hatte mich mit einer Feueraxt angegriffen. Keiner meiner Patienten, sage ich da immer gern dazu.«

»Und du solltest eine zweite Operation machen lassen, um das Hinken zu kurieren«, sagte Carol. »Ich nehme an, du gehst also Dr. Chakrabarti immer noch aus dem Weg?« Sie drehte sich halb zu Bronwen hin. »Er hinkt tatsächlich. Es ist schlimmer, wenn er müde ist. Wie zum Beispiel, wenn er zwei Meilen durch die Stadt gelatscht ist, um in einer entfernten Filiale von Freshco einzukaufen.«
Scott warf ihm einen scharfen, einschätzenden Blick zu. »Das Hinken gefällt mir nicht«, sagte sie. »Das ist die Art von Indiz, die die Staatsanwaltschaft ganz scharf macht.«
»Viele Leute hinken«, widersprach Tony.
»Nein, eigentlich nicht«, konterte Carol. »Und wenn du getan hättest, was du hättest tun sollen, dann würdest du es auch nicht tun. Nichts zu unternehmen, das bringt dich nur in Schwierigkeiten, Tony. Und nicht zum ersten Mal.«
Sie hatte sich nie zurückgehalten. Das hatte er an ihr immer bewundert. Aber es war schwer zu ertragen, wenn er das Ziel ihrer schärfsten Angriffe war. »Es tut mir leid«, sagte er.
»Können wir das Duell für jetzt bitte zurückstellen?« Scott klang fast so bärbeißig wie Carol. »Was ist das andere Indiz?«
Tony blickte Carol an und lächelte ironisch. »Bevor ich das sage – nur um zu vermeiden, dass ich eine Ohrfeige kassiere –, will ich klarstellen, dass das DCI Fieldings Ausflug nach Absurdistan ist. Nicht meiner.«
»Fielding meint, die Opfer würden wie ich aussehen«, sagte Carol ernst. »Sie hat diese fixe Idee. Sie meint, Tony bringt Frauen um, die wie ich aussehen, weil ich ihn verlassen habe.«
Es trat eine lange, hartnäckige Pause ein. Dann sagte Scott im Plauderton: »Und, tun Sie das, Tony?«

50

Geduld war eine Tugend, die er früh gelernt hatte. Sein Vater duldete niemals Wutausbrüche oder Quengeln. Schon als kleiner Junge begriff er, dass er den Mund halten und warten lernen musste, denn das war der Schlüssel zur Verminderung von Schmerzen in seinem Leben. Es war deshalb keine Härte für ihn, die Zeit, die sie in der Kühltruhe verbringen würde, zu verlängern, bevor er sie zum Spielen befreite.
Aber das hieß nicht, dass er herumsitzen und Däumchen drehen musste. Inzwischen begann ihr Mann bestimmt, in Panik zu geraten. Es war fast Mitternacht – fünf Stunden später als die Zeit, zu der sie zu Hause hätte eintreffen sollen, daran gemessen, wann sie von der Arbeit weggegangen war. Zunächst hätte der Ehemann eine Störung des öffentlichen Verkehrssystems vermutet, eine Verspätung der Straßenbahn. Ein Unfall, der die Stadtmitte lahmlegte. Etwas relativ Harmloses. Aber als die Minuten verstrichen und weder eine SMS noch ein Anruf kam, hätte er angefangen sich zu sorgen.
Was hätte er dann getan, dieser Marco Mather, dieser Mann, dessen ärgerlich attraktives Gesicht auf dem Foto in ihrer Handtasche lächelte? Natürlich hätte er versucht, sie anzurufen. Aber inzwischen war nicht nur ihr Telefon abgeschaltet, sondern auch der Akku und die SIM-Karte waren rausgenommen. Er würde sie später wieder einsetzen, wenn es egal war, ob sie geortet wurde oder nicht. Doch im Moment ergriff er jede mögliche Vorsichtsmaßnahme.

Marco würde also nur ein stillgelegtes Handy erreichen. Was würde sein nächster Schritt sein? Wahrscheinlich würde er ihre Freunde und Freundinnen anrufen, um zu erfahren, ob sie bei ihnen war oder ob sie ihnen irgendwelche Pläne anvertraut hatte. Natürlich würde das zu nichts führen. Er würde keine Kollegen anrufen können, weil sie gerade erst ihre neue Stelle angetreten und bei der Arbeit noch keinen Bekanntenkreis aufgebaut hatte. Er würde nicht einmal die Namen ihrer Kollegen kennen, schon gar nicht ihre Telefonnummern.
Also würde er zum Bürogebäude der Tellit Communications fahren müssen, wo der Wachmann im Nachtdienst ihm erklären würde, dass niemand mehr im Büro sei. Wenn Marco Mather sich richtig ins Zeug legte, würde der Wachmann ihm vielleicht sogar auf dem Computereintrag zeigen, wann sie die Stechkarte durchgezogen hatte und in den Aufzug gestiegen war.
Dann würde er vielleicht an die Polizei denken. Aber das würde ihn überhaupt nicht weiterbringen. Fünf Stunden verspätet, das würde keinen Eintrag im Wachbuch verdienen. Nicht mal angesichts zweier weiblicher Mordopfer in einer Woche. Weil es nichts gab, was Marco Mathers Frau mit einer polnischen Pharmavertreterin oder der leitenden Apothekerin am Bradfield Cross gemeinsam hatte. Es konnte nichts geben, weil sie außer der Tatsache, dass sie das richtige Aussehen hatten, zufällig ausgewählt waren. Die Leute sagten ja, dass man sich kein Urteil nach dem Äußeren bilden könne, und leider war das die Wahrheit. Aber er hatte sich nach dem Äußeren richten müssen. Sie waren Neubesetzungen, keine Austauschpersonen. Deshalb mussten sie passend aussehen. Sie mussten zu der Phantasievorstellung in seinem Kopf passen, zu dem Traum, der sich aus den Bildern von Lauren Hutton oben auf der Leinwand entwickelt hatte. Es war ein strapaziöser Prozess, aber er würde schließlich die Richtige fin-

den. Die, die an die Stelle jener treten würde, die ihn darum betrogen hatte, dass er ihr ihre gerechte Strafe verpasste.

Aber er kam vom Thema ab. Das sich darum drehte, was Marco Mather tun würde. Er war so sehr in Versuchung, hinzufahren und selbst nachzuschauen. Es wäre ein Riesenspaß, ihn flüchtig durch ein Fenster zu sehen, wie er verzweifelt die Hände rang oder am Telefon weinte.

Warum der Versuchung nicht nachgeben? Es war doch keine besondere Tugend, sich dieses Vergnügen zu versagen, oder? Also zog er ein Paar Latexhandschuhe an und nahm ihre Schlüssel. Nur für den Fall, dass Marco ausgegangen war, um seinen Kummer zu ertränken, und er die Gelegenheit bekommen sollte, sich ihr erbärmliches trautes Eheleben anzuschauen.

Weniger als eine Viertelstunde später hatte er in der nächsten Straße einen Parkplatz gefunden und ging, sich im Schatten haltend, zügig um die Ecke. Trotz des Hinkens, das er einer Tracht Prügel von seinem Vater verdankte, kam er noch schneller als die meisten Leute voran. Zu dieser Nachtzeit lag die Mehrzahl der Häuser in Dunkelheit, nur gelegentliche Lichtstreifen fielen durch Schlafzimmervorhänge, und einige Flurlampen sah man schwach durch Glaseinsätze in Haustüren. Dies hier war keine Gegend, wo die Leute spät aufblieben und Spaß hatten, dachte er. Solide Mittelklasse durch und durch. Entweder sie mussten aufstehen, um morgens zur Arbeit zu gehen, oder sie waren in Rente und hatten die Angewohnheit alter Leute angenommen, früh zu Bett und mit den Hühnern wieder raus. Als hätten sie etwas, wofür aufzustehen sich lohnte, dachte er und stellte sich dieses unzufriedene Leben vor, in dem sie sich mit der Unvollkommenheit abgefunden hatten. Anders als bei ihm.

Er war nicht sehr überrascht, dass im Haus der Mathers viele Lichter brannten. Die Übergardinen im Zimmer nach vorn hinaus waren nicht zugezogen, und Licht schien vom hellen Flur herein. Er vergewisserte sich, dass er unbeobachtet war, dann bog er in ihren winzigen Vorgarten ab, schlich sich an der Haustür vorbei und spähte durch das Fenster hinein. Kein Lebenszeichen. Zwei leere Sofas, ein Fernseher, Regale, auf denen DVDs und ein paar Bücher zu stehen schienen. Nirgends lag etwas herum. Überall an den Wänden hingen Bilder, oder Drucke, nahm er an. Er konnte sie in dem matten Licht nicht erkennen, aber sie schienen in bunten Farben gehalten zu sein.

Er schlüpfte an der Haustür vorbei und an der Seite der Garage entlang. Ein kleines Fenster warf ein Lichtparallelogramm auf den Boden, und er duckte sich, um nicht gesehen zu werden. Dann drehte er sich um und reckte den Kopf vor, damit er hineinschauen konnte. Die übliche, mit allem möglichen Mist vollgestopfte Garage, dachte er. Rasenmäher, Gartengeräte. Eine große Kühltruhe. Regale voller Farbdosen, Haushaltschemikalien, allerlei Autopflegemittel. Er schob sich langsam vor, um sein Blickfeld zu erweitern, und sah etwas vollkommen Unerwartetes.

Den oberen Teil vom Kopf eines Mannes, der bewegungslos auf dem Boden lag.

Erschrocken wich er zurück. Als sein Herz zu rasen aufhörte, schlich er wieder vor, diesmal mutiger. Er sah den Rest des Männerkopfes von hinten. Kaum überraschend, gehörte er zu einem Körper. Einem Körper, der ausgestreckt auf dem Boden neben einem Heimtrainer lag und dessen eines Bein noch über dem Rahmen des Fahrrads hing.

Marco Mather ging nicht in Panik auf und ab, weil seine Frau nicht nach Hause gekommen war. Marco Mather war tot.

Oder zumindest würde er sehr bald tot sein.

51

Bronwen Scott genoss den Augenblick, dann schob sie ihren Stuhl zurück. »Ich geh mal schnell mit dem Sergeant sprechen«, sagte sie. »Fünf Minuten, Carol, sollte es länger sein, dann fängt er an, nervös zu werden.«
Tony und Carol starrten sich mit versteinerten Gesichtern an und warteten darauf, dass sie ging. Die Tür wurde geschlossen, und sie waren zum ersten Mal seit Monaten allein miteinander. Ein Szenario, das sie sich beide vorgestellt, aber so nicht erwartet hatten. Tony räusperte sich. »Wie ist es dir ergangen?«
»Das geht dich gar nichts an.« Ihr harter Gesichtsaudruck wurde nicht milder. Er hatte beobachtet, wie sie Kollegen, an denen sie verzweifelte, und Verbrecher, die sie verachtete, genau so anschaute.
»Ich glaube doch. Du hast mir die Schuld für das gegeben, was mit Michael und Lucy geschehen ist.« Die meisten Beobachter hätten das winzige Zucken ihrer Augen bei der Erwähnung der Namen übersehen, er jedoch nicht. Unbeirrt fuhr er fort. »Du tust das wahrscheinlich jetzt auch noch. Das bürdet mir eine Verantwortung auf, und ich meine, wir haben in unserer gemeinsamen Vergangenheit so Tiefgreifendes erlebt, dass du mir die Chance schuldest, mich davon freizumachen.«
Sie schüttelte den Kopf. »Selbst wenn ich das aus deinem Tony-Speak in etwas übersetzen würde, das ein normaler Mensch versteht, habe ich den Verdacht, dass es immer noch

Schwachsinn wäre. Ich schulde dir nichts. Keine noch so verdrehte Logik kann daran etwas ändern.«
»Warum bist du also hier?«
Sie machte eine abweisende Handbewegung. »Ich hab's dir bereits gesagt. Paula sieht die Notwendigkeit, dich zu retten, und sie kann es nicht auf direktem Weg machen.«
Er erlaubte sich zu überlegen, ob sie vielleicht die Wahrheit sagte. Er wollte ihr nicht glauben, musste jedoch zugeben, dass es einen Sinn ergab, zu akzeptieren, was sie sagte. »Aber du stimmst ihr zu, dass ich unschuldig bin?«
»Ich kann mir Situationen vorstellen, in denen du töten könntest. Aber ich glaube nicht, dass du ein Mörder dieser Art bist. Und ich glaube, wenn du so wütend auf mich wärst, dass du mich töten wolltest, dann würdest du es einfach tun. Und nicht mit Ersatzfiguren herummachen.« Ihr Mund verzog sich zu einem grimmigen Grinsen, das fast ein Lächeln hätte sein können.
»Du meinst, dass tatsächlich jemand Frauen tötet, die so aussehen wie du?« Tony war wirklich neugierig. Er glaubte sie gut genug zu kennen, um die Antwort voraussagen zu können, aber er wollte hören, was sie zu sagen hatte.
Sie zuckte mit einer Schulter. »Andere Leute scheinen das zu glauben. Erfahrene Kripobeamte mit jahrelanger Erfahrung sind darunter.«
»Aber du«, beharrte er. »Was meinst *du*?«
»Ich finde nicht, dass sie mir so ähnlich sehen.«
»Es liegt eine Ähnlichkeit vom Typ her vor. Das gleiche blonde Haar, blaue Augen. Der gleiche Haarschnitt. Ähnlicher Körperbau. Qualifizierte berufstätige Frauen, die gut gekleidet zur Arbeit gehen. Hast du daran gedacht, dass nicht sie es sind, die wie du aussehen – sondern dass du aussiehst wie sie?«
Carol legte die Stirn in Falten. So war es immer zwischen ihnen gelaufen. Er sagte etwas Undurchschaubares, dem sie

nicht widerstehen konnte, und schon hatte sie angebissen. So war es seit dem ersten Fall gewesen, bei dem sie zusammenarbeiteten, vor so vielen Jahren. Und hier war er und machte das wieder mit ihr. Sie wäre gern aufgestanden und weggegangen, aber vor allem musste sie durchschauen, worauf er hinauswollte. »Was meinst du damit – ich sehe aus wie sie?«
»Das stimmt so nicht ganz.« Er sagte das abwesend, als dächte er laut. »Es ist eher so, dass ihr alle wie sie ausseht.«
»Wie wer?« Sie schrie fast, so frustriert war sie.
»Diejenige, die er töten wollte.«
»Meinst du nicht, die er töten ›will‹?«
Tony fuhr sich mit der Hand durchs Haar. »Nein. Er ist raffiniert, er kann gut organisieren und ist einfallsreich. Wenn sie da wäre, um getötet zu werden, dann hätte er sie umgebracht, und das wäre das Ende der Geschichte.« Er breitete weit die Arme aus, als wolle er sie an sich ziehen, damit sie sich den Gedanken zu eigen machte. »Ich glaube, sie ist schon tot. Ich glaube, er plante, sie zu töten, bereitete sich darauf vor. Aber irgendwie hat sie ihm einen Strich durch die Rechnung gemacht.«
»Sie brachte sich selbst um?« Carol war jetzt unwillkürlich fasziniert. Sie beugte sich vor, die Unterarme auf den Tisch gelegt. Er bemerkte, wie ihre Hände sich verändert hatten – Narben, blaue Flecken, abgebrochene Nägel. Was hatte sie nur gemacht, diese Frau, die, wie er sich erinnerte, kaum in der Lage war, mit Selbstbaumöbeln klarzukommen?
»Entweder das, oder sie ist einfach gestorben«, sagte er, zerstreut durch seine eigentlich nur bei sich gehegte Mutmaßung.
»Und inwiefern hilft uns das?«
»Finde sie, und du findest ihn.« Er zuckte mit den Schultern. »Offensichtlich wirst du sie finden müssen.«
Bevor Carol antworten konnte, ging die Tür auf, und Scott steckte den Kopf herein. »Zeit zu gehen, Carol. Wir sehen Sie

morgen früh, Tony. Kopf hoch. Sie wird keine Anklage gegen Sie erheben können.«

»Und was passiert jetzt?«, fragte Carol Scott, sobald sie das Polizeirevier Skenfrith Street verlassen hatten.
»Ich fahr nach Hause, um ein Schläfchen zu machen, bevor ich aufstehen und mich mit DCI Fielding messen muss«, sagte die Anwältin. »Ich würde empfehlen, dass Sie sich während der Unterhaltung nicht zeigen. Alles würde nur noch schwieriger werden. Außerdem haben Sie jede Menge anderer Dinge, mit denen Sie vorankommen sollten. Es wird ewig dauern, bis Fielding uns Zugriff auf Nadia Wilkowas Terminkalender gibt. Sie werden Ihre Beziehungen spielen lassen und herausfinden müssen, wann dieser mutmaßliche Vorfall im Bradfield-Moor-Krankenhaus sich zutrug und ob Nadia an diesem Tag im Gebäude war und mit unserem Professor Linkisch zusammenstoßen konnte.«
»Ich soll noch mal mit Paula sprechen?«
Scott hielt inne und blickte Carol ungläubig an. »Ja, was denn sonst? Sie sollen tun, was immer nötig ist, um die Informationen zu bekommen, die meinen Klienten entlasten. Sie hatten doch immer den Dreh raus, wie man Ergebnisse bekommt, als Sie auf der anderen Seite im Einsatz waren.«
Carol stieß ein schnaubendes, bitteres Lachen aus. »Ich hatte ja auch einiges an Hilfsmitteln und Mitarbeitern zur Verfügung.«
»Das haben Sie immer noch. Mitstreiter. Sie haben Freunde. Und er auch. Nutzen Sie Ihre Beziehungen zu ihnen.«
Carol unterdrückte einen Seufzer. Nach der Reaktion, die ihr Sinead geboten hatte, war sie nicht so sicher, dass sie sich noch sehr auf ihre alten Netzwerke verlassen konnte. Es würde ihr schwerfallen, sich als Türöffner auf Tonys Namen verlassen zu müssen. Tony, der ja eine noch größere Niete im Bereich

zwischenmenschlicher Nähe war als sie. »Ich werde schauen, was ich tun kann«, sagte sie matt.
»Und ich werde jemanden organisieren, um ihren Beweis mit dem Daumenabdruck auseinanderzunehmen. Wir werden ihr alle Argumente aus den Händen nehmen.«
Sie betraten das dunkle Parkhaus und gingen beide auf ihre Autos zu. Bevor sie sich trennten, legte Scott eine Hand auf Carols Arm. »Hat er irgendetwas Verwertbares gesagt, nachdem ich Sie mit ihm allein gelassen habe?«
Carol wusste nicht, wo sie anfangen sollte, einer Außenstehenden zu erklären, wie Tonys Denken funktionierte. »Nein«, antwortete sie. »Es war privat.« Die Worte waren gesagt, bevor sie Zeit zum Nachdenken hatte. Als sie zu ihrem Wagen ging, dachte sie dabei, wie schwer es doch war, das gewohnheitsmäßige Misstrauen abzulegen.
Sie stieg in den Land Rover, nahm ihr Handy heraus und behielt Scott dabei im Auge, deren Motor ansprang, sobald sie hinter dem Lenkrad saß. Carol wartete, bis die Anwältin aus dem Parkhaus hinausgefahren war, und überdachte dabei die Möglichkeiten, die sie hatte. Es war spät, und sie war müde, aber für Tony lief die Zeit weiter. Die Polizei war nach der Verhaftung an strenge Höchstgrenzen der Verweildauer gebunden. Falls seine Anwältin die Beweismittel gegen ihn nicht entkräften konnte, würde Fielding Tony anklagen, sobald die Zeit abgelaufen war – oder vorher, wenn sie aussichtsreicheres Beweismaterial zusammentragen konnte –, und alles würde noch viel schwieriger werden. Die Polizei würde nicht mehr weiter nach einem anderen Verdächtigen suchen. Dreck würde an Tony hängen bleiben, selbst wenn er anschließend entlastet wurde.
Und Carol hatte, wenn sie ehrlich war, etwas dagegen, dass sein Name durch den Schmutz gezogen wurde. Sie versuchte sich einzureden, dass es einfach so war, weil es ihren Gerech-

tigkeitssinn verletzte. Sie war nicht bereit zu akzeptieren, dass ihre Vergangenheit mit Tony bedeuten könnte, es gäbe möglicherweise eine Zukunft für sie beide. Sie glaubte lediglich so zu reagieren, wie sie es bei dem Gedanken an irgendeinen beliebigen Unschuldigen tun würde, der vor einem Prozess ohne gerechten Grund wegen eines Verbrechens eingesperrt wurde, das er nie begangen haben konnte. Das war es und sonst nichts. Aber es war genug, um jede Menge unvernünftiges Benehmen zuzulassen. Oder etwa nicht?

52

Die Fahrt vom Haus der Mathers zurück zu seiner Wohnung war nicht lang genug. Er musste auskosten, was geschehen war, es sich immer wieder genau vorstellen und einprägen, damit es die Grundlage würde für das, was als Nächstes kam. Es war so wunderbar, dass man es sich gar nicht ausdenken konnte. So wurden die perfekten Voraussetzungen geschaffen für Marie Mathers Verwandlung in die perfekte Ehefrau. Und das Tolle daran war, dass er selbst nichts hatte tun müssen.
Er hatte sich gezwungen, fünf Minuten lang am Garagenfenster stehen zu bleiben, um sicherzugehen, dass Marco Mather sich nicht rührte. Fünf Minuten regungslos – das bedeutete, Mather war tot oder zumindest so definitiv bewusstlos, dass man es sich zunutze machen konnte.
Er hatte überlegt, ob er die Hintertür nehmen oder es frech vorn an der Haustür probieren sollte. An ihrem Ring hingen zwei Bartschlüssel, aber nur ein BKS-Schlüssel. Er vermutete, dass es wie bei den meisten Leuten einen BKS-Schlüssel und einen Bartschlüssel für vorn und einen Bartschlüssel für hinten gab. Also – hinten nur ein Schloss, mit dem er nicht vertraut war und mit dem er sich abmühen musste, noch dazu konnte die Tür hinten nicht eingesehen werden. Aber der Nachteil war, dass sein Hinken nicht gerade geeignet war, sich anzuschleichen, und in Gärten standen und lagen ja bekanntermaßen Kübel mit Pflanzen und Gartenschläuche und Säcke

mit Grünschnitt herum. Es war besser, das Risiko mit der Haustür einzugehen, als auf der stockdunklen Terrasse herumzutrampeln und die Nachbarn aufzuwecken.

Vorsichtig auftretend kehrte er zur Vorderseite des Hauses zurück und schob den BKS-Schlüssel ins Schloss, wobei er darauf setzte, dass dies das einzige wäre, das er öffnen müsste, da Marco Mather das Haus ja nicht verlassen hatte. Der Schlüssel ließ sich drehen, und die Tür öffnete sich lautlos. Um bei einem eventuellen Beobachter, der auf dem Weg zu seinem Bett aus dem Fenster schaute, keinen Verdacht zu erregen, betrat er das Haus selbstsicher. Und er atmete den Geruch ihres Heims ein, schnupperte die Luft wie ein Weinkenner, genoss das schwache Aroma von Küchenkräutern und den berauschenden Duft der Lilien in einer Vase, die auf einer nischenartigen Fensterbank stand. Ja, sie hatte die Grundeigenschaften für guten Geschmack, selbst wenn die Lilien seiner Meinung nach ein wenig zu schwülstig waren.

Den Flur entlang und in die großzügige Essküche. Sie war offensichtlich der Mittelpunkt des Hauses, eine Küche, wo das Kochen wie ein religiöses Ritual vor sich ging. Oft gebrauchte Küchenutensilien waren ordentlich aufgereiht und bereit zum Gebrauch, eine kleine Sammlung abgenutzter Kochbücher stand auf der Fensterbank neben Töpfen mit Thymian, Basilikum und Oregano. Sein Herz schlug höher. Sie würde die Richtige sein. Sie würde kochen wie ein Engel und ficken wie ein Nutte.

Die Tür zur Garage war geschlossen. Er schlenderte durch die Küche und nahm sich eine Cherrytomate aus einer Schüssel, die auf einem Schneidebrett stand. Er schob sie sich in den Mund, ließ sie zwischen den Zähnen zerplatzen und genoss die plötzliche würzig-süße Geschmacksexplosion. O ja, das würde etwas ganz Besonderes werden.

Auf der anderen Seite der Tür gab es keine Überraschungen.

Marco Mather lag in genau derselben Position da. Erst jetzt konnte er sein Gesicht sehen. Kein Zweifel. Der Typ war auf jeden Fall tot. Und so, wie er aussah, war an seinem Ableben nichts Friedliches gewesen. Herzinfarkt, vermutlich. Fetter Kerl auf einem Heimtrainer, was erwartete er da? Gierschlund, der ihrer ausgezeichneten Küche nicht widerstehen konnte, und schau, wohin es ihn gebracht hatte.

Das Tolle daran war, dass es keinen besorgten Ehemann geben würde, der seine Frau als vermisst meldete. Auf keinen Fall würde ein besserwisserischer Bulle sich einen Namen machen, indem er diese Sache mit irgendeinem anderen Verbrechen in Verbindung brachte. Niemand würde nach einer Frau suchen, die nicht vermisst wurde. Er konnte morgen früh ihr Büro anrufen und sich als Marco ausgeben. Konnte behaupten, sie sei krank. Das würde ihm reichlich Zeit verschaffen.

Und er konnte diese Sache für sich nutzen; sie würde ihm helfen, sie gefügig zu machen. Wenn sie erst einmal sah, dass Marco tot war, würde sie begreifen, dass es nichts gab, zu dem sie zurückkehren konnte. Sie würde das Beste aus dem machen müssen, was sie hatte. Bestimmt würde sie das noch beflissener machen, ihm zu gefallen und ihm die Perfektion zu bieten, die er verdient hatte. Er war ihre Zukunft. Er war ihre einzige Zukunft. Sie war eine kluge Frau und würde das begreifen.

Um es ihr unmissverständlich klarzumachen, nahm er sein Smartphone heraus und machte ein Dutzend Fotos aus verschiedenen Winkeln. Damit es wirklich keinen Raum für Zweifel gab, schaute er die Aufnahmen noch einmal durch. Dann ging er und löschte alle Lichter hinter sich. Nichts Verdächtiges, das Freunde oder Nachbarn aufmerksam machen würde.

Als er zu Hause ankam, goss er sich einen Jack Daniel's mit Cola ein, setzte sich an die Frühstücksbar und ging die Bilder

von Marco Mather noch einmal durch. Langsam und genüsslich ließ er seinen Drink und die Fotos auf sich wirken und entschied dabei, wie die bevorstehende Szene am besten ablaufen sollte. Er lud die Aufnahmen auf sein Tablet. »Damit kann ich dich noch besser sehen«, sagte er.
Schließlich spülte er sein Glas aus, trocknete es ab und stellte es weg. Dann ging er in die Garage und schaltete die grellen, weißen Neonröhren an, die Leben und Farbe am Schauplatz verblassen ließen. Er schloss den Deckel der Tiefkühltruhe auf und öffnete ihn mit Schwung.
Das Gesicht der Frau war eine Karikatur der Überraschung und des Schreckens. Ihre Hände fuhren nach oben, sie bedeckte die Augen, um sie vor dem Schock des hellen Lichts zu schützen. Durch das Gitter ihrer Finger sah er ihre Lider zucken. Normalerweise ging er gern gleich zum Angriff über, um sie zu überrumpeln. Aber diesmal war er bereit, zu warten und seine Vorfreude auf ihre Reaktion auszukosten.
Langsam gewöhnte sie sich an das Licht. Eine Hand nahm sie vom Gesicht, um ihre Brüste zu bedecken. Ängstlich blickte sie zwischen den Fingern der anderen Hand hindurch auf ihn.
»Sie?« Vor Erstaunen war ihre Stimme ganz dünn und zittrig.
»Wir machen's so: Wenn du schreist, werde ich dir weh tun. Und ich klebe dir den Mund zu, damit du nie wieder schreist. Klar?«
Mit aufgerissenen Augen biss sie sich auf die Lippe und nickte.
»Ich bin der Ehemann. Und du bist meine Frau.«
Tränen traten ihr in die Augen und rannen ihr über die Wangen. »Ich habe einen Mann.« Es war kaum ein Flüstern.
Nachsichtig lächelnd schüttelte er den Kopf. »Du hattest früher mal einen anderen Mann. Jetzt hast du mich. Es gibt kein Zurück.«

53

Nachdem Paula mit Carol gesprochen hatte, war sie zu aufgeregt, um nach Hause zu gehen. Sie mochte ihre Nervosität nicht auf Elinor abladen, besonders wenn diese sowieso schon eine eigene schwere Belastung zu tragen hatte. Wie zum Beispiel einen trauernden Jugendlichen im Wohnzimmer. Also war sie nach Temple Fields gefahren, wo das Schwulenviertel sich mit der Welt der Nutten und Lapdance-Bars vermischte. Viele ihrer Kollegen hielten Temple Fields für das Ödland von Bradfield, aber Paula hatte sich hier immer zu Hause gefühlt. Sie war alt genug, dass sie sich noch an die Zeit erinnern konnte, als nicht hetero zu sein bedeutete, man war geächtet, nicht der Liebling einer Koalitionsregierung, die sich verzweifelt für jeden unter vierzig interessant machen wollte. In jener alten Zeit war Temple Fields einer der wenigen Orte gewesen, wo es möglich war, offen homosexuell zu sein, und sie mochte trotz mancher der neueren Erinnerungen, die durch ihren Beruf mit diesen Straßen verbunden waren, das Treiben und die Stimmung dort immer noch.
Sie ging zu Darlings und schob sich durch die dichtgedrängte Menge zur Bar. Bewaffnet mit einer Flasche belgischem Bier kämpfte sie sich wieder durch zu dem winzigen Klavier im hinteren Teil des Pubs. Früher war dort der Hof gewesen, wo das Leergut gestapelt war. Jetzt wies er Heizstrahler für den Außenbereich und Stehtische auf, wo die Raucher sogar mitten im Winter herumhängen konnten. Sie entdeckte zwei

Frauen, die sie kannte, schloss sich ihnen an und zündete sich, sobald sie ihr Bier abgestellt hatte, eine Zigarette an.

Sie tauschten Klatsch aus, machten sich über eine neue Lesben-Sitcom lustig und vermieden diplomatisch, über die Arbeit zu reden. Zwei Zigarettenlängen später leerte Paula ihre Flasche Bier, entschuldigte sich und ging, denn sie hatte das Gefühl, dass sie den Stress auf ein beherrschbares Niveau gedrückt hatte.

Im Haus war es dunkel und still, als Paula aufschloss. Sie ließ ihre Tasche und die Schlüssel auf dem Tisch in der Diele und betrat dann die Küche, um vor dem Schlafengehen noch ein Bier zu trinken. Sie nahm eins aus dem Kühlschrank und ging zur Terrassentür, weil sie im Freien rauchen wollte. Plötzlich bewegten sich die Schatten hinter der Frühstücksbar, und sie hätte vor Schreck fast ihr Bier fallen lassen. »Mein Gott«, rief sie aus und wich einen Schritt zurück, die Augen angstvoll aufgerissen.

»Ich bin's nur«, sagte Torin, und der dunkle Schatten erwies sich als sein Umriss.

Paula knipste die matte Beleuchtung unter den Hängeschränken an. In dem schwachen Licht konnte sie sehen, dass er etwas trug, das heutzutage als Schlafanzug betrachtet wurde, eine weite karierte Hose und ein graues T-Shirt mit V-Ausschnitt. »Jetzt hätte ich fast einen Herzinfarkt gekriegt«, beklagte sie sich und griff nach der Terrassentür, um sie aufzuziehen.

»Tut mir leid.« Er sah aus, als werde er gleich in Tränen ausbrechen. »Ich konnte nicht schlafen.« Er zeigte auf das halbleere Glas Milch auf der Frühstücksbar. »Meine Mum sagte immer, dass Milch einem hilft, einzuschlafen. Irgendwas mit dem Calcium. Es funktioniert aber nicht allzu gut.« Er rutschte auf einen der hohen Hocker.

Paula trat mit ihrem Bier ins Freie hinaus, zündete ihre Zigarette an und verzog beim beißenden Geschmack, der ihren Mund füllte, das Gesicht. Warum erkannte man immer erst, dass man die Grenze seines täglichen Zigarettenvergnügens erreicht hatte, wenn man eine zu weit gegangen war? Und was sollte sie bloß diesem Jungen sagen, etwas, das kein verzweifeltes Klischee war? »Du wirst noch viele schlaflose Nächte erleben«, machte sie einen Versuch. »Der einzige Rat, den ich dir geben kann, ist, dir deswegen keine Sorgen zu machen. Es ist normal. Es gehört zur Trauer.«

»Was wird mit mir geschehen, Paula?« Seine Stimme zitterte. *'ne Menge Schlimmes.* »Ich will dich nicht anlügen. Eine Zeitlang wird es dir beschissen gehen. Du wirst dich verletzt fühlen, als hätte jemand dein Inneres mit einem Löffel ausgekratzt. Es wird dir vorkommen, als wollten dir bei jeder achtlosen Bemerkung anderer Menschen immer gleich die Tränen kommen. Du wirst dich fühlen, als würde niemals in deinem Leben etwas wieder gut werden. Aber ich verspreche dir, das geht alles vorbei. Nicht, dass du deine Mum nicht mehr vermissen oder sie nicht mehr lieben wirst. Aber irgendwie wird es erträglich.«

»Ich weiß nicht. Es wäre doch, als würde ich sie im Stich lassen.«

Sie erinnerte sich nur allzu gut an dieses Gefühl. Als ihr Kollege Don Merrick gestorben war, war es ihr vorgekommen, als sei jeder Tag bei der Arbeit Teil eines langen Prozesses, mit dem die Erinnerung an ihn versiegte. »Wenn du dein Leben nicht so erfüllt lebst, wie du nur irgend kannst, das würde heißen, dass du sie verrätst. Du hast damit einen Wahnsinns-Maßstab, Torin. Wenn du schwierige Entscheidungen vor dir hast, kannst du dich immer fragen: Was hätte meine Mum stolz gemacht?« Paula nahm einen letzten Schluck und drückte ihre halb gerauchte Zigarette im Aschenbecher aus, den Elinor widerwillig auf ihrer kostbaren Terrasse erlaubte. Sie

kam zurück ins Zimmer und setzte sich auf den Stuhl neben ihm.
»Ich will den Mann umbringen, der ihr das angetan hat«, sagte er und starrte düster auf seine Milch.
»Ich weiß.«
»Aber schlimmer ist noch, dass ich weiß, selbst wenn er vor mir stehen würde, könnte ich es nicht tun. Ich bin nur ein Jugendlicher, Paula. Und ich kann nichts tun, um ihn spüren zu lassen, welche Qual er allen zugefügt hat, die sie kannten.« Er schlug mit der Faust auf den Tisch. »Ich komme mir jämmerlich vor.«
»Wir tun alles, was wir können, um ihn der Gerechtigkeit zuzuführen. Es wird nicht die Art wilder Gerechtigkeit sein, nach der wir uns alle sehnen, wenn wir leiden, aber sie wird ihm alles nehmen, was das Leben für die meisten Menschen lebenswert macht.« Sie legte ihre Hand auf seine. »Und du bist schon in einer besseren Situation als er, weil du Menschen um dich hast, die dich gernhaben. Wenn wir ihn kriegen, werden seine Freunde sich im Abseits verkriechen. Seine Familie wird sich von ihm lossagen. Er wird nichts haben. Du wirst immer mehr haben als er.«
Torin schien nicht überzeugt. »Ich wünschte, mein Dad wäre zu Hause.« Er lachte unvermittelt. »Hör dir das an. Vierzehn Jahre alt, und ich will meinen Daddy hier haben, als wäre ich ein kleines Kind.«
»Natürlich hättest du deinen Dad gern hier. Es ist egal, wie alt man ist, wenn man Vater oder Mutter verliert, will man, dass jemand, den man liebt, sich um einen kümmert. Es tut mir leid, dass dein Dad nicht hier sein kann, aber wir werden unser Bestes für dich tun, Torin. Friss deine Gefühle nicht in dich rein. Zerbrich dir nicht den Kopf darüber, was wir von dir halten, denn wir finden, dass du ein prima Kerl bist.«
Ganz plötzlich bebten seine Schultern von den Schluchzern,

lange, würgende Seufzer, die den Raum mit seinem Leid erfüllten. Da Paula nicht wusste, was sie sonst tun sollte, stand sie auf und nahm ihn in den Arm. Es war, als umarme sie einen Außerirdischen; wie sich sein Körper anfühlte, der schwache, jungenhafte Geruch auf seiner Haut, das Zittern seines Kummers, das in ihrer eigenen Brust mitschwang – all das war ihr fremd. Sie hatte gedacht, das Beste, was sie für Torin tun könne, sei, den Mörder seiner Mutter hinter Schloss und Riegel zu bringen. Jetzt begriff sie, dass es hier um einen Fall ging, der viel mehr als das von ihr verlangte.
Und dann klingelte ihr Handy.

54

Schlaf war Tony etwas Fremdes und Unerreichbares. Einfach im gleichen Raum wie Carol zu sein hatte seine Energie neu angefacht. So viele Situationen hatte er sich vorgestellt, in denen Carol von der Last des Kummers und der Trauer ins Verderben getrieben worden war. Und jetzt, wo er sie offenbar unversehrt gesehen hatte, fühlte er sich vor Erleichterung geradezu beschwingt, obwohl er ohne Aussicht, demnächst freizukommen, in einer übelriechenden Zelle eingesperrt war.
Er machte eine Bestandsaufnahme von dem, was er beobachtet hatte. Sie hatte den Jahren immer ein Schnippchen geschlagen und jünger ausgesehen, als sie war. Jetzt jedoch hatte ihre Vergangenheit sie eingeholt. In seinen Augen war sie so attraktiv wie eh und je, aber die Frische hatte zu welken begonnen und erzählte eine düstere Geschichte. Sie sah trotzdem aus, als schlafe sie gut. Die dunklen Ringe unter ihren Augen, die damals ganz normal waren, als sie halbe Nächte aufblieb, um schwierige Fälle zu lösen, waren verblasst. Aber ihre blaugrauen Augen blickten trotzdem müde.
Carol war nie eitel gewesen, der eine Aspekt ihres Äußeren, mit dem sie sich jedoch immer Mühe gegeben hatte, war ihr Haar. Es war von Natur aus dicht und blond und immer so gestylt, dass es locker gestuft aussah, aber sie hatte Tony einmal erklärt, es erfordere viel Geschick, es so leger erscheinen zu lassen. Wer immer ihr Haar jetzt schnitt, hatte nicht das

erforderliche Können, und es sah unordentlich aus. Außerdem hatten die Silberfäden, die sie durch geschicktes Färben verborgen gehalten hatte, sich durchgesetzt, und aus dem honigfarbenen Ton war Aschgrau geworden. Die Veränderung, die Tony sah, sprach für ihn Bände. Carol hatte ihren Stolz verloren. Sie sah keinen Wert mehr darin, wer sie war und was sie tat.

Und was genau *machte* sie eigentlich? Auch ihre Körperformen hatten einen fast unmerklichen Wandel durchlaufen. Ihre Schultern waren breiter, und ihre Taille zierte kein überflüssiger Rettungsring mehr. Sie hatte den silbernen türkischen Puzzlering aus zwölf Teilen, den sie früher trug, abgelegt, und ihre Hände wiesen Anzeichen körperlicher Arbeit auf. Und dabei war sie doch immer schnell dabei gewesen, einen Handwerker zu rufen, wenn es im Haus irgendein Problem gab. Soweit ihm bekannt war, wusste sie kaum, wozu ein Schraubenzieher dient. Welche Übersprungsaktivitäten sie auch als Therapie gewählt haben mochte, sie hatte sich weit außerhalb ihrer früheren Komfortzone begeben.

Und hier saß er, weit außerhalb seiner eigenen Komfortzone und total dadurch beruhigt, dass eine Frau gekommen war, die unerschütterlich auf ihrem Wunsch beharrte, sich absolut nichts aus ihm zu machen. Schon allein ihre Gegenwart gab ihm Hoffnung. Und jetzt, da er wirklich Hoffnung hatte, war es möglich, die hoffnungslose Lage, in der er sich zuvor befunden hatte, aufrichtig zu überprüfen. Er fragte sich, was er für Alex Fielding bedeutete, dass sie ihn so rasch verdammte und sich dabei so sicher war. War der Grund einfach, dass sie einen sensationellen Triumph witterte, wenn sein Kopf rollen würde? Eine Verhaftung und Verurteilung, die die Schlagzeilen beherrschen würden? Es schien doch ein Riesenschritt zu sein, ihm solche Taten zuzutrauen. Schließlich hatte die Bradfielder Polizei ihn jahrelang als Ratgeber beschäftigt. Man hatte ihm vertraut, die Schweigepflicht einzuhalten und Profile zu erstellen, auf die sich die Kripobeamten verlassen konnten. Er war sich dessen bewusst, dass eine erhebliche Anzahl mächtiger Polizeibeamter ihn gelinde ausgedrückt als sonderbar betrachteten, aber soweit er wusste, hielten sie ihn nicht für potenziell gefährlich. Dass jedoch Fielding so zum Angriff übergegangen war, hieß, dass sie sich der Unterstützung derer da oben sicher war.

Und realistisch gesehen bedeutete das, Paula würde ihn, egal was sie glaubte, von ihrer offiziellen Position aus nicht retten können. Wenn sie nicht schon seinetwegen die Vorschriften verletzt hätte, wäre er bereits verloren. Fielding hätte ihn sehr wahrscheinlich schon am Morgen angeklagt, und die Richter gewährten bei einer Mordanklage fast nie Kaution. Auf keinen Fall bei einer Doppelmordanklage, unabhängig davon, wer der Angeklagte war. Oscar Pistorius hätte in einem britischen Amtsgericht keine Chance auf Kaution gehabt.

Ohne Carol wäre er verloren. Mit Carol hatte er eine Chance. Und er konnte ihr am besten dabei helfen, ihn freizubekommen, indem er sich nicht auf sie und darauf konzentrierte, wie sie sich verändert hatte und was in ihrem Kopf vorging, sondern auf den Mann, der eine ausgewählte Teilmenge von Frauen umbrachte, in die sie hineinpasste.

Er stand auf und begann, auf und ab zu gehen. Profile, das war das Gebiet, auf dem er doch angeblich so gut war. In diesem Rahmen musste er über diesen Mörder nachdenken. Er hatte die Einleitung zu seinen Profilen schon so oft geschrieben, dass er sie auswendig kannte. Während er auf und ab ging, sagte er sie laut vor sich hin wie ein Mantra, um seine Gedanken in die richtige Richtung zu lenken. »Das folgende Täterprofil ist nur zur Orientierung gedacht und sollte nicht als präzises Porträt betrachtet werden. Es ist unwahrscheinlich, dass der Täter in allen Einzelheiten dem Profil entspricht,

obwohl ich eine hohe Übereinstimmung zwischen den unten aufgeführten Charakteristika und der Realität erwarte. Alle Aussagen dieser Profilanalyse sind Wahrscheinlichkeiten und Möglichkeiten, keine bewiesenen Tatsachen.
Ein Serienmörder hinterlässt Signale und Hinweise, wenn er seine Taten begeht. Bewusst oder unbewusst ist alles, was er tut, als Teil eines Musters angelegt. Kann man die zugrunde liegenden Muster aufdecken, entschlüsselt man die Logik des Mörders. Uns mag sie nicht logisch erscheinen, aber für ihn ist sie ausschlaggebend. Aufgrund seiner anormalen Denkweise kann er nicht durch reguläre Ermittlungstechniken dingfest gemacht werden. Da er einzigartig ist, müssen es auch die Mittel sein, mit denen man ihn aufspürt, verhört und seine Taten rekonstruiert.«
Er blieb stehen und legte beide Handflächen an die kühle Wand. Er wünschte, er hätte die Tatortfotos vor sich liegen. Sein Gedächtnis wie seine Sehschärfe waren nicht mehr ganz so gut wie früher, und viel war geschehen, seit Paula ihm die Fotos gezeigt und er sie flüchtig betrachtet hatte. Aber manches stand ihm noch lebhaft vor Augen. Das zerstörte Gesicht des Opfers. Wie ihr Oberkörper überall von den brutalen blauen Flecken gezeichnet war. Der rasierte Intimbereich und die zusammengeklebten Schamlippen.
»Du sendest gemischte Botschaften aus«, sagte er. »Die Zerstörung ihres Gesichts sieht nach Raserei aus. Die Prellungen an ihrem Körper, das ist durchaus überlegt. Du hast nicht auf ihr herumgetrampelt, was du fast mit Sicherheit getan hättest, wenn du in unkontrollierte Wut geraten wärst. Es gibt also, entgegen dem Anschein, einen Grund dafür, genau wie bei der Zerstörung des Gesichts. Es verhält sich so, weil du dich hütest, forensische Spuren zu hinterlassen. Du bist entschlossen, dich nicht erwischen zu lassen, und du bist so schlau, dass du eine Strategie entwickelt hast, um dieses Ziel zu erreichen.

Du kanntest die Grenzen der Videoüberwachung, aber du hast trotzdem aufgepasst, dass du nicht identifiziert werden konntest. Vielleicht wissen wir die Dinge überhaupt nicht, die wir über dich zu wissen glauben. Du trägst eine Brille, aber vielleicht sind die Gläser aus Fensterglas. Du hinkst, aber vielleicht täuschst du das nur vor. Du siehst ziemlich kräftig aus, aber vielleicht trägst du nur unförmige Kleidung am Oberkörper. Das Einzige, was wir sicher werden sagen können, ist, wie groß du bist, plus/minus ein paar Zentimeter, nachdem ein Kriminaltechniker die biometrischen Daten festgelegt hat.«

Er stieß sich von der Wand ab und begann wieder, auf und ab zu gehen. »Wie können wir also diese Widersprüche nutzen, damit sie unsere Ermittlung voranbringen?« Er zählte die einzelnen Punkte an den Fingern auf. Der kleine Finger: »Erstens, die Opfer ähneln einander. Größe und Körperbau sind ähnlich, sie sind blond, blaue Augen, berufstätige Frauen, nicht liiert. Soweit wir wissen. Du bist hinter einem Typ her, der dir etwas bedeutet. Sie sollen zu einer bestimmten Nische in deinem Bild von der Welt passen. Und falls sie das nicht tun, zerstörst du ihre Gesichter.« Sechs, acht. Sechs acht, die Stirn beim Nachdenken gefurcht.

»Du zerstörst ihre Gesichter, weil es sich zeigt, dass sie deiner Vorstellung von dem Muster nicht gerecht werden. Sie sehen passend aus, aber sie handeln nicht entsprechend. Sie haben deshalb nicht mehr das Recht, zu dieser Gruppe zu gehören. Sie haben ihr Recht, im Team zu sein, verwirkt. Das ist ganz klar. Sie sind wertlos. Sie sind Geschichte.«

Ringfinger: »Es ist also auf keinen Fall eine wütende Attacke. Eher ein Kummer statt Wut. Und jetzt ergeben die anderen Dinge einen Sinn. Du trittst auf sie ein, bis sie tot sind, um ihnen eine Lektion zu erteilen. Wie können sie es wagen, dich zu enttäuschen? Wie können sie es wagen, dir vorzugaukeln, sie seien die Richtige, und es dann nicht zu sein? Du sendest eine Botschaft, nur ist niemand da, der sie lesen kann. Du schickst eine Botschaft an die Nächste – wenn sie es nur wüsste: ›Das wird mit dir geschehen, wenn du den Anforderungen nicht genügst.‹« Er hielt stirnrunzelnd inne. »Es ist grausam, es ist todbringend, aber du verlierst nie die Kontrolle, nicht wahr?«

Mittelfinger. »Und darum geht es beim Waschen und Rasieren und dem Superkleber. Es geht nicht darum, forensische Spuren zu entfernen. Es ist eine andere Botschaft. Es ist wie das Abstempeln eines Kadavers: ›zum Verzehr nicht geeignet‹. Du warnst alle anderen, fallt nicht auf sie herein, die ist nicht einmal zum Bumsen gut. Du schützt andere Männer vor den Fehlern, die du gemacht hast. Du bist der Gute, du erweist anderen einen Dienst und sorgst dafür, dass kein anderer seine Zeit auf diese Frauen verschwendet.«

Tony kratzte sich mit beiden Händen am Kopf, als krabbelten irgendwelche Tierchen über seine Kopfhaut.

»Was suchst du also? Es geht um mehr als darum, eine Partnerin zu prüfen. Ich glaube, du suchst einen Ersatz. Du hattest deine perfekte Frau, und etwas ging schief. Bevor du sie für ihren Absturz zahlen lassen konntest, schaffte sie es, sich davonzumachen. Und du kannst keinen Frieden finden ohne sie, deshalb brauchst du einen Ersatz.«

Er warf sich auf das Bett, hatte aber vergessen, wie hart es war. Er stöhnte und setzte sich wieder auf. »Ich hatte es nicht durchdacht, als ich Carol sagte, sie müsse eine tote Frau finden, die wie sie selbst aussieht. Aber das ist es. Entweder ist sie tot, oder sie steht auf der Vermisstenliste. Wenn sie da wäre und getötet werden könnte, würde er sich nicht mit jemand anderem aufhalten. Und er hat sie damals nicht umgebracht; obwohl er sich also vormacht, dass er nach einer Ersatzfrau sucht, ist er in Wirklichkeit auf der Suche nach

einer Rechtfertigung, damit er andere Frauen töten kann. Nadia ließ er drei Wochen am Leben. Er glaubte, sie formen zu können, musste sie dann aber umbringen, als sie die Anforderungen nicht erfüllte. Sie zu töten war jedoch ein solcher Kick, dass er sich eingeredet hat, es sei Zeitverschwendung, wenn er sie dazu bringt, ihm zu gehorchen. Er hat keine Geduld mehr, sie zu erziehen, weil er, ob er es nun zugibt oder nicht, sie lieber töten möchte, als sie zu behalten.« Zeigefinger. »Jetzt sucht er keinen Ersatz mehr, er sucht Befriedigung, und es wird ihm – außer, er findet mehr oder weniger sofort die perfekte Kopie – genau wie Mick Jagger ergehen. Er wird es immer wieder versuchen.«
All das war interessant, aber nicht zweckdienlich, wenn es darum ging, einen Mörder zu schnappen. Was Carol – und Paula – brauchte, war etwas Konkreteres. »Du bist nicht jung«, sagte er nachdenklich. »Bev war Ende dreißig, und du hieltest sie für eine Möglichkeit. Das heißt, du bist wahrscheinlich zwischen fünfunddreißig und fünfzig. Du bist autoritär und arrogant, siehst geringschätzig auf andere herab. Du lässt es die Menschen wissen, wenn sie deine Erwartungen nicht erfüllen, was wahrscheinlich deine Karriere gehemmt hat. Und das macht dich noch nachtragender. Du bist praktisch veranlagt. Du kommst mit einem Taser an und mit dem, was immer in diesem Koffer ist.« Er machte eine kurze Pause und schlug sich dann plötzlich mit der flachen Hand an die Stirn. »Natürlich. Es ist ein tragbares Narkosegerät. Wie die, die von Sanitätern eingesetzt werden. Du betäubst sie, damit sie im Kofferraum des Wagens keine Geräusche machen. So machst du es.« Er tastete aus Gewohnheit seine Taschen ab, um sein Handy zu suchen. Dann dämmerte ihm, dass er Carol nicht anrufen, nicht einmal eine SMS schreiben konnte, um ihr seine Erkenntnisse mitzuteilen. Enttäuschung erfüllte ihn und hinterließ Frustration und Ärger.

»Konzentrier dich, du Idiot«, schimpfte er mit sich selbst. »Und vor allem sieh zu, dass du dich morgen früh noch daran erinnerst. Und was dich angeht, du schlauer Mistkerl, du hast wahrscheinlich einen Schreibtischjob, allerdings keinen als hochqualifizierter Freiberufler. Kein Arzt oder Anwalt. Vielleicht irgendein Angestellter im mittleren Management. Aber du hältst dich für etwas Besseres. Deshalb lässt du sie an einem Ort zurück, wo sie gefunden werden können. Du willst, dass wir aufmerksam werden und dich ernst nehmen.«
Tony stand wieder auf, schritt den Rand der Zelle ab und fuhr dabei mit den Fingern an den Wänden entlang. »Du bist von hier. Beide Opfer sind aus Bradfield. Ich glaube, du wählst sie nach dem Zufallsprinzip aus. Du siehst sie auf der Straße oder im Bus, sie scheinen dem Aussehen nach zu passen, und du verfolgst sie, um zu sehen, ob sie dir genügen. Du hast Bev sehr bald nach Nadia mitgenommen und getötet, was bei mir die Frage aufwirft, ob du eine Auswahlliste führst.
Du hast wahrscheinlich ein Haus mit einer Garage oder einem privaten Parkplatz. Du fährst sie in ihren Autos irgendwohin, dann kommst du später zurück, um deinen eigenen Wagen zu holen. Dann entsorgst du ihre Autos. Wir müssen herausfinden, wo diese Fahrzeuge letztendlich landen. Ausgebrannt? Mit gefälschten Nummerschildern auf einem Langzeitparkplatz abgestellt? Was machst du mit ihnen?
Die andere Sache ist, du musst in der Lage sein, sie zu kontrollieren. Sie gefangen zu halten, ohne dass jemand davon etwas sieht oder hört. Keine neugierigen Nachbarn, die sich fragen, was all dieses Geschrei bedeuten könnte.«
Es war etwas mager, das musste er zugeben. Aber mit den begrenzten Mitteln, die ihm zur Verfügung standen, hatte er einen Anfang gemacht. Er begann ein Gefühl dafür zu bekommen, was für ein Mann dieser Killer war. Und wenn er recht hatte mit dem tragbaren Anästhesiegerät, würde Paula

daraus vielleicht einen brauchbaren Anhaltspunkt machen können.

Er setzte sich auf die Bettkante, spürte, wie das Adrenalin endlich abebbte und er sich nur noch müde und ausgelaugt fühlte. Aber die Verzweiflung war vorbei. Carol mochte es noch nicht wissen, aber ihre Ankunft in der Skenfrith Street signalisierte den Bau der Senkpfeiler. Jetzt konnte die eigentliche Arbeit beginnen, um die Träger als Stützen der Brücke wieder aufzubauen, die zwischen ihnen errichtet werden musste.

Zum ersten Mal seit Monaten glaubte er tatsächlich, dass dies möglich sein könnte.

55

Marco würde sie retten. Marie sagte diese Worte immer wieder, wie ein frommes Bittgebet. Marco würde sie retten. Sie wimmerte und änderte ihre Stellung. Aber egal, wie oft sie ihre Position wechselte, irgendein Teil ihres Körpers beschwerte sich immer. Wie konnte jemand das, was er getan hatte, einem Menschen antun, den er kannte? Sie war nicht irgendeine Fremde, die er von der Straße weggeschleppt hatte. Sie war ein Mensch mit einem Namen und hatte einen Platz in seiner Welt. In Maries Erfahrungswelt, wo das Leben angenehm war und die Menschen sich auf voraussehbare, konventionelle Art und Weise betrogen, ergab das keinen Sinn. Sie war nicht dumm. Sie wusste, dass es jede Menge Leute gab, die chaotisches, unlogisches und sogar gewalttätiges Verhalten an den Tag legten. Aber bis heute hatte sie geglaubt, dass solche Menschen irgendwo außerhalb der klaren Grenzen ihres Lebens blieben.
Nach dieser Erfahrung würde nichts jemals wieder so sein wie vorher. Wenn Marco sie aus dieser Hölle gerettet hatte, würde sie die Welt mit anderen Augen sehen. In diesem Moment sprach er bestimmt mit der Polizei. Man würde sie suchen. Man hatte heutzutage alle möglichen Methoden, um Leute aufzuspüren. Es gab überall Videoüberwachung. Man würde mit den Kollegen bei der Arbeit reden, mit den Leuten, die morgens und abends die gleiche Straßenbahn nahmen wie sie. Mit dem Mann vom Zeitungskiosk. Jemand musste doch

etwas gesehen haben. Oder er würde durchdrehen, dieser Verrückte. Er würde sich verraten, ohne es zu merken. Und dann würden sie ihm auf der Spur sein.

Sie würde nicht an das denken, was er mit ihr gemacht hatte. Wie er sie geschlagen und über den Betonboden geschleift hatte, so dass ihre Haut dabei schmerzhaft von der Hüfte bis zum Knie aufgeschürft wurde. Die Tritte und Fausthiebe, die er ihr versetzt hatte, als sie auf eine möglichst versöhnliche Art und Weise zu erklären versuchte, dass sie keine Ahnung hatte, wie man ein Steak zubereitet, weil Marco in ihrem Haushalt kochte. Er hatte ungläubig gelacht, und seine Fäuste und Füße hatten verrückt gespielt.

Aber damit wollte sie sich nicht aufhalten. Sie würde an ihrer Hoffnung festhalten. Marco würde sie retten. Er würde nicht ruhen, bis sie zu Hause war. Und es würde nicht nötig sein, ihm zu erzählen, was nach den Schlägen passiert war. Er würde sie nicht drängen, Einzelheiten zu berichten. Diesen Horror würde sie nicht noch einmal durchleben müssen. Den Schmerz, die Erniedrigung, die Dinge, die von ihr zu verlangen Marco sich nie im Traum hatte einfallen lassen; sie würde sich zwingen, sie zu vergessen. Sie würde stark sein, denn so war sie. Sie war nicht das, was immer dieses Scheusal aus ihr machen wollte. Sie war Marie Mather, Marcos Frau. Der sie retten würde.

Ein Seufzer kam über ihre lädierten Lippen. Sie musste stark sein. Sie konnte nicht nachgeben. Sie musste die Frau sein, die Marco liebte. Sie musste sich als seiner würdig erweisen. Weil Marco sie retten würde.

Dann wurde der Deckel aufgerissen, und bei seinem Anblick kam ihre Entschlossenheit ins Wanken: Wieder stand er drohend über ihr. »Was war das, was du vorhin sagtest? Etwas über deinen unbrauchbaren Wichser von einem Mann, der kommen und dich retten würde?«

Obwohl sie so große Angst hatte, dass sie dachte, sie würde sich erbrechen, schaffte es Marie, herauszupressen: »Das wird er auch.«

Er beugte sich vor und lachte ihr boshaft ins Gesicht, hielt plötzlich ein Tablet in der Hand und drehte es in ihre Richtung. Zuerst konnte sie das, was sie sah, überhaupt nicht zuordnen. Und dann begriff sie langsam, dass es Marco war. Auf dem Boden ihrer Garage ausgestreckt. Es ergab keinen Sinn. Das Scheusal beugte sich in die Kühltruhe hinunter und brachte das Bild näher heran, damit Marie es besser sehen konnte.

Vor Entsetzen blieb ihr der Mund offen stehen. »Nein«, sagte sie laut, denn sie konnte es nicht glauben.

Er wischte mit dem Finger über den Bildschirm, um das nächste Foto anzuzeigen. »O doch. Wie gesagt, du hattest mal einen anderen Mann. Aber jetzt ist er tot.« Während er das sagte, zog er langsam den Taser aus seiner Tasche. Sollte er ihn brauchen, dann war es wahrscheinlich jetzt.

»Sie haben ihn getötet? Sie haben meinen Marco getötet?«

»Das war nicht nötig. Sein Kochen hat ihn umgebracht. Deine Ansprüche haben ihn getötet. Ich werde nicht zulassen, dass du das mit mir machst.«

Sie hörte nicht, was er sagte, war vollkommen auf das Foto auf dem Bildschirm vor ihr konzentriert. »Nein«, sagte sie, diesmal noch lauter. »Nein.« Es war jetzt ein Schreien, das plötzlich gedämpft wurde, als der Deckel der Kühltruhe zufiel und sie in der Dunkelheit versenkte.

Marco würde sie nicht retten können.

56

Es war fast wie in alten Zeiten, dachte Carol. Um Mitternacht saß sie mit Paula und Stacey um einen Tisch herum, sie tranken Kaffee, gingen einen laufenden Fall durch und versuchten, sich eine erfolgversprechende Ermittlungsrichtung einfallen zu lassen. Nur klappte es nicht. Denn sie machte sich etwas vor. In den alten Zeiten hatte es niemals Tony in der Zelle gegeben, Chris in Behandlung – mehrere Therapien gleichzeitig –, einen Teenager im oberen Stockwerk und Elinor Blessing in der Küche, die Kaffee machte. Kevin und Sam, die anderen Mitglieder des MIT, waren weitergezogen und auch aufgestiegen. Carol hatte keine Ahnung, wo sie waren und was sie machten. Sie musste es akzeptieren: Hier ging es um ein neues Kapitel mit kaum einer Verbindung zur Vergangenheit.
»Danke, dass du gekommen bist«, sagte sie zu Stacey.
Stacey klappte einen dünnen Laptop auf. »Paula hat mir das mit Tony erklärt. Ich wollte helfen.«
Das geschieht mir recht. »Natürlich. Er war immer bereit, sich für uns einzusetzen.«
Elinor kam mit einem Tablett voll dampfender Becher herein. »Kaffee für alle. Ich würde mich ja sorgen, dass ihr nicht schlafen könnt, aber ihr seid doch alle bei der Polizei, und auf die hat er die gleiche Auswirkung wie auf Ärzte.« Sie reichte ihnen die Becher und stellte einen Teller mit Schokolade und Vollkornkeksen auf den Tisch. »Ihr habt Glück, dass

ich gerade den Keksvorrat aufgefüllt habe. Torin scheint sie zu inhalieren.«

»Wie geht es ihm?« Carol rührte Milch in ihren Kaffee und griff nach einem Keks.

»Ich kenne ihn nicht gut genug, um es sicher sagen zu können«, antwortete Elinor. »Er ist natürlich sehr mitgenommen, aber ich glaube, er weiß eigentlich nicht, wie er reagieren soll. Er hat keine Erfahrung mit Trauer, auf die er zurückgreifen könnte. Es ist, als wäre er nicht sicher, was er fühlt.«

»Er steht noch unter Schock«, sagte Paula und verriet seine Geheimnisse nicht. »Ich bezweifle, dass es schon richtig angekommen ist.«

»Armer Junge«, sagte Stacey.

Carol versuchte, ihre Überraschung darüber nicht zu zeigen, dass Stacey Empathie mit einer auf Kohlenstoff aufgebauten Lebensform äußerte. Dann erinnerte sie sich, dass Paula ihr verraten hatte, ihr früherer Computerguru habe privat mit Sam Evans verkehrt. Vielleicht sogar auf romantischer Basis. Das war eine weitere Erinnerung daran, dass dies nicht die alten Zeiten waren. »Die falsche Person zu verhaften wird nicht helfen«, sagte sie.

»Ich sagte ja schon, dass es mir leidtut. Ich habe versucht, Fielding zu überzeugen, dass wir damit warten sollten, aber ich glaube, sie denkt dabei an die Chefs. Sie will Eindruck machen.« Paula schüttelte den Kopf. »Und Tony ist in eigener Sache nicht gerade eine Hilfe.«

»Ich hätte nie gedacht, dass ich einmal für Bronwen Scott dankbar sein würde«, sagte Carol. »Wir müssen jetzt nur noch eure Argumentation zu Fall bringen, Paula.« Als Paula den Mund öffnete, um zu widersprechen, hielt sie eine Hand hoch. »Ich mache dir keinen Vorwurf, ich weiß, es ist DCI Fielding, die diese Sache vorangetrieben hat. Ich sagte nur ›eure‹, weil du die Einzige hier bist, die offiziell damit zu tun hat.«

»Genau«, sagte Stacey. »Ich bin eigentlich gar nicht hier.«
»Und ich auch nicht«, sagte Elinor. »Irgendjemand muss ja schlafen.« Sie küsste Paula auf die Wange. »Ich überlasse euch dann das Feld. Bleibt nicht zu lange auf, Ladys.« Sie klopfte Carol im Vorbeigehen auf die Schulter. Noch vor einem Tag wäre Carol bei der Berührung zusammengezuckt. Jetzt fühlte es sich gut an.

Alle warteten höflich, bis Elinor den Raum verlassen hatte, dann sagte Carol: »Ich gehe selbstverständlich davon aus, dass niemand von uns glaubt, Tony könnte verantwortlich sein?« Paula war empört, Stacey verdrehte die Augen. »Okay. Ich musste fragen. Also habe ich die Aufgabe, die Beweisführung gegen ihn so weit zu untergraben, dass Fielding von der Anklage Abstand nimmt.«

»Und du hast nicht viel Zeit. Sie wird ihn gleich morgen früh noch einmal vernehmen wollen, und ich vermute, dass sie ihn am Ende dieser Vernehmung anklagen wird.«

»Wäre die Entkräftung eures DNA-Beweises ein ausreichend guter Grund dagegen?«, fragte Carol ganz lieb.

Paula richtete sich kerzengerade auf. »Was meinst du damit?«

»Er hat sich erinnert, wie das Blut dorthin kam.« Carol gab wieder, was Tony ihr vorher erzählt hatte, was beide mit ungläubigem Kopfschütteln quittierten. »Stacey, Paula sagte mir, du hättest einen Weg in Nadia Wilkowas Unterlagen gefunden. Stimmt das?«

Stacey nickte. »Es war nicht schwer.« Sie tippte auf ein paar Tasten und drehte den Laptop so, dass sie beide auf dem Bildschirm die Seite eines Terminkalenders sehen konnten. »Ich habe die Daten auf ihrem Laptop und ihrem Handy kombiniert, damit wir ein möglichst komplettes Bild ihres alltäglichen Lebens haben. Also ...« Sie klickte etwas an, und das Bild änderte sich. »Ich kann euch für jeden beliebigen Tag sagen, welche Geschäftstermine sie hatte, ob sie Privattermine hatte, welche SMS und welche E-Mails sie schickte und erhielt.«

»Hab ich dir schon mal gesagt, wie erschreckend das für mich ist?« Carol reckte Stacey anerkennend den Daumen entgegen.

»Man sollte sich lieber nicht mit ihr überwerfen«, murmelte Paula.

»Du kannst also jeweils das Datum aufrufen, an dem sie Termine im Bradfield Moor hatte?«

Stacey nahm den Laptop wieder an sich. Sie warteten, während die Tastatur unter ihren Fingern leise klapperte, dann drehte sie ihn wieder in ihre Richtung. »Fünf Mal, seit sie die Stelle angetreten hat. Sie hatte Besprechungen mit Joanna Moore, der medizinischen Direktorin.«

»Kannst du mir diese Daten zuschicken? Ich muss sie mit dem Verbandbuch im Bradfield Moor vergleichen. Einer dieser angegebenen Tage müsste mit einer Gelegenheit zusammenfallen, als Tony von einem Patienten einen Schlag ins Gesicht bekam und Nasenbluten hatte.«

Stacey prustete. »Das ändert sich doch nie, was?«

»Die Sache ist, dass ich mich tatsächlich an den Vorfall erinnere«, sagte Carol. »Seine Nase war ein paar Tage geschwollen wie eine Erdbeere. Es war irgendwann letztes Jahr. Genauer kann ich es nicht sagen.«

»Ich schwöre, den könnte man nicht erfinden«, murmelte Stacey.

»Wird man dich dieses Verbandbuch einsehen lassen, in dem Unfälle und außergewöhnliche Vorfälle eingetragen sind?«, fragte Paula.

»Wenn ich eine schriftliche Vollmacht von Tony habe, können sie nicht ablehnen, glaube ich. Darum kümmere ich mich gleich morgen früh. Andererseits war er am Montag im Bradfield Cross, bei einer Besprechung mit Will Newton. Am

Ende stürmte er aus dem Raum, weil er so verärgert war. Er ging zu Fuß nach Hause, um seine schlechte Laune abzureagieren, hat also kein Alibi für die Zeit, als Bev verschwand.«
Paula stöhnte und blickte Carol direkt an. »›Kein Alibi‹ ist nicht gerade eine Überraschung. Er vermisst das Leben, das er hatte, als die MIT-Gruppe noch aktiv war. Ohne uns hat er nicht viele soziale Kontakte.«
Carol kannte die wahre Bedeutung, die sich hinter Paulas Worten versteckte, wollte sich aber nicht damit auseinandersetzen. »Schau mal, was du tun kannst.«
Paula neigte den Kopf und nahm ihr Unvermögen, Carol zur Offenheit zu bewegen, mit einem gequälten Ausdruck hin. »Willst du, dass ich jemanden von uns losschicke, der die Krankenhaus-Videoüberwachung und die Straßenkameras überprüft?«
Carol nickte. »Du wirst eine bessere Reaktion bekommen, wenn du es auf offizieller Basis machst, als wenn ich versuche, etwas aus den Krankenhaus-Bürokraten herauszukriegen. Inzwischen werden wir Gutachter auftreiben, die den Beweis mit dem Fingerabdruck auseinandernehmen. Denn offensichtlich ist er nicht von Tony.«
»Das genügt nicht«, sagte Staccy und drehte dabei eine Strähne ihres seidig glänzenden schwarzen Haars um ihren Finger. »Wenn wir das Blut und den Daumenabdruck erklären, würde das wahrscheinlich Geschworene überzeugen, dass es berechtigte Zweifel gibt, aber es wird Fielding nicht davon abhalten, ihn anzuklagen.«
Paulas Gesichtsausdruck war grimmig. »Ich kenne mich mit ihr noch nicht so gut aus, aber ich würde sagen, du hast recht. Wenn wir Tony rauspauken wollen, bevor sie ihn anklagt, werden wir einen plausibleren Verdächtigen finden müssen.«
Carol beugte sich vor, die Hände flach auf den Tisch gelegt, angestrengt und konzentriert. »Tony hat eine Theorie, die

sich auf die Art und Weise stützt, wie der Mörder seine Opfer behandelt.« Sie schaute Paula an. »Du weißt ja, Fielding hat diese fixe Idee, dass Tony Frauen umbringt, die mir ähnlich sehen, weil ich ihn verließ? Also, Tony meinte, dass er nicht Frauen tötet, weil sie wie ich aussehen. Es ist so, dass wir alle – ich und die zwei Opfer – aussehen wie die Frau, die er wirklich töten will.«
»Was hält ihn denn davon ab, die Frau umzubringen, die er wirklich töten will?« Stacey trommelte mit den Fingerspitzen leise gegen die Laptophülle, wach und interessiert, jetzt, da etwas Neues zur Sprache kam.
»Tony glaubt, dass sie ihn darum betrogen hat. Selbstmord, Unfall, was auch immer. Also ist sie vielleicht schon tot. Und starb erst kürzlich. Er denkt, wenn wir sie finden können, dann finden wir den Mörder.«
Paula stand abrupt auf und zündete eine Duftkerze an, die sofort die Luft mit dem festlichen Duft von Zimt und Preiselbeeren erfüllte. Dann klappte sie ihre Zigarettenpackung auf und holte sich Feuer für eine Zigarette von der Flamme der Kerze.
»Verdammte Scheiße!«, sagte sie mit dem ersten Zug. »Und was ist sein Vorschlag, wie wir das machen sollen?«
Carol verzog das Gesicht. »So weit kam er nicht.«
»Welche Überraschung!«
Stacey zog die Stirn in Falten. »Eine interessante Herausforderung. Schließlich kann man nicht ›tote Blondine Bradfield‹ googeln und sich davon etwas Brauchbares versprechen.«
»Ein paar geschmacklose Blondinenwitze vielleicht«, seufzte Paula. »Aber das hilft uns nicht.«
»Ich dachte mir, ich werde das Archiv der *Sentinel Times* durchforsten. Die Papierkopien, nicht die Online-Version«, sagte Carol. »Ich glaube, sie werden noch bei den Akten in der Zentralbibliothek aufbewahrt.«

»Wenn das nicht den Sparmaßnahmen der Kommunalverwaltung zum Opfer gefallen ist«, sagte Paula düster.
»Aber vollständig ist das ja nicht gerade«, warf Stacey ein.
»Vielleicht nicht, aber Bestattungsunternehmer empfehlen eine Todesanzeige als Teil ihres Angebots, und die überwiegende Mehrzahl der Leute richtet sich immer noch danach«, sagte Carol. »Mehr können wir nicht tun.«
»Und ich werde versuchen, Fielding zu überzeugen, Tony morgen früh nicht anzuklagen.« Paula unterdrückte ein Gähnen und ließ die Schultern kreisen. »Tut mir leid, Mädels, aber ich muss jetzt ins Bett.«
Carol stand auf. »Da hast du Glück. Ich habe fast vierzig Minuten Fahrt vor mir, bevor ich schlafen darf.«
»Wir haben ein Schlafsofa hier«, sagte Paula. »Wir scheinen ja die inoffizielle Bleibe für heimatlose Kinder und Streuner zu sein.«
Carol lächelte und schüttelte den Kopf. »Danke, aber ich muss nach Hause wegen dem Hund. Ich bin ja noch neu auf diesem Gebiet. Ich weiß nicht, wie lange man sie allein lassen kann, ohne dass sie durchdrehen.«
»Wo hast du sie gelassen?« Paula schien besorgt.
»Im großen Teil der Scheune. Da ist nichts, was sie ankauen könnte außer Sägeböcken und Holzabfällen.«
»Wahrscheinlich auch besser so.«
»Morgen nehme ich sie mit. Sie kann im Land Rover schlafen, und in der Mittagspause kann ich mit ihr spazieren gehen.«
»Bist du sicher, dass das nicht verboten ist?«, fragte Stacey etwas beunruhigt.
»Ich sehe nicht ein, warum das nicht gehen soll. Es ist ja nicht gerade warm, und ich werde natürlich ein Fenster offen lassen. Und ich gehe mit ihr spazieren, wann immer ich kann.«
Paula stand auf. »Das wird schon in Ordnung sein. Ich bin

froh, dass du gekommen bist, Carol. Tony braucht dich auf seiner Seite.«

Alle entspannte gute Stimmung verschwand aus Carols Gesicht, und ihre Schultern strafften sich. »Ich bin nicht auf seiner Seite. Ich bin auf der Seite der Gerechtigkeit, die vollzogen werden soll. Das ist alles. Und wenn es vorbei ist, kehre ich direkt zu meinem eigenen Leben zurück. Ich bin fertig mit ihm, Paula. Ich bin fertig mit Tony.«

57

Tag siebenunzwanzig

Es war zum Verrücktwerden. Warum waren Frauen nur so dumm? Man brauchte doch nicht Einstein zu sein, um zu kapieren, dass man, wenn der Ehemann tot war, wohl besser einen guten Eindruck auf den Mann machen sollte, der willens war, seinen Platz einzunehmen. Aber das schien in ihren dicken Schädel nicht reinzugehen. Er hatte sie die ganze Nacht in Ruhe gelassen, damit sie Marco seelisch verarbeiten und sich an ihre neue Realität gewöhnen konnte, aber das hätte er genauso gut sein lassen können.
Er hatte seinen Wecker auf extra früh gestellt, damit er ihr ihre erste Lektion erteilen konnte, bevor er das Tagesgeschäft anging. Aber als er den Deckel der Tiefkühltruhe öffnete, reagierte sie kaum. Keine Panik, kein Schrecken, kein Angebot, ihm zu gehorchen. Sie blieb zusammengekauert in einer Ecke der Truhe sitzen, die Knie an die Brust gezogen, die Arme um den Kopf geschlungen. Er schrie sie an, aber sie zuckte nicht zusammen. Sie schien es überhaupt nicht wahrzunehmen. Er hatte von katatonischen Zuständen gehört, konnte aber nicht glauben, dass er so etwas wirklich vor sich hatte. Er war überzeugt, dass sie ihm das nur vorspielte, und schlug ein paarmal zu, damit sie es aufsteckte.
Aber er erreichte nur, dass seine Handfläche stach. Sie machte keinen Versuch, sich zu schützen oder zu wehren.
Er versuchte es mit dem Taser und warf sie auf den Boden der Garage, aber sie blieb liegen, wo er sie hatte hinfallen lassen,

ungelenk auf dem Beton ausgestreckt. Er schrie sie an, sie solle aufstehen, aber sie blieb, wo sie war. Er trat ihr in die Taille; da stand sie auf und fiel wie ein Sack Kartoffeln wieder auf den Boden. Sie erhob keinen Widerspruch, nicht einmal ein Wimmern.
Für so etwas hatte er keine Zeit. Jetzt nicht. Deshalb taserte er sie noch einmal und warf sie wieder in die Kühltruhe. »Du musst dich zusammenreißen«, sagte er. »Du könntest ein wunderbares Leben mit mir haben. Oder du könntest in der Leichenhalle enden wie die anderen. Es hängt von dir ab. Wenn ich heute Abend nach Haus komme, erwarte ich von dir, dass du deine Einstellung geändert hast. Marco ist tot. Gewöhne dich daran. Du kannst dich ihm anschließen, oder du kannst dich mir anschließen. Ich würde sagen, da brauchst du nicht lange zu überlegen. Aber die Menschen treffen ja oft beschissene Entscheidungen. Obwohl du doch eigentlich ein intelligentes Weibsstück sein solltest. Zeig mir, wie clever du in Wirklichkeit bist. Entscheide dich für das Leben, du Schlampe. Sonst zahlst du den Preis.«
Dann schlug er die Kühltruhe zu. Die Wut brannte wie Säure in seiner Kehle. Wofür zum *Teufel* hielt sie sich? Versagen war eine Sache, aber Trotz, das war etwas anderes. Da hatte die Erste, das Original, ihren Fehler gemacht. Als es zwischen ihnen zur Krise kam und er ihr klarmachte, dass ihr Benehmen nicht akzeptabel sei, hatte sie sich über seine Anweisungen hinweggesetzt, nach denen sie sich verbessern sollte. Sie hatte geglaubt, sie könne gegen ihn angehen. Seine Kinder nehmen und verschwinden. Sie hatte geglaubt, sie könne entkommen.
Aber stattdessen war sie so verdammt schlecht gefahren, dass sie auf der M 62 in einem Auffahrunfall endete. Dass sie tot war, damit hatte er kein Problem, auch wenn es ihm mehr Befriedigung gebracht hätte, sie selbst kaltzumachen. Aber

mit ihrem Verrat hatte sie seine Kinder getötet. Seine Kinder! Seinen Sohn und seine Tochter, die noch dabei waren, zu einem Paar Kinder geformt zu werden, auf die jeder stolz wäre. Und sie selbst hatte sich zugleich der Rache entzogen. Für die Beleidigung, dass sie ihn verlassen hatte, hätte er sie mit Freuden wieder und wieder und noch einmal umgebracht. Aber der Frevel, dass sie ihm seine Kinder genommen hatte, war noch schlimmer. Dafür hätte er sie langsam, unerbittlich und grausam gequält, so lange wie nur möglich.

Na, diese hier würde sehr bald herausfinden, was der Preis für ihre Auflehnung war. Vorher musste er jedoch zur Arbeit gehen.

58

Der Hund hatte Carol bei ihrer Rückkehr so stürmisch begrüßt, dass sie sich verpflichtet fühlte, mit ihm einen Spaziergang zu machen. Sie hatte keine Lust, im Dunkeln über das unebene Grasland zu stolpern, deshalb hielt sie sich an den Feldrand, wo der Boden relativ eben war. Flash schien das nicht zu stören. Sie rannte in verschiedene Richtungen los und kam in regelmäßigen Abständen zurück, um sich zu vergewissern, dass Carol den Weg fand. »Ein bisschen wie mein Gehirn«, sagte Carol, als sie das Muster durchschaut hatte.

Selbst als sie endlich zu Bett gegangen war, arbeitete ihr Kopf noch hektisch weiter und ging in der Hoffnung, eine Lösung zu finden, immer wieder dieselben Probleme durch. Schließlich hatte sie ein letztes Mal die Kissen zurechtgeknetet, und es gelang ihr, zu den Klängen des World Service einzuschlafen. Als der Wecker sie ein paar Stunden später weckte, flitzten die gleichen Gedanken immer noch in ihrem Kopf herum.

Es blieb ihr keine Zeit, mit dem Hund rauszugehen; um acht musste sie Bronwen Scott treffen, damit sie mit Tony noch einmal alles besprechen konnten, bevor Fielding käme, um ihn erneut zu befragen. Scott hatte ihren Vorschlag wiederholt, dass Carol der Vernehmung selbst fernbleiben solle. »Ich bin sicher, dass Fielding dann bereits über Ihre Mitarbeit an dem Fall informiert ist, und ich möchte nicht das Gefühl haben, dass sie etwas zu beweisen sucht, weil Sie anwesend

sind.« Es war ein gutes Argument. Außerdem war es auch eine Möglichkeit, Paula zu schützen.
Carol mochte nicht viel über Hunde wissen, aber schon bevor Stacey sich dazu geäußert hatte, war ihr klar gewesen, dass es nicht akzeptabel war, den Hund für lange Zeit allein zu lassen. Schließlich sollten sie einander doch Gesellschaft leisten. Also öffnete sie die Heckklappe des Land Rover und breitete zwei Decken auf dem Boden aus. Flash sprang hinein, als wäre es eine alte Gewohnheit. Carol nahm zusätzlich zu ihrer Ausstattung zum Gassigehen, bestehend aus Leine, Hundekuchen und Plastiktüten, noch eine Literflasche mit Wasser und eine Plastikschüssel mit, und es konnte losgehen. Irgendwie würde sie die Zeit finden, mit dem Hund spazieren zu gehen.
Sie kam in der Skenfrith Street fünf Minuten früher an als Scott, ging aber nicht hinein, denn sie fand es vernünftiger, am Eingang des Parkplatzes zu warten. Scott war perfekt zurechtgemacht wie immer, sie sah tadellos aus in einem taillierten dunkelgrauen Kostüm über einer elegant geschnittenen Bluse mit dünnen blau-weißen Streifen. Der enge Rock, kombiniert mit staksigen Stöckelschuhen, betonte ihre Beine auf vorteilhafte und verwirrende Weise. Carol kam sich wie eine Vogelscheuche vor in ihrem besten schwarzen Hosenanzug und flachen Schuhen, beide vor zwei Jahren als Sonderangebote bei Hobb's erstanden. Dieses Mal führte man sie in einen Vernehmungsraum, der nicht in der Nähe der Zellen und mit einem Aufzeichnungsgerät und einem langen, schmalen Wandspiegel ausgestattet war. Der Raum war in dem vertrauten Grau gestrichen und roch nach einer Mischung von abgestandenem Körpergeruch und Reinigungsmitteln. Ohne zu überlegen ging Carol direkt auf einen der Stühle zu, die nicht am Boden angeschraubt waren. Scott lachte. »Alte Gewohnheiten legt man nicht so schnell ab, Carol. Sie sind auf der

falschen Seite des Tisches.« Als Carol aufstehen wollte, hob Scott beschwichtigend die Hand. »Schon okay, wir sind ja unter uns hier. Bleiben Sie für den Moment doch einfach da.«
Scott nahm Platz und setzte eine Brille mit dünner, viereckiger schwarzer Fassung auf. Damit sah sie aus wie eine strenge Schuldirektorin mit Sex-Appeal. Sie öffnete eine Akte und studierte eine Seite nach der anderen.
Als Tony ein paar Minuten später hereingeführt wurde, schlug sie die Akte zu und stand auf. Er näherte sich dem Tisch, und sie ging auf ihn zu und legte eine Hand auf seinen Arm. »Wie war die Nacht?«
Er schaute zu Carol hinüber, die sich nicht gerührt hatte. »Sie ging vorüber«, sagte er und schritt an Scott vorbei, um sich Carol gegenüber hinzusetzen. »Ich weiß nicht, wie viel Zeit wir hier haben, aber es gibt ein paar Dinge, die ich sagen muss. Ich glaube, er ist hier ansässig. Da Männer es eher auf Frauen abgesehen haben, die jünger als sie sind, und da er Bev als möglichen Ersatz wählte, würde ich sagen, er ist mindestens fünfunddreißig. Eine Sache, die mich beschäftigte, ist, dass die Frauen, nachdem er sie in den Wagen lädt, offenbar nicht versuchen zu entkommen oder Aufmerksamkeit auf sich zu ziehen. Hätte es Berichte von Passanten gegeben, die jemanden um sich schlagen oder in einem Kofferraum schreien hörten, dann würde ich doch denken, dass Paula etwas darüber gesagt hätte. Deshalb fragte ich mich, ob das, was er in diesem Metallkoffer hat, ein tragbares Narkosegerät ist. So etwas, das Sanitäter bei sich haben. Das würde erklären, wieso er den Koffer dabeihat und warum die Frauen anscheinend so passiv sind. Der Grund ist, dass sie bewusstlos sind. Vielleicht würde es sich deshalb lohnen zu überprüfen, ob in einem der Krankenhäuser der Stadt eines vermisst wird?«
»Bei den Berufen der Opfer könnte er sogar Sanitäter sein«, sagte Carol.

Tony fuhr sich mit der Hand durchs Haar. »Ich glaube nicht. Ich würde eher einen Bürojob vermuten. Aber natürlich könntest du recht haben«, fügte er hastig hinzu.
Will sich einschleimen. Erbärmlich. Carol notierte sich etwas. Das wäre etwas, was Paula vielleicht Fielding vorschlagen konnte, damit es so aussah, als sei sie auf der Seite ihrer Chefin. Sie blickte zu Scott hinüber. »Könnte ich ein Blatt Papier haben?« Scott riss eine leere Seite aus ihrem Notizblock heraus. »Du musst mir eine Vollmachtserklärung für Bradfield Moor schreiben und verlangen, dass man mir Zugriff auf im Verbandbuch eingetragene Unfälle gibt, an denen du beteiligt warst. Wir haben die Zeiten, zu denen Nadia Wilkowa dort Termine hatte, und wenn wir zeigen können, dass die Zeiten sich decken, können wir Fieldings Beweisführung damit zu Fall bringen.«
Schon bevor sie zu Ende gesprochen hatte, schrieb er bereits. »Wenn das gelingt, müssen sie mich gehen lassen, nicht wahr?«
»Nicht unbedingt«, sagte Scott. »Besonders, da jemand es bestimmt zum Internet oder den lokalen Medien durchstechen wird, dass jemand von Ihrer Bekanntheit verhaftet wurde.«
»Bekanntheit? Ich?«
»Was Verbrechen betrifft, sind Sie der Größte. Ein Profiler, der durchdreht? Besser kann's nicht kommen.«
Er sah aufgeschreckt aus. »Man wird sich überall in den Zeitungen über mich das Maul zerreißen, was? Wie bei dem armen Kerl in Bristol, der wegen nichts weiter verteufelt wurde, als dass er einen komischen Haarschnitt hatte.«
Scott seufzte. »Wahrscheinlich. Bis jetzt hat mich noch niemand angerufen. Allerdings war Fielding sehr diskret, und der Sergeant, der Nachtdienst hatte, ist bekannt dafür, dass er die Medien hasst. Sobald die Übergabe an die Tagschicht gelaufen ist, wird sich das aber ändern. Man wird Sie fast mit

Sicherheit durch die Mühle drehen. Die ganze Angelegenheit mit Jacko Vance wird wieder aufgerührt werden.« Sie wies mit einem Nicken auf Carol. »Sie werden vielleicht auch hinter Ihnen her sein.«
»Das sollte mich freuen«, antwortete Carol mit grimmiger Genugtuung.
Tony unterschrieb die Vollmacht und reichte sie Carol. »Wende dich an Maggie Spence, die Oberärztin. Sie mag mich, sie wird hilfsbereit sein.«
»Anders als dein Chef«, sagte Carol trocken. Sie kannte die Geschichte der beiden. Die Macht vergibt denen niemals, die ihre schmutzigen kleinen Geheimnisse kennen.
Ein bitteres Lächeln. »Schwer vorstellbar, welches Vergnügen ihm das bereiten wird.« Er machte mit dem Arm eine ausladende Geste, die den deprimierenden Raum mit einschloss.
»Sie werden inzwischen einen Durchsuchungsbefehl haben«, sagte Scott ungeduldig und darauf bedacht, mit der ernsten Angelegenheit dieses Morgens voranzukommen. »Sie werden Ihre Wohnung und Ihr Büro durchstöbern. Wenn es etwas gibt, das sie nicht finden sollen, ist jetzt die Zeit, es uns zu sagen.« Sie blickte ihn an und zog eine Augenbraue hoch.
Tony zuckte mit den Schultern und breitete die Arme aus, eine Geste, die Offenheit signalisierte. »Da wünsche ich ihnen Glück. Wenn sie die zweite CD für *Tomb Raider 3* finden, wäre ich ihnen ewig dankbar.« Er lächelte angestrengt. »Ich habe wirklich keine dunklen Geheimnisse. Ein seichtes Gewässer, das bin ich.«
Carol hatte genug. Sie schob ihren Stuhl zurück und steckte Tonys Schreiben in ihre Tasche. »Wenn du meinst, dass es sonst nichts gibt, das ich erfahren sollte, gehe ich jetzt. Ich habe Nachforschungen anzustellen, und die Uhr läuft. Und mein Hund braucht einen Spaziergang.«
»Hund?« Tony war verwirrt.

»Ich bringe Sie später auf den aktuellen Stand«, sagte Scott zu Carol, die schon halb aus der Tür war.

Als Carol den Vernehmungsraum verließ, war Tonys Stimmung im Keller. Bronwen Scott machte ihn nervös und gab ihm das Gefühl, der Lage nicht gewachsen zu sein. Für diese Frau hatte er nie genug richtige Antworten.
Er schaute auf die sich schließende Tür und sagte dann: »Sie hat einen Hund?«
Scott war ratlos, aber zugleich belustigt. »Ich habe keine Ahnung, wie Carol lebt.«
Tony machte ein langes Gesicht. »Ich offenbar auch nicht. Also, was geschieht jetzt?«
»Fielding wird Sie noch einmal vernehmen. Es sei denn, sie hat etwas Neues, von dem wir nichts wissen, wird sie einfach versuchen, die Fragen von gestern nochmals zu stellen, und Sie werden auf alles mit ›kein Kommentar‹ antworten. Sie wird sich Mühe geben, Sie zu verwirren, zu provozieren. Aber Sie dürfen sich nicht verunsichern lassen.«
»Ich werde so tun, als wäre sie eine Patientin. Sie versuchen meistens, die Aufmerksamkeit von dem abzulenken, was sie umtreibt, indem sie mir Fragen stellen. Ich bin ziemlich gut darin, Antworten zu umgehen.« Er starrte auf den Tisch hinunter. »Ich weiß, ich sollte es nicht persönlich nehmen, aber es ist schwierig, sich nicht dadurch gekränkt zu fühlen, wie schnell Fielding dabei war, mich festnehmen zu lassen. Nennen Sie mich sentimental, aber ich hätte erwartet, dass sie nicht so strikt mit mir sein würde. Ich meine, ich habe doch an so vielen Ermittlungen maßgeblich mitgearbeitet, da hätte ich vermutet, dass man es sich zweimal überlegt, bevor man die voreilige Schlussfolgerung zieht, ich sei ein Serienmörder.« Mit gequältem Gesichtsausdruck begegnete er ihrem Blick.

»Fielding demonstriert ihren Vorgesetzten, wie unabhängig sie ist. Und vielleicht versucht sie damit gleichzeitig, Carols Erfolgen etwas von ihrem Glanz zu nehmen. Deshalb ist sie so scharf darauf, Paula in ihrem Team zu haben. Fielding will als die Einheit betrachtet werden, die vom Querdenker-Bazillus befallene Polizisten wieder eingliedert.«
Tony lächelte müde. »Und ich dachte, ich wäre der Psychologe. Meinen Sie also, dass man mich anklagen wird?«
»Ich glaube, sie wird Sie bis zum letzten Moment zappeln lassen. Sie wird einen anderen DCI eine Verlängerung um zwölf Stunden genehmigen lassen, das läuft dann bis morgen früh. Dann wird sie Sie entweder anklagen oder laufen lassen, oder sie wird die Richter um eine Verlängerung angehen, wenn sie meint, dass sie mit der DNA und dem Daumenabdruck genug Material gegen Sie hat. Und genau dann werden wir alle Beweise vorlegen, die Carol zur Entkräftung gesammelt haben wird. Außerdem auch etwas von dem Gutachter für Fingerabdrücke, den mein Büro beauftragt, und sie werden die Freilassung anordnen. Wahrscheinlich Entlassung auf Kaution. Wenn wir warten und es so machen, wird Ihre Entlastung in der Öffentlichkeit bekannter werden.«
»Das klingt gut.«
Scott hielt eine Hand flach ausgestreckt und drehte sie im Handgelenk hin und her. »Ja und nein. Die Entlastung ist öffentlicher, aber der Nachteil ist, dass die Medien und die Twitter-Community volle vierundzwanzig Stunden der Berichterstattung zur Verfügung haben, um Sie in Stücke zu reißen.«
»Sie werden mich auf jeden Fall in Stücke reißen, so wie es sich anhört. Je klarer ich in der Öffentlichkeit entlastet werde, desto besser ist es doch bestimmt? Oder vermuten Sie, dass die Illustrierten nicht lockerlassen werden?«
Scott verzog den Mund, ein Ausdruck des Zweifels. »Ich

wäre sehr überrascht, wenn sie Fielding in dieser Sache unterstützen würden, nachdem ihre sogenannte Beweisführung erst mal gründlich erschüttert ist.«
Bevor Tony antworten konnte, flog die Tür auf. Fielding stand in der Öffnung, eine kleine Gestalt geballter, kaum beherrschter Wut. Ihre Lippen waren zusammengepresst, die Augen schmal und die Hände zu Fäusten verkrampft. »Ich müsste Sie kurz sprechen, Ms Scott«, sagte sie. Es war keine Frage.
Scott ließ sich etwas Zeit und hielt inne, um Tonys Schulter leicht zu drücken. »Ich bin gleich wieder da, Tony.«
Kaum hatte sie die Tür hinter sich geschlossen, als Fielding schon ganz nah an sie herantrat und zischte: »Was zum Teufel ziehen Sie da ab?« Heute hatte Fieldings Akzent nichts Charmantes mehr, sondern klang direkt und bedrohlich. Er hätte wohl bei keinem den Wunsch geweckt, Schottland einen Besuch abzustatten.
Scott lächelte sehr freundlich und schaute über Fieldings Schulter dorthin, wo stirnrunzelnd und voller Sorge Paula stand und am liebsten im Erdboden versunken wäre. Scott grüßte Paula mit einem Nicken und blickte dann demonstrativ auf Fielding hinunter. »Sie werden mir einen konkreteren Hinweis geben müssen, DCI Fielding.«
»Sie wissen genau, was ich meine, Lady. Carol Jordan hier reinzubringen, um Ihren Klienten zu treffen unter dem Vorwand, dass sie Ihre Praktikantin sei. Glauben Sie, ich bin auf den Kopf gefallen?«
Scotts Gesichtsausdruck war amüsiert und herablassend. »Ich verstehe nicht, wieso Sie sich so aufregen. Carol ist keine aktive Polizistin mehr. Sie hat das Recht, neue Karrieremöglichkeiten zu erkunden. Sie sprach mich an und fragte, ob sie mich begleiten dürfe, damit sie entscheiden kann, ob eine Zukunft in der Juristerei etwas für sie wäre. Ich habe das einfach

geglaubt und nicht angenommen, dass sie in Ihrem Interesse mein Büro unterwandern wollte.«

»In *meinem* Interesse?« Fielding klang, als werde sie vor Wut gleich platzen.

»Es wäre nicht zum ersten Mal, dass Ihre Kollegen versucht haben, meine Bemühungen zu untergraben, wenn ich anstrebte, meinen Klienten die bestmögliche Verteidigung zu bieten.«

»Das ist eine infame Unterstellung«, stieß Fielding hervor.

»Nicht schlimmer als Ihre Beschuldigung, ich und Carol hätten unangebrachte Motive.«

»Warum war sie also dann hier, wenn nicht, um zu versuchen, mein Vorhaben zu vereiteln?«

»Wie hätte sie das tun können? Wollen Sie damit etwa sagen, dass Ihre Leute hinter Ihrem Rücken Dinge heimlich weitergeben, die Sie sowieso für den Rechtsbeistand offenlegen sollten? Wegen einer unangebrachten Loyalität gegenüber einer ausgeschiedenen Kollegin? Es muss deprimierend sein, DCI Fielding, so wenig Vertrauen in sein Team zu haben.« Scott wandte sich ab, ihre Finger schon auf dem Türgriff.

»Ich vertraue meinem Team«, fauchte Fielding, und ihre Worte waren wie scharfe kleine Pfeile, die auf Scotts Herz abzielten.

»Gut. Sollen wir dann unsere ›Kein Kommentar‹-Vernehmung anpacken? Und vielleicht könnte ich Akteneinsicht in Sachen Fingerabdruck bekommen?« Das letzte Wort und das letzte Lächeln hat die Verteidigung, dachte Scott und rauschte an die Seite ihres Klienten zurück.

59

Bradfield Moor Secure Hospital, die forensische Psychiatrie, lag auf einer Anhöhe nordwestlich der Stadt an der Stelle, wo gepflegtes Grün in das wilde Durcheinander der Pflanzenwelt im Moor überging. Die Gebäude waren so angeordnet, dass sie hügelabwärts auf Bäume, Dächer, Rasenstücke, Gebüsch und Blumenbeete schauten statt auf die windzerzausten Gräser und verkrüppelten Sträucher der Hochmoore oberhalb. Tony hatte es Carol einmal als viktorianische Metapher beschrieben, die sich an die Patienten im Gebäude richte. »Sie sollen sich vom Dschungel des Wahnsinns abwenden und Teil des geordneten Konsens da unten werden«, hatte er gesagt. Typisch Tony, dachte sie, war dann aber irritiert über sich selbst, weil ihr seine tiefgreifende Weltbetrachtung gefiel. Jetzt war er derjenige, dem man unter der Hand Verrücktheit vorwarf, und sie hatte die Aufgabe, ihn wieder in die Durchschnittsgesellschaft zurückzubringen.

Das Klinikum lag inmitten eines ausgedehnten Geländes, und als Carol die Sicherheitstore passiert und ziemlich weit von den Gebäuden entfernt geparkt hatte, legte sie Flash die Leine an und ließ sie aus dem Land Rover heraus. Der Himmel war grau, und die schweren Wolken verhießen Regen, aber es war im Moment noch lediglich eine Ankündigung. Sie ging die Einfahrt hinunter, einer steifen Brise entgegen, und als sie sicher war, dass niemand da war, ließ sie den Hund frei laufen. So wie sie es am Abend vorher getan hatte, streifte Flash

auf dem Gelände umher, kam aber immer wieder zu ihrem Frauchen zurück, ohne dass sie gerufen wurde, dann legte sie zu einem weiteren Zickzacklauf los. Carol ließ den Hund eine Viertelstunde laufen, dann sperrte sie ihn mit einer Schüssel Wasser und einer Handvoll Leckerli wieder in den Land Rover.
Bis sie den Haupteingang erreichte, spürte sie ein paar Regentropfen. »Keinen Moment zu früh«, murmelte sie und stieß die Tür auf. Der Empfangsbereich war in dem üblichen Beige und Grau solcher Gebäude gehalten, aber jemand hatte ein bisschen Mühe und Phantasie aufgewendet, um ihn ansprechender zu gestalten. An den Wänden hingen schöne Fotos von stillen Berglandschaften, und in zwei glasierten blauen Töpfen wuchsen verschiedene Zimmerpflanzen. Natürlich zu schwer, als dass man sie hochheben und werfen konnte, dachte Carol. Auf der einen Seite war eine Türöffnung ohne Tür, die zu einer Sitzecke führte, wo Besucher warten konnten, bevor sie registriert wurden und zu ihrem Patientenbesuch nach drinnen gehen durften. Hinter dem durch Glasscheiben abgeschirmten Empfangstisch führte eine Frau ein Telefongespräch, eine andere saß am Computer.
Carol wartete geduldig, bis eine von ihnen ihre hochwichtige Tätigkeit unterbrechen und sich mit ihr befassen würde. Es dauerte ein paar Minuten, aber die Frau am Telefon beendete ihr Gespräch schließlich und schob eine Fensterscheibe in der Glaswand zurück. »Die Besuchszeit beginnt erst um zwölf«, sagte sie nicht unfreundlich. »Man hätte Ihnen das am Haupteingang sagen sollen.«
»Ich bin keine Besucherin.« Carol zog den alten Dienstausweis heraus, aufgrund dessen sie aufs Grundstück gekommen war, und hielt ihn hoch. »Ich möchte Maggie Spence sprechen.«
»Haben Sie einen Termin?«
»Nein.«

»Können Sie mir sagen, worum es geht?«
»Es ist vertraulich.«
Bei diesem Wort hob die Frau am Computer den Blick, wie ein Hund, der eine Fährte wittert. Sie schaute sie einen Moment missbilligend an, aber dann hellte sich ihre Miene auf. »Ich habe Sie mit Dr. Hill gesehen«, sagte sie lächelnd. »Molly, die Dame arbeitet mit Dr. Hill, wenn er seine Profile macht.«
Molly zwang sich zu einem Lächeln. »Ich werde nachsehen, ob Mrs. Spence Sie sprechen kann.« Sie schloss das Fenster und kehrte zum Telefon zurück. Ein kurzes Gespräch, während dem sie zweimal einen flüchtigen Blick zu Carol hin warf, dann legte sie auf und öffnete das Fensterchen wieder. »Sie kommt heraus.« Sie hielt Carol ein Klemmbrett hin und reichte ihr einen Kuli. »Bitte, unterschreiben Sie.«
Carol brachte die Formalitäten hinter sich und steckte sich gerade einen Besucherpass an die Jacke, als es im Schloss einer schweren Tür neben dem Schreibtisch klickte und eine Frau hereinkam. Maggie Spence war etwa Mitte bis Ende fünfzig und sah wie eine Frau aus, deren über allem stehende Priorität die Bequemlichkeit war. Sie trug weite, khakifarbene Chinos mit einem schlabberigen blauen T-Shirt und einer bunten, handgestrickten Jacke. Eine Brille mit roter Fassung saß auf einer Nase, die bei Santa Claus nicht fehl am Platz gewesen wäre. Ihr fülliges Gesicht hatte verräterische Falten, die vom Lächeln stammten, nicht von finsteren Blicken. Als sie Carol sah, lächelte sie ihr automatisch zu. »Hallo, ich bin Maggie Spence. Ich höre, Sie wollen mich sprechen?« Sie streckte ihr eine Hand hin, und Carol spürte einen warmen Händedruck, der ihre Finger umfing.
»Ich bin Carol Jordan«, sagte sie. »Danke, dass Sie sich die Zeit nehmen. Können wir hier irgendwo reden?«
Maggie schaute zur Wartenische für Besucher hinüber. »Mol-

ly sagte, es sei vertraulich, ja?« Carol nickte. »Dann ist das hier zu offen. Kommen Sie mit, wir gehen in mein Büro.«
Carol folgte, während Maggie sie mit einer Magnetkarte durch mehrere verschlossene Türen und einen kurzen Korridor zu einem hübschen kleinen Raum führte, der eine Aussicht über das Gelände bis zum fernen Moor bot. Dem Personal war es offenbar erlaubt, die wilde Majestät der Natur zu genießen. Maggies Büro war vollgestopft mit Büchern, Aktenordnern und Unterlagen, aber anders als bei Tony war alles ordentlich in Stapeln aufgeschichtet. Die einzige Wandfläche, an der keine Regale standen, war bedeckt mit einem farbenfrohen Patchwork-Teppich; es schien die impressionistische Darstellung einer Berglandschaft zu sein. Maggie wies Carol einen Stuhl zu und setzte sich an ihren ordentlichen Schreibtisch. »Also, worum geht's denn?«
Carol nahm Tonys Schreiben aus ihrer Tasche. »Ich bin leider unter falscher Flagge hier. Denn ich bin keine Polizeibeamtin mehr, sondern ich arbeite mit Bronwen Scott zusammen, die Strafverteidigerin ist.«
Maggie beugte sich vor und öffnete den Mund zum Sprechen. Aber Carol hielt eine Hand hoch. »Bitte. Hören Sie mich zu Ende an.« Maggie nahm sich zurück, aber das Lächeln war verschwunden.
Carol kam sofort zum Kern der Sache. »Tony Hill wurde gestern Abend festgenommen wegen des Verdachts, zwei Morde begangen zu haben. Sie kennen Tony. Sie wissen, wie absurd das ist. Aber es gibt Indizien und eine Polizistin, die beschlossen hat, dass sie sich so einen Namen machen wird. Ich arbeite mit seiner Anwältin zusammen, um seine Unschuld zu beweisen.« Sie schob das Schreiben zu Maggie hinüber. »Er bittet um Ihre Hilfe.«
Maggie schien perplex. »Tony? Festgenommen? Sind Sie sicher?«

»Ich komme gerade von der Wache Skenfrith Street. Ich weiß, es ist schwer zu glauben ...«
»Schwer zu glauben? Es ist surreal. Ich habe nie einen Menschen mit mehr Mitgefühl getroffen. Der Gedanke, dass er mit Absicht jemanden töten könnte, ist lächerlich.«
»Leider kennen ihn nicht alle so gut wie wir. Und er kommt nicht rüber wie die meisten Männer.«
Maggie gab ein kurzes, schnaubendes Lachen von sich. »Wem sagen Sie das! Aber trotzdem. Wenn man hier arbeitet, denkt man, man hat alles schon gehört. Und dann kommen Sie her und sagen mir, Tony Hill wird des Mordes verdächtigt. Unglaublich. Der arme Tony.« Sie nahm das Schreiben und schob ihre Brille auf der Nase hoch. Aufmerksam las sie es durch und legte es dann auf den Schreibtisch. »Also gut. Wir haben da Probleme mit dem Datenschutz. Ich kann Ihnen keine Einsicht in unser Verbandbuch geben wegen unserer Verschwiegenheitspflicht gegenüber Personal und Patienten. Aber weil ich Tonys Erlaubnis habe, glaube ich, dass ich Ihnen Kopien der Einträge in das Buch geben kann, die sich auf ihn beziehen, vorausgesetzt, dass ich die Namen der involvierten Patienten schwärze. Haben Sie damit das, was Sie brauchen?«
Carol nickte. »Viele Einzelheiten brauche ich nicht. Ich bin nur daran interessiert, an welchem Datum und welcher Natur die Vorfälle waren.«
Maggie nickte. Sie zog ihre Tastatur zu sich heran und begann, mit der Energie einer Person, die das Tippen noch auf einer mechanischen Schreibmaschine gelernt hat, auf den Tasten herumzuhacken. »Glücklicherweise ist ja heutzutage alles online«, murmelte sie. »Und durchsuchbar.«
Nach einigen Minuten sagte sie: »Ich werde alle Vorfälle, bei denen Tony vorkommt, mit ›Ausschneiden und Kopieren‹ in ein Dokument übertragen, dann kann ich die Merkmale, an

denen Patienten zu erkennen wären, schwärzen und es für Sie ausdrucken. Ist das in Ordnung?«
Carol nickte. »Perfekt.«
Während Maggie sich konzentrierte, erschien ihre Zungenspitze zwischen den Lippen. Endlich schaute sie zu Carol hinüber und lächelte. »Das wär's. Ich vermute, Sie wussten schon Bescheid über die Geschichte mit dem Knie?«
Ein Ansturm erinnerter Gefühle ergriff Carol unversehens. Der Angriff mit der Axt, Tonys Zeit danach im Krankenhaus und die Folgen standen ihr lebhaft vor Augen. Schwärzen brachte da nichts. Lloyd Allens Name war in ihr Gedächtnis eingegraben. »Ich war damals dabei«, sagte sie ruhig und verbarg das, was in ihr vorging, unter der Oberfläche.
In dem Moment ging plötzlich die Tür auf. Carol wandte sich um und bekam den Eintritt von Aidan Hart, des medizinischen Direktors von Bradfield Moor, mit. Es war mindestens ein Jahr her, seit sie ihn zuletzt gesehen hatte, und die Zeit hatte es definitiv nicht gut gemeint mit ihm. Er sah nicht aus, als hätte er zugenommen, aber irgendwie war sein Gesicht teigig blass, und er hatte Hängebacken bekommen. Obwohl er kaum über vierzig war, standen tiefe Falten zwischen den Augenbrauen, und das Weiße seiner Augäpfel sah ungesund gelb aus. Sie hatte ihn nie attraktiv gefunden, besonders angesichts dessen, was sie über ihn wusste, aber jetzt wurde er regelrecht abstoßend. »Was ist denn hier los, zum Teufel?«, fragte er. Für einen Psychologen haperte es anscheinend bei ihm doch etwas an den Techniken der Ausforschung.
Maggie war offenbar an seine aggressive Art gewöhnt. »Ich erledige nur etwas, worum Dr. Hill gebeten hat«, sagte sie gelassen.
»In wessen Auftrag?« Hart kam weiter in den Raum herein und versuchte, mit seiner Größe und Körperfülle seine Dominanz über die Frauen auszuspielen.

Maggie war unbeeindruckt. Sie nahm Tonys Schreiben und wedelte damit vor ihm herum. »In Dr. Hills Auftrag. Er hat das Recht, auf die Aufzeichnungen über sich selbst zuzugreifen.«
Hart blickte sich theatralisch um. »Ich sehe Dr. Hill hier nicht.«
»Sein Schreiben gibt Ms Jordan die Vollmacht, die Informationen in seinem Namen einzusehen.«
»Das kann er nicht machen. Es fällt unter den Datenschutz.«
Maggie schüttelte den Kopf. »Ich habe alles geschwärzt, was auf die Patienten oder andere Mitarbeiter hinweisen könnte.«
»Ich bin nicht bereit, irgendetwas von unseren Unterlagen an Dritte herauszugeben, sie mögen noch so geschwärzt sein. Sie ist keine Polizistin mehr, wissen Sie. Sie ist hier unter Vorspiegelung falscher Tatsachen.«
»Nein, das stimmt nicht. Sie hat es mir gesagt.«
Harts Krokodillächeln erschien auf seinem Gesicht. »An der Pforte oder an der Anmeldung hat sie es nicht gesagt. Sie hat einen Dienstausweis der Polizei vorgezeigt, um unseren Sicherheitsdienst zu umgehen.«
Carol zuckte die Achseln. »Ich brauchte einen Ausweis mit Foto. Das war alles, was ich hatte. Ich habe nie behauptet, aktive Polizistin zu sein.«
Zwei rote Streifen erschienen auf seinen Wangen, als hätte ein Kind sie ihm mit Lippenstift aufs Gesicht gemalt. »Kommen Sie mir nicht mit dieser Haarspalterei, Miss Jordan. Ich möchte, dass Sie jetzt gehen.« Er war vollkommen auf sie konzentriert, Carol sah jedoch, dass Maggies Finger sich hinter ihm verstohlen über die Tastatur bewegten.
»Nicht ohne das, weswegen ich gekommen bin. Es ist völlig unstrittig. Wir könnten leicht eine gerichtliche Anordnung dafür bekommen.« Carol würde nicht aufgeben, ohne zu kämpfen.

»Dann holen Sie sich eine.« Er warf die Tür auf. »Maggie, bringen Sie Miss Jordan raus, ja?«
»Kein Grund, so viel Aufhebens zu machen«, sagte Maggie, nahm Carol am Ellbogen und führte sie zur Tür. Hart beobachtete, wie sie gingen, dann, als Maggie die erste abgeschlossene Tür öffnete, drehte er sich um und stapfte in die andere Richtung davon.
Maggie schaute ihm nach und grinste. »Ich dachte mir schon, dass etwas so Unbedeutendes wie Sie hinauszubegleiten unter seiner Würde ist. Er ist wirklich alles andere als ein Vorzeigechef. Ich weiß nicht, wie Tony ihn erträgt. Und überhaupt weiß ich nicht, wie *ich* ihn aushalte.«
Während sie sprach, ging sie in Richtung Anmeldung voraus. Aber kurz bevor sie in die Halle hinauskamen, bog sie abrupt in ein anderes Büro ab. Ein junger Mann im Pflegerkittel saß an einem Schreibtisch und arbeitete an einem Tabellenkalkulationsblatt. Als sie hereinkamen, schaute er hoch und grinste.
»Sie schulden mir einen Drink.« Er beugte sich über den Schreibtisch und nahm ein paar Blätter aus dem Drucker.
»Danke, Stephen.« Maggie nahm die Papiere entgegen und reichte sie Carol. »Hier, bitte. Stecken Sie sie weg, damit die Petzen in der Anmeldung sie nicht sehen. Jetzt ist es wirklich Zeit zu gehen, Carol.«
»Danke. Klasse Schachzug«, sagte Carol, als sie Maggie in den Korridor folgte. »Ich habe den Eindruck, das haben Sie schon öfter gemacht.«
»Wir sorgen füreinander hier«, sagte Maggie. »Aidan sorgt nur für sich selbst. Sagen Sie Tony: Kopf hoch.«
Auf dem Weg nach draußen legte Carol Wert darauf, die Damen am Empfang anzustarren. Alles andere hätte verdächtig gewirkt. Sie warf aber nicht einmal einen Blick auf die Papiere, bis sie außer Sichtweite des Sicherheitsdienstes am Tor war. Dann hielt sie auf dem ersten Waldpfad an, zu dem sie

kam, um zu lesen. Es war nicht leicht, aus den geschwärzten Berichten schlau zu werden, aber als sie sie mit den Tagen verglich, an denen Nadia Wilkowa im Bradfield Moor Termine hatte, wurde eines schnell klar.

Tony war an dem Tag, als Nadia Wilkowa dort gewesen war, nach einem Vorfall mit einem Patienten wegen Nasenblutens behandelt worden. »Oh, du bist ein Schatz«, sagte Carol und küsste das Blatt Papier. Der erste Beweis gegen Tony war vollständig entkräftet.

60

Dass ihre Chefs nicht hier waren, half den Mitarbeitern von Tellit Communications kein bisschen. Denn sie wussten, dass ihre Computer jede Einzelheit ihres Arbeitslebens aufzeichneten. Ihre Anschläge wurden gezählt, die Länge ihrer Anrufe gemessen, ihre Abwesenheit vom Arbeitsplatz durch beide Kommunikationsformen aufgezeichnet und überwacht. Die Mitarbeiter waren so in das vertieft, wofür sie bezahlt wurden, dass sie sich kaum umschauten. So war Rob Morrison schon gute zwanzig Minuten in seinem Büro, bevor Gareth Taylor in seiner Tür erschien.
»Marie Mathers Mann hat angerufen«, sagte er. »Ich war als Einziger da, also habe ich abgenommen. Offenbar wurde sie ins Krankenhaus eingeliefert wegen Verdachts auf einen geplatzten Blinddarm.«
Rob zuckte zusammen. »Das klingt schmerzhaft. Hat er gesagt, wie lang sie weg sein wird?«
Gareth schüttelte den Kopf. »Er sagte, er würde wieder anrufen, wenn er mehr über die Prognose wüsste, aber man sollte den Rest der Woche nicht auf sie zählen. Er klang verdammt erschrocken«, fügte er mit einem spöttischen Grinsen hinzu.
»Das ist kein toller Einstieg in eine neue Stelle«, sagte Rob.
»Ich glaube nicht, dass sie es geplant hat.« Gareth stieß sich vom Türrahmen ab und wandte sich wieder dem geschäftigen Raum zu. Unbeobachtet setzte Rob ein schlaues Lächeln auf.

Marie Mathers große Ideen waren auf jeden Fall auf Eis gelegt, und das tat ihm nicht im mindesten leid.

Paula spürte, wie ihr Handy an ihrem Oberschenkel vibrierte, während sie ihre klägliche ›Kein Kommentar‹-Vernehmung von Tony Hill durchführten, aber sie hütete sich, es vor Fielding herauszunehmen. Ihre Chefin war offensichtlich kurz davor, die Beherrschung zu verlieren, und Paula wollte auf keinen Fall zum Zielobjekt werden.
Die Vernehmung war zum Stillstand gekommen, als Fielding angefangen hatte, die Fragen zu wiederholen. Bronwen Scott hatte sich auf ihrem Stuhl zurückgelehnt und mit dem müden Charme einer Person gelächelt, die das alles schon mal erlebt hat. »Erheben Sie Anklage gegen meinen Klienten, oder lassen Sie ihn gehen«, hatte sie gesagt.
Fielding warf ihren Kuli auf den Tisch. »Wir fahren mit unserer Ermittlung fort. Wir haben Durchsuchungsbefehle für Dr. Hills Wohnung und sein Büro, und diese Durchsuchungen werden gerade im Moment durchgeführt. Wir werden Ihren Klienten also vorläufig noch nicht entlassen.« Sie schob ihren Stuhl zurück und fuhr mit einem Finger auf das Aufzeichnungsgerät zu. »Die Vernehmung ist um 11 Uhr 17 beendet.« Dann stelzte sie aus dem Raum, Paula hinter sich lassend, die bedauernd dreinblickte und ihr dann folgte. Sie wagte es, auf ihr Handy zu schauen, um die Nachricht von Carol Jordan zu lesen. »Meinst du, der Metallkoffer könnte ein tragbares Narkosegerät sein? Überprüfen, ob eines fehlt? Sanitäter kontrollieren?«
Paula machte sich Vorwürfe, dass sie nicht daran gedacht hatte, und beeilte sich, Fielding einzuholen. »Verflixte Frau«, knurrte Fielding, während sie mit wütender Energie die Treppe hochging. »Und die verflixte Carol Jordan.« Sie blieb plötzlich stehen, drehte sich zu Paula um und sagte mit so

leiser Stimme, dass es nur noch wie ein böses Knurren klang: »Denken Sie nicht mal dran, das an Jordan durchsickern zu lassen.«

»Ich bin ja nicht doof«, sagte Paula. »Aber mir kam ein Gedanke, als Sie Dr. Hill zu Krankenhäusern befragten. Dieser Metallkoffer, den der Mörder auf den Videoaufnahmen trägt. Was, wenn das ein tragbares Narkosegerät wäre? Wenn er sie in den Kofferraum steckt, legt er den Kasten rein und beugt sich über sie. Wir können nicht sehen, was er macht. Könnte er sie betäuben, damit sie nicht entkommen oder Alarm schlagen?«

Fieldings Gesicht erhellte sich. »Das ist eine verdammt tolle Idee, McIntyre.« Sie klopfte ihr auf die Schulter. »Hill hätte leicht herausbekommen können, wie er sich eins davon verschaffen kann. Gehen Sie rauf in die Zentrale und leiten Sie gleich alles dazu in die Wege. Ich will eine Überprüfung der Krankenhäuser, die Nadia Wilkowa besuchte, ob dort tragbare Narkosegeräte gestohlen wurden. Und besonderes Augenmerk sollte auf Bradfield Moor und Bradfield Cross gerichtet werden. Obwohl Tony Hill mit seinem Ausweis ja überall reinkäme.« Sie sah fast fröhlich aus. »Echt, großartig! Gut gemacht, McIntyre!« Sie lief die Treppe hinauf, und Paula hinter ihr fühlte sich niedergeschlagen. Der Vorschlag hatte Fieldings Überzeugung erschüttern sollen. Stattdessen, so schien es, war sie nur verstärkt worden.

»Verdammte Scheiße«, murmelte Paula und ging zur Soko-Zentrale hinauf. Wenn sie entdeckten, dass Narkosegeräte gestohlen wurden, würde das die Ermittlungen neu beleben. Zumindest konnte sie die Kollegen darauf ansetzen, Sanitäter zu überprüfen, statt sich nur allein auf Tony zu konzentrieren. Sie fragte sich, ob Tonys Lebensstil die Suchteams gebührend verblüfft hatte – Psychologie-Lehrbücher, Computerspiele, Superhero-Comic-Hefte, Fallnotizen und rätselhafte

Memos an ihn selbst. Sie konnte sich nicht vorstellen, dass sie etwas finden würden, das ihn mit den Opfern oder den Verbrechen in Zusammenhang brachte. Man verschwendete die Zeit der Polizei, so war das.
Aber irgendwie glaubte sie nicht, dass jemand Fielding deswegen einen Vorwurf machen würde.

61

Ermutigt durch ihren Erfolg im Bradfield Moor wollte Carol so schnell wie möglich zur Zentralbibliothek, damit sie dort den nächsten Teil ihrer Nachforschungen angehen konnte. Aber ihr Leben war nicht mehr ganz so einfach wie noch ein paar Tage zuvor. Sie konnte nicht schlicht zur Bibliothek fahren und sich, so lange sie dafür eben benötigte, in die Bände der Zeitungsausgaben vertiefen. Sie musste an Flash denken.
Zunächst schickte sie Bronwen eine SMS, um sie über das Ergebnis ihrer Nachfrage im Klinikum zu informieren, dann ließ sie Flash wieder laufen, während sie ein paar hundert Meter den Pfad hinauf- und wieder zurückging. Wie zuvor streifte der Hund weit und breit herum, kam aber in Abständen immer wieder zurück, um sich zu vergewissern, dass Carol noch da und voraussichtlich unverletzt war. Nach diesem zweiten Auslauf meinte sie, der Hund könne eine Weile im Land Rover allein bleiben. Später konnte sie mit ihm zum Kanal runtergehen und ihn am Treidelpfad entlanglaufen lassen, wo er vor dem Stadtverkehr in Sicherheit war.
Carol stellte den Land Rover in einem Parkhaus in der Nähe der Bibliothek ab und ließ das Fenster einen Spalt offen, damit der Hund frische Luft bekäme. Sie hatte sich immer ein bisschen einschüchtern lassen von dem wuchtigen viktorianischen Gebäude. Die hochglanzpolierten Säulen, das Treppenhaus und die Wandpaneele waren in Farben gehalten, die

sie mit dem Typ altmodischer Metzgerläden in Verbindung brachte, wo das Fleisch nicht mehr so recht frisch war. In der großen Eingangshalle waren keine Bücher, die den Lärm hätten dämpfen können; jedes Geräusch schien von den harten Oberflächen verstärkt und hallte wider, vermischt zu einem Wirbel aus Schritten und Gesprächsfetzen.
Sie eilte die Stufen hinauf zu der achteckigen Galerie, wo die Bestände der Lokalzeitung aufbewahrt wurden. Regale bedeckten die Wände vom Boden bis zur Decke, beginnend mit alten Lederrücken am einen Ende über das chronologisch fortlaufende Inventar von Bucheinbänden bis zu privat veröffentlichten Erinnerungen, die mit selbstklebendem Textilband gebunden waren.
Am anderen Ende stand eine Reihe Winkelschreibtische aus Holz, an denen man sitzen und die großen Bände der Zeitungssammlung durchstöbern konnte. Hier wurden wöchentlich die aktuellen Ausgaben der *Bradfield Evening Sentinel Times* zusammengeheftet und zwischen lange, dünne Holzstäbe eingespannt. Carol fand einen freien Stuhl und loggte sich mit ihrem Tablet in das WLAN der Bibliothek ein. Dann machte sie sich mit den Zeitungen der vorherigen Woche an die Arbeit, indem sie alles vom Tag vor Nadia Wilkowas Verschwinden an rückwärts durchging.
Sie studierte die Nachrichtenseiten und überprüfte jede kleinste Notiz. Dann ging sie weiter zu Geburten, Eheschließungen und Todesfällen. Für das Alter ihrer Zielperson hatte sie sich als vernünftige Obergrenze auf fünfzig Jahre festgelegt. Immer wenn sie eine Frau in der richtigen Altersgruppe fand, nahm sie ihr Tablet zu Hilfe und schaute sich die Onlineausgabe von dem entsprechenden Tag an. Seit ein paar Monaten bot die *Bradfield Evening Sentinel Times* den Lesern, die Anzeigen ins Trauerportal der Zeitung setzen ließen, die Möglichkeit, ein digitales Foto in der Online-Ausgabe zu

posten. Es war eine kluge Marketingmasche, kostete die Zeitung nichts, brachte aber sehr viel Gewogenheit der Kunden ein. Wenn jetzt jemand starb, wählten Familie und Freunde ihr liebstes Foto aus und luden es auf die Seiten des Online-Trauerportals hoch. Auf diese Weise konnte sich Carol schnell vergewissern, ob die Toten blond waren.
Trotzdem war es eine langsame, mühsame Prozedur. Zur Mittagspause hatte sie erst zwei potenzielle Kandidatinnen. Eine war im Alter von 44 Jahren gestorben »nach langem Kampf gegen ihre Krebskrankheit. Die geliebte Frau von Trevor, Mutter von Greta, Gwyneth und Gordon, Großmutter von Adele. Sie fehlt ihren Freunden vom Fleece Darts Team sehr.« Ihre blonde Haarfarbe sah aus, als hätte sie aus einer Flasche gestammt. Carol glaubte auch nicht, dass ein Mörder mit der Neigung zum Kontroll-Freak, die Tony skizziert hatte, seiner Frau erlauben würde, Mitglied in einem Darts-Team zu sein.
Die andere war auf den ersten Blick vielversprechender. Die fünfunddreißigjährige Frau war mit ihren zwei kleinen Kindern bei einem Auffahrunfall auf der M 62 gestorben. Carol schätzte bei ihrer Haarfarbe, dass sie eine echte Blondine war. Es hatte keine Todesanzeige gegeben, nur einen Nachrichtenartikel über den Unfall. Bei dem Unfall am späten Abend wurden ein Lkw-Fahrer schwer und zwei andere Personen leicht verletzt. Ein Augenzeuge sagte, dass der Lkw anscheinend ohne Vorwarnung über die äußere Fahrbahn geschlingert und in die Leitplanke gerast sei. Das Foto von der Frau zeigte sie mit einem Baby auf dem Schoß und einem Kleinkind, das sich an sie schmiegte. Carol kam es so vor, als sehe sie nicht sehr entspannt aus. Aber wenn Menschen auf Fotos posierten, war das ja oft so.
Laut einem kurzen Anschlussartikel in der Ausgabe des nächsten Tages wollte die Frau mit ihren Kindern die Groß-

eltern in York besuchen. Ironischerweise war sie abends losgefahren, um den Verkehr zu meiden. Dies sagte ein Polizeisprecher, der den üblichen Sermon brachte, wie gefährlich es sei, wenn man übermüdet fahre.

Carol konnte die Nachrichtenartikel in der Online-Ausgabe nicht finden, also nahm sie Fotokopien mit. Sie beschloss, den Hund spazieren zu führen und dann zurückzukommen und noch einen Monat durchzuschauen. Das wären dann zusammen drei. Sie meinte, das gehe weit genug zurück.

Sie war erleichtert, draußen an der frischen Luft zu sein, und Flash zeigte ihre Freude bei Carols Rückkehr durch begeistertes Schwanzwedeln und eine lange rosa Zunge, die sich dem Gesicht ihrer Besitzerin näherte. Carol wich ihr mit einem Ausruf des Abscheus aus und ließ sie frei laufen. Nach zehn Minuten zügigen Gehens kamen sie zum Minster Basin. Carol band Flash an einen Tisch vor einem der Pubs und ging hinein, um sich ein Glas Wein, eine Schüssel mit Wasser und eine Tüte Chips zu holen. Sie gab dem Hund Wasser und machte halbe-halbe mit den Chips. Als sie den Blick ziellos über die Boote in der Marina schweifen ließ, hielt sie plötzlich inne, als sie ein Achterschiff sah, das sie kannte. Es konnte keine zwei Boote mit diesem Namen geben, noch dazu genauso bemalt. Wie in Gottes Namen hatte Tony es fertiggebracht, das Kanalboot von Worcester nach Bradfield zu bringen? Ein Mann, der es kaum von seiner Haustür zur Arbeit schaffte?

Während sie noch zu dem Boot hinstarrte, kam ein stämmiger Mann mit rasiertem Schädel und einem eng sitzenden Anzug aus wenig kleidsamem, glänzend grauem Stoff rückwärts aus der Hauptluke heraus. Er trug einen Laptop, dessen Verbindungskabel hinter ihm herschleifte. Er stolperte an Land und stellte den Computer in den Kofferraum eines Toyota. Dann kehrte er zum Boot zurück. Entweder wurde bei Tony gerade eingebrochen, oder das hier war Fieldings Suchteam. Welches von beiden, war ihr egal, aber es könnte ihr Spaß machen, sie zu erschrecken.

Sie machte den Hund los, und die beiden gingen über das Straßenpflaster auf das Boot zu. Zuerst zögerte der Hund, aber nachdem Carol ihn angespornt hatte, sprang er an Bord, gefolgt von seiner Besitzerin. »Hallo?«, rief Carol.

Fast sofort erschien der Glatzkopf wieder, das rote Gesicht finster dreinblickend. »Wer zum ...« Und dann dämmerte es ihm, er hatte sie erkannt und schaute über die Schulter. »Harry?«

»Was machen Sie auf dem Boot meines Freundes?«, fragte Carol. Flash stieß hilfsbereit zwei kurze Beller aus.

»Wir sind ...« Dieses Mal war sein Rufen hektischer. »Harry?«

»Was?«, kam eine Stimme von unten.

Das Gesicht des Glatzkopfs legte sich in Falten, so strengte er sich an, um darauf zu kommen, was er sagen könnte. Schließlich entschied er sich für: »Hier ist DCI Jordan.«

»Ex-DCI Jordan« erinnerte ihn Carol nachsichtig. »Sie haben immer noch nicht erklärt, wer Sie sind und was Sie auf Dr. Hills Boot machen.«

»Wir haben einen Durchsuchungsbefehl«, sagte eine nasale Stimme, die nach Liverpool klang.

»Darf ich ihn sehen?«, fragte Carol zuckersüß. »Und Ihren Ausweis?«

Der Glatzkopf wandte sich von ihr ab und tauschte ein paar gemurmelte Worte mit seinem Kollegen. Dann drehte er sich zu ihr um und zeigte zwei Ausweise und einen Durchsuchungsbefehl. Carol musterte sie kurz und gab sie ihm zurück. »Danke. Man kann ja nicht vorsichtig genug sein dieser Tage. Schade, dass Sie die Fahrt umsonst gemacht haben«, fügte sie hinzu.

»Wie meinen Sie das, umsonst?« Der Glatzkopf war misstrauisch.
Carol lächelte. »Sie wird ihn freilassen müssen. Ihre Beweisführung fällt in sich zusammen.« Sie schüttelte den Kopf. »Sie hätten das MIT niemals auflösen sollen.« Dann wandte sie sich ab und sprang an Land, der Hund hinterher. Erbärmlich, eigentlich, aber es hatte sie amüsiert. Ein angenehmes Zwischenspiel, bevor sie wieder zur Bibliothek zurückkehrte.
Um halb vier hatte sie noch eine in Frage kommende Frau hinzugefügt. Eine weitere Blondine, deren Haarfarbe echt aussah und die mit dreiunddreißig an Krebs gestorben war. Unverheiratet, aber laut Todesanzeige mit einem Partner. Drei Schwestern und zwei Brüder, eine ganze Menge Nichten und Neffen. Carol vergewisserte sich, dass sie die Seite auf ihren Laptop kopiert hatte, und packte dann ihre Sachen zusammen.
Die Frage war nun, was sie mit den Ergebnissen ihrer Nachforschungen machen sollte. Es brachte nichts, sie Bronwen oder auch Paula mitzuteilen. Das war etwas, worüber Tony nachgrübeln sollte. Sie fragte sich, ob der Sergeant in der Skenfrith Street ihr erlauben würde, mit Tony in ihrer angenommenen Rolle als Assistentin seiner Anwältin zu sprechen. Es gab nur eine Möglichkeit, das herauszufinden.

62

Der Stradbrook Tower war der letzte Missgriff der sechziger Jahre, den der Stadtrat sich geleistet hatte. Paula schätzte, dass er die letzte Kommunalbehörde des Landes war, die einen riesigen Wohnsilo für Sozialhilfeempfänger in Auftrag gegeben hatte. Der Tower war für die Bewohner mehr als zehn Jahre lang die Adresse der letzten Zuflucht gewesen, aber in den frühen achtziger Jahren hatte die Stadt den Versuch aufgegeben, ihre Mieter zum Einzug in die von Feuchtigkeit und Kondenswasser ruinierten Wohnungen zu zwingen. Der Hochhauskomplex stand ein paar Jahre leer, dann war einem hellen Kopf im Bauamt aufgefallen, dass er gar nicht weit von dem sich immer mehr ausbreitenden Campus der Bradfield University entfernt war. Man kam zu einem Entschluss und ließ sechs Monate Renovierungsarbeiten durchführen; jetzt waren die Wohnungen von Hunderten von Studenten bewohnt.
Bei den Einheimischen war das immer noch ein wunder Punkt, denn sie fanden, und das war nicht unvernünftig, dass man die Wohnungen für sie hätte herrichten können statt für die privilegierten Sprösslinge der Mittelklasse. Oder die verzogenen reichen Scheißkerle, als die sie sie lieber betrachteten. Und so war die Gegend um das Hochhaus immer wieder zum Schauplatz ritueller Brandstiftungen, dem Anzünden geklauter Autos, geworden.
Von der Stelle, wo Paula stand, konnte sie drei ausgebrannte

Autowracks sehen. Das ganz in ihrer Nähe hatte Bev McAndrew gehört.
Das System der automatischen Kennzeichenerkennung hatte es kurz nach zwei Uhr nachmittags aufgespürt, als es in rasendem Tempo den Parkplatz am Bradfielder Hauptbahnhof verließ. Bis die Polizei verständigt war, hatte es schon die Stadtmitte passiert, fuhr an der Universität vorbei und nahm Kurs auf den Stradbrook Tower. Die Zentrale hatte den nächsten Streifenwagen informiert; der kam noch rechtzeitig, dass die Polizisten zwei Jungen mit über die Köpfe gezogenen Kapuzen aus dem Wagen springen, brennende Molotowcocktails hineinwerfen und sich davonmachen sahen.
Flammen schlugen aus dem Auto, und bevor die Verkehrspolizisten auch nur ihre kleinen Feuerlöscher aus der Halterung genommen hatten, explodierte es mit einem dumpfen Knall. So etwas kam so häufig vor, dass niemand auch nur auf seinen Balkon hinaustrat, um zuzusehen.
»Jetzt ist es aus mit unserem Spurenmaterial«, sagte Fielding. »Die Gauner.«
»Aber nicht durch das Zutun von Tony Hill«, betonte Paula.
»Das wissen wir nicht«, sagte Fielding mit finsterem Gesicht. »Wir wissen nicht, was er von Carol Jordan hat in Gang setzen lassen.«
Paula musste sich anstrengen, ihre Verachtung zu verbergen. »Carol würde nie im Leben Beweise zerstören«, sagte sie. »Das wäre ein Verrat an allem, woran sie glaubt.«
»Ist das nicht auch die Zusammenarbeit mit Bronwen Scott? Wer mit Hunden zu Bett geht, steht mit Flöhen wieder auf.«
Fielding machte auf dem Absatz kehrt und ging zu den belämmert dreinschauenden Verkehrspolizisten hinüber. »Finden Sie heraus, wer diese Strolche sind«, verlangte sie. »Ich will wissen, woher sie erfahren haben, dass sie dieses Auto klauen sollten.«

Carol war nicht daran gewöhnt, in einer Polizeidienststelle einen Besucherausweis zu tragen. Als sie in der Skenfrith Street ankam, fühlte es sich einfach nicht richtig an, dass sie sich eintragen und warten musste, bis jemand kam, um sie vom Schalter aus zu begleiten, und dass sie nur dorthin gehen durfte, wohin sie geführt wurde. Zumindest war sie vernünftig genug gewesen, vorher in Bronwen Scotts Büro anzurufen, damit man ihr den Weg ebnete für den Gefangenenbesuch, den sie ganz allein abstattete. Das hatte ihr wohl, so vermutete sie, einiges an Demütigung erspart.

Während sie in dem winzigen, stickigen Raum wartete, in dem sie am Abend zuvor gesessen hatten, fuhr sie den Laptop hoch und rief die Informationen zu den Frauen in den Todesanzeigen auf. Sie nahm die Fotokopien der Nachrichtenartikel heraus und legte sie daneben. Dann trommelt sie mit den Fingerspitzen leise auf die blanke Metallfläche neben dem Mousepad. Als ihr bewusst wurde, was sie da tat, wurde sie ungehalten mit sich selbst und hielt abrupt inne. Es gab keine Notwendigkeit und keinen Grund, nervös zu sein. Was immer ihre gemeinsame Vergangenheit war, es gab keine Zukunft für sie und Tony. Sie tat dies einfach nur, damit Paula nicht in einen Justizirrtum verwickelt wurde, der ihre Karriere zerstören würde. Es ging hier nicht um Tony. Sachlichkeit und Können, das war jetzt gefragt. Nicht das nervöse Herumhampeln eines Teenagers.

Die Tür ging auf, und Tony kam herein. Wie bei allen Gefangenen in Arrestzellen hatte sein Äußeres schon den Abstieg begonnen und sich von der respektablen Normalität entfernt. Das Haar war zerzaust und ungekämmt. Er hatte nach einem Tag ohne Rasur einen Stoppelbart, eigenartig zusammengestückelt aus mickrigen dunklen und silbrig grauen Flecken. Er war nicht mehr jung, der Gedanke durchfuhr sie und machte sie traurig. Denn das hieß, dass dasselbe auch auf sie zutraf. Seine Kleidung war zerknittert und zerknautscht, und er ähnelte jetzt schon mehr einem Kriminellen, als der Durchschnittsbürger das tut.

Als er sah, dass Carol allein gekommen war, erhellte sich seine Miene. »Schön, dich zu sehen«, sagte er. »Es war ja nie ein Problem für mich, allein zu sein, aber die Zeit vergeht so langsam, wenn man nichts zu lesen hat.«

»Und keine Computerspiele zum Spielen.« Sie klang nicht umgänglich, ließ keine Möglichkeit, ihre Bemerkung als freundlich zu interpretieren. »Ich habe das Zeitungsarchiv durchgeschaut. Natürlich ist es nicht endgültig ...«

»Aber fast jede Familie setzt noch eine Todesanzeige in die Zeitung. Die Bestattungsunternehmen regen das an, und es ist eine kurze, praktische Möglichkeit, Freunde und Kollegen über die Einzelheiten der Bestattung zu unterrichten.«

»Und die *Sentinel Times* veröffentlicht in ihrer Online-Ausgabe Fotos.«

Er grinste. »Natürlich. Ich fragte mich schon, wie du die Blondinen aussortieren würdest. Das hatte ich vergessen. Stell dir vor, was für eine schreckliche Arbeit das bis vor kurzem gewesen wäre, die Hinterbliebenen anzurufen und zu fragen: ›War Ihre Frau blond? Und war ihre Haarfarbe natürlich?‹«

Sie konnte ein ironisches Lächeln nicht unterdrücken. Im Lauf der Jahre hatte sie an einigen haarsträubenden Befragungen teilgenommen, weil das manchmal die einzige Möglichkeit war, sich die Informationen zu beschaffen, die sie brauchten. Über bestimmte Fortschritte der Technik war sie also nicht unglücklich. »Es gibt zwei Todesanzeigen und eine Nachrichtenmeldung, die mir zu passen schienen.« Sie drehte den Laptop herum und schob die Fotokopien zu ihm hinüber.

Er las alles einmal durch und dann noch einmal langsamer. Er rieb sich das Kinn, und das Schaben der Stoppeln auf seiner Hand war deutlich zu hören. Dann schubste er die Foto-

kopien wieder zu Carol hinüber. »Keine Todesanzeige, die dazu passt?«
Sie schüttelte den Kopf. »Zumindest hab ich keine gefunden. Ihre Eltern leben aber in York. Vielleicht war es also in der Lokalzeitung dort.«
Tony schaute grimmig drein. »Wenn es eine gab, dann wird sie von den Eltern reingesetzt worden sein. Nicht von ihrem Mann.«
»Wie kommst du darauf?«
»Ich glaube, das hier ist die Richtige.«
»Wieso?«
Er schob den Laptop so, dass sie beide den Bildschirm sehen konnten. »Zuerst mal die hier. Sie hatte genug Freiheit, um rauszugehen und in einem Pub Darts zu spielen. Wenn ich recht habe, ist dieser Typ ein Kontroll-Freak. Er würde sie nie mit anderen Frauen ausgehen und mit ihnen verkehren lassen, ohne dass er dabei ist.«
»Das dachte ich auch. Und die andere Todesanzeige?«
»Schau dir ihre Familie im weiteren Sinn an. Fünf Geschwister und eine ganze Fußballmannschaft aus Nichten und Neffen. Offensichtlich eine eng zusammenhängende Gruppe von Geschwistern. Ein Mann, der so beherrschend ist, will, dass sein Opfer isoliert ist, nicht, dass es im Mittelpunkt einer intimen Familiengruppe steht.«
»Wir wissen nicht, ob sie engen Kontakt hatten«, warf Carol ein.
»Das wissen wir nicht, stimmt. Es ist aber eine vertretbare Annahme. Selbst wenn es nicht so wäre, würde der Mörder, den ich mir vorstelle, ihre Existenz nicht anerkennen. Er würde sie überhaupt nicht in der Todesanzeige nennen. Nein, Carol«, er zeigte mit dem ausgestreckten Finger auf die Fotokopien, »geh dem hier nach. Keine Todesanzeige. Kein Wort von dem trauernden Witwer.«

»Vielleicht war er zu überwältigt von der Trauer?«
Tony zuckte die Schultern. »Möglich ist es. Aber schau dir dieses Foto an. Sie ist total angespannt.«
»Manche Leute mögen es nicht, fotografiert zu werden.«
»Sie lässt sich mit ihren Kindern fotografieren. Die meisten Frauen sind so damit beschäftigt, wie die Kinder aussehen und ob sie sich benehmen, dass sie ihre eigene Befangenheit ablegen. Ich glaube, sie ist ängstlich. Ich würde so weit gehen zu sagen, verstört. Diese Art von Ausdruck sieht man auf den Gesichtern von Missbrauchsopfern. Voller Angst, einen Fuß falsch aufzusetzen, die Wut zu provozieren, die immer lauert.«
»Ich meine, du liest eine Menge in ein Foto hinein.« Ohne auch nur darüber nachzudenken, war Carol mit Tony in ihr altes Muster zurückgefallen.
Sie war der Prüfstand für seine Ideen. Er warf sie ihr zu, und sie stupste und rollte sie prüfend hin und her und erklärte sie für geeignet. Oder eben nicht.
»Es ist ein kleiner Ausschnitt aus einem größeren Bild, Carol. Wer macht sich nach elf Uhr abends mit zwei kleinen Kindern auf den Weg, um nach York zu fahren? Um Eltern zu besuchen, die auf jeden Fall die erste Jugendblüte hinter sich haben und wahrscheinlich zu der Zeit lieber im Bett lägen?«
»Da steht, dass sie den Verkehr meiden wollte.«
»Wenn man dem Verkehr ausweichen will, fährt man um acht, nicht um elf«, spottete Tony. »Um elf fährt man mit den Kindern los, weil man um sein Leben fürchtet.«
Während der folgenden Pause dachte Carol über seine Worte nach. Schließlich sagte sie: »Es ist ziemlich weit hergeholt.«
Seine Schultern sackten herab. »Es ist immer verdammt weit hergeholt. Aber das hat sich öfter ausgezahlt, als ich verdientermaßen erwarten darf. Carol, ich bin in diesem verfluchten ekelhaften Loch hier eingesperrt. Mir werden zwei Morde

vorgeworfen, die ich nicht begangen habe. Wenn weit hergeholt das Einzige ist, was ich habe, dann nehm ich das.«
»Das verstehe ich. Aber es ist wahrscheinlich Pfeifen im Walde.«
Seine Maske fiel, und sie erhaschte einen Blick auf seine Verzweiflung. »Carol, du musst mir helfen. Aus welchem Grund auch immer will Fielding mich wirklich drankriegen. Und ich kenne niemanden, der eine größere Chance hätte als du, mich hier rauszuholen. Ich weiß, du gibst mir immer noch die Schuld für Michael und Lucy. Aber ich habe nichts dazu beigetragen. Ja, ich habe einen Fehler gemacht, habe meinen Aufmerksamkeitsradius zu sehr eingeengt. Und glaub mir, niemand könnte mir deswegen härter zusetzen, als ich das selbst tue. Aber ich glaube nicht, dass ein vernünftiger Mensch Vances Pläne zu diesem Zeitpunkt hätte durchschauen können. Ich glaube nicht, dass es einen anderen Profiler gibt, der es begriffen hätte. Ich habe mein Bestes getan, und es ging daneben. Glaub nicht, dass ich das nicht weiß.« Seine Augen glänzten tränenfeucht, seine Gefühle ließen seine Stimme brüchig klingen. »Carol, du warst und bist, seit ich dich kennengelernt habe, der wichtigste Mensch in meinem Leben. Ich würde alles für dich tun. Ich hätte mich für Michael geopfert, um deinetwillen.« Er lächelte ironisch. »Für Lucy allerdings vielleicht nicht.«
Seine Worte wühlten sie auf. Trotz ihrer Entschlossenheit, nicht einen Zentimeter nachzugeben, brachte der schwarze Humor in ihr etwas zum Klingen. »Sei doch kein Klugschwätzer«, sagte sie, überrascht, dass ihre eigene Stimme heiser klang.
»Wir alle machen Fehler, Carol. Manche sind folgenreicher als andere. Aber ich verdiene es nicht, dich zu verlieren«, sagte er und breitete bittend die Hände aus.
Abrupt schlug sie den Laptop zu und schnappte ihn sich. »Ich

werde mich darum kümmern«, warf sie schroff hin, stand stolpernd auf und ging auf die Tür zu. Sie war nicht bereit, ihm wieder Zutritt zu ihrem Leben zu gewähren. Nicht jetzt und später auch nicht. Egal, was er sagte. Egal, wie gut er ihre Gefühle manipulierte. Denn das war es, was hier vor sich ging. Es war keine Wirklichkeit. Nur Tony, der zu seinem eigenen Nutzen mit ihr spielte. Es änderte nichts. Michael und Lucy waren nach wie vor tot. Aber sie würde ihm zeigen, dass sie ein besserer Mensch war als er. Sie würde das Richtige tun, weil es das Richtige war. Nicht um seinetwillen. Sondern der Sache zuliebe.
Carol konnte sich nicht daran erinnern, die Polizeidienststelle verlassen zu haben. Der Nebel lichtete sich, als sie am Land Rover ankam. Sie stieg hinein, legte die Unterarme auf das Steuerrad, starrte geradeaus und versuchte sich zu fangen. Nach einigen Minuten hatte sie sich so weit gefasst, dass sie ihr Handy herausnahm und eine SMS an Stacey schickte.
ALLES, WAS DU FINDEN KANNST ÜBER GARETH TAYLOR AUS DEM ORT BANHAM. BALDMÖGLICHST.
Jetzt hieß es einfach warten.

Ein Moment mit einer guten Idee war nie genug bei der Polizeiarbeit. Im Allgemeinen kam danach die mühevolle Plackerei des Befragens und Nachprüfens. Und manchmal zahlte sich das dann aus. Paula mochte sich die Anerkennung gesichert haben, indem sie die Idee eines tragbaren Narkosegeräts in die Ermittlung einbrachte, aber ein fleißiger Constable musste den ganzen Tag am Telefon sitzen und sich abstrampeln, bis er mit der heißesten Spur aufwarten konnte.
Begeistert wie ein kleiner Junge, der die Schnitzeljagd gewonnen hat, kam er zu Paulas Schreibtisch gerannt. »Ich habe ein gestohlenes tragbares Narkosegerät für Sie!«, rief er und wedelte mit einem Blatt Papier.

Unwillkürlich hob sich sofort ihre Stimmung. Manchmal kam einem die geringste Bewegung in einer Ermittlung wie ein Riesenschritt vor. »Gute Arbeit. Wo wurde es geklaut?«
»Vor fünf Wochen war an der Universität von Manchester eine Tagung der Rettungsdienste. In einer Ausstellungshalle zeigten die Hersteller an ihren Ständen ihre Geräte. Alles von Rettungswagen bis zu Satelliten-Funkgeräten. Und eine Firma, die tragbare Anästhesiegeräte produziert, hatte eins, das ein bisschen zu mobil war, wenn Sie wissen, was ich meine?«
Er grinste sie an, als er ihr die Angaben zu der Ausstellung reichte. »Es verschwand über Nacht von ihrem Stand. Sie hatten damit vor Ort demonstriert, wie es funktioniert.«
»Wurde es uns gemeldet?«
Er schüttelte den Kopf. »Die Veranstalter der Tagung sagten ihnen, das bringe nichts. Sie bekamen die Ausstellungsgebühr zurück, damit die Firma keinen Verlust hatte, und die Veranstalter vermieden so die peinliche Situation, dass in der Ausstellung überall Polizisten herumliefen. Deshalb erschien die Sache nirgends in unseren Unterlagen.«
»Phantastisch. Gut gemacht. Und hatte irgendjemand eine Ahnung, wer es geklaut haben könnte?« Schon während sie es aussprach, wusste Paula, dass das eine überzogene Hoffnung war.
Jetzt war er sichtlich bestürzt. »Sollten sie einen Verdacht haben, verraten sie es jedenfalls nicht.«
»Haben Sie einen Übersichtsplan von der Ausstellung?«
Er hob überrascht die Augenbrauen. »Natürlich. Nein. Daran hab ich nicht gedacht. Ich werde einen besorgen.«
»Und eine Liste der zugelassenen Teilnehmer. Noch eins – was ist mit den Gasen, die in dem Gerät eingesetzt werden? Hat der Dieb sie auch mitgenommen?«
Er nickte. »Offenbar war das Gerät gefüllt mit den richtigen Substanzen. Ziemlich dumm, wenn Sie mich fragen.«

Paula seufzte. »Wenn man nicht erwartet, einem Verbrechen zum Opfer zu fallen, vernachlässigt man manchmal vernünftige Vorkehrungen. Trotzdem, tolle Arbeit. Wenn Sie den Plan von der Ausstellung haben, zeigen Sie ihn mir. Und die Liste der Tagungsteilnehmer und Aussteller.«

Er ging; bei der Aussicht, etwas Nützliches zu tun zu haben, war sein Elan wiederhergestellt. Wenn der Constable seine Aufgabe erledigt hatte, würde sie Fielding überzeugen müssen, dass man überprüfen sollte, ob Tony möglicherweise die Tagung oder die Ausstellung besucht haben konnte. Paula konnte nur hoffen, dass er ein hieb- und stichfestes Alibi für die in Frage kommenden Tage haben würde. Es war schade, dass sie ihrer Chefin nicht verraten konnte, wer letztendlich den Anstoß zu dieser neuesten Entwicklung gegeben hatte. Zu zeigen, wie nützlich Tony für die Ermittlungen war, könnte Fielding daran erinnern, dass er für die Bradfielder Polizei von großem Wert wäre – aber es war vermutlich nicht der beste Weg, Paulas Karrierechancen zu verbessern.

63

Es war immer schon toll gewesen, wie schnell Stacey arbeitete. Dass sie jetzt bei der Arbeit nicht unter Hochdruck stand, hatte ihren Fertigkeiten Gott sei Dank nichts anhaben können. Innerhalb einer Stunde, nachdem Carol ihr die SMS geschickt hatte, antwortete Stacey mit einem Link zu einer App in der Cloud. Carol klickte den Link an und kam so zu den Früchten von Staceys Recherchen.
Unter Gareth Taylors Namen war eine Liste: Geburtsdatum, Sozialversicherungsnummer, Angaben zum Führerschein, Passnummer, Adresse, amtliches Kennzeichen seines Wagens, Bankdaten und aktueller Kontostand und der Name seines Arbeitgebers, Tellit Communications. Er war nicht vorbestraft und hatte einen erstklassigen Abschluss in Informatik. Fotos aus seinem Antrag für einen Pass und seinen Führerschein kamen als Nächstes. Dann eine separate Liste von Einzelheiten zu seiner kürzlich verstorbenen Frau. Stacey hatte eine Notiz hinzugefügt: KANN KEIN BRITISCHES BANKKONTO FINDEN. NACH DER EHESCHLIESSUNG KEINE ANSTELLUNG. BELEGE VOM NATIONALEN GESUNDHEITSDIENST FÜR BEIDE FOLGEN SPÄTER. Am Ende des Berichts stand eine weitere Notiz von Stacey.

> Tellit ist mehr als nur eine Telefongesellschaft. Die Firma befasst sich mit einer großen Bandbreite elektronischer Kommunikation. Zu ihren Aufgaben gehören die Kommunikationssysteme,

die von der automatischen Kennzeichenerkennung genutzt werden, und auch eines der wichtigsten Systeme der Feuerwehr und der Rettungsdienste. Durch seine Arbeit bei Tellit könnte GT Zugriff auf eine große Bandbreite von Daten haben. Der Job, den er tatsächlich innehat, scheint für seine Fähigkeiten ziemlich bescheiden. Aber manchmal wird das durch die Vorteile des Zugriffs auf Daten aufgewogen!

Carol las die Notiz mit wachsender Erregung. Ein plausibler Verdächtiger. Sie wusste nicht viel über Gareth Taylor, aber er erschien ihr jetzt schon als möglicher Mörder wahrscheinlicher als Tony. Sie schickte den Link an Paula weiter und fügte eine Bemerkung hinzu: AUTOMATISCHE NUMMERNSCHILDERKENNUNG BITTE ÜBERPRÜFEN, OB TAYLORS FAHRZEUG IN DER NÄHE DER ABLAGEORTE ODER DER WOHNUNGEN UND ARBEITSPLÄTZE GESEHEN WURDE. WERDE TAYLORS BÜRO BEI TELLIT / SEIN HAUS ÜBERWACHEN.
Die Adresse, die Stacey als Gareth Taylors Arbeitsplatz angegeben hatte, lag auf der anderen Seite der Innenstadt, also beschloss Carol, auf einen anderen Parkplatz zu wechseln. Aber vorher rief sie Stacey an. »Großartig hast du das gemacht«, sagte sie, sobald Stacey abnahm. »Gibt es bei Tellit einen Mitarbeiterparkplatz?«
»Ich melde mich gleich wieder bei dir.«
Fünf Minuten verstrichen, während Carol rhythmisch auf ihr Steuerrad trommelte. Dann piepste ihr Handy. Die SMS von Stacey lautete: KEIN SPEZIELLER MITARBEITERPARKPLATZ. ABER VERBILLIGTE PARKGEBÜHR IM PARKHAUS IN DER RAMSHON STREET.
Zehn Minuten später fuhr Carol auf der Suche nach Gareth Taylors rotem BMW durch das Parkhaus. Sie fand ihn auf der dritten Ebene, konnte aber für sich keinen Platz mit Blick auf

seinen Wagen finden. Einen Augenblick stand sie bei laufendem Motor und fragte sich, was sie als Nächstes tun solle. Nachdem sie jetzt wusste, wo sein Fahrzeug war, konnte sie ja das Parkhaus verlassen und sich draußen hinstellen. Aber sie würde die Stelle vorsichtig auswählen müssen. Beim Verlassen des Parkhauses konnten die Fahrer links oder rechts abbiegen. Wenn sie so parkte, dass ihr Wagen in die falsche Richtung wies, könnte sie bei dem schrecklichen Wenderadius des Land Rover feststecken.
Sollte sie also weiter im Parkhaus kreisen und sich vorübergehend auf leere Plätze stellen, die eigentlich kein Parkraum waren?
Letzten Endes entschied sie sich für eine Gasse etwas weiter die Straße hinunter. Von dort konnte sie schnell genug herauskommen und hinter ihm herfahren, meinte sie. Der Land Rover war als Überwachungsfahrzeug denkbar ungeeignet, besonders mitten in der Stadt, aber der eine Vorteil, den er bot, war seine Höhe. Sie konnte mehrere Fahrzeuge hinter Taylor bleiben und sein Auto doch noch im Blick behalten. Und zu dieser Tageszeit bewegte sich der Verkehr in der Stadt sowieso nicht schneller als im Schneckentempo, sie würde ihn also an den Ampeln nicht verlieren.
Trotzdem wusste Carol, dass sie eine andere Lösung finden müsste, wenn die Überwachung auch nur etwas länger dauerte. Sie hatte das falsche Fahrzeug, ganz zu schweigen davon, dass sie im Halteverbot stand. Sie würde es nicht wagen, den Land Rover zu verlassen, denn sie könnte ein Knöllchen oder eine Parkkralle verpasst bekommen oder der Wagen könnte abgeschleppt werden. Jetzt wurde ihr langsam klar, wie viel sie als selbstverständlich hingenommen hatte, solange sie noch im Polizeidienst war. Wie zum Teufel schafften es Privatdetektive, eine effektive Überwachung zu bewerkstelligen?

Zum Glück für ihre Nerven musste sie nicht lange warten. Kaum zwanzig Minuten waren vergangen, als die rote Motorhaube von Taylors BMW an der Ausfuhrschranke anhielt. Er bog rechts ab, und Carol schloss sich ihm an, drei Wagen fuhren zwischen ihnen.

Durch die Stadt kamen sie nur langsam voran, im Berufsverkehr verstopfte der stetige Fluss von Bussen, Pkw, Transportern und Straßenbahnen das enge Straßennetz, das vor zwei Jahrhunderten für Pferde und Fuhrwerke gebaut worden war. Aber als sie die Innenstadt verließen und in die Vororte kamen, war dort weniger Verkehr, und Carol musste sich etwas mehr anstrengen, ihn im Blick zu behalten, ohne aufzufallen. Die Route, die Taylor eingeschlagen hatte, sah aus, als führe er nach Hause.

Carol überlegte, an welchem Punkt er in seinem Mordzyklus wohl gerade sein mochte. Hatte er ein weiteres Opfer im Auge? War schon eine weitere Frau eingesperrt? Es war klar, dass er sie eine Weile behielt, bevor er sie ermordete. Vielleicht war er jetzt auf dem Weg zu einem gefangen gehaltenen Opfer?

Die vorläufige Antwort auf ihre Frage erhielt sie kurz vor der Umgehungsstraße, als er in ein Baugebiet außerhalb der Stadt mit dem üblichen Angebot von Teppichlager, Schnellimbiss, Billiganbieter von Sofas, Läden für weiße Ware und Computer und einem Riesenbaumarkt einbog. Einen kurzen, unbehaglichen Augenblick lang war sie direkt hinter dem BMW. Sie blieb zurück, während er in einer weit entfernten Ecke des Parkplatzes parkte, und beobachtete dann, wie er durch die Autoreihen schlüpfte, um zum Eingang des Baumarkts zu kommen. Er hielt an, um seinen Schnürsenkel neu zu binden, und als er weiterging, sah sie, dass er leicht, aber merklich hinkte. Genau wie Tony.

»Ja«, flüsterte Carol triumphierend. Sie ließ den Land Rover

auf dem ersten freien Platz zurück und rannte ihm nach. Bis sie es durch die Tür geschafft hatte, war er verschwunden. Sie lief schnell zum Mittelgang, von wo sich zu beiden Seiten die Regale erstreckten, und ging, sich rundum umsehend, zügig dort entlang.
In der Abteilung für Schlösser und Haussicherheit entdeckte sie ihn; er studierte Vorhängeschlösser und Ketten. Es war schrecklich klischeehaft, aber sie vermutete, dass Klischees nur entstanden, weil sie ein Körnchen Wahrheit enthielten. Sie wandte sich dem nächsten Gang zu, näherte sich ihm von hinten und tat so, als sei sie an Messing- und Chrombeschlägen und Türgriffen interessiert. Er wandte den Kopf nicht, wählte ein schweres Vorhängeschloss aus und ging auf den hinteren Teil des Baumarkts zu.
Carol folgte ihm, hielt aber Distanz und war jederzeit bereit, sich zur Seite zu wenden und sich anzuschauen, was immer auf den Regalen lag.
Schnell merkte sie, dass er auf den Servicebereich zuging. Der Markt hier gehörte zwar zu einer anderen Kette als der Laden, in dem sie ihre eigenen Einkäufe für die Renovierung erledigte, aber alle hatten ja einen ähnlichen Grundriss. Taylor kannte sich offensichtlich gut aus; er ging geradewegs auf die Tür zu, die zu dem Bereich führte, wo man Holz zuschneiden lassen konnte. Er muss wohl auf Maß geschnittenes Holz bestellen oder abholen, dachte sie. Sie fand eine günstige Stelle, von wo sie, ohne sich verdächtig zu machen, die Tür beobachten konnte, und starrte mit leerem Blick auf Badarmaturen in einem Katalog.
Die Zeit verstrich, aber Taylor kam nicht wieder heraus. Zuerst war Carol nicht besorgt. Sie wusste aus Erfahrung, dass es eine Weile dauern konnte, bis die vom Kunden gewünschten Maße aufgenommen waren, besonders wenn man mehrere Holzstücke mit verschiedenem Maß in Auftrag gab. Aber

nach zehn Minuten begann sie unruhig zu werden. Etwas stimmte nicht.

Nachdem schließlich zwölf Minuten vergangen waren, betrat sie den Zuschneidebereich. Hinter dem Tisch stand ein Mann in der Kleidung des Baumarkts, der einen Stoß Papiere durchging und die einzelnen Blätter mit den Dokumenten auf einem Computerbildschirm verglich. Ein anderer Mitarbeiter stand an ein Gestell mit verschiedenen Holzarten gelehnt, tief in ein Gespräch mit Gareth Taylor vertieft. *Scheiße*. Carol ging zu einem Behälter mit Holzabfällen hinüber, als suche sie etwas Bestimmtes. Sie zog ein Stück Sperrholz heraus und gab vor, etwas auf ihrem Handy nachzuschauen, schüttelte missbilligend den Kopf, steckte es wieder hinein und ging hinaus. *Scheiße*.

Jetzt kehrte sie zu den Badarmaturen zurück und verfluchte sich wegen ihres Mangels an Geduld. Sie hätte nur zu warten brauchen, aber nicht mal das könnte sie. Tonys Worte gingen ihr durch den Kopf. »Wir machen alle Fehler, Carol. Manche sind folgenreicher als andere.« Sie verdrängte den Gedanken an ihn und hoffte, dass dies nicht einer der wirklich folgenreichen war.

Weitere fünfzehn Minuten verstrichen langsam. Und dann erschien der Mann, der hinter dem Tisch gestanden hatte, unter der Tür und griff nach oben, um einen stählernen Rollladen zu schließen. Wachgerüttelt eilte Carol zu ihm hinüber, als er sich hinkauerte, um das Gitter mit einem Vorhängeschloss zu sichern. »Machen Sie zu?«

Er schaute zu ihr auf. »Ja. Wir schließen um halb sechs. Wenn Sie noch Holz geschnitten haben wollen, werden Sie morgen früh wiederkommen müssen.«

»Verdammt«, sagte sie. »Sagen Sie mal, gibt es hier eine Laderampe, damit ich mein Holz nicht durch den ganzen Laden schleppen muss?«

Der Mann richtete sich auf. »Offiziell nicht, eigentlich«, sagte er. »Aber wir haben hinten ein Rolltor für Anlieferungen – und wir lassen die Leute herumfahren und aufladen.«
Sie wandte sich ab, ganz entkräftet vor Wut und Enttäuschung. Nicht nur hatte sie Taylors Misstrauen geweckt, sie hatte auch seine Spur verloren. Er hatte kapiert, dass sie sich für ihn interessierte, und hatte sie abgeschüttelt. Inzwischen konnte er überall sein und alles Mögliche machen. Und sie hatte nichts, das gegen ihn sprach, als ein Hinken und Tonys Theorie, die auf einer toten Ehefrau aufbaute. Selbst Bronwen Scott würde Mühe haben, daraus etwas zu machen.
Carol schlurfte zum Ausgang, ihr ganzes vorheriges Hochgefühl war verflogen. Vielleicht sollte sie Paula anrufen, und sie könnten beide zusammen austüfteln, was als Nächstes zu tun wäre. Aber wie die Dinge jetzt liefen, würde Carol, wenn überhaupt für Gerechtigkeit gesorgt wurde, keine rühmliche Rolle dabei spielen.
Zumindest musste man sein Fahrzeug auf einem Parkplatz nie suchen, wenn man einen Land Rover Defender fuhr. Die hohe Karosserie ragte über die Kleintransporter und die dicken, klobigen Allradwagen hinaus. Den Kopf gesenkt und noch immer in Gedanken steuerte sie darauf zu. Da der Parkplatz so voll und der Laden so gut besucht gewesen war, überraschte es, wie wenige Leute zu sehen waren. Eine Gruppe stand um den Imbisswagen herum, aber der größte Teil des Parkplatzes war leer. Erwartungsgemäß stand Gareth Taylors roter BMW nicht mehr dort, wo er geparkt gewesen war. Offensichtlich hatte sie ihn verloren.
Als sie auf den Land Rover zuging, hob Carol den Arm über den Kopf und drückte auf den Knopf, um die Tür zu entriegeln. Es war immer knifflig mit dieser Fernbedienung. Man musste direkt neben der Fahrertür stehen, bevor sie reagierte und die Schlösser mit einem Klick entriegelte. Sie beschloss,

den Hund schnell zum Pinkeln rauszulassen, bevor sie weiterfuhren, wohin auch immer sie als Nächstes wollten; deshalb wandte sie sich von der Fahrertür ab, um hinten um den Wagen herumzugehen.

Das war der einzige Grund, weshalb sie Gareth Taylor auf sich zukommen sah – mit einem Taser.

64

Carols Nachricht bedeutete für Paula ein Dilemma. Gareth Taylors Wagen mit dem System der automatischen Nummernschilderkennung aufzuspüren war an sich kein Problem. Aber in der überaus komplizierten Welt der heutigen Polizei und ihrer Regeln musste jede Suche begründet werden. Und irgendwann später würde sie erklären müssen, warum sie zu diesem Zeitpunkt diese bestimmte Suche angefordert hatte. Ein geistesgegenwärtiger Anwalt der Verteidigung könnte durchaus die Tatsache bemerken, dass sie eine Suche in die Wege geleitet hatte, als Gareth Taylors Name überhaupt noch nicht in der offiziellen Ermittlung aufgetaucht war. »Weibliche Intuition« würde es nicht bringen, das wusste sie.

Wie gewöhnlich, wenn sie mit unlösbaren Problemen konfrontiert war, suchte sie Zuflucht beim Nikotin. Sie schlich sich aus dem Einsatzzentrum und drückte sich in eine ruhige Ecke des Parkplatzes, inhalierte und dachte nach. Sie sah keinen Sinn darin, Fielding reinen Wein einzuschenken. Ihre Chefin hatte sich auf Tony Hill so eingeschossen, dass sie jeden Hinweis, der von ihm stammte, automatisch als schlecht zurückweisen würde. Aber wenn Paula ihre eigene Papierspur in ihrem Notizbuch hinterließ und als Quelle auf einen Wink der Verteidigung hinwies, könnte sie damit vielleicht durchkommen. Es würde jedoch eine Papierspur sein müssen, da sie keine SMS von Bronwen Scott in ihrem Handy gespeichert hatte, und Carol würde sie als ihre Quelle nicht angeben.

Zufrieden, dass ihr etwas eingefallen war, das sie absicherte, kehrte Paula in die Soko-Zentrale zurück und veranlasste die Suche mit dem Kennzeichenerkennungssystem. Weil sie so eng mit Fielding zusammenarbeitete, hinterfragte niemand ihre Befugnis, und die Datenrädchen fingen an, sich zu drehen. Sie wollte gerade ihre Chefin suchen, als DC Pat Cody etwas zu ihr herüberrief. »Hab hier was Komisches«, sagte er und tippte mit einem angekauten Kuli auf seinen Bildschirm.

»Was denn?«

»Wir haben eine routinemäßige Anfrage rausgegeben wegen Vermisstenmeldungen weiblicher Personen. Heute Nachmittag hat ein Typ angerufen. Die Zentrale hat die Einzelheiten an uns weitergegeben. Ich weiß nicht, ob es was mit uns zu tun hat, aber es ist eine Seltsamität, wie meine Oma immer sagte. Sein Name ist Rob Morrison, und er ist Produktionsleiter bei der Bradfielder Niederlassung von Tellit Communications.«

»Tellit?« Gareth Taylors Arbeitsstätte. Alles Ungewöhnliche in Verbindung mit Tellit ließ bei Paula die Alarmglocken schrillen.

»Die kennen Sie doch, die Mobiltelefon- und Netzwerk-Firma. Offenbar hat diese Woche eine neue Leiterin der Marketingabteilung dort angefangen, eine Frau, die Marie Mather heißt. Sie kam heute früh nicht zur Arbeit, aber einer der Mitarbeiter erhielt einen Anruf von ihrem Mann, der sagte, sie sei mit Verdacht auf geplatzten Blinddarm ins Krankenhaus eingeliefert worden. Dieser Morrison hat beschlossen, ihr Blumen zu schicken, deshalb rief er im Bradfield Cross an, um herauszufinden, auf welcher Station sie liegt. Und man hatte dort noch nie von ihr gehört. Er versuchte es mit dem Landeskrankenhaus, und dort sagte man ihm das Gleiche. Ihr

Handy ist abgeschaltet, keine Antwort an ihrem Festnetztelefon zu Hause, und unter der Nummer, die er für ihren Mann hat, meldet sich nur die Voicemail.« Cody kratzte sich mit dem oberen Ende seines Kulis am Kopf, dann steckte er ihn in den Mund wie eine Zigarre.
»Sie könnte krankfeiern. Sich einen schönen Tag machen mit ihrem Alten«, sagte Paula, glaubte aber keinen Augenblick daran.
»Das könnte sie, nur ist sie gerade in diesen wichtigen neuen Job eingestiegen. ›Strategisch‹ nannte ihn der gute Morrison. Und die Sache ist die: Sie ist einunddreißig, blond, blaue Augen, mittlere Größe und durchschnittlicher Körperbau, außerdem eine Frau mit guter beruflicher Qualifikation. Sie passt genau zu unserem Opferprofil.«
Paula spürte die plötzliche Erregung eines Adrenalinschubs. »Und das würde bedeuten, dass der Verdächtige, den wir hier in U-Haft haben, nicht der Mörder ist.« Bei dieser Erkenntnis konnte sie ein Lächeln nicht unterdrücken.
Cody verzog das Gesicht. »Nicht unbedingt. Ich habe diesen Morrison angerufen. Sie verließ ihre Arbeit etwa eine Stunde, bevor Hill hier eintraf. Wenn er sie eine Weile bei sich behält, bevor er sie tötet, hätte er sie versteckt haben können, bevor er hierherkam.« Jetzt war er an der Reihe zu lächeln. »Das ist doch genau die Dreistigkeit, die ein richtiger Serienmörder hätte, oder?«
»Nur im Kino«, sagte Paula missbilligend. »Haben Sie Fielding schon etwas davon gesagt?«
Er schüttelte den Kopf. »Es ist gerade reingekommen.«
»Okay. Schicken Sie zwei Uniformierte rüber zu ihrer Adresse, um nachzuschauen, ob Mr. und Mrs. Mather einen Tag blaumachen. Inzwischen erkundigen Sie sich bei der Aufnahme im Bradfield Cross. Vielleicht ist Mather ihr Mädchenname, und sie wurde unter ihrem Ehenamen registriert. Fragen

Sie nach, ob irgendjemand mit Verdacht auf geplatzten Blinddarm eingeliefert wurde. Wir wollen doch vorbereitet sein, bevor wir die Chefin damit belästigen.« Sie wusste nicht recht, was sie von dieser neuesten Information halten sollte. Aber wenn es auch nur die geringste Möglichkeit gab, dass sie Tony entlasten konnte, dann würde sie Marie Mathers Leben vollkommen auseinandernehmen.

Jahre praktischer Polizeiarbeit kamen Carol jetzt zugute; im Angesicht der Gefahr handelte sie intuitiv. Sie stieß einen durchdringenden Schrei aus und stürzte sich auf Taylor, mit dem Ziel, ihn zu Fall zu bringen. Aber er reagierte genauso schnell und löste den Taser aus, bevor sie die kurze Distanz zwischen ihnen überwunden hatte. Ihr Schrei brach plötzlich ab, aber ihr Schwung trug sie nach vorn, und er breitete die Arme aus, um sie abzufangen, bevor sie zu Boden fiel. Er taumelte von dem Aufprall, schaffte es aber, die Balance zu halten, und prallte seitlich gegen den Land Rover.
Taylor schaute sich schnell um, aber niemand schien sie zu beachten. Halb schleppte und halb trug er Carol zum Heck des Land Rovers, wobei er gedanklich die Möglichkeiten durchging. Sobald er die große Hecktür geöffnet hätte, wäre er vor neugierigen Blicken geschützt. Er konnte sie hinten reinwerfen und improvisieren. Wenn nichts da war, womit er sie fesseln konnte, würde er ihren Kopf auf den Boden stoßen und sie außer Gefecht setzen, bis sie in seiner Wohnung waren. Damit würde er der Schlampe zeigen, mit wem sie es hier zu tun hatte. Für wen hielt sie sich denn, verdammt noch mal, dass sie ihm durch die ganze Stadt folgte, als wäre er ein gewöhnlicher Verbrecher? Na ja, jetzt hatte er sie geschnappt. Bald würde er ihr zeigen, wer der Boss war. Es würde ein unerwartetes Vergnügen sein, herauszufinden, wer sie war und was sie eigentlich vorhatte.

Er langte nach oben und stieß den Türgriff hoch. Der bewegte sich nicht, und er ächzte leise vor Anstrengung. Während er sich noch mit dem Griff abmühte, gewann Carol die Kontrolle über ihre Gliedmaßen zurück. Ein paar Sekunden lang blinzelte sie immer wieder, während er versuchte, den Taser richtig herum in die Hand zu bekommen. Dann war sie plötzlich wieder bei vollem Bewusstsein. Der locker an ihrer Seite hängende Arm schoss hoch und versetzte Taylors Ohr einen weit ausholenden Faustschlag.

Er stieß einen gellenden Schrei aus, griff sich instinktiv an die Schläfe und ließ den Taser los.

Carol sah ihn zu Boden fallen, aber Taylor hielt sie noch an einem Arm gepackt, und sie hatte keine Chance, an die Waffe heranzukommen. Sie zog den Arm zurück und holte zu einem zweiten Schlag aus, er sah das jedoch kommen und packte sie am Handgelenk.

Aber Carol machte es nichts aus, sich mit derben Mitteln zu wehren. Sie zog den Kopf ein, schlug die Zähne in sein Handgelenk und hielt es so fest umklammert, wie sie konnte. Gleichzeitig stieß sie ihr Knie fest zwischen seine Beine und stellte zufrieden fest, dass es seine Eier getroffen hatte. *Scheißkerl, Scheißkerl, Scheißkerl.* Taylors Atem entwich mit einem langen, pfeifenden Geräusch, und er ließ sie los. Aber dabei stieß er ihr heftig die Faust in den Leib. Reflexhaft lockerte sie den Biss und schnappte nach Luft. Sie torkelten herum wie zwei nächtliche Trunkenbolde.

Carol ließ sich auf den Boden fallen und griff nach dem Taser. Aber er gab nicht auf. Als sich ihre Hand um den schwarzen Plastikgriff schloss, stampfte er brutal auf ihr Handgelenk, und ihre Hand wurde gefühllos. Er beugte sich über sie und entriss ihr den Taser. »Du Scheißschlampe«, keuchte er und betätigte den Abzug. Ihr Körper zuckte und zitterte und lag dann still.

Dieses Mal würde er die Tür des Land Rovers vorher aufmachen und sie dann erst hochheben. Er hantierte wieder angestrengt an dem Griff herum und stieß ihn hoch. Aber sobald der Riegel aufging, schwang die schwere Tür auf Taylor zu, und die Kante erwischte ihn mitten auf der Stirn. Er griff sich an den Kopf, taumelte und stolperte über Carols ausgestreckten Körper. Blitzartig flog ein schwarz-weißes Fellbündel durch die Luft, traf auf seine Brust und brachte ihn zu Fall. Taylor hörte das tiefe, Schrecken erregende Knurren eines feindseligen Hundes, während er auf dem Asphalt landete. Er nahm seine Hand von der Beule auf seiner Stirn und sah nur ein paar Zentimeter vor seinem Gesicht glänzende, weiße, gefletschte Zähne. Er schrie.
Angeschlagen, aber fast wieder im Besitz der Kontrolle über ihre Glieder, stemmte sich Carol hoch und rief so laut sie konnte: »Hilfe!« Was sollte sie jetzt bloß machen, verdammt? Sie hatte keine Handschellen, keine Amtsbefugnis. Taylor lag sich windend zu ihren Füßen und schrie Flash an, die ihn niederhielt, die Vorderpfoten auf seiner Brust, aus dem sabbernden Maul tropfte es auf sein Gesicht. Zwei der Männer lösten sich aus der Gruppe am Imbisswagen und rannten auf sie zu. Carol griff in den Land Rover und zog den schönen neuen Zweckenhammer, den sie erst vor ein paar Tagen gekauft hatte, heraus. Er war nicht schwer, aber sie wusste, dass sie damit schweren Schaden anrichten konnte, wenn sie musste. Mit der freien Hand zog sie ihr Handy heraus und rief Paula an. Sie hatte so eine komische Vorahnung, dass es heute Abend wieder mal spät werden würde.

65

Tag achtundzwanzig

Als Paula Carols Anruf bekam, verschwendete sie nicht viel Zeit mit Erklärungen. Sie rief nach Cody, rannte zu ihrem Wagen und ließ den Motor aufheulen, bis er sich neben sie setzte. Mit quietschenden Reifen raste sie vom Parkplatz. Anders als in den Polizeiserien im Fernsehen ließ sie die Katastrophe nicht ihren Lauf nehmen, bis sie es schaffte, persönlich vor Ort zu erscheinen. Sondern sie rief die Zentrale an und ließ einen Streifenwagen, der gerade in der Nähe des Baumarkts war, dorthin schicken.

Der Streifenwagen kam an und fand einen Mann in Panik vor, der neben einem Land Rover auf dem Boden saß und sein blutendes Handgelenk hielt. Eine wütende Blondine schwang einen Hammer, der eher wie ein Spielzeug aussah, und ein Taser ragte aus ihrer Jackentasche heraus. Neben ihr ein schwarz-weißer Hund, der die Zähne fletschte. Um sie herum stand im Halbkreis eine Gruppe von Typen in Daunenjacken und Fußballhemden, manche von ihnen mampften Hamburger.

»Hat sie mit 'nem Taser angegriffen«, erzählte einer von ihnen, als die zwei uniformierten Polizisten, die Hände auf ihren Einsatzgürteln zum Zugriff bereit, angefahren kamen.

Die Frau wandte sich halb um, und dem Fahrer, einem grauhaarigen Veteranen von der Verkehrspolizei, stockte der Atem. Er sagte: »DCI Jordan, Ma'am.«

»Bin ich nicht mehr«, sagte Carol. »Das ist Gareth Taylor. Ich

glaube, DS McIntyre will ihn im Zusammenhang mit zwei Morden vernehmen.«
»Das ist ja grotesk«, schrie Taylor. »Sie hat mich angegriffen, nicht andersherum. Wer hat denn den Taser, um Gottes willen?«
Alle ignorierten ihn außer dem Hund, der knurrte. Carol fuhr ganz ruhig fort: »Aber er hat gerade einen Überfall und eine versuchte Entführung begangen; ich schlage also vor, dass Sie ihm Handschellen anlegen und ihn in Ihren Wagen stecken, bis DS McIntyre hier ist.« Sie lächelte freundlich. »Nicht dass ich Ihnen sagen wollte, wie Sie Ihre Arbeit zu machen haben, Kollege.«
Das Gesicht des Verkehrspolizisten spiegelte ihr Lächeln wider. »Ich hätte es auch nicht besser ausdrücken können, Ma'am.« Er ging zu Taylor und wollte ihn auf die Füße stellen, aber der Mann beteuerte laut seine Unschuld und wehrte sich gegen den Polizisten. »Soll ich noch dazuschreiben, dass Sie sich der Verhaftung widersetzen?«, brummte der Polizist und riss ihn plötzlich an den Armen hoch, ohne sich um den Schmerzenslaut von Taylor zu kümmern. Er legte ihm ein Paar Handschellen an und gab sich keine Mühe, die blutende Bisswunde an seinem Handgelenk zu schonen. Dann führte er ihn vor sich her zum Streifenwagen, setzte ihn auf den Rücksitz und überhörte ohne große Anstrengung Taylors Litanei von Beschwerden. Carol setzte sich unter die offene Heckklappe des Land Rover und sah erleichtert aus. Der Hund sprang hoch zu ihr und leckte ihr Ohr, als wolle er sie trösten.
Die Polizisten gingen unter den Männern hin und her und ließen sich Namen und Adressen und aufs Nötigste reduzierte vorläufige Zeugenaussagen geben. Und da kam Paula mit Cody angefahren. Sie rannte praktisch zu Carol hin. »Alles in Ordnung?«

Carol nickte. »Alles klar. Schau dir die Kerle an, jetzt geht ihnen langsam auf, dass sie bei einem Vorfall dabei waren, für den sie im Pub auf Jahre hinaus Bier spendiert bekommen werden. Ich höre sie jetzt schon. ›Hab ich dir schon erzählt, wie ich es mit einem Serienmörder aufgenommen habe?‹ Aber der wirkliche Held ist der Hund. Flash hat mich gerettet.« Sie kraulte die Mähne des Tiers. »Ihr könnt ihn auf jeden Fall wegen Körperverletzung und versuchter Entführung kriegen, mindestens.«

»Gut gemacht«, sagte Paula. »Das ist alles, was wir brauchen, um Durchsuchungsbefehle für sein Haus und seinen Arbeitsplatz zu bekommen.«

»Selbst jemand, der so stur ist wie Fielding, kann das nicht ignorieren«, sagte Carol.

Paula schüttelte den Kopf. »Es sei denn, sie meint, dass sie unter einer Decke steckten, er und Tony.«

»Ich glaube, das wäre doch zu gewagt, selbst für sie.«

»Darauf würde ich mich nicht verlassen.«

»Wirst du ihn mitnehmen und befragen?«

»Cody soll ihn mitnehmen. Ich will bei dem Team sein, das die Hausdurchsuchung ...« Ihr Handy klingelte, und sie zog es heraus. Während sie zuhörte, wurde ihr Gesicht ernst. »Ich verstehe. Sie müssen DCI Fielding sofort verständigen, ich bin im Moment mit einer anderen Ermittlungsrichtung beschäftigt. Und sorgen Sie dafür, dass Tatortermittler einsatzbereit sind.« Paula legte auf, schloss die Augen und holte tief Luft.

»Ärger?«

»Dieser Fall wird immer schlimmer. Wir dachten, dass vielleicht eine dritte Frau vermisst sein könnte, deshalb habe ich einen Streifenwagen zu ihrer Adresse geschickt. Die Kollegen haben gerade durchgegeben, dass sie durch das Garagenfenster eine Leiche entdeckt haben, es scheint ein weißer Mann zu sein. Hört sich an, als hätte Marie Mathers Mann den Wünschen dieses Bastards im Weg gestanden.« Sie zeigte mit dem Daumen über die Schulter zu dem Streifenwagen. »Ihn zu überführen wird mir ein Vergnügen sein.«

In gewisser Hinsicht war Banham der letzte Ort, wo man erwarten würde, einen Serienmörder zu finden. Es lag zu beiden Seiten der Grenze zwischen Yorkshire und Lancashire und hatte seit dem Rosenkrieg seine Gefolgschaft mit jeder Umgestaltung der lokalen politischen Verhältnisse geändert. Graue Steinhäuschen bildeten ein enges Dreieck um den Dorfanger, an dessen Spitze eine normannische Kirche stand. Jenseits der Dorfmitte waren Häusergruppen, die sich im Lauf von dreihundert Jahren wie Geschwüre angelagert hatten, ein Stilmischmasch, der über die Jahrhunderte seinen eigenen unverkennbaren Charakter entwickelt hatte. Dank eines tiefen Tals, das das Dorf gegen den stärksten Vorstoß der Verstädterung abschottete, war es dem Schicksal entgangen, von der ausufernden Erweiterung Bradfields geschluckt zu werden. Banham war nicht sehr leicht für Pendler erreichbar, aber es war auf jeden Fall einer der begehrtesten Orte in der Gegend.

Andererseits war es, wenn man eine Frau ungestört gefangen halten wollte, eine viel bessere Wahl als irgendwo in der Stadt. Denn Banham war nur ein unechtes Dorf. Den Gemeinschaftssinn, der echte Dörfer zusammenhält, gab es dort nicht. Hier passten die Menschen nicht aufeinander auf. Niemand kannte die Verhältnisse des anderen. Keiner wusste, wann seine Nachbarn in Urlaub fuhren oder wohin. Es gab keinen Mittelpunkt, kein Pub, wo man ein Quiz organisieren konnte, kein Bürgerhaus, keinen Landfrauenverein oder Seniorenclub, keine Pfadfindergruppe. Die Cottages und Häuser standen getrennt voneinander, und man war ungestört. Es war ein Ort, in dem Leute wohnten, die Eindruck machen wollten. Es war auch ein Ort, wo niemand länger als ein paar Jahre gewohnt hatte.

Als Paula in das Dorf hineinfuhr, dachte sie, dass es ihr vielleicht früher einmal reizvoll erschienen wäre, an einem so anonymen Ort zu leben. Wo niemand wusste, dass sie Polizistin war, niemand Fragen wegen der Frauen stellte, die gelegentlich an Wochenenden zu ihrem Haus gefahren kamen und über Nacht blieben. Aber das war damals, als sie noch zuließ, dass die Kleinmütigkeit ihr Leben beeinträchtigte. Seit langer Zeit hatte sie sich nicht mehr so gefühlt. Und teilweise war das so wegen Carol Jordan und ihrer MIT-Gruppe.

Taylors Haus war nicht schwer zu finden. Es war ein Steinhaus wie die meisten Häuser in Banham. Obwohl es wahrscheinlich erst um die dreißig Jahre alt war, wirkte es gediegen und wohlproportioniert. Es dürfte für Gareth Taylor schwierig gewesen sein, sich das leisten zu können, es sei denn, dass er noch eine zusätzliche Einnahmequelle hatte. Der weiße Transporter der Spurensicherung stand in der Einfahrt, und ein BMW in der Farbgebung der Polizei parkte auf der Straße vor dem Haus. In der Einfahrt stand eine Gruppe von Gestalten in weißen Schutzanzügen herum, die wie angewiesen auf Paula warteten. Hier wollte sie bei jedem Schritt selbst dabei sein. Bis jetzt hatten sie gegen Taylor lediglich Indizien in der Hand. Ein Wagen, der wiederholt im Nummernschilderkennungssystem erschien, war interessant. Aber es war kein Beweis. Mit einem Taser bewaffnet zu sein und ihn gegen Carol Jordan einzusetzen war verdächtig, aber kein Beweis, besonders da sie ihm gefolgt war, was sie selbst zugegeben hatte. Dass er im selben Büro wie Marie Mather arbeitete, ließ einen Verdacht aufkommen, war aber kein Beweis. Dass er hinkte, verstärkte den Verdacht, war aber kein Beweis. Wenn sie es ehrlich und unvoreingenommen betrachtete, gab es im Mo-

ment immer noch eine größere Beweislast gegen Tony als gegen Taylor. Wenn sie Fielding wäre, würde sie wahrscheinlich Tony noch nicht freigeben.
Paula schlüpfte in einen Anzug, zog die Überschuhe an und nickte dann dem Polizisten zu, der die Ramme trug. Mit einer geschmeidigen Bewegung führte er einen wuchtigen Stoß gegen die schwere Haustür aus. Das Holz splitterte, das Schloss brach heraus, fiel klirrend zu Boden und hinterließ eine Kerbe im Parkettboden. Weiches Holz, das behandelt worden war, damit es wie Hartholz aussah, dachte sie. *Typisch Banham.*
Am Flur war nichts Auffälliges. Ein schöner Afghan-Läufer lag genau in der Mitte des Bodens. Auf einem Wandtisch standen eine Schale mit Schlüsseln und eine Vase mit echt aussehenden seidenen Wicken. Fotos mit glitzernden Wellen und spielenden Delphinen hingen an der einen Wand. Paula ging vorsichtig weiter. Eine Tür rechts führte in ein Wohnzimmer, das aussah, als wäre es für einen Artikel in einer Illustrierten eingerichtet worden. Manche mochten es ordentlich nennen, Paula fand es steril. Oberflächlich gab es nichts, das sie interessiert hätte. Aber sie würden darauf zurückkommen. Kein Stein, den sie nicht umdrehen würden. Und manche Steine waren auf jeden Fall vielversprechender als andere.
Als nächste Tür vom Flur aus kam das Esszimmer. Auch hier gab es wenige wohnliche Details. Der einzige persönliche Gegenstand im Raum war ein großes Brustbild von Taylor und zwei Kindern, das gegenüber der Tür hing. Keins der beiden Kinder sah besonders glücklich darüber aus, dass Daddys schwere Hand auf seiner Schulter lag. Paula wies sich zurecht, dass sie da etwas hineinprojiziere. Von einem Foto konnte man doch wirklich nicht viel ablesen.
Am Ende des Flurs führte ein Türbogen in die Küche. Paula stockte der Atem. Der Leiter der Spurensicherung neben ihr

fluchte leise. »Arrogantes Arschloch, hat offensichtlich nie erwartet, erwischt zu werden«, sagte er. »Schaut euch das an. Überall Spuren. Blut, Fingerabdrücke ... Da drüben beim Abfalleimer ein Klumpen Haare auf dem Boden. Und da – diese Eisenösen, die in den Türrahmen und die Wand geschraubt sind. Noch nie hab ich eine Küche gesehen, die so sehr wie ein Verlies aussieht.«
Paula blieb zurück, während die Kollegen von der Spurensicherung mit Blechplatten einen Pfad vorbereiteten, der die Beweismittel schützen und erhalten sollte. Das hier war ein zweischneidiges Ergebnis. Für sie als Ermittlerin war es ein Volltreffer. Als Mensch konnte sie es nur schweren Herzens mit ansehen. Jetzt konnte sie sich vorstellen, was ihre Bekannte hatte ertragen müssen, und das war ein schrecklicher Gedanke. Während sie wartete, schickte sie die anderen Kripobeamten nach oben. »Schauen Sie sich schnell um«, sagte sie. »Nur eine vorläufige Suche, um sicherzustellen, dass Marie Mather nicht im Gebäude ist.
Führt diese Tür zur Garage?«, fragte sie und zeigte auf den Türrahmen, an dem die Metallöse befestigt war.
Der Kollege schaute aus dem Fenster, um sich zu orientieren. »Sieht so aus. Wollen Sie mal schauen?«
»Es wird ja noch eine Frau vermisst, also ja. So bald es geht.«
Die letzten geriffelten Platten wurden ausgelegt und stellten nun einen Weg zur Tür dar. Der leitende Ermittler öffnete die Tür mit Schwung, und Paula trat über die Schwelle. Auf den ersten Blick war es eine normale Vorortgarage. Werkzeug und Gartengeräte hingen alle ordentlich an ihrem Platz. Eine Werkbank und ein Stapel Klappstühle für den Garten. Eine Tiefkühltruhe.
Und dann schaute man näher hin und sah die von der Rolle abgerissenen Stücke Klebeband von einem Regal hängen. Und die Blutspuren und etwas, das wie Haut aussah, die auf

dem rauhen Betonboden hängen geblieben war. Und die strategisch an drei Stellen festgeschraubten Eisenösen. »Oh, Scheiße, die Kühltruhe«, sagte Paula leise und war schon dabei, die Garage zu durchqueren.
»Warten Sie«, rief der Mann von der Spusi. »Sie verderben die Beweise.«
»Da ist eine Frau in der Gefriertruhe!«, rief Paula über ihre Schulter zurück und lief los. Sie riss den Deckel auf. Die Gummidichtung löste sich und klang laut wie Donner in ihren Ohren. Und da lag Marie, in Embryonalstellung zusammengekauert, in einer Pfütze aus Blut und Urin. Blond und mit blauen Flecken übersät und zusammengeschlagen. Still wie der Tod. Paula fasste in die Truhe und fühlte ihre warme Haut, das Flattern des Pulsschlags unter ihrem Kiefer. »Holt sie verdammt noch mal da raus, sie lebt noch.«
»Wir brauchen Fotos«, schrie der Ermittler sie an.
»Ich bin hier«, sagte der Videofilmer. »Treten Sie einen Moment zurück, Paula.«
All ihre spontanen Impulse wehrten sich heftig dagegen, aber Paula tat, was verlangt wurde. Allerdings nur lange genug, um bis fünf zu zählen. Dann schrie sie die anderen an, sie sollten ihr helfen, einen Krankenwagen zu rufen, Marie Mather aus dem Gefängnis herauszuschaffen, das als Sarg für sie gedacht war, und sie ins Leben zurückzuholen.

Zurück in der Skenfrith Street verdrängte Fielding standhaft die Tatsache, dass sie Tony immer noch festhielt, obwohl sich die Nadel auf dem Kompass drehte und eindeutig in eine andere Richtung zeigte. Dies sollte doch ihr großer Tag sein, mit der Pressekonferenz, bei der sie über die Verhaftung eines bekannten Profilers und Doppelmörders informieren durfte! In ihrem Denken hatte sie damit den Punkt erreicht, von dem an sie für den Aufstieg bestimmt war.

Stattdessen hatte sie sich Bronwen Scotts erbärmlichen Versuch anhören müssen, die Beweise gegen Tony Hill mit einer unwahrscheinlichen Geschichte über Nasenbluten und einen Zusammenstoß auf einem Korridor zu entkräften. Es war offensichtlich erfunden und würde bei genauer Prüfung in sich zusammenfallen, aber sich jetzt darum zu kümmern würde Zeit verschwenden, während die Uhr tickte. Es war ganz klar eine List, um den Zeitpunkt der Anklage gegen ihn hinauszuzögern, damit sie ihn gegen Kaution gehen lassen müsste. Und das würde diesem Weibsstück Scott Zeit geben, ihre sogenannten Gutachter antreten zu lassen, die den Fingerabdruck in Zweifel ziehen würden.

Und in der Zwischenzeit verfolgte McIntyre auf eigene Faust eine andere Sache. Irgendein Unsinn, der sich auf nichts stützte, das Fielding genau hätte bezeichnen können. Eine Partnerin sollte bedingungslos loyal sein, aber Fielding glaubte inzwischen, dass McIntyres Loyalität nichts mit ihr zu tun hatte.

Wie sonst war es möglich, dass Carol Jordan mitten in der Nacht mit Bronwen Scott auftauchte, wenn Hill nicht einmal einen Anruf getätigt hatte? Wenn dies alles vorbei war, würde McIntyre auf einen anderen Arbeitsplatz geschickt werden, und Fielding würde einen Mitarbeiter finden, der verstand, welches Privileg es war, dem Mittelpunkt einer Ermittlung so nah zu sein.

Jetzt kam McIntyre selbst in die Soko-Zentrale gefegt. Fielding öffnete die Tür ihres Büros noch rechtzeitig, dass sie hörte, wie ihr neuer Sergeant sagte: »Hussain, Wood – wir haben weitere Angaben von der Kennzeichenerkennung. Seht zu, ob wir nachweisen können, dass Taylor irgendwo in der Nähe der Stelle, wo er seine Opfer schnappte, oder an den Ablageorten war. Und einer von euch soll bei den Kollegen vor Ort nachfragen, ob sie schon jemanden mitgenommen

haben dafür, dass er mit Bev McAndrews Wagen herumgefahren ist. Ich will wissen, wo er geklaut wurde.«
Fielding atmete durch. »McIntyre? Kommen Sie hier rein.«
Paula schloss die Tür hinter sich. »Wir haben Marie Mather gefunden.«
Fielding war perplex. »Warum hat mir das niemand gesagt?«
»Ich komme gerade vom Krankenhaus«, sagte Paula. »Ich denke mir, das Team nahm an, dass ich es Ihnen sagen würde. Was ich hiermit tue.«
Ihr Ton grenzte an Unverschämtheit.
»Sie hätten mich gleich anrufen sollen.«
»Ich war mehr darum besorgt, Marie Mather ins Krankenhaus zu kriegen. Sie lebt noch. Gerade so, aber zumindest ist sie jetzt dort und hat eine Chance. Und wenn sie es schafft, dann stehen unsere Beweise.«
»Welche Gruppe hat sie gefunden?« Fielding klammerte sich an den letzten Strohhalm.
Je ein Team hatte Tony Hills Wohnung und Büro durchsucht. Und zusätzlich hatte McIntyre eine Gruppe zu Gareth Taylors Haus geschickt.
»Hab ich das nicht erwähnt? Wir haben Marie Mather in einer Gefriertruhe in Gareth Taylors Garage gefunden.«
Ein langes Schweigen folgte. *Fehlanzeige!* Das Wort hallte in Fieldings Kopf wider wie eine Glocke.
Paula hatte die Hand auf der Türklinke und war schon am Gehen. »Ich glaube, Sie sollten Dr. Hill jetzt entlassen«, sagte sie sanft.
»Machen Sie das«, forderte Fielding brüsk. »Sie sind doch so gut Freund mit ihm. Und Sie haben sich so ins Zeug gelegt, ihm aus der Patsche zu helfen.«
Endlich blitzte Zorn auf in Paulas Augen. »War auch gut, dass jemand das getan hat, da er unschuldig ist.«
»Wir sind den Beweisen gefolgt, McIntyre. Ich hätte un-

verantwortlich gehandelt, wenn ich ihn früher freigelassen hätte.«

»Wir sind den Beweisen auf der falschen Fährte gefolgt, Ma'am. Und ich habe jetzt keine Zeit. Ich muss das Opfer eines schweren tätlichen Übergriffs vernehmen, das nur mit mir sprechen wird. Ich schlage also vor, dass Sie es selbst tun.«

66

Carol hatte stundenlang in einem engen Vernehmungsraum gesessen. Zunächst hatte man trotz ihrer Versicherung, dass ihr absolut nichts fehle, auf einen Arzt warten müssen, der bestätigte, dass es ihr gut genug ging, um befragt zu werden. Dann hatte es eine ausführliche Auseinandersetzung über den Hund gegeben. Carol hatte sich geweigert, Flash auf unbestimmte Zeit im Land Rover eingeschlossen zu lassen, und die Kollegen von der Hundestaffel hatten erklärt, sie wollten nichts damit zu tun haben. Bevor Fielding ins obere Stockwerk verschwand, hatte sie schließlich entnervt gesagt, Carol könne den verflixten Köter bei sich behalten, und wenn sich jemand beschwere, behaupten, es sei ein Blindenhund.
Dann hatte Carol es abgelehnt, sich von jemand anderem als Paula vernehmen zu lassen, was hieß, dass sie warten musste, bis Paula frei war.
Als Paula sich endlich mit Carol hinsetzte, war es fast Mitternacht.
Paula stellte erst einmal zwei große Pappbecher hin. »Nicht diese Brühe aus dem Automaten hier, sondern richtiger Kaffee aus dem Stand am Hauptbahnhof, der hat ja die ganze Nacht auf.« Sie holte eine Tüte aus ihrer Tasche. »Und zwei Muffins. Bisschen zerquetscht, tut mir leid.«
»Koffein und Zucker. Damit dürfte es klappen«, sagte Carol. Sie brach ein Stück von ihrem Muffin ab, ließ es fallen, und

Flash verschlang es, bevor es auf dem Boden angekommen war. »Hat Fielding Tony schon entlassen?«
»Ich glaube, sie ist gerade dabei. Ich hätte es sofort gemacht, nachdem wir Taylor festgenommen hatten, aber sie wollte kein Risiko eingehen. Das sagte sie jedenfalls.«
»Ich kenne die Frau kaum, aber ich würde sagen, sie ist niemand, der leicht mit der Erkenntnis klarkommt, sich getäuscht zu haben.«
Paulas kurzes Lächeln war düster. »Mir schwant, dass ich nach heute Abend nicht mehr als ihre Partnerin arbeiten werde.«
»Tut mir leid.«
»Mir nicht. Ich will nicht meine Zeit damit zubringen, hinter jemandem herzurennen und die Scherben aufzukehren, weil er sich in etwas verrannt hat.« Sie zuckte mit den Achseln. »Es gibt andere Arbeitsplätze. Ich mache meine Arbeit gut, und das ist bekannt. Jetzt müssen wir diese Sache so drehen, dass niemand in der Tinte sitzt.«
Carol grinste. »Genau wie in alten Zeiten.«
Paula schüttelte den Kopf. »Keineswegs! Die alten Zeiten, das hieß: Tony und ich, wir tüftelten zusammen aus, wie wir vermeiden konnten, dass du wütend wirst über einen von uns oder beide, weil wir die Vorschriften umgangen hatten.«
Carols Lächeln verschwand. »Ja, schon. Aber eins wissen wir alle bestimmt. Das wird nicht wieder geschehen.«

In einem anderen Teil des Gebäudes fragte sich der Polizeipräsident von Bradfield, warum er so darauf erpicht gewesen war, diese Stelle zu bekommen. Er meinte, er hätte ein effizientes und leistungsfähiges Team zusammengestellt, aber jetzt hatte er sich gerade von einer Frau, die er für seine beste DCI hielt, anhören müssen, wie sie sich in eine fixe Idee verrannt hatte, bis sie durchdrehte und aus ihrer Professionalität eine Art verrückter Starrsinn wurde. In den alten Zeiten hätte er

ihre Entgleisung vertuschen und mit ziemlicher Sicherheit verhindern können, dass die Sache jemals an die Öffentlichkeit durchsickerte. Aber heutzutage, wo sich alle vierundzwanzig Stunden die Nachrichten erneuerten und die sozialen Medien nach Neuigkeiten gierten, waren die Chancen, etwas zu verschweigen, gleich null. Man konnte sich höchstens an die Hoffnung klammern, dass etwas anderes noch mehr Aufregung verursachte und die Twitteraner ablenkte.
James Blake stöhnte und stand auf. Er öffnete einen Schrank und starrte sehnsüchtig eine Flasche Cognac an. Was er jetzt für einen ordentlichen Schluck geben würde! Aber ihm stand noch ein ganz fürchterliches Treffen bevor, und er wagte nicht, es anzugehen, wenn er dabei nach Alkohol roch. Er schloss die Tür und richtete sich zu seiner vollen Größe auf. Auf eine gewisse Art konnte er beeindruckend sein, das wusste er, und weiß Gott, das konnte er jetzt brauchen. Er schlüpfte in seine exklusive Toilette und betrachtete sich im Spiegel. Sein Aussehen hatte etwas Altmodisches, das war ihm bewusst. Seine Frau sagte, er hätte das Auftreten eines Mannes, der auf einem Pferd sitzen und bei der Fuchsjagd eine Hundemeute anführen sollte. Und obwohl er seiner Herkunft nach ganz erbarmungslos aus der unteren Mittelklasse stammte, unterstrich er dieses Image. Akzent und Tonfall, die er sich angeeignet hatte, lagen mehrere Stufen über seinem natürlichen gesellschaftlichen Rang. Er trug gern Tweedsachen im Stil des Landadels, Sakkos mit Doppelschlitz über kleinkarierten Hemden, seine roten Wangen waren immer sauber rasiert, sein Haar mit einem teuren Öl von Floris gepflegt. Von Devon war er nach Bradfield gezogen, wo er besser hinpasste, hatte sich aber eingeschränkt gefühlt durch den Mangel an schweren Verbrechen.
Na ja, und das hatte man nun von den schweren Verbrechen: Man stand mitten in der Nacht im Büro und wartete darauf,

von einer Frau zur Schnecke gemacht zu werden, die der Inbegriff einer Zicke war.
James Blake zog den Bauch ein und stelzte in sein Büro zurück. Er ging zur Tür, öffnete sie und gab dem wartenden Paar ein Zeichen. »Kommen Sie doch rein.«

Paula begleitete Carol in der Skenfrith Street zu ihrem Land Rover auf dem Parkplatz hinunter. Sie sah den hoch sitzenden Rücklichtern nach, bis sie verschwanden, und zündete sich dann, in der feuchten Nachtluft fröstelnd, eine Zigarette an. Ihr Handy klingelte, als sie die Zigarette noch nicht mal halb geraucht hatte. Sie sah, dass es Elinor war, und war in Versuchung, auf Voicemail zu schalten. Sie nahm an, dass die Verhaftung in den Nachrichten gebracht worden war, konnte allerdings mit Elinor oder Torin noch nicht darüber sprechen. Aber ihre Anhänglichkeit wog stärker als das, was zweckmäßig erschien, und sie nahm ab. »DS McIntyre«, sagte sie, ihr üblicher Code dafür, dass sie bei der Arbeit war.
»Nur ganz kurz. Ich habe die Nachrichten gesehen und weiß, dass du bis zum Hals im Job steckst. Aber ich dachte, du würdest es erfahren wollen.«
»Was erfahren?«
»Wir haben noch mal mit Torins Dad gesprochen. Also, eigentlich hat hauptsächlich Torin mit ihm geredet. Sie hatten ein richtig gutes Gespräch. Er hat davon gesprochen, welche Gefühle er in Bezug auf seine Mutter hat. Er war ganz offen. Und dann konnte ich mit Tom reden. Das Fazit ist, dass Tom sehr dankbar wäre, wenn wir Torin bei uns behielten, bis er seinen Einsatz in Afghanistan beendet hat.«
Paula konnte die echte Freude in Elinors Stimme heraushören. Sie war sich nicht ganz sicher, ob sie diese Begeisterung in ihrem ganzen Umfang teilte, aber sie war bereit, mitzumachen. Noch nie hatte sie von einem ruhigen Leben geträumt.

Und das war wahrscheinlich gut so. Sie drückte die Zigarette aus und ging in den warmen Mief der Wache zurück. »Ich bin froh«, sagte sie. »Ich glaube, Bradfield ist im Moment der beste Ort für ihn.«
»Ich liebe dich, DS McIntyre. Ich seh dich nachher.«
Paula stöhnte. »Das glaub ich eher nicht, so wie es hier läuft.« Sie ging in die Zentrale zurück. Und der Augenblick für eine Atempause war vorbei.
Denn ein eifriger Detective Constable mit einer widerspenstigen Mähne rötlicher Locken hob die Hand, als führe Paula Aufsicht in der Abschlussprüfung für Mathe. »Sergeant, Sie wissen ja, dass wir uns fragten, wieso er annahm, dass es sicher war, Nadias Leiche in diesem besetzten Haus abzulegen?«
»Ja?«
»Also, ich hab mir noch mal die Berichte angeschaut. Taylors Frau hatte den Mädchennamen Waddington. Und einer der Jungs, die in dem Haus wohnen, heißt Waddington. Es ist kein besonders häufiger Name. Wetten, dass sie verwandt waren?«
»Gute Arbeit. Verfolgen Sie's weiter«, sagte Paula. Sie schaute zu Fieldings Büro hinüber. Leer. Das war nicht überraschend. Hussain und Wood beschäftigten sich mit ihren Bildschirmen, und Cody telefonierte mit ernster Miene. Er legte auf und schlug mit der Faust auf den Schreibtisch. Erschrocken blickten alle auf.
»Sie hat es nicht geschafft«, sagte er zornig. »Marie Mather. Sie hatte innere Blutungen. Man konnte sie nicht stabilisieren, verdammt.«
Paula stand mitten im Raum und fühlte sich, als hätte sie versagt. Alles, was bei diesem Fall schiefgelaufen war, kam ihr wie ein Tadel vor, der an sie persönlich gerichtet war. Sie hätte sich energischer gegen Fielding zur Wehr setzen sollen. Sie hätte zu Gareth Taylors Haus fahren und ihn zur Rede stellen

sollen, sobald Carol seinen Namen nannte. Auf jeden Fall, sobald es den geringsten Hinweis gab, dass Marie verschwunden sein könnte.
Wie alle Polizisten trug Paula die Bürde dessen, was sie anders hätte machen können. Marie Mathers Tod hatte diese Bürde nun noch bedeutend schwerer gemacht.

Tonys erster Gedanke nach seiner Entlassung war ein heftiges Verlangen nach seinem eigenen Bett. Aber Bronwen Scott hatte schon auf ihn gewartet. Sie brachte ihn schnell in eine ruhige Ecke und fasste kurz zusammen, was sich in den vergangenen paar Stunden zugetragen hatte. »Carol hat die Sache erledigt, und Paula hat dann alles in den Griff bekommen«, hatte Scott mit einem katzenhaften, zufriedenen Lächeln berichtet.
»Und Fielding?«
Scotts Lächeln wurde breiter. »Sitzt in der Scheiße. Ich sehe eine große Zukunft für sie bei der Verkehrspolizei.«
»Ich bin froh, dass sie ihn gestellt haben.«
Scott schien das nicht besonders interessant zu finden. »Ja, ja. Das ist immer gut.«
»Kann ich also jetzt nach Hause gehen?« Er bemühte sich, nicht wie ein übermüdetes, jammerndes Kind zu klingen, aber er fürchtete, dass es ihm nicht gelungen war. Achtundzwanzig Stunden in Haft konnten so etwas bewirken.
Scott lachte. Er hatte sich immer gefragt, was Schriftsteller meinten, wenn sie ein Lachen als Girren beschrieben. Jetzt wusste er es. Ein brüchiger, melodischer Klang. »Tut mir leid, Tony, aber es gibt noch einiges zu tun. Wir werden Blake besuchen.«
»Den Polizeipräsidenten? Warum?«
»Weil Sie wegen unrechtmäßiger Festnahme, Freiheitsberaubung und Rufschädigung in privater und beruflicher Hinsicht

die Polizei von Bradfield auf eine große Geldsumme verklagen werden.«
»Das werde ich tun?«
»Genau.«
»Ich halte nichts davon, öffentliche Einrichtungen zu verklagen. Es ist eine Verschwendung von Steuergeldern, die besser für andere Dinge ausgegeben werden könnten.«
Sie schaute ihn an, als sei er verrückt. »Fielding hat Sie durch die Mühle gedreht. Man hat Ihre Reputation beschädigt, und davon leben Sie. Sie verdienen es, entschädigt zu werden.«
Er zuckte die Schultern. »Ich glaube nicht, dass es in böser Absicht geschah. Fielding hatte nur diese verrückte Idee im Kopf und ritt sich zu tief rein.«
»Trotzdem. Jetzt muss es wiedergutgemacht werden. Die Polizei von Bradfield steht in Ihrer Schuld.«
»Ich will ...« Er hatte sagen wollen, »ihr Geld nicht«, aber dann kam ihm eine bessere Idee. »Okay«, sagte er. »Gehen wir und sprechen wir mit Blake.«
Hier waren sie also und betraten Blakes Büro, ein Allerheiligstes im Stil eines Herrenclubs. Tony fragte sich, ob es einen Spray gab, der nach Leder, Kölnischwasser und Zigarren duftete, denn er hätte schwören können, dass es genau so roch.
»Kommen Sie rein, nehmen Sie Platz«, sagte Blake und wies mit einer ausladenden Geste auf eine Gruppe von Ledersesseln, die um einen niedrigen Tisch standen. »Ich hoffe doch, dass dies keine traumatische Erfahrung für Sie war, Dr. Hill. Aber unsere Beamten müssen sich natürlich an die Beweise halten«, sagte er, schon bevor sie sich gesetzt hatten.
»Es ist ihre Aufgabe, das zu tun«, sagte Scott mit eisiger Stimme. »Aber nicht um den Preis, dass widersinnige Entscheidungen getroffen werden. Jedes einzelne Detail der Indizien gegen Dr. Hill konnte von meinem Team ohne Weiteres in ein

paar Stunden entkräftet werden. Ihn zu verhaften und festzuhalten war vollkommen unnötig.« Blake versuchte, etwas zu sagen, aber sie stoppte ihn, indem sie eine Hand hochhielt. »Dr. Hill ist ein amtlich vom Innenministerium zugelassener Berater der Polizei. Er hat seine berufliche Laufbahn darauf verwendet, der Polizei bei der Lösung solcher Fälle wie diesem hier zu helfen, um Gottes willen! Sie wissen, wo er wohnt und arbeitet. Selbst wenn es stichhaltige Beweise gegeben hätte, die ihn mit diesen Verbrechen in Verbindung brachten, bestand bei ihm keinerlei Fluchtgefahr. Die ganze Sache war absurd, von Anfang bis Ende.« Sie schnaufte heftig.
Blake rutschte auf seinem Sessel herum und kreuzte die Beine an den Knöcheln. »Die Sache wurde jedoch sehr schnell aufgeklärt. Ich hoffe, wir können das alles hinter uns lassen.« Er legte die Fingerspitzen aneinander und setzte ein onkelhaftes Lächeln auf. »Dann wird sich alles beruhigen, und niemandes Ruf wird über Gebühr beschädigt sein.«
»Ich glaube, Sie haben nicht begriffen, worum es geht«, sagte Scott. »Wir streben eine beträchtliche Entschädigung an. Unrechtmäßige Festnahme, Freiheitsberaubung und Schädigung von Dr. Hills beruflicher Reputation. Es geht um ein größeres Gerichtsverfahren, Mr. Blake.«
Blake schluckte und murmelte etwas. »Es hat ja keine wesentliche öffentliche Aufmerksamkeit gegeben«, betonte er.
»Wir haben unsere Seite der Geschichte noch nicht dargelegt«, erwiderte Scott sehr freundlich. »Und wir können eine außergewöhnliche Geschichte erzählen. Ein Mann von untadeliger Reputation wird aufgrund dürftigster Beweise eingesperrt. Die Polizei ist so inkompetent, dass ich mich hilfesuchend an eine ausgeschiedene Polizistin wenden muss. Und innerhalb von vierundzwanzig Stunden entkräften wir Zivilisten nicht nur die Beweise, die gegen Dr. Hill vorliegen, sondern wir decken auch die Identität des tatsächlichen Mör-

ders auf. Ich kann mir vorstellen, dass diese Sache lange durch die traditionellen und die digitalen Medien gehen wird.«
Tony richtete sich auf, beunruhigt von dieser unerwarteten Wendung der Ereignisse. Nach dem schockierten Ausdruck zu urteilen, der auf Blakes Gesicht erschien, hatte auch er diese Taktik nicht erwartet. Er sah aus wie jemand, der das Ende seiner Karriere nahen sieht. »Das ist eine schockierende Verdrehung der Tatsachen«, brauste er auf.
»In welcher Hinsicht?«
Tony sah, dass Blake kurz davor war, die Besprechung abzubrechen, was nicht seinen Wünschen entsprach. Er hatte einen eigenen Plan, und jetzt war die Zeit gekommen, ihn zu verfolgen. Er räusperte sich und sagte: »Es gibt nur eine Möglichkeit, ein kostspieliges und peinliches Gerichtsverfahren zu vermeiden.«
Beide wandten sich ihm abrupt auf ihren Sesseln zu und starrten ihn an. »Ich glaube nicht, dass das eine gute Idee ist«, meinte Scott.
»Natürlich nicht«, sagte Tony. »Sie sind Anwältin. Konflikte sind Ihr Alltagsgeschäft. James, es lässt sich nicht leugnen, dass dies kein Glanzstück der Bradfielder Polizei war. Ich glaube, das ganze Debakel wäre nie passiert, wenn die MIT-Gruppe noch existierte und arbeitete. Als Carol Jordans Bruder umgebracht wurde, hätten Sie sie nicht gehen lassen sollen. Sie hätten sie in die Arme schließen und unterstützen sollen, nicht sie loslassen.«
»DCI Jordan hatte ihre Kündigung eingereicht, bevor das geschah. Was Sie sehr wohl wissen, Dr. Hill.« Blake war angriffslustig wie ein Hund mit gesträubtem Fell.
»Das spielt keine Rolle. Sie hätten sich um sie kümmern sollen. Aber es ist nicht zu spät. Durch das, was hier geschehen ist, hat sich doch klar gezeigt, dass sie immer noch die Fähigkeiten hat, die den Unterschied machen. Hier ist ein Vor-

schlag zur Einigung. Gehen Sie zu Carol Jordan und bieten Sie ihr an, was immer dazu nötig ist, und holen Sie sie wieder ins Boot. Ich sage nicht, Sie müssen Dreck fressen und das MIT wieder einsetzen. Aber holen Sie Carol zurück und finden Sie eine Möglichkeit, dieses Team wieder zusammenzustellen, dann werden Sie nie wieder etwas von dieser Sache hören.« Er lächelte die beiden an. Scott sah aus, als werde sie ihm gleich eine runterhauen.
Blakes Gesichtsausdruck jedoch war der eines Mannes, der verschont geblieben ist. »Was ist, wenn sie ablehnt?«
Tony lächelte scheinbar arglos. »Sie müssen dafür sorgen, dass sie das nicht tut.«

67

Tag neunundzwanzig

Als Carol endlich nach Hause kam und Paulas Nachricht über Marie Mather las, war ihr erster Impuls, sich einen Drink einzuschenken. Aber statt den sehr großen Wodka auf einen Zug zu leeren, saß sie da und starrte lange Zeit das Glas an. Sie zog ihre Jacke aus und hängte sie auf einen Kleiderbügel, dann widmete sie dem Glas ihre volle Aufmerksamkeit. Dass sie wieder in die Welt hinausgetreten war, hatte sie nachdenklich gemacht. Was sie hier in der Scheune tat, das war schon in Ordnung. Aber sie hatte es zum Selbstzweck werden lassen, und die letzten paar Tage hatten ihr gezeigt, dass das nicht genug war.

Sie war ja nur am Rande der Ermittlungen dabei gewesen, aber das hatte gereicht, sie daran zu erinnern, dass sie ein Talent für die Gerechtigkeit besaß.

Dieses Talent nicht zu nutzen war ein Fehler. Nicht nur wegen des Endergebnisses, wegen der Menschenleben, die anders verlaufen würden, weil sie nicht da war, um das zu tun, was sie am besten konnte. Sondern weil es schlecht für sie war, die Dinge zu vernachlässigen, in denen sie gut war und auf die sie stolz sein konnte.

Wenn sie so weitermachte, dann würde Jacko Vance letztendlich den Sieg davontragen. Er hatte seinen Rachefeldzug mit dem Ziel begonnen, ihr Leben so zu entwerten, dass es nicht mehr lebenswert war.

Sie konnte damals nicht von ihrer Trauer absehen und begreifen, wie gut ihm das gelungen war. Aber die letzten paar Tage hatten ihr geholfen zu verstehen, was mit ihr geschehen war.

Wenn sie so weitermachte, dann hätte Jacko Vance gewonnen. Nicht nur ihr Berufsleben war durch seine Taten vergiftet worden. Er hatte es geschafft, sie und Tony einander zu entfremden. Vance war die schlimmste Sorte eines geschickten Psychopathen; er hatte vorausgesehen, wie die Dinge sich nach seinen Taten entwickeln würden, und hatte sich ausgerechnet, wie er ihnen das Maximum an Schmerz zufügen konnte.

Und sie war direkt in die Falle getappt. Sie hatte Tony die Schuld gegeben, wo doch Vance selbst wirklich der einzige Mensch war, dem man die Schuld zuschreiben musste.

Carol hob ihr Glas auf Augenhöhe und blickte den Drink lange und intensiv an. Es war Zeit für sie, einiges zu ändern. Ihr Leben war noch nicht zu Ende.

Langsam und ohne zu zögern stand Carol auf und goss den Wodka in die Spüle.

Die Dämmerung zog an einem Himmel herauf, der fast so wässrig schien wie das Kanalbecken. Grau, Perlmutt und Eierschalenweiß vermischten sich in einem unergründlichen Durcheinander von Himmel und Wolken.

Tony saß auf dem Dach seines Bootes vorn beim Bug. Die Hände hielt er um eine Tasse Fertigsuppe gelegt, die schon vor einer Weile zu dampfen aufgehört hatte. Sein Gesicht war abgespannt und müde, seine Augen kratzten vom Schlafmangel. Er war am frühen Morgen kurz nach eins zu seinem Boot zurückgekehrt, so erschöpft, dass ihm sogar die Knochen weh taten. Aber sobald er sich ins Bett gelegt hatte, wich der Schlaf von ihm, und er war unruhig und fühlte sich zerschlagen. Er hatte versucht, gegen die Schlaflosigkeit anzukämp-

fen, aber irgendwann hatte er aufgegeben und war herausgekommen, um zu beobachten, wie der orangefarbene Schein der Straßenbeleuchtung sich vom Himmel verlor.
Er hatte eine Erfahrung durchlebt, aus der er lernen konnte, zweifellos. Als Folge davon würde er manche seiner Patienten besser verstehen. Trotzdem hätte er gern darauf verzichtet. Außer dass Carol dadurch in sein Leben zurückgekehrt war, wie kurz auch immer.
Er nahm ihre Worte für bare Münze, dass sie nicht seinetwegen gekommen war, sondern um der Gerechtigkeit willen. Das war es immer gewesen, was sie antrieb. Er war nicht arrogant genug, zu glauben, dass sie einen Vorwand für ihre wahren Gefühle gesucht hatte. Er kannte ja ihre wahren Gefühle. Sie gab ihm die Schuld und konnte seine Gegenwart nicht ertragen. Und doch, wenn er hätte sicher sein können, dass sie jeden Tag da sein würde, hätte er sich mit lebenslänglich abgefunden.
Seit er zum Boot zurückgekommen war, fühlte er sich den Tränen nah. Zum Teil, weil er müde war, das wusste er, aber der Grund war auch, dass er sie wieder verloren hatte.
Gerade als dieser Gedanke ihm durch den Kopf ging, hob und senkte sich das Boot mit einem vertrauten plötzlichen Schlingern, das von jemandem verursacht wurde, der an Bord gekommen war. Er wollte sich eigentlich gar nicht umdrehen, weil er die Enttäuschung nicht ertragen hätte, Paula am anderen Ende des Bootes zu sehen. Aber er drehte sich trotzdem um, weil er sich als jemanden sehen wollte, der stark sein konnte.
Und da war sie, stand am Heck, in der Kleidung, die sie zur Arbeit tragen würde, im gleichen Kostüm wie am Tag zuvor. Aber mit einer anderen Bluse. Ihr Haar war zerzaust und die Augen blickten trüb vor Müdigkeit. Aber da stand sie, und das war ihm das einzig Wichtige.

Er sprang auf, aber es fiel ihm kein einziges Wort ein, das nicht banal gewesen wäre.
Carol sprach zuerst. »Weißt du, wo man hier einen anständigen Kaffee bekommt zu dieser Zeit am Morgen?«
Er wies auf die offene Luke. »Ich habe Kaffee.«
Sie schüttelte den Kopf. »Neutrales Gebiet.«
Er schaute auf seine Uhr. »Der Stand am Hauptbahnhof ist die ganze Nacht offen, das ist das Einzige, was ich kenne.«
Sie nickte. »Ich treffe dich dort in zehn Minuten.« Und sie sprang an Land, ein schwarz-weißer Hund folgte ihr, während sie mit mehr Energie, als er hätte zusammenbekommen können, über das Pflaster schritt.
Tony lief längs über das Boot und schloss die Luke ab, seinen Becher ließ er auf dem Dach stehen. Er stolperte an Land und rannte zur Tapasbar hinüber, wo sein Auto geparkt war. Als er den Hauptbahnhof erreichte, waren noch drei Minuten Zeit, und er holte Kaffee für beide. Mit einem Pappbecher in jeder Hand wartete er bei dem Stand.
Mit dem Hund immer noch an ihrer Seite kam Carol um die Ecke und wies mit dem Kopf auf eine Bank gegenüber vom Bahnhofseingang. Dort traf er sie und reichte ihr schweigend ihren Becher.
Er wusste immer noch nicht, was er sagen sollte. »Ich hab schon gehört, dass du jetzt einen Hund hast.«
Toller Eisbrecher.
»Immer der Meister des Belanglosen.«
»Es ist nicht belanglos. Es hat etwas zu bedeuten.«
Sie seufzte. »Und was hat es in der Tony-Welt zu bedeuten?«
»Es bedeutet, dass du beschlossen hast, eine Form der emotionalen Bindung zuzulassen. Und das ist gut.«
»Wenn du meinst.« Sie nippte an ihrem Kaffee. »Du hast Blake erpresst«, sagte sie.
»Ja, hab ich.«

»Warum hast du das getan?«
»Weil es mir lieber ist, wenn du die schweren gewaltsamen Todesfälle in dieser Stadt untersuchst als die Alex Fieldings dieser Welt. Und weil jeder die Tätigkeit ausüben sollte, in der er am besten ist.«
»Du bist also immer noch Psychologe?«
Eine skeptische Überlegenheit klang in ihrer Stimme an, die ihm weh tat.
Er seufzte. »Es ist das Einzige, wofür ich ausgebildet bin.«
»Erschreckender Gedanke.«
Da sie nebeneinander saßen, konnte er ihr Gesicht nicht sehen. Ihr Tonfall verriet nichts. Es gab einmal eine Zeit, da hätte sie solche Dinge mit ironischem Unterton gesagt, im Scherz. »Hast du ja gesagt?«
»Ich habe ihm gesagt, ich würde es mir überlegen.«
»Du solltest ja sagen. Du hast mich aus der Haft freibekommen.«
Jetzt seufzte sie. »Ich bin daran gewöhnt, die ganze Leistungsfähigkeit eines professionellen Teams hinter mir zu haben. In den letzten vierundzwanzig Stunden habe ich Fehler gemacht, die mich hätten das Leben kosten können. Marie Mather wäre vielleicht auch noch am Leben, wenn ich die Dinge anders gehandhabt hätte.« Sie vergrub ihre freie Hand im dichten Fell des Hundes. »Das hat mich gezwungen zu begreifen, dass ich dir Vorwürfe machte, weil du nicht frei von Fehlern bist. Aber keiner von uns ist frei von Fehlern.« Noch ein Seufzer. »Ich war so böse auf mich selbst wegen dem, was mit Michael und Lucy passiert ist, dass ich meinen Zorn woandershin lenken musste, und du warst das leichteste Zielobjekt.«
Er versuchte zu sprechen und merkte, dass es nicht ging. Nachdem er einen Schluck Kaffee getrunken hatte, versuchte er es noch einmal. »Das wusste ich. Und ich wusste auch, dass

es für uns nur einen Weg zurück gäbe, nämlich wenn du ihn selbst finden würdest.«
»Du meinst, es gibt einen Weg zurück für uns?« Ein Zug rumpelte über die Brücke und verschwand im Bahnhof.
Er drehte sich auf der Bank um, damit er sie anschauen konnte. »Du bist ja hier, oder?«

Danksagung

Irgendwann in meiner Jugend oder Kindheit muss ich etwas Gutes getan haben. Kein anderer Grund fällt mir dafür ein, weshalb ich so viel Glück haben sollte mit dem Netz von Unterstützern und Helfern, die es mir ermöglichen, Ihnen dieses Buch in die Hände zu legen. Manche davon sind Experten, die ihre Zeit und ihr Fachwissen beisteuern. Manche gehören zu meinem internen Mitarbeiterteam. Andere engagieren sich über ihre berufliche Aufgabe hinaus und unabhängig davon.

Deshalb möchte ich Professor Dave Barclay Dank sagen für seine Fachkenntnisse zur DNA, Catherine Tweedy für ihre faszinierende Darstellung zu Fingerabdrücken, Professor Sue Black für ihre unfehlbare Fähigkeit, mich in Erstaunen zu versetzen, und ebenso Dank an die, die es vorziehen, ungenannt zu bleiben. Auch bei Marie Mather bedanke ich mich, deren großzügige Spende für die »Million for a Morgue«-Kampagne dazu führte, dass sie in diesem Roman erscheint.

Die Figur von Detective Chief Inspector Fielding wurde zuerst von Patrick Habinson für *Wire in the Blood (Hautnah – Die Methode Hill)* kreiert, die Fernsehserie, die sich an die Romane mit Tony Hill und Carol Jordan anlehnt. Mit freundlicher Genehmigung der Coastal Productions habe ich sie für meine Zwecke verwendet.

Meine uneingeschränkte Dankbarkeit gilt Kiri, die mein Leben organisiert, Carolyn, die es verschönert, und Tony, der mir hilft, in steuerlichen Dingen auf dem schmalen Pfad der Tugend zu bleiben, und am allermeisten Kelly, Cameron, den Cousinen und ihren Müttern, die mich vor mir selbst behüten. Ganz zu schweigen vom Hund.

Letztendlich rufe ich noch den Profis ein lautes Dankeschön zu: Jane und dem Team bei Gregory & Co, David Shelley und seiner Mannschaft bei Little, Brown, meiner Lektorin Anne O'Brien, Amy Hundley und ihren Kolleg(inn)en bei Grove Atlantic und all den Buchändler(inne)n, Bibliothekar(inn)en und Blogger(inne)n, die dazu beigetragen haben, dass meine Bücher ihre Leser finden.

Welch großes Glück ich habe!